龙行运河湾

竹舟·著

山西出版传媒集团
北岳文艺出版社
BEIYUE LITERATURE & ART PUBLISHING HOUSE
·太原·

图书在版编目（CIP）数据

龙行运河湾 / 竹舟著 . — 太原：北岳文艺出版社，
2024.4
ISBN 978-7-5378-6826-6

Ⅰ . ①龙… Ⅱ . ①竹… Ⅲ . ①长篇小说—中国—当代
Ⅳ . ① I247.5

中国国家版本馆 CIP 数据核字 (2024) 第 030544 号

书　　名	龙行运河湾	
著　　者	竹　舟	
出 品 人	郭文礼	
选题策划	曹高腾　左树涛	
责任编辑	左树涛	
书籍设计	段成凤	
印装监制	郭　勇	
出版发行	山西出版传媒集团·北岳文艺出版社	
地　　址	山西省太原市并州南路 57 号	
邮　　编	030012	
电　　话	0351-5628696（发行部） 0351-5628688（总编室）	
传　　真	0351-5628680	
经 销 商	新华书店	
印刷装订	山西润金容印业有限公司	
开　　本	787mm×1092mm　1/16	
字　　数	437 千字	
印　　张	26.75	
版　　次	2024 年 4 月 第 1 版	
印　　次	2024 年 4 月 山西 第 1 次印刷	
书　　号	ISBN 978-7-5378-6826-6	
定　　价	98.00 元	

目　录

1. 卧龙山异象

公元二〇〇八年，秋。

江北市西城区闸北镇龙行村北面的卧龙山上，突出异象。清流汩汩的龙眼泉突然间干枯断流，泉眼周围的树木一瞬间由青绿变为枯黄。从卧龙山深处传来一阵阵轰鸣，大小松柏发出噼噼啪啪的响声，像是在无形的烈焰中燃烧一样。地面上，野兔、黄鼠狼、老鼠、野狗等动物四处狂窜；天空中，喜鹊、乌鸦、麻雀等飞禽，疯一样在树顶盘旋，发出阵阵哀鸣后振翅逃命。一时间，树林里蚊蝇乱飞，平地刮风。

在夕阳离地平线有丈把高的时候，龙眼泉四周狂风呼啸，继而从黑洞洞的泉眼里冒出黑压压的蜘蛛，大如银圆小如虮虫。

龙行村第一个看到此异象的人，是羊倌马户家兴。马户家兴排行老四，马户两个字合起来是个驴字，龙行人送他外号驴四。

驴四本姓马，从祖父辈改马姓为复姓马户开始仅有百年。驴四有三个哥哥，马户家盛、马户家昌、马户家旺，外号分别为驴大、驴二、驴三。驴四有一个妹妹，随母亲姓，叫赵筱蝶。马户家四兄弟加上驴四二爷家的马户家农——外号驴五，兄弟五人不管是在龙行村还是在闸北镇都是响当当的致富能手，各个都是百万元六户，人称马户"五能"。在小的时候，他们对自己的复姓马户心存怨气。祖父临死前把亲身经历讲给他们听了以后，他们都倍感有福气。

驴四，四十六岁，身高一米八以上。他虽膀粗腰圆，体格健壮，却有点儿呆愣。他的呆愣是自打十九岁那年第一次发羊角风以来每年都发病几次造成的。驴四心情好时，一年发一两次病，心情不好时，一年能发五六次。最近几年，他发病时的症状越来越严重。特别是两年前他的妹妹赵筱蝶入住蝴蝶庵以后，驴四的心里总有一股怨气，发病就格外严重，每次发病都生不如死。今年夏秋交季发病时，上下嘴唇、舌头全咬破了，从嘴里吐出来的血水浸湿了头发和衣服，两三个小时才缓过神儿来，差点儿丢了性命。幸亏那两条他随身带着的大白狗和大黑狗救了他。从那以后，驴

龙行运河湾

四越来越虚弱，精神也大不如从前，脑子里像爬满知了虫，整天乱叫，脑子也不听使唤。驴四有时会感到阎王和小鬼正笑眯眯地向自己招手。驴四已决定在这个秋季结束冬季来临之际，把五百二十只山羊全部卖掉，去蝴蝶庵陪妹妹栽花种草，专心治病。

那天傍晚，驴四赶着羊群走下卧龙山东坡，上了运河大堤，清点羊时他发现那只即将产仔的山羊"黑牡丹"不在羊群里。"黑牡丹"要供养肚子里的几个孩子，要吃更多的草料。"黑牡丹"走起路来晃悠悠的，有点儿让人提心吊胆。

"刚才还看见它的，怎么一转眼就落群了呢？"驴四有点儿后悔没有照顾好"黑牡丹"。他迅速让大白狗把羊群圈在运河堤上的一片宽阔地带，自己带着大黑狗回去寻找。

驴四和大黑狗跑到离龙眼泉三百米的地方，发现前方二百米处"黑牡丹"正慢悠悠地往山下走来。驴四正要跑过去抱回"黑牡丹"，大黑狗狂吠了两声，一口咬住驴四的裤腿。驴四仔细往前一看，心里"咯噔"一下，吓得心惊胆战。刚刚经过的满是翠绿的地方陡然间变得乌黑，看不见泉水，听不见流水声，泉眼处不断流出黑色的东西，泉眼四周的地上密密麻麻、一层又一层的黑色东西向四周蔓延，像泥石流一样。

"黑牡丹"离龙眼泉仅百米，一眨眼工夫，那片黑色的东西就追上了"黑牡丹"，继而漫过。"黑牡丹"仅发出两声哀叫，就看不见了，山坡上只剩下一堆白骨。

看此情景驴四哭了。大黑狗也两眼含泪，急得在地上嗷嗷打转。

驴四直挺挺地站在那里，目光呆滞，面无人色。大黑狗特有灵性，它又狂吠了两声，咬住驴四的袖口转头就跑。驴四和大黑狗被眼前的异象吓得灵魂出窍，边跑边发出撕心裂肺的尖叫。恐怖的尖叫声回荡在卧龙山上空，然后被淹没在黑压压的瘴气之中……

卧龙山南二十多里地的地方就是龙行村。龙行村共有五个自然小组。一、二两个组沿清江运河西岸依次排列。清江运河在二组南面转个弯掉头向东，三组沿运河南岸而居。四、五两个组沿古黄河东大堤排列。全村计三千五百多人。

龙行村东有清江运河，西有古黄河，北有卧龙山，南有黑龙渊。一级公路古黄河东堤大道也叫黄河南路穿境而过，紧邻江北市城区。它的地理位置在江北市两千六百个行政村中得天独厚。

　　龙行村的一组、二组本是一个自然组，叫华龙组，因华姓和龙姓两大姓而得名。华龙组沿清江运河西岸南北方向分成四排，有近四百户人家，总人口一千七百人。在华龙组中间，有一条宽约五十米、长约六百米的小龙沟。小龙沟东通清江运河，西抵古黄河东大堤，是华龙组三千亩北湖地灌溉排水的黄金水道。农业学大寨时期，江北县大兴旱作物改水稻，古黄河以西六个乡镇缺水，江北县委决定在华龙组小龙沟上建电灌站，引清江运河里的水西上灌溉。小龙沟被改宽挖深，小龙沟上砖木结构的小桥被毁，华龙组被一分为二。小龙沟北面被划为一组，也叫华龙组。小龙沟南面为二组，也叫赵夏李组。顾名思义，二组村民是姓赵的、姓夏的、姓李的居多。

　　二十世纪七十年代初期，龙行村就已名扬江北，素有"江北农村看龙行"的美誉。旱作物改水稻仅三年时间便基本解决了老百姓吃饭的大事。原先的盐碱地年亩产粮食几十斤，改稻麦两熟后，一九七四年已达五六百斤，这在当时的江北县不亚于一声响雷。无数双眼睛都仰望着龙行，把老支书龙姑当作神龙一样看待。从小龙沟到卧龙山三千亩地里，沟渠道路如棋盘一样整齐。夏收麦子秋收稻的两熟喜悦，点燃了当时那个年代无数人努力活着的激情和希望。

　　连续四年，江北县委县政府的四级干部大会，都是在龙行的卧龙山上召开的，前来参观学习的县乡村组四级干部，百分之九十是骑着自行车来的，自带一条小板凳。几千辆自行车摆放在古黄河大堤上，几千名干部穿梭在绿油油的田野里，场面感人至深。第一次来学习的人，他们抓起曾经只长盐碱而今却生长出沉甸甸金黄稻穗的泥土，流出激动的眼泪，有的甚至坐在田埂上号啕大哭，直呼："路，找到了。路，找到了。"

　　每人一碗白米饭就老咸菜，喝白开水或龙眼泉的泉水，这就是会议的工作餐。中午饭过后，以乡村组为单位大家整齐地坐在卧龙山的山坡上，四个高音喇叭、几百面红旗、满山坡领导干部。龙行村的人介绍经验，代表发言。县里表彰龙行精神、龙行速度、龙行经验。一项又一项荣誉成为龙行历史上最辉煌的篇章，被定格在龙行村部的荣誉栏里闪闪发光。村支部书记龙姑成为江北那个时期最耀眼的明星……

　　龙行村的历史可追溯几千年，几千年龙行，几千年风雨。走进二十一世纪的龙行，却发展迟缓……

　　驴四和大黑狗像是得到神助一样飞跑到龙五爷家。

　　龙五爷名叫龙是银，是华龙组组长。驴四和大黑狗闯进门时，龙五爷正准备喝

龙行运河湾

酒。八仙桌上放着八个菜，四凉四热。四个凉菜是水煮花生米、黑木耳拌洋葱、五香牛肉、猪耳朵和猪舌头拼盘。四个热菜是红烧野生大鲤鱼、水煮小羊肉、乌鸡炖牛鞭、清炖野甲鱼。桌子四面坐着四个人，上席是龙五爷龙是银，副席是蓝鸟啤酒厂副厂长蔡佩永，左手位是造船厂厂长董世道，右手位是沙场厂长吴良兴。

龙五爷的侄子龙小虎刚把一瓶价值两千多元的银河梦七酒打开，弯腰给四位的酒盅斟满，四个人正要举杯共饮，驴四和大黑狗就撞到桌边。"咣当"一声，桌子被撞得打晃，杯子里的酒流到桌面上，酒瓶掉下去。

龙五爷手快，一把抓住掉落的酒瓶，白眼和谩骂一起砸向驴四和狗。"孬种东西，被鬼追着了。老子的酒刚满上就被你狗日的给撞飞了，一张大钞被你糟蹋了。有什么屁，快放。"

"卧龙山……龙眼泉……黑蜘蛛……要吃人啦……"

大黑狗两眼带血地乱叫，驴四说得结结巴巴，语无伦次。

"黑蜘蛛……漫山遍野……异象……又是异象……"说着说着，驴四就顺着龙五爷家的门框缓缓地瘫倒在地上。

驴四的羊角风又犯了，浑身抽搐，口吐白沫，两眼翻白，牙关咯咯作响。血从驴四的嘴里流出，滴在龙五爷家大理石的地面上，殷红殷红的。

蔡佩永、董世道、吴良兴三人见状，吓得脸色苍白，就要起身相救。龙五爷摆了摆手说："不要慌，不要动，正常，正常。来，喝酒，不要因为他扫了我们的酒兴。"说着叫龙小虎坐下，五个人喝起酒来。

大黑狗将瘫倒的驴四拖到龙五爷家的院里。它让驴四脸朝上平躺着，又把驴四的四肢拉直，然后骑在驴四身上，左前爪死死地按住驴四的人中穴揉来揉去，嘴里发出又急又躁的呻吟声。

酒喝到第六杯的时候，蔡佩永厂长说："五爷，蜘蛛吃人可不是小事啊！我们是不是……"蔡厂长把话说了一半改口说："来，五爷，我敬你两杯。"龙五爷犹豫了一下喝掉一杯酒后，从裤腰上取下车钥匙对龙小虎说："小虎，开我车去看看，快去快回。"

"好嘞，三十分钟准回。你们慢喝。"说罢，龙小虎开车而去。

天渐渐地黑了下来，客厅里的灯光和偏屋、厨房里的灯光同时照在院子中央躺着的驴四身上。驴四虽已不再抽搐，但仍没有意识。大黑狗用又粗又长的舌头舔去驴四脸上和衣服上的血水，然后从驴四的口袋里麻利地掏出两瓶药水，用尖锐的牙齿把瓶盖撕开，左爪撑开驴四的嘴，右爪抓住药瓶，小心翼翼把药水倒进驴四的嘴里。

二斤"梦七"下肚，四个人似醉非醉。他们看着大黑狗的一举一动，都不由自主地夸赞大黑狗是条孝犬。

突然，龙五爷想起侄子龙小虎。"快，出事了，小虎一定出事了。"

"蜘蛛……吃人……异象……卧龙山……龙眼泉。"此时，驴四的话像子弹一样在龙五爷的脑海里乱飞。"快，开两辆车，有事儿好有个照应。"龙五爷虽有些慌乱但仍考虑周全。

两辆奥迪车在古黄河大堤上向北飞驰。龙五爷坐在蔡佩永的车上，两眼直盯前方。他像是想到什么，掏出手机拨了电话："龙超，你在哪里？"对方回答："爸，我刚出水，正准备回家。"龙五爷问："潜水服在吗？"对方回答："刚脱下，正准备送到库里。"龙五爷问："你是开车还是骑摩托？"对方说："骑赛车。"龙五爷说："快，穿上潜水服，迅速赶到龙眼泉。小虎出事了。"对方问："怎么啦？"龙五爷说："你先别问了，越快越好。"龙五爷挂了电话喘了口长气，好像已经预感到事态严重。龙五爷的心很乱，再一次拨通儿子龙超的电话。"龙超啊，你一定要把潜水服准备好啊，不能有半点儿马虎。"龙超说："好的，我正穿呢，马上赶过去，我骑赛车比你们快。""你抓紧。"龙五爷要挂电话的时候像又想起什么，问龙超："龙超啊，就你一个人吗？"龙超说："还有一个队友。"龙五爷说："你能不能叫他和你一块过来帮帮忙？"龙超说："行啊，都是好朋友。"龙五爷说："告诉他，潜水服装备齐整，不要耽搁，抓紧过来。"

龙超是龙是银的儿子，退伍后在江北水务局下属事业单位上班，爱好潜水。水务局的下属单位较多，龙超把喜欢潜水的年轻人组织起来成立一个水下探险队，他被推选为队长。他们经常由电力、电信、汽车4S店等有钱商家赞助拍广告宣传水下探险活动。他们探索过清江运河最深水域，落雁湖，黑龙渊，蝴蝶湖，古黄河里几千年前的江北古城遗址，等地方都是他们常去的。他们早就打算探索一下龙眼泉到底有多深，是不是像传说一样真的直通东海，可几次都被龙五爷否决。关于卧龙山、龙眼泉、清江运河、龙云寺、蝴蝶泉、黑龙渊、大龙沟、小龙沟的许多神话传说，让龙五爷等老一辈人心存畏惧，不敢让年轻人轻举妄动，万一惹怒神灵不知道

龙行运河湾

会闯下多大的灾祸。年轻人虽不信这些，可总找不到更有说服力的理由。

龙超接了父亲的电话感到有些意外，准备好潜水服迅速赶到龙眼泉。小虎出事了，出了什么事？小虎掉龙眼泉里啦，难道让我们夜入龙眼泉不成？

从古黄河东堤大道拐进卧龙山，龙五爷和蔡厂长在刺眼的车灯的照射下寻找着。"停下。"龙五爷说，"你看，那是不是我的车？"蔡佩永眯了眯眼睛，在车灯光的尽头发现了龙五爷的车。

"驾驶位的车门没关。小虎人呢？"龙五爷说着心里直犯嘀咕。

"你看，五爷，车子后面有一摊黑色的东西。"说着蔡佩永就要拉开车门下去。龙五爷一把拉住蔡佩永，说："不要开门，快倒车。"

龙五爷拿出手机，拨了电话："龙超，你到哪里了？"龙超说："就在你车后。"龙五爷说："快，到前面我车子那里，寻找小虎。"

龙超向队友挥了一下手，两辆摩托从龙是银的车外呼啸而过。

"龙超，注意蜘蛛，保持联系。"龙五爷说。

"好的。"说这话时，龙超和队友已在车灯的光柱里发现了密密麻麻的蜘蛛。

两辆摩托停在离龙是银的宝马车五十米的地方，没有熄火。龙超和队友在车灯的光柱中前行。地面上、树上，到处都是蜘蛛，密密麻麻，到处乱爬。龙超和队友很谨慎地向轿车走去，脚下的蜘蛛被踩得噼啪作响，地面上留下很多深深的脚印。不一会儿，那些脚印又被活蜘蛛爬满。

龙超在宝马车里寻找龙小虎时，耳机里传来队友小张的声音："队长，快来，人在这里。"龙超转身向队友走去。队友小张正在那堆蜘蛛前驱赶龙小虎身上的蜘蛛，小虎已露出半个身子。

龙五爷他们四人远远地躲在车里，借着强烈的车的灯光看得真真切切。

"蔡厂长，快打120，叫救护车。"龙五爷说着就想拉开车门下车。蔡佩永赶忙锁死了车门，又将车子后退了五十米，他们都才下了车。

"蔡厂长，你告诉120，是中了蜘蛛毒，叫他们提前做好准备。"龙五爷声音有点哑。

小虎被抬到龙五爷面前，龙超和队友已被满山蜘蛛吓得瘫坐在地上。龙五爷拍了拍两个年轻人的后背，又敲了敲他们的头盔，龙超和小张好像才缓过神来。他们俩躺在地上，面如黄纸。

1．卧龙山异象

卧龙山离江北市人民医院仅五六公里，已经能清楚地听见救护车的警笛声。龙五爷把食指和中指放在龙小虎的鼻孔处，还能感觉到游丝般的呼吸。蔡厂长、董厂长、吴老板他们从小虎的衣服里又找出一些黑蜘蛛踩死。龙超和队友小张正准备脱掉潜水服。龙五爷指了指他们的面罩，摆了摆手，又指了指摩托的方向，竖起两个手指。

救护车赶到现场，两名护士和一名医生同时向龙五爷表示，龙小虎没救了。

"不可能，有呼吸，快送医院。"龙五爷的话斩钉截铁，没留一点儿余地。

龙超和队友小张战战兢兢地骑回摩托，脱掉潜水服。"爸，你的车为什么不开过来？""那是案发现场，放在那里不能动。"龙五爷的声音有点儿发颤，"龙超，快上救护车，送小虎去医院。你队友姓什么？"龙超说："你叫他小张好了。"龙五爷转脸对小张说："小张，谢谢你。"小张说："不客气，龙伯伯。山里面太可怕了。"龙五爷说："小张，你回家吧，好好静静。蔡厂长、董厂长，你们俩也回去吧，吴良兴你再陪我一会儿。"

龙五爷望着远去的救护车，哆哆嗦嗦地拨通龙行村主任赵尔照的电话。

"赵主任，出大事了，卧龙山出现异象，龙眼泉冒黑蜘蛛，漫山遍野都是。"

赵尔照说："出异象？冒黑蜘蛛？今年卧龙山上异象还少嘛，有什么大惊小怪的？"听到赵尔照见怪不怪的语气，龙五爷有点儿发急地说："龙小虎已经被黑蜘蛛毒倒了，不省人事，正在送往医院途中，人命关天啊！"赵尔照说："你说什么，小虎不省人事，怎么回事？我马上过去。"龙五爷说："你抓紧和龙至礼书记说一声，叫他赶紧向上级汇报，这里的局面你我都无法控制。"赵尔照说："龙至礼书记已经失联几天了，手机始终无法接通。你先报警。"龙五爷听赵主任说报警，似乎意识到自己的失误，赶忙叫吴良兴报了警。

龙是银习惯地从上衣口袋里掏出一支软中华。他想抽支烟来平复一下自己惊恐焦虑的心情。

龙行村主任赵尔照赶到卧龙山还没来得及和龙五爷说上话，龙超就打了电话，对龙五爷说龙小虎已经死了，问父亲怎么办，龙五爷说："确定已经死了？刚才不是还有点儿呼吸吗？"龙超说："医生说小虎中毒太深，瞳孔已散开，身体已经变凉。"

龙是银和龙超的通话，赵尔照听得真真切切。他感到异象已远远超出自己的想象。

警车到了。龙是银把驴四到自家后发生的事情前前后后说了一遍。副所长朱志

龙行运河湾

亮深感事态严重。朱志亮想到龙是银的轿车那里看看情况，被龙是银拦住了。龙是银说："山里太危险，全是蜘蛛，要进去必须先做好自我保护。"龙是银显得魂不守舍，蹲在地上气喘吁吁。

朱志亮当即向所长——西城区公安分局副局长做了详细汇报。

几分钟内，江北市虫害控制中心、江北市公安局、江北市消防支队、江北市林业局等单位，在副市长吕裕民的协调下组成一支防治蜘蛛的联合队伍，迅速奔赴卧龙山。

这时，龙超来电话问父亲，龙小虎的尸体怎么办。龙是银说："先放在医院太平间吧。"

龙是银转过脸对朱志亮说："朱所长，龙小虎确已死亡。通知家属的事情，我看由你们派出所出面比较稳妥。麻烦你们了。"龙是银的话既有点儿请求的意味也有点儿命令的味道。

2. 龙至礼壮烈牺牲

天，黑得伸手不见五指。月亮，无精打采地挂在树梢上，愁眉苦脸的，没有一点儿生机。大片大片的乌云翻滚着漫过月亮，好像发出了一阵阵诡秘的笑声。雾气打湿了蝴蝶庵周围树上夜栖鸟儿的翅膀。

一只猫头鹰从蝴蝶庵上空飞过，凄厉的尖叫声刺破寂静，黑夜有一丝颤抖。夜幕下无数只觅食的老鼠顿时毛骨悚然，诚惶诚恐。

"孩子，我该走了。"蝴蝶庵里，龙行村支部书记龙至礼对赵筱蝶说，"一切都拜托你了。"说罢要给赵筱蝶施礼。赵筱蝶赶忙扶住老支书，说："千万别这样老人家，您交代的事，晚辈一定照办。您放心。"赵筱蝶挽着老支书走到大门外。临走前，龙至礼又对赵筱蝶说："该交代的都交代了，我没有牵挂了。筱蝶，就指望你了。我走了。"

赵筱蝶望着老支书远去的背影，眼泪簌簌而下。

老支书龙至礼走到古黄河东堤大道路口时，正遇上前往卧龙山现场的派出所所长张望法。

"老是输（支书），你怎么还在这里享清闲呢？龙眼泉冒黑蜘蛛啦，龙小虎已经被毒死了。"张望法坐在警车里向龙至礼说，"我车里人坐满了，你快回村部，召集些人到卧龙山，人多好办事。"说罢就走了。

龙至礼想问点儿什么，可车已开远，只看见警车的两个尾灯在无边的黑夜里一眨一眨的，活像旧社会卧龙山上下山寻找猎物的饥饿的狼的眼睛。张望法从来都把老支书喊成"老是输"，张望法喜欢陪领导打麻将，老是故意输钱。

"呸，不分是非的东西。"老支书吐了口唾沫。

想到小虎被蜘蛛毒死了，老支书加快了回村的脚步。

又一辆轿车，不，是辆越野吉普，停在龙至礼眼前。强烈的灯光照得他头脑发昏。

"至礼书记，你的电话怎么无法接通？都火烧眉毛了。"闸北镇党委书记关西

龙行运河湾

网说。"是关书记啊，我手机没电了。"老支书把手搭在额头上，向驾驶位后面的车窗边走边说。"这次出现毒蜘蛛，你老见多识广，抓紧想想办法，到村里多带些人手。吕市长在现场等我，我先去了。"说完越野吉普便风驰电掣而去。夜幕里两只饥饿的"狼眼"越来越模糊，最后消失在黑暗深处。

老支书低着脑袋走了百十米，坐在路边的一块石头上。他先是缓慢地掏出老花眼镜，又掏出手机。几十天来，这是他第一次开机。

"龙行村党员干部群众注意啦！抓紧到卧龙山西面古黄河大堤上，有天塌的大事商量。大家不要带板凳了。男人带两根绳子、一条扁担，妇女带一把镰刀。任何人都要备齐一双靴子、一身带帽的雨衣，三十分钟之内到现场。赵尔照、李仕禄、赵利冉、华明善、龙惠娟，你们五人到村部等我。各组组长不许迟到，十万火急。大家相互转告。"老支书在手机上鼓弄了半天才把信息发了出去。

李仕禄是村里计划生育专干兼村民委员会副主任。赵利冉是村里民兵营长兼青年书记。华明善是村里会计。龙惠娟是村委会妇女主任，是闸北镇医院院长龙杰的女儿。赵尔照已经回信息，说到了灾害现场。

村部会议室里，老支书和其他四个人都站着，一个个神色慌张。

"仕禄，你通知夏广仁，叫他把家里的所有汽油全部用面包车拖到现场。利冉，你开辆面包车沿黄河大堤把所有商店里的杀虫剂全部买下，运到卧龙山。明善，你负责购买各商店里的雨靴和雨衣。惠娟，你带领村卫生室的两名人员备足必要的药品赶往现场。同时，请你爸安排镇医院里的两名医生带足药品赶往卧龙山。快，分头行动。"老支书布置完刚要出门，又突然对赵利冉说："你把商店里的手电筒多买些。"

古黄河东堤大道上，车如流水光如河。轿车、面包车、摩托车、大三轮、小三轮、电瓶车，都争先恐后地向卧龙山驶去。谁也不知道那里究竟发生了什么天塌的大事。龙行村在册的近九百户人家，即便是去了三分之一，一家一辆车，那也是三百辆车。

卧龙山前，赵尔照把龙至礼的信息转发给关西网，关西网又把信息发给了吕裕民副市长。"老支书的葫芦里装的什么药？"吕裕民随口说了一句，转脸问消防和虫害控制中心人员："怎么样，有可靠的方案吗？"他们回答："正研究商量。队伍马上就到。"

说话时，龙行村的党员干部群众已陆陆续续云集卧龙山。李仕禄、赵利冉、华明善、龙惠娟他们也已按老支书的安排满载而来。龙至礼下了车，急忙向吕裕民和关西网那里走去。赵利冉迎了上去，问："龙书记，你带这么多人和这些东西来干什么？上级领导都在呢！"龙至礼表情严肃地说："上级领导都在有何鸟用，他们又不是蜘蛛王，一声令下蜘蛛就全回去了。领导有办法吗？"龙至礼好像一听到"上级领导"四个字，气就不打一处来。赵尔照悄悄地说："还没有办法，正研究方案，队伍马上就到。"龙至礼说："消防车不是到了吗？"赵尔照说："他们摸不清底细，说这事与消防无关，需等虫害控制中心专家来定夺。"龙至礼问："专家来了吗？"赵尔照说："他们说马上就到。"龙至礼问："马上是多长时间？"赵尔照被问得哑口无言。

龙至礼走到吕副市长和关书记面前，说："两位领导，事情大体经过我听说了。情况紧急，这里离市区只有六公里左右，第一要务是控制蜘蛛蔓延，一旦进入市区，那麻烦可就大了，不亚于一场瘟疫；第二，控制蜘蛛源，不能再让蜘蛛继续往外冒；第三，迅速消灭跑出来的蜘蛛。"龙至礼说得干脆利落。

吕裕民说："老支书，你说怎么办？"

龙至礼说："请吕市长安排辆消防车给我，我要到山里看个究竟，了解具体情况。""这没有问题。"吕裕民毫不犹豫地答应了。龙至礼接着说："尔照，你把党员干部群众集中起来等我回来。"

龙至礼站上一块高地，大声说："谁愿意和我一块进山？"有人回答："我们上。"龙至礼一看是消防员，说："不行，你们还有更重要的灭除工作。"龙至礼一口回绝了。消防员说："我为你开车。"龙至礼说："我自己开车。不过，你们的消防服可以借我穿一下。"

"我去。"寂静的人群中一个女人的声音，斩钉截铁。大家循声望去，是赵筱蝶，龙行村正在留党察看的支部副书记。

"小姑，你不能去。"一个洪亮的声音响起，那人拦住了打算走出人群的赵筱蝶。

"关西网，请你迅速调集你的人，派出所、城管队、联防队，让他们上，不要在这关键时刻像狗熊，装孬种。"说这话的人是马户坚强，马户家兴的儿子。

龙至礼借着微弱的灯光看到了赵筱蝶，心里不由得"咯噔"一下，但瞬间又镇静下来。龙至礼望着马户坚强说："驴崽子，你个小孬种，都什么时候了，不要胡闹。你父亲还躺在龙是银家院里呢，不知是死是活。你抓紧给我回去。"

龙行运河湾

马户坚强听说父亲又犯病了，一刻也没耽误，开着车就回去了。

龙至礼继续问："还有谁去？"三百多人鸦雀无声，谁也没有出声。龙至礼问："龙行村的党员干部来了多少人？"赵尔照说："党员加干部来了三十九人。"龙至礼说："党员干部听到没有，有没有和我一块进山的？"老支书又重复了一遍，仍没有回声，整个人群死一般寂静。

"老支书，我和你去。"说话的是大学还没毕业的华龙喆。老支书说："你不能去，你还没褪奶味呢。"

华龙喆望了望龙至礼，说："老支书，我知道我的年龄、阅历、经验没有你多，可我马上就大学毕业了，我是学动植物的，对蜘蛛的了解不一定比你少，更重要的是我也是名党员，我不去，谁去？"龙至礼望着孙子辈的华龙喆，一时无语。

就在这时，一辆轿车急驰而来，从车上下来一个和尚，他是江北市佛教协会副会长静能法师。吕裕民向前走了两步，问："大师，有事吗？"静能法师说："龙云寺上报，那里蜘蛛如洪水，有几十名香客被困龙云寺里，已有几名香客被蜘蛛咬伤。空了大师安排我过来。"吕裕民问："空了大师在寺里吗？"静能法师说："没有。大师正在从云京回来的高铁上。"

吕裕民听到龙云寺里还有几十名香客，且方丈在外，倍感事态严重。吕裕民说："静能法师，你稍等一下，待我们进山了解情况后回来再说。老支书，走，我和你一块进山。"

"你——吕市长——"老支书显然很惊诧。

吕裕民摆摆手说："什么都不要说了，快，换上消防服，上车。"

上车前，吕裕民转脸对消防队长交代："万一我有什么意外，请你迅速向市委领导汇报。"

龙是银的院里，驴四在华龙组群众的哭喊声中苏醒过来，大黑狗那狼嚎般的号叫把大白狗引来了。两条狗正要把驴四那沉重的身体往家里拽，马户坚强和母亲跑进了龙是银家。驴四见妻子和儿子都来了，翻了翻白眼，把两条狗抱在怀里哭了。

龙行村笼罩在一片恐怖之中。

龙小虎的尸体放在医院太平间里。接到派出所的电话，小虎的父母、妻儿、族亲没有人相信是真的，直到龙超打电话来。

龙是银的弟弟龙是金就龙小虎这一个儿子，年仅三十二岁就做了龙行村支部副书记。龙是银很喜欢这个侄子，早就想把他推到一把手书记的位置二。晚上的酒席虽是在龙是银家，其实是龙小虎请客。几个人商量一下，如何确保龙至礼卸任后，龙小虎百分之百能当上一把手，不承想他命丧卧龙山。龙是银很后悔让他去现场，把这责任推到驴四身上。要不是驴四疯疯癫癫地跑过来，哪来这血光之灾？

龙小虎有两个孩子，大的十二岁，上四年级，小的七岁，刚上一年级。小虎一死，全家人顿时如天崩地陷，亲人的痛哭声在黑夜里格外刺耳。

驴四躺在床上，嘴里还不停地重复着龙眼泉……黑蜘蛛……黑牡丹……说着说着就睡着了。突然，驴四激灵灵又是一阵痉挛，大呼："黑蜘蛛……漫山遍野黑蜘蛛……要吃人啦……快……救救我的羊。"

马户坚强推醒父亲又喂了点儿药，对父亲说："卧龙山上人山人海的，老支书正带人进山呢，用不着你担心，你安稳地睡吧。"

驴四虽迷迷糊糊地睡了，但还是吃语连篇："快把车拦下，把你小姑拽下来……她不能去，她不能去啊……"

消防车在爬满厚厚一层黑蜘蛛的水泥路上疾驰而过，车轮碾压下的蜘蛛噼啪作响，挡风玻璃上一个响声就是一团黑色的液体。老支书开车，吕副市长坐在前排，赵筱蝶和华龙喆坐后排。他们由龙泉路自西向东，经过龙眼泉时，车子停了一会儿。然后继续向东行至清江运河西堤，再向北沿龙云寺前路向西至古黄河大堤。他们谁也没有说一句话，都目不转睛地注视着车灯照射下的蜘蛛。

车开过龙云寺三四百米，老支书感觉到了安全地带，他停稳车，示意大家下车。

龙至礼说："大家检查一下，看有没有被蜘蛛咬着？"

吕裕民说："我感到裤腿里有东西在爬。"

龙至礼赶忙说："快，把蜘蛛抖出来。大家都仔细检查一遍。"

龙至礼急忙拨通龙惠娟的电话："惠娟啊，镇医院来人了吗？"

龙惠娟说："他们到了。市里医院也来人了。"

龙至礼说："迅速把救护车开到龙云寺前面的路上来。"

吕裕民的腿上有蜘蛛咬的几个紫红色疙瘩，又从袖口里抖出几只黑蜘蛛。吕裕民正想把蜘蛛踩死，却被老支书拦住了。老支书问："有塑料袋吗？把它装起来。"赵筱蝶说驾驶室里有，迅速跑到驾驶室里拿了个塑料袋。

看见救护车的警示灯，老支书说："筱蝶，你陪吕市长上救护车，抓紧解毒，

龙行运河湾

千万不能耽误了。"吕裕民示意老支书和华龙喆一块回去。龙至礼说:"对不起吕市长,我没能照顾好你。你先回去,我和龙喆马上就赶回去。"老支书拉着华龙喆走进龙云寺前面的路北侧花朵盛开的薄荷地里。

龙至礼拔起几棵薄荷,在鼻子上闻了闻,说:"好,味道很浓很足。"

华龙喆看出点儿门道,说:"舅爹,你是想用薄荷草阻止黑蜘蛛蔓延,对吧?"龙至礼说:"算你小子的书没白念。"

龙至礼和华龙喆回到集合地点直奔救护车前。龙至礼问:"吕市长,身体感觉怎么样?"吕裕民说:"没问题。吃过药了,又打了一针,这瓶水输完就应该没事了。老支书,你没有什么吧,有什么好的办法没有?"

龙至礼这时发现从市里和区里来了不少领导,都围在吕裕民身边,嘘寒问暖,有的还在阿谀奉承。龙至礼没有再说什么,环视了一下人群,问:"吕市长,赵筱蝶呢?"吕裕民说:"赵筱蝶见龙云寺前面的路那里几乎没有蜘蛛,她带着静能法师进寺里去了。"

龙至礼的脸上唰地掠过一丝担忧。他对吕裕民说:"吕市长,我有个办法,你看行不行?"吕裕民说:"请讲,老支书。"龙至礼举起几棵薄荷草在吕裕民面前晃了晃,说:"阻止黑蜘蛛蔓延用薄荷草,还有车上带来的杀虫剂及汽油。现在黑蜘蛛主要是在龙头山方圆大约十里之内。龙云山上的薄荷地没有蜘蛛,由赵尔照带领党员群众去那里割薄荷草,然后把龙头山围起来,特别是南面,严禁蜘蛛向城区蔓延。地面上和树上的蜘蛛交给公安、消防甚至武警官兵以及几百名群众来解决。现在的关键问题是堵住龙眼泉,龙眼泉现在还有大量蜘蛛向外爬,最好的办法是炸掉它。请你和鞭炮厂联系一下,叫他们立即送五十斤炸药来,炸龙眼泉的事交给我。"

吕裕民坐了起来,把龙至礼的想法和现场的头头脑脑们说了一遍,问大家有没有其他更好的办法,大家都赞同龙至礼的办法。吕裕民拔掉输液针头,很严肃地说:"各位,事态紧急,一旦延误后果不堪想象。谁在这件事情上退缩,谁就将被严肃处理。"紧接着他拨通了鞭炮厂高厂长的电话。

来自龙云寺方向的救护车声嘶力竭的尖叫声,把黑夜撕开一道白晃晃的口子。闪烁的警示灯直冲过来。几百人的心被提在嗓子眼。没等车子停稳,静能法师就撩起僧袍跳了下来。

"快,快抢救,女施主晕倒了。"静能法师有点儿上气不接下气。

傍晚时分，龙云寺里几十名香客被突如其来的黑蜘蛛吓得六神无主。

一名香客刚出大殿就被蜘蛛咬伤，加之惊吓没把事情说清楚就晕过去了。幸亏监寺精通药理，是江北方圆百里出了名的"中药和尚"。监寺给那位晕过去的香客把了脉，服了一碗中药，然后又在伤口处敷上药。不一会儿，那香客就醒了。监寺到大殿外看了看，心里有了底，就把香客安排在龙云寺下面的防空洞里。

香客大多是年老体弱的妇人，本就行动迟缓，加上这一惊吓，谁也不敢贸然回家。大家直到看见静能法师和赵筱蝶来救自己，悬着的心才算放下。

救护车就停在大殿前的台阶下面。几十级台阶，那些惊魂未定的香客走得摇摇晃晃，有的走到一半就走不动了，干脆坐在台阶上一级一级往下挪。

险情随时有可能发生，时间耽误不起。赵筱蝶没有别的办法，只得一个一个地把他们迅速地背到车里，一个，两个，三个，四个……累得大汗淋漓。最后，当赵筱蝶把那位白发苍苍的吴老太太背进车里时，她自己却两腿发软，像一摊泥瘫倒了。

"大师，快送大家出去。"赵筱蝶说完已没有力气把车门关上。她那乌黑的长发凌乱地散落在蜡黄的脸上，早被汗水浸透、沾满泥土的衣裳在大殿里微弱的灯光照射下，冒着一丝丝热气。她光着双脚，脚板血肉模糊。

吕裕民看着不省人事的赵筱蝶，心里不由得泛上一阵阵酸楚。一位放弃大城市高薪，执意来龙行村的女大学生村官，一位仍在留党察看期间的党员，让现场的所有党员干部的内心震撼不已。

"孩子，你醒醒。孩子，你醒醒啊。你是龙行村唯一的希望，你可不能倒下啊！"老支书龙至礼用颤抖的手抚摸着赵筱蝶没有血色的脸庞，泪珠爬过他沟壑丛生的脸颊，滴在赵筱蝶的手上。

香客们都到齐了，一位四十多岁的孕妇抱着赵筱蝶的双脚痛哭流涕。她用袖口小心翼翼地擦去赵筱蝶脚板上的血，继而脱下自己脚上的平底布鞋穿在赵筱蝶的脚上。

这双鞋就是赵筱蝶的。

"你好吕市长，高厂长安排我送五十斤炸药给你。"鞭炮厂的人说完，按吕市长要求把炸药交给了龙至礼。

"裕民，你没事吧？"吕裕民母亲的声音。

"妈，你怎么在这里？"吕裕民问。

龙行运河湾

"现在不是说清楚的时候。你可一定要保护好这位闺女，是因为妈啊。"吕裕民的母亲说。

吕裕民说："妈，您放心，医生说了她是因为劳累过度，身体虚脱，马上就会醒过来。"

此时，躺在救护车里的赵筱蝶像一股烈焰，点燃了目睹者的血性和激情。有许多人纷纷要求和老支书一块去炸掉龙眼泉。龙至礼无法说服吕裕民，只得让他和华龙喆与自己一块去，由消防队长开车。

卧龙山山顶是江北市最高的地理位置，海拔一百八十四米。清江运河沿卧龙山东麓北上然后又沿卧龙山北麓西上，和沂河隔堤相望。古黄河沿卧龙山的前山——龙头山西侧转头向西，与清江运河隔岸向西并行。烟波浩渺的落雁湖就坐落在古黄河和清江运河北侧。

卧龙山方圆百余里，由龙头山、龙云山、龙尾山三部分组成。龙行人称它们为前山、中山和后山。龙头山山顶是最高点，山顶上有登高台，台高十四米。登高台两侧有两处龙眼泉，西面的那处龙眼泉在"文革"中被炸毁。龙头山南麓有两条龙须路，直抵山脚的田野。龙须路两侧全是百年水杉，绿荫如盖，遮天蔽日。

中山又叫龙云山，因有龙云寺而得名。龙云寺始建于汉朝，是座远近闻名的古寺，共有大殿五座，禅房一百二十间。龙云山怪石林立，到处是断崖，前后都是平缓的丘陵地带，景点众多。前有鹤鸣池、塔林、滴水洞、三仙居、赏月亭、听风桥。后有落雁晚波亭、秋月听雨堂、莲池醉鱼坊、乾隆御碑盖、耕云煮雪社、运河古灯塔。后山平缓无奇，北面半个山被卖给私人开发成墓地。密密麻麻的墓碑之间点缀着零星的绿色，在每天送葬者的哭声中显得死气沉沉。山上主路两旁都是祭祀用品的商店。纸钱、香烛、纸马、阴幡、白绫，依次挂满门楣，风吹纸响如逝者碎语。

消防车在离龙眼泉三十米的地方停了下来，老支书提着炸药包走在前头，华龙喆提着两桶汽油紧随其后。地面上黑蜘蛛足有一尺厚，泉口处，黑蜘蛛还不停地向外爬。老支书示意华龙喆把汽油放下，抓紧回到车子里，剩下的事由他来做。

老支书在卧龙山上使用炸药不是一次两次。二十世纪七十年代初期，在卧龙山开凿防空洞时，他带领民兵在山底下打眼放炮；建造沂河闸时，是他带领党员干部硬是把那座名为龙爪石的小山包炸掉，开通了水路。二十世纪九十年代，卧龙山上铺设水泥路，是他带头炸山，建成了龙云前路和龙云后路。卧龙山的一草一木、一石一景，老支书都了如指掌。可今天，老支书面对龙眼泉却感到陌生了，那清澈甘甜的泉水呢，那花红草绿、蝶飞鸟鸣的美景呢？

站在车灯的光柱里，老支书感觉四周的黑暗里仿佛有无数张狰狞的面孔，嗜血的嘴脸上满是魔兽般的疯狂欲望。

老支书深一脚浅一脚地往前走，七十五个春夏秋冬走来，此时，他心里迷茫而脚步坚定、沉稳。他像摸着石头过河一样，蹚着黑蜘蛛向龙眼泉靠近。

华龙喆坐到车子里时，老支书将两桶汽油顺着泉沿倒进了龙眼泉，然后取出麻绳一头拴在树上，另一头系住炸药包。他小心翼翼地将炸药包悬在离泉口一丈深的地方。一切准备就绪，他示意消防车后退。吕裕民知道老支书要点导火索了。

就在老支书要点导火索的时候，泉眼处一根直立的枯树桩把他腿上的消防服划出一道口子。那口子从脚底向上有一尺来长。一瞬间，黑蜘蛛像捕获到猎物一样从破口处蜂拥而入，在消防服里顺着老支书的腿边爬边咬。一阵恐惧掠过，老支书没有丝毫犹豫，迅速从蜘蛛覆盖的地上抓起导火索。

车子没有退，警笛阵阵，车灯闪闪。老支书明白这是在告诉自己点燃导火索后抓紧回去。可他整个身上已爬满蜘蛛，消防服被撑得鼓鼓的，走路都已很难。

老支书向他们摆摆手，又急忙用手势叫他们倒车。那意思是只有你们安全了我才点火。

吕裕民双眼噙泪，示意司机往后倒车。三双眼睛紧紧地盯着老支书。

老支书看他们退到了安全距离，微笑地点点头，然后点燃了导火索。

车灯和燃烧的导火索发出的光映照着老支书的身躯，他站在那里一动不动。华龙喆突然大声说："吕市长，舅爹的消防服鼓鼓的，肯定是消防服坏了，衣服里满是蜘蛛。"吕裕民仔细一看，还没来得及说话，就听见"轰隆"一声巨响，地动山摇，火光冲天。

消防车疯狂向前疾驰，直冲龙眼泉。

龙眼泉被炸成大坑，飞溅出的泥土带着汽油、蜘蛛在熊熊燃烧。救护车的警笛没有喊来那位七十五岁的老人，一遍、两遍、三遍……

华龙喆要下车去寻找舅爹，司机拉住了他，吕裕民也向他摇摇头。华龙喆看见吕裕民那双刚毅的眼睛布满血丝。

消防车渐行渐远。

龙行运河湾

赵筱蝶被惊天动地的爆炸声惊醒。吴老太太没有走，就坐在赵筱蝶身旁。她轻轻地拨开散落在赵筱蝶脸上的长发，说："好闺女，你醒啦！"

赵筱蝶看了看周围，问："那些香客呢？"老太太说："放心吧闺女，他们都安全回家了。"赵筱蝶问："刚才是什么声音？"

老太太说："是炸龙眼泉的声音。龙眼泉堵上了，大家正在消灭蜘蛛，你就安心歇一会儿吧。"

吕裕民到救护车前向母亲和赵筱蝶打个招呼就走了。龙头山上的一场人虫大战正有序展开。

"华龙喆，你过来。"赵筱蝶喊住眼圈发红的华龙喆说，"老支书干什么去了，你叫他来，我有话要对他说。"

华龙喆眼泪汪汪，泣不成声地说："舅爹……他老人家……壮烈……牺牲了……"

3. 华自义探母

　　卧龙山上的爆炸声也把龙姑从昏迷中震醒过来。

　　龙姑名叫龙世英，出生于一九〇六年腊月，一百〇二岁，是中华人民共和国成立后龙行村的第一任党支部书记，那时叫大队书记，二十世纪八十年代初期被追认为老红军。她是龙行村年龄最大、威望最高的老人，二十世纪七十年代就闻名江北，闻名全国。她是老支书龙至礼的亲姑。龙至礼的父亲叫龙世雄。龙姑的老伴叫华子明，家传木匠手艺，一九〇九年九月出生，今年九十九岁，眼不花耳不聋，身体硬朗，只是少言寡语。龙姑和华子明有四个儿子，大儿子叫华自共，二儿子叫华自产，三儿子叫华自主，四儿子叫华自义。华自共在"文化大革命"中被人打死了，华龙喆是华自共的孙子。华自产有两个儿子、两个孙子。两个孙子中一个叫华龙昌在军队工作，一个叫华龙盛在江北市法院工作。华自主有一儿一女，孙子华龙俭在江北市粮食局工作。四子华自义是龙姑五十四岁时生的小儿子，在云京工作，具体干什么，龙行村无人知道，只知道华自义有个女儿在澳大利亚留学。

　　龙姑病重已有两年多。儿孙们自是隔三岔五陪伴左右，只是小儿子华自义用电话催了几十遍还是没有到家。

　　今天晚上，龙姑被爆炸声惊醒后，呼吸急促，双眼睁不开，嘴里在不停地喊着："麦子，麦子，麦子回来了吗？"

　　麦子是华自义的乳名。

　　"在回家的路上呢。你啊少说两句吧，留点儿力气等麦子，今夜该到家了。"华子明为老伴掖了掖被角，安慰说。

　　这时，华龙俭进了屋。他轻轻地把老爹华自主拽到外间屋，说："爹，刚才龙喆打电话来，说舅爹在卧龙山死了。"华自主问是怎么死的，华龙俭说："是炸龙眼泉时，炸死的。"华自主满脸疑惑地问："炸龙眼泉干什么？"华龙俭说："傍晚时分，龙眼泉泉水断流，黑蜘蛛不断向外爬。驴四被吓得犯病，九死一生。龙小

龙行运河湾

虎被毒死，躺在医院太平间里。赵筱蝶累晕，躺在救护车里。舅爹被炸得尸骨全无。我估计老爸也在那里。你在家照看老太太，我去看看情况。"华龙俭说完朝门外走去。华自主嘱咐他一定要当心。

华子明见三儿子华自主脸色不好看，问："发生了什么事？"华自主轻描淡写地说："没什么，听说龙眼泉不冒泉水了，黑蜘蛛不断向外爬。"说着坐到母亲的床沿上，用棉球蘸点儿温开水在母亲的嘴唇上湿了湿。

"从龙眼泉向外爬黑蜘蛛，突发异象，必有灾殃。自打去年底以来，卧龙山已出现几次异象。自主啊，今年年成不好，不知道哪个地方又要有什么天灾人祸了。"华子明满脸疑惑，自言自语。

"麦子，麦子，妈二十几年没看见你了，你把妈忘了。妈好想你啊，儿子。快……救救儿子……儿子的身边有魔鬼……有魔鬼……"龙姑说话时，微微睁开的双眼放射出阴森森的蓝光，干瘦的手臂在空中摇来晃去，像在抓什么东西。"老华，麦子身边有魔鬼，有魔鬼。你快救救儿子啊！"说罢，她那摇摆的手臂垂直落下。一口长气呼出，龙姑那瘦弱的身躯好像又缩了一圈。

华自主说："看样子，妈是不行了。"

"放心，她一定会等到你四弟回来。"老父亲说得十分肯定。

华自主走到院里拨通华自义的手机："老四，到哪里了？"华自义说："三哥，我快到庆州了。有事吗？"华自主犹豫了一下，说："没事，妈叫我问问。老人家很想念你，路上一定注意安全……"

华自义无数次听到母亲的呼唤，犹如他在麦子成熟的季节虽身居大都市却能清晰地闻到田野里小麦的清香。那清香源于血脉和生命，那呼唤源于心灵深处。可他却无法抵达母亲身边，抚摸一下她那慈祥的面容。

今晚，他终于成行，离母亲越来越近。

夜幕之中，列车在平原上自北向南飞驰。这个时候正是晚秋玉米灌浆后成熟的季节。秋风吹过一望无际的田野，玉米摆动着宽大碧绿的叶片，发出哗啦啦的响声。月明星稀之下，玉米叶哗哗的响声增添了黑夜的寂静，深青深绿的大野加深了黑夜的颜色也加深了黑夜的沉重。黑夜，模糊了天空、大地，模糊了树木、庄稼，也模糊了寻找光明的眼睛。

列车在玉米的头顶上风驰电掣，如闪电，如蛟龙。

华自义的座位是六号车厢二十座。车票是韦师新安排人帮他买的。六百二十次列车六点二十分到站，六厢二十座。太巧合了，六月二十日正是华自义的生日，是小麦成熟万家收割的时候。

华自义十九岁当兵离开龙行，一九八二年底在部队见母亲最后一面。算下来，他已离开家乡三十年，二十五年没见母亲。他，归心似箭。

坐上回家的列车，华自义的眼前浮现出父母奔波劳碌的身影，浮现出龙行村一眼望不到边的北湖地，还有那棵树下埋着他胞衣的参天大柳树，也浮现出韦师新。两天里，韦师新的表现让他心生不安。

华自义是二〇〇〇年调进政研室农村工作研究局的，二〇〇四年任政研室副主任兼农村工作研究局局长。二〇〇五年，韦师新调任政研室农村工作研究局副局长。共事三年来，华自义和韦师新除了工作上的关系，私下几乎是零交集。几十年的从政经验时刻提醒着华自义要处处小心。特别是二〇〇二年华自义的岳父被抓，二〇〇四年妻子被执行死刑以来，他更是如履薄冰、如临深渊。韦师新的家族背景显赫，大哥韦师潮是政法委书记。他的家族庞大，关系盘根错节，无论是政治上还是经济上都是呼风唤雨的大家族。华自义知道自己势力弱，唯独靠努力拼搏立足于官场。韦师新虽是华自义的副手，可华自义对韦师新从来都是尊重有加。韦师新从骨子里不把这个既没有靠山又没有财力的华自义放在眼里。这一点华自义心知肚明。平日里除了开会学习，向领导汇报工作，华自义能在办公室里待上点儿时间，其余时间都在基层专心调研。华自义和韦师新相处的机会不多，更谈不上深交，只是见面点下头相互打个招呼而已。然而，自华自义把请假申请报告交给领导之后，韦师新对华自义一下子变得亲近起来。递交请假申请报告的当天晚上，华自义在家里整理文稿，突然接到韦师新的电话。"华局长，我是韦师新，今晚我请你到醉红尘轻松轻松，请你给个面子。"韦师新的话说得很谦恭。

华自义听到醉红尘三个字，心里"咯噔"一下。据说那里消费动辄就十万百万啊。华自义没多想就说："谢谢你韦局长，今晚我有事，脱不开身……"没等华自义把话说完，韦师新就抢过话头说："华局，你先别拒绝，不是就整理整理文稿和衣物，准备回家一趟吗？明天还有一天时间，我去帮你。今晚我是特意为你安排的，没有别的意思，只是让你放松放松。陆副主席，还有我哥都参加。陆副主席是你岳父的老朋友，你能不参加吗？来吧，我的局长，车子已在你楼下等你了。"华自义

龙行运河湾

听韦师新这么一说，没再推辞，换了身正装就下了楼。

醉红尘离华自义的居住地不过三十分钟车程。华自义第一次知道醉红尘是因一起惨案。当时醉红尘里的秦淮月影在住地被害，警方赶到现场被她独居的住所的奢华所震惊。房子是三四两楼跃层，室内金碧辉煌，豪华至极。所有家具、个人日常用品都是国际名牌。衣柜里高档貂皮大衣，绝版名鞋、手包，金银首饰不计其数。车库里停放一辆价值百万的高级轿车。粗略估计她有数千万巨额财产。秦淮月影，年仅十九岁，身高一米七三，体重四十五公斤，眉如远黛，面如桃花，双目含情。她一颦一笑尽显万种风情；一言一行皆能勾魂摄魄。如此天地间不可多得的尤物，让无数人垂涎欲滴。

醉红尘是一个烧钱的地方，更像是一座灵魂火葬场，它把一个个鲜活的灵魂燃烧成带毒的黑烟。

华自义越想越感到后背发凉，自己既不是贵人又不是富人，何以被吆喝着就去了那里？他的心如被狗啃一样难受。

华自义并没有跨进醉红尘，而是被车子载入地下一处独立的车库。车库很宽敞，装饰得也很华丽。司机打开暗藏在山水画后面的电梯门，示意华自义进去。

电梯上升时，华自义极力控制着自己那像要振翅欲飞的灵魂。

推门而入，华自义被扑面而来的灯光和音响逼得喘不过气来。五颜六色的光束在足有五百平方米的室内到处游荡，很像一个个受到惊吓的灵魂在到处寻找躯壳。迷人的音乐旋律像一张无形的网，网里蜷缩着断翅的倦鸟和僵硬的死鱼。

华自义有点儿脚不着地，他定了定神，然后向韦师新走去。要不是韦师新过来指点他，他根本不知道自己该坐哪里。

舞台上，美女们的表演结束了，室内灯光渐次亮起。陆副主席问："小华啊，你岳母身体还好吧？"华自义回答："好，感谢您挂念。"陆副主席说："我和你岳父是多年的好朋友，没想到会出了那档子事，谁也保不了他啊，还有两年就出来了，也就是做个噩梦的时辰。家里有什么困难尽管和我说，我肯定会尽力帮忙。你和许丽男的事，说不定当初你在抱怨我，现在看来，应该是好事啊。许丽男自己把自己送上了断头台，那是自找的。可你呢，却更上了一层楼。我知道你母亲今年一百多岁了，好福气啊。老家如果有困难，就和当地政府打个招呼。你年轻，有才华，有思想，前途不可估量。女儿快要回国了吧，好好培养，将来肯定也是栋梁。"陆副主席想到哪说到哪，讲了一大堆话。可华自义心里不仅没有丝毫感激之情，反而生出许多憎恶，但仍然是满脸堆笑。

"小华啊，你的那篇调研文章，领导十分重视。我和陆副主席应该感谢你啊。现在整治工作正层层落实，一定会有新气象。"韦师潮的话缓慢而有力度，说得华自义心跳加快，心乱如麻。

这时，大厅的门被美女服务员推开，走进两个衣着鲜亮的女人，一个是纯情歌后姚池，一个是国际影后陈香。她俩如春风拂柳般飘过来，紧挨着坐了下来。

"报告领导，我刚空运了一头刚成年的野生雄鹿，今晚烧全鹿，请领导品尝。"韦师新说罢请大家入席。

饮了两杯精心制作的鹿血酒，吃了几块薄如蝉翼的鹿鞭肉，喝了一小碗鹿茸汤，大家也就心照不宣地走了。

韦师新轻轻地拍了两下手，从侧门走进两男五女。留着大背头的胖子走在最前面，边走边和韦师新打招呼："韦局，领导吃得还满意吧？"韦师新说："什么满意不满意的，他们只是走个过场，房间里有的是好东西。你们快过来坐下，我给大家介绍一下。"韦师新的精气神高涨了许多，是鹿血、鹿鞭、鹿茸的神效，还是五个美女的神效，华自义分不清。

"这位是高副部长，享受正部级的待遇。高部长，请你调换下位置，上席就座。"华自义进门时就觉得他有点儿眼熟，只是没多问。华自义起身伸手握住高副部长的手，说："你好高部长，我是华自义，刚才多有得罪……"韦师新顺势介绍说："他叫华自义，我的顶头上司。我是华局的副手韦师新。"接着指着大背头胖子说："他是华夏王煤炭集团总裁纪谦义，纪晓岚的纪，谦虚的谦，主义的义，当然，他也有几千亿。"纪谦义站起身向大家打了个招呼。韦师新又指着大个子毛胡嘴："他是富国石油集团总裁钱富国，大家可别看他长得像李逵，实际上他是个书画家、文学家。当然喽，他更是个大企业家，是个石油寡头。"钱富国举了一下手，说："韦弟抬爱，名不副实，认识各位领导很荣幸。"韦师新看了看几位美女，说："这几位靓妹，我可是费尽周折才邀请到的。今夜，请各位开怀畅饮，吃得开心，玩得尽兴。"

华自义非但没有热血沸腾，反而感到有些寒气。想到这几个月，自己写的那篇调研文章，也就是刚才韦师潮提到的，他的心情实在平静不下来，有许多担心和害怕。越是引起领导重视，他就越顾虑重重。有没有人对号入座？有没有人感到害怕？

龙行运河湾

有没有人认为那篇文章是断了自己仕途的一柄利剑？有没有人看到牢狱和手铐正狰狞地向他们微笑……华自义不怕死，但他害怕恶名之下那种虚假的罪恶，怕底线被突破……

交杯换盏之后，韦师新已安排人把华自义回家的车票送到眼前。"华局，今晚放松放松，这个妹子是你老乡，自嫂子走了以后，有几年没闻到女人味了吧。"说着，韦师新摇摇晃晃地把车票装到华自义的正装口袋里。华自义不知道韦师新是真醉还是假醉。

"对不起各位，家母病危，我得回家准备准备。我先回去了。"华自义站起身抱拳说。

韦师新睁着醉眼看了看华自义，说："华局，车票是明天晚上六点的，明天我帮你，然后送你到车站，我……"在韦师新说话的时候，坐在华自义身旁的女孩在桌底下掐了一下华自义，一双水灵灵的大眼睛盯着他好像有话要说。这时候，高副部长站了起来，说："来，华局，我敬你一杯。如果有需要帮忙的，说一声，我绝不推脱。"说着举起水晶杯，一饮而尽。接着大背头胖子和大个子毛胡嘴都敬酒挽留华自义。华自义顺水推舟不走了。其实，他想听听那个女孩要对自己说什么。

那只刚成年野生鹿的雄性力量已变换成男男女女的激情和兴奋。那女孩抱着华自义的胳膊貌似亲热地走进华美的套间。

房门刚刚关好，那女孩就扑通一下跪在地毯上，两行眼泪簌簌而下。"华叔叔，我求求你不要睡我。只要你不睡我，你叫我怎么伺候你，我都愿意。"

华自义望了望那女孩，说："我说要睡你了吗？快起来，我不会欺负你的。刚才允许你抱着我胳膊，是有意做给他们看的。"

那女孩跪在地上，还是不起来。华自义问为何还不起来，那女孩说："华叔叔，你不睡我，我很感激你。但是，你一定要和那个毛胡嘴说我被你睡过了，有血，是处女。"华自义问为什么，那女孩说："不这样，他们就不会给我一万块钱。我母亲急需这一万块钱做手术。华叔叔，算我求你了。"说着便泣不成声。

华自义指了指沙发，说："你起来，我答应你。坐沙发上，慢慢和我说。"

女孩姓唐，叫唐诗茹，家住江北市西城区黄运街道办运河路。母亲的左腿粉碎性骨折，现躺在医院里急需手术。弟弟妹妹还要钱上学，爷爷的工资早被停发了。

唐诗茹被逼无奈，才哭求好姐妹带自己来这里碰运气，以解燃眉之急。

华自义没想到这个女孩真是自己的老乡，且就住在龙行村的边上。听到唐诗茹的母亲躺在医院里，华自义自然想到自己生病的母亲，想到自己八十多岁的岳母端木正扬身边没有一个照顾的人。华自义想了想，望了望唐诗茹，说："小唐，你看这样行不行？从明天晚上六点开始，你帮我照顾一下我岳母。你的学校离我家不过四十分钟车程，你吃住在我家，直到我回来，工资给你四千元一个月，怎么样？"唐诗茹直愣愣地望着华自义，知道眼前这个老乡是想帮助自己。想到这三年艰难的日子，激动的眼泪顺着她那白皙的脸颊缓缓流下。她不知道说什么好，起身为华自义冲了一杯好茶。

唐诗茹说："我帮你照顾好你岳母可以，但我不要你的钱，今晚你能不睡我，足够我感激你一辈子，我会永远记住你的。今夜我拿到毛胡嘴的一万块钱，明早就送过去。俺爷爷说了一万块够做手术了。"华自义说："你能不能不拿毛胡嘴的钱？"唐诗茹说："必须得拿，如果我不拿他的钱，就说明你没睡我，我肯定会被他睡的，那我可就惨了。"

唐诗茹一边说着一边脱掉鞋袜，从身上掏出一块洁白的手巾。手巾上别着一根带线的粗针。她用线紧紧地缠住大拇脚趾。等大拇脚趾涨到紫红时，她用针在大拇脚趾上狠狠地扎了一下，紫红的鲜血洇在洁白的手巾上。

"小唐，你在干什么？"华自义想阻止她。

唐诗茹摆了摆手，低着头没有说话。接着她用手使劲地挤了挤那大拇脚趾，直到它由刚才的紫红变为苍白。她做得缓慢而又认真，让血在手巾上洇成一朵梅花的形状。

唐诗茹从包里取出一片创可贴把针眼包好，然后松开缠绕的线，穿好鞋袜，把针、线、创可贴上的纸片裹在一起，小心翼翼地藏在地毯下面。

唐诗茹的眼睛里满是晶莹的泪水，她深情地打量着华自义，羞羞答答地说："老乡，你看，这朵'梅花'，既保住了我的贞操，又能使我有钱为母亲治病，只是委屈你了，我怎么还能要你的工资呢？"

华自义问："你早有准备？"

唐诗茹说："是的。"

华自义说："如果你真的被……"

龙行运河湾

没等华自义说完，唐诗茹就说："如果遇上坏人，我真的被强奸了，那说明我们一家人都是苦命……"

4. 列车遇难

列车穿越黑夜抵达一座城市的边缘，华自义从车窗向外望去，外面是灯光的海洋。一座又一座高大建筑物从玻璃上一闪而过，没等你分辨出它的"嘴脸"便消失在光影中。高架铁路下面的一条条宽广马路上，车来车往，像一条条奔腾的河流。华自义没来得及看清这座城市的名字，列车就已经和这座城市擦身而过，在另一片黑夜里开辟出属于自己的道路。

列车的速度很快，每小时三百多公里，可是，黑夜更深更沉，道路更远更长。

列车上，卧龙山龙云寺主持空了法师就坐在华自义的身旁。他双目微闭，双手合十在胸前，一动不动，一言不发，端坐如佛。对面坐着一老一少，老的看面相在七十岁以上，留一撮山羊胡，穿一件灰褐色高领全毛风衣，握一根邛杖，拐杖上镶嵌着一颗绿宝石。他面如冷月，双目阴晦，猛一看活像电视剧里邪教组织的首领。少的十三四岁，身宽体胖，肥头大耳，肚鼓腰圆，穿一件貂绒衫，外罩一件休闲服，脖子上挂着一条金链，金链上系一块狗形和田玉。腿上放一个精致的包金的檀香木盒，盒上放一台小电脑，他正全神贯注地玩游戏。

"小宝，哪天爷爷我死了，你能像对待妖摩狗一样对待我吗？"山羊胡的老人转脸问那胖少，胖少没有吭声。老人抵了抵那胖少说："听到没有？"那胖少很不耐烦地说："没听到，别烦我。"

"唉，你这个烧钱的祖宗，真拿你没办法。"老人长叹了一口气，迷瞪迷瞪，有些困意。

华自义主动和那老人搭讪，递过去一张报纸，说："老人家，看看报纸，打发点儿时间。"那老头子说："眼不行了。"华自义问："是带孙子探亲吗？"老头看了看孙子说："是有点儿探亲的意思，但主要是陪这个小祖宗到云州园林去葬狗。你看看，那盒子里就是他的爱犬妖摩的骨灰，这个小祖宗对它比对爷爷还亲。"

听了这话，华自义突然想起一篇小报文章《阔少花费二十万元葬狗》，讲的是

龙行运河湾

京城里一个阔少的爱犬——萨摩耶犬，被称为妖摩，被一个人骑摩托车撞死，狗主人向那人索赔二十万元。那人实在没钱，被逼得向死狗磕九个响头，算是了结。阔少召集近百人在五星级酒店举办了一场别开生面的吊唁活动，又花费十一万元买了块墓地，花费四万元定制一个包金的檀香木骨灰盒。当时看后，华自义只是笑笑而已，认为那是小报瞎编吸引读者眼球的，没想到在列车上遇到了，且面对面坐着。华自义心里一阵酸痛。

"阿弥陀佛，灾祸，阴谋。"空了法师突然好像感知到了什么，合十的双手猛地一下分开，右手不停地拨动佛珠，嘴里念念有词，佛珠唰唰有声。

"阿弥陀佛，灾祸，灾祸，谋杀。没杀。佛珠——弗诛，弗注——弗诛，弗逐——弗诛……"空了法师连续不断地重复着这些让人似懂非懂的话，十分怪异，或许只有法师的心像明镜似的。

华自义虽坐在法师旁边但没有仔细打量过法师。法师的话好像一下子点拨了华自义，他再次想到韦师新。

韦师新是早上十点左右到华自义的住处的，他整理文稿，拾掇衣物，一种从没有过的殷勤和恭敬，让华自义深感不安。中午十二点半左右，他们俩在楼下酒店吃的午饭，又烧了两个精致的菜外加米饭和汤带给了岳母。所有费用都是韦师新付的。下午四点，韦师新又赶来帮华自义把行李箱拿到楼下装上车，送华自义到高铁站。两个人在高铁站里聊了一个多小时，直到检票上车。临分别时，韦师新从脖子上取下一个玉佩套在华自义的脖子上，说："这是一块被高僧开过光的圣物，送给你，能保你平安。"华自义看一眼便知那不是一般物件。他从来没收过任何人的物品，便取下玉佩递给韦师新，说："韦局长，这可千万使不得。"在那么多人的车站里推来推去，两个人都感到有些不妥。韦师新说："华局长，你先带上，等你回来了再还给我，这样可以吧？"华自义不再推脱了，说："说好了，我回来归还你，算我借的，到时候你可不能不认账。"两个人各自心安，握手道别。

华自义摸了摸挂在脖子上的玉佩，仍然感到两天来发生的事情不是真的，难道韦师新提前知道我要调动了，还是有其他什么阴谋？什么阴谋呢？"弗逐——弗诛"，难道有人追杀我不成？华自义不敢多想。

列车在这个站有二十分钟的停车时间。车刚停稳就挤上来两个小孩：大的是女孩，有十五六岁，穿一身皱巴巴的粗布衣裳，蜡黄的脸上滚动着汗珠，神情焦虑，两条无精打采的小辫在脑后晃来晃去；小的是男孩，有十二三岁，穿一件不合体的大号工作服，裤管卷了很多仍拖在地上，一双破旧的运动鞋上满是灰尘。小男孩鼻直口方，双目有神，幼稚的脸上虽布着阴云但不失阳光。

"卖葫芦啦，谁买葫芦。"男孩的声音如铜铃般脆响。两个小孩向华自义这边走来。"卖葫芦啦，谁买葫芦。谁买葫芦谁平安。"男孩喊过两声后对女孩说："二姐，我们下车吧，这列车厢里的人让我感到害怕。"女孩抚摸着男孩的头说："再坚持一会儿，好弟弟，还差十五块钱。有了这十五块钱，老师就不会把我们赶出教室啦。"姐弟的话被空了法师和华自义听得真真切切。

"就这里的两个人，脸上有光。"走到空了和华自义面前时小男孩说。空了法师听罢，嘴唇不由一抖。

"大师，买葫芦吗？"男孩问。

"阿弥陀佛，善哉善哉，会买会买。"空了睁开眼望着小男孩说。听到"会买会买"，两个小孩的脸上露出惊喜。

空了在小男孩的天灵盖上摸了摸，微微地点点头，脸上露出一丝笑意。

华自义仔细地打量着他们姐弟俩，问："多少钱一个？"男孩回答："这一组十四个，你给十五块钱就够了。"华自义问："为什么要一串十四个一起卖啊？"小男孩说："这串葫芦表示着观世音菩萨与十方、三世、六道等众生同一悲仰，令众生获得十四种无畏的功德，十四无畏。"华自义似懂非懂。女孩凑着说："十四个葫芦上都有我小弟写的名人诗作和语录，不信，你瞧。"说着把葫芦串递到华自义手中。

空了听完男孩说的十四无畏功德，心里不由一惊："阿弥陀佛，阿弥陀佛，善哉善哉，善哉善哉。"

华自义看那女孩觉得有点儿面熟，但说不出缘由。他接过葫芦串认真地看上面的毛笔字。第一个葫芦上写的是元代张养浩的《山坡羊·潼关怀古》："峰峦如聚，波涛如怒，山河表里潼关路。望西都，意踌躇。伤心秦汉经行处，宫阙万间都做了土。兴，百姓苦；亡，百姓苦。"第二个葫芦上写的是近代著名学者冒鹤亭《孽海花闲话》里记载的龚半伦说的一段话："我们本是良民，上进之路被尔等堵死，还被贪官盘剥衣食不全，只得乞食外邦，今你骂我是汉奸，我却看你是国贼。"第三个葫芦上写的是宋朝张俞的《蚕妇》："昨夜入城市，归来泪满巾。遍身罗绮者，不是养蚕人。"华自义又从其余的葫芦里任意选出一个，上面写道："富贵岂有种，贫穷固有根？衙门千千万，有几为小民？公文盈尺高，会议多如云。空话连天响，落地不如尘。一朝官家腐，万野农家贫。举眼望神州，何以寄儿孙？"署名唐加宋。

华自义想不起来这首诗的出处，问："小朋友，唐加宋是谁啊？"小男孩做了个鬼脸说："是我。父亲姓唐，母亲姓宋，我叫唐加宋。"

华自义先是被葫芦上秀美的毛笔字所吸引，加之这首诗，不禁对眼前这个十二三岁的男孩刮目相看。

"葫芦上的字是你写的？"华自义问。

"你不信？"唐加宋说着望了望姐姐。姐姐迅速在列车的地板上铺好纸，之后又把笔蘸饱了墨。"现场表演。叔叔，你说写什么字？"唐加宋显得很自信。

华自义看着两个诚实的孩子心生爱怜，想了想说："就写湘江两个字吧"。

唐加宋悬笔沉思，自言自语道："湘江，湘江。湘江是一座血和泪铸就的流动的碑。"接着凝神静气，挥笔写出"湘江"二字。

听了唐加宋的话，看他入情入境的写字神态，空了和华自义都非常惊异。

唐加宋把字举在空中对空了和华自义说："湘字去木为泪，目字竖看为血，湘江有血有泪啊。"说着把字竖起来，湘字在上，江字在下。不错，此时的"横目"，活脱脱就是一个血字。

华自义很敬佩唐加宋，自己在卧室里挂了几十年"湘江"横幅，也没能像唐加宋那样读透湘江。

"唐加宋，你姐姐叫什么名字？"华自义问。唐加宋回答："我有两个姐姐，她是我二姐，叫唐音茹，大姐叫唐诗茹。"唐加宋感到今晚最后一串葫芦有希望卖了，显得有点儿兴奋。

听到唐加宋的大姐叫唐诗茹，华自义突然明白了自己为什么觉得这个女孩眼熟，唐加宋的诗为什么满是怨气。

"叔叔，你买我葫芦吗？"唐加宋问华自义。

"买，买。你的十四无畏功德，我买了。"华自义说着从口袋里掏出一张百元钞递给唐加宋。唐加宋接过钞票对着票面上的头像亲吻了一下，然后又递给了华自义，说："叔叔，我只要十五元。不过，你可以多给我两块钱，让我和二姐每人买块饼吃。我和二姐一整天没吃东西了。"

华自义听完鼻子一酸，晶莹的泪珠滴落在葫芦上，多困难的家庭、多好的孩子啊！

华自义灵机一动说："你的字我也买了，给你二百元。"说罢又要掏钱。

"阿弥陀佛，善哉善哉，施主，且慢。"空了法师示意华自义稍等一下。他问唐加宋道："小施主，你怎么知道这十四个葫芦能给人十四无畏功德？"唐加宋回答道："是我爷爷告诉我的。"

空了法师说："你的葫芦是在布衣寺东面樟树林里摘的吧？"唐加宋说："是啊，是我爷爷在那里种的。"空了法师又说："你爷爷是长着一对又白又长的眉毛吧？""是啊。"唐加宋十分好奇，"大师怎么知道这些的？"空了法师没有回答。

空了法师从华自义手里拿过葫芦串又从唐加宋的手里拿过字，问对面玩游戏的胖少："小施主，你买这葫芦串吗？拿你的狗形玉佩换这葫芦和字怎么样？"那胖少瞥了一眼空了法师，不屑一顾地说："我的玉佩能换他一百辆火车的葫芦。京城里的书画家比狗毛还多，我可任意获得。这葫芦和字送我都不要。"空了法师没有吭声，又问胖少的爷爷："施主，你买这葫芦和字吗？用你的拐杖交换也可以。"那老者望了一眼法师，阴阳怪气地说："乡野之物岂能入大雅之堂。家里的名人字画汗牛充栋，要那干吗。"

"阿弥陀佛，善哉善哉，佛度有缘人。佛度 —— 弗渡。佛度 —— 弗渡。"空了法师说，"有生有财，无生无财。"接着把葫芦和字递到华自义手中，两眼盯着华自义脖子上的细红绳。华自义知道空了法师要说什么，说："玉佩是别人之物，我要归还给人。"说着抹下右手腕上的手表连同二百块钱一起递过去。空了法师没有接，对华自义耳语道："此玉要藏，施主也要藏，现则祸生。"

唐加宋见空了不急不火的样子，心里有点儿着急，说："请大师快点儿吧，火车要启动了，我和二姐还要赶几十里黑路呢。"空了法师说："小施主，不要急，来得及，来得及。"

空了法师叫华自义从架子上取下行李包并示意他打开。华自义打开行李包，发现里面多了一个鼓鼓的蓝布小袋子。华自义很疑惑，想打开蓝布袋看个究竟。空了法师把他的手按住，说："弗看，弗看。"

空了法师从唐加宋手里拿过笔在湘江两个字的下面写了几个字——"空了，年后见"，然后把笔交给华自义，说："留个字吧，存个念想。"华自义见空了法师

龙行运河湾

神神秘秘的，没有推辞，提笔在法师的字后写上四个字——"华龙小麦"。

空了法师用那张写着"湘江"两字的纸，把蓝布袋包好装进自己的僧袋里，然后把僧袋斜挎在唐加宋肩上，又从华自义手里取一张百元钞塞在唐加宋手里。

空了法师把葫芦串斜挎在华自义的肩上，对华自义耳语道："施主切记，不要取下这葫芦串。佛祖保佑。"说罢带着两个孩子下车去了。

列车停靠的时间已远远超过二十分钟，车厢里的乘客有些不耐烦。这时列车的广播喇叭里传来声音："各位旅客请注意，刚才发生点儿特殊情况，列车延时了一会儿，请大家谅解。现在，列车马上就出发了，请大家注意安全。祝旅途愉快。"华自义没有注意这些，脑子里在想着那个蓝布袋子，空了法师的耳语，继而又想到唐加宋、唐音茹、唐诗茹等人。

列车启动了，速度越来越快。刚才空了的位置坐了一位中年妇女。那妇女见华自义身上斜挂着一串葫芦感到很奇怪，向华自义微笑了一下算是打个招呼。华自义也微笑地点了点头。华自义问："列车怎么啦，发生了什么事？"那妇女说："有个和尚和列车长吵起来了。"华自义想肯定是空了法师因为那两个孩子。

列车很平稳地向南行驶，华自义昏昏欲睡。他仿佛又听到了母亲的呼唤：麦子，麦子。

三十年来，华自义第一次如此真实地离母亲越来越近，可母亲的相貌却怎么都不能清晰地呈现在眼前。华自义只有在梦里才能清楚地看见母亲的笑容，像荷花般美丽，母亲说的话就像龙眼泉的泉水流入干涸的北湖地。华自义能听见心灵深处梦想生根发芽的声音。从走出家门那天开始，华自义就一直在追梦的路上。直到今天，他仍旧能感到梦想和信仰给自己带来的无穷力量。他曾内疚、悔恨、痛苦、迷惘，希望的光芒始终在前方引领着他。回想着自己努力奋斗的前半生，他睡着了。

华自义又一次梦见一望无际的麦田。

那是一九六〇年的夏季，卧龙山南侧几千亩小麦成熟的当口，华龙小组近两千人，从小麦播种开始就眼巴巴地盼望来年有个好收成。可天不作美、地不呈祥，历经秋冬春夏，麦穗仍旧像苍蝇头一样大小。那也是收成啊，总比没有一粒强。那年月闹饥荒，一粒粮食一粒金，一粒粮食一条命。龙行大队幸运，它有三山、两湖、两河、一沟。山上有槐花、香椿叶、榆树叶、榆树皮，还有野菜等可充饥；水里有蒲草、莲菱、野荷、嫩芦、野鸭、鱼虾可充饥。

　　龙行大队吃大锅饭时分两组：华龙组占全村人口一半，为一组；其余各垱为一组。每天两千多人要吃要喝，可想而知龙姑作为龙行村的大队书记有多难。没有油，龙姑带领群众种麻籽、田青、火麻、梧桐树、涝豆。没有荤菜，龙姑带头下河下湖捞鱼摸虾、上山抓野味。没有盐，他们租大船到连云海拖海水回来晒盐。艰难的日子里，龙姑总有一些奇妙的想法，把日子死撑活挨地过下去。

　　小麦熟了，龙姑肚子里的孩子也要生了。可龙姑要赶在雨季来临之前把全大队的小麦收完归仓，这是关乎全村老百姓生死的大事。生孩子，她从来就没当作一回事儿，像牛生犊、猪产仔、鸡下蛋一样正常，没有什么值得矫情的。

　　龙姑五十四岁挺着大肚子，无法弯腰挥镰，就坐在地上一点一点向前挪着割麦。六月，骄阳似火，风如热浪，无遮无挡的田野简直就是无边无沿的大火炉。男人们赤膊上阵，负责打捆、挑运、轧场、扬场、堆垛、归仓。女人们则是鸡鸣时下湖收割麦子，带点儿干粮、水，一干一整天。

　　下午两三点钟的时候，也是一天中最热的时段，龙姑倍感腰酸腿疼，想喝点儿白开水，可水壶里的水没了。她望了望两边挥汗如雨的姐妹，没好意思开口。她脱掉自己湿漉漉的上衣和毛巾，把它们握成团想向茶缸里挤点儿水喝。就在这时，突然感到肚子一阵剧痛，接着开始宫缩。

　　"荣嫂，帮帮忙，我要生了。"荣嫂赶忙跑到龙姑面前，一看龙姑赤裸着上身躺在地上，急忙召集了几个女人。荣嫂把龙姑的裤子脱下一看，便知道来不及送到家里了。她脱下自己的上衣垫在龙姑的屁股下面。

　　"生了，生了，又是个男孩。"

　　大家知道龙姑希望生个女孩，但既然这男孩子已经生下来了，大家仍然很高兴。一个女人说："我早和龙姑书记说了，肯定还是个男孩，准吧，又是个带把儿的。"

　　"怎么这小子还没有哭啊？"荣嫂发急，推了推龙姑。龙姑有气无力地说："在他屁股上揍两下。"另一个女人也把上衣脱了把婴儿包裹起来，并在小屁股上揍了两下。婴儿仍旧没哭。

　　龙姑挪了挪了身子，叫人拿几捆麦草给自己靠着。又一个女人把上衣脱下，给龙姑披上。龙姑用手握住婴儿的双脚，头朝下，上下提了两下，又在婴儿的后心处拍了拍，有液体从婴儿的嘴里流出，婴儿随即发出了洪亮的哭声。

　　龙姑把孩子放在麦草上，拿起一把锋利的镰刀，用汗珠密布的手臂擦了擦刀口，

龙行运河湾

"咔嚓"一下割断了脐带，孩子又哭叫了一声。

龙姑指了指胞衣，又指了指离她两米处田埂上的一棵手指粗的小柳树，把镰刀递给荣嫂，说："荣嫂，请你把它埋在那棵小柳树下。"

龙姑没有奶水，她咀嚼了几口青麦掺和在从姐妹们的水壶里倒来的白开水里，然后摇了摇，白开水变白了，白里带着青绿。幽香的青麦是新生儿来到这个世界的第一口粮食。

这个孩子就是华自义，龙姑给他起的乳名叫麦子，也叫小麦……

在一望无际的金黄色麦田之上，有一棵干粗枝密、碧绿如盖的大柳树。母亲在柳树南面，华自义在柳树北面，母子俩在田埂上相向奔跑……妈妈……麦子……麦子……妈妈……

华自义不知道是自己梦见了母亲，还是母亲梦见了自己；不知道是母亲呼唤儿子，还是儿子呼唤母亲。总之，华自义被一种来自天上的呼唤声惊醒。

列车已过济州，华自义知道马上就到一座高速公路和高铁二合一的双体大桥了。建造初期，他是建设这座大桥的工程师。

就在华自义站起来举起双臂想伸个懒腰的时候，灾祸从天而降。大桥从中间的位置断了，轰隆一声巨响之后，高速公路上，无数疾驰的车辆栽入水中；钢轨之上，列车直冲向波涛汹涌的河面……唐诗茹知道这个噩耗是第二天上午八点在赶往医院的公交车上。她没往别处多想，只是感到震惊。今天是星期六，她的爷爷、妹妹、弟弟都已到医院，她是送钱过去的，母亲的手术原计划就在今天做。

在医院的病房里，唐诗茹拿出一万块钱给爷爷时，爷爷却摆摆手说："不用啦，诗茹，两个孩子遇上好人了。"说着从僧袋里取出一个纸包打开，又解开一个蓝布袋。"你看，六万块钱。"

"哪来这么多钱？"唐诗茹很诧异，惊奇的目光直愣愣地盯着唐音茹和唐加宋，"不会是偷的吧？捡到的也要送还失主。"爷爷说："诗茹啊，你误会他俩了。"说着展平那张写有"湘江"二字的浅黄色草纸。唐加宋指了指纸上"华龙小麦"四个字，说："是他给的。"又指了指"空了"二字说："这个法师可以做证，还是他把我和二姐送下车的呢。"

唐诗茹看着纸上的"空了"和"华龙小麦"一时满头雾水。当她看到"湘江"两个字时，突然间想到华自义的书房里悬挂的"湘江"横幅。唐诗茹再看看"华龙小麦"四个字，便断定这个人就是华自义。这是天意吗？她不敢相信。

唐诗茹是昨晚六点到华自义家里的。华自义的岳母做事很谨慎，问了唐诗茹许多问题，都答对了才让她进门。吃过晚饭后，老太太带唐诗茹熟悉各房间情况，又交代了许多要注意的事情，便回自己的房间了。唐诗茹在书房里简易地铺了一个自己睡觉的地方，准备早点儿休息明天早起去医院。她转身之后发现书架上有一张华自义的照片。照片上的华自义英武刚毅、潇洒俊朗。唐诗茹端详了许久，然后拍在手机里。躺在床上，她正对着墙上悬挂的"湘江"横幅，看着看着就睡着了。

唐加宋和唐音茹相互补充着在列车上的经过，一副遇到贵人的得意表情把躺在病床上的母亲都逗乐了。"这世上还是有好人的。"母亲的话里饱含辛酸。

"空了法师我认识，是卧龙山龙云寺的方丈。此僧悟禅深透，道法深厚。要不是有他几个字，我也不会动用这些钱。好了，我去找医生，准备给你妈做手术。"爷爷说完就出去了。

唐诗茹坐在母亲病床边从手机里找到华自义的照片，然后把唐音茹和唐加宋带到门外的走廊里。"你们俩仔细看看，是不是这个人？"说着，把手机里的照片放到最大给他俩看。"就是他，一点没错。"两个人异口同声。唐加宋问："大姐，你怎么有他照片？他是谁？"

唐诗茹突然觉得自己做错了事，赶忙对妹妹弟弟说："你们俩跟任何人都不要提及此事，更不能说起这张照片。听到没有？"姐弟俩说："听到了。"唐诗茹又激动又后悔，心里有一种说不出的滋味。

爷爷回来了，说医生在开会，是应急动员，昨天晚上列车出事了，各家医院随时准备接收伤员，等医生开完会再说吧。唐诗茹知道华自义就是坐的那辆列车，心里"咯噔"一下紧张起来，问："出什么事了？"爷爷说："听说有一座大桥从中间断了，整个列车沉没在河里，几百名乘客生死不明。"

唐诗茹听到这消息，担心害怕像块巨石压得她喘不过气来，浑身发凉。她坐立不安，无法控制自己。她急忙跑到厕所里，颤抖的手指连续在手机键盘上点击，一遍两遍三遍……全是无法接通。

唐诗茹哭了。二十二岁的唐诗茹第一次动真情，为一个心仪的男人痛哭。她情不自禁地吻了一下手机里的照片，晶莹的泪水模糊了华自义的面容。

5. 吕裕民走马上任

太阳从河的东岸升起的时候，卧龙山上的黑蜘蛛已经被消灭殆尽。消防、武警、驻军、干部群众近千人，挖掘机、推土机、碾压机、消防车、水车、运输车一百余辆。和平年代罕见的一场硬仗，在总指挥吕裕民副市长的带领下完美收官。龙眼泉附近方圆几十米内的死蜘蛛没有清除，吕裕民交代一定要想办法找到老支书龙至礼的遗骸。

太阳穿过一层层乌云，喷薄而出，光芒四射。十月的早晨，清风徐徐吹过卧龙山，给忙碌一夜的人们带来一丝丝凉意。虽然整个树林里仍然挂满蜘蛛网，但大都已是破败，在秋风中荡来荡去。

吕裕民站在龙头山顶，看了看西南方向那个坐拥近百万人口的江北市，又看了看西面烟波浩渺的落雁湖、南面一望无际的麦田，一夜的紧张疲惫似乎减轻了许多。到江北市五年多了，他从没有像今夜这样被震撼。几年的压抑沉默忍让，在今夜爆发为一种畅快淋漓的源自心灵深处的果敢和担当。此时此刻，他想向江北的城市上空大喊两声，想向大湖、大野大喊两声。

吕裕民没有喊，他看见赵筱蝶正向自己跑来。

晨风中的赵筱蝶头发凌乱，蜡黄的脸上满是一道道汗渍。被树枝划破的衣角在身后随风飘扬，湿漉漉的衣服上满是泥土。脚上的鞋袜沾满泥水，早已看不出颜色。

"吕市长，电话。"赵筱蝶向吕裕民边跑边说。

吕裕民接过手机一看，有几十个未接电话，最后一个未接电话是省委组织部严部长的，他抓紧回了过去。"你好，严部长，请指示。"吕裕民说。严部长说："裕民，你现在迅速通知市委委员、候补委员、市四套班子成员、各民主党派负责人、省驻市机构负责人、县区党政一把手、市直各部门一把手开会。李书记和赵省长参加。我们已经出发一个多小时了，上午会议结束。"严部长的话很明了。"好的，现在就办。对不起严部长，我刚才忘带手机了。"吕裕民向严部长解释道。"不用说了，裕民。你那里的情况领导都知道了。"说完就挂了电话。

吕裕民看了看表，迅速拨通市委秘书长的电话，把刚才严部长的话重复了一遍，又特别强调省委书记和省长参加，会议的重要性不言而喻。

站在晨光中的吕裕民感到有点儿不同寻常，严部长怎么让自己来通知这个会议？

吕裕民已经三天三夜没有睡觉了，现在他四肢无力，心慌意乱．坐在一块平整的石头上点着一颗香烟想提提神，只吸了两口便歪倒在石头上，睡着了。

吕裕民，一九六三年出生，今年四十五岁，二〇〇二年调到江天省。二〇〇三年，他主动要求到全省最贫穷的江北市任副市长；二〇〇五年任江北市委常委、副市长。先是分管农业、城建、城管，现在分管教科文卫。吕裕民的简历十分简单，大学毕业后留校工作，任过校团委副书记、书记，后调到政府工作．在江天省农村工作委员会工作一年，调来江北。

大约过了五十分钟，卧龙山西古黄河东堤上停下四辆轿车。省委书记李明光下车后询问了大体情况，当他得知死两人、伤十几人的时候，脸色阴沉。他望了望卧龙山说："看来事态比我们知道的要严重得多。裕民还在现场吗？""在山上。"有人回答。严部长说："电话无人接听。"这时，赵筱蝶正从远处走来，关西网问："赵筱蝶，吕市长在哪里？"关西网知道是赵筱蝶为吕裕民送的手机。

"在龙眼泉附近，我去喊他。"赵筱蝶说。李明光向赵筱蝶摆摆手说："我们一起去看看。"

车辆驶进龙头山，停在龙眼泉南侧的空地上。赵筱蝶带领着大家去刚才吕裕民站的地方，可是，山顶上没人。

"刚才就站在这里。"赵筱蝶有点儿不好意思。

严部长又拨打吕裕民的电话。

"李书记，你看，那个人是不是他？"赵省长指了指二十米开外的石头说。

他们走近一看，见吕裕民两腿绷直地半躺在石头上，头歪在一棵小松树的树杈上，右手的中指和食指之间夹着一个燃尽的烟蒂，烟灰全掉在裤子上了。左手平放在石头上，身旁的手机还在响个不停。

李明光见状快步走到吕裕民面前蹲了下来，托着吕裕民的脖子，急促地喊："吕裕民，你怎么啦？"

龙行运河湾

吕裕民睁开眼，一看是李书记，噌的一下坐了起来，说："对不起，各位领导……我怎么躺在这里……"严部长关切地问："裕民，身体没问题吧？"吕裕民回答："没问题，只是好几天没睡觉了，困的。请领导放心，一个凉水澡就解决了。"

吕裕民看下表，九点五十分。

"会议安排什么时间？"严部长问。

"十点一刻。"吕裕民说。

李明光仔细地打量着眼前的吕裕民，脸色凝重，目光深沉。他没说什么，轻轻地在吕裕民的肩膀上拍了两下。

"这里还有问题吗？"李明光边走边问。

"全结束了，只是老支书的遗骸还没找到一点儿，全炸碎了，烧尽了。"吕裕民很伤感地说。

上车之前，李明光带着所有的人在龙眼泉前为老支书龙至礼鞠了三个躬，并交代吕裕民在追悼会上代省委省政府送个花篮，以示敬仰。

"老赵、老严、裕民，我们四人坐一车，先听听裕民同志有什么意见和建议。"省委书记李明光说。

江北市党政一把手的权力交接从这一刻就正式拉开帷幕了。

所有参会人员都没想到这个紧急通知的会议像是秋天里的一声响雷，出乎意料，振聋发聩。吕裕民任江北市委书记、代市长。这个任命从天而降没有任何先兆，不仅坐在前排的市四套班子成员感到突然，就连坐在主席台上的市委常委都想不到，就别说参加会议的其他人了。会场里有很多人迅速把这条信息用手机发出去了。

吕裕民表态发言时，会场鸦雀无声。

客套话之后，吕裕民先提两点要求：一是所有新闻媒体关于这次会议内容的音像图文报道，必须先经过市委宣传部审核；二是所有参会人员就刚才李书记讲话内容写一份思想汇报交市委组织部。

吕裕民说："我的发言就从最近江北市发生的两起重大事件说起。一个是三天前市人民小学发生的百余名学生剩饭中毒事件；一个是昨天晚上卧龙山的龙眼泉冒黑蜘蛛的事件。学生中毒事件之后，很多学生家长联名写信给我，他们要求不高，就是希望政府能为老百姓做点儿实事，不要给老百姓添麻烦，不要打扰老百姓的正常生活。黑蜘蛛事件中，龙行村支部书记龙至礼为了堵住龙眼泉，我亲眼看见他点燃炸药包，葬身火海，诠释了新时期一名共产党员的优秀品质。

"我们党的宗旨是什么？是全心全意为人民服务。我们政府的工作指向在哪里？在人民群众。请在座的各位仔细想想，我们的各级政府是不是都挂着人民政府的牌子，我们的许多部门是不是都冠以人民的头衔，人民法院、人民检察院、人民医院、人民公安？今天我们又以人民公仆的身份坐在这里开会。所以，我们的执政宗旨、执政理念、执政目的要彰显以民为本、为民服务的价值观，大家的口碑是标准，民心民力是依靠，民愿民盼是方向，惠民富民是目标……"

江北市自建立省辖二级市以来，这是第四次一把手调整。江天省属全国出名的经济大省，江北市却是江天省十五个市中最贫穷落后的市。常言道：贫穷地方出干部。此话一点儿不错。但是，江北人都知道，第二任书记是第一任书记的铁杆搭档；第三任书记是第二任书记的忠实抬轿人。吕裕民呢？他不是前三任书记一条线上的接班人。说白了，江北市委书记人选怎么排，都排不上吕裕民。

吕裕民上任后的第一个晚上，就去看望龙至礼的家属。没有警车开道，没有随从队伍，他和秘书小吴每人骑辆自行车就出发了。

龙姑自昨晚说了许多呓语之后倒是一夜安静。儿孙们见她神态安详、呼吸平稳，就宽心了许多。龙姑是抑郁成疾，她总是觉得心里堵着一块石头，闷着一股恶气，发泄了，心情就舒坦多了。第二天早上，她居然喝了一杯温牛奶。中午时，她说想吃点儿葱花鸡蛋羹。儿孙们给做了，她吃了有一个多鸡蛋的分量。晚饭，她又喝了半碗豆面青菜粥。

"老爸，妈是不是回光返照，就要不行了？叫媳妇们给妈把送老衣穿上吧。"三儿子华自主话没说完，就听母亲说："自主啊，把娘那身红军服拿来，帮娘穿上。"说着两手支撑着床想要坐起来。媳妇们赶忙过来帮忙。

"自主啊，给娘擦把脸吧。"媳妇们把热水端来了，仔仔细细地把龙姑的脸手还有脚都擦洗了一遍。龙姑举起手，想理一理那满头凌乱的白发。华自主说："妈，你别动，我来。"说着拿起老娘使用了大半辈子的那把桃木梳子给老娘梳头。梳着梳着，眼泪就从华自主的眼角滴了下来。

室内温度升上来了，暖烘烘的。媳妇们把红军服、衬衣、鞋袜都准备停当。她们知道这或许是最后一次为老人家穿衣打扮，一个个谁也没说话，眼睛里都含着泪水。

龙行运河湾

穿上红军服，戴上红军帽。鲜红的五角星和领章放射的光芒，让屋子里的所有人眼睛一亮。龙姑照了照镜子，正了正军帽，整了整领口，脸上露出自豪的微笑。

华龙喆带着吕裕民和小吴走进屋里时，大家一眼便认出吕裕民是刚上任的市委书记。龙姑认识吕裕民，拍了拍床沿说："来，坐这儿。"

"老人家，看到你有这么好的精气神，我为你高兴啊！"吕裕民说着拉起龙姑的手坐了下来，"小吴啊，给龙姑拍张照，留个念想。"

小吴掏出手机，拍了几张。

"裕民啊，这不年不节的怎么有时间来看我啊？"龙姑问。

华龙喆说："老太太，他现在是我们江北市的市委书记啦！"

龙姑朝吕裕民望了望说："裕民，你是市委书记了？"

吕裕民说："老人家，在您面前没有市委书记，就是个学生。我今晚来就是想看看您，了解了解您生活上有什么困难没有。"

"国家给我万把块钱一个月，我没有困难，就是觉得贡献太少，有愧于党、有愧于政府。以前，我和你说了许多不入耳的事情，现在想起来还堵得慌，不说了，我估摸着没有几天活头了。赵筱蝶的留党察看期早过了，还要继续察看吗？她是个真正的共产党员啊！有点儿像我年轻时的样子，可她比我更有见识。"龙姑说得很慢。她拍了拍吕裕民的手，接着说道："裕民啊，你想过没有，一个女大学生村官能写出那么好的文章，敢和市委书记较真儿，这得需要多么大的勇气啊！唉，可惜了。你说她有错吗？你现在是书记了，你得为普通党员和普通老百姓做主啊。"

提到赵筱蝶，吕裕民的脑海里闪出一个又一个画面……

"老人家，您没有错，是我们的工作没有做周全啊，让您忧虑了。赵筱蝶的事情马上就给个说法，您放心吧。"吕裕民说。

龙姑说："有你这句话，我心里就踏实了。这既是她个人的事，更是组织的事。"

那天晚上，龙姑又和吕裕民说了许多发生在龙行村的事。她唉声叹气、恨铁不成钢的神情，让吕裕民的脑海里有了一个又一个新的想法。

从龙姑家出来已是晚上十点多钟，龙至礼家没有人了，吕裕民和小吴骑着自行车沿河西岸向北面的卧龙山而去。

皓月当空，河里南来北往的船只交错而过，汽笛声惊起芦苇荡里夜宿的鸟，扑棱棱地划破水面飞入夜色深处。岸上月光如银，树影幢幢。路两旁野草没膝，秋虫晚唱。如梦如纱的月色，凉而不寒的秋风，缕缕飘动的芦苇絮，飘然而过的萤火虫，交织出令人心旷神怡的夜景。不知不觉中，吕裕民和小吴已来到卧龙山。

白天，龙至礼的纪念碑已按要求立好了，吕裕民和小吴就坐在纪念碑前。碑高一米七六，是龙至礼的身高；碑宽七十五厘米，龙至礼壮烈牺牲时七十五周岁；碑厚十五厘米，龙至礼前后任龙行村支部书记共十五年。吕裕民点着一支香烟放在碑座上，静静地坐在地上，思绪万千。

吕裕民抬头望了望星空，透过明亮的月光他看见树上到处都是蜘蛛网。蜘蛛网被秋风吹得晃来荡去，闪动着诡秘的光。

像是想到什么，吕裕民问秘书："小吴，明天上午龙至礼的追悼会是什么时间开始？"小吴说："十点。"吕裕民说："你现在就通知宣传部王一实部长和组织部蔡少忠部长，明天上午八点到我办公室。"

6. 华龙组的变迁

　　龙至礼从蝴蝶庵走出大门的时候，就已决定不再苟活下去。据说镇党委将给自己开除公职、免去龙行村支部书记、党内记大过的处分。龙至礼想，与其被处分，不如牺牲自己做点儿对村民有益的事情。

　　龙至礼是一九八二年接替龙姑任龙行村第二任村支部书记的，那一年龙至礼五十四岁。

　　一九五六年，参加过抗美援朝战争的龙至礼退伍回到龙行村，在村里任民兵营长兼任华龙组组长。龙至礼是入党后奔赴朝鲜战场的，获得过多种军功章。龙至礼虽然是村里最年轻的党员干部，可有文化又见过大世面。龙至礼精于算术，不仅能双手打算盘，还能打盲珠算。一百以内的加减乘除，他能心算得准确无误。他记性好，华龙小组田地面积、各家人口、沟边树木、出工人数、劳动力状况，一切与数字有关的大事小事，都能记得清清楚楚。那时龙行村正是从初级社迈向高级社时期，村组的工作主要就是集体耕作、集体播种、集体收割，按劳分配粮食及农副产品，按人口分配布票、油票、盐票、火柴票。那年月老百姓每天按时出工按时收工，以男的壮劳动力出工一天为参照标准，妇女、小孩、老弱病残视劳动表现和劳动成效适当调整。男的壮劳力一天一个工，强壮的妇女则为零点八或零点九个工，小孩和老弱病残则为零点三或零点四五个工。在麦子、玉米、黄豆、山芋等收获归仓之后，除去上交国家的，扣去组里耕牛的口粮，按各家各户的工分多少再进行口粮分配。那时的小组干部就是四个人，小组长、会计、记工员、保管员。小组长负责种粮、收粮、交粮、储粮和老百姓的吃喝拉撒睡。会计负责组里统计结算，粮食面积、单产、工分累计、分配数量、上报明细。记工员就是负责出工人数统计，记工分。保管员负责保管小组仓库里的粮食、油料、农具、耕牛、草料等。

　　华龙组是大组，人口占全村近一半，土地占全村土地百分之六十还多。龙行村的书记龙世英是龙至礼亲姑，在龙行村辈分较高。龙至礼喊她姑，外姓人都喊她龙姑。龙行村老少喊龙世英为龙姑就是从那时传下来的。那时候，龙世英虽然还没享受老红军待遇，但她参加红军长征的经历人人皆知。龙姑在龙行村德高望重，说话做事像秤砣一样有分量。龙至礼家距龙姑家不足百米，龙至礼从龙姑身上学了很多东西。

龙至礼任华龙组组长做的第一件大事就是带领群众治盐碱。从卧龙山南麓到小龙沟有近三千亩土地，龙行人称作北湖地，地面上全是白茫茫的盐碱。小麦、玉米、大豆、山芋之所以长势不好，收成不高全是盐碱作怪。怎么办？龙至礼跑到县农业技术指导站请教，在当时的条件下只有两个办法，一是用水降，二是人工刮。龙至礼组织壮劳力庰水闷地，排水降盐碱；妇女小孩手工刮盐碱，一遍不行二遍，二遍不行三遍。治盐碱的同时，龙至礼做了第二件大事，积肥。他带领五名党员和十几名壮劳力，为江北县四十多个公共厕所免费清理粪便，为上百户居民免费打扫厕所。每天天亮之前，二十多辆平板车拖着粪桶出城，直接运到北湖地，从北向南依次泼洒一遍。头一年小麦播种之前，足有五百亩土地被降过盐碱施过肥。那年冬天，绿油油的又粗又壮的小麦一下子点燃了华龙组群众治理土地的热情。

冬天，是农闲的季节。龙至礼却一刻也没闲过，他转了几遍运河大堤和卧龙山，决定向龙姑汇报自己要做的第三件大事：清理运河大堤，栽泡桐树，种棉油作物。

冬季正是明春备种备耕的好时候，龙至礼精打细算之后找到龙姑。他对龙姑说，要在明年开春增种两百亩黄豆、两百亩棉花，要建一座喂四千只小鸡的养鸡场，明年秋天要栽四五百亩油菜。争取后年年底每家每户能分二斤油、十斤皮棉，全组人均纯收入增加五块钱。

龙姑迷惑地看了看龙至礼，说："想法当然好，可地呢？钱呢？既没有地又没有钱，怎么办？"龙至礼说："姑，只要你支持我，我有办法。"龙姑说："光嘴上说不行。能拿出一块钱的人家没有几户，我怎么支持你、怎么帮助你？"龙至礼说："姑，不要你给钱，也不要你给地。只要你允许我把华龙组运河西堤上的老柳树给卖了，一切的事情都交给我。"龙至礼拿起瓢，在结冰的水缸里敲了两下，舀起半瓢水，咕咚咕咚喝进肚里。他接着说："姑，那柳树都有十几二十年了，树老了生长太慢，应该更新了。我建议栽泡桐树。我有个战友，他的家乡全是泡桐，埋一截根在地下，来年就能长成拳头粗。泡桐树生长快，肥料跟上，六七年就成材。您发现没有北湖地生盐碱，可运河大堤上的土地可是黑黝黝的肥土啊？从庄北头到

龙行运河湾

卧龙山，我测过了连坡带面足有四五百亩。我打算用卖柳树的钱买一部分树苗，再买一部分泡桐树根，南北六行五米一棵，可栽两万多棵泡桐树。一棵树一年赚五毛钱，组里仅泡桐树这一项年收入就能达到一万多块，人均六块钱。前三年，树行里套种豆子、棉花、芝麻、油菜，肯定能实现一家一户分二斤油、十斤皮棉的目标。我已经写信给我的战友了，就等他回信。我数过了，总共两千来棵老柳树，能卖七八千块钱。四千只鸡苗大约五百元，盖鸡舍等开支有二百元足够，开春豆种不超一千元，两万棵泡桐树苗和泡桐树根估计在三千元之内，再添两头毛驴，请石匠洗两盘磨放在鸡舍里加工鸡食……"龙姑认认真真地听着，不住点头说好。听到龙至礼一开始就养四千只鸡苗，她有点儿皱眉，问："四千只鸡，每只鸡一天平均一两鸡食，一天就四百斤，人都养活不起，哪来的东西喂鸡？鸡舍建在哪里，生瘟病了怎么办？"龙至礼说："这个我想好了，鸡场就建在龙头山南麓，那里面积大，朝阳，光线好，鸡少生病。鸡食嘛，我们带领群众捞运河里水草碾碎掺些牛饲料或饼粕。等第一年几百亩黄豆收获后，我们自己搞个土法榨油，饼粕用来喂鸡喂猪，油可分给群众，也可卖钱，到那时就能踢打开了。还有，从现在来看，降盐碱施过粪肥的小麦，来年肯定有个好收成。来年麦收之后，全力降盐碱，加大施肥力度，争取后年基本解决吃饭问题。我认为关键是头一年，只要我们咬牙坚持住，三年之内定能解决温饱问题。"龙姑说："我建议你头一年小鸡就喂两千只以内，先试试，积累点儿经验。否则，一旦砸了，不好向上级和老百姓交代。栽泡桐开垦运河堤这个想法好，我建议可以扩展到所有沟渠路道和拾边地。这些地都不在统计的良田面积内，收的总比种的多，多收点儿，群众就能多分点儿。说干就干，有成效全村推广。"

得到村书记龙姑的支持，龙至礼立马就把群众动员起来，整个冬季除了给小麦追施冬肥以外，男女老少都奋战在运河堤上，刨树、锯树、卖树，耕地、挖地、刨地……拾边地的整理也按劳力划分好任务。

刚过年关，田野里的雪还没化完的时候，龙至礼就带上会计和一名小伙子到他战友那里购买泡桐树苗和豆种、棉种去了。

四十多天过去，杏花含苞待放的时候，龙至礼他们坐着运泡桐树苗的船靠在了华龙组码头。这是江北县第一次引进来的新树种，以前从没有人听说过泡桐树，更没有人见过。树苗高有七八尺，小鸡蛋那样粗，青绿得发黑，笔直笔直的，拿在手里轻飘飘的。九千多棵树苗加上三十多麻袋泡桐树根，满满一大船。

　　龙姑看着胡子拉碴、又黑又瘦的龙至礼他们，心想他们一定吃了不少苦头。"姑，我们回来了……"龙至礼话还没说完就昏倒在码头上。船老大是南方人满嘴叽里呱啦，比画半天大家才明白龙至礼已经三天没吃一点儿东西了。连会计和小伙子都蒙在鼓里。他饿晕了。

　　一九五七年是鸡年，华龙组吉星高照，发生了很多奇迹。降过盐碱施过粪肥的北湖地亩产增收八十斤，多打粮食四万斤。运河堤上套种黄豆两百亩，拾边地套种黄豆七十多亩，增收黄豆近四万斤。套种棉花两百多亩，收皮棉两万多斤。四百亩越冬油菜长势喜人。九千棵泡桐树苗成活率百分之九十以上，仅八九个月树苗就粗了一大圈，像鹅蛋那么粗。根苗的出苗率达百分之七十五，当年就蹿了六七尺高，长得和刚买来时的树苗一模一样。卧龙山南坡的养鸡场初具规模，两千只鸡苗成活率百分之九十，公鸡三百只，母鸡一千五百只。中秋过后不久，母鸡就产蛋了，到歇茬时共收获了六万枚鸡蛋。

　　龙至礼做的第四件大事是组建了油坊、棉坊和芦编坊。黄豆收了几万斤，明年的油菜少说也能收六万斤。组里原有的猪场和新建的鸡场需要饼粕，群众又急需食用油。龙至礼组建了由一名老党员和两名手艺人组成的华龙油坊，用传统手工艺土法榨油。政府发下来的布票不够用，特别是孩子多的家庭，怎么办？龙行村不缺弹花、纺线、织布的人，龙至礼就把他们组织起来，搭几间马鞍棚，成立个棉坊，人工去籽，手工弹棉花，纺车纺线，手工织布。用卧龙山上的红土和水染成土红色，或用些青稞汁液染成黑色、绿色。虽然织出来的布一时还满足不了老百姓的需求，但大家从此便有了念想有了希望。一九五七年，大运河里的芦苇大丰收，一万五千米长、五六十米宽的芦苇荡为华龙提供了得天独厚的芦苇资源。龙至礼成立的芦编坊主打芦席、斗笠。大运河的芦苇又长又白又厚，是制作芦席、斗笠的上等材料。从选芦苇、破皮、碾篾，到清料、断料、编织，全由本组老手艺人手工制作。

　　龙至礼不仅兑现了每户二斤油、十斤皮棉的承诺，而且在中秋、春节两个传统大节日还为老百姓分了猪肉、鸡蛋、棉衣、棉被、芦席、斗笠。对特别困难的农户，他又给了特殊照顾。

　　那时候的闸北镇党委书记是一名参加过"三大战役"的老军人。他虽然识字不多、讲话粗鲁，但执行政策从来不打折扣。他叫陆永明，庆州人。和龙姑十分对路子，都是军人出身自然都有行伍风范，说话做事实事求是、立竿见影。镇党委书记

龙行运河湾

陆永明虽是龙姑的领导，可龙姑的长征经历他早有耳闻，龙姑又比他大几岁，他对龙姑十分尊敬，也和龙行人一样称呼龙世英为龙姑。华龙组出名后，他在华龙组调查研究了几天，朝夕相处中他从心里佩服龙至礼，有胆有识，有德有才。结果，陆永明请龙姑做媒把自己的小女儿陆雨轩嫁给了龙至礼。

龙至礼是一九五七年年底结的婚，大儿子是一九五八年十一月出生的。为了纪念"鼓足干劲，力争上游，多快好省地建设社会主义"的总路线，龙至礼给大儿子起名叫龙古力。

华龙组的做法带动了龙行村，降盐碱，施家肥，开沟，挖渠，拓地，植树，套种，养殖，等推广到全村。龙行村成了典型，被镇里、县里多次表扬。可是江北县还没来得及在全县推广，龙行村的先进做法就被淹没在轰轰烈烈的"大炼钢铁"的浪潮之中。

因为有老红军龙世英在，龙行村其余三个自然小组丝毫没耽误模仿华龙组的做法。前进的脚步虽有点儿磕磕绊绊，但仍旧稳健。

龙姑是这样理解"多快好省"的：发展社会主义要多种经营形式一齐上，多种办法一齐用，多种手段一齐使，总之，不能单一。"快"，就是只争朝夕，不能磨洋工、熬时间；要思想转得快，工作干得快，抢时间、争速度、提效益。"好"，就是让老百姓过上好日子，为国家创造好形势。做一切事情都要保质保量，要支持有利于社会主义发展的所有好东西。"省"，就是艰苦奋斗、勤俭节约，要珍惜粮食，珍惜国家集体财物，珍惜所有资源。干任何事情都要算成本，看划算不划算，不做亏本买卖，切忌浪费人力、物力、财力。

闸北镇党委书记陆永明很认同龙姑的做法。虽然有人反对，但都被龙姑用毛主席的话给顶了回去。龙世英是见过毛主席并且聆听过毛主席教诲的人，没有人敢当着面和她唱对台戏。

一九五八年夏收之后，华龙组北湖地的小麦增收了十几万斤，泡桐树林带里套种的油菜收了六万五千斤油菜籽。龙行村的其他三个组也都增收了不少，上顿不接下顿的日子总算熬到头了。

不久，闸北镇人民政府改为闸北镇人民公社了。龙行村虽然也改成了龙行大队，华龙组改为华龙生产小队，也只是改了个名字而已。龙行大队的大锅饭仅吃了三个月就停了，用龙姑的话说，不符合"快""好""省"，得不偿失。华龙小队的养猪场的猪增加到九十六头猪，养鸡场的鸡增加到四千三百只，油坊、棉坊、芦编坊热热闹闹的，一天也没停过。

龙至礼做的第五件大事是华龙小队在江北县第一个实现旱改水，建设了江北县第一个旱涝保收的水利工程。

"三年困难时期"，龙行大队几乎没有一个人是因为饥饿而死的。龙行四个生产队，两个生产队紧靠清江运河和小龙沟，两个生产队紧靠古黄河和黑龙渊，水资源丰富。旱灾时，所有青壮劳力日夜轮番用木桶或笆斗戽水灌田，其他人能抬则抬，能挑则挑，苦是苦了点儿，可基本上没减收。至于风灾，龙行北有卧龙山，东有运河大堤，西有古黄河大堤，田野里又布满林带，受风灾影响只是鬼旋风造成的一小部分。虫灾只有一次，那是一九六一年秋天，铺天盖地的蝗虫黑压压漫过，遮天蔽日，所过之处把刚刚灌浆的玉米啃得只剩下黄土，芦苇荡也被啃得精光，歉收了一季玉米和芦苇。龙行大队最怕的是涝灾。龙行大队的整个土地被卧龙山、运河堤、黄河大堤圈在洼地里。每逢雨季汛期，整个龙行大队的田地都淹没在白茫茫的水里，只露个树头在水面上。龙姑带着龙至礼去找县委，找水利局，找农业局。县里正准备向江南学习种水稻，尝试稻麦双熟，华龙组成为唯一的先期试点单位。

麦收之后，龙行大队的所有劳力便投入到华龙组北湖地水利工程建设中，县里安排技术员，龙姑为总指挥，龙至礼为副总指挥。龙至礼把北湖地分为十块，块与块之间路渠相隔。华龙组有钱，龙行人都知道。龙至礼也从不亏待出力流汗的人，拿出饼粕、油棉、布匹、猪肉、鸡蛋、菥子、席子、斗笠，还买一些茶缸、毛巾、肥皂、脸盆等日用品作为表现优秀者的奖品，一天一评奖，五天一兑现。老百姓的积极性调动起来了，整个工地红旗招展，喇叭齐鸣，推的推，抬的抬，担的担，男女老幼齐上阵。一个冬天下来，北湖地被整理得像棋盘一样。总渠、干渠、支渠、斗渠、农渠，渠渠相通相连，坡面光滑，边角成线。大路、小路，纵横交错，平如镜面，直如墨线。渠旁、路旁全栽上泡桐树苗。县委县政府非常满意，在小龙沟上建一座单机排灌站作为奖励。华龙生产队耽误的一季小麦由县里调发补偿。那一年龙行大队出了名，华龙生产队也出了名，龙至礼被破格提拔为闸北公社水利站副站长，兼任龙行大队副书记、华龙生产队队长。

第二年，华龙生产队的水稻喜获丰收，亩产三百多斤。华龙人是江北县第一个吃米饭的。套种的早春豆子，收获三万斤。龙至礼送给县政府五吨纯豆油，由县政府发放给最需要的人。

　　龙至礼做的第六件大事，是为龙行大队盖了一所像模像样的小学和龙行大队合作医疗室，为全大队七十二户特困人家盖上新房子。第七件大事是把龙行大队所有的沟渠、拾边地培育成江北县泡桐树种苗基地。第八件大事是建了龙行砖瓦厂。第九件大事是买了全闸北公社第一台大型拖拉机。第十件大事是组建了铁匠铺和碾米坊。干成这五件大事所需要的钱，都来源于运河西堤成材的泡桐树。

　　龙行大队的旱改水工程和农田水利工程已逐渐在全县推开，一九六五年冬季到一九六七年开春全面落实农田水利工程建设，一九六七年夏季，全县要确保水稻种植面积三百万亩。同时，华龙小组的速生树——泡桐的经济效益已被县政府和县林业局高度认可，并把推广泡桐列入五年计划。龙至礼得知这个消息，一夜没有合眼，第二天早上五点就到了龙姑家。龙至礼说："姑啊，该是我们收获泡桐树的时候了，再晚就要耽误挣大钱了。"龙姑没明白龙至礼的意思，龙至礼接着说："按泡桐树的最佳生长期算，我们的泡桐树最多还有一两年快生期，可全县的水利工程一九六五年冬季就结束了。县里已经把泡桐树列入五年计划，水利工程结束后，来年开春就要栽树。你想过没有，全县三十个公社，一千六百多个生产队，一个生产队就栽两千棵泡桐，这是最少的吧，全县也要近四百万棵泡桐树苗。这是我们龙行大队的天赐良机，把现有的树卖了，全部培育泡桐树苗。我计算过，一亩地栽树三十棵，每棵树一年赚一块钱，一亩地一年收入三十元。一亩地种树苗能种九百棵以上，一毛钱一棵，是九十多块钱。种树苗是栽树的三倍收益。今冬挖树，来年开春育苗正赶上后年春天卖树苗。到那时，我们可就发大了。还有，我们现在也正需要钱。你不是整天担心孩子们学习的地方歪歪斜斜的屋漏墙塌不安全吗？把泡桐树卖了，我负责建一所全公社最好的龙行小学，白天孩子学习，晚上群众扫盲。我还要遵照毛主席'六二六'指示，建一个村级合作医疗室，解决龙行大队老百姓看病难的问题。四个小组还有六七十户特困户，一家老小窝在草棚里，您不是早就打算给他们盖新房吗？把树卖了，这事情交给我。这些都是华龙生产队对大队的无偿贡献。同时，华龙生产队也要添置设备。旱改水了，土地翻耕、耧地、耙地，再指望生产队里那十几头牛就耽误农时了。我想去县里找领导，准备买两头'铁牛'来。有了两头'铁牛'，全大队的土地都不用愁。到时候，我们就有更多的时间和精力投入在养殖和加工上。我们现在水稻是收下来了，但还没有把稻子加工成米的工具，老百姓还都是用石臼捣，用簸箕簸，吃的是糙米，还不是大白米。我问我南方的战友了，他们那里就有专门碾米的机器，我想去看看，买一台。大家都种水稻了，这机器肯定有大用场。"

龙姑朝龙至礼看看，问："什么是'铁牛'啊？"龙至礼说："就是大拖拉机。那东西可有本事呢，既能耕地、刨地，也能耧地、耙地，还能运肥运粮运草，更神奇的是还能插秧。"龙姑点点头，说："又是'铁牛'，又是碾米机，还有什么农村合作医疗室，毛主席'六二六'指示，至礼啊，你都是从哪里得来的消息？"龙至礼说："都是从报纸上看到的。城里有个赵老师，正常卖报纸给我，有时还不要钱呢。"龙姑说："以后所有报纸由大队买，放在大队部里，大家共享。"龙至礼很爽快地答应了。

"至礼啊，你想过没有，华龙生产队有两万棵泡桐树，一下子全卖出去，谁买得起啊？"龙姑的担心不无道理。龙至礼说："姑，您放心，我请我的老团长和战友想办法。南方泡桐需求量大，准备叫他们来几个人，合伙购买。"龙姑问："可靠吗？"龙至礼说："应该可靠，我们先谈价，交了定金开始伐树，付完余款运货走人。树在我们地上，又是老首长、老战友，知根知底，不会有差错。"龙姑说："这样当然好，两万棵树可不是小数目啊。"龙至礼说："最低估计也应值十二万。有这十二万块钱，龙行大队和华龙生产队可就大变样了。"

一九六五年冬至过后的一天，华龙生产队的泡桐树林里有八个人在看树，从南到北又从北到南来回几趟，足足看了两天。四个南方人呜哩哇啦地争来争去，龙姑、龙至礼、大队生产队会计谁也没听懂一句。那时的南方人对龙行人来说，简直就是天堂里来客。南方人富裕名扬天下，脑子灵光好使，办工厂、做生意、搞农业，什么事都能做得红红火火。南方人讲品位，人家穿衣吃饭、走路说话和我们江北人一比，就高出去一大截。南方人来江北，大家都以异样的目光看着他们，那目光里有羡慕有崇敬更有嫉妒恨。

人穷有三短，求人话不多。生产队四个人谁都没多言语树的价钱的事，只谈论明春如何在大堤上培育三十万棵泡桐树苗。

第三天中午，在龙行大队队部，四个南方人开始用双方能听懂的话和龙姑、龙至礼他们交谈。朱老板话说得很干脆："两位龙书记，我们四人商定了，总共两万一千八十二棵树，我们只要十个头以上粗的树干。二十头以上的截成两米一截，

龙行运河湾

十四头到二十头的截成一米六一截。十个头到十四头的截成一米一截。你们负责把截好了的树干运到码头装上船。我们不少给，十八万，多一分都不加。先交十万定金，你们伐树截树运树，装好船之后再付八万。不过，我们有个要求。"龙姑说："什么要求，请讲。"朱老板说："必须在十天之内装上船。"十天？平均每天两千多棵挖好、截好，运到码头，装船就需半天时间，华龙生产队只有三百个壮劳力，一天七棵是不可能完成的。龙姑看出龙至礼的心思，对龙至礼说："至礼啊，你看这样行不行？全大队壮劳力一齐上，二分钱一棵树，包挖、包截、包送，树枝自己留，树根截成根苗。最后，大家一起装船。快年关了，借这个机会让各家各户多挣点儿钱，又能落点儿树枝烧锅。"当时，龙行大队壮劳力一天一个工，年底核算一个工二分钱到三分钱。二分钱一棵树还落树枝，那当然是天价了，肯定都抢着干。龙至礼说："就照姑说的办，便宜不过当家。我估计不出六天就能完成。我们生产队安排妇女小孩专门收集泡桐树根。"

来买树的四个人，一个是龙至礼的老团长，一个是龙至礼的战友，另外两个是他们的合伙人。合伙人中年龄较大的是朱老板。朱老板头戴礼帽，身穿黄大衣，脚上是锃亮的皮鞋，手腕上戴着手表，黄大衣里面是中山装，中山装的上衣口袋插着一支钢笔，裤子板正笔直、前后还折出两条直线。那年月，这般装束比闸北公社书记陆永明还板正。朱老板是做竹器生意的，竹椅、竹床、竹凳、竹案、竹席、竹筏，凡是竹子做的器具他都做，赚足了钱。此人说话，句句是定夺之言。那个小个子合伙人姓黄，穿着和朱老板差不多，虽然身高只有一米五，可那双小眼睛看事情入木三分。他口齿伶俐还会说江北话，并且十分地道，给人一种智慧过人的感觉。

十八万早已超出龙至礼的预期，但他仍然装出一副不合心意的表情，说："首长、战友、朋友来帮我忙，我很感激。十八万是不是少了点儿？"朱老板说："你问你首长和战友，十八万是不是给的最高价？我们没报一点儿虚头。我们诚心实意对你，你却不信任我们，这生意就没有法做了。老同志，你说是吗？"朱老板带着为难的表情望着龙姑。龙姑却没有说话。

龙至礼心里有数，说："老团长，既然朱老板说了是最高价，我也就不争了。不过，我有个想法，不知道几位大老板能不能帮忙？"老团长说："至礼，有话直说，不要拐弯抹角的。"龙至礼说："朱老板，你刚才看到我们村庄了吧，我们穷啊，再穷也得有个趴趴屋吧？我们大队还有百把户人家连房子都没有，我想给他们盖个住的地方,你这个大老板该支持我吧。树钱我们就不谈了,按你说的办。你是做毛竹生意的,能否免费送我们五千根粗毛竹,我给老百姓盖房做檩条用?这点儿小意思朱老板不会拒绝我吧。"

朱老板朝老团长看看。龙至礼说:"老团长,你劝劝他们合计合计。我保证沟渠路边的树今后还卖给你们,肯定会让你们挣得钵满盆满。"老团长说:"老朱、老黄,你俩商量商量。"

吸支烟工夫,朱老板竖着三个指头对龙至礼说:"三千根,只能三千根,全是十米以上的青竹。运费是你们的。多一根,免谈。"龙至礼很惊喜,说:"朱老板,爽快,你这个朋友我交定了。三千根就三千根,请你帮我发五千根,两千根毛竹钱和运费我付。"

"行,就这样定了。明天我到县邮局拍个电报,事情就解决了。不过,毛竹钱和运费我得从泡桐树款中扣除。"朱老板说。听了朱老板的话,大家都很高兴。

吃中午饭的时候,黄老板对龙至礼说:"龙书记,我给你提个建议,价值百万。"龙至礼听说价值百万元的建议既高兴又感激,迫不及待地说:"什么好建议,请讲。"黄老板说:"你不是要为老百姓盖房子吗?卧龙山的土质最适宜烧砖,红砖、青砖都可以烧。卧龙山离县城又近,城里肯定有红砖需求,盘几座窑烧砖烧瓦,那可就大发了。"

龙至礼听了,眼睁得比鳖蛋还圆,说:"你说的,是真的?"黄老板说:"我诓你干嘛。卧龙山上的土是含矿物质的黏土,是烧砖烧瓦的上等土料,烧出来的砖瓦绝对好。盘三座窑,不要太大,能装四万多块砖就可以了。一装一出,七天一循环,轮流作业,平均每天一万五千块整砖,卖二分钱一块,一块挣七厘钱,每天净赚一百块钱以上。全大队的人干一天活儿也没有这么多。"这一番话简直把龙至礼带进云里雾里,但是他没有想起龙行有这方面的手艺人。

龙至礼说:"黄老板,我们没有这方面的手艺啊,怎么办?"黄老板朝龙至礼笑了笑,说:"我来帮你,一年时间,包教包会,包出砖瓦。"黄老板鼠目一转接着说:"不过,你必须付我酬劳,每天五块钱,加上吃住路费,总共两千块钱,包你成功。少一分都不谈。"龙至礼说:"五块钱一天,太高了,是三百个壮劳力一天的工钱。"黄老板说:"龙书记,账不能这样算,我把技术教给你们,这是你拿多少钱都买不到的。一年后,你见成效了,规模扩大了,砖瓦涨价了,钱像滚雪球

龙行运河湾

一样越来越多。到那时，你就知道这两千块钱太少了。我这是看老团长的面子，在帮你为老百姓做事。"

老团长说："至礼啊不要和他磨嘴皮子，交给他，'黄鼠狼'不会亏待你。"

龙至礼说："我听老团长的，容我再和龙姑商量商量，泡桐树搞完给你说法。"

龙至礼做梦都没想到卧龙山上那令人生厌的红土居然能烧出砖瓦来。那红土干旱时像铁疙瘩一样坚硬，难敲难砸。遇上雨季它又像黏胶一样，并且会顺着人的裤腿往上爬，所以龙行人叫它裤腿泥。今天听黄老板一说，结果还是个宝贝。龙至礼听老团长把黄老板叫成黄鼠狼，心里没有丝毫厌恶，反倒觉得黄老板真像黄鼠狼一样机智又富有灵性，打心眼里佩服。其实，黄老板叫黄出亮，是龙至礼听错了。

日子像运河里的水一样静静地翻腾而过，有喜事有盼头的日子流淌得更快。龙姑和龙至礼，就像龙行运河湾里的灯塔。龙行人的每天都充满希望，简单却很充实。

从一九六五年冬季到一九六六年春，仅仅半年时间，龙行小学翻建了，大队合作医疗室建成了，所有没房子住的群众搬进新屋，两台大"铁牛"买来了，碾米坊和铁匠铺正常干活了。全大队近百万棵泡桐树已长出绿油油的大叶片，龙行砖瓦厂已开始制坯了。这一切都像做梦一样，比梦还丰富多彩。

一九六六年，江北县的四级干部大会仍在龙行卧龙山召开，歌声震天，红旗招展，人山人海，高音喇叭把卧龙山震得摇摇晃晃。主席台的背景墙是用芦席临时搭建的，显得很简陋。但是，中间悬挂的毛主席正面像在两边鲜艳红旗的映衬下格外引人注目，犹如太阳放射着温暖的光芒。那一次是龙行历史上最大规模的一次盛会……

7. 赵筱蝶与蝴蝶庵

参加龙至礼追悼大会的人数远远超过一九六六年春季四级干部大会的人数，当然有许多人是看着市委书记、区委书记的面子来的。但是龙至礼的战友和龙行村的全体老百姓可都是自发的。

直到开追悼会，龙姑才知道侄子龙至礼壮烈牺牲了，才知道卧龙山上出现了大量的黑蜘蛛。可她不能走路了，无法参加。她安排儿子送去一副挽联，内容是她自己编的："普通党员，初心无改，黄运常颂当年志；峥嵘春秋，魂系百姓，山川尽显老骥狂。"黄运指的是古黄河、清江运河。山川指的是卧龙山、北湖地。挽联就挂在龙至礼纪念碑两旁，素练黑字让人肃然起敬。

一名最基层的村支部书记的追悼会，有省委、省政府送花篮吊唁，区委书记主持，市委书记讲话，这在江北历史上还是第一次。这也是吕裕民担任书记后第一次在公开场合讲话。吕裕民上任后的一举一动、一言一行都备受关注。很多人不会放弃任何一次机会为自己的命运做铺垫。在官场，把握不准方向，跟不紧步伐，稍不留神，就会栽跟头。

上午八点，吕裕民就把讲话提纲交给了宣传部王一实部长，并交代了近期宣传导向。本打算按着提纲讲，可当吕裕民看到龙姑的挽联时，特别是一个"狂"字，让他又有太多的感触。吕裕民的讲话很短，句句中肯。他号召全市党员干部不忘初心，执政为民。大家不难理解讲话背后蕴含的深刻含义。

《江北日报》头版头条刊发了江北市改革发展系列评论员文章。号召大家向龙至礼学习，坚定信念，不忘初心，恪尽职守，廉洁奉公。评论员署名：侍卫宣。明眼人一看便知，侍卫宣是市委宣传部的代名词，是新任书记吕裕民在向全市发声。文章说，背离全心全意为人民服务的信念，就会把改革开放带到邪路上去，就会把党群干群关系带到水火之中。初心已忘的党员干部，就像失去灵魂一样失去光明的导向，就会在物欲横流中丧失自我，毁灭自我，沦为物质和金钱的奴隶，就是自掘坟墓。一切损害人民利益、剥夺人民正当权利的行为都是错误的，都是和党中央背道而驰……文章虽短却效应空前，不到半天时间报纸就被抢购一空。

赵筱蝶的报纸是龙姑看后特意叫华龙俭送过来的。赵筱蝶住在蝴蝶庵里，她在整理龙至礼生前留给自己的材料，她答应过老支书一定会完成他的心愿。到龙行村工作已六个年头，她已被江北市的复杂环境折磨得身心疲惫。多年辛勤工作，只因一篇文章落个开除职务、留党察看两年的处分，赵筱蝶彷徨过、怀疑过、郁闷过、失望过，也曾想放弃，但她终究没有随波逐流。她从龙姑身上、龙至礼身上，从龙行村老百姓无助的目光中，知道自己该以怎样的一种态度活着。

赵筱蝶，一九七九年出生，研究生学历，大学三年级时加入共产党，二〇〇二年被江天省省委组织部录取为龙行村大学生村官，任村支部副书记。二〇〇四年考取江天省省委组织部选调生。二〇〇六年因《江北市改革开放的几点思考》一文，被当时的市委书记谷宾蛛批评为"与改革开放唱反调的逆流人"，且"不思悔改"，不久被撤销龙行村支部副书记职务，留党察看两年，直到现在还没有恢复党员权利。赵筱蝶有四个哥哥，即驴大、驴二、驴三、驴四，除驴四有羊角风外，其他三个哥哥都是中共党员。赵筱蝶的父亲二十世纪六十年代就是党员了。赵家一门忠诚，赵筱蝶却成了个"不思悔改"的"逆流人"，还背个黑锅。

赵筱蝶读完报纸，泪流满面，终于等到了自己期盼六年的声音。她模糊的双眼紧紧地盯着报纸，一字一句地看了一遍又一遍。她控制不住内心的激动，独自一个人趴在桌子上号啕大哭。静静的蝴蝶庵内，赵筱蝶的哭声像细雨一样洒落在一草一木上。

赵筱蝶哭着哭着就睡着了。睡梦中，她清晰地看见风雨之中有一只美丽的蝴蝶正向自己飞来……

蝴蝶庵，位于卧龙山西南十八公里古黄河东岸。传说明朝末年，有一户人家逃荒，父母二人为了让两个孩子活下去，把仅剩下的一块饼交给了姐姐，叫姐姐带着弟弟继续赶路，两位老人投黄河自尽了。姐姐带着弟弟沿古黄河东岸继续向北逃荒，姐姐把那块干硬的饼揣在怀里，每天掰一点儿给弟弟，自己却舍不得吃。姐弟俩走到龙行时遇上倾盆大雨。姐姐已好几天没吃东西了，她走不动了，饿瘫在地上。姐姐把剩下的半块饼交给弟弟，说："弟弟，姐不行了，不要管我，快到庄子里投靠个好人家。你是马家的根，保命要紧。"说完就昏了过去。

弟弟舍不得姐姐，可他年龄太小背不动姐姐，弟弟只得抱着姐姐的头在大雨中痛哭。弟弟把那半块被雨水泡湿的饼拿到姐姐嘴边，姐姐深情地望着弟弟不肯张嘴。铜钱大的雨滴打在姐姐身上，五岁的弟弟没有办法，就从池塘边薅来许多杂草盖在姐姐身上。他把姐姐的头和那半块饼紧紧地抱在胸口，害怕姐姐被大雨淋着，害怕那半块饼被雨水泡烂。姐姐连说话的力气都没有了，苍白的嘴唇不时地翕动着吸吮嘴边的雨水。

大雨中，一只蝴蝶落在姐姐手心里。

那是姐姐见过的最大最美丽的一只蝴蝶，色彩斑斓的翅膀上满是雨珠，一双明亮的小眼雾蒙蒙的，两根触角和六条腿在姐姐手心的雨水里奋力挣扎着。暴雨拍打着蝴蝶的翅膀，翅膀贴在姐姐的手心上。姐姐看了看那只蝴蝶，用尽最后一点儿力气把手翻了过来，把蝴蝶护在手心里。弟弟明白姐姐，姐姐在救护那只蝴蝶。

暴雨来得急去得也快，雨过天晴，阳光灿烂。昏迷不醒的姐姐奇迹般醒了过来。姐姐告诉弟弟自己梦见观音菩萨了，梦见了许许多多的蝴蝶，吃了很多很多雪白的馒头，还喝了许许多多甘甜的蜂蜜。

姐姐松开手，把那只又大又美的蝴蝶放在草丛里，让温暖的阳光晒着那对潮湿的翅膀。过了一会儿，蝴蝶轻轻地抖了两下翅膀，顺着姐姐的手臂爬到姐姐的头上，用那两根棒槌似的小触角敲打着姐姐的额头。姐弟俩都笑了。

蝴蝶在空中盘旋了一会儿又落在姐姐头上，又用小触角敲打姐姐的额头。蝴蝶的力量虽然微弱但姐姐能感觉到。然后，蝴蝶飞走了，飞得很远很远，远到在阳光下变成一个小黑点。看着蝴蝶飞走了，姐弟俩很高兴。弟弟扶姐姐坐起来，拿掉姐姐身上的杂草。弟弟把那半块饼递给姐姐，姐姐摇摇头。

蝴蝶又飞回来了，落在姐姐的头发上，又用小触角敲打姐姐的额头。姐弟俩领悟到，蝴蝶在叫他们跟着它走。

蝴蝶在前面飞，姐弟俩在后面跟着走。蝴蝶飞一会儿便落在草尖上等一会儿，等到姐弟俩到眼前了，再飞。蝴蝶把姐弟俩带到一片灌木丛，不飞了。姐姐仔细看了看四周，发现野草密布的沟坎上有一个黑洞。姐姐叫弟弟紧随身后，小心翼翼地来到洞前，扒开杂草，姐姐一看，惊呆了。

眼前是一副楠木棺材，半腐的棺材盖处有一个盆口大的野蜂巢。姐姐曾经和爷爷一起取过野蜂巢里的蜂蜜。"弟弟，我们有救了。"姐姐看到野蜂巢，异常惊喜。

龙行运河湾

暴雨来得很猛，野蜂没来得及归巢就被雨滴砸落，淹在雨水里。姐姐取下蜂巢掰开，里面足有两碗蜂蜜。那蜂蜜晶莹剔透，在阳光下闪闪发亮。姐姐用舌头舔了舔，很甜很甜，像梦里的蜂蜜一样甜。姐姐正想叫弟弟尝尝，弟弟却大声说："姐姐，你看，那是什么？"姐姐顺着弟弟手指的方向望去，见淤泥里有几块发光的东西。姐姐走过去，抠出一看，是银锭。

仅仅半个时辰，既得吃的又得钱财，姐弟俩高兴极了。姐姐突然想起带他俩到这里来的那只蝴蝶，蝴蝶早就飞走了。姐弟俩在草地里寻找好长时间，也没找到那只蝴蝶。

姐弟俩拿着蜂巢和六块银锭来到龙云寺。方丈知道了他们的经历，感到很惊奇，便带着一个和尚随姐弟俩到现场看个究竟。结果在棺材底发现许多金银财宝，龙云寺用这些金银财宝购粮施粥，救了不少人的性命。

大约过了两个月，姐姐又梦见那只蝴蝶了。梦中，那只蝴蝶从天空缓缓落下，就落在姐弟俩遭遇暴雨的地方。方丈和姐弟俩赶到那里时，看见成千上万只蝴蝶在空中翩翩起舞。姐姐发现了草丛中自己梦里的那只大蝴蝶，她把大蝴蝶捧在手心里递给方丈。方丈伸出手要接的时候，突然觉得那只手重有千斤，猛地抖了一下。

大蝴蝶落在地上，扇了两下美丽的翅膀，死了。这时，四面八方的蝴蝶都聚拢到这只蝴蝶的上空盘旋。姐弟俩见救命的大蝴蝶死了，直挺挺地跪在地上，放声大哭。大蝴蝶消失了，空中的蝴蝶仍在盘旋飞舞。

姐姐擦干眼泪建议方丈在大蝴蝶消失的地方建座庙宇。方丈答应了，说就叫蝴蝶庵吧。

蝴蝶庵建成后，人们把那片没有名字的湖泊叫蝴蝶湖。每年四五月份，都有无数只蝴蝶聚集在蝴蝶庵周围，十分壮观。后来，姐姐在蝴蝶庵出家修行，弟弟落户华龙庄。弟弟姓马，他就是华龙庄马姓的始祖，是赵筱蝶的始祖。

龙行村方圆百余里内，老百姓都知道蝴蝶庵是救苦救难的观世音菩萨显灵的地方。从建庵开始便发生过无数次黄河洪灾，唯独蝴蝶庵周围的土地没被洪水淹没过。老百姓深信，就是龙王爷见了观音菩萨也要避让三分。

赵筱蝶住进蝴蝶庵不是出家而是为了学习思考。蝴蝶庵清幽静雅，便于她思考，写文章。

蝴蝶庵的庵主慧园法师是一位行缓语低之人，只顾吃斋念佛，摆弄花草，像是两耳失聪，眼空无物，偶尔和赵筱蝶说一两句话。小尼姑清玉，端丽淡雅，俊秀脱俗，做的一手好斋饭，和赵筱蝶很处得来。赵筱蝶进庵的时候，清玉出家不到一年，她的母亲还时常来哭求她还俗。无奈她已远离红尘，出世决心已定。两年来，赵筱蝶的心思都用在思考和写文章上，生活起居都是清玉照应着。两人关系虽好，赵筱蝶对清玉的身世却一无所知。不过，赵筱蝶的所有事情，清玉都一清二楚。有一次，清玉还劝赵筱蝶削发为尼，落得一身清净……

睡梦之中，风停雨住，无数只蝴蝶摇身变成一道彩虹。赵筱蝶挂着泪珠的脸上露出一抹淡淡的微笑。

下午四点左右，龙行村妇女主任龙惠娟来找赵筱蝶，叫她到村部开会。赵筱蝶问什么事，龙惠娟说："不清楚，看架势很重要，一把手、纪委书记、组织科长都来了。"赵筱蝶听后心里顿生几分害怕，甚至有点儿恐惧。"难道要开除我党籍不成？"想到这赵筱蝶不由得打了个寒战。她在心里诅咒刚才的梦，梦和现实是相反的。那无数蝴蝶为什么要变成彩云，变成一片乌云多好，是那种遮天蔽日的乌云，是那种能够生出许许多多妖魔鬼怪的乌云……

"龙主任，麻烦你和关书记说一声，我病了。"赵筱蝶边收拾龙至礼留给自己的材料边有气无力地说。龙惠娟没有吭声像是不高兴，当即拨通关西网的电话。

闸北镇党委书记关西网和龙惠娟的父亲龙杰是铁杆子好兄弟，两人走得特近乎。闸北镇医院里的小餐厅和龙杰家的厨房是关西网常来常往的地方，只要有关西网喝酒都是龙惠娟跑里跑外，端茶、递烟、敬酒。龙惠娟有底气直接打关西网的电话。

"关书记，筱蝶她病了，不想参加会议。"龙惠娟说。关西网说："你把电话给赵筱蝶。"龙惠娟把手机递给赵筱蝶，说："关书记叫你接电话。"

"筱蝶书记，是不是这几天太劳累了？坐龙惠娟的车一块儿过来，会议时间不长，或许开过会，你的病就好了。抓紧时间。"关西网把电话挂了。赵筱蝶听出关西网话里有话，没再说什么，捋了捋额前的几缕头发就跟着龙惠娟上了奥迪车。

会议真的很短。纪委书记宣读了关于撤销对赵筱蝶停职并留党察看两年处理决定的文件，组织科长宣读了赵筱蝶任龙行村支部副书记，主持龙行村全面工作的任命文件。关西网就村支两委如何支持赵筱蝶工作，加强班子团结强调了几句。赵筱蝶作个表态发言，会议就结束了。赵筱蝶请求关西网安排镇纪委、镇农经站、镇财政所对龙行村财务账目进行审计。关西网当时就表态，审计工作人员第二天就进村。

龙行运河湾

这一切，来得太突然，出乎所有人预料。

村长赵尔照是赵筱蝶大舅的儿子，也是赵筱蝶的大表哥。赵筱蝶被撤销处分，提拔为主持全面工作的副书记，赵尔照理应感到高兴。然而，听完组织科长宣读任命文件后，赵尔照的心一下子拔凉拔凉的。

龙至礼二次回龙行村时，村支部书记的位子就应该是赵尔照的。无奈反映他问题的人民来信太多，许多经济问题他理不清。

时隔二十年，七十三岁的龙至礼再任龙行村支部书记时，龙行村已变得灰头灰脸。第三任书记李为业和第四任书记李继来都因贪污受贿被判入狱。除了村部、一处公共厕所和几根电线杆是集体财物外，其余的一切都是私人的，组织瘫痪，人心涣散。赵尔照做了十五年村长，村支两委和各组组长几乎都是他的狐朋狗友。龙至礼无法破解这个死局，只得向镇里反映，可镇里总是敷衍搪塞、推三阻四。龙至礼深知背后盘根错节的利益关系。龙至礼是书记但不当家，会照开、话照说、工作照布置可就是无法落实。龙至礼势单力薄，索性不闻不问，村里的大事小事都交给赵尔照。

龙行村是块风水宝地。随着江北市的扩张，这片紧邻城区且夹在清江运河和古黄河之间的地方越来越成为商家首选之地。高铁、高速公路穿境而过，运河中心港已建成运营，高铁站和长途汽车站就在龙行村西、古黄河边上。龙行村已凸显江北市副中心的优势。大开发、大建设，势必带来大财富。可以这样说，在不久的将来，龙行村的支部书记所拥有的权力和财富，以及这种权力财富带来的社会地位和尊严绝不亚于一个乡镇的党委书记。赵尔照对这个位置早已垂涎三尺，可多年来总是擦肩而过。龙至礼不仅老了而且变得迂腐，已经和现实格格不入。龙至礼下台已成定局，赵筱蝶还没有恢复党员权利，村支两委中有资格和赵尔照竞争书记的就只有副书记龙小虎了。龙小虎家族庞大，年轻力壮，工作有魄力，朋友多路子广，官场关系硬。但赵尔照早把龙小虎的七寸掐在手里，那就是龙小虎没有谋略，喜欢乱搞……龙小虎就像一头发情的公猪，一有机会就爬上女人的肚皮了。赵尔照早准备好真凭实据，关键时撒手锏一放，他必死无疑。万没想到，不等赵尔照出手，卧龙山上第一个死的就是龙小虎。赵尔照表面上很悲伤心里却暗自高兴。龙小虎一死，他就没有竞争对手了，书记的位子该是十拿九稳。千算万算没算到赵筱蝶咸鱼翻身，赵尔照又落个竹篮打水。

会议结束，赵尔照黑着脸望了望关西网，没打个招呼就钻进自己的车里一溜烟跑了。赵筱蝶看在眼里记在心上，她知道不止是赵尔照不服气。按常规，新书记上任，首先要召开一次村组干部党员会议亮亮身份。赵筱蝶没有，她决定先党员后组长，最后村支两委一对一、面对面交流后，结合镇里的审计情况作下一步安排。她要让子弹在空中飞一段时间。她要在子弹飞的时间里，制定出龙行村十年规划，确定当前的工作重点。

赵筱蝶坐关西网的车回到蝴蝶庵后，骑上自己的山地自行车直奔龙姑家。

吕裕民来过以后，龙姑的精神又好了些许，只是小儿子华自义迟迟还没回来，她担心走之前有可能看不上一眼。大桥断裂、列车出事的新闻让龙姑既震惊又愤怒，但她压根儿就没把这事和华自义联系起来。她认为华自义是办大事的人，总有太多的特殊情况。

早上，龙姑喝了点儿稀粥，叫孙子读《江北市报》头条，她听了之后心里顿生一股暖流。"这就是吕裕民，这就是吕裕民。"龙姑有点儿兴奋，拿来老花镜和放大镜，又一字一句地从头到尾看一遍。文章中的许多话就是自己和吕裕民说的，她感到很欣慰。她第一个想到赵筱蝶。两年前，赵筱蝶被留党察看时，她给镇党委、区委、市委写过信，可都石沉大海。她给镇长热线、区长热线、市长热线打过电话，接电话的人说话好听，可就是不给你解决问题。她愤怒了，自己摇着轮椅找到谷冥蛛办公室，从上午九点等到中午十二点不见人影。她吃了点儿自带煎饼和咸鸭蛋继续等。到下午六点，还是不见人影，她再等。到晚上十点，仍然看不到谷冥蛛，龙姑彻底失望了，她无法发泄一腔不满，便晕倒在轮椅里。幸亏吕裕民发现了她，立即安排政府办人员用车把她送到市人民医院，吕裕民也在车上。当车拐进人民医院大门时龙姑醒了，气愤地说："这医院被谷冥蛛那小子卖啦，我不能在这里。"龙姑死活不住院，执意要吕裕民送自己回家。吕裕民拧不过，真的把她送到龙行老家。那是龙姑和吕裕民第一次见面。

直到春节慰问，龙姑才知道那位送自己回家的人是江北市副市长吕裕民。

吕裕民终于熬到当家主事了，吕裕民的思想和龙姑对路子。

龙姑叫华龙俭迅速把报纸送给赵筱蝶。她深知赵筱蝶的痛苦，要让赵筱蝶从这张报纸上看到光明、看到希望。龙姑没想到光明和希望像天使一样突然间就降临到了龙行村。

龙行运河湾

　　赵筱蝶到龙姑家时，华自主正一口一口地喂龙姑吃饭。赵筱蝶接过碗一边喂龙姑一边把镇党委的决定告诉了她。龙姑听完推开碗说："我饱了，不吃了。"赵筱蝶把碗放在桌子上，用纸巾为龙姑擦擦嘴。龙姑仔细地打量着赵筱蝶，眼角里滚下几滴浑浊的眼泪。赵筱蝶内心的委屈和激动也一下子释放出来，紧紧地抱着龙姑，眼泪扑簌簌地滴落下来

　　夕阳西下，阳光从西窗照射进来，落在她们身上。龙姑和赵筱蝶谁都没说话，两个人静静地抱着，仿佛已融为一体。

　　过了一会儿，龙姑推开赵筱蝶，拍了拍她的肩膀，说："筱蝶，你肩上的担子重啊！村里的几个人没有一个是好东西，都是蜘蛛，满肚子丝（私），到处结关系网，手长脚长，有利就上，无利就藏，浑身是毒。你可要当心啊。"赵筱蝶点点头。龙姑的比喻是多么生动形象啊。

　　"不要着急，慢慢来。我相信吕裕民，江北市的形势很快就会有改变。龙行村子大、事情多，积累的问题和矛盾亟待解决，一大堆的事都等着你。一个人的力量有限，你要善于发现志同道合的人，团结起来才能有战斗力。但我明确地告诉你，你的那个表哥赵尔照绝对是个利欲熏心的坏东西，他能在村里干这么多年，你千万要当心他。龙行村的历史可追溯到隋朝，如果没有长远打算，搞不好在今后的大开发大建设中龙行村就消失了，一定要考虑周全。我老了，快要不行了，帮不上你了。可吕裕民才刚上任，他和往届书记不同。只要上面清亮，你就可以大刀阔斧地干。身正不怕影子斜，没有什么好顾虑的，我相信你。"龙姑靠在床头说得断断续续。赵筱蝶不忍心让她再说下去。

　　赵筱蝶回到蝴蝶庵时已是晚上九点多。慧园法师和清玉都做完功课休息了，可赵筱蝶屋里的灯却还大亮着。"谁在等我呢？"赵筱蝶赶忙停稳车推门进屋。

　　"爸，妈，这么晚了，你们怎么在这里？"赵筱蝶见到父母既高兴又稀奇，急忙为父母的水杯里添一些热水。父亲没有说话，母亲喝了口水，说："我和你爸听说你做书记了，过来看看。"说话时，脸绷得像南瓜。赵筱蝶猜得出来，妈是来当说客的。赵筱蝶笑着说："爸，妈，你们好好看看，女儿不是很好吗？"赵筱蝶说着在父母面前原地转了一圈，显得活泼顽皮。

　　母亲望着可爱的女儿，心里高兴表情却冷漠，说："筱蝶，告诉妈，你真的就想当这个书记？"赵筱蝶蹲在母亲双膝前，两肘抵在母亲腿上，双手托腮注视着母

亲，说："妈，我不是想当书记，我只是想为咱龙行村老百姓做点儿事。"

母亲摸着赵筱蝶的头，两眼注视着赵筱蝶的眼睛，说："孩子，妈再劝一次，听妈话不要干了，回大城市去。妈什么都不想，就想看你成个家，轻轻松松、快快乐乐的。我和你爸能看见外孙子跑里跑外，家里过得平平安安的，那比你当多大的官都高兴。你都快三十了，也不为自己想想？"母亲说这话时的疼爱让赵筱蝶心里很难受。她对母亲说："妈，你是想叫我结婚成家，给你生个外孙啊，这个事情妈就不要操心了，到时候准让你和爸高兴得三天三夜睡不着觉。"母亲说："你啊，别和妈调皮，妈知道你的鬼心思，想糊弄妈。"赵筱蝶说："妈，你女儿怎敢糊弄你呢？你把女儿都培养到快三十岁了，人家说三十而立，你就别再为女儿担心了。"母亲瞪着赵筱蝶，说："妈不为你担心，还能为谁担心？疯疯傻傻的。我和你爸现在唯一担心牵挂的就是你。新中国成立以来，龙行村四个书记，就剩下个龙姑了。龙行龙行，是龙才行。龙姑她十几岁就带人闹革命，入党，参加红军，她出生就是一条龙，更好人家又姓龙。你呢，你姓赵，不对，你姓马，又属马，又没赶上好时候。龙姑做书记时，那时候的人守规矩，讲道德，有良心，没有坏心眼，听话。现在呢？你看那村里几个，说话做事连个样儿都没有。那个赵尔照，你大表哥，就是个六亲不认的畜生，他还能为老百姓办事？镇领导的眼都瞎了。你爸提意见，赵尔照说你爸是一根筋。一根筋，那是骂你爸是头猪。我去找他说理，他叫我站一边去，就差赶我滚了。这样的人，你能和他共事吗？村干部中也就个赵利冉还能为群众帮个腔，就是因为他能为老百姓说句心里话，所以都快六十了还是个青年书记。五个组的组长，各敲各的鼓，各打各的锣，各有各的小圈圈，各有各的小九九，谁都不听谁的。筱蝶，你说说，你整天和这些人在一块，妈能不担惊受怕吗？"

赵筱蝶听着母亲对村干部一个个地数落，感到既好笑又十分佩服。母亲从没说过这样的话。自己大学毕业考村官时母亲反对，劝过；考省委组织部选调生时母亲反对，劝过。她被处分了，母亲认为机会来了劝她抓紧回城。但那些说辞大都简单直白，今晚母亲的话有水平，有分量，可见母亲费了不少心思。

"妈，你是不是担心你女儿会变得和他们一样？"赵筱蝶朝母亲做了个鬼脸，想逗母亲开心。

"你是受过大学教育的人，妈是说你就不该和他们在一个锅里抢勺子。"母亲有点儿气愤，"老头子，怎么又装哑巴了？你开口说话啊。"母亲想叫父亲劝劝女儿，可父亲就是不开口。

赵筱蝶的父亲马户天迟是一九七五年入的党。那年生产队的牛棚失火，他冒死救出最后两头耕牛，被烧得眉发全无，直接晕倒在火场边，幸亏被发现及时捡回一条命。扫盲比赛中，父亲以平均每天认识十个字的成绩获得全乡第一名。加上他的平时表现，没过多久他就向党旗宣誓了。他是从心里要为共产主义奋斗终身的。他没什么大本领就知道按龙姑和龙至礼吩咐的去做，叫去棉坊去棉坊，叫去油坊去油坊，叫去打席去打席，砖瓦厂、铁匠铺他都干过。分田单干了，龙至礼也不干书记了，马户天迟整天盘算着自家的日子什么时候能过得比别人家强，自己的责任田里什么时候能比别人家多打粮食。后来，老百姓的日子好过了，吃穿不愁，手里还有余钱，再后来，村里人家都盖起了瓦房、楼房，有的还买了小汽车，顿顿有鱼有肉。龙行村的后任书记活像吞钱的魔兽，能卖的全都卖了。龙姑和龙至礼奋斗几十年创立的家业不仅被他们败光了，村里还欠了一屁股债。赵筱蝶在村里做副书记时，他想去找女儿，想让女儿给个说法。可是，还没去找，女儿就被停职了，被留党察看了……这次镇党委撤销对女儿的处分，并让她主持工作，说明组织上认可了女儿。女儿是什么样人他最清楚，作为一名党员、作为父亲应该支持才对。可是，马户天迟禁不住老伴的唠叨，还是来了，就是不吱声。

赵筱蝶心里明白父亲是不会反对的，问："爸，今天的《江北日报》你看了吗，头版头条？"马户天迟说："看了，看了两遍。那是爸盼望了十几年的文章，太好了。"

母亲朝父亲翻了个白眼，说："好个屁。亲眼看到的人都不能相信，报纸上的东西你也信。你看过市委书记谷冥蛛在报纸上和电视上的讲话吧，说人话，不干人事。你啊，真是一根筋。"

赵筱蝶说："妈，这次是真的不一样。我向你保证，如果一年内没有大改变，我回大城市，带你二老享清福去。"

"这可是你说的，不要反悔！"说完，母亲就拽着父亲回家了。

赵筱蝶把两位老人送到庵外，静静地站在台阶上望着父母消失在夜色中。看不见父母亲身影的一瞬间，她突然觉得亏欠父母太多。离家仅一里地，她却两个月没进家门了。

8. 死里逃生

列车从桥面坠入大运河的那一刻，华自义正站起身伸懒腰，举起的手正好碰到那把血红色的铁锤，那是危急时刻用以敲碎车窗的逃生锤。刹那间，华自义取下锤用尽浑身力气砸碎玻璃，纵身向窗外跳，上身刚出窗，河水就猛地灌进车里，他感到车内有股力量吸着自己。

整列车在下沉，眼看河水就要把华自义上身推进车里的时候，他感到胳肢窝下有股向上升的浮力，像上面有人拉自己。华自义憋住一口气，双手猛推一下窗框，再借着向上的浮力，终于脱离了列车。胳肢窝下那股向上的力迅速将他托浮到水面上。滚滚的河水裹挟着他顺流而下。

这是清江运河历史上一次罕见的秋洪，流量大，速度快，来势凶猛。黑夜里，华自义辨不清东南西北，呛了几口水。惊魂未定的他感到河水太凉，冷得浑身打战，他没有选择只能任洪水冲击。

华自义定了定神，明白了是空了法师挂在自己身上的十四个葫芦救了自己。从月亮和星星的位置判断，自己向东南方向漂流，是家的方向。华自义咬紧打战的牙关奋力向右岸划去，他想上岸。

华自义被洪水冲走几十里，终于划到了岸边。

华自义的双手极力地在河沿想抓到什么东西让自己停下来。可是，水流湍急，他抓到的青稞无法承受洪水的力量，他仅是停顿了一下，青稞就被连根拔起。他没有放弃，双手和胸口尽可能贴着岸边随时等待树、石头等牢固的东西。又过了一个时辰，他的手像是碰到类似墙的东西，他使尽浑身力气死死地扒住不放。他的身体在洪水中打了个滚，双腿被冲到水面上。

葫芦串被洪水冲走了，华自义心想这是求生的唯一机会了，再被洪水卷走，没有葫芦串保护必死无疑。他扒着那个东西像爬树一样一点点向岸上挪动。

坐在岸上，华自义摸了摸湿淋淋的衣服。上衣口袋里有他的身份证和一百元钱，

龙行运河湾

手腕上的手表还在，脖子上韦师新送的那块玉佩还在。他想起自己的行李包，又想起空了法师对自己的耳语。

河岸上的风很大，他感觉比在水里还冷。他想站起来走进玉米地，可站不起来。两腿关节肿得像馒头一样，稍微用点儿力就剧痛难忍。

快天亮了。

华自义想，发生这么大的安全事故，抢救受害人员，寻找失踪者，是重中之重，万一自己被发现怎么办？空了法师对他说过玉要藏人也要藏。华自义相信空了法师，他拖着僵硬的双腿爬进河岸的玉米地里。

这块玉米地是运河镇小鲁庄村的。

三河市是江天省最北面的县级市，因清江运河、黄河、沂河三河穿境而过得名。三河市南面紧邻江北市但不隶属江北市，和江北市共同拥有落雁湖。

运河镇小鲁庄村是三河市最北面的一个小村，离清江运河有一公里。全村共四个小组，两百多户人家，人口一千左右，土地都集中在运河南岸。

小鲁庄村部坐落在四个小组中央，村部的旁边就是村幼儿园和村小学。幼儿园里有十几个孩子，小学里一至六年级共三十八名学生。幼儿园和小学虽是两个门，里面却是相通的。幼儿园和小学共有三名老师、一位烧饭的师傅。三名老师，一个是正式的，两个是临时代课。校长、园长、会计由三个老师兼任。

朱梅兰是小学语文代课老师，二〇〇四年开始在小鲁庄村小学代课。关于她的身世，除了小鲁庄村支部书记陈赛男略知一些外，其他人知之甚少。朱梅兰还兼任幼儿园、小学会计，教书算账之后，她把全部时间都用在写作上。朱梅兰是江北市作协副秘书长，发表了上百万字。

陈赛男知道，朱梅兰是江北市落雁湖乡人，父亲朱利国以打鱼为生，有个弟弟叫朱平安。四年前因一场子虚乌有的官司，朱平安惨死在江北市东城区。父亲愤怒之下带着朱梅兰离开伤心之地。

陈赛男的父亲陈老鱼，也是个逮鱼的，和朱利国经常在清江运河里见面。有时他们把两条小船靠在一块，烧点儿鱼虾喝上几盅，两位老人相处不错。

陈老鱼听了朱利国的遭遇，就介绍他买下了小鲁庄村部旁边紧邻小学的一处民宅。那户人家搬城里去了，连房带地一并出售。房子五间，三间主房、两间偏屋，有九十多平方米，院落有一百多平方米，运河南岸还有一亩七八分高滩地，总共四万块钱。朱利国只凑足三万，后陈赛男出面，降成三万五千元，三万元现金，五千元分期两年还清。就这样，朱利国父女俩就落户在小鲁庄村了。

两个月后，有个语文代课老师辞职随丈夫搬到云海，朱梅兰成了小学一至六年级语文代课老师。朱梅兰教过书，曾获得过闸北镇、西城区优秀教师称号，加上二十多年的写作功底，朱梅兰教的六个年级的语文在运河镇都是一二名，在三河市都能进前十名。陈赛男对她十分尊重，两人处得像姐妹。朱利国两年前死了，是陈赛男安排人把朱利国的灵柩送到落雁湖南侧，埋在埋着朱平安的那块坟地里。朱梅兰很感激陈赛男。

幼儿园和小学实行的是三餐制，而老百姓吃的是两顿饭，学校和家里不对饭时。许多学生家长向村里建议建个学生食堂，市教育局也有这方面要求，陈赛男正为征地建房发愁。朱梅兰知道后主动找陈赛男，把房子和院落让出来给学校使用，留两间房子够自己生活就行了。

陈赛男把一百多平方米的院落加了个顶变成了学生食堂，其他房间改造成老师餐厅、洗漱间和储藏室，剩下两间改造成朱梅兰的宿舍、厨房、卫生间。陈赛男没亏待朱梅兰，每年两千元的租金。

朱梅兰在运河南岸的一亩七八分地和其他人家一样一季小麦一季玉米，机耕机播机收。朱梅兰的玉米比别人家要早收一个月。别人家收的是熟玉米，她收的是青皮嫩玉米。朱梅兰有个朋友在云海开蔬菜专卖店，告诉朱梅兰青皮嫩玉米很有卖场。

秋玉米满浆后十天左右，就是收青皮嫩玉米的时节。每逢这时，朱梅兰就要早起到地里掰玉米棒。然后把装好袋的玉米棒扛到田头，由定点快递公司到田头拖运。一亩七八分地大约收六千个玉米棒，每个玉米棒发给朋友是八毛钱。一季玉米收成能抵上她三个月工资。朱梅兰本是想请人帮忙的，可村里没有壮劳力，只好自己干。

今天是星期三，朱梅兰五点起身，吃过早饭，备足干粮和水，就下地了。今天快递公司来拖运的又是小王，小王很勤快。每次给小王点儿钱，他都会帮朱老师扛袋，装车。朱梅兰很喜欢他，还给了他两本自己写的书。

朱梅兰骑三轮车沿运河大堤来到自家的玉米地头。她从车上取下一摞蛇皮袋，从田边向里一段一段地收，收满一袋，扎好一袋。朱梅兰把自己包裹得严严实实的，只露出两只眼睛，左手提袋右手掰玉米。

几年下来了，朱梅兰在收获青玉米方面积累了许多经验。看看玉米的长势，她

龙行运河湾

能准确地估计多大面积能收满一蛇皮袋。她能恰到好处地把握右手掰玉米的力度，既能一下掰下，不拖泥带水，又能使玉米脱掉外层老皮留下两层青嫩的内皮。她掰的玉米表皮既无撕裂又光亮新鲜，很受她朋友夸赞。朱梅兰曾累昏在地里，毕竟是个女文人不是干体力活的料。所以她干活不慌不忙、歇歇落落的。

收玉米时，令朱梅兰高兴的是遇到雏鸟窝和摘到玉米黑包。她家的玉米收得早，这时鸟窝里的雏鸟还不能完全自己觅食。看着鸟窝里几只张着翅膀、伸着嘴嗷嗷待哺的小鸟，她会坐下来逗它们玩一会儿。她还会捉几只小虫或到运河边挖几条蚯蚓喂它们。之后，她把鸟窝原封不动地留在那里，等待打食的大鸟回家。每年这时，她总是会遇到几棵不长玉米棒只长大黑包的玉米秆。那黑包表面有一层薄薄的白皮，有的白皮裂开几道口子，里面是灰黑的或浓黑的瓤。在农村很少有人乐意吃它，面面的，不香不甜，口感极差，但在云海那可是上等美食，说是不仅有营养还能医治多种疾病，卖好几十块钱一斤。朱梅兰的朋友给她十五块钱一个，不论大小。今天早晨，她已收获六个。她仔细地用食品袋包好，心想，快递小王的辛苦费绰绰有余了。

太阳升起来了，温暖的阳光照在碧绿的玉米叶上，穿过叶片也照在朱梅兰身上。秋风瑟瑟，绿叶曼舞，摇摇晃晃的玉米穗天女散花般飘下毛茸茸的须子，悄悄地落在朱梅兰身上。

上午十点多钟，朱梅兰发现了华自义。

华自义蜷缩在玉米地里，浑身是泥，两腿打战。被水泡涨的两只手紧紧地攥着水草，脸色蜡白，脏兮兮的头发上沾满草叶和玉米须子。朱梅兰看到后被吓得六神无主，刚想跑出玉米地，就听那人沙哑地喊了一声"救救我"，之后，便昏过去了。

朱梅兰壮了壮胆走到华自义跟前，只见他双眼紧闭，玉米粒大的汗珠从额头滚落在地上，浸湿了头下的一片泥土。朱梅兰跑到三轮车处，用暖水瓶里的热水冲了半茶缸糖水。

朱梅兰把华自义推开，脸朝上平躺着。她吹了吹茶缸里的水，又用手指抹去水面上的玉米须子，小心翼翼地把糖水倒进华自义嘴里。

半茶缸糖水下肚，看华自义像是还想喝，朱梅兰回到三轮车那里，索性把吃的喝的都拿进玉米地里。她又冲了半茶缸糖水给华自义喝了下去。这时，快递小王在田头喊："朱老师，我来了。"朱梅兰回答："好的，我马上出去。"说着，折断几棵玉米盖在华自义身上，扛了袋玉米棒向田外走去。

　　朱梅兰估摸着那人是饿晕的，喝了那么多糖水应该没有生命危险，在这荒野的玉米地里，让人知道自己和一个男人在一块，百口难辩。

　　小王从外向里扛，朱梅兰从里向外扛，三十袋玉米一会儿工夫就装上快递车。朱梅兰把那个装有八个玉米黑包的箱子交给了小王，并嘱咐千万不要挤压。

　　朱梅兰有心事，给了小王五十块钱，就赶紧回到玉米地。她不知道自己救这个人是对还是错。万一是个坏人怎么办？想到这，她又回到车旁拿起自己常带的那把镰刀。

　　朱梅兰再到华自义面前时，华自义已拨开玉米秆坐在地上，两个馒头已被他吃了一个。朱梅兰望着泥头泥脸的华自义正想问什么，就听他说："谢谢你，大妹子，是你救了我。馒头和糖都被吃了，又吃了些你的玉米棒。我身上就这点儿钱了，都给你，你先拿着。我一定会报答你的。"说着从湿漉漉的口袋里掏出那张沾满水的百元钞票递给朱梅兰。

　　朱梅兰没有接他的钱，弯腰捡起那张从折叠的钱里滑落到地上的身份证。

　　华自义。

　　朱梅兰看到身份证上的姓名，心里猛地一惊。"你叫华自义？"朱梅兰问。华自义没有吱声，他在后悔不小心带出身份证。

　　朱梅兰想起什么，上前扒开华自义左肩的衣服。朱梅兰看到了齿痕，那是她在华自义肩上咬下的。她又摸了摸华自义头顶上的凹坑。

　　朱梅兰用毛巾擦了擦华自义的脸，认真地打量着。不错，是他，是华自义。

　　朱梅兰无法控制自己的情感，她摘下草帽、头巾，蹲在华自义面前，双手摇着华自义的肩，盯着华自义的眼，泪流满面地说："小麦，我是小兰啊。你还记得我吗？我是小兰……小麦……"

　　听到"小兰"，华自义的眼睛陡然明亮起来，他打量了一下，猛地把朱梅兰紧紧地抱在怀里。朱梅兰放声痛哭了，二十六年的委屈、磨难、痛苦一下子释放出来，边哭边断断续续地说："小麦，我……找了你……二十六年，等了你……二十六年……你……怎么……在……这里啊……"

　　"你怎么在这里？"这句话提醒了华自义。华自义松开朱梅兰，用满是污泥的袖口为朱梅兰擦了擦眼泪，然后说："小兰，都是我的错，让你受委屈了。今后你会了解我的，现在不是说清楚的时候。我的双腿不能站，你赶紧带我离开此地，不要让任何人知道这件事，也不要让任何人知道我的名字。请你回家拿些衣服来，直接把我送到小医院。你放心，我没有大问题，只是风湿性关节炎的腿被水泡僵了，吊点儿水就会好的。记住不要和任何人说今天的事，包括你丈夫。"

朱梅兰感到事情复杂，同时也觉察到华自义认为自己已成了家。朱梅兰没多想，先治腿要紧。"你放心，我不会说的。我回家拿衣服去了。"说着就慌慌忙忙地向田外走去。

"小兰，你回来。"朱梅兰刚走几步听到华自义叫自己，又急忙回到华自义跟前。"小兰，过中午了，你吃点儿东西吧。"说着华自义把冲好了的糖水和馒头递给朱梅兰。经华自义一说，朱梅兰真的感到有点儿饿。她一口气喝完水，把自己的外衣脱下披在华自义身上，手里拿着馒头，说："小麦，坚持一会儿，我马上回来。"说完消失在玉米地里。

从学校到玉米地不过二里路，不一会儿，朱梅兰就满脸大汗、气喘吁吁地回到华自义身边。"小麦，家里只有儿子的衣服，你先穿上，等会儿我到镇里给你买去。"朱梅兰说完赶忙把华自义的上衣脱了下来。换裤子时，华自义犹豫了，朱梅兰知道华自义的心思，在地上铺了两个蛇皮袋，说："你两条腿都麻木了，我蹲在你背后扶着你行不行？"

华自义抽下裤腰带，朱梅兰一眼就认出是自己二十六年前送的那根。朱梅兰的心里有说不出的滋味。华自义坐在地上把裤子换了，当他勒裤腰带的时候，从手心里滑落一块玉佩。朱梅兰一看很是惊奇，那玉佩和儿子戴的玉佩一模一样，连挂绳都一样。朱梅兰捡起玉佩递给华自义，问："你怎么有这块玉佩？"

华自义没多想，说："是朋友送给我玩几天的，我还要还给人家。快，小兰，带我离开此地，去医院，就去村里小医院吧。"看华自义着急的样子，朱梅兰就没再问什么。

儿子的衣服穿在华自义身上正合适，只是皱了些。朱梅兰把华自义的湿衣服装进蛇皮袋里，说："我先把东西送到车上，再回来背你上车，送你到三河市人民医院。"华自义说："小兰，听我的，就到村里小医院。乡镇医院要身份证。到村医院，你就说我是你失散多年的亲戚，是聋哑人，就挂点儿消炎水，治风湿性关节炎。听清楚了吗，小兰？"朱梅兰说听清楚了。

朱梅兰刚出玉米地就发现三轮车那儿站着一位和尚，手臂上还挂着一串葫芦。

没等朱梅兰开口，和尚双手合十在胸前，说："阿弥陀佛，女施主，华龙小麦可好？"朱梅兰惊慌失措，不知如何回答才是。和尚说："女施主不要惊慌，更不要多想。佛度有缘人。既然我知道他在这里，知道他是华龙小麦，你还怕我害他不成？出家人不打诳语，我是龙云寺主持空了。我来为他治病，快带我看看。"朱梅兰见和尚满面慈悲，又是龙云寺主持且知道华自义的详细情况和乳名，便带着他去见华自义。

华自义见到空了法师和那串葫芦又惊又喜，赶忙说："谢谢大师救命之恩。"和尚道："阿弥陀佛，积德行善，自得福报，施主客气了。让我来看看你的腿。"

华自义已领教过空了法师的能耐，赶忙撸起裤管。空了法师在华自义的膝关节上摸了摸又捏了捏。华自义尖叫了一声，疼得汗珠直冒。

空了法师没有说话，站起身从僧袍里掏出一个古铜色布袋子，又从布袋里拿出一个浅绿色的小葫芦瓷瓶和一个牛皮纸包。他先从小葫芦瓷瓶里倒出两粒黑色药丸让华自义服下，然后蹲下打开纸包，将里面的黑色药膏一点儿一点儿均匀地敷在膝关节四周，再盖上一层纸，把朱梅兰的头巾撕成两半分别将两个膝关节缠好。

朱梅兰回到车上取回暖水瓶和毛巾，把浸过热水的毛巾捂在华自义的膝关节上，两个膝关节换着来。

过了一会儿，空了法师说："阿弥陀佛，施主，感觉如何？"华自义回答："谢谢大师，我感到体内有一团火在运行。"空了法师说："阿弥陀佛。阳气生，阴气灭；正气旺，邪气亡。两个时辰后，你走走看。"

"阿弥陀佛，情泪连绵，只润厚德之眷；佛法无垠，唯度有缘之人。"说完，空了法师已消失在玉米地深处。

9. 朱梅兰

空了法师在列车上已感知到卧龙山上龙眼泉出现的异象，冥冥之中大千世界善恶万象尽在他方寸上呈现。他闭目拨动佛珠时清清楚楚地看见列车从大桥上栽入河中，还听到鬼哭狼嚎的声音。唐加宋上车后说的两句话关闭了空了法师的心窗。唐加宋上车后说了句"这列车厢里的人让我感到害怕"，见到空了法师和华自义时又说了句"就这里坐的两个人脸上有光"。

空了法师从虚幻中回归到现实，用手摸了摸唐加宋的天灵盖，发现唐加宋的天灵盖还没有完全闭合，便知道唐加宋很有灵性，能通神灵看阴阳。不过，空了法师的手从唐加宋头上拿下来的时候，唐加宋的天灵盖已完全闭合了。

空了法师送走唐音茹和唐加宋，直接找到列车长，建议列车停靠一个时辰便可避开车毁人亡的惨剧。叫列车停靠一个时辰，这简直就是痴人说梦，是疯言疯语。空了法师在一片谩骂声中被列车长赶下车。想想几百条人命，无奈的空了法师只好站上铁轨阻止列车前行。可是，他只站了不到五分钟就被铁路警察强行拖到一间黑洞洞的屋子里。直到事故发生，他才被放了出来。

空了法师坐警察的车赶到出事地点，列车已完全沉入河中。或许华龙小麦能活着，想到这，空了法师独自一人沿运河南岸顺流寻找，结果，他发现了挂在岸边树根上的葫芦串。空了法师回头走不远便遇上朱梅兰。

空了法师走了，葫芦串留给了华自义。

华自义手捧葫芦串想起唐加宋说的十四种无畏功德，空了法师对自己的恩德，把葫芦串、身份证、玉佩交给朱梅兰，说："小兰，请你帮我把这三样东西保存好，等到事情都明朗了，我再来取。"朱梅兰顺从地答应了，仍沉浸在神话般相遇的幸福中，心里又有太多的困惑，华自义到底怎么了？她深情地看着华自义，说："小麦，热水没有了，去我家吧。家里方便些。"华自义心有顾虑地说："小兰，谢谢你，再等等，要是能走了，我回龙行，家中老母病危，我得赶紧回去。"

朱梅兰没再说什么。她轻轻地把华自义头上的草叶和玉米须吹下来，用那葱白似的手指为华自义梳理着头发，眼里噙着泪。

"小麦，你看这样行不行？你打个电话给你妻子，叫她来，和你一块去老家。这样，我就放心了。星期天，我也到龙行去，我很想念干娘她老人家。"朱梅兰说。

"我没有妻子，我的心里只有你一个女人。我那所谓的老婆三年前就死了……小兰……我……"华自义想说的话没说出来，他尽可能地控制自己。

朱梅兰说："小麦，你就是回龙行，也要穿身整齐的衣服吧。到我家里，我把你衣服洗晒了。下午，我到镇上再给你买身新的，你总不能穿着学生服去见老娘吧？不在乎这点儿时间，老娘的病会好的。"华自义觉得朱梅兰说的也有道理，想了一会儿，说："要是家里人问到我，你就照我刚才和你说的告诉他们。不要……"没等华自义说完，朱梅兰就说："小麦，你多虑了，家里只我一个人，儿子在国外还要一年才能回来。"

华自义问："孩子他爸不在家吗？"

华自义这一问把朱梅兰问得酸溜溜的。儿子朱小义从会说话开始就要爸爸找爸爸。那时候，他的爷爷朱利国和舅舅朱平安都在，三个人共同编个谎言，说他爸爸是名军人，是一个从事秘密工作的军人，只有长大了成为党的人之后，才能见到爸爸。儿子很自豪，也很争气，学习一直很优秀，后来考取京大。舅舅朱平安死的那年，他回来过，发誓要为舅舅申冤。

朱利国死的时候握着小义的手不放，还摸了摸小义脖子上的那块玉佩。朱利国虽不能说话，但朱梅兰和小义明白他的两个心愿，为自己申冤，帮自己找到妻子儿女。那时候，小义很怨恨爸爸，说家里发生这么大的事爸爸都不露个面儿，六亲不认，无情无义。朱梅兰编了很多的谎言才糊弄过去，没让这种怨恨在儿子心里扎根。儿子出国前，想见爸爸，朱梅兰说爸爸到戈壁滩去了，等回国见面，小义信以为真。若是外面人问起小义的父亲，朱梅兰也是这样搪塞的。朱梅兰坚信小义的爸爸总有一天会回来。

现在，孩子爸真的回来了，却不知道自己就是孩子爸……

朱梅兰想过多种可能，决定告诉华自义真相。万一错过这个机会就没有了机会，怎么办？小义回国要见爸爸怎么办？想到这，朱梅兰凝视着华自义毫无顾忌地说："小麦，还记得二十六年前你回龙行探亲我们俩见面的那天吗，还记得你肩上的齿痕是什么时候咬的吗？"华自义望着朱梅兰，点了点头。

"小麦，儿子是你的，是我们俩的，你就是儿子的爸爸。"说完，朱梅兰的眼泪就流了下来。

"儿子是我们的，你没有成家？"

朱梅兰点点头，止不住的眼泪湿透了她的前襟。

华自义没有顾忌了，把朱梅兰紧紧抱在怀里，抱得朱梅兰喘不过气来。

"小兰，我想死你了。我们俩再也不分开了。"朱梅兰听着华自义的耳语，趴在华自义怀里哭得像个泪人。

"不哭了……都是……我的错……"华自义也泣不成声。

朱梅兰突然想到什么，站起来，说："小麦，走，跟我回家。"

"好，跟你回家。"说着华自义高兴地站起来，走到蛇皮袋那里，提起蛇皮袋。

"小麦，你腿好了，能走路了？"朱梅兰看着行动自如的华自义，脸上满是微笑。"真的，我腿不疼了，能走路了。"华自义说着在玉米地里转来转去地跑了几圈。朱梅兰说："和尚的药太神奇了。到家后我再用热水给你焐焐。"

趁朱梅兰没注意，华自义猛地把朱梅兰抱了起来，边走边说："看看，我能抱着你走了，完全好了。"说着深深地亲吻着朱梅兰的嘴唇。朱梅兰微闭着眼任他抱，任他亲。

摇晃的玉米穗飘下无数须子落在他们身上，两个人都感到像在梦中一样。

"出玉米地了，快放我下来。"朱梅兰话没说完，就听见有直升机的声音由远而近。华自义下意识地感到那是在寻找遇难者，心情不由得又沉重起来。

"小兰，带手机了吗？"华自义问。

朱梅兰说："带了，你要手机干吗？"

"我的钱和卡都丢火车上了，想叫朋友汇点儿钱过来。"华自义说。

朱梅兰说："我手里有两万块，不够你用的？"

华自义说："到家再说吧。"

三轮车在田间的土路上颠簸着，华自义见朱梅兰吃力地蹬着车，脸上的汗珠有豆粒大，急忙从车上跳下来，拿起朱梅兰肩上的毛巾为她擦汗。这时，直升机又回来了，离河面很近，声音震耳。华自义仿佛能感觉到直升机搅动的旋风，直升机上的人一双双犀利的眼睛……

两只野兔从玉米地里蹿出来，从华自义和朱梅兰眼前疾跑而过，吓得华自义急忙抱住朱梅兰。朱梅兰推开华自义，说："不用怕，这个季节玉米地里出现野兔、野鸡、咕咕鸟、獾狗是常有的事，我早习惯了。到水泥路了，蹬起车来省力，你快上车，我们抓紧回家。"

抓紧回家，这正是华自义的心声。

"朱老师，在玉米地吧。儿子回来啦？"有人和朱梅兰打招呼。

"嗯，收玉米，回来了。"朱梅兰边说边转脸朝华自义看了看，华自义穿着学生服，戴着草帽，真有点儿像儿子。

华自义听有人叫朱梅兰为朱老师，问："小兰，你在哪儿教书啊，怎么姓朱了？"朱梅兰说："就在小鲁庄村小，临时代课的，到家就到学校了。一个姓朱的渔翁救了我，收我为干女儿，我跟了他姓朱。"

当初，两人最后分别时，朱梅兰是龙行村小学代课老师，时隔二十六年见面，她成了小鲁庄村小学代课老师，儿子二十五岁，她孤身一人，还要亲自收玉米……想着小兰的艰难岁月，华自义的心像是被针扎一样。

朱梅兰的屋里很简单：两张床，一对长衣架，一张放满书籍和稿纸的写字台，两个破旧的单人沙发，一个小茶几，两把椅子。墙上挂着两张集体照，一张是小兰和江北市作协成员合影，一张是儿子出国前在京大校门前与她的合影。屋子里所有物什一尘不染，整齐整洁。

"小麦，水烧好了，你先洗洗头，冲个澡。我去煮面条。"华自义在屋里发呆时，朱梅兰进屋说，"你先吃碗面条垫垫，等会儿我陪你到镇上买衣服，顺便带点儿荤菜，晚上喝两盅酒，活动活动关节。"

华自义没有说话，深情地打量了一会儿朱梅兰，说："来，小兰，再让我抱抱你。"朱梅兰高兴地扑到华自义怀里。

三河市运河镇位于落雁湖西北，距离小鲁庄村二十里地，镇里人除了开店的，就是打鱼卖鱼的。他们本来都是住在落雁湖岸边的渔民，世代以打鱼为生。因落雁湖湖水上涨搬迁至此，后来这里成为集镇。朱梅兰曾经陪陈赛男来过几次，对街道上的店面了解一点儿。

朱梅兰到了集上才听说昨天晚上上游的清江运河的大桥塌了，很惨烈。各级领导都到现场了，有直升机，有汽艇，有水上大吊车，还来了上百名水鬼。他们说的

龙行运河湾

水鬼就是潜水员。运河两岸全是警车。朱梅兰联想到华自义说钱和卡都丢火车上了，又想到他浑身湿透、两腿泡肿的情形……她猜华自义肯定是那场灾难的幸存者。幸存者应该高兴才对啊，为什么他看起来心事重重？朱梅兰越想越困惑。

不管怎样，华自义说了，从此我们俩再也不分开了，有这句话，朱梅兰就满足了，二十六年的守候就值了。无论贫富，能和朝思暮想的男人在一起，是多么幸福啊！

朱梅兰什么都不想了，高兴地把华自义带进镇上最高档的一家服装店。

回到家吃过晚饭，朱梅兰刚从浴室里出来，小义的电话就打过来了。华自义看到手机屏上"儿子"两个字，想接但没有接。他把手机递给朱梅兰，说："小兰，暂时不要告诉儿子我回来了。"朱梅兰明白华自义的意思，把手机放在写字台上，按下免提键。华自义紧挨着她坐下。

"小义，今天怎么这么早啊？"朱梅兰问。

小义说："妈，今天收玉米，累着了吧？"朱梅兰说："没有，儿子，妈今天收获可多啦。"朱梅兰朝华自义望望，接着说："收了两千多个玉米棒，还有……"朱梅兰又朝华自义望望，华自义摆摆手，在朱梅兰的脸上亲了一下。"还有八个玉米黑包。歇歇落落的，妈不累，妈高兴着呢！"

小义说："妈，今天早点儿打电话给你，是想问问你卡上钱的事，两笔汇进五十万，妈，你哪儿来这么多钱？"朱梅兰听了很惊讶，说："卡上钱，什么钱？"

华自义听到这赶忙推了推朱梅兰，又指了指自己，担心朱梅兰不明白，迅速拿起笔在纸上写三个字：我汇的。小义接着说："妈，我想有两种可能：一是爸爸汇的，有可能爸爸要转业了；二是别人汇错了。你抓紧和爸爸联系一下，如果不是爸爸汇的，你明天去银行，把钱退给人家。"朱梅兰看到华自义写的字明白了，顺着小义的话说："儿子，钱是你爸汇的，准备给你结婚买房子买车用。你爸马上就退伍了，我们一家三口就团聚了。"小义说："妈，太好了，我太想见见爸爸了。妈，我还要告诉你一个好消息，我女朋友答应我求婚了。一回去，我就带她到你那里去，我们有可能提前几个月回国。晚安，妈妈，做个好梦。"

朱梅兰挂断电话，打开手机短信看了看，说："小麦，你哪儿来这么多钱，什么时候汇的？你千万不能……"华自义没等朱梅兰把话说完，就说："小兰，你放心，全部是我积攒下来的工资，是百分之百干净的。你做饭烧菜时汇到你卡上的，我不知道小义的手机也绑在这张卡上。"

朱梅兰把卡递给华自义，华自义没有接，他说："小兰，卡你收着，需要钱我和你说。从现在起，家里一切事情都交给你了，总共还有二十万在我自己卡上，现在还不能动，能动时也转到你卡上。这些钱清清白白，不带一点儿脏，你放心用。"朱梅兰说："这是你和你老婆的共同积蓄，你的岳父岳母需要照顾吧，女儿也需要花钱吧，卡还是放在你手里好。"华自义说："这是我个人积攒的钱，与别人无关。端木老师近两万元一个月，他们不需要这钱。至于我那女儿，今后我再向你解释，需要钱时我和你说一声。把卡装起来，听我的不会错。小兰，明天能一起回龙行吗？"

朱梅兰把卡装进包里，说："当然行了。我早有打算，等小义回国后我要带儿子到龙行认祖归宗。不管你在与不在，小义都是你华家的血脉。干娘她老人家为我和你的事没少操心没少受委屈，早就想去看望她老人家。我能和你一起去是我梦寐以求的。不过，你能不能推迟半天，明天下午四点以后回去？上午我调课早点下地把玉米收了，下午上课，四点放学后我和你一块去。后天是周五，只半天课，我再请别的老师帮我代课。这样，我就能和你多在家几天，好好地伺候她老人家。"

华自义听完，说："行，照你说的办。明天早上，我和你一块去收玉米。但有件事你得听我的。"朱梅兰问："什么事？你说。"华自义说："如果有人问我叫什么，是干什么的，你就说我是你丈夫，姓朱，叫朱明义，回家探亲。到老家后，不要和任何人说起我的事，也不要向任何人打听关于我的事。"朱梅兰点点头，含情脉脉地望了望华自义，不由自主地躺进华自义怀里。

乡村校园的秋夜，寂静又深沉。朦胧灵动的月光从窗户泻进屋里，如幽然婉约的诗行；萧瑟的秋风漫步而过，声如古埙；门脚处有两只蟋蟀在低吟浅唱，如泣如诉。秋夜的怀抱是冷幽清寥的，更是充盈丰满的。

华自义把朱梅兰那光洁如玉的胴体紧紧地搂抱在怀里，一遍又一遍亲吻她的脸颊，抚摸她的身体，恨不得把她吞到肚里呵护。朱梅兰也紧紧地抱着华自义，爱的激情和渴望令她心潮涌动、热血沸腾。她不停地呢喃着小麦，柔情似水。华自义和朱梅兰都融化了，融化在岁月的期待里。

在这个秋夜，朱梅兰第一次敞敞亮亮地做了回女人。

10. 两家下放户

朱梅兰本姓宋，叫宋艺兰，小名叫小兰，是世世代代江北城里人，住江北县大运河居委会。父亲宋籍卿是小有名气的画家和书法家。江北县城里的广告宣传画、店铺牌匾有百分之四五十出自他手。他是江北县文化馆里的顶梁柱，一九七〇年下放到龙行村华龙组。

宋籍卿一家五口人能下放到华龙组，应该感谢龙至礼。

一九七〇年冬天的一个早晨，龙至礼带着他的淘粪队从宋籍卿家门前经过，听到院子里一片哭声。龙至礼是个热心人，就推门进了院子。龙至礼看见赵老师抱着三个孩子坐在地上哭成一片。龙至礼问怎么啦，赵老师告诉龙至礼，他们家接到被下放到农村的通知，并要求在一个月内搬完家。眼看就要过年了，寒冷的冬天，怎么搬，往哪里搬？宋籍卿对农村的情况一无所知，全家人没有一个懂农活的，今后日子怎么过啊？宋籍卿遭人嫉妒了，得罪人了，被排挤出城市了。

宋籍卿的老婆姓赵，叫赵志霞，是县城里一所小学的合同老师。她为人十分谦和，曾几次把学校里的报纸买来送给龙至礼，虽然只有几分钱，可在龙至礼心里那是一份恩情。赵老师有三个孩子，大的是男孩，十四岁，叫宋艺杰；二女儿十一岁，叫宋艺梅；小女儿八岁，叫宋艺兰。全家五口人，陡然间就要下放到农村，还不知道是哪里，对他们而言真是天塌的祸事。

龙至礼问赵老师："宋老师怎么不在家啊？"赵老师说："他去托人打听到底下放在哪里，看能不能找关系往好点儿的地方去。"龙至礼说："往哪里去，还有比我们龙行村更好的农村吗？一来离县城近，就在城边上。二来龙行村是江北小江南，相比其他农村富裕。三来我们熟悉啊，相互能有个照应。更重要的是你和宋老师都是文化人，我们龙行村历史悠久，传说多、故事多，景色又好，再适合你们不过了。还有，谁说下放到农村就一定要干农活啦，发挥你们特长的事多了去了。等宋老师回来和他商量商量，想到龙行的话，明天早上和我说一声，我去找领导点名要你们家。"

后来，宋籍卿一家果然就下放到了龙行村。和宋籍卿家同时下放到龙行村的还有一户从江天省城来的孙天工一家。孙天工全家七口人，大女儿孙华，二十五岁，江天纺织学校毕业；其余的是四个儿子，分别叫孙刚、孙毅、孙勇、孙猛。孙天工五十来岁，原来是工厂里的技术师傅，车工、刨工、铣工、钳工、焊工、机工，样样精通。

龙至礼从心眼里佩服毛主席的英明伟大，下放户的政策真是个好东西，一转眼工夫，就给龙行村送来五六个人才。这是他龙至礼做梦都求之不得的。龙行村是江北县的典型也是江天省的典型，可全村找不出一个能拿出手的文化人。每逢布置现场会，龙姑就犯愁。标语，会场布置，村庄布置，宣传栏，发言稿，经验介绍都得请人代办。请人代办了也不合龙姑的意，实在有失龙行村的面子。这下可好了，宋籍卿来了。龙至礼对龙姑承诺，不要一年，龙行村就能旧貌变新颜。龙姑信。龙至礼这个人从来就是，有了金刚钻，才揽瓷器活。

龙至礼把宋籍卿一家暂时安排在学校里居住，并承诺等放寒假了，给他家盖独门独院的砖瓦房。宋籍卿就负责全村文化宣传、村容村貌，赵老师到龙行小学做语文老师，三个孩子继续上学读书。

对孙天工，龙至礼更有自己的小九九。组里的两台大拖拉机、排灌站、碾米机、砖瓦厂、油坊、棉坊，以及杈、刀、锄、锨、钊、犁、耙等都需要修修补补。龙至礼在铁匠铺旁紧挨着小组的农机仓库盖了三间门面房，安排孙天工和大儿子孙刚专门负责村里的农机具修理，全家人暂住在农机仓库里。龙至礼答应他们来年开春给他们盖处四合院。

孙天工的大女儿孙华是学纺织的科班人才，龙至礼把她安排在棉坊里，有意让她负责棉坊，当负责人。棉坊里有四架纺车、两台手工织布机，还有去籽的、弹棉花的和印染的机器。

孙华压根儿就厌恶土房、穷农村，更看不起那个敲敲打打的小棉坊，也没把不修边幅的龙至礼放在眼里。全家下放后，省城里处的对象已明确说和她不再来往。孙华情绪低落消沉，整天愁眉苦脸地待在屋里。后来，终于被龙至礼说活动了，不仅到棉坊上班，还暗恋上龙至礼且终生未嫁，这是后话。孙毅那小子自小就是个军事迷，喜欢拳脚，鬼点子一个接一个。龙至礼很喜欢他，把他带在身边，第二年就把他送到部队里去了。

龙行运河湾

宋籍卿在龙行村做了三件事，赢得了龙行人对他的尊敬，都称他宋教授。他的名字宋籍卿从此就被人忘记了。

第一件事，在龙行村村部面向古黄河的房屋的西山墙上，画一巨幅毛主席头像。整面山墙有四五十平方米，他用了一个月时间才画完。毛主席头像神形兼备、活灵活现、光彩照人。那光明饱满的前额、那慈祥温暖的笑容，无不呈现出伟人那高尚纯洁的人格力量，放射着公而忘私的领袖光芒。美国怕他更爱戴他，苏联怕他更尊敬他，日本人怕他更崇仰他。看了这幅画，龙行的老百姓觉得毛主席就在身边。从第二天开始，龙姑就把村里的党员会议、村支两委会议全部安排在毛主席画像前的广场上召开。

第二件事，把村部、小学、村医疗室改变成令人眼睛发亮的景点。十个宣传栏依次排开，整齐规范，栏内图文并茂，内容丰富，通俗易懂，画的人物就像真人。所有墙体见白，大红色的领袖语录在蓝框白底衬托下令人精神振奋，那字像印出来的一样。从卧龙山上挖来的松柏、竹子等栽在这里就成了群众的看点。村部院子中间还做了一处水池，水池中间造一座假山。假山上细流淙淙，花香草盛。水池里鱼翔浅底，藕绿莲红。一山一水，一石一木，一花一草，尽显宋籍卿的智慧。

第三件事，他为龙姑做的石膏雕塑。那是一九七一年夏季，龙行电灌站建成试水。三十台直流电泵、三十台大型柴油机泵同时打水，注入大塘后通过地下涵洞进入龙行总渠，送往黄河以西的六个乡镇，供水稻田用水。整个灌溉工程既宏伟又壮观。可是，就在试水的第二天，险情发生了，有四五个十岁左右的男孩在龙行总渠里洗澡，不幸被冲入涵洞。这一幕正好被路过的龙姑发现了，她奋不顾身救出了几个孩子，自己却进了医院抢救室，抢救无效停止呼吸。龙姑是参加过红军长征的老革命又是江天省的典型人物，县里很重视。接到医院死亡通知书后，县里决定为龙姑立一座雕塑放在毛主席像前面的小广场上，龙姑的追悼会就在小广场上召开。宋籍卿知道后自告奋勇承担下雕塑任务。龙姑的遗体从医院运出来的时候，龙姑的雕像也运到了小广场，正准备往基座上安装。

龙姑的雕像取材于龙姑在长征途中寻找组织的经历。她右臂后甩，左手高举红军帽，身着红军服，高卷裤腿，光着脚板，步伐坚定。她满脸汗渍，浑身泥污，仰着脸，乱发飘扬，挺直的身板彰显着穿越血雨腥风的力量，眺望远方的目光透露着坚强，鲜红的帽徽和领章放射着正义、理想的光芒。雕塑震撼人心。龙姑的遗体没到，小广场上已一片哭声。

载着龙姑遗体的灵车在古黄河东大堤石子公路上颠簸而行，谁也没想到颠簸晃动中的龙姑吐了几口水之后，醒过来了。车里的哭声停止了，龙姑握着十一岁小儿子华自义的手，说："不哭，小麦，妈还没把你培养成人呢，我死不了。"小麦破涕为笑，趴到龙姑身上。

龙姑活过来了，自然不会允许那尊雕塑放在小广场上。但是她很欣赏雕像所蕴含的深刻含义，从心里佩服宋籍卿的高超手艺。后来宋籍卿把那尊雕像改用卧龙山的泥土烧制，参加全国美术展览，荣获第一名。雕像名字是龙姑起的，就叫"长征中迷失方向的女人"。

宋籍卿的三件事让龙行人开了眼界，长了见识。大家都尊敬地称呼他宋教授。在龙行人心里教授是最有学问的人。龙姑、龙至礼也很尊敬他，和大家一样叫他宋教授。龙至礼安排赵利冉、吴波两个年轻人认宋教授为师父，就是想把宋教授的手艺学到手，以便龙行村后继有人。吴波后来被提拔为镇文化站站长，赵利冉因老婆需要照顾就没离开龙行。

宋教授带着两个徒弟，按照龙姑、龙至礼的要求开始装点村容村貌。那时候，龙行村的砖瓦屋还少，能够刷白写字的墙体只有百分之三四十，但凡是能写字的墙都写了，实在不能写的也要刷白。不到半年时间，龙行村真的就完全变了个样，家连家，庄连庄，白墙蓝框红字，既整齐漂亮又大方鲜亮。

宋教授白天为村里办事，晚上自己创作。龙行村的火热生活激发了他的灵感。他创作的"龙行农村四季"，即《春耕与孕妇》《夏塘莲藕听书声》《秋过运河湾》《雪上红旗夜不眠》等系列画作，发表在《人民日报》和《中国画报》上，在全国获大奖，实现了他在城里几十年没有实现的梦想。农村是一片广阔的天地，在这里是可以大有作为的。每每想起这句话，宋教授就感慨万千。

寒假过后，宋教授一家搬进紧靠学校的独门独院，砖墙，屋顶圭瓦、红砖铺地的院落比城里的家差不了什么。吃的粮、吃的油都是龙至礼送上门的，孩子们又开始欢声笑语了。

宋艺兰插班三年级和华自义是同班。

宋艺兰第一天进教室，全班同学都哇的一声惊叫起来。宋艺兰穿一双浅紫色棉鞋，鞋口边上还有一团类似兔尾巴的毛茸茸的小球。一双红白相间的棉袜在鞋口和

龙行运河湾

裤脚处时隐时现，绿色小棉裤紧紧地贴在腿上，外套花格子短裙。上身穿一件小领口桃红色小棉袄，手上戴一副露着五个指头的毛线手套。扎一条马尾巴小辫，圆嘟嘟的小脸白里透红，一双美丽的大眼睛一闪一闪的，活像是从画里走出来的小公主。农村的孩子哪见过这身穿着，他们都是"空心"棉袄、"空心"棉裤，脚上穿的是爷爷奶奶用芦花裹着棉絮编织的毛窝鞋。全班人能穿起袜子的只有龙惠娟。

从秋天河水变凉不能下河洗澡开始，到来年夏季河水变暖能下河洗澡，这段时间能洗个热水澡的农村孩子几乎没有。长达八九个月的时间，哪个孩子的身上，特别是手脚上、脖颈处、耳后根，都会有一层的灰垢，足有铜钱厚。冬天里，手上、脚上、脸上皲裂的口子渗着血。男孩子是这样，女孩子也是这样，女孩子还比男孩子多个乱糟糟的满头长发。

华自义个子高，是班长，坐在最后排，教室里每个人的一举一动他都看得一清二楚。第一堂课，宋艺兰静静地趴在桌子上，动都没动一下。一下课，她就跑到母亲赵老师那里去了。宋艺杰和宋梅兰插班五年级，兄妹俩能说说话，正巧赵老师又带五年级语文，两个人不显孤单。宋艺兰就不一样了，下课时没人说话，连上厕所都不敢去。刚开始，同学们都知道她是大画家宋教授和新来的赵老师的女儿，多少有些敬畏，可时间长了就不免有调皮捣蛋的同学搞出一些恶作剧。

夏双明和李小四是同桌，就坐在宋艺兰身后。夏双明是卧龙山上养鸡场夏只眼的儿子。夏只眼因出生时只能睁开一只眼而得名，有七个女儿一个男孩，人称"七仙女一条龙"。夏只眼虽只有一只眼睛，可脑袋特别大。他能把听说过的有关龙行的故事都装进自己的脑袋里，然后再活灵活现地讲出来。七个女儿都只上过一年级，又在扫盲学校里识得几个字。夏只眼对夏双明要求不高，会写自己的名字，认识男女厕所，会算个加减就行。

夏双明出生时两只眼睛齐全，所以取名双明。不过，夏双明的两只眼都很小，加起来也没有他父亲一只眼大。村里人都说，夏双明的两只眼是夏只眼的一只眼分开来给儿子的。夏双明是夏家的独苗，父母呵护，七个姐姐疼爱，好吃的好穿的都是先紧他来，唯恐这粒"种子"瘪了，不开花不结果，断了夏家香火。夏双明从小就养成好吃懒做的恶习，偷鸡摸狗的事样样都干。华龙庄里谁家的鸡被偷了，谁家的黄瓜被掐了，谁家的杏被摘了，那一定是夏双明做的缺德事。你拧着他的耳朵问他偷的东西呢，他总是两个字，吃了。拿他没办法就去找他父亲夏只眼，夏只眼也总是一句话，树大自直。孩子小，长大自然就改了。

夏双明有两个特点，一是水性好，二是怕被揍。清江运河宽有两百米，他八岁时就能游个来回，在水底一猛子能扎五十米。夏季运河东岸是一望无际的西瓜地，估摸西瓜熟了，他就趁着黑夜游过运河钻进芦苇荡，然后肚皮贴地爬进西瓜地。夏双明偷西瓜有绝招，他把瓜秧拔起来拴在腰上，瓜秧连着瓜秧，瓜秧上成熟的西瓜在水里漂浮，人在前面游，瓜跟后面漂，最多的一次他偷过九个大西瓜。后来，他被看瓜人抓住了，被揍得半死。本来是抓不住他的，不巧的是他在芦苇荡里被倒伏的芦苇绊倒了，脸上被戳个窟窿，鲜血直往外冒，他吓昏了，就被抓住了。看瓜人揉搓几片西瓜叶，把那流血的窟窿堵上了。被揍得半死的夏双明都没有哭，也没有恨看瓜人，只怪自己运气不好。第二天早上，夏只眼提了五斤小麦、一斤黄豆、半斤芝麻把儿子换了回来。打这以后，夏双明收敛了许多，右眼下面被芦根戳的窟窿结痂成一块一分钱硬币大小的伤疤，给他增添几分凶相，别人看着有点儿怵。从此，人送夏双明外号"三只眼"。

夏双明的同桌李小四，已在三年级蹲级两次。他天生对学习毫无兴趣，木头脑袋装不进半滴墨水。他的父亲李满船是运河里逮鱼的，勾卡、网箭玩得一溜似水，祖传的手艺。割"资本主义尾巴"时，他家逮鱼被停了一段时间，后来改为集体收入，他家每月上交生产队三块钱算是两个整劳力出工，照计工分，参加生产队粮食分配。李小四家有一条小船、四只鸬鹚。他继承了上辈子人的逮鱼基因，对捞鱼摸虾百玩不厌，且收获颇丰。李小四话不多，稍微有点儿闷，用他自己的话说，上学比坐牢还难受。李满船对儿子没什么大希望，吃饱喝足长大，娶个媳妇生窝娃，有清江运河在，就少不了他吃穿。

夏双明和李小四同桌是老师特意安排的。他俩都已自暴自弃，只要平时上课不闹出什么幺蛾子，老师和班主任就谢天谢地了。巧了，宋艺兰插班进来正好坐在他俩的正前面，那根光滑顺溜的小马尾巴辫整天在他俩面前晃来晃去，搅得他俩心烦意乱。

快下课的时候，夏双明把手插进棉裤腰里，鼓弄了一会儿摸出两只大虱子。他先把虱子放在铅笔头上爬一会儿，松松筋骨，养点儿精神。见虱子六条腿健全，肚大腰圆，在铅笔上爬得很欢，三只眼和小四的脸上露出得意的奸笑。这两只虱子，只要放进宋艺兰的头发里，不出一个月就将有二十只虱子，不出两个月就会满头痒痒，准叫她抓耳挠腮，使劲抠痒痒。

夏双明把趴着两只虱子的铅笔头轻轻地放在宋艺兰马尾辫根部的红头绳处，他边拧着铅笔边咕哝说，去吧，到城里去，那里是个广阔天地，在那里你就可以大有作为。那里的肉又白又嫩，那里的血又香又甜，你要勤奋些，为宋家为你们虱子家族添丁加口，不要辜负三只眼对你的希望。李小四见两只虱子已趴在红头绳上，高兴地从作业本子里撕出一张纸条，用铅笔在上面歪歪斜斜地写一行字："两位娘娘驾到，谢主隆恩吧。"他把字条轻放在宋艺兰肩上，用手一弹，字条正好落在宋艺兰的课桌上。

挂在老师办公室门前的那块犁铧被敲打出清脆悦耳的响声，下课了，同学们蜂拥而出。没等夏双明和李小四跨出门槛，就听华自义大声喝道："三只眼，小四，你俩给我站住。"两个人同时一惊，糟了，又被发现了。华自义走到门前叫住宋艺兰。三只眼见坏事败露，小眼一转说："班长，我要上厕所，憋得我肚子疼。""憋死你都不行。"华自义说着就到了他们面前。

华自义从宋艺兰课桌上拿起那张字条看了看，气愤地说："三只眼，我限你在两分钟之内把宋艺兰头上的虱子找出来。不然，我揍到你鼻子流血。小四，你也有份儿，快找。"

宋艺兰听说头上有虱子吓得眼泪都快要流下来了。夏双明不敢怠慢，怕被揍，两只小眼睁得溜圆在红头绳根处寻找。李小四也是全神贯注。夏双明从宋艺兰的红头绳上捏下一只虱子放在纸条上摁死了。"快找，还有一只。"华自义瞪着三只眼说。夏双明心里不服气，嘴里咕哝："皇帝身上还有三只虱子呢，她凭什么就不能有？""少啰唆，快找。"华自义的拳头就顶在三只眼的鼻子上。夏双明说："我估计那一只钻头发里了，你叫宋艺兰把小辫子解开，那虱子爬不远，应该能找到。"华自义对宋艺兰说："你把小辫子解开，有我在，你不要怕。"

宋艺兰望着班长，心里有了靠山，赶忙解开红头绳。夏双明在宋艺兰的头皮上找到了那只虱子，他看着被捏在手指间的虱子说："唉，你终究是农村户口的命，城里不是你待的地方，去死吧，下辈子一定要投胎到城里。"说着把虱子放在纸条上狠狠地摁了一下，字条上留下一个斑点。

自习课上，夏双明和李小四向全班同学认罪检讨，又向宋艺兰道歉，并保证不再有下次。这都是班长华自义安排的，宋艺兰从心里很感激他。

宋艺兰在班里有班长保护，再也没有人对她使坏了。龙惠娟先是不服气，但华自义是她长辈，又是班长，华自义叫她和宋艺兰好好相处，后来居然处成了最好的朋友。

龙惠娟的父亲龙杰是闸北医院里的医生又是龙行村的赤脚医生，享受双份待遇。龙惠娟的祖父在"破四旧"运动中，意外收获了六本中医古籍：《黄帝内经》《濒湖脉学》《一部成医》《小儿药证直诀》《杏林跬步》《金匮方论衍义》。他把这些书包裹好藏在墙缝里，读完一本换一本，几年下来掌握了不少中医知识。龙杰完小毕业后跟着父亲边看书边采药，后来又经龙云寺空了和尚指点，认识了几百种中草药，学会了几百个常用药方。父子俩都在乡医院工作。

龙至礼把村合作医疗室盖起来后，请龙杰回村里，乡医院发他工资，龙行村给他记工分，双份收入。龙惠娟的家庭条件在龙行村比普通老百姓家强许多。宋艺兰没插班之前，龙惠娟在学校里穿衣打扮都是高人一等，但还是脱离不了俗气。看了宋艺兰的穿着打扮、言行举止，龙惠娟虽然自愧不如，但她认为自己是最有资格靠近宋艺兰的，是最有可能学成宋艺兰样子的。龙惠娟和宋艺兰越处越近乎。

宋艺兰家里有许多连环画，她经常带给龙惠娟看。那时候能看到连环画是龙行的孩子们最大的奢望了。宋艺兰把这个权力交给了龙惠娟，凡是想看连环画的只有龙惠娟同意才能看。龙惠娟在同学们面前很有面子，不到半年她和宋艺兰就形同姐妹了。龙惠娟比华自义小一岁，称呼华自义为小麦表叔，方便起见，直呼小麦叔。宋艺兰问龙惠娟为什么叫华自义为小麦叔，龙惠娟告诉宋艺兰，华自义的母亲姓龙，是我的姑奶。华自义出生在麦地里，姑奶没有奶水，他是喝麦浆长大的，乳名叫小麦。华自义与小麦有缘，八岁那年收麦时，他的头顶旋儿处被镰刀砍出个寸把长的血口子，伤口里落进几粒小麦。后来伤口感染发炎流脓流血，没想到几个麦粒在腐烂的肉皮里居然能发芽。姑奶把苗拔了出来，带出很多脓血，不几天发炎的伤口就好了，只是在华自义的头顶留下一个拇指肚大的凹坑，不信你现在用手还能摸出来。宋艺兰听了龙惠娟的话，对华自义深感好奇。

宋教授和赵老师见同学们都特喜欢看连环画，就在家里开了个免费的小图书馆。学生们可凭借书证到宋艺兰家借书。龙姑听说这事很高兴，还特意安排龙至礼带宋教授到城里采购了一批小学生读物。

夏天到了，龙行小学像漂浮在绿色海洋上的方舟。一望无际的麦田在温暖的南

龙行运河湾

风吹拂下翻滚着碧绿的麦浪。纵横交错的泡桐摇动着蒲扇大的叶子，送来阵阵凉风。芦苇荡传来清脆的鸟鸣。蝴蝶湖上弥漫着清幽的荷香。卧龙山上隐约的鸡鸣搅和着砖瓦厂的炊烟从绿荫深处飘来，在麦浪中此起彼伏。村庄被遮掩在绿树丛中。蓝天、白云、青山、绿水、麦田、校园、读书声，万物疯长，满目葱茏。这就是夏季的龙行，如童话故事里的绿色村庄。宋艺兰便是这童话里的公主。

宋艺兰穿一双青黑色方口带襻布鞋，长筒白丝袜，红绿相间的百褶短裙，短袖白衬衫。马尾辫已经长成披肩发，粉红色的脸蛋上那双纯洁美丽的大眼睛一闪一闪的，特别好看。

宋教授告诉宋艺兰，小满是小麦一生中最重要的时节，它要在这段阳光充足、温度适宜的时间里昼夜不停地抓紧灌浆，只有灌满浆，才能粒粒饱满。在城里生活的宋艺兰没见过麦苗，更不知道小麦从秋季播种到夏季收获的生长过程。她喜欢吃馒头和面条。母亲和面时，她喜欢闻雪白的面粉散发出来的迷人芳香。她想知道小麦是如何从碧绿变成金黄的？她想知道碧绿的小麦怎么能长出雪白的面粉？是不是冬天的雪越厚，面粉就越白？

太阳快要从蝴蝶湖上掉下去的时候，宋艺兰拽着在小图书室里看书的华自义走进了北湖地那一眼望不到边的麦地。华自义带她来到自己出生的地方，那棵小柳树已长成参天大树。在树下，华自义给宋艺兰讲有关自己出生的故事。宋艺兰好奇地打量着华自义，说："小麦哥哥，我能摸一下你的头吗？"华自义说："能啊。你摸我头干什么？"宋艺兰说："我听说你头顶上生长过小麦。"华自义笑了笑，把头伸给宋艺兰。华自义的头顶真的有一处凹瘪窝子。

"小麦，我能听见小麦灌浆的声音。"宋艺兰把耳朵靠在挂满小麦花的麦穗上，轻轻地对华自义说，那神态很像怕惊动小麦灌浆。"真的吗？"华自义半信半疑，也把耳朵靠在青麦穗上仔细地听，说，"我没有听到小麦的灌浆声，但我鼻子里满是小麦成熟时的麦香。"

"小麦哥，龙行这地方真的能看见龙在天空飞吗？"宋艺兰问。

华自义说："我听说龙行有龙。大龙，原先居住在大龙沟里，后来蛰伏在卧龙山上。小龙，就居住在电灌站下的小龙沟里，后来腾云驾雾飞走了。黑龙，住在南面的黑龙渊里。它是条恶龙，兴风作浪残害百姓，后来被大龙镇压在黑龙渊里修炼。这些都是传说，我没有见过。"

宋艺兰问："小麦哥，那条大龙应该在水里啊，怎么跑到卧龙山上去了？大龙是怎么镇住黑龙的？"

华自义说："小兰，神话故事很长，有机会我慢慢讲给你听。天晚了，我们回去吧。"

蝴蝶湖畔，古黄河西岸，夕阳西下，霞光满天。大地、河流、山川，都笼罩在红亮亮的光芒中。在这如诗如画的晚景里，华自义和宋艺兰手挽着手向学校走去，走着走着便消失在晚霞里。

11. 归家

星期四傍晚，也是夕阳即将坠下蝴蝶湖畔的时候，华自义和朱梅兰来到了分别几十年的家乡，江北市西城区闸北镇龙行村。

三十年改革开放，江北早已不是原来的那个江北。一九七九年，那个人口六万、面积十平方公里的县城，如今已发展成为人口一百万、面积两千平方公里的现代化城市。以清江运河为分界线，东有东城区，西有西城区。以古黄河为分界线，东面是西城区，也就是原来的旧江北县城，西面是地级市江北党政机关所在的区域。以市政府办公大楼为中心，西有云州工业园区、新城工业园区；东有西城区、东城区；北有落雁湖工业园区、化工经济技术开发；南有江北市国家级经济技术开发区、银河工业园区。沂河县、泗湖县、大运河县、古黄河县分布四周。江北市管辖四县八区。清江运河、古黄河穿城而过；泗水湖、落雁湖分别位于南北；卧龙山坐落在清江运河、黄河、落雁湖三水交汇之处。高楼大厦鳞次栉比，园林星罗棋布。

华自义参军时，古黄河和清江运河上都只有一座桥，而今，古黄河上有八座桥，运河上有十一座桥。十九座各具形态的桥展示出江北市是一座风景迤逦的水城。

穿过高耸的楼群，走过雄跨两岸的桥，穿过幽深绿浓的风光带、机器轰鸣的施工现场……华自义和朱梅兰不知道哪条路是回家的。

坐在出租车里，每次经过清江运河大桥，华自义都不由自主地想起那座断了的大桥和那列奔驰南下的列车。每次经过清江运河大桥，朱梅兰都会想起二十六年前自己在江北大桥上那纵身一跳。痛苦的回忆在敲打着他们受伤的心灵。往事维艰，不堪回首。这条回家的路，风雨交加，坎坷又崎岖。

出租车终于拐上清江运河西堤，华自义和朱梅兰同时看到醒目的路标：卧龙山——龙行。

一切都变了，三千亩北湖地已被楼房、大桥切割得七零八落，偶尔能看到零星的水稻田。金黄的稻穗披着晚霞，让人联想起充满歌声、笑声、读书声的童年。霞光从大片大片的白杨林穿过，照射在半枯黄的荒草上，有一两只野鸡振翅飞远，有一两只野兔奔跑而去。印象里规整如棋盘的沟渠道路已被截得四分五裂，很像一截截蚯蚓的尸体，在微弱的红光中蠕动，仿佛能听见隐隐约约的呻吟。只有清江运河依旧，船来船往，汽笛声声，鸟虫晚唱，芦花丛丛。

华自义和朱梅兰同时找到了那棵柳树，晚霞照映之下，它高耸入云，青绿如墨。

华龙组沿运河西堤四排朝西南方向的房屋依次排列，一家连一家，山墙靠山墙。门前四条水泥路直通南北。家家都是两层楼房，瓷砖贴面，白墙红瓦，高墙大院。水泥路两侧，花木成林，路灯成排。华自义打听了几个人，终于到了家门口。他小心谨慎地朝四周望了望之后，才和朱梅兰进了大门。

"妈，我是小麦。小麦回家了……"华自义看到昏迷的母亲，话没说完就扑通一声跪在床前，眼泪簌簌落下。朱梅兰看到龙姑脸色枯槁，也跪在地上，泣不成声："妈，我来看你了……妈……"

龙姑微微睁开双眼，想用两只胳膊支撑着坐起来。华自义的老父亲说："快，小麦，快扶你妈坐起来。"华自义和朱梅兰赶忙站起来，扶母亲坐了起来。

"妈，小儿子对不起你。"满眼泪水的华自义说着用湿棉球擦了擦母亲干涩的嘴唇。"不要哭，小麦。妈想你啊！回来让妈看一眼，我就心安了，跟妈还说什么对不起。"龙姑有气无力地说，目光始终盯着华自义的眼睛，像是在寻找什么。

朱梅兰坐在床边，紧紧地攥着母亲的手，说："妈，你认识我吗？"龙姑把目光转移到朱梅兰带泪的脸上，仔细地打量了一会儿，摇了摇头。华自义说："妈，你再想想，你认识的。"

龙姑看到了朱梅兰脚上的方口带襻布鞋，突然想起什么。她伸手从枕头边拿出一个布包，颤抖着手层层打开。到最后一层时，她停住了。

华自义说："妈，她是小兰啊，你的干女儿。"

龙姑听说是小兰，半信半疑，赶忙打开那布包的最后一层，一只方口带襻布鞋呈现在大家面前。朱梅兰看到布鞋，一下子趴在床上大哭起来。

那是宋艺兰从江北大桥跳进清江运河时落下的一只鞋。

"对不起，妈，小兰让你牵挂了……"宋艺兰泣不成声。

屋子里的人听说眼前之人是宋艺兰，没有一个不惊诧。在他们心里，二十六年前小兰就跳进清江运河被淹死了。

龙行运河湾

"别哭了，闺女。没想到我还能见到你。来，让妈好好看看。"龙姑说，"这只鞋，是妈的念想。二十六年了，妈没能迈过这道坎，心里总觉得对不住你。可当时妈努力了，妈实在无能为力啊。"龙姑看到小兰既高兴又激动。

"妈，都过去了。你看，我不是和小麦一块回来了吗？不要多想了。明天，我们带你再去医院检查一下，你肯定会好起来的。"朱梅兰说。

"该检查的都检查了，该治的也都治了。你哥哥嫂嫂们没少费心思，妈心里有数。各器官都工作一百多年了，该休息了。我早该到毛主席、邓小平那里报到了，我这口气是为小麦留的，没想到还能看到你。我想过了，到那边如果能遇上你，我一定要向你道个歉。不然，我的心没处放啊。老天有眼，阎王没收你。子子孙孙我都见了，我知足了。小兰闺女，不哭。人活百年终有一死，我都一百〇三了，该高兴才对……"

朱梅兰碰了碰华自义，轻轻地说了声儿子，华自义心领神会。

华自义对母亲说："妈，你会好的，你要活着，你还有个孙子没见过面呢。"

"还有个孙子？没有啊。你说的是你女儿小岫吗？看样子，妈是看不到了。"龙姑说。

"妈，我和小兰有个儿子，叫小义，今年二十五了，在澳大利亚留学，你见过吗？"龙姑听说小麦和小兰有个儿子，精神一下子被提上来了，眼睛发亮，说："妈真为你俩高兴，快，叫他抓紧回来让奶奶看看。还有，小麦，你女儿呢，能不能叫她也回来？"华自义说："行，我联系一下，叫他们尽快赶回来。"

"我休息了，留口气等孙子和孙女。"说完，龙姑就靠在被褥上闭了眼。

朱梅兰把那只方口带襻布鞋重新包好，放进自己包里。

家里人只知道华自义有个女儿，没想到他和小兰还有个儿子，都二十五了，算起来小兰跳河时正怀着小义呢。人算不如天算。大家都为小麦和小兰高兴。这时，老父亲对小麦和小兰说："你妈快不行了，最多还能撑两天，抓紧催小义和小岫。最快什么时候能到家？"朱梅兰说："最快的话明天下午就能到。"老父亲说："大家都出去吧，让她静静地躺着。她能等到。"

华自义的政策研究室副主任、农村经济研究局局长的身份只有龙姑一人知道。其他人只知道华自义在云京工作，具体干什么谁都不清楚。华自义的岳父被抓坐牢、妻子两年前被判死刑的事也只有龙姑知道。家里出了这么大的事，华自义却能独善其身，不仅没受到牵连，反而还能被提拔重用。这一点很令龙姑自豪，没给她丢脸。龙姑时常在深夜和华自义通电话，谈工作谈生活，更多的时候是问大形势、大趋势。

第二天早上起来，龙姑的精神比昨晚好多了。朱梅兰喂了她些鸡蛋羹和蛋白粉冲剂。朱梅兰对龙姑说："妈，吃过饭，你好好休息，孙女和孙子登机前打来电话，你下午五六点钟就能看到他们了。"

龙姑说："小兰啊，妈有些话想和小麦单独说说，不说心里堵得慌。老头子、小兰，你们都出去一会儿，这些话你们不听为好。"

屋里的人都出去了，小麦用棉签蘸了点儿温开水润了润母亲干裂的嘴唇。龙姑见屋里无人对华自义说："小麦，跟妈说句实话，为什么揪出来那么多贪官污吏？"

华自义怎么都没想到母亲能问出如此复杂的问题。没等华自义想好怎么回答，母亲又接着说："你在上层工作，你应该思考得更多吧，跟妈说实情，我死了……"

华自义望着眼前的母亲，心里不由得顿生敬畏。母亲还是原来的母亲，还是满怀理想信念。思考片刻，华自义温和地对母亲说："妈，我向你保证，我们国家走的是中国特色社会主义道路，党的纲领宗旨没有变，我们的党还是原来那个为穷苦百姓做主的党啊。"

听华自义这么说，龙姑显然有点儿不高兴，说："你说点儿具体的，别糊弄我……"见母亲很生气，华自义赶紧给母亲捶捶背，又端起一杯白开水喂母亲。

华自义见母亲心情缓和了些，问："妈，你难道不知道现在的老百姓生活比过去不知提高了多少倍吗？"华自义想用眼前的事实来安抚母亲，可母亲像是早有准备，说："这个我清楚，是富裕了。但是，小麦啊，富裕也有大富小富之分，也要看什么人富了，靠的是什么富的？"华自义说："妈，那只是个别现象。难道你没有发现现在的大形势在悄悄地发生变化？"这句话倒对了母亲的心思。

龙姑没有回答，她想到吕裕民、赵筱蝶，想到《江北日报》上发表的文章。她问："小麦，能继续好下去吗？"华自义回答："妈，你相信党，能，肯定能。你放心好了。"

龙姑喝了口水，静静地瞅着华自义，说："小麦啊，你说能，妈信，可我这把老骨头熬不到那一天了。小麦啊，不是妈看不惯这个社会，是这个社会给妈弄迷糊了。妈是从毛主席时代过来的人，过过穷日子苦日子。妈也拥护改革开放，希望老百姓富起来。贫穷固然可怕，但是，人也不能行尸走肉般地活着。"

龙行运河湾

昨天晚上，华自义和哥嫂们闲聊时了解到江北市和龙行村的情况，他灵机一动，说道："妈，你是老革命、老党员，龙至礼烈士是党员，吕书记是党员，赵筱蝶是党员，二哥、三哥是党员，我是党员，华龙喆是党员，还有许许多多好的党员……他们就是我们日益向好的基础。"

龙姑微微地笑了笑，整了整帽子和领章，靠在被子上眯着眯着就睡了。

二十六年之后，小兰怎么还活着，母亲没有问。小麦和小兰又是怎么走到一块的，母亲没有问。二十五岁的孙子小义是怎么回事，母亲还是没有问。母亲却问起如此复杂的问题，这让华自义知道了整天躺在床上的母亲都在想什么。十八岁参加革命工作，二十一岁入党，一路走来血雨腥风。三十三年的村支部书记起早贪黑，风餐露宿，积劳成疾，只为龙行百姓过上好日子。为党为国为百姓是她终生无悔的坚守，这种坚守早已成为她的信念、她的意志、她的力量，这是她生命的全部意义。"经济基础决定上层建筑""社会存在决定社会意识""没有灵魂的富裕比有追求的贫穷更可怕"，母亲说得轻描淡写，华自义听了却猛然一惊，这正是被他忽略的课题，是深刻的哲学命题。

龙姑每次在打盹或入睡前都会用颤抖的手整理一下帽子和领章，华自义明白母亲的心思：她随时准备不再醒来，要穿着端正的衣服，离开这个世界。活着，牢记使命。老了，初心不改。死了，带着尊严。

端详着母亲慈祥的面容，回想起母亲的教诲，华自义不由自主地趴在床沿上痛哭失声。

朱梅兰听到哭声赶忙跑进屋，在家的所有人也都跑了进来。

龙姑的呼吸还在，脉搏还在，大家又放心了。

朱梅兰拍了拍华自义的后背，说："小麦，不要哭了，让妈多休息会儿。"华自义抑制住哭声，趴在母亲腿边抽泣……

华自义的眼前是一望无际的金黄色麦田。南风送火，热浪欢腾。他赤裸裸地来到这个世界，虽然感知不到母亲脸上流淌的汗珠，但他能感到母亲听到自己啼哭时露出的微笑，能感觉到吮吸第一口麦浆时小麦的清香……母亲给了他生命。

华自义的眼前是一望无际的金黄色稻田，还有那棵根深叶茂的大柳树。秋风送爽，稻穗飘香。参军前母亲带他来到柳树下，对他说："小麦，你要永远记住，你的根在这里，无论你走多远飞多高，都不要忘记这棵树，还有树下这片土地。你知道什么是土地吗？土地，是老百姓的命……"母亲在为他的生命灌浆。

华自义的眼前是寒风细雨中母亲那双锐利的眼睛。一九八二年深冬，他被逼无奈即将和许丽男举行婚礼，母亲想做最后一次努力挽回他和小兰的婚姻。可是母亲失败了，母亲很痛心也很内疚。在济州火车站，寒风细雨中母亲对他说："小麦，时代变了，妈无能为力了，只有靠你自己了。你要记住，千变万变自律不能变，忠诚于党报效国家不能变。你把妈这双眼睛铭刻在心里，妈时刻在盯着你。"华自义愣愣地站在那里，寒风中飘洒的小雨，点点滴滴都是母亲的眼泪。二十六年来，母亲的眼睛始终在他的心里盯着他，陪他穿越黑暗，穿越风雨，像龙行运河湾里那盏灯……

朱梅兰轻轻地推了推华自义，说："小麦，龙俭准备去机场接小义，小岫也是五点到，正好一块接来。我和龙俭一块去，你去吗？"华自义说："进机场需要身份证，我就不去了，我给你写个接华岚岫的牌子就行啦。你告诉她，爸爸有特殊情况，在家里等她。"

12. 龙世英

华龙俭是华自主的孙子，称呼朱梅兰为四奶。华龙俭高中毕业后随父亲华成国搞粮食贩运和加工，创办了龙行粮食贸易公司，主要是加工水稻和小麦，销售大米和面粉。华龙组北湖地上建国家粮库时，华龙俭在经营粮食方面的才识被江北市粮食局局长看中，调进粮库，主要负责粮库的经营。他在粮库的隔壁买下一块地，撤销了原来的公司，成立了龙行大米有限公司和龙行面粉有限公司。虽然法人代表都是他父亲，但两个公司的一切事务都由他决定。在华家的第四代人当中，华龙俭是最有财力的，是个地地道道的生意精。目前，他正准备向粮库打辞职报告，想把两个公司合并为龙行天下粮油贸易集团，自己做法人代表。华龙俭今年二十八岁，还没有结婚，过着神仙般的生活。

华龙俭是从列车事故现场赶回龙行的。听朋友说大桥塌了，高速列车冲进清江运河，华龙俭不信，和几个朋友到现场看个究竟。事故已发生四五天了，洪水已经退去，河里的打捞工作仍在继续，南来北往的车流已被分散。华龙俭从远处看，断的桥像一对狗牙刺在河面上。"都是贪官污吏造的孽。"华龙俭气愤地说了句，便回家了。

二〇〇八款进口奔驰在江连高速上快速向连云机场行驶。朱梅兰坐在车里后排，听着舒缓的音乐，正想闭上眼睛休息一下。这时，华龙俭说："四奶，吃个水果喝点儿水吧。"说着便从副驾驶座位上拿了个苹果和一瓶水递给朱梅兰。那苹果通体紫红，贴一枚外文商标。那瓶水是淡绿色，晶莹剔透，看了便使人有种想喝的欲望，瓶子上也是外文商标。朱梅兰拿起看了看，一个字母也看不清。从去年开始她眼睛老花了，平日里只有在写作时才戴上老花镜。华龙俭说："四奶，苹果是洗过的，你吃一个，提提神。""好的，谢谢龙俭。"朱梅兰说着咬了口苹果。华龙俭说："您客气了，四奶。孝敬您是应该的。"朱梅兰把苹果拿在手里仔细地打量着，只吃一口，就被苹果的香甜给惊住了。这是她有生以来吃的最好的苹果。

"四奶，小义叔今年多大了？"华龙俭问。朱梅兰说："二十五周岁，比你小三岁。"华龙俭问："结婚了吗？"朱梅兰说："没有。刚处了个对象。"朱梅兰一边吃着苹果一边问华龙俭："龙俭啊，你都二十八了怎么还不找个对象结婚啊？"华龙俭说："这事不忙，等我把龙行天下粮食贸易集团组建成功了再考虑。"

朱梅兰见到华自义之后，心里说不出有多么高兴，造化弄人，苦盼二十六年，结果在自家的玉米地里见到了。想一想，自己都觉得不可思议。马上又要见到儿子了，晚上他们父子就相认了。想到这些，朱梅兰的脸上洋溢着幸福。

华龙俭见朱梅兰心情很好，说："四奶，我能问你个事情吗？"朱梅兰说："可以啊，只要四奶知道的，肯定告诉你。"华龙俭说："我只知道四爹在云京工作，你能告诉我他具体是干什么的吗，是多大的官？"

听华龙俭这么说，朱梅兰十分惊诧，不由反问道："你四爹在云京工作？"华龙俭说："是啊，我们家人都知道，没有人知道他具体干什么，是什么官。我估计只有老太君知道。我问过老太君，她就是笑而不答。"

朱梅兰突然想起华自义的交代，不要打听有关他的事情。上午，老母亲单独和华自义说话。相见几天来，她已感觉到华自义身上有太多自己不知道的事情。

朱梅兰平复了一下心情，说："龙俭，不瞒你说，四奶真不知道他具体干什么，他从来不说，我也从来不问。一个当兵的高中生，能有什么大出息。"

华龙俭说："四奶，您没说实话了吧，四爹既上过军事院校，又学过桥梁建筑工程，十年前就是总工程师了。后来因为他文章厉害被调到云京。我很崇拜四爹。凭我感觉，四爹的职位应该很高。四奶，你能真的不知道？"

"龙俭，你相信四奶，我真的什么都不知道。"朱梅兰说话时的表情很诚恳。华龙俭自言自语地说："四奶，我相信你。连你都不知道，说明四爹的工作是保密的。老太君一死，家里就没有人知道了。"

朱梅兰听了华龙俭的话暗自高兴，心想，果真如此，弟弟朱平安的冤情就有希望重见天日，父亲朱利国的心愿就能尽早实现。想到父亲朱利国的心愿，朱梅兰突然又想到华自义交给自己的那块玉，想到儿子脖子上挂的那块玉。

连云机场位于江天省东北，近邻大海，从高速转到连云机场不过十分钟车程。华龙俭停稳车，看了看表说："四奶，时间正好，我们到出口去。"朱梅兰突然说："龙俭，你四爹写的牌子忘记带了。"华龙俭说："没事，四奶，我去找人再写一

龙行运河湾

个。"说着就向咨询窗口走去。

"妈，小义在这边。"小义的声音。朱梅兰循声望去，看见儿子正向自己招手。

儿子走出出口几步就跑到朱梅兰面前："妈妈，让儿子拥抱一下。"说着就深深地拥抱了朱梅兰一下。

小义指着小岫说："妈，这是我女朋友，小岫。"小岫向朱梅兰鞠躬，说："阿姨好。"朱梅兰见小义的女朋友苗条俊俏又有气质心里很喜欢，随即说："闺女好。你们辛苦啦。"

这时，华龙俭举着接华岚岫的牌子走了过来，小义和小岫同时看到了。小义说："妈，你稍等一下。"说着就带小岫向华龙俭迎了上去。

小岫问华龙俭："请问你是接华岚岫的？"华龙俭说："是的，我是接华岚岫的。"小岫说："我就是华岚岫。我爸怎么没有来？"朱梅兰走上前去说："你爸有点儿特殊情况，在家等你。小义，带小岫上车吧。"两个孩子没有多想，就一同上了华龙俭的车。

朱梅兰万没想到小义的对象小岫，是华自义的女儿华岚岫，小义又是华自义的亲儿子。他们俩可是同父异母的兄妹啊，却都蒙在鼓里，这该如何是好？

华龙俭没有上高速而是把车子开到连云市国际名牌时装俱乐部。朱梅兰说："龙俭，怎么把车开这里来了？"华龙俭说："四奶，我第一次和您，还有小义叔叔、小岫姑姑见面，我这个做晚辈的总该表示表示吧。今天我请客，每个人我送一身服装，包括四爹在内，表达晚辈点儿心意。"朱梅兰说："龙俭，千万不能这样。抓紧调头，我们早点儿赶回去。"华龙俭说："四奶，就半个小时，不会耽误事。"小义和小岫也劝华龙俭不要这样。华龙俭说："小义叔叔、小岫姑姑，你们是不是看不起我这个土里土气的侄子啊？四奶，你是不是也不接受我这个农村的孙子啊？"

车子在华龙俭手里掌控着，朱梅兰他们只得随华龙俭一起到了俱乐部。看着俱乐部内琳琅满目的名贵服装，朱梅兰他们谁也没有说话。最后，还是华龙俭自作主张，给朱梅兰和小岫各选一身真丝缎面旗袍，给华自义和小义每人买一身意大利名牌西服。四套衣服近三万元人民币，华龙俭兴高采烈地刷了卡。"华龙俭，你太阔绰了吧？让你大破费，真不好意思。"小岫高兴地说，明显能看出小岫对自己的旗袍很满意。华龙俭说："这是晚辈的孝心，不谈钱。只要你们能记住龙行有个华龙俭，我就满足了。"

　　"四奶、小义叔叔、小岫姑姑，你们回家后，谁都不要提起这事，让兄弟们知道了，不好。"车子发动前，华龙俭对他们说，"车子上有水果饮料，你们随意。一个小时左右到家。"

　　小车在高速上疾驰，轻缓曼妙的音乐声中，三个年轻人相互交谈着有关澳大利亚的许多新奇故事。朱梅兰见小义和小岫二人欢声笑语、如胶似漆。这情景令她心神不定，坐卧不安。

　　车子停在家门口的时候是下午六点，华自义带着小岫、朱梅兰带着小义来到龙姑面前。小义和小岫都没想到他们俩探望的是同一个奶奶。两个孩子转念一想，是不是大家把他俩看成是一对夫妻了，是夫妻理应都该叫奶奶？所以，他俩谁也没多想。小义和小岫见奶奶身着军装英姿飒爽，嘘寒问暖之后和奶奶合照了许多照片。

　　小义不认识华自义，他见小岫叫爸爸，主动走到华自义面前，说："爸爸你好，我是朱小义，小岫的男朋友。"说着还把手伸了过来。华自义见小义叫自己爸爸心里既高兴又激动，赶忙握住儿子的手，两眼直愣愣地望着小义说："小义好，听小岫说起过你……"

　　朱梅兰见华自义和小义握手问好，自然很高兴，但那是小义因为小岫才喊他爸爸的。在小义的心里他是小岫的爸爸，是小义的岳父。朱梅兰向华自义使了个眼色，华自义看到了，对两个孩子说："小岫、小义，你俩和奶奶聊聊。"说着跟朱梅兰走出屋子。

　　在没人的地方，朱梅兰问华自义："小麦，你知道他们俩在处对象吗？"华自义说："知道啊，刚才他们告诉我了。"朱梅兰很着急地说："你高兴得糊涂啦，我们不是说好了吗，小义这次回来，一定要认你这个亲爸爸？这情况怎么认啊？"华自义说："认啊，一定认，今天晚上就认。"朱梅兰说："你想过没有，一个是你亲闺女，一个是你亲儿子，他俩正热恋，你怎么向两个孩子解释？"

　　华自义望着朱梅兰说："小兰，谁告诉你说小岫是我亲闺女啦？"这一问倒把朱梅兰问糊涂了。华自义见朱梅兰满脸疑惑，在她耳边悄悄地说："小兰，我曾向你发过誓，一生只爱一个女人，一生只碰一个女人，这个女人就是你。"朱梅兰听完脸唰地绯红绯红，随口说："那小岫呢？"华自义说："小岫的事，等有时间，我慢慢向你解释。"

　　屋子里，小义和小岫分别穿上奶奶的军装照了不少不同姿势的照片，他俩高兴

龙行运河湾

得手舞足蹈。龙姑重新穿上军装，看着孙子孙女，脸上露出满意的笑容。

"小义啊，听你爸爸说你是党员，是吗？"龙姑问。

"奶奶，我是党员啊，不仅我是，小岫也是。我们回国后就转正。"小义说。

龙姑认真地看着小岫，小岫点点头。

龙姑问他俩："能告诉奶奶你们为什么要入党吗？"

就在小义和小岫认真考虑如何回答奶奶的时候，朱梅兰推门进屋，对龙姑说："妈，少说点儿话，休息一会儿，养养精神。小义、小岫，不要再逗奶奶说话了，让她歇一会儿，有话晚上再说，好吗？"

龙姑笑眯眯地躺下了，安详地闭上了眼睛。这一躺就再也没有起来过。

龙姑，名叫龙世英，一九〇六年秋出生于龙行村华龙庄。龙姑十四岁那年，华龙庄被土匪丁麻子偷袭，全庄有近百人被枪杀，五十人被绑架，庄里财物、牲畜被抢掠一空。龙姑的父亲在和土匪火拼中中弹身亡，龙姑的母亲带着龙姑和龙世雄姐弟俩艰难度日。

一九二四年，江北县委成立，活动地点就在蝴蝶庵。没过多久，江北县少先队青年团、农民协会相继成立。一九二四年冬，龙世英被江北县委第一任书记王玉文看中，教她认字，学文化，安排她去动员周边的青少年参加少先队和青年团。龙世英做事动脑筋有办法，雷厉风行，深受领导和兄弟姐妹们喜欢。

一九二七年冬，王玉文召集几百人火烧龙行大地主夏富余的大院。夏富余带着全家老小躲进了江北县城。龙行的老百姓又分田又分粮，敲锣打鼓欢庆了一阵子。龙世英就是那年春节前入的党。一九二八年冬天，江北县委组织了二十多个支部的党员和各地农民协会会员近两千人配合卧龙山小刀会，参与江北县城小刀会暴动。龙世英带领三十二名先进团员加入了这支队伍，结果被国民党政府军蒋鼎文部弹压，整个江北县笼罩在血雨腥风之中。万分危急之时，受伤的王玉文使尽浑身力气掀开街道上的一块窨井盖，叫龙世英他们钻了进去。

黑暗中，龙世英摸索着把王玉文受伤的腿捆扎结实，然后，顺着下水管道往前爬。他们心里只有一个念想，总会有出口，有出口就有希望活着。那时候，江北县城很小，方圆不过五平方公里，他们经过一天一夜艰难爬行，终于看到了前面有一处亮光，那是下水道出口。

在离出口不远处，龙世英叫他们停下休息，自己出去看看情况。回来后，龙世英对王玉文说："书记，前面出口是清江河，我们离城已有七八里地，外面没有什么动静，应该很安全。现在是太阳下山的时候，我们再等等，天黑以后出去。"王玉文听后点点头。

王玉文借着微弱的光亮看着二十一个灰头灰脸的孩子，不由得担心起来。过了一小会儿，王玉文对龙世英说："小龙啊，看来江北你们是待不下去了。这次暴动后，国民党肯定会残酷镇压，大地主夏富余肯定会带着民团回龙行报复。他们对你的情况知根知底，你肯定会大祸临头。我建议你带着他们往西南方向去，到东北乡舒家庙，找我的一个朋友舒传贤。他那里队伍多，地盘大，形势好。加入他的大部队里说不定能有所作为。"

龙世英想了想，对大家说："各位弟弟妹妹，即使国民党找不到我们，大地主夏富余的民团也会把我们活剥了。回去是死，我们去找大部队干革命顶多也只是死。反正都是死，我们不如出去闯一闯，说不定能闯出活路来闯出一番事业。"二十个十六岁到二十岁的年轻人异口同声地赞同龙世英的意见，去找大部队。龙世英问王玉文："王书记，你和我们一起走吧？"王玉文说："我的伤很重，会连累你们的。江北县是我的工作岗位，这是组织的命令，我一走，江北的党组织就散了。"

王玉文看了看孩子们，八个女孩，十三个男孩，问："你们是不是都同意和龙世英一块去东北乡？"孩子们齐声说："同意。"王玉文说："那好，我来安排，保证你们一路安全。"

龙世英带领二十个人在卧龙山龙云寺里等了十几天，简单学习些基本的出家知识，扮成僧人，由龙云寺道然和尚带队步行前往舒家庙。

舒传贤，字揖堂，名公甫，化名夏唯宁，一八九九年出生，东北乡舒家庙人。舒传贤七岁丧父，靠族人资助读书。民国八年考取安庆省第一甲种工业学校。民国九年筹建省中等以上学校学生联合会，被推荐为会长。民国十一年被省长推荐到日本留学，进入东京高等工业学校，任中国留日学生会交际部部长。当时，王玉文为学生会副会长，两人相处甚好。王玉文于民国十二年回国，在中共江天省委工作。民国十三年即一九二四年前往江北县建立党组织。

民国十五年初，日本军舰炮轰大沽口，舒传贤等留日学生回国参加反日斗争，舒传贤被推选为声讨张作霖反日归国代表团总团书记。舒传贤与学生并肩作战，负伤被捕，后被经营救出狱，加入中国共产党。民国十六年春返回安徽，任安徽总工

龙行运河湾

会筹备委员会会长。夏，当选中华全国总工会执行委员，被任命为中共安徽省临时委员会工委书记。秋，舒传贤被派回家乡开展农民运动，为便于开展工作，他以留学生身份担任国民党霍山县指导委员会执行委员。

龙世英带领二十人跟随道然和尚历时八十六天，一路步行化缘，风餐露宿，费尽周折终于在一九二九年四月找到舒传贤。当时，舒传贤和刘淠西、朱体仁等人正在谋划"六霍起义"。龙世英被安排在总指挥部负责联络工作，其余女的安排在卫生服务队、宣传队、农民协会和学习班。十三个男的全部被刘淠西带去，加入两乡民团。刘淠西是中共霍山县委委员，公开身份是黄埔军校学生、国民革命军团及两乡民团的团总。

六霍起义像春雷震醒了沉睡已久的人们，像闪电照亮了人们迷惘的眼睛，像熊熊大火点燃了人们抗争的激情。七邻湾农民起义、西镇农民起义、徐家集民团起义、桃源河农民起义……一个接一个的起义，把反动政权震得摇摇晃晃。

残阳如血，大地笼罩在血与火的洗礼之中。胜利的欢呼声中，一支又一支红军游击队破茧而出，且飞舞成蝶。

在战斗中，龙世英深刻地感到枪杆子的分量。龙世英主动要求到连队去，成为一名连指导员。她第一次拥有一杆属于自己的枪。瞅着黑洞洞的枪口，她想到龙行天空的乌云，感到枪口里汩汩冒血，是热气腾腾的鲜血。

龙世英跟着大部队转移，战斗，战斗，转移。她知道这是一支共产党领导的为老百姓打天下的队伍，跟着部队走就是跟着共产党走，做好指导员工作就是做好党的工作。她没有什么高要求，就是等到胜利了回龙行和母亲、弟弟过没有压迫没有剥削的日子。

一九三五年，龙世英随红四方面军强渡嘉陵江，爬雪山，过草地，喝马尿，啃树皮，历经千难万险，到达四川懋功与红一方面军会师。会师时，龙世英手握红旗，聆听了毛主席、朱总司令给红军战士的讲话。在一九三六年，他们到了甘肃静宁和红一方面军会师。

一九三六年八月，西路红军进入河西走廊时遭遇马家军突然袭击，龙世英受重伤，昏迷，两天两夜后醒来。

龙世英经过一系列波折，无奈之下，只得回到自己的家乡——龙行村。

龙世英的弟弟龙世雄被国民党抓了壮丁，留下母亲、弟媳妇和龙至礼，老小三个全靠邻居华子明照顾。

一九四〇年腊月二十四，百无禁忌的日子，龙世英和华子明结婚成家。
一九八一年，龙世英恢复红军身份。

13. 孙华

　　龙姑去世的消息传至江北市委，秘书长汇报给吕裕民。吕裕民在云京出差，随即安排市委领导前往看望，并安排由市委牵头在龙行村成立治丧委员会。《江北日报》发了讣告，江北电视台、江北广播电台滚动式发布讣告。江天省的《江天日报》也报道了龙姑去世的消息。一百零二岁，八十一年党龄，参加鄂豫皖根据地创建、红军长征，在全省没有第二个。三十三年的村支部书记创造了一个又一个奇迹，没有第二个。社会各界、亲朋好友纷纷来人来电致哀。

　　赵筱蝶赶到龙姑家时，是龙姑去世后的第二天上午九点。龙家的灵堂已搭建好。龙姑生前交代：丧事从简，拒收任何礼金，火化埋了完事。可华姓、龙姓皆是大家族，农村人讲究丧礼，若是草率从事，说不定会闹出家族间礼数上的什么乱子来。幸好市委接手治丧，这样能省去许多繁琐的礼节。赵筱蝶很悲伤，一是因为龙姑一生可歌可泣，令她敬仰，二是龙姑关心帮助自己尽其所能，不遗余力。两人虽有辈分之差但绝对称得上是志同道合。望着龙姑穿着红军服的遗像，赵筱蝶每一次鞠躬都心如刀绞。

　　治丧委员会主任、江北市委宣传部副部长宋其琛召集华姓和龙姓两大家族，宣布说："因为龙姑的丰功伟绩，市委决定龙世英的骨灰安葬在江北烈士陵园最醒目位置，建纪念碑，立雕塑。追悼会定于后天上午十点在殡仪馆大厅举行，一切事宜均由治丧委员会协调办理。家族亲朋祭奠，由逝者家族商量自行安排。"大家都说听领导安排没有意见。华子明眉头紧锁，自言自语地说："我死了以后埋哪里啊？自打结婚以来，我们俩就从没分开过，我都听她的。她进烈士陵园了，我得进祖陵啊。没想到死后我们俩倒分开了。在那边，龙姑身边连个倒茶递水的都没有，这怎么行呢？"华子明说得晚辈们泪水涟涟。宋部长心里"咯噔"一下，这一层被忽略了。夫妻死后合葬这是老祖宗传下的习俗。他当即拿出手机请示。

　　"老爷子，领导说了，你百年以后和龙姑埋在一起，也进烈士陵园。"宋其琛通完电话对家人说。

华子明说："我担待不起啊。这样吧，我死之后进祖陵，请领导允许我的儿孙们做个法事，把龙姑的灵魂招到华家祖陵，还由我来照顾她。这样就周全了。"

宋其琛说："老爷子，随你便。"

华子明走到龙姑遗像前对着遗像深深地鞠了三躬，说："龙姑，刚才我说的你听到了吧，你若同意就显个灵，让这送老灯闪三下，我心就踏实了。如果不闪，说明你不同意，那我就到烈士陵园去，为你端茶倒水。"

华子明的话刚说完，放在遗像前的送老灯神奇般闪了三下。虽然这现象是巧合，但在场的人都很诧异。

华子明不慌不忙地从口袋里掏出龙姑常用的老花镜和放大镜，轻轻地放在遗像前。"龙姑啊，老花镜和放大镜放在这里，你先看看报纸，等我。到那边，我还听你的。"华子明说完颤颤巍巍地走出灵棚。

灵棚里真的飘荡着龙姑的灵魂吗？谁也说不清楚。灵棚四周上千个花篮、花圈散发着淡淡的清香，一副又一副洁白的挽联在秋风吹拂下发出簌簌声。龙姑的遗像摆放在鲜花丛中，让人感觉她还活着，还在看什么，还在听什么，还在思考着什么。有些东西你看不到却能真实地感觉得到，有些东西你听不到可心灵深处回响不绝。灵魂是不死的。华子明确信这句话有道理。

"蝴蝶庵的誓言，鄂豫皖的枪声，嘉陵江的战火，西路军的血泪，巾帼英雄，峥嵘岁月，初心无改；初级社的激情，'大跃进'的冷静，'大包干'的思考，改革潮的忧虑，女中豪杰，平凡春秋，立党为公。赵筱蝶泣拜。"这是赵筱蝶为龙姑送的挽联，高高地挂在殡仪馆大厅两侧。治丧委员会认为，这副挽联既概括了龙姑伟大平凡的一生，又彰显出龙姑崇高的信仰和品质，读来让人尊敬有加，正气满怀。几乎所有参加追悼会的人都默默地在心里诵读一遍，包括江北市委书记吕裕民。

龙姑的追悼会原计划在大厅里举行，因参会人太多，不得不改在停车场。省委、省政府、省军区来人吊唁，江北市领导，四县八区领导，社会各界人士，亲朋好友都聚集在停车场等着看龙姑最后一眼。追悼会由市委组织部部长蔡少忠主持，市委书记吕裕民致悼词。

参加追悼会的人员名单中，有江天省军区副司令员孙毅，江北市政协委员、西城区政协原副主席宋籍卿，江天华龙纺织集团董事长孙华、总经理龙华，江天华龙

龙行运河湾

机械制造集团孙刚，江北龙行文化传媒集团总裁宋艺杰。这几个人都是从龙行村走出去的精英。宋籍卿是朱梅兰的父亲，宋艺杰是朱梅兰的哥哥。孙华、孙刚、孙毅姐弟仨是孙天工的三个孩子。龙华是孙华的女儿。他们是从省报上得知龙姑去世的消息主动前来参加的。

朱梅兰在送别的队伍里发现了父亲和哥哥。父亲白发苍苍，行动不便，由哥哥宋艺杰搀扶着。朱梅兰从头到脚戴着孝，他们认不出来，也想不到。朱梅兰心想，这件事过后，一定去看看他们，还有母亲。华自义已回到自己身边，儿子小义正好也在，一家人团圆了，该让他们知道实情。

华自义惊异的是直到刚才才知道家人口中的吕书记，就是吕裕民。他和吕裕民该算是相处多年的好友了。农村社会主义教育时期，华自义和吕裕民是在一个小组。吕裕民调上来以后，两个人又在一个专题组搞调研，几十天吃住在一块。吕裕民调到江天省时，两人还经常通电话，只是最近几年没有联系过。

吕裕民在和华自义握手的时候一眼认出了他，很惊讶地说："华主任，是你。"华自义含着泪点了点头，哀伤地道："家母去世，承蒙治丧，由衷感谢。"

龙姑是华自义的母亲。吕裕民在江北几年了，也不知道这件事。他和龙姑多次见面，龙姑也没向他提起，吕裕民感到有些愧疚。这时，华自义小声地对吕裕民说："裕民书记，我回龙行无人知晓，情况复杂，请你为我保密。隔几天我去找你面谈。"吕裕民点点头。

站在华自义身旁的朱梅兰听得真真切切，难道华自义真的像龙俭说的那样是大人物？这念头只是一闪，因为她看见父亲和哥哥已到自己面前。朱梅兰忐忑不安，她控制住自己的情绪和父亲礼节性地握了握手。当她和宋艺杰握手时，突然冒出要表示一下的想法，她紧握了一下宋艺杰的手，轻微地喊了声"哥"。

宋艺杰一惊，仔细一看，是小兰。宋艺杰想说什么，朱梅兰摇摇头，示意他走过去。宋艺杰走了几步后又回头看了看朱梅兰，确信她就是妹妹宋艺兰。

大厅外，市委宣传部王一实部长就站在吕裕民身旁，吕裕民在认真地看赵筱蝶的那副挽联。王一实自言自语地说："二十一岁入党，八十一年坚守，真是一个高尚的人，一个纯粹的人，一个有益于人民的人啊。"

吕裕民表情很凝重，问王一实："一实部长，你说说，赵筱蝶的这副挽联上，她不用敬挽，不用叩首为什么选用泣拜两个字？她在泣什么？她在拜什么？"

王一实搞宣传工作多年，这点儿敏感性还是有的。刚进殡仪馆时，他已注意到了这副挽联。在这个主要位置，没有挂领导的没有挂名人的，却挂了赵筱蝶的这副挽联。这就说明有特别之处。王一实早有考虑，说："赵筱蝶在泣龙姑，也在泣自己。她拜的是初心无改立党为公。"吕裕民点点头说："一实，你说得很精准。走，到烈士陵园去。"

江北市烈士陵园位于古黄河东侧，距清江运河一公里，是原江北县为纪念江北大战特建的。陵园中间四十八级台阶的塔基上，高耸一座江北大战英雄纪念塔。纪念塔周围，松柏绿荫如盖，碑石雕塑林立。龙姑的墓地就坐落在纪念塔正前方最醒目的位置。下面是碑上面是雕塑，碑塑一体。碑的正面上方是龙姑身着红军军装的正面头像，下方竖写一行红漆大字：红军战士龙世英之墓。碑后面是龙姑的生平简历。碑的上面是宋籍卿一九七二年为她做的那尊雕塑。雕塑神形备至，风骨昭然，周围的鲜花布置得井然有序。吕裕民看后很满意。王一实望着龙姑的雕塑说："人死如灯灭。活的就是一口气啊！"

吕裕民蹲下，抚摸着龙姑头像上鲜红的帽徽和领章，说："这口气可不是好把握的啊！龙姑做到了。"王一实说："人活着，志气是根，节气是干，气质是叶，根深干粗叶茂，方成气象。"吕裕民看着王一实，说："嗯，有文章可作。"

安葬仪式结束，吕裕民想再见见华自义，却没有找到他。吕裕民看见赵筱蝶在一辆豪华轿车前好像是在等人，想问赵筱蝶看到华自义没有，突然想到华自义对自己说的话，又把到嘴边的话收了回去。赵筱蝶向吕裕民书记打了个招呼。吕裕民问赵筱蝶："筱蝶，你在等谁呢？"赵筱蝶回答："我在等孙董事长。"吕裕民说："哪个孙董事长？"赵筱蝶说："华龙纺织集团的孙华董事长。"吕裕民问："最近，工作还顺利吧？"赵筱蝶说："还算顺心吧。镇里正对龙行村的财务进行审计，我在做龙行村十年发展计划。"吕裕民说："筱蝶啊，龙行村的工作我听龙姑说了不少，内部斗争很激烈，人事和发展你要通盘考虑。十年计划出来后拿给我看看，行吗？"赵筱蝶说："当然行喽，明天上午，我送一份给你。""好，我先走了。"吕裕民说完便走了。

见华龙纺织集团董事长孙华正向轿车走来，赵筱蝶停稳自行车，迎了上去。

"你好孙董事长，我是龙行村党支部副书记赵筱蝶，见到你很高兴。"孙华见眼前文质彬彬、气质不俗的赵筱蝶顿生喜欢之情，礼貌地和赵筱蝶握握手，问："你有什么事吗？"赵筱蝶说："老支书龙至礼叫我把这封信交给你。"说着便拿出一封信交给孙华。孙华接过信，装进自己包里，说："龙至礼怎么没有参加龙姑的追悼会？"赵筱蝶满脸疑惑地望着孙华，低沉地说："他老人家在几天前牺牲了。""什么，龙至礼牺牲了？怎么回事？……"孙华很惊愕，话没说完，身体就晃动了一下。幸亏龙华上前一步抱住了她。

孙华这次带女儿龙华来参加龙姑的追悼会，一是因为对龙姑有深厚的感情，既感激龙姑又敬仰龙姑；二是想借这次机会回来，让女儿龙华知道没有龙行、没有龙至礼就没有华龙纺织集团的今天。集团是从龙至礼创办的小作坊华龙棉坊开始的，孙华要回报龙行村、回报龙至礼、回报当初和自己一起工作的八九个人。三是让女儿知道自己的亲生父亲是谁。孙华已经六十多岁了，龙至礼的老伴也已去世，一家三口该团圆了。孙华对那段爱情刻骨铭心，并为那段爱情坚守一生。她要让龙至礼知道他俩爱的结晶——龙华已被培养成人，将成为华龙集团的接班人。

在追悼会和安葬仪式上，孙华始终在寻找龙至礼。她纳闷，龙姑是龙至礼的亲姑，又是老支部书记，怎么龙至礼没有参加？没想到几天前他牺牲了。这噩耗来得太突然，她难以承受。

赵筱蝶见孙华身体打晃，心里慌了，是不是不该告诉她？"孙总，没有事吧？"赵筱蝶有点儿手忙脚乱。孙华定了定神，说："别慌孩子，我没事，休息休息就好了。"赵筱蝶见她稍微好了些，对龙华说："龙经理，车上有水吧，我去给孙董事长拿点儿水来。"孙华摆摆手，说："不用了，谢谢你。龙华，你给吕书记打个电话，就说今晚的聚会我有特殊情况不参加了。我们回宾馆吧。"赵筱蝶感到很内疚，对龙华说："龙经理，你扶着孙董事长，我来开车。我和你一块回宾馆照顾一下孙董事长。"孙华说："放心吧孩子，我没事，不麻烦你了。龙华，你把赵筱蝶的手机号码留下，有事我打电话给她。"赵筱蝶不再说什么，把孙华扶上车，自己骑自行车回蝴蝶庵了。

赵筱蝶原打算《龙行村社会主义新农村十年规划》出来后，第一个就拿去给龙姑看看，没想到还差个结尾，老人家就走了。既然吕书记要看，那就先听听吕书记有什么意见，然后根据吕书记的意见修改后交村支两委、党员代表、群众代表讨论。

晚上十点左右，在清玉的帮忙下，规划材料装订成册。清玉为赵筱蝶打来热水，又给她泡上一杯清茶，才轻轻地把门关上出去了。

赵筱蝶准备洗漱休息。她感到很累，明天早上上班前要去找关西网，问问村里的审计情况进展如何。就在这时，她的手机响了，是孙华打来的。孙华问："筱蝶，休息了吗？"赵筱蝶说："没有，孙董事长。身体好些了吗？"孙华说："好多了。"赵筱蝶说："那我就放心了。"孙华说："筱蝶，我想和你见个面。你住城里吗？"赵筱蝶说："我住在蝴蝶庵。你告诉我你住哪个宾馆、哪个房间，我骑车去，马上就到。"孙华说："这样吧，筱蝶，你在蝴蝶庵等我，我和龙华开车过去。"赵筱蝶说："我去你那里吧，孙董事长。让你老人家往这里来，我过意不去。""就这样吧，筱蝶，你等我。"孙华说完把电话挂了。

赵筱蝶赶忙去敲清玉的门，喊道："清玉，快起来，有事请你帮忙。"清玉打开门，还没来得及问什么事，赵筱蝶就说："清玉，马上有贵客上门，请你帮我把屋子收拾收拾，我到门外迎接她们。"说这话时，赵筱蝶瞥见清玉的床上有一本白色材料，很像是刚才装订的"十年规划"，她没多想就出去了。

赵筱蝶打开蝴蝶庵大门的时候，正看见两个车灯从黄河南路拐过来。蝴蝶庵门前这条路在夜间很少有小车来往，那一定是孙董事长的车。赵筱蝶心想，这么急赶过来，莫非有要紧的事要说。赵筱蝶用手搓了搓脸，又捋了捋头发，整了整衣襟。赵筱蝶的动作被孙华看得一清二楚。

赵筱蝶带孙华母女进屋的时候正遇上清玉从屋里出来，碰个对面。室内灯光明亮，龙华一眼便认出眼前的小尼姑正是自己寻找三年的王诗秋。

清玉刚要出门，就听龙华高声喊："王诗秋。"清玉一慌神，双手合十说："阿弥陀佛，施主，你认错人了。"龙华走上前去，一把拿掉清玉的帽子，指着清玉左耳朵后面的一颗红痣说："王诗秋，我认错人了，难道这颗红痣也长错地方了？我找你三年了，肺都要急炸了，你倒好，躲在这里享清净来了。妈，你看看，是不是你经常念叨的王诗秋？"孙华望着清玉，说："诗秋，来，到阿姨这边。"清玉真的走到孙华身边。孙华说："诗秋啊，这三年你失联了，龙华像丢了魂似的，你不知道她有多想念你、多担心你。刚才她失礼了，你别往心里去。你知道她的坏脾气，急起来像波斯猫一样又抓又叫。"

没等孙华说完，龙华就把清玉紧紧地抱在怀里，痛哭流涕地说："你知道我有多想你吗？"两个人抱在一起，清玉也是泪雨涟涟，只是不说话。"好啦，龙华，这不找到了吗？你和诗秋到她屋里去，好好说说话，我和筱蝶还有事要说。"孙华示意清玉带龙华出去。龙华顺势把清玉扛在肩上，出去了。

"真是个疯丫头。"孙华说罢，示意赵筱蝶坐下。

赵筱蝶被刚才的情况弄得莫名其妙，不知道是怎么回事。孙华说："她们俩是高中、大学同班同学，由她们闹去。活着，就好。""这么巧啊！"赵筱蝶说着沏了杯清茶递给孙华。孙华接过水杯，说："筱蝶啊，从现在起不要再孙董事长、龙经理地叫了，你就叫我孙阿姨，叫龙华为龙华妹。龙华比你小几岁，权当她是你妹妹好了。"赵筱蝶削了个苹果给孙华，说："行，就按孙阿姨说的叫。"孙华接着说："筱蝶，你给我的信，我看了。我今晚来，是想请你说说龙至礼牺牲的事。"赵筱蝶说："孙阿姨，你客气了。我以为你知道老支书的事，让你受惊了，在此，我向你道歉。"说着就要起身。孙华按住赵筱蝶的双肩，说："孩子，你不需要道歉，这事不怪你，是我没得到消息，又把事情想得太完美了。我和你说实话，龙华是我和龙至礼的孩子，到现在我都没后悔爱上龙至礼。龙华从没见过父亲，龙至礼也不知道有这个女儿。此次回来本想父女相认，一家子团圆，没想到，龙至礼……"孙华的眼里满是伤痛。

赵筱蝶没想到孙华和老支书还有这层关系。自己是老支书龙至礼的三儿媳妇，后悔没在老支书活着的时候告诉他，并且自己和他的三儿子龙开放还有个孩子叫文博。现在知道龙华是龙至礼的女儿，她感到和孙华、龙华更亲近了，都是一家人。赵筱蝶没有把自己和龙至礼三儿子龙开放的事告诉孙华，只是把龙至礼在卧龙山龙眼泉牺牲的事讲了一遍。赵筱蝶虽然没有看到老支书壮烈牺牲，但了解得一清二楚。

赵筱蝶把龙至礼生前留在蝴蝶庵的材料放到孙华面前的桌子上，又从抽屉里拿出一张银行卡。赵筱蝶说："孙阿姨，这是老支书留下的材料和银行卡。他老人家向大儿子龙古力、二儿子龙文革都做了交代，这些东西是给我的。我做主，把这材料和银行卡交给我妹妹龙华，让她对父亲有个念想。卡里有多少钱我不知道，估计是他老人家一生的积蓄和老家的拆迁款。他交代我的事情，我一定会办好。钱，留给龙华妹妹，卡的密码是一九四六五一二。"

一九四六年五月十二日是孙华的生日，孙华听到这个密码心里有说不出的难受。

孙华平复平复心情，说："筱蝶啊，这些东西都放你这里吧。明天上午十点左右，我想请你带我和龙华到龙至礼的墓碑前看看。行吗？""那好啊。我九点半到你楼下等你。"赵筱蝶爽快地说，"需要我为你做什么吗？"孙华说："谢谢，不用了，有什么事我和龙华办。"

这时，孙华看见了那摆码放整齐的"十年规划"材料，随手翻了翻，说："筱蝶，我带几本看看，行吗？""行，欢迎多提宝贵意见。"赵筱蝶说着，就找个档案袋装了两本。孙华说："筱蝶，你装七本吧，我让公司领导人都看看。"

龙华还没进屋就听到她的声音了："妈，今晚我和诗秋同住，你另开房间吧。"随着话音她把王诗秋拽进了屋里。孙华问："诗秋跟你去吗？"龙华说："她说不去就不去啦？她要是不去，我能揍扁了她。"龙华不知道母亲的心事，高兴得手舞足蹈。孙华说："龙华，你让诗秋考虑考虑，有些事情不像你想的那么简单。"龙华说："妈，诗秋不是出家，她是逃避，是拿逃避作消极抗争。我刚才看见她床上有筱蝶姐写的《龙行村社会主义新农村十年规划》，你想想，她要是真的出家了，看这些文章干什么？她凡心没改，只是心里有个坎。我最了解她了。"龙华说话像竹筒倒豆子一样。孙华说："龙华，明天上午我和你有个重要活动。这样吧，明天晚上，我请你们吃顿饭，就我们四个人，吃过饭你带诗秋去逛逛街。"赵筱蝶说："孙阿姨，明天晚上我做东请你们，看见您老人家和龙华妹妹，我从心眼里高兴，我得尽地主之谊吧。还有，清玉平日里对我有太多的照顾，我得很好地感谢她……"没等赵筱蝶说完，龙华插话说："筱蝶姐，从现在开始，你不要叫她清玉了，叫王诗秋。她不出家了，回家了。明天晚上，她就还俗，跟我到集团去。"

这时，清玉轻声轻语地说："让我来吧，我做一顿斋饭给大家吃。"龙华说："行，就让诗秋做饭，惩罚她好好表现，来弥补这几年对我的亏欠。我明天中午就去给你置办衣服，吃过斋饭，你就跟我走。简直是气死我了，看我以后怎么收拾你。"龙华指着清玉，心中怨气未消。清玉微微低着头站在那里，面如冷月，任由龙华责怪。

赵筱蝶说："好了，龙华妹妹，你也不要再生气了。诗秋，你开个买菜清单，明天我早起买菜去。请你和慧园法师说一下，请她晚上务必参加，就算是还俗的仪式吧，"

清玉点了点头。

14. 龙华

华龙纺织集团是江天省五十强重点企业之一，在全省纺织行业中排名第三，是孙华于一九九八年创办的独资集团。公司占地面积九百亩，总资产不含土地是十五点六八亿元，员工五千七百人，其中工程技术人员达四百人，棉纺能力四十万锭，各类针织机三百台，主要生产六支到一百二十支系列优质棉纱。针织布和针织服装，年产量分别为七万五千吨，一千七百万件。产品销往全国各地，出口近三十个国家和地区，在国内外享有较高声誉。二〇〇七年，集团实现销售收入二十二亿元，利税二点二亿元，其中利润一亿元以上。

华龙纺织集团位于江天省江河路一百八十八号，原来是城乡接合部。随着城市的扩张，集团总部和工厂的四周已逐步城市化、商业化。早有传言有人出高价要买集团的地皮搞房地产，建成居民区和商业区。虽然政府还没有最终决定，但孙华已敏锐地觉察到整个集团搬迁马上就会到来，自己必须早作准备。搬迁的地方，孙华第一个就想到龙行，并和新上任的吕裕民书记联系过。

华龙纺织集团的"华龙"，女儿"龙华"，都是按龙行村华龙组的名字起的，都和龙至礼有关。近四十年了，孙华的心从没离开过龙行村华龙组，从没离开过龙至礼。想当年，她二十四岁下放到龙行村华龙组，眼前一片黑暗，是龙至礼左一次右一次地开导，给她希望、给她梦想、给她力量。

华龙棉坊，一个只有八九个人的小作坊，一个以让老百姓有粗布衣穿为追求目标的小作坊，让孙华走上实现理想之路。在这条路上比她付出更多血汗的是龙至礼。她想象不到"下放"的噩运会成为当头鸿运；她曾鄙视的满是土墙、矮屋、泥巴路的穷乡僻壤成了自己事业起飞的地方；她曾鄙视的连一件像样衣服都没有的退役小队长会为自己插上飞翔的翅膀；她曾鄙视的早不刷牙晚不洗脚的几个朴实掉渣的农民会给了自己飞翔的力量。龙姑、龙至礼像龙行运河湾里的灯塔一样，一直在孙华的心里。

孙华决定去华龙棉坊那天，龙至礼就已像一只雄性梅花鹿钻进了她的心里。起初，孙华认为龙至礼安排自己到棉坊，不仅是照顾自己没有力气，不会干农活，更是看中了自己的脸蛋和身段。听父亲说，龙至礼是龙姑的亲侄子，是朝鲜战场上立功获奖的军人，是党员，是村里副书记，是为孙家盖房子为孙家人安排工作的恩人，孙华才同意见一面。第一次，她是几乎闭着眼睛见面的，龙至礼劝她半天，她回答六个字："你走吧，我不去。"孙华从眯着的眼缝里看到一张俊朗刚毅的脸庞，还有那双睿智善良的眼睛。那双眼睛根本就看都没看孙华一眼，孙华很庆幸。看着龙至礼的背影，孙华觉得他不像是个坏人。

孙天工和孙刚已经到华龙农机农具修理门市去了，父子俩当然很乐意。孙毅像个跟屁虫一样整天跟着龙至礼，不是他在龙至礼的影子里，就是龙至礼在他的影子里。孙毅自小就心高气傲，不把别人看在眼里，可就偏偏很崇拜龙至礼。一家人围着桌子吃饭的时候，孙毅讲了许多关于龙至礼参军及奔赴朝鲜战场的故事，还有龙至礼带领群众解决温饱的许多事，油坊、棉坊、芦编坊……父亲和孙刚也经常说龙至礼在村里的口碑不亚于他的姑姑龙姑。孙华逐渐改变了对龙至礼的看法，侣还是不太乐意去棉坊，她想去小学教书。

龙至礼第三次到孙家时，孙华拿了个小凳子递给龙至礼。那是一个从省城带来的凳子，有形、有色、整洁、光亮，漂亮得让人不忍心坐在屁股下面。龙至礼仍旧不看孙华一眼，眼睛斜视地面，一脸严肃，声音很有磁性。龙至礼对孙华说："我心里明白，你们从省城下放到俺华龙，是从天上掉到地上了，委屈你们啦。孙华啊，我也知道你刚从学校毕业正想参加工作就赶上了这阵风，心里肯定很憋屈，泪都是苦的，理想被现实碾得粉碎，连个尸体都没有；心空荡荡的，连根羽毛都没有。怎么办呢，还能抱石砸天不成？你不能就这样消沉下去吧？这样不仅不能解决问题，还把身体给闷坏了。孙华啊，一个人从山顶不慎掉落悬崖的时候，有两个本能反应：一是狂呼乱叫，求别人来救自己；二是双手乱抓胡挠，急切地想抓生什么东西，想自救。你就是那个掉下悬崖的人，是人把你推下来的，叫别人救你几乎没有一点儿可能，只能靠自救了。怎么自救，我认为到棉坊工作就是最好的自救。人活着多好，活着就有梦想，活着就有希望，活着就有可能走出一条属于自己的路。我的无数战友都长眠在朝鲜战场了，和他们比，我能看书看报，能看到这美丽的田野，这是一件多么幸福的事啊。既来之则安之。我请你把心收回来，就放在眼前的阳光里，就

龙行运河湾

放在绿油油的田野里，就放在棉坊里。你是学纺织专业的，华龙的棉坊虽然简陋传统，但那些东西毕竟是纺织行业的老祖宗，是你所学专业的根，有根就能发芽，发芽就能长大。你得把根紧握在手里。你有纺织方面的知识又有同学人脉。越是落后的东西就越具有更大的发展空间。我相信你，也会全力支持你。你再考虑考虑，考虑好了，明早就去。"没容孙华说一个字，龙至礼说完就走了。面对面说了这么多话，龙至礼都没瞟孙华一眼。走之前，龙至礼用袖口擦了擦那个凳子，自言自语说："多么漂亮的凳子啊，早晚有一天你还要回省城去。"孙华听出这话是双关语，可龙至礼连看都没看她一眼就走了。孙华愣愣地站在那里望着远去的龙至礼，两眼湿润润的，那一夜她翻来覆去没睡着。

第二天，她穿着母亲的衣服来到棉坊。一位老大爷迎上来问："你是孙华吧，至礼书记交代了，你就坐这里。"孙华看了看，在有两台织布机的那间屋子的北墙处，放有一张课桌、一条短凳，桌腿旁放一个竹编壳暖水瓶，桌子上放一个白色带盖瓷茶缸。茶缸上印一排红字——抗美援朝留念。桌子、凳子、暖水瓶、茶缸都刷得干干净净，一看便知道是昨天晚上洗刷的。

"至礼书记说了，不需要你做任何体力活，你就转转看看，先熟悉一下环境。"老大爷说完便拿起长弓弹棉花去了。弹了几下，他又回到孙华面前，从口袋里掏出一块浅蓝色头巾，对孙华说："至礼书记交代我，把这头巾给你。这是他自己动手染的，叫你把它包在头上，屋子里棉尘大。"

孙华的心里暖暖的，脸上露出一丝浅浅的微笑，那是她下放到华龙以来第一次微笑。

棉坊规模不大，分去籽、弹花、纺线、织布、扎染五个流程。早晨出工时，会计把籽棉从仓库里称出来，交给两名妇女。她俩把棉籽一粒粒从棉花里挤出来，无籽的棉花经会计过秤后交给弹花师傅。弹花师傅把弹好的蓬松柔软的棉絮过秤交给纺线的……最后织好了的布匹交到扎染师傅手里。平常作坊里有十个人，两个去籽的，一个弹花的，两个纺线的，四个织布的，一个扎染的，星期天人多一些，会有许多孩子来挤棉籽挣工分。去籽一间屋，弹花一间屋，纺线一间屋，织布三间屋，扎染一间屋，总共七间屋，不到二百平方米。

孙华转到扎染屋里时，龙姑来了。这是孙华第一次见到龙姑。

相互客套之后，龙姑说："孙华啊，你别看这棉坊小，它可解决了俺龙行老百姓穿衣的大事啊。上面发下来的那点儿布票不够用啊，至礼创办这个小作坊，费尽力气，就为老百姓穿衣。"

孙华有点儿拘谨，只是听。

龙姑说："你是学纺织的，懂知识，有路子，会动脑筋。我今天来交给你一项任务，就是把自己的想法整理出来，把小作坊搞得红红火火，不仅要解决穿衣的问题，还要为集体增加收入。我刚才在你父亲那里，他们爷儿俩提了许多好建议，你也要多动动脑筋。"

孙华很恭敬地对龙姑说："龙姑，我刚来，对情况还不太熟悉。"龙姑说："刚来怎么啦，许许多多的好想法都是刚开始时产生的，时间久了，习以为常了，就没有改变的激情了，当然也就不会有新想法了。这些土得掉渣的手艺与你学的东西肯定有差距有碰撞，有差距有碰撞就有改进的地方。这里是土，你心里是洋，土向洋靠近，土洋结合。"

龙姑的话通俗易懂却蕴含大道理。孙华不再拘谨，对龙姑说："龙姑，我今天是第一次看到扎染，效果非常好。你看这染出来的图案，既古朴端庄又朦胧秀美。"龙姑说："这都是至礼想出来的土办法。总不能让男男女女都穿白衣服吧，又买不到染料，怎么办，至礼整天琢磨这事。有个南方人提示至礼用卧龙山的红土拌草木灰水，染出了第一块灰红色布料。绿色是洋槐树叶、青草叶捣碎加土碱水染的，黑色是柿子树叶和毛艾眼草叶捣碎加土碱水染的，都是自己用各种植物叶瞎对付摸索出来的，颜色不正，但比白的强。孙华啊，你是内行，染布啦，织布啦，你肯定能想出更好的办法来提高效率提高收益。"

龙姑说到效率倒提醒了孙华，她对龙姑说："龙姑，我想起一件事，如果我们能买一台厂家退下来的电动织布机，一台电动机能跟上七八台人工机。"龙姑说："那好啊，机械织和人工织两不误。你想办法联系联系。"孙华说："只是这三相电？"龙姑说："我们靠电灌站、变电所，还愁电吗？"

说说讲讲之间，她们就到了棉坊门外。临行前，龙姑拉着孙华的手说："孙华啊，至礼出去联系开春销售泡桐树苗的事了，临走时担心你不适应环境，会有情绪，叫我过来看看，多安慰你。我看到你穿这身衣服就心里踏实了。你大胆想放心干，大队小队都支持你。如果树苗这次全部推销出去了，别说你买一台电动织布机，买两台三台都可以。至礼想得远啊，他准备在江北各公社开布匹销售门市，自己还准备做衣服呢。到那时，集体收入多了，老百姓自然就过上好日子了。"

孙华回到桌子旁，打开那块头巾。头巾有两尺见方，浅蓝的底色中间染着一朵粉红色的花朵。粉红色和浅蓝色交汇的地方形成一道朦朦胧胧的美丽日晕，像云又像梦。

买织布机，开销售门市，办服装厂，开发扎染……孙华的眼前出现了美好的未来，想着想着不知不觉中她有一个愿望涌上心头：什么时候龙至礼能认认真真地看我一眼。孙华心跳加快，自己感到脸都红了……

弹指之间三十八年。孙华下榻的江北宾馆位于江北市中心，兴福路八十八号，是原江北县第二招待所简称二招翻建的。孙华和龙华住三〇三房间。二十六年前，就在这地方的三〇三房间里，孙华第一次也是人生的唯一一次拥有了龙至礼，拥有她暗恋十二年的男人。

华龙棉坊在一九七二年增添了两台旧织布机、一台纺纱机。一九七三年夏季，华龙棉坊整体大翻建，车间、厂房、办公室全部建成砖瓦房，有院墙有大门。一九七四年又增加了一台新款织布机，华龙棉坊正式更名为华龙纺织厂，孙华任厂长。一九七六年，华龙纺织厂在全县各公社中已经是数得上的大企业。厂里拥有织布机六台、手工织布机十台、纺纱机三台、清棉机一台、梳棉机一台、精梳机一台、轧花机一台。印染车间除了开发原有扎染工艺以外，新增一条化工印染机械生产线。华龙纺织厂的生产能力比一九七〇年增加近二十倍，在江北区域内开办了十三处代销点，加上孙华的同学帮忙，在省城里安排了三个代销点。一九七七年，孙华被评为市级县级劳动模范、发展村级集体经济带头人和省级三八红旗手。一九七八年，她加入了中国共产党。孙华想，按这样的速度发展下去，华龙纺织厂用不了十年就能成为江北县数一数二的纺织企业，加上其他各种经济收入，龙行村很快就能成为远近闻名的富裕村。

然而时局的变化远远超出想象。

下放户开始回城了。孙家决定由孙勇、孙猛哥儿俩带全家户口回江天省城上班去，孙天工和孙刚承包下华龙农机农具修理门市。孙刚认为，农村土地分包后，必然会带动小型机械的大量添置，农机农具的修理业务也肯定是日益剧增。孙毅在部队已被提拔为团级干部。龙至礼劝孙华承包下华龙纺织厂，孙华执意要和龙至礼共同承包。龙至礼认为，自己是端镇里水利站铁饭碗的人还兼任龙行村书记，说千说万都不参与。最后，孙华一个人承包了。

孙华决定承包华龙纺织厂的那天晚上，母亲静悄悄地来到孙华屋里。母亲说："小华啊，妈是过来人，妈懂你的心思。龙至礼是个万里挑一的好男人，可龙至礼有老婆有孩子，你就断了这念想吧。你都三十五了，再等下去，生孩子都很困难。你能这样一心一意地爱他，是他的福分，可你没有福分得到他，这就是命。女人一生如果没有个孩子多遗憾啊，你在外面接触的人多，找个中意的，结完婚生过孩子再干事业也不迟。妈能看得出龙至礼从心眼里喜欢你爱你，正因为他爱你所以才故意回避你。他不能离婚，不能抛弃老婆孩子，更不想让你受委屈，更不想给你带来坏名声。这事龙至礼做得对，有这份感情你该知足了。听妈话，小华，醒醒吧，不要老是在梦里。"

"妈，我明明知道龙至礼不会离婚，自己也不会去破坏他的家庭，可就是离不开他。看不到他的人，听不到他的声音，我就像丢了魂似的。我实在控制不住自己。"孙华说着趴在母亲腿上痛哭起来。母亲摸着孙华的头说："孩子，妈知道，能真心实意地去爱一个人，又能被自己爱的人真心实意地爱着，这是一件多么不容易的事啊！可你不能就这样空等一生吧？妈就你一个女儿，妈这心放不下啊！"孙华擦了擦眼泪对母亲说："妈，你放心吧，我会处理好的。"

江北县有个江北棉布厂，是江城镇管辖的镇属集体企业，占地面积五百亩，办公楼、宿舍、仓库、厂房共有七万平方米，有四百多名工人和行管人员，各种纺织机械近两百台套，坐落在县政府正东清江运河西岸。由于经营不善，企业年年亏损，已到了停工停产的地步。退休金、工人工资、银行贷款及利息、外欠材料款，经审计资不抵债两百一十万。工人要生活、要饭吃、要工作的横幅都挂到县政府大门上了。接二连三的难题压得县里、镇里喘不过气来，他们正想办法甩掉这个包袱。

县领导、县主管部门、镇领导几经核算，最后研究决定把棉布厂打包送人，条件就一个，承担欠发的退休金、工人工资、银行贷款及利息，承担所有外欠款，确保工厂正常生产正常销售。公告贴出有半年，却无人接手。想想也是，资不抵债两百一十万，几百号人张着大嘴等饭吃，银行的利息天天在涨，明明是个火坑，谁敢往里跳？

龙至礼知道后在厂里转了两天，回来后劝孙华去接。孙华哪儿有这么大的胆，龙至礼说："我保你六到七年能赚下这个厂。不信，你去考察考察，回来再定。"

龙行运河湾

龙至礼的话在孙华心里就是圣旨,考察回来后决定冒险一次。

签合同那天,在现场的有:江北县副县长田永胜,江北县法院副院长吴昊,江北县农行行长陆金玉,江北县计经委主任宋克然,江北县二轻局局长叶志江,江城镇党委书记李长河、镇长谢一鸣。合同签了在县二招摆酒庆贺。

政府的一块心病消除了,领导们自是开怀畅饮,一个个都喝得面红耳赤。临散席时,龙至礼站了起来,双手抱拳说:"田县长、陆行长,各位领导,你们心里的大石头算是落地了,可这副担子转移到孙华厂长肩上了。光签个合同解决不了根本问题,如果不能保生产、保销售、保收益,欠的钱还是偿还不起,工人还会聚众闹事,合同就会变成一张废纸。只有保证生产和销售,才能有利润,才能逐步把这个大窟窿填平。棉布厂的账目上还有两百四十块钱,怎么能正常生产啊?孙厂长不好意思说,叫我说,无论如何请领导解决点儿流动资金,政府能借点儿,银行能贷点儿,我们自己再想办法凑点儿,或许能正常开门生产。这样领导们就真的没有后顾之忧了,否则,它还是个烂摊子。"

田县长盯着陆行长,说:"需要多少钱,能保正常生产?"龙至礼说:"至少一百万。"陆金玉虽醉眼蒙眬但明白田县长的意思,望了望脸颊红润的孙华,说:"田县长的心情我懂,可银行有银行的难处。要不这样,你让孙厂长喝酒,喝一杯给一万。"

棉布厂的启动资金正是孙华犯愁的事,龙至礼说得正合她意,没想到陆金玉叫自己喝酒。孙华的酒量顶多二两,现在已经偏高了。她估计在这种场合龙至礼不会少喝,所以控制自己以便对龙至礼有个照应。陆行长的话让她为难,喝吧,肯定醉,不喝吧,得不到银行支持。孙华犹豫了一会,说:"田县长、陆行长,我感谢你们,可我实在没有酒量,再喝就献丑了。能不能请陆行长高抬贵手,我喝一杯你贷款五万,直到我喝趴下为止?"陆金玉摇头晃脑,摆了摆手,醉眼一刻也没离开过孙华的胸脯。陆金玉说:"田县长,看样子这个忙我是无能为力了,盘子有点儿大。"田县长说:"我打个圆场,一杯两万。孙厂长,你喝,我来担保,明天上班就兑现。"说这话时,龙至礼推开卫生间门进去了。

既然田县长都这样说了,孙华就没再说什么。她把十小杯酒斟满让田县长和陆行长看了看,然后全部倒到碗里。"领导们看着,这一碗是二十万。"

孙华说罢脖子一仰,就咕噜噜地往肚里灌,喝到一半时,龙至礼从卫生间出来了。他见孙华大碗喝酒，急忙向前两步夺下酒碗，可酒碗已经空了。孙华还想再喝，被龙至礼拦住了。

"田县长、陆行长，我来替孙厂长喝。"龙至礼醉醺醺地说。

陆金玉色眯眯地看着孙华转脸对田县长说："田县长，至礼书记怜香惜玉了吧。他要喝，可是要降额度的。"田县长说："陆行长，厂要是转不起来，你那本息可就成为死账烂账了。龙至礼已经高了，最多还能喝二十杯。一杯一万吧，看我面子。"陆行长说："龙书记，你听到田县长说的了吧？你喝可以，只能一杯一万。"龙至礼盯着田县长，将信将疑。田永胜理解龙至礼的意思，说："至礼书记，你放心好了，陆行长说话算数。在座的各位都听到了，我担保，明早和孙厂长的二十万一块兑现。"

龙至礼安排服务员拿了两瓶饮料给孙华，并扶她到沙发上坐下。桌上的领导都迷迷瞪瞪地看着龙至礼。龙至礼斟满十杯，让田县长和陆行长看看，然后全部倒进碗里，一口气灌了下去。

龙至礼喝到第五个十杯的时候，已经站不起来了。田县长说："好了，至礼书记，已经六十万了，你不能再喝了。"龙至礼眯着眼，摆摆颤抖的手说："不行，我得喝，一定喝到一百万。"说完双手捧着碗把酒又灌了下去。

五碗酒下肚，龙至礼又开了一瓶，瓶里的酒全部洒在桌子上。"就到这里，不能再喝了。陆行长，总共七十万。大家都看到了，龙至礼喝到醉，都没洒一滴酒，是条汉子。长河书记，由你通知孙厂长明天上午十点到陆行长办公室，我在那里等她。"田县长话没说完，就听咕咚一声，龙至礼瘫倒在地上。

怀里抱着合同的孙华在沙发上醒过来时，已经是下午六点。孙华喝了一杯饮料休息了四个多小时，心里好受多了。她见屋里空无一人，急忙去找服务员。服务员告诉她，田县长他们把龙书记安排在三〇三房间。孙华问："龙至礼喝了多少酒？"服务员说："喝了整整五十杯。他还想喝，酒瓶都开了，可他瘫倒了。田县长担心他出事，把他架到三〇三房间，并安排了医生给他洗了胃又给他输了一瓶葡萄糖。田县长说了，你明天上午十点到陆行长办公室办理七十万的贷款，田县长在那里等你。"服务员打开三〇三房门，就回去了。

屋子里满是酒味。孙华关好门急忙来到龙至礼床前。龙至礼平躺着，昏昏沉沉，浑身上下全被酒湿透了，脸色蜡黄，翕动的嘴唇像是在咕哝什么。孙华把耳朵贴在龙至礼的嘴唇上仔细地听。"我还能喝，才七十万，我要喝到一百万。"像播放机一样，他在重复这句话。

孙华的眼泪一下子流出来了，面对眼前为了自己、为了棉布厂命都不要的男人，面对眼前自己深深地爱了十二年的男人，她再也无法控制自己，情不自禁地含着泪亲吻龙至礼，吻他的额头，吻他的眼睛，吻他的耳朵，吻他脸……

孙华提着晚饭和为龙至礼买的新衣服再回到三〇三房间时，龙至礼还在呼呼大睡。她推醒龙至礼，扶他坐起来。迷迷糊糊之中，龙至礼喝了一碗粥，吃了两个鸡蛋，接着又躺下睡了。

孙华打算把龙至礼浑身酒气的衣服换下来的时候，犹豫了一会儿。最终，她还是毫无顾忌地把龙至礼的衣服全脱了下来，又用温水把他浑身上下擦洗了一遍。看着龙至礼健壮的身体，孙华既羞涩又兴奋，她被一种强烈的欲望和冲动燃烧着。孙华脱去衣服到洗漱间简单冲洗一下，就钻进被窝里紧紧地把龙至礼抱在柔软的怀里。孙华疯狂地抚摸他，疯狂地亲吻他。她什么都不想了，只想把龙至礼雄壮的身体占为己有，把自己撕成碎片……

第二天，天才蒙蒙亮的时候，孙华就离开了三〇三房间，去华龙纺织厂了。

那一夜，便有了龙华。龙至礼终生都不知道那夜发生的事……

孙华躺在三〇三房间里，想起往事两眼是泪，无法入睡。

"妈，能告诉我明天上午有什么重要活动吗？"龙华问母亲。

"明天吃过早饭告诉你，好好休息吧！"孙华说着戴上老花镜，打开赵筱蝶给自己的"龙行村十年规划"。

蝴蝶庵里，赵筱蝶躺在床上也是辗转反侧。清玉是龙华的同学，清玉明天还俗，孙华董事长深爱着老支书且终生未嫁，龙华是老支书和孙总的女儿，她又想到自己和儿子文博。文博是老支书唯一的孙子啊！

15. 小尼姑清玉俗名王诗秋

第二天早晨，赵筱蝶五点进城买菜，将材料递到市委大门传达室，请他们转交吕裕民书记。回蝴蝶庵后，又赶往闸北镇镇政府，九点半，她已准时到江北宾馆楼下。

吕裕民自上任以来，所有写给他的信件一律要亲自阅读交办。提前一小时上班，推迟一小时下班，专门处理上访问题已成为他的工作习惯。市级机关各部门、四县八区自然是不敢有半点儿懈怠。

吕裕民认真地阅读着赵筱蝶的规划材料，越看就越被赵筱蝶的思想境界、理论水平、规划方案所震惊。两年前读《江北市改革开放的几点思考》知道有赵筱蝶这个人，当时，他就被赵筱蝶的认知、深思、勇毅所折服，但不认识赵筱蝶。卧龙山事件使吕裕民认识了赵筱蝶，并被她的担当、果敢、奋勇所感动。现在读《龙行村社会主义新农村十年规划》，他才算是真正地开始全面了解赵筱蝶。文章的主题思想，正是吕裕民内心所要表达的，"共富"二字提领全文，改变领导干部的工作作风，全力打造富民系列工程，多措并举实施共富经济。

吕裕民看后的第一个念头就是，为什么市委秘书处、市委办、市政策研究室没有人能写出这样的文章，关键是缺乏基层实践，缺乏在基层实践中的冷静思考，浮躁已成为大家的通病。

吕裕民坐在办公桌前沉思了一会儿，想再看一遍。这时，秘书小吴敲门提醒他时间。吕裕民看了看表，拨通了赵筱蝶的电话。没等吕裕民开口，赵筱蝶就说："早上好，吕书记，请指示。"吕裕民说："筱蝶，你的文章我看了，很好。打电话给你，是想请你把材料的电子文档发给秘书小吴，你看可以吗？""当然可以，我马上办。"赵筱蝶说。

吕裕民对小吴说："赵筱蝶发来的材料你转给秘书长，叫他看完后打印，常委人手一份，让大家先看看。"

吕裕民把规划材料装进公文包，坐车前往龙云寺。他和华自义有约，上午八点

龙行运河湾

半在龙云寺空了法师那里见面。

吕裕民和华自义谈了两三个小时，走出龙云寺的时候是中午十一点半左右。吕裕民走下台阶，仰望前山，想起那惊心动魄的场面，想到和自己一起探山炸泉并肩作战的龙至礼、赵筱蝶、华龙喆。吕裕民穿过塔林，绕过鹤鸣池来到听风桥，沿一条曲径拾级而上。走着走着，他想到赵筱蝶的"十年规划"。卧龙山正是赵筱蝶规划的江北市后花园。吕裕民把那份材料给华自义了。

不知不觉中，吕裕民走到前山，想再去看看龙至礼的墓。快到停车场时，他看见了华龙纺织集团孙华董事长的轿车。孙董事长来这里干吗？吕裕民朝四周望了望，没发现有人。拐过前面的瞭望台便是龙至礼的墓地，他缓步前行。

吕裕民看见龙至礼的墓碑前有五个人，四个大人一个小孩，细看是孙华董事长、赵筱蝶等人。几个人正收拾东西准备往回走。

"妈，这个茶缸和这块头巾，让女儿替你保管吧，我没能见到爸爸，给女儿留个念想……"龙华哭得满脸是泪。

"文博，你跪下，和妈妈一起给爷爷磕四个头。是妈的错，没让你见到爷爷，要是你爷爷生前见到你，不知他有多高兴呢。"赵筱蝶说着和那男孩一起在墓碑前磕头。一个不相识的女人把文博搀扶起来……

吕裕民明白了，龙华是龙至礼和孙华的女儿，文博是龙至礼的孙子，是赵筱蝶的儿子。另外那个女的是谁？

他们走过来了，吕裕民拐过瞭望塔缓步迎了过去。

吕书记怎么在这里？赵筱蝶看见吕裕民很惊讶，孙华和龙华也都很好奇。

"你好，孙董事长。大家好。"吕裕民主动打个招呼。孙华问："吕书记，你怎么在这里？"吕裕民说："我到龙云寺看望空了法师，司机还没有过来，就来老支书墓前看看，顺便转转赵筱蝶规划的江北市后花园，不承想遇见你们。你们来……""我们也是来看龙至礼的，华龙集团起家于龙行村华龙生产队，龙至礼才是集团的真正创始人。我带女儿龙华来看看他。"孙华说。

这时，平地上突然起了一阵旋风，垂直着从几个人站的地方旋转而过，尘土落叶被卷起来横行，把孙华手里的茶缸吹落在地，把那块头巾吹起来，挂在高高的树枝上。大家睁开眼时，旋风已无影无踪。

吕裕民弯腰捡起落在脚前的茶缸，看了看"抗美援朝留念"几个字，说："这个茶缸有年头儿了，保存得这么好，很有纪念意义啊！"

那块头巾平展着铺在树枝上，在中午的阳光照射下，显得古朴典雅又不失鲜活灵动。树枝较高，只有吕裕民能跳着取下来。

吕裕民把头巾整整齐齐叠好递给龙华。"谢谢吕书记。"龙华点头致谢。吕裕民说："不客气，这块头巾太漂亮了。""这是当初华龙棉坊的产品，是龙至礼一九七一年亲手为我扎染的，防棉尘用的。"孙华说这话时满眼都是忧伤。

赵筱蝶向吕裕民介绍了自己的同学樊赛，又介绍了儿子文博，赵筱蝶对儿子说："文博，叫吕爷爷。""吕爷爷好。"文博的声音响亮清脆。吕裕民弯下腰抚摸着文博的头说："文博小朋友好，真乖。"

他们一行向轿车走去。孙华说："吕书记，你刚才提到赵筱蝶的十年规划，材料我也看了，很好。华龙集团正要整体搬迁，我准备召开领导成员会议共同研究一下。我有意向把集团搬到龙行来，还要多麻烦你给予支持。"吕裕民说："赵筱蝶的规划，我已安排常委们看了，准备把她的计划结合运河中心港产业园区发展作为市委市政府一项重点工程逐步推进。如果有华龙集团参与，那真是天助神风，我们会不遗余力，全力支持。"

吕裕民看到自己的车子来了，邀请孙华晚上吃饭，具体谈谈规划事宜。

孙华昨天晚上已推了吕裕民的宴请，心里有点儿过意不去，说："吕书记，昨天晚上我确实有私事不能去赴宴，实在对不起。今晚赵筱蝶已经安排好了，在蝴蝶庵吃斋饭，清玉已在蝴蝶庵做菜了，我们改天吧，我暂时不走。孙刚、孙毅他们走了吗？"吕裕民说："孙毅有重要事情回去了。孙刚经理说下午来龙至礼这里看看，然后回去。"

吕裕民望着赵筱蝶半开玩笑地说："筱蝶书记，你请孙董事长吃饭，怎么不让我作陪啊？今晚，我去蹭你一顿斋饭，可以吗？"赵筱蝶说："吕书记，我哪儿敢惊你大驾啊？今晚是我们小聚，全是女的。"吕裕民说："全是女的，不对吧，文博可是男同志呦。说定了，我到蝴蝶庵陪孙董事长，我们边吃边聊。"孙华说："行，吕书记，那就委屈你了，等会儿我把孙刚也叫过来。"

孙刚的华龙机械制造集团也是从龙行村华龙组起家的。

二十世纪八十年代初期，孙刚和父亲在龙至礼的劝说下承包了华龙农机农具修理门市，也是在龙至礼的帮助下把业务拓展到几个乡镇。后来江北亇农机厂倒闭了，

龙行运河湾

又是龙至礼帮他们牵线搭桥承包下来。农村分田到户仅三四年时间，农用机械就显现出需求量暴增的势头。华龙农机农具修理门市开始销售农机，后来发展成为江北县农用机械销售服务单位。一九八七年也就是江北撤县建市第二年，他们把江北农机厂承包了，生产经营三年后独资买断。一九九六年，孙刚回江天省城筹建华龙机械制造集团。目前，集团在全国各地有近三十家分公司，年利税六个亿，年利润三亿元左右。父亲孙天工临死前，特意对孙华、孙刚、孙毅交代，你们能够取得今天的辉煌成就，一定要感谢龙行村华龙组，更要感谢龙至礼。可以说，没有龙至礼就没有你们的现在，你们一定要知恩图报。

在昨晚的饭局上，孙刚无意间得知龙至礼就在不久前牺牲在龙眼泉。孙刚本打算这次回来和龙至礼见面，帮助他干点儿什么，还打算在龙至礼家住一个晚上，痛痛快快地喝酒聊天，酒都给他准备好了，不承想他牺牲了。遥想自己从一九七一年下放到一九九六年离开江北，二十五年相处，龙至礼的一言一行无不让他心怀感激和敬仰。

卧龙山上的龙眼泉，孙刚记忆犹新，龙至礼不止一次带他去过。养鸡场后来更名为食品厂。砖瓦厂是龙至礼在卧龙山谋划的最得意的杰作。龙至礼还给孙刚讲过不少与卧龙山有关的故事，如今他自己也变成了卧龙山的一部分。

孙刚是吃过中饭独自开车到龙至礼墓地的。看到墓碑他情不自禁地失声痛哭起来，在墓碑前足足坐了两个小时。他在碑座上放上点着的香烟，斟满酒。他西装革履地坐在地上，陪老支书抽烟喝酒，诉说心中无限的思念和愧疚。一颗接一颗，一盅接一盅，他泣不成声。破败凋零的食品厂，残垣断壁、荒草没膝的砖瓦厂更增加了他心中的悲凉。

"孙刚啊，你在哪里？"是姐姐孙华的电话。

"我在老支书这里，我想他啊。"孙刚声音嘶哑。

孙华停了片刻，说："他已经走了，你就不要太悲伤了，你该知道姐的心情。晚上来蝴蝶庵吃饭，吕裕民书记也来，我们听听龙至礼未了的心愿吧，说说龙行村的发展。"

孙刚听说龙至礼有未了的心愿，便打消了下午回省城的计划。姐姐和龙至礼的感情他最清楚。龙华是龙至礼的女儿，全家人都知道，但没有人抱怨孙华。兄弟几个反而都敬佩姐姐。孙刚也已是五十大几的人了，回想一生，龙至礼是他遇见的唯

——一个值得敬重的人，令他崇仰莫及……

静静的蝴蝶庵一下子变得热闹起来。

蝴蝶庵可供使用的房间不下十间，赵筱蝶住的那间原是客堂，最大最宽敞。吕裕民、孙华、孙刚、龙华都坐在赵筱蝶那间办公室兼卧室的屋里。孙刚翻了翻赵筱蝶的材料，开门见山地说："筱蝶书记，你先说说老支书的未了心愿吧，我会尽全力帮他实现的。"赵筱蝶简单地把龙至礼的心愿概括成几句话，就是孩子有学上，老人有人养，生病能治起，传统道德能传扬，说具体点儿就是，建学校，盖医院，建敬老院，建传统道德教育讲堂。孙刚听了没有说什么。

赵筱蝶按顺序把"十年规划"的主要内容作了汇报。吕裕民、孙华边听边讨论。说说讲讲之间，天已经黑了，清玉的饭菜也基本备齐。龙华听赵筱蝶说了一会儿，便跑到清玉那里打下手，越帮越乱。

清玉是刚刚才知道吕裕民书记在庵里吃饭，听到吕裕民三个字，她惊恐得无地自容。不堪回首的往事使她像锅里的菜一样被猛火煎炒……

清玉，俗名王诗秋。在大四的时候，她遇见了谷冥蛛，满怀理想来到了江北市。那一年，王诗秋二十一周岁。

王诗秋被谷冥蛛安排在江北国际大酒店最豪华的房间住了下来。

江北国际大酒店的总经理是个女的，叫关西鱼，年龄在三十开外，是个长得像明星一样的美女。王诗秋刚到大酒店楼下就被人接到关西鱼的总经理办公室。关西鱼说："你是王诗秋妹子吧，谷书记交代我了，说你是个人才，已安排最好的房间恭候你。今后你可要多关照啊！"王诗秋看了看名片，听到关西鱼喊自己妹子，心里亲近了许多，说："谢谢你关总。"关西鱼面带微笑地说："不要叫我关总，就叫我姐姐好了。从现在开始我们就是姐妹了，今后你当官发财了，可不要忘记我呦。"王诗秋很害羞地说："哪儿能呢，姐姐，我高攀了。我再努力也不会超过你啊。"说完就被带进了房间。服务员关门时交代王诗秋，你刚来，环境不熟悉，晚饭有人给你送到房间来。

王诗秋走进房间一看是套房，室内装饰华丽，如梦如幻，各种高档物品应有尽有。王诗秋太兴奋了，她从没有享受过如此待遇，像燕子一样在房间里飞来飞去。

王诗秋躺在床上幻想着美好的未来。吃过晚饭洗过澡，王诗秋躺在床上又仔细地看了一遍自己的求职材料。她确信凭自己的优秀条件肯定能找到一份满意的工作。王诗秋做梦都没有想到，魔鬼已盯上她，万劫不复的命运正一步步逼近。

晚上九点多钟，关西鱼敲门进屋，说是别的房间的客人自己不熟悉，来这房间里洗个澡，顺便和妹妹说说话。王诗秋听了求之不得。关西鱼洗过澡和王诗秋喝茶聊天，谈工作、谈家庭、谈理想、谈未来。

关西鱼离开后，王诗秋被人玷污了，还被录了像，被牢牢控制住了。

半年后，王诗秋接到关西鱼的一个特殊任务，叫她去勾引吕裕民。

吕裕民是孤身一人来江北的，老婆孩子都在云京。

吕裕民来江北后一直住在江北国际大酒店，早出晚归，对大酒店的内部情况略知一二。关西鱼是酒店的经理和吕裕民当然很熟，吕裕民也知道关西鱼混乱的男女关系。不管怎么样，关西鱼毕竟是当地一个人物，面子还是要给的，所以，平时见面他都很客气地打招呼。

一天下午，吕裕民参加一个酒宴，招待一位姓夏的台湾商人。

酒宴上，几杯酒下肚，吕裕民就趴在桌子上睡着了，嘴里还说着醉话。

关西鱼早就把王诗秋安排在吕裕民的屋里。王诗秋身上的香水是关西鱼送的，法国产的毒药，柑橘与香柠檬的幽香灵动而又清新，销魂诱人的玫瑰香充满诱惑和神秘。关西鱼、王诗秋都很自信，吕裕民无法抗拒这毒药的独有魅力。

王诗秋在等待中神魂不宁。她一会儿走到镜子前打量自己的容颜，一会儿坐在桌子前描眉涂红。

王诗秋的手机响了一声，是关西鱼发来的短信："吕，上楼。"王诗秋赶忙又喷了一遍"法国产生的毒药"。

吕裕民走进房间关好门，一股浓郁的香味扑面而来。吕裕民是装醉的，他感到房间里有女人或者有女人来过。谁能随便打开我的房间？吕裕民第一个就想到关西鱼。

香味越来越浓烈。吕裕民走到床边，看见一个赤身裸体的女人正搔首弄姿、风情万种地盯着自己。这一刻，吕裕民心旌荡漾。吕裕民闭上眼睛，稳定情绪，压制欲望。这时，王诗秋正千娇百媚地扑向吕裕民。

"站住，把衣服穿上，出去。"吕裕民厉声喝道。王诗秋没有罢休，伸出双臂，想抱住吕裕民。吕裕民猛地把王诗秋推倒在床上，顺手抄起床单盖住了。

王诗秋被吓得浑身打战，裹在床单里瑟瑟发抖，脸上有两行晶莹的泪珠。

吕裕民仔细地打量着王诗秋的脸，后悔刚才声音太大吓到了她。吕裕民把衣柜里的衣服扔给她，说："你是谁？我好像见过你。年纪轻轻的，走这条路干吗？你不要害怕，把衣服穿上出去，我不再追究。"

王诗秋想到自己逃出魔窟的唯一希望就要破灭了，不由得伤心痛哭起来。泪水和抽泣声让吕裕民感到无所适从，他抽了几张纸巾纸递给王诗秋。

半年之后，王诗秋怀孕了，自己也不知道是谁的。

关西鱼以销毁所有录像作为交换条件，让王诗秋不要把秘密说出去。

王诗秋的噩梦结束了。她带着那份让自己曾经很骄傲和自豪的求职材料离开江北国际大酒店时，很想撞死在门柱上。她摸了摸身上的银行卡，撕碎求职材料，泪流满面，消失在黑夜里。

在蝴蝶庵，王诗秋削发为尼，法号清玉。

蝴蝶庵的餐厅最多也就只能容纳八九个人，樊赛和文博先吃过回城里去了。吕裕民、孙华、孙刚、赵筱蝶、龙华、慧园法师，六个人边吃边谈。清玉把最后一个菜送上来后，说回房间换衣服。

大家对清玉做的菜都很满意，吕裕民、孙华、孙刚、龙华是第一次吃斋饭，更是赞不绝口。

慧园法师起身道别时，龙华想起了王诗秋。"这个王诗秋，换一身衣服能需要这么长时间吗？妈，我去看看。"龙华说完就出去了。听到王诗秋，吕裕民突然想起几年前发生在江北国际大酒店的事情。事后，吕裕民打听到自己房间的女人叫王诗秋，但并没有追究这件事。从那以后，吕裕民便搬出去了，并把母亲带来和自己一块生活。

"妈，筱蝶姐，王诗秋不见了。"龙华回到餐厅手里拿着一个信封和一张对折着的纸。信封是写给吕裕民的，对折的纸是给龙华的。吕裕民拆开信封一看，上面写着："吕书记，对不起了，我是被关西鱼逼的，那是个阴谋。请你原谅。"

孙华打开纸一看："孙阿姨，对不起，我先走了。龙华妹妹，如有来生，我重新做你姐姐。"

赵筱蝶一看便知事情不妙，拉着龙华就往外跑。其余人也都跟了出去。

赵筱蝶和龙华找到清玉时，清玉已吊死在蝴蝶湖西岸的一棵桃树上。

16. "后宫"失火

在龙云寺里，华自义曾对吕裕民说过，治市先治安，治安先正法。在吕裕民心里江北市简直就是一团乱麻。

太多的乱象让吕裕民觉得必须在短时间内找到突破口，特别是江北国际大酒店，社会上人都称它为"后宫"，灯红酒绿，声色犬马。

王诗秋的死让吕裕民下定决心：今夜，清理"后宫"。

深夜十点半，吕裕民把江北市公安局副政委韩子刚约到江北市烈士陵园大门外面谈。

韩子刚在武警服役十二年，荣获无数荣誉，退伍后从基层派出所所长干起，破获五十多起大案要案。吕裕民任西城区区委书记时，他做西城区公安局局长，后来调任江北市公安局副局长，负责党建思想工作。此人党性原则强，刚正不阿，疾恶如仇，工作雷厉风行，有智谋有方法，是吕裕民信得过的人。

深更半夜被约到烈士陵园见面，韩子刚就知道肯定有大动作，他没有丝毫耽误就赶了过来。韩子刚赶到时，吕裕民正坐在龙姑塑像前的台阶上抽烟。

"子刚啊，我现在请你调动人马，你能召集多少信得过的人？"吕裕民问。韩子刚说："吕书记，你告诉我什么叫信得过，标准是什么？"吕裕民说："信得过的标准就三点，一是坚持党性原则，二是严守行动秘密，三是真枪实弹听你指挥。"吕裕民说完后又加了一点："身手要好。"韩子刚听后也点上一支烟，想了一会儿，说："大约一百号人。""子刚局长，人脉不错嘛。"吕裕民朝韩子刚看了看说。韩子刚说："是的。沂河县公安局副局长张飚、西城区公安局副局长蔡绍强，这两人我打包票，确保万无一失。市局这一块，我还能调动近三十人。"吕裕民问："你百分之百确信？"韩子刚说："百分之百确信。"吕裕民说："万一走漏了一点儿风声，后果不敢想象啊！这是有先例的，弄不好，偷鸡不成反蚀把米。"韩子刚说："吕书记，请相信我，我拿党性向你保证。"吕裕民问："子刚局长，你知道江北国际大酒店共有多少房间吗？"韩子刚说："标准间四十二间，高档豪华套房二十八个。"吕裕民说："算上关西鱼的吗？"韩子刚说："关西鱼住豪华套房，算上她的共二十九个。"

韩子刚一愣神，接着问："怎么，你要对'后宫'动手？今夜不行，今天那里水太深，你扛不住。"吕裕民盯着韩子刚问："你是不是不敢动手，怕人手不够，力不能及？"韩子刚说："吕书记，我没问题，我是担心你啊！"吕裕民把烟头按在台阶上死死地碾了一下，说："只要你敢，有能力拿下，就别顾虑我了。我已和上面汇报过，我扛不住，上面扛，这下你放心了吧。凡是今夜在大酒店里淫乱的，无论涉及谁，一律依法办理。市纪委将配合这次行动拉开整治干部队伍的序幕。你放心大胆地干，行动成功我为你向上级申请记功嘉奖。"韩子刚说："我不图记功嘉奖，保证完成任务。"

吕裕民看了看手表，问："一个小时能准备好吗？"韩子刚说："足够。"吕裕民说："好，今夜零点十一分行动，行动代号〇一一，由你任总指挥，蔡绍强、张飚任副总指挥，你抓紧组织实施。我在这里等你好消息。"

韩子刚立即掏出手机打电话，然后开车走了。

江北市纪委书记纪光红赶到吕裕民面前第一句话就问："吕书记，你怎么约我来这里？你不冷？"吕裕民说："我不冷。只要一走进烈士陵园，我就感到心里有火，底气十足。这里既清净又能提振精气神。"吕裕民望了望龙姑的雕像，问纪光红："纪书记，你知道这雕像是谁吗？"纪光红说："我了解一些，她叫龙廿英，人称龙姑，一九二七年入党，是江北市党组织发展的第一批党员中的，参加过江北党组织领导的第一次暴动，做了三十多年龙行村支部书记，活了一百〇二岁。"

纪光红看了看吕裕民，微笑着说："吕书记，你不是约我来进行传统教育的吧？"吕裕民说："我哪儿敢对你这个女英雄做传统教育啊，是有要事商量。"纪光红说："吕书记，你就别开玩笑了，有事交办就是了。是不是要开始行动了？我是个急性子，快告诉我，突破口在哪里？"吕裕民看了看手表说："还有半个小时，江北市国际大酒店里就有人原形毕露，他们的行动代号是〇一一。〇一一行动只是序曲，精彩的内容在你这里。我建议你们今夜一点十分动手，行动代号一一〇。我们要把江北的黑暗夜空撕开一道口子，让人们看到光明、看到希望。"

纪光红说："吕书记，今夜对'后宫'动手了？我们的行动能再具体点儿吗？"

龙行运河湾

吕裕民说："光红书记啊，那是一个肿瘤，是一个恶性肿瘤。至于具体内容，要看韩子刚的行动结果。我叫你来这里目的是，请你一定做好充分准备，把事情往最坏的情况想。万一遇到持枪的怎么办？遇到黑恶势力怎么办？你可要周全考虑，早做预防，切不可有半点儿疏漏。"纪光红说："放心吧，吕书记，我们早做了准备，武警都配齐了。"吕裕民问："武警内部呢，能确保不走漏一点儿风声？"纪光红说："放心吧，我有的是办法。"

吕裕民又点着一支烟，猛吸了两口，然后对纪光红说："〇——行动一结束，我短信通知你。千万要注意安全。预祝成功。"

纪光红说："吕书记，你上午安排的那份'十年规划材料'我仔细地看了，心潮澎湃，果真能实现，肯定是一面旗帜。你不要为我们的行动担心了，保证顺利完成。我走了。一一〇等你短信。"说完把衣服递给了吕裕民，开车走了。

吕裕民顺着陵园内的小道来到烈士纪念馆的大楼前，苦笑了一下。他想起了纪光红和韩子刚两个人都说到的"后宫"——江北国际大酒店。他看了看表，正是行动开始时间。

吕裕民沿原路返回，想到龙姑的雕像前再坐一会儿，等韩子刚的消息。离墓地十几米远，吕裕民站住了，有个人正跪在墓碑前磕头。深更半夜的，他是谁？

吕裕民走近一看，是华自义。

华自义和吕裕民相互一看都很意外。

吕裕民问华自义："华主任，都后半夜了，你怎么在这里？"华自义说："我和小兰带着儿子女儿一块去看望她的父母亲，二十几年没有见面了，大家很高兴说了很多话，不知不觉就十二点了。小兰他们回龙行去了，我想母亲了，就过来和她说说话。你呢，这时候怎么在这里？"吕裕民说："我在这里等待一个行动的结束，然后再布置另一个行动。如果华主任感兴趣的话，我陪你在这里聊聊。"华自义说："可以啊，反正回去也睡不着，就陪你聊聊。"

吕裕民问："你说和小兰去看她父母，小兰是谁？你还有个儿子？"华自义说："小兰，就是宋艺兰，现在叫朱梅兰，是我老婆。"吕裕民问："你什么时候结的婚，儿子几岁了？"华自义说："算起来，我和小兰结婚已二十六年，儿子今年二十五周岁。"吕裕民很好奇，说："那你和许丽男是怎么回事，能不能说来听听？"

华自义说："我和小兰的婚事得从宋籍卿一家下放到龙行村华龙组讲起。"吕裕民问："你说的宋籍卿，是市政协委员、西城区政协原副主席的宋籍卿吗？"华自义说："是的，他是小兰的父亲，我现在的岳父。"

华自义和朱梅兰从三年级到高二都一直是同班同学，两个人处得如同兄妹，龙姑认了朱梅兰做干女儿。高中毕业后，两个人都没考取大学，朱梅兰回龙行村小学做代课老师，华自义准备到年龄后去当兵。后来，华自义和朱梅兰恋爱了，两家人都很高兴，就定下了这门亲事。一九七七年恢复高考时，两个人参加考试，结果华自义差十一分，朱梅兰差六分落榜。一九七八年，华自义参军了，两人约定继续复习高考。华自义在部队考军校。朱梅兰喜欢教书，发誓一定要考上师范。等到两个人都考上了毕业后再谈婚论嫁。然而，厄运就是从华自义考取军校开始的。

那是一九八二年秋天，华自义接到录取通知书的第二天下午，所在连队为祝贺考取军校的两名战友举行了一场篮球比赛。就是这场篮球比赛把华自义带入了无法自拔的痛苦深渊，在悲愤内疚中挣扎了二十六年。

篮球赛接近尾声时，篮球被队友抛出院墙。华自义是离篮球最近的人，他想都没想就翻过墙头去捡球。他看见篮球滚进一个厕所里，就急忙跑进去了。不承想厕所里有人，还是个年轻漂亮的女人。那女人见一个穿着背心和大裤头的男人猛冲进来，吓得连裤子都没来得及提上去就晕倒在地上。

华自义被吓得脸色煞白。那女人的裤子褪在屁股以下，他不敢接近，怕有什么意外，也不敢捡球走人。怎么办？华自义突然想到球场外的女兵……

那个被他吓晕过去的女人就是许丽男。

第二天上午，华自义买些水果、罐头和鲜花去医院看望许丽男，给她赔礼道歉。许丽男见华自义身高一米八五，国字形脸庞，英武刚毅中蕴含着书卷气息，目光有神，气质出众，一身军服更显男子汉气概……许丽男原谅了华自义，这让华自义既高兴又感激。

许丽男也是名军人，在军部上班。她性格开朗泼辣，十分漂亮，体形也美。许丽男的父亲许德山原来是军队里的干部，一九八〇年被精简整编到地方。许丽男在医院看到华自义第一眼，就被他的气质吸引住了。华自义正是许丽男少女梦中的白马王子。华自义离开医院后，许丽男就下定决心要嫁给华自义。

令许丽男没想到的是，华自义不同意这门亲事。华自义告诉许丽男，他心爱的女人是朱梅兰，在老家教书，已定过亲。许丽男叫华自义回家把亲事退了，和她结婚。华自义死活不同意。许德山找过华自义，许丽男的母亲端木正扬也找过华自义，许丽男又写了封长信给华自义。可华自义不为所动，宁愿不上军校随时退伍也不愿放弃宋艺兰。

后来，许丽男告诉华自义，要告他流氓罪，让他坐牢。在巨大的压力下，华自义回到龙行痛哭流涕，把事情经过讲给母亲龙姑听。龙姑深感事情严重，没想到儿子无意识的一个错误会带来牢狱之灾。那可是终身大事啊，别说十年八年，就是一年半载也是大耻辱、大污点，这一辈子就完了。母子俩商量来商量去，龙姑最后决定，这件事暂时不要告诉宋艺兰，也不要让其他人知道，叫华自义先和许丽男举行结婚仪式，千万不要碰她。等到军校毕业了，因为你没和许丽男同房同居，她肯定会和你离婚。离婚后就退伍转业，回来和小兰结婚生子。只有这样或许能双全其美。

第二天上午，华自义提着礼品去宋艺兰家，见到了自己朝思暮想的女人。华自义考取军校的事告诉过宋艺兰。宋艺兰执意考取江天省师范大学，不然她早被录取了。四年没见，一个变得更加英俊，一个变得更加漂亮，两个人见面既激动又兴奋。

华自义问："宋叔叔和赵老师呢，不在家？"宋艺兰说："他们进城打听下放户返城工作安排的政策去了。他们说顺便看看几个老邻居，中午不回家了。"华自义问："艺杰哥和艺梅姐呢？"宋艺兰说："他们俩在外省读大学，今年寒假不回来了，说是给人家做家教。"

华自义见宋艺兰桌子上满是复习资料，说："小兰，江天师范大学太难了，上个别的呗，不要太辛苦了。"宋艺兰说："小义哥，我今年只差一分，不出意外，明年应该有把握。明年我多报几个志愿，确保一定有学上。"宋艺兰说这话时充满自信，显得格外青春可爱。

到中午饭时，宋艺兰要为华自义做饭烧菜，华自义说："不要费心费事了，到我家吃吧。吃过饭，你休息一会儿，我下午送你回来，再看看宋叔叔和赵老师。"

龙姑见干女儿小兰过来吃饭，做了好几个菜。龙姑心里很难受，觉得很对不起小兰。华自义能看出母亲对小兰满脸微笑下的无奈。吃过饭，龙姑收拾收拾就到镇里去了，留下华自义和宋艺兰两人在家。

"小兰，我能抱抱你吗？"华自义深情地望着宋艺兰，怯生生地说。小兰羞涩地点了点头。华自义把宋艺兰紧紧地抱在怀里，宋艺兰把脸紧紧地贴在华自义的胸脯上。华自义把嘴唇靠在宋艺兰的耳边说："小兰，你记住，你是我小麦一生一世唯一爱的女人，也将是我唯一抱过的女人，小麦只属于小兰。"宋艺兰微仰着脸含情脉脉地说："小兰只属于小麦，小兰永远属于小麦，小兰的心里只有小麦一个男人……"

华自义被宋艺兰的话融化了，情不自禁地吻了吻宋艺兰那柔美的耳朵，轻轻地对宋艺兰说："小兰，你知道我是多么地爱你嘛！我太想你了，多少次在梦里见到你。"宋艺兰静静地听着，双手紧紧地抱着华自义的腰，胸脯紧紧地贴在华自义身上，听着华自义的心跳声，沉浸在无比幸福中。她微微地抬起头，嘴唇渐渐向华自义的嘴唇靠近。吻着吻着，两个人就开始相互抚摸，激情和渴望让他们俩失去理智，华自义把宋艺兰抱起来放到床上……

华自义把积攒许久的爱恋和情感化作一股暖流注入宋艺兰心里，宋艺兰无法表达那种幸福和满足，无法控制自己，紧紧地咬着华自义的肩膀，唯恐失去他。华自义的肩上留下了一道带血的齿痕。

华自义回部队前带着宋艺兰又来到那棵柳树下，华自义说："小兰，请你一定相信我，小麦一生一世只爱你一个人。无论在任何情况下，我都不会碰其他女人。我在这里发誓，有柳树作证，如若食言……"宋艺兰捂住华自义的嘴没让他说下去，羞答答地说："小麦，俺已经是你的人了，我相信你。"说着依偎在华自义怀里。

华自义回部队后，龙姑越想越觉得儿子憋屈，越想越觉得对不起宋艺兰。她想作最后一次努力亲自到部队找许丽男，只要不逼儿子和她结婚，不让儿子不背着黑锅回家，什么条件都答应。龙姑瞒着家人去了华自义的部队。

龙姑先是找到许丽男的父母，许德山和端木正扬很热情地接待了她。龙姑只被他们一句话就搪塞了："这是部队的事，惊动了首长，我们不好做主。"

龙姑气得连一口水都没喝就去找部队领导了。

华自义回部队后，同意和许丽男领结婚证，举行结婚仪式。许丽男也很高兴，肚子里一天天发育的孩子有了交代。

龙姑到办公室时，华自义的领导蔡家国正坐在办公桌前。

"首长好，我是华自义的母亲龙世英。"龙姑说。"老人家，你请坐。"蔡家国说。

"我来拜见首长，只为华自义和许丽男的婚事。华自义拾篮球误闯女厕所惊吓了许丽男，这完全是个意外，可幸的是没给许丽男带来伤害。华自义和许丽男互不认识，没有一点儿感情。华自义在家早有对象，两人青梅竹马，情投意合。请首长做主，不要让华自义和许丽男结婚。只要他俩不结婚，你让华自义现在就退伍，我都没有意见。请首长给我个面子，开个恩，原谅华自义吧。"

蔡家国一听龙世英是来拒婚的，心里有一万个不高兴，说："华自义答应和许丽男结婚是明智之举。他是块好材料，前途无量。但是，他闯进女厕所吓坏许丽男，许丽男赤身裸体，颜面失尽，这问题可就大了。国有国法，军有军纪，我没有办法保他啊。他和许丽男结婚，这事就不追究了。否则，许丽男一告，说他想强奸，那可就是牢狱之灾，谁都保不了。孰轻孰重你应当比我明白。"

龙姑听完，心里很憋屈，愣着坐了半天才说："蔡首长，请你帮我找下许丽男可以吗？我想和她见个面谈谈。"

"许丽男请假到云京置办结婚用品去了，他们在腊月二十三结婚。"蔡家国说。

龙姑长叹了一声，说："能让华自义送我到车站吗？"

"这是应该的。"蔡家国说着拿起电话。

华自义陪吕裕民坐在母亲雕像前，讲述这段往事，心里感到格外悲凉。深夜里的秋风吹过江北烈士陵园，树叶哗啦啦地响动不已。

华自义接着说："后来我真的和许丽男领了结婚证，举行了结婚仪式。可我从没碰过许丽男。裕民书记，你相信吗？"

吕裕民看了看华自义说："我相信，但你女儿华岚岫呢？"华自义说："华岚岫是一九八三年八月五日出生的，我和我许丽男是一九八三年二月六日举行的结婚仪式。你想想华岚岫能是我的吗？结婚第二天我就出差了，接着上军校。我学的是工程技术，毕业后就跟着工程队天南地北地跑。我曾对小兰发过誓，一生只娶她。即使她跳河自杀不知下落，我也信守承诺，不然，我无法原谅自己。后来，许丽男生下岫岫，我突然明白为什么逼我和她结婚。后来，小兰却跳进大运河。"

吕裕民问道："当初，朱梅兰老师为什么要投河自尽呢？"

"都是我造的孽，这就是我一直痛苦内疚的原因，总感觉是我葬送了小兰的生命，我忏悔到死都偿还不够。我回部队后，小兰发现自己怀孕了。未婚先孕在那个年代是件十分丢人的丑事，她的父母都是要面子的文化人，小兰无法向父母交代，无法向世人交代。她不再去代课了，返城已被拒绝，考大学也被耽误了，写信给我被拦下。她到部队找过我，没有找到。多重打击让她陷入绝望，从部队回到江北，她不知道哪里是自己的安身之处，她不想再挣扎了，就从运河大桥上跳了下去。她跳河时被龙行村人发现，告诉了我母亲。我母亲找了三天三夜，活不见人死不见尸。万幸的是小兰被运河里逮鱼的渔翁朱利国救了。宋艺兰改名朱梅兰，生下来我的儿子朱小义。据小兰说，朱利国在清江运河和落雁湖里打鱼为生，后来捡到一个痴呆的男孩认作儿子，取名朱平安。后来，朱平安的痴呆好转了，朱利国救了小兰后，就组成个家了，父亲朱利国、女儿小兰（也就是朱梅兰）、儿子朱平安。我儿子出生后取名朱小义。祖孙三代生活之艰难可想而知。"

讲到这里，华自义问吕裕民："你在江北工作很久了，你该听说过东城区法院庭审现场发生的那件离奇的事吧？"吕裕民说："我那时在西城区，只是听说过传闻，一头小母牛暴闯法庭，撞死撞伤了法官。母牛被击毙了，嫌疑人也死了。"

华自义长叹一口气，说："那名嫌疑人就是朱平安。当时，东城区法院院长是周而复，落雁湖乡人，老家和朱平安家一墙之隔。周而复想在老宅子上建别墅，宅基地不够，想赶走朱平安，侵占朱平安家的宅基地。朱平安死后，此案不了了之。朱利国老人申诉无门反受欺凌。他怕影响到小兰和朱小义，便移居到三河市运河镇小鲁庄。据说，小母牛被击毙的当天下午，周而复得了个孙子，相貌奇丑无比，活像那头在法庭上被击毙的牛，头上有两个肉角，脸上身上有四大块胎记。周而复怀疑自己遭报应了，才没敢将朱平安家的宅基地占为己有。朱利国临死都想着绐儿子朱平安申冤。裕民书记，我在江北这段时间想为这桩案子做点儿事情，你是市委书记，到时候你可要帮助我。"

"行，江北的冤案错案不止是朱平安的一起啊……"吕裕民还想说什么，这时，他的手机响了，是韩子刚打来的。他犹豫了一下，接通电话第一句就问："你怎么可以打电话？"韩子刚说："报告吕书记，战斗提前结束，战果超出你的意料。"吕裕民说："一切保持严控状态，老地方见。"

"裕民书记，你有事，我回龙云寺了。"华自义说，"对了，上午你给我的'十年规划材料'，我看了，很有思想。写材料的这个人看问题深远，正合上级的精神。有机会让我见见他，相互探讨探讨。"说完转身要走。

吕裕民一把拉住华自义，说："一场大戏刚拉开帷幕，请你听下去，帮我参谋参谋。你知道你龙行村的'十年规划'是谁写的吗？是你们村的支部书记赵筱蝶。这件事暂且不谈，韩子刚到了，先听今夜第一轮的战果。"

韩子刚的警车咯吱一声急刹，停在陵园门外。

17. 老龙沟　马三声

传说，龙行村有三条龙，苍龙、虬龙、黑龙。苍龙又称青龙、大龙，居住在华龙庄东面的老龙沟里。虬龙是苍龙的儿子，潜伏在华龙庄中间东西方向的小龙沟里。黑龙又叫黑鱼龙，是一条得道的黑鱼披上红鲤鱼的外衣混进鲤鱼群跳过龙门变成的，藏身在龙行村东南方向的黑龙渊里。在龙行人的眼里，苍龙为正龙，黑龙为邪龙，虬龙是一条修得正果下凡入世的救世龙。

古时候，黑龙兴风作浪残害百姓，地方上干旱、洪涝、狂风不断，民不聊生。苍龙从老龙沟腾云而起，和黑龙大战七七四十九天。黑龙惨败，从天空直接栽入黑鱼汪。从那以后，龙行风调雨顺、五谷丰登。人们把黑鱼汪改名叫黑龙渊。

隋炀帝开凿大运河时，为节省工时，江北地段的大运河水道在老龙沟的基础上拓宽挖深。华龙庄东面的老龙沟宽有五十米，长四十公里。两岸树木成林，芦苇、蒲草茂盛，野禽众多；沟里的水清澈见底，鱼虾成群。老龙沟本就是一条风景旖旎的河道，只是不能行船。

拦坝排水之后，几万民工开始拓宽挖深，他们不相信老龙沟里有龙。说也奇怪，民工白天挖走的泥土到了第二天早上又神奇地恢复到原位，第一天如此，第二天也是如此，天天如此。十几天下来，老龙沟还是原来的老样子，拓宽不成，挖深也不成。河道监工急得四处求人帮忙。

有一天，监工在集市上遇见一位算命打卦的瞎子。他给瞎子两枚铜钱向瞎子请教破解之法。瞎子闻听之后，脸色煞白，嘴唇直打哆嗦，没敢收钱，他不敢道破天机。监工的几个随从把瞎子绑在破庙里，打得瞎子叫爹喊娘。被逼无奈，瞎子才吞吞吐吐地说："龙云寺的方丈可破解。"刚说完，那瞎子便口吐白沫，疯了。

监工几次去龙云寺，方丈都不在寺里。无奈之下，监工上报朝廷。隋炀帝杨广便派张衡前往察看，并奉旨去龙云寺找破解之法。杨广是杀人如麻、荒淫无度之人。张衡是血溅屏风毒死隋文帝之人。龙云寺方丈自知在劫难逃，准备自行了断。不料，冥冥之中方丈听到一个声音："罪在当代，功在千秋。"于是，方丈把破解之法告诉了张衡，之后便坐化而去。

张衡安排监工通知下去，所有民工使用的锨、铲、钎等铁器晚上收工时一律全部插在老龙沟里，不许带回。

第二天早上，民工出工，只见老龙沟里满是血水，头天晚上取走的泥土没有再回到原处。老龙沟里的苍龙被道法镇住了，苍龙带着伤残的躯体蛰伏在老龙沟北面的三座山上，头枕前山，身卧中山，尾搭后山入水。前山顶上生出左右两眼泉，泉水清澈。从此，龙行人把北面三座山分别称为龙头山、龙鳞山和龙尾山，那两眼泉叫龙眼泉，南坡的两条路叫龙须路。每年春分时节是苍龙升天的日子，人们能听见山上传来阵阵悲凉的龙吟声。从那时起，龙眼泉的泉水就没有断流过。龙行人说，那是苍龙的眼泪。

黑龙惨败后，在黑龙渊里修炼了几百年，他知道只要老龙沟里的苍龙在，就没有自己作恶的机会。苍龙遭劫，黑龙窃喜。黑龙自认为再没有什么龙能降住自己了，于是，摇头摆尾蹿出黑龙渊，张牙舞爪，兴风作浪。龙行人说，他那是做给苍龙看的，报当初惨败之仇，一副小人得志的嘴脸。无奈黑龙的元气早被苍龙伤了，加之道行不深，没成气候，但黑龙自以为是了一段时间。就在黑龙翻云覆雨无法无天的时候，虬龙腾空出世。

虬龙是苍龙的后代，在小龙沟里潜心修行几百年，终得正果，变成真龙。传说光绪十九年十一月十九凌晨，有龙行人亲眼看见滂沱大雨之中，虬龙乘七彩祥云朝西南方向腾云驾雾而去，西南天空电闪雷鸣，地动山摇。黑暗的天际被火龙似的闪电撕开一道口子，震天动地的响雷惊醒了大地上的万物生灵。

这一天，正是观世音菩萨的诞辰。龙云寺的寺志是这样记载的："异象炫酷，龙降凡生，真龙临世。"从这天起，黑龙渊里的黑龙就诚惶诚恐，坐立不宁。

这些都是传说。如今，古老的老龙沟两岸树绿花艳，景色宜人，河内船来船往，汽笛声声。坐落在小龙沟上的龙行电灌站，是江北市西城区黄河以西七个乡镇近八十万亩良田的供水源头。每年夏季，上百台机泵从大运河里向上送水，浪花飞溅，水流奔涌，活像是百龙吐水；黑龙渊碧波荡漾，菱藕满塘，蟹肥鱼长。卧龙山上那两眼泉消失了，一个毁于人祸，一个毁于天灾。

其实，这世上本没有龙。龙只是先祖对闪电的形状和雷的声音的神化。在蒙昧

龙行运河湾

时代，因为土地和粮食，人们向苍天祈求风调雨顺。每当天空出现闪电并伴随着轰隆的雷声时，就会风起云涌，大雨倾盆。于是，人们就把闪电幻想成能呼风唤雨的神兽，称之为龙并祭拜它，把它作为部落或种族的图腾。

龙的起源是闪电和雷鸣。龙所护佑的对象是土地和百姓。龙出现的目的是保五谷丰登。说到底，龙是农业社会的产物，是粮食的保护神。

龙既然是呼风唤雨的神兽，就该具备万兽之能、万兽之形。于是人们就把鹿角、虎腿、鹰爪、虾眼、蛇皮、鱼鳞、人的胡须等汇集到龙身上，幻想着龙无所不能。古代皇帝自诩为龙，不仅是看中了龙的形象，更看中的是百姓对他的敬畏和崇仰。结果呢，很多皇帝因为忘却了护佑土地、护佑百姓的责任而变成了一条虫，淹死在老百姓的唾沫里。

龙虽是传说中的神灵，但在龙行人的心里却就像真的一样存在着。从中华人民共和国成立到现在，龙行村六任书记，其中龙姑干了三十三年，龙至礼干了两任，两个姓李的没干几年就被抓去坐牢了。现在的赵筱蝶已嫁给龙开放成为龙家的人，她更是马家的后人。关于蝴蝶庵的传说，关于马姓改为马户姓的故事，足以让赵筱蝶具备像龙姑、龙至礼那样掌控龙行村的潜质。龙行村的书记就应该让与姓龙的有关的人来做，这似乎是龙行村的人一致的看法。

龙行村最有名的是龙、华、马、夏四大家族，龙家第一，马家第二，华家第三，夏家第四。龙行人都知道华家是沾了龙家的光。华家原先虽然户数不少，但都平淡无奇，既不出人才也不发财。华子明和龙姑结婚后生了四个儿子，个个都是人中龙，加上龙杰和他的两儿一女，加上龙至礼和他的三个儿子，还有龙是银、龙小虎等等，可谓是人才济济。夏家之人基本上都是大地主夏富余的后人。夏富余共有三个儿子，夏庆国、夏庆家、夏庆军。夏庆军是夏富余六十五岁时和外面女人生的私生子，长大后当兵去了，现在荣归故里，买下王玉文大酒店。夏家男人大都在村外发财，夏家的女性后人在龙行的很多，算起来赵筱蝶也是一个。赵筱蝶的祖母就是夏富余的堂姐姐。

赵筱蝶随母亲姓，这是她祖父规定的。祖父将马姓改马户姓之后，马户家的所有女孩都随母姓。赵筱蝶的外婆也就是赵尔照的奶奶姓华，是华子明的家族妹妹。由此看来，赵筱蝶与龙行村的四大家族都有血缘关系，龙行人认为她做一把手，这是天意。更何况从明朝开始，马家的名声在龙行方圆几十里内都是很响亮的，只是因为人丁不旺，才光有名没有势。祖父改姓之后，马户家族就开始人财两旺了。

蝴蝶庵落成之后，姐姐在蝴蝶庵出家为尼，十八岁那年在梦中得到医术，采草药为百姓治病，不收钱物，手到病除，一副仙家气概，活脱脱就是救苦救难的观世音菩萨转世，人送外号蝴蝶仙女。弟弟虽落户华龙庄，但还是和姐姐在一起，帮姐姐采草药、煎药，时间久了也会了点医术，像姐姐一样为周围人治病，落得个好名声，后来在华龙庄娶妻生子。这个弟弟就是马姓在华龙的第一代老祖宗。

从第一辈到赵筱蝶的祖父辈，马家一直都是独苗单传。赵筱蝶的祖父叫马思良，外号马三声，在龙行村大地主夏家旺家做长工，负责喂养牲口，打更，看家护院。夏家旺是夏富余的父亲。当时夏家有六百亩土地，七头黄牛，八头毛驴，房屋四十几间，炮楼一座，上下老小二十几口人，长工五人。

马思良为人忠厚老实，心地善良，童叟无欺，夏家人很信任他。马思良平时睡在驴圈旁边的一间草屋里，左面是牛棚，右面是磨坊，前面是草料场，后面是夏家院墙。院墙外面是夏家最好的一块地，那地有百余亩，得风得水得阳光，是黑红两合土质，肥得流油。那块地里每年都是小麦和玉米两熟，有时玉米地里套种些豆子。那块地是夏家的命根子、宝地。

每年青黄不接的时候，眼看就要断炊致命的庄户便会从院墙外面的草水沟或玉米地爬到马思良小屋后的院墙外面，轻轻地敲三下。马思良听到这三声就知道庄子里又有人家要过坎了。于是，他就把准备好了的饼粕饲料装进一个布袋里，扎死袋口，将袋子从院墙上面扔过去。马思良知道那是救命的东西，每次做这件事都很小心，直到墙外面再传来三声响，他才放心。有这三声回响，马思良就知道外面的人拿到东西了。这是他和庄里人约定好了的，但他从来都不知道墙外的人是谁。久而久之，大家都称呼他马三声，算是大家记住了马思良的恩情。马思良听后，心里有数，微笑着点点头但很少说话，偶尔能听到他说的一句话也就四个字："当心炮楼。"

马思良已经三十三岁了，却还没娶到老婆。他自己急，庄里人也为他着急。马思良时常担心华龙的马姓一支在自己这儿断子绝孙。为了马家香火，马思良想女人想疯了，经常在梦里和女人相遇。可是一觉醒来，除了破棉被上黏糊糊的一片，他还是光棍一条。

时运来了，夏家旺有个侄女叫夏荷花，也就是夏家旺的弟弟夏家兴的女儿，出嫁近十年因为没生育被婆家给赶回来了。对女人来说，这在当时是很丢人的。华龙

龙行运河湾

人叫这种女人为石母鸡，意思是不下蛋的母鸡。为此，夏家蒙羞，毕竟夏家是大户人家，出来进去都是有头有脸的人。

夏荷花念过几年书，皮肤白嫩，脸蛋俊俏，算是个美人，又知书达理，是奶奶最疼爱的孙女。人无完人啊！可夏荷花想不开，被送回夏家的第二天她便悬梁自尽了，幸亏马思良发现及时被救了过来。没过几天，夏荷花的奶奶做主，把她嫁给了马思良。

喜宴在马家老宅里举行。华龙庄人听到马三声结婚，个个都为他高兴。亲戚朋友自不用说，乡邻都是不请自到，有力出力，有钱出钱。

夏荷花的父亲夏家兴和夏荷花的伯父夏家旺站在炮楼上，看见马思良家张灯结彩、红红火火，又听到锣鼓喧天、唢呐齐鸣。全庄人都出动了，迎亲队伍如长龙一般。兄弟俩感到很意外，没想到马思良的人缘这么好。

本来夏荷花的陪嫁仅二亩薄地，夏荷花心里很不高兴但又说不出口，毕竟自己是二婚，又有缺陷，只得憋在肚子里。夏家旺和夏家兴看着浩浩荡荡的迎亲队伍，觉得很有面子，华龙人丝毫没有小看夏荷花。兄弟俩一高兴，当即安排家丁在陪嫁单上加了毛驴一头、石磨一盘、银圆两块。

马思良心疼女人在华龙家喻户晓。夏荷花足不出户，只是洗洗衣服、做做饭。马思良不让她下地干活，连喂猪喂驴推磨的家务事都不让她动手。马思良起五更睡半夜，整天和那头毛驴在一块，又顾家又顾地，忙得有滋有味。

夏荷花逐渐从被休的阴影中走了出来，确信这一次自己嫁了个好男人。除了家里穷，在夏荷花的心里马思良没有缺点。特别是夜里和马思良行房事的时候，夏荷花感到很开心，有一种从来没有的感觉，很满足。她趴在马思良的怀里很踏实。夏荷花确信自己能给马思良生出几个孩子来。

恩恩爱爱的日子过得很快，一转眼三年过去了，夫妻俩的生活一年比一年好，可是夏荷花的肚子却还是没有一点儿动静。马思良越是不提这事，夏荷花就越是感到愧疚。马思良对夏荷花的好不仅没减，反而更甚往日。他时常安慰夏荷花，不要把生孩子的事放在心上，能恩恩爱爱过日子我就满足了，认命。命里有时终须有，命里无时莫强求。夏荷花听后趴在马思良怀里痛哭流涕。

七月十五的傍晚，马思良牵着毛驴从田里回家，路过村头小木桥时，有个庄里人和他打招呼："三声，回家啦，又给媳妇带什么好吃的？"马思良说："嗯，回家。给媳妇带个甜瓜，她就喜欢这个。"说着还把甜瓜举了举。

七月十五是阎王派鬼到阳间收人的日子。两个鬼差喝得醉醺醺的，摇摇晃晃地赶着路，听见有人喊"三声"，他俩停住了，靠在一棵桑树上，打开生死簿一查，上面正好有个叫"桑升"的人要被捉拿回地府。两个鬼差咧嘴一笑，满嘴酒气，就施了法。本来很温顺的毛驴突然间暴躁起来，四蹄乱蹬，像是被鞭子抽打一样，想挣开缰绳。马思良心疼毛驴，死死地抱着它，不承想一不注意头撞到那棵桑树上。

马思良死了，两个鬼差带着马思良的魂前往阎王殿交差。临行前，有一个鬼差还摸了一把在桑树下哭泣的一个女鬼的胸脯，趾高气扬地说："要不是急着去开会，老子今天非睡了你不可。"

民间传说，从阴历七月初一开始，地狱的大门就敞开了，阴间的鬼魂就被释放出来。有子孙后人祭祀的鬼魂便抓紧赶回家里享受香火。没有子孙后人祭祀的鬼魂就疯似的到处游荡，寻找东西吃。所以，有许多人家都纷纷在街道上、庙堂里、大门前，摆案上香，摆上酒菜，祭祀那些无家可归的野鬼，祈求他们不要为祸人间，保佑家宅平安。七月三十日，地狱大门就关了。马思良被关押在黄泉路旁边的孽镜台前，等地府官员吃喝玩乐够了，按孽镜里照出的罪孽用刑。

夏荷花哭得死去活来。她自认为命太苦，第一个男人不好把自己休了，第二个男人疼爱自己，好日子刚开始，却又撞死了。真没想到，夏荷花到马家第一次下地却是给男人收尸。当夏荷花看到那个摔碎了的甜瓜的时候，更是伤心不已，哭着哭着就晕厥过去。那头毛驴仰天长叫。

那一年，马思良三十七岁，夏荷花四十一岁。男怕三十七，女怕四十一，都被他们赶上了。

入殓后的第二天早上，那头毛驴发出三声沙哑的嘶鸣之后，撞死在驴圈里。毛驴的灵魂飘出躯体直飞阴曹地府。

在地狱的第一殿里，马思良见到了自己朝夕相处的驴。那驴在阎王殿里长嘶不已，疯狂撒野，直呼要见专司人生死、统管幽冥吉凶的秦广王。

驴质问秦广王为什么要把马思良勾到地府，并一口气数落了马思良在人间的十大件善事。马思良听得泪流满面。

秦广王听后，细问两个鬼差原委，方知是抓错了人。秦广王把马思良放在孽镜台上照了照，只有求富伤身，求女伤精，求儿伤心三点小罪孽，秦广王微笑地点点头。按阴间规矩抓错了就应该还魂阳间，可秦广王对驴公然咆哮大堂大动肝火，认为这是侵犯了地府的尊严、动摇了地府的权威。秦广王把驴招到面前，对驴耳语了好长时间。驴先是满脸愁容，最后还是点头同意了。

秦广王罚那两个抓错人的鬼差每人写一份检讨书，停职察看七天，否则就降为小魔。然后，另派两个鬼差把马思良和驴送出阴间，回家还魂再生。

中午时分，马家要抬棺出门，让马思良入土为安。夏荷花哭得不知死活，驴圈的驴活了过来。那毛驴挣开缰绳，冲出驴圈，嘶鸣三声，直向棺材狂奔。驴到棺材前，铆足力气，用前蹄猛地把棺材盖踢翻在地。

惊恐的人们正要拿棍打驴的时候，就见马思良缓慢地从棺材里坐了起来。他揉了揉几天没睁的眼，说："我的好驴，我的救命的驴，我想我的女人夏荷花了。"

夏荷花见自己的男人奇迹般地死而复生，当着那么多人的面紧紧地把马思良抱在怀里，哭着喊着马思良的名字，一遍又一遍。

这时候，驴一瘸一瘸地又回到圈里去了。

马思良见夏荷花脸色憔悴，又黑又瘦，不知如何是好。他把夏荷花抱起来放到屋里床上，说："从现在起，你就躺在床上养身体，什么事都不要做。"

马思良抚摸着那头驴，感到毛驴在发抖。他仔细一看，毛驴的右前蹄又红又肿还在流血。为了把主人从棺材中救出来，毛驴用足了力气，一只前蹄骨伤肉破。马思良亲了亲驴脸，然后从屋檐下拽一把接骨草，又是外包又是煎药。

马思良死了几天几夜又活过来的事越传越远。大家都认为这是马三声做好事积阴德得到了福报。更让大家为马三声高兴的是，夏荷花怀孕了，第二年开春不久就生下赵筱蝶的父亲马户天迟。这下可给夏家长脸了，夏荷花被接回娘家，鞭炮响了三天三夜。夏家兴和哥哥夏家旺高兴，夏荷花的奶奶更高兴，听说陪嫁的毛驴病了，奶奶做主重给一头，外加两块大洋。

第三年刚过完春龙节，夏荷花又为马思良生了个儿子，也就是赵筱蝶的二爷马户天来。

一年一个，连生两个儿子，夏荷花扬眉吐气，腰杆直了，精神好了，身体壮了，人变得更加漂亮。马思良也一下子从世代单传的阴影中跳了出来，每天都把夏荷花像宝贝一样捧在手心里。夫妻两人说说笑笑把日子过得红红火火。

可是，那头毛驴却一天不如一天，起先蹄子只是红肿流血，后来化脓溃烂，现在连走路都很艰难。马思良把毛驴绑在独轮车上推着它四处求医，什么办法都想了，就是不见好转。

马思良听说落雁湖南岸有个黄鼠狼精附体的仙家，能明察阴阳两道，治好了不少疑难杂症。特别是中了邪，她不用药就能治好。那仙家姓黄，是个女的，人送外号黄仙姑。马思良没敢耽误，立即把驴推了过去。

马思良在神位前点着一炷香，黄仙姑哈欠连天之后，灵魂出窍，漫游地府。不一会工夫，她突然痛哭流涕，扑通一声双膝着地跪在马思良的毛驴面前。黄仙姑两眼发蓝，头发凌乱，磕头如捣蒜。马思良见状满心疑惑时，就听黄仙姑变腔变调地念叨："小的不敢，小的不敢，听候大王安排。"说罢瘫倒在地上，不省人事。第二炷香燃尽的时候，黄仙姑接连打了三个哈欠，醒了，煞白的脸上阴气沉沉，像涂了一层青灰色。马思良点了第三炷香，黄仙姑恢复了常态。黄仙姑抖了抖精神指着驴，对马思良说："你的驴道业匪浅。它自残性命，大闹阎王殿，惹怒了秦广王，罚它四年阳间受罪；多管闲事救你性命，折它一年阳寿；为你祈求儿女双全，不再单传，折它三年阳寿。这些都是它在阎王殿上答应秦广王的。秦广王定下的事，谁敢造次，除非你能拜托到比秦广王更大的官。我刚从地府回来，阴间正在召开大会，这一开就是两天，阳间就是两年。等你拜托到大仙了，你的驴早死了。回吧。"

马思良回到家哭了三天三夜，原来自己的命和孩子的命都是驴用自己的命换来的，怪不得秦广王和驴咬耳朵那么长时间。没有这头驴，我马思良的骨头早烂了，还谈什么孩子还谈什么家！夏荷花知道实情后，也是哭得没鼻子没脸的。从这天开始，夫妻俩全心全意地伺候毛驴。

夏荷花生下第三个孩子的时候，毛驴死了，马思良很悲伤。那第三个孩子就是赵筱蝶的三姑，名叫马天霞。

那头毛驴对马家来说，可谓恩重如山。天上龙肉地上驴肉，有午多人想把驴吃了。马思良说，就是给一万块大洋也休想。马思良从龙云寺请来了六个和尚为毛驴举办了一场很隆重的超度仪式。马思良把毛驴安葬在蝴蝶湖西岸的松树林里，那里是马家的祖陵，并为毛驴立碑。碑的正面是"马家毛驴冢"，立碑人"马思良、夏荷花携子女马天迟、马天来、马天霞"。碑的背面，是当时县令亲笔写的铭文《毛驴恩情记》。

思来想去，马思良都觉得对不住毛驴。为让子孙记住毛驴的大恩，马思良决定

龙行运河湾

改姓，自己先改为马户思良，两个儿子改名为马户天迟、马户天来。女孩子姓马户不雅，就随母亲姓，女儿改名夏天霞。

这是赵筱蝶祖父临死前讲的故事，并定下两条规矩：一是从此以后马姓改成马户姓，女孩子一律随母亲姓，谁也不许再改回去；二是马户家要多做善事好事，要多为别人着想，切不可自私自利，欺人作恶。马户思良说，他在阴间看到了恶鬼的狰狞面目，见酒喝酒，见肉吃肉，见钱要钱，见财索财，见女人睡女人，像僵尸一样在黑夜里蹦来蹦去，太可怕了。谁要是违背了这两条规矩，就会用阴间的手段来惩罚他……

赵筱蝶并没把这些事记在心上，但是却看到了改姓后家里人财两旺。父亲有四子一女，马户家盛、马户家昌、马户家旺、马户家兴和自己。二爷生四女一子，李家兰、李家梅、李家翠、李家男和马户家农。三姑嫁到邻村生两男两女，吴小光、吴小明、吴晓美、吴晓丽。

数过龙行村的四大家族之后，就应该是姓赵的和姓李的了。龙行村的工作能否顺利开展取决于六个家族。马户家、华家自不用说，赵筱蝶相信自己能得到它们的支持和帮助。夏家只是外围关系复杂但涉及本村利益较少，只是夏双明和夏永刚有点儿实力。赵筱蝶担心的是他俩被人利用，在暗地使坏。龙家，重在一组组长龙是银。龙小虎死了以后，龙是银像断了条胳膊。但此人阴险狡诈，手里有一批可操控的人。赵家有一个赵尔照就足以叫赵筱蝶费尽心思。一来赵尔照在村里工作十几年，有一个牢固的利益圈子，难以攻破。二来他是赵筱蝶大舅的儿子，沾亲带故。赵筱蝶做过最坏打算，若赵尔照真的有问题，她一定会依法办事绝不手软。至于李家，赵筱蝶倒没有什么大顾虑，因为两任书记李为业和李继来都被抓了，家族的人心里不平衡有怨气而已，不会妨碍大局。但是，赵筱蝶深知隐藏在这些家族背后的势力还有许多是自己不知道的，在关键时候就会蹦出来搅局，必须谨慎，先求稳再求顺。

赵筱蝶原打算今天晚上开个家庭会，先统一家族里的人的思想。父母、二爷二娘、四个哥哥嫂子、四个姐姐姐夫、一个弟弟，有七名党员。难道不能统一到自己的思想上来？

没想到的是吕书记来了蝴蝶庵，更没想到的是清玉吊死在桃树上。

几年来，赵筱蝶和清玉朝夕相处，情同姐妹。清玉不多说话，总是笑眯眯地望着赵筱蝶，为她做饭，为她洗衣，为她做事，把她的卧室收拾得既整洁又漂亮。赵筱蝶本想清玉还俗后当即认她为妹妹，一起干一番事业，没想到……

赵筱蝶越想越伤心，蹲在地上抽泣不已。龙华更是放声大哭，边哭还边数落着清玉对她的不是……孙华、孙刚就站在离清玉尸体不远的地方……

慧园法师望着夜幕下的蝴蝶湖，手捻佛珠，面如冷月。突然，慧园法师大声说道："阿弥陀佛，你们看，清玉。阿弥陀佛……阿弥陀佛……阿弥陀佛。"

大家循声望去，只见蝴蝶湖水面上，清玉长发飘飘，踏波而去。

"王诗秋，你给我回来。"龙华见状不由得大叫。王诗秋慢慢地转过脸来望着他们，微笑着摆摆手，消失在夜色之中。

他们几个人回过神来，发现清玉的尸体不见了。摆放清玉的尸体的地方出现一个大黑洞，几个人赶忙往后退。还没等他们站稳，就有泉水汩汩地从黑洞里冒出来。他们走近一看，刚才的黑洞已经灌满闪闪发亮的泉水。奔流的泉水顺着那棵桃树旁的小沟流进蝴蝶湖，发出哗啦啦的响声。

几个人被眼前发生的事惊得目瞪口呆，谁也没有说一句话。慧园法师端坐在地上，佛珠被拨得像奔流的泉水哗哗作响，嘴里在不停地重复着阿弥陀佛。

赵筱蝶从神奇的遭遇中清醒过来，做的第一件事就是立即向吕书记汇报。吕裕民听完赵筱蝶的汇报，不由得把它和大酒店的事联系起来。

吕裕民见韩子刚下了车，在电话里对赵筱蝶说："你们不要慌，我马上到。"

18. 穿越楼群的警笛声

韩子刚没见过华自义，犹豫了一下。吕裕民递上一支香烟给韩子刚，说："没问题，自己人，你尽管说。"韩子刚从口袋里掏出一张纸。吕裕民深深地吸了口烟，说："有干部吗？拣重要的说。"

"具体人员全在这张纸上，您看吧。"韩子刚把纸递给吕裕民。

吕裕民看了看名单，感到很震惊，有六七位引起了他的注意。

吕裕民看着名单，陷入沉思之中。直至燃烧的烟头烫到他的手指，他才从沉思中惊醒。

"吕书记，我是不是给你闯祸了？"韩子刚说。

"子刚啊，你辛苦啦。下面工作按原计划进行。你现在和我一块到蝴蝶庵，那里发生了件神奇的事情。"吕裕民很兴奋。

吕裕民想请华自义和他一块去蝴蝶庵，华自义向吕裕民耳语几句就回龙云寺了。

吕裕民上车后看了看司机，韩子刚会意，说："放心，吕书记，他是我儿子，叫韩磊，正规警校毕业，在刑警队工作。韩磊，叫吕叔叔。"韩磊说了声吕叔叔好，全神贯注地开着车向蝴蝶庵驶去。吕裕民发了个信息给纪光红之后，把蝴蝶庵发生的事告诉了韩子刚。

车子正要从黄河东堤公路转向蝴蝶庵的时候，吕裕民叫韩磊把车停下。吕裕民说："韩局，你看，蝴蝶庵那里有辆车向这边驶来。"

韩子刚凭经验看了一眼就断定那是辆面包车。

深夜一点来蝴蝶庵？可以肯定和王诗秋的死有关联，说不定与大酒店的事也有联系。想到这，吕裕民对韩子刚说："这辆车此时从蝴蝶庵出来有蹊跷，车上的人一个都不要放过。否则，王诗秋自杀的消息就会不胫而走。"

吕裕民感到事情超出预想，问韩子刚："带家伙了吗？"韩子刚回答："在腰上呢。"吕裕民叮嘱说："千万当心，我估计车上之人都是硬茬儿。"韩子刚没有耽误立即通知刑警队来人。

"例行检查，所有人全部下车。"韩磊全副武装，拦住没有牌照的面包车。韩子刚离韩磊有三四步远，机警的双眼紧紧地盯着面包车里的人的一举一动。

从面包车里下来三个男人。韩磊向司机厉声喝道："你也下来"。

那司机神情慌张，目光里带着一股凶气。他在车里微低了一下头，像在拿东西。韩子刚看得很清楚。

司机犹豫片刻，猛地一下推开车门，右手握一把明亮的刺刀直向韩磊冲来。说时迟那时快，韩磊闪过身正要擒拿，韩子刚的脚已飞踢过来，顺势一转身把司机的头死死地夹在胳肢窝下，膝盖在那人的胸口狠狠地顶了两下，司机便瘫在地上。仅仅就十几秒的工夫，四个人全被戴上手铐。

韩子刚从一个人身上搜出手铐，一试重量便知是真东西，韩子刚问："你叫什么名字，哪儿来这手铐？"那人战战兢兢地说："对不起，韩局长，我是张望法，闸北镇派出所的。"韩子刚仔细地看了看张望法，气愤地说："你是派出所的？混账东西，你怎么和持凶袭警的人混在一起？为什么坐这辆无牌照面包车，不穿警服？深更半夜来蝴蝶庵干什么？"张望法两腿打战，说："关书记打电话给我，叫我抓紧和他来蝴蝶庵，说有案情，我就和他来了，没来得及换警服。"韩子刚问旁边的人："你叫什么名字？"那人低着头半天才说自己叫关西网。

这时，刑警队的人到了，韩子刚安排韩磊和他们一块回去，连夜审问，自己开车和吕裕民去蝴蝶庵。

在车上，吕裕民问韩子刚："关西鱼的手机在谁手里？"韩子刚说："在张飚手里。"吕裕民说："你安排他把关西鱼在两个小时内使用手机的情况发到你手机上。"韩子刚说："好的。"

吕裕民的手机来条短信，是华自义发的："先放了姓姚的。"吕裕民回："为什么？"华自义发来："待她去云京后，我告诉你。"

张飚回信了，韩子刚把手机递给吕裕民。十一点之后，关西鱼和曹明义通了近一个小时电话，接着就是关西网的十多个未接电话。最后，关西网发了一条短信："出大事了，速和谷联系。"

"'出大事'，指的是王诗秋自尽和王诗秋自尽前给我的信。'速和谷联系'的'谷'，指的是谷冥蛛。"吕裕民说，"那么，关西网是怎么知道这些事情的呢？

韩局,你知道关西鱼是关西网的妹妹吗?"韩子刚说:"不知道。我没听说过关西网,更不知道他在闸北镇做党委书记。"

吕裕民考虑了一会儿,对韩子刚说:"等会儿有两件事需要你办,一是到蝴蝶庵后你注意观察下慧园法师。我估计是她把王诗秋的事告诉了关西网,背后肯定有故事。你先和她谈谈,看她态度。二是把姓姚的给放了。"

韩子刚问:"为什么?"

"今天晚上落雁湖梦幻音乐晚会,几万名观众和粉丝都等着她靓丽出场啊。她是偶像级人物,我们可不能扫了几万名观众的兴致。等她去云京了,我再向你解释。天亮上班后,我安排纪光红到你局宣布一下,你临时主持公安局全面工作。晚会的安全问题一定要做到万无一失。"吕裕民说,"你叫韩磊把关西网的手机的通话记录和短信发来,看看有什么线索。"

车到蝴蝶庵门外,韩子刚把手机递给吕裕民。吕裕民看了看,上面是关西网十一点十分接到的短信:"清玉自尽了。她是个好孩子,请你不要再打扰她了。阿弥陀佛。"吕裕民看后什么话也没说。

他们到了地点后,韩子刚和慧园法师谈了一会儿,然后便和大家一起回到那棵桃树下。韩子刚打开强光手电筒,照了照泉眼和地面,又照了照四周,没有发现什么异常情况。

吕裕民自言自语地说:"真奇怪了,我走时这里还是遍地枯枝烂叶荒草,怎么无端地出现一口泉,且这泉水不小。"吕裕民问孙华:"董事长,你看见湖面上的王诗秋了吗?"孙华说:"我看得一清二楚,很像仙女驾云。"吕裕民问孙刚:"孙总,你看见了吗?"孙刚说:"看见了。龙华喊她回来,她还转过脸,朝我们微笑呢。"吕裕民问:"你们几个人确定王诗秋的尸体是在原地消失的,而不是被人弄走的?"

慧园法师说:"阿弥陀佛,几个人就站在尸体旁边,没发现有任何东西来过。清玉踏波而去,大家再看,清玉的尸体就不见了,刚才放尸体的地方出现一个黑洞,继而就冒出了泉水。当时,本尼就不由自主地打坐在地上,冥冥中感到有仙家飞过,本尼就念经为清玉超度。佛珠拨动时,本尼听见仙家的声音:'此等善女,怨气太重,我带她去了,重新投胎转世。明年三月初十,蝴蝶泉见。'阿弥陀佛。"

吕裕民望着慧园法师,将信将疑。

吕裕民问韩子刚:"你怎么看这件事?"韩子刚说:"这很好解释,依我看就是龙眼泉的地下水重新寻找出口而形成的龙眼泉的再生泉。你想想，两个龙眼泉都被炸了，地下的水源还在啊，地下水过来在此地寻找到土质疏松之处，也就是清玉尸体放置的地方。下面的泥土被泉水浸泡成泥浆，上面的土层肯定往下陷。这就是大家看到的黑洞。当上面泥土压不住下面泉水时，泉水自然就冲破泥土冒出来，这没什么大惊小怪的，只是巧合。至于湖面上的清玉，那和海市蜃楼的自然现象是一个道理，是清玉的尸体在光影水雾的作用下在湖面上的投影成像。慧园法师说的，那是佛家的事，我们可信，可不信。到了明年三月初十，不就什么都清楚了？"

吕裕民觉得韩子刚说得很有道理，见大家还在伤心，安慰道："大家就不要太悲痛了。王诗秋有什么冤情我自然会主持公道。冤有头，债有主，恶有恶报，善有善报。王诗秋算是得到善报了，在生命结束的地方留下一段美丽的传说，这是她的造化。泉水清澈如玉，泉声珠落玉盘，泉如其人啊。我们记住这棵桃树，记住这汪泉水，记住她生前为我们做的那顿丰盛的斋饭，就是对她最好的怀念。我们都回去吧。"

"两位老总，今晚发生的事让你们受惊了，实在对不起。江北市肯定会创造出比你们想象的好的投资环境。你们先回去休息，找机会我们再聊。"

到蝴蝶庵门口，赵筱蝶说："孙阿姨，你稍等一下，我到屋里拿点儿东西和你一块进城。儿子明天上午就回去了，我想去陪陪。""行啊，他住哪个宾馆？"孙华问。"和你们一幢楼，他住十二层。"

赵筱蝶到屋里拉开抽屉想拿钱为儿子买点儿东西，发现王诗秋留给自己的信封。她把信封装进包里急忙出去了。

在进城的路上，赵筱蝶说："孙阿姨、龙华妹妹，对不起，今天让你们受累了。本想啊清玉还俗之后，我、龙华、王诗秋姐妹仨在一块好好合作干点儿事业，没想到她却走了。多大的冤屈逼她走上这条路？"

孙华说："这就是命。我原来是不相信命的，更不相信有什么鬼神，可今夜发生的事让我有许多想法。人这一辈子说长是长，说短是短，长短在于人心，不在寿命。王诗秋生前默默无闻，死后却有声有色，不知她是怎么修来的。筱蝶，你还记得离开龙至礼墓碑后，刮的那阵风吗？"赵筱蝶说："记得。"孙华说："当时，我就觉得那阵风来得很奇怪。后来想想也是，毕竟龙华是龙至礼的女儿，文博是龙至礼的孙子，都是龙家血脉，他龙至礼应该高兴，应该好好看看。有些事无法说清楚。"

赵筱蝶说："我现在还在后悔没能让老爷子生前看到孙子。"孙华说："也不

龙行运河湾

要太自责，你肯定是有原因的。龙至礼一定知道你给他生了个孙子，只是没见面。龙华呢，龙至礼到死都不知道有这个女儿。如果我早一年来，不就好了嘛。所以说，这就是命。"

赵筱蝶说："孙阿姨，文博没和爷爷见面，是我太意气用事了。我不该把对龙三的气愤当成爷孙不见面的理由。但我确实没想到老人家走得这么早、这么壮烈。"孙华问："你和龙三到底怎么啦？"赵筱蝶说："我就是气愤他背信弃义。我们谈恋爱的时候说好了，研究生毕业后一块回江北到基层创业。那时的龙三有信念，有理想，有激情，他又是学农的，在动植物基因培植和转换方面有很多成果，满心要在农村的种植和养殖上搞出属于自己的事业，那雄心壮志很像年轻时的老支书。我们是读研第二年拿的结婚证，可是，自打我和他在暑假里考察过古运河之后，他就变了，变得唯利是图，变得崇洋媚外。他就整天盘算挣大钱，买别墅，过人上人的生活，最后决定去美国淘金。我劝过他，他也确实转变了，决定和我一块去农村。可是，在我怀孕之后，他居然背着我把他和我的出国手续都给办了。我怀孕六个月的时候，他逼着我和他一块出国，一定要把孩子的户口落在美国，我的肺都要气炸了。后来他独自一人走了。我把孩子生下来后，交给了我的同学樊赛，她的母亲在她身边正愁没有事做。我回江北的时候，本想把文博带来，可樊赛和她母亲都已经离不开文博了。刚到农村，我也没有时间照顾孩子，干脆就把他留在那里。樊赛的母亲，叫唐慕云，原来是一所中学的副校长，因身体不好提前几年退休。自从带上小文博后，身体一年比一年好，现在完全恢复了。几天前，我打电话给她，准备请她来龙行做中学校长，她满口答应了，并说凭现在的身体状况干它二十年绝对没问题，而且免费干。多好的心态。唐老师和樊赛都是'高知'，文博已适应她们了，反而和我有些生疏。"

孙华问："龙至礼去世时龙三回来了吗？"赵筱蝶说："没有。他说他的团队正实施一个大项目，是关键时刻，无法脱身。这让我更气愤。我本想他回来，再和他好好谈谈，可他没有来。从那以后，我就不再允许儿子和他通电话了。"

"这小子，有点儿过分。"孙华说着打了个哈欠。龙华从车载保温箱里取出三瓶红牛饮料。孙华接过饮料喝了两口，说："筱蝶，你该有辆车才是。考驾照了吗？"赵筱蝶说："我有驾照，但现在还不是我买车的时候。一辆车子的钱在龙行能盖三幢别墅，三幢别墅就有可能招来十名老师或三名高级管理人才。规划方案实施后，处处需要钱，到时候一万块钱、一千块钱都有大用途。我骑山地车习惯了。如果实在需要的话，我借别人的车用一下，龙行有车的人很多。"孙华没有说话，心里有一种欣慰和感动。

龙华将饮料喝完之后，说："妈、筱蝶姐，听吕书记的语气，我感到吕书记对王诗秋的事情似乎知道些内情。筱蝶姐，我请你帮我了解一下，王诗秋到底有什么样的冤情，我一定会为诗秋姐姐申冤报仇的。"赵筱蝶说："龙华妹妹你放心，我在蝴蝶庵几年，多亏了清玉妹妹的照顾，我何尝不想知道在她身上到底发生了什么事。我想早晚会水落石出的。龙华妹妹，你就别再牵挂她啦，我会尽力的。"说这话时，她自然想到王诗秋留给自己的信封。

孙华似乎并不关注赵筱蝶和龙华的谈话内容，又喝了几口饮料，问赵筱蝶："筱蝶，你预想过你的规划实施后需要投入多大的人力物力吗？"赵筱蝶回答："孙阿姨，我想过，关键是选准人，选足人，选准项目。这三点如果我能做到位，就不愁十年实现不了目标。选准人，就是找到确实有共富信念、确实有发展经济本领的人。选足人，就是有足够使用的各方面的人才。选准项目，就是村里要有属于集体的挣钱的经济项目。共富，说到底是缩小贫富差距，提高贫困户的经济收入。缩小贫富差距，你总不能逼着富人给穷人分钱吧，只有靠集体的经济收入来提高贫困户的经济收入。从我在农村的工作经历来看，指望一家一户去种地、一家一户有项目，那是不可能的事。这么多年了，他们都没致富，为什么？缺思路，缺技术，缺人手。怎么办？要把他们团起来，统一指导，统一经营，发挥集体优势，提高土地的产出率。要让他们在家门口有工作做。要用集体经济的收入来减少或免除他们的必要支出。归根结底，村里有了能挣钱的项目，既提高了他们的收入又降低了他们的支出，才能逐步脱贫，才能有效缩小贫富差距。关于集体经济项目的事，等村支两委人员理顺以后，将重点研究。昨天中午，我看到你那块漂亮的扎染头巾的时候，就在想，扎染是不是能作为村里的一个收入项目？我准备深入考察一下，但目前还腾不出手来。我要赶在老支书牺牲一周年之际，把幼儿园和敬老院建成，先对他有个交代。小学、中学、医院的事，先准备请专家考察论证，那是以后的事。"

孙华问："现在村里还有会扎染的吗？"赵筱蝶说："据我所知徐贵珍的父母都会。"孙华想了想，问："是徐伟龙和赵月亮吗？"赵筱蝶说："是的。"孙华说："这个项目可以先试试。等集团搬迁后，我可以帮帮你。"

到宾馆停车场时，龙华说："妈、筱蝶姐，你们两个人太有意思了，一个钱用不完的人还在拼命为自己挣钱，一个没有钱的人却在想着为别人挣钱，想共富。你们两个人要是一个人就不必要费这么多口舌了。"

孙华没搭理女儿，对赵筱蝶说："筱蝶，学校规划的事我来帮你。龙华的舅母在省教育厅工作，是个小领导，请她帮忙拿个可行性报告。她们这些人既是行家又是领导，对后期工作更有利。"

赵筱蝶说："谢谢你，孙阿姨。龙华妹妹，你听到了吧？孙总已经把龙行的事当成自己的事了，我和孙阿姨就是一个人。"龙华刹车熄火，笑了笑说："我也是党员，你看看我们三个人，能是一个人吗？"

赵筱蝶说："是一个人，是有共同信仰的人。"

她们进江北宾馆大门的时候已是凌晨两点，江北市的楼群之间回荡着警笛声，时而由远及近，时而由近及远，在寂静的夜幕下，格外刺耳。

江北的夜很不平静。

警笛声是今夜城市最美的声音。

19. 于慧敏

朱利国，本不姓朱，姓唐，叫唐世军。他一九一八年出生于江北县城草堂巷，一九四○年参军，一九四二年入党。抗日战争期间，参加过车桥战役、南坎战役、高邮战役、陇海线徐海段战役。解放战争期间，参加过鲁南战役、孟良崮战役、淮海战役、渡江战役。中华人民共和国成立后参加抗美援朝，一九五四年重伤回国。参军以来，先后担任班长、排长、连长、团长、副师长。一九五五年被授予大校军衔，一九六四年晋升为少将，任某军第十六师政治委员。"文化大革命"爆发时，他的大儿子唐书吉十三岁，二儿子唐书祥十岁，小女儿唐意茹五岁。

唐世军被检举揭发为党内走资本主义道路的当权派，是混进党内、军队里的资产阶级代表人物。第一天被批斗回家，他的一位多次被他提拔重用的老部下，现任"文革"领导小组组长透露消息给他，说有人要对你下狠手置你于死地，你逃跑吧。唐世军的老婆是大学历史老师，姓龚，叫龚靖平，已经被列为资产阶级的专家、学者、权威、祖师爷，已经被"横扫"，不知关在什么地方。五岁的女儿被送到外公外婆那里。家里只剩下唐世军父子三人，眼下唐世军又大祸临头，两个儿子怎么办？唐世军没敢耽误，收拾钱物先带两个儿子离开家再说。他知道一旦落入敌手，父子三人就会性命难保。

到了云州，唐世军想出个可行的办法，将两个儿子托付给离这里不远的两个老战友，老大唐书吉投奔李培田，老二唐书祥投奔魏永福。唐世军交给兄弟俩一人一封信，信封上有李培田和魏永福的地址，信封里装着信和钱，对兄弟俩说："把地址、人名记在心里，以便打听。只有见到本人后，才可以把信拿出来。千万要记住。"

分别时，父子三人抱头痛哭。唐世军从包里拿出一个精致的盒子，从盒子里取出一块玉佩，说："你们俩把脖子上的玉佩掏出来。"

见两个儿子都把玉佩掏出来了，唐世军说："盒子里总共有四块玉佩，你们兄弟姊妹仨每人一块，老大是吉字玉，老二是祥字玉，老三是如字玉，我这一块意字玉。这四块玉佩形状一模一样，只是上面的字不同，玉佩上的字就是你们的名字。意字这块玉佩我保存着。今后无论发生什么，凭玉佩相认，见玉佩如见人。如果李叔叔和魏叔叔问起我，你们就说不知下落。记住了没有？"兄弟俩含泪点点头说记住了。老大唐书吉说："爸爸，你一定要来找我们啊，我都想妈妈和妹妹了。我肯定会想你的。"唐世军说："爸爸记住了，等灾祸过后，爸一定来找你们，带你们和妈妈妹妹团聚。你们一定要好好念书，谁要是学习成绩不好，爸爸就不带谁，听到没有？"两个孩子点点头。

望着兄弟俩一南一北的背影，唐世军的心像刀割一样。

唐世军原打算回到江北县城隐姓埋名，又怕连累族人，于是就在离县城五十里的落雁湖西岸落了脚。参军前，他和父亲在清江运河里逮过鱼，会打鱼，于是就置办一条渔船，在湖里以捕鱼为生，吃住都在船上。上岸卖鱼时总会有人向他打听，他就顺口给自己安个姓，姓朱，叫朱利国。

大约是一九七五年底、一九七六年初，朱利国在一个买鱼人的筐里看到一张报纸，报纸上有一个醒目的标题：《毛主席重要指示》。朱利国向人讨要了那张报纸。

朱利国读着毛主席的话，感到十分惭愧，觉得自己就是一个"走资派"。

朱利国双膝跪在落雁湖大堤上，满眼含泪，磕头倒地。

忽然，朱利国发现了躺在草丛里被冻得半死的朱平安。朱平安是朱利国随便给起的名字，其实他姓周，叫周而全。

周而全的父亲叫周昌明，是一九六二年江天师范学校毕业的，在落雁湖中心小学做语文老师。一九六八年提拔成落雁湖乡五七中学副校长，写得一手好字。"文革"期间，落雁湖乡墙上的标语口号基本都是出自他之手。本来这副校长的位子是革委会副主任小舅子的内弟孙志强的，就是因为革委会的主任看中了周而全的字，乡里有许多需要用他的地方，便把他提拔上来。孙志强很憋屈也很气愤。因为这事，周昌明和孙志强成了冤家对头。

周昌明当副校长没到一年就出事了。

祸事还是出在字上。某某某和某某某是党内最大的"走资派"，这句话在当时很流行，是被认为没有任何错误的政治标语。错就错在最后的标点符号上。这句话的最后，周昌明明明写的是叹号，一夜过后却变成了问号。这还了得，是严重的政治事件。周昌明怀疑是孙志强故意改的，可拿不出证据。结果，周昌明被以"反革命"罪，判处有期徒刑三年，还连累了革委会主任。孙志强姐夫的姐夫关家亮成了革委会一把手。那一年是一九六九年，周而全刚满一岁。

周而全的母亲于慧敏是名高中生，在落雁湖乡周庄村小学带二年级算术，是个代课老师。于慧敏长得很漂亮，一米六五的个头，瓜子脸，大眼睛，皮肤又白又嫩，细腰肥臀。周昌明作为一个国家工作人员，能和农村户口的于慧敏结婚就是因为于慧敏太漂亮了，周昌明看第一眼时就被迷住了。说实话，在当时想叼于慧敏这块肉的人太多。无奈于慧敏性子刚烈，抓挠、啃咬、打骂说来就来，有时粪勺、权把、扫帚、扬场锨都用上，没有人能占到于慧敏的便宜，这让周昌明很放心。周昌明和于慧敏结婚后，觉得于慧敏很是块教书的料，就给她谋了个代课老师。虽然不用下湖干活，但家里的三分自留地还留着，种点儿萝卜青菜。

周昌明坐牢去了，家里剩下他们仨，周昌明的母亲周闫氏，妻子于慧敏，儿子周而全。周昌明的父亲早被国民党抓走了，生死不知。三个月后，周闫氏生下二儿子周昌明。周闫氏带着大儿子周昌光和小儿子周昌明艰难度日。她认准一个理，学问是个好东西。但两个儿子不能都上学，得留一个在家劳动。她叫周昌光在家干活，周昌明上学。这让周昌光记恨母亲一辈子。

周闫氏随周昌明一起生活，本以为苦日子熬到头了，老少四口能过上好日子了，没想到一夜之间，周昌明变成了阶下囚。好在自己年龄不大才四十九岁，儿媳妇又孝顺，小孙子健健康康的，日子总还有盼头。三年一晃就过去了，没有什么迈不去的坎。周闫氏出工干活。儿媳妇仍旧代课，并起早贪黑摆弄自留地，家里的生活倒能糊弄过去。

没想到灾祸再次降临。

一天傍晚，于慧敏肩扛钊钩从自留地回家，进家门时一不小心钊钩齿子碰到了门外伟人头像的眼睛，眼睛上的油漆脱落，出现一个土白色的小圈。

没想到，这时关家亮从门前经过，被他逮个正着。关家亮一把抓住于慧敏，一口咬定是故意破坏。于慧敏当时就吓得瘫坐在地上。她知道那是比周昌明的罪名还要大的罪名啊。

关家亮见于慧敏吓成这样，小眼珠一转心想机会来了。他借着去扶她的机会，一只手伸进于慧敏的胸口，狠狠地掐了一把于慧敏的乳房。这一次于慧敏没有任何反抗，任他来。

在屋子里，婆婆周闫氏也吓得直打哆嗦，嘴里还不停地念叨："闯大祸了，闯大祸了。"婆媳俩直挺挺地跪在关家亮面前，祈求原谅。

周闫氏说："关主任，求你高抬贵手，原谅慧敏吧，孩子小，离不开妈。你就权当是我碰的，要蹲牢我去蹲。千万不能抓我儿媳啊。"

于慧敏哭得像个泪人，抽泣着说："妈，你别说了，我闯的祸我去蹲，你老人家带好孙子我就宽心了。关主任，我求求你了，原谅我吧，权当你没看见，我一辈子都记住你的大恩大德。"

关家亮绷着脸，可心里还沉浸在刚才的兴奋和快感中。他两眼直勾勾地望着于慧敏，说："于老师，你知道你闯多大的祸吗？"于慧敏摇摇头。关家亮凶狠狠地说："关家庄有个叫关家清的，是我一家里堂哥，他裤子里口袋漏底了，伟人的语录从裤裆里掉到地上，就被判了。你居然把伟人的眼睛给……你是什么居心？是标准的现行反革命分子。按你的罪行，你至少要蹲十年大牢。"

周闫氏和于慧敏听了吓得说不出话来，只是哭。刚会说话的周而全见奶奶和妈妈都在哭，也放声哭起来。跪在地上的于慧敏把儿子搂在怀里，汗水和泪水湿透了上衣，能隐隐约约看见她胸前那对雪白的奶子。周闫氏见关家亮的眼就没离开过儿媳的胸脯，知道关家亮起了歹心。

关家亮比周闫氏小两三岁，长得贼眉鼠眼，三十几岁没娶到女人。"大跃进"那年，关家庄村土造的炼钢炉爆炸了，炸死了两个男人，留下两个寡妇，他才得以和其中一个没有孩子的寡妇结了婚。

关家亮的女人叫胡小翠，是方圆几个村有名的"人物"，打十四五岁起就风骚成性，好吃懒做。

胡小翠和第一个男人结婚近十年没有孩子，和关家亮结婚后也一直没生出一男半女。这让胡小翠从心眼里感到高兴，可以放心大胆地和外面的男人胡搞了，图了个吃喝还不留后患。后来，胡小翠睡到了革命委员会主任的床上，落了不少好处不说，还让关家亮成了革委会副主任，可谓人财两得。周昌明被免职了，她凭借自己的脸蛋到处胡搞，让关家亮直接成了落雁湖乡革命委员会一把手。过些时，胡小翠还生了个龙凤胎，男的叫关西网，女的叫关西鱼。

关家亮无法断定那两个孩子到底是不是自己的骨肉，有时他想要是有一个是自己的，自己也就心满意足了。他只能闷在肚里想想不敢问胡小翠。胡小翠从怀孕到生完孩子，已经有好几个月没给他发飙了。虽然关家亮能睡到别的女人，可他早就馋上于慧敏了。

周闫氏见关家亮色眯眯的小眼死死地盯着儿媳，心里害怕。要是儿媳妇被他睡了，我儿子周昌明可就一辈子戴上了绿帽子永远抬不起头了。

周闫氏犹豫了一会儿，又跪在地上给关家亮磕了三个响头，然后说："关主任，我求求你，能让我单独和你说几句话吗？"关家亮望着周闫氏说："行，你说吧。"周闫氏说："我想单独和你说。慧敏，你带孩子出去，把门关上，我和关主任说会儿话。"

听到儿媳妇关大门的声音，周闫氏顺手把房屋的门也插上。她一把握住关家亮的手，祈求着说："关主任，我知道你想要女人了……"

关家亮没有想到自己的心思被周闫氏看透了，并且主动把身子送给自己。周闫氏比关家亮大两岁，可她天生丽质，虽是四十多岁，但皮肤雪白，风韵犹存。

周闫氏突然坐了起来跪在关家亮面前，说："关老爷，我求你两件事，原谅我儿媳妇，不要治她罪；请你给我儿子留个清白。"

关家亮急得像马猴一样，什么都答应了，并且还发了誓。周闫氏放心了。

于慧敏带着儿子回屋的时候，关家亮仍旧坐在那把竹椅子上，脸色有点儿发黄。坐在床上的婆婆站起身对于慧敏说："慧敏啊，关主任原谅你了，你啊给关主任写个保证。关主任大人有大量，他说了，他家里有印伟人像的底版，天黑之后，他把底版拿来，用油漆重新刷一遍，这事就算过去了。"说着从于慧敏手里接过孙子出去了。

"等我出门，你再进来。好好看着伟人头像，不要被人发现。让别人知道了，我就保不了你们啦。"关家亮把周闫氏送出门再三叮嘱她。关家亮把大门从里面反插上，赶忙来到屋里。

于慧敏跪在地上千恩万谢。于慧敏磕头的时候，关家亮看着她，感到热血沸腾。关家亮想得到于慧敏不是一年两年，也不是三年四年，而是很久了。于慧敏站起身找了张纸准备给关家亮写保证书。关家亮却说："于老师，先不要写。"

于慧敏愣愣地站在那里，认为关家亮要反悔，她的脸唰地变得毫无血色。关家亮不怀好意地说："于老师，这么大的事我帮你扛过去，你拿什么感谢我啊？"于

龙行运河湾

慧敏说："周昌明蹲牢了，家里日子过得紧巴巴的，我哪里有什么孝敬你。要不这样，我从工资里挤点儿钱出来，每个月都给你买瓶酒喝。你看行不行？关主任，我会记你一辈子好的。"关家亮说："于老师，我不喝你酒，也不要你记我一辈子好，我就想吃你家一样东西。你同意吗？"于慧敏赶忙说："关主任，你说，只要家里有，我立马给你弄去。"关家亮说："你同意啦。"于慧敏说："同意。"

关家亮望着于慧敏，不说话。

于慧敏的脸猛地红到脖颈，嗫嚅着说："这，不行……"

没等于慧敏说完，关家亮就扑上来了。

于慧敏开始写保证书。她两眼是泪，双手打战，写着写着突然把写好的保证书撕得粉碎。

"关主任，我浑身无力，头昏脑涨，实在写不出来，改天再写给你，行吗？"

"行，明天晚上，你到我办公室写，我在那里等你。"关家亮说完，出去了。

周闫氏和于慧敏看到大门外的两旁真的重新刷出两个崭新的头像。婆媳俩都没说话。

关家亮催了于慧敏几次去革委会，但她终究没去。

没过半年，周闫氏居然怀孕了。眼看肚子一天天大起来，想想自己守寡几十年，清清白白的，马上就会遭到千夫指万人骂；想想大儿子周昌光一家几口；想想于慧敏和周而全，周闫氏借口回趟娘家，从此就消失了。

丈夫蹲牢，婆婆离家出走，孤儿寡母的于慧敏磕磕绊绊地拽着儿子把日子一天天熬下去。

三年到了，周昌明刑满出狱了却没有回家。原来家里发生的一切在周昌明走出监狱时，有人告诉他了。周昌明在监狱门外号了几声便消失在南来北往的人流中。于慧敏知道，婆婆离家出走、丈夫没回家这两件事，一定是关家亮捣的鬼，但她没有凭据。她就是有凭据又能怎样？

周而全五岁那年暑假期间，于慧敏把孩子送到哥哥家，在回来的路上，遇到了骑着崭新自行车的关家亮。关家亮对于慧敏说："于老师，这几天我正和胡小翠办离婚，等我离后立即就和你结婚。你看行吗？"于慧敏见关家亮酒气熏熏的，没有搭理他只顾走自己的路。关家亮说："于老师，我是真喜欢你，真想和你结婚。胡小翠那女人，我不要了。两个孩子都给她，我眼不见心不烦。我和你结婚后，带你走得远远的，凭我的身份到哪里都吃香的喝辣的，保你过上好日子。"说着就要上前。于慧敏推开他，说："你走吧，我还要割篮猪草才回去。"说着一手提着篮子一手拿着镰刀，钻进运河边的玉米地里。

篮子里的猪草快要满了的时候，于慧敏突然看见关家亮站在自己面前正龇牙咧嘴地笑。没等于慧敏说话，关家亮就上去要抱住于慧敏，于慧敏举起手中的镰刀。关家亮眼冒凶光，说："你还跟我假正经。"

关家亮见于慧敏朝运河边走去，问："你要干什么？"于慧敏说："我去跳河。"

关家亮从后面追上去，猛地夺下于慧敏手里的镰刀，把于慧敏抱回来。

于慧敏冷不防坐了起来，顺手拿起镰刀，说："关主任，你回答我几个问题，如实说了，我心甘情愿地给你，否则，你休想。"说着拿镰刀朝关家亮晃了晃。关家亮连忙说："行，你问吧。"

于慧敏问："周昌明的事，是你捣的鬼吧？"关家亮说："不是我，是孙志刚在夜里把感叹号改成问号的。"于慧敏说："我问的不是这事，是周昌明刑满没回家的事。"关家亮说："这事是我安排人干的，我是为你好。我想和你结婚，他回来了，我怎么办？再说了，他是个'反革命分子'，回来了只能给你娘儿俩带来耻辱，不如让他死在外面，我带着你过好日子。"于慧敏听完咬牙切齿，又问："那我婆婆呢？"

于慧敏紧紧地攥着镰刀，将锋利的刀口横在身前。关家亮见状皮笑肉不笑地说："你婆婆对你比对亲闺女还好。嘿嘿……于老师，我真的要和你结婚，来吧。"

"不行，还没完。我婆婆为什么要离家出走？"于慧敏说。

关家亮说："你婆婆出走，我估计是因为她怀孕的事。"

于慧敏号啕大哭，捶胸顿足，继而双手在地上乱抓胡挠。乱抓胡挠的时候，于慧敏的右手正好握住了那把锋利的镰刀。于慧敏看到关家亮那张兴奋中扭曲变形的丑恶嘴脸，热血直冲头顶，猛举起镰刀向关家亮砍去。

没等关家亮反应过来，关家亮的男根就被锋利的镰刀削下大半截。关家亮叫了一声昏了过去，裤裆里鲜红的血像小泉水一样往外冒……

于慧敏神情呆滞地一步一步走进大运河，消失在碧波荡漾的河水里……

关家亮活了过来，不再提和胡小翠离婚的事了，胡小翠夜不归宿他也不问了。看着关西网和关西鱼一天天长大，他的气就不打一处来。

龙行运河湾

周而全成了孤儿。周而全的伯父周昌光直接把周而全推给了周而全的舅舅抚养。周昌光家七口人，五个孩子，四女一男，女的叫周而花、周而红、周而柳、周而绿，男的叫周而复。自家都饥一顿饱一顿的，哪有心思再去照顾周而全，加上周昌光本来对他家就满心的恨，就更没有那份心了。

周而全整天闷头不语，到六岁变成个痴呆人。他整天乱跑，疯疯癫癫的，有吃的过一天，没有吃的也过一天。朱利国捡到周而全时，他已经是个半死的人了，养了好长时间，才恢复点儿神气。朱利国把他留在渔船上做个伴儿，起了个吉祥的名字叫朱平安。后来，又从大运河捞出个朱梅兰，朱梅兰生了个儿子，取名朱小意。小意满月的时候，朱利国把那块意字玉佩挂到小意的脖子上，算是爷孙俩留个念想。在朱利国心里，吉祥如意四个字总算都有人了。但在朱梅兰的心里，儿子是小义，是华自义的义，是小华自义。

按常理，周而复和周而全是叔兄弟，一个爷爷奶奶，周而复比周而全大十好几岁，理应照顾他才是。没想到因为一处宅基地，周而复策划出一桩离奇的"强奸母牛案"来，结果那头小母牛和朱平安一起惨死了。

20. 宅基地引发的惨案

吕裕民上任以来，举报周而复和周本奇父子俩的信像雪片一样飞向他和纪光红的办公室。周而复和周本奇在政法线上的关系盘根错节，黑白两道通吃。为举报信的事父子俩没少费工夫，可最后也没有查出结果。他们怎么也没想到举报他们俩的是闫素娥和吴亚君。

周而复和周本奇的所作所为没有比闫素娥、吴亚君最清楚的了。家里有多少黄金，有多少美元，有多少人民币，都藏在哪里，信中都说得很清楚。所以，纪委到他家搜查十分顺利。

周而复在江北国际大酒店被抓，周本奇在红杏林被抓，纪委要带走闫素娥和吴亚君配合调查。闫素娥到里屋拨通纪光红的电话，说举报信是她和儿媳妇吴亚君写的，她们娘儿俩会全力配合的。家里有女儿和孙子需要照顾，请纪委不要带走我们。纪光红向吕裕民汇报后，一致认为没有必要隔离她们，让她俩正常上班。

连吴亚君都不知道，周本奇其实不是闫素娥亲生的，而是周而复前妻留下的。

一九八九年秋天，周而复带全家人旅游出了车祸，周而复的妻子和小女儿当场死亡，周而复断了六根肋骨。周本奇一条腿粉碎性骨折，现在走路还有点儿瘸。那一年周本奇九岁。

闫素娥是一九九〇年江天师范学院毕业的，被分配到范集镇中学任数学老师。当时，周而复任范集镇法庭庭长。两个人相处相爱，结婚。一九九一年，女儿周本妍出生。周而复任西城区法院院长时，闫素娥调离教育系统，到市里工作。闫素娥平时视周本奇为己出，要求很严格。无奈他没有一点儿心思用在学习上，高中毕业后没有考上正规大学。周而复弄了个内部招生名额把周本奇送进了检察学校，毕业后在西城区检察院工作，二〇〇三年和吴亚君结婚。

二〇〇二年，周而复就想在老宅子上盖幢别墅。周而复的四姐周而绿和四姐夫杨志一直在老家照顾父母。逢年过节之时，父亲和母亲总是在周而复面前唠叨，说

龙行运河湾

村里百分之八九十的人家都住上楼房了，咱家六口还挤在这里，一来有诸多不便，二来被同村的人看不起。周而复想想也是，父母亲含辛茹苦把自己培养出来，自己现在也算是个有头有脸的人了，平时工作忙无暇照顾父母，都是四姐和四姐夫尽心尽力地照顾着。四姐的两个孩子都大了，他们祖孙三代还住这样的房子里，不是他们脸上无光，而是我脸上无光，别人会在背后戳我的脊梁骨。

周而复决定盖别墅的时候，发现宅基地面积不够。周而复叫父亲周昌光去找周而全说说。周昌光早把周而全的情况摸清楚了。周而全现在改名叫朱平安，有个父亲叫朱利国，有个姐姐叫朱梅兰，有个外甥叫朱小义，也就是朱平安姐姐的儿子。朱平安的脑子早就不好使了，整天只能放放牛，牛也放不好。朱利国在河里湖里逮鱼，朱梅兰在家看书写字，洗衣做饭。朱小义考上大学上学去了。周昌光想这样散凑的家庭，只要自己说肯定能行。何况这里本来就是一座宅子，是父亲把一座宅子一劈两半，兄弟俩一人一半。现在老二家就算是完了，周而全又痴又愣，又没有女人和孩子，就算是绝了户，给点儿钱，他们一定会让出来。

周昌光先是找朱利国说这事，朱利国对周昌光很客气，说："周老哥，我没有这个权利啊。我们都是寄住在平安家的，家是平安的，只有他才能做这个主。"周昌光去找侄子周而全，周而全考虑都没考虑直接就告诉他说："不行，人怎么可以没有家？没有家了，父亲怎么住？姐姐怎么住？我那外甥念书回来了怎么住？"朱平安早就从心里恨这个所谓的伯父了。他听舅舅讲过伯父遗弃自己的事，要不是现在的父亲，自己早就冻死在荒草里了。所以，朱平安见到周昌光连一声大伯都没喊。周昌光第一次从周而全家回来，觉得很没面子，心里窝着一口气。

朱利国原本是叫朱平安上学的，朱平安只去学校半天老师就送回来了，说朱平安是个愣子，学校不收。朱小义开始识图认字时，朱梅兰带着他和小义一起写字数数。朱平安的脑子存不住东西，永远是空白，到十二三岁时连自己的名字都不会写，数数最多数到十。后来，朱利国买了几头牛给朱平安放，母牛产仔，公牛卖钱。朱平安很喜欢做这事。每天早晨，他赶着牛和朱利国一块出家门，把牛赶到落雁湖大堤上，看着牛不让到庄稼地里。傍晚，再把牛赶回家入圈。几年下来，朱平安喜欢上了牛，牛也喜欢上了朱平安。朱平安和牛之间很有感情，特别是那头小母牛，虽不说不讲的，但那母牛通人性，解人意。若是朱平安躺在石头上睡着了忘了回家的时间，小母牛就会准时地拱醒他。朱平安天生怕蛇。放牛时，每当朱平安看到蛇尖叫的时候，小母牛就会跑过来，或把蛇踩死或把蛇踢得远远的。小母牛若是看见朱平安打哈欠，迷迷瞪瞪想睡觉了，会主动在朱平安面前趴下，让朱平安骑在自己背上。小母牛虽然个头小，却是朱平安的牛群的头牛。小母牛正值六牙口，属壮年牛，一年一胎，已为朱平安产了三头小牛犊。小母牛眼盂饱满，目光明亮，毛发金黄闪光，四蹄粗壮有力。它长着一对短而粗的牛角，四五道凹陷的角轮，深浅相同，宽窄一致，显得既坚硬又富有力量。小母牛的脸上、两个屁股上和肚底奶帮处共有四块白斑。朱梅兰给小母牛起名叫四花。朱平安说不清楚"四"字，直接叫它花。小母牛很喜欢朱梅兰、朱平安。四花的嗅觉很灵敏，能从老远的地方闻到朱平安身上的味道。有两次朱平安夜里梦游跑出去了，朱利国只要带上四花就能一找一个准。

周昌光因为宅基地的事又找过朱平安几次，朱平安就是不松口。他结结巴巴地对周昌光说："你给一筐头钱俺都不走，俺要用这房子给老爸送终……俺要用这房子给俺姐看书写字……俺还要用这房子给外甥娶媳妇……俺还要用这房子让花下崽……你，不要再找我了，说不就不。"朱利国和朱梅兰听了很感动。可周昌光听了很生气，骂道："不听劝的孬种东西，你中邪了。"朱平安咧嘴说："嘿嘿，你是孬种他大伯，你是中邪他大伯。"听到这话，周昌光拿起棍子要揍朱平安，可小母牛四花不让，带着牛群把朱平安围在中间。周昌光跑来跑去，累得上气不接下气，就是够不着朱平安。棍子打在牛身上，牛眼睁得像小黑碗一样瞪着周昌光。他怕了，只得骂骂咧咧地回家去了。

二〇〇三年，周而复托落雁湖乡领导出面劝朱平安让出宅基地，要多少钱给多少钱。可朱平安还是一句话，坚决不让。周而复感到颜面尽失，自己堂堂一个领导，却拿不下一块宅基地，连个脑残的人都不把自己放在眼里，这还了得。

二〇〇三年冬天，朱平安骑在小母牛四花的背上望着刚开始飘大雪片的天空正唱歌呢，派出所的民警和朱平安没说一句话，就把他铐上了。朱平安生平第一次看到明晃晃的手铐，一开始还感到很好玩儿。后来，他才感到害怕。

朱平安在野湖里，看不到父亲朱利国也看不见姐姐朱梅兰，用可怜的目光望着小母牛，喊了一声："花，救我。"小母牛四花见的主人双手被铐在一起，要被人塞进车里，它双眼圆睁，拉开了一副顶人的架势。那个人当即朝天放了一枪，之后迅速把黑洞洞的枪口对准了小母牛的额头，骂道："畜生，我一枪毙了你。"

小母牛后退了几步，"哞"地长叫一声，又冲上去……

龙行运河湾

朱平安死了，四花死了。那人的脸色比死人的脸色还难看，颤抖着手掏出手机，拨通周而复的电话。

周而复昨晚在沂河县和朋友聚会，住在五星级宾馆里。今天上午十点半左右他才睡醒。周而复掀开被子准备穿衣下床，看到了身旁熟睡的裸体美女。

那女人不是别人，正是关西鱼。

关西鱼在帮朋友打一桩官司，如果胜诉关西鱼可得到一百万的好处费，已先给了五十万。关西鱼没有把这事情和谷冥蛛说，她把希望寄托在周而复身上。关西鱼打电话给周而复说："周院长，你马上要提拔了，临行前帮我个忙呗。"周而复说："我要提拔了？提拔到哪里？什么事你说！"关西鱼娇滴滴地说："当家的出国去了，要半个月才回来。你如果有时间请我喝一杯夜咖啡呗，我慢慢和你细说，你可别舍不得一杯咖啡钱，我有东西送给你。"周而复听后太兴奋了。

昨天晚上，周而复和朋友玩得很高兴，喝酒、跳舞、唱歌，一直到夜里两点。在穿过宾馆花园时，他想起了关西鱼。没想到不到一小时，关西鱼就来到宾馆里，色眯眯地站在周而复面前。

关西鱼从包里拿出十万元人民币递给周而复。周而复朝关西鱼笑了笑，说："你认为我缺钱吗？小美人，我该给你钱才是啊。钱你留着吧，算是我给你买两件衣服穿。"关西鱼没客气把钱又装回包里，说："周院长，你太好了，我好喜欢。"周而复两眼放光地说："喜欢就好，以后勤联系。"

没过几分钟，周而复的电话又响了，是老婆闫素娥的。

"什么事？"周而复问。

"你抓紧回来，儿媳妇生了，是个男孩。"

"生个男孩，好事啊。我回去干吗？"

"孩子长相太怪异了，吴亚君吓得昏了过去。本奇那条受伤的腿突然疼得不能走路。你抓紧回来"

"什么？你说什么？"

周而复听完半信半疑。他想起了自己干的坏事，不由得害怕了，难道这世上真有报应？

21. 江北风向

　　江北市常委会议室里，在召开市四套班子成员会议。赵筱蝶应邀列席，同时应邀列席的还有西城区区委书记刘金亭和区长朱茂林。会议的主要议题是讨论《龙行村新农村十年规划》及《实施十年规划的政策措施》。会议由市委常委、副市长张赣江主持。

　　吕裕民先做了发言，他说："我主要谈四点想法。第一，在目前情况下，没有必要把我们的具体工作带入哲学争论中，我建议在龙行，就是在符合党的政策法规，体现人民意愿的前提下，采取一切方法措施推进物质文明和精神文明建设。第二，改革开放几十年，江北市的发展有目共睹，成果显著。可以这样说，没有改革开放就没有现在的江北。但是，我们要看到我们的工作的短板，看到存在的严重问题，解决这些问题要有个过程。这个过程不是短时间能解决的，要有计划，有步骤，有耐心。第三，我在赵筱蝶的材料的基础上提一点儿意见，供大家讨论。这就是新形势下对党员干部要有新的要求和新的考核标准。就江北市而言，现在该是到了先富带后富，缩小贫富差距，为普通老百姓谋福谋利的时候了。这是党的宗旨决定的。党员干部的新要求和考核标准，首先要突出党性原则和宗旨意识，切忌不能一俊遮百丑，发家致富了，企业壮大了，腰缠万贯了，就什么都好。唯经济论、唯金钱论是不科学的。其次要突出企业家的道德品质和社会责任。再次是依据经济实力看对社会的贡献大小。这里面我强调一点，就是我们不能把缴税的多与少作为衡量贡献大小的依据。纳税是经营者依法应该做的，偷税漏税是违法行为。把应该做的事情作为贡献，岂不是笑话？这里的贡献是本应做的之外对国家、对集体、对社会、对老百姓的无偿奉献。允许一部分人先富起来，这话没错。如果他富了以后贪图享乐、腐化脱落，对在贫困线上挣扎的老百姓连一点儿同情心都没有，这样的人我们能用他吗？所以我建议组织部结合龙行村的政策措施，拿出一套切实可行的新要求、新办法，真正地把党性过硬、德才兼备的党员干部提拔到重要位置。人们常说，一头

龙行运河湾

狮子带一群绵羊，能打过一只绵羊带的一群狮子。我们要领悟其中的深刻道理啊。第四，我想说说，为什么由市四套班子领导成员来讨论关于龙行村发展的两份材料？首先，龙行村的位置联动着江北城市的发展，从卧龙山向南十五公里基本上都属于城区。龙行村的规划中有关于公立医院、公立学校、公立敬老院的建设。为此，市委、市政府有意在龙行村建一家全市一流的星级公立医院，建公立幼儿园、公立小学、公立中学，建一家上档次、上规模、医疗休闲相结合的公立敬老院。这几项工程是关系民生的重大事情。其次，运河中心港产业园是市委、市政府将要推进的重点大项目。其占地有三分之二在龙行村，从某种方面来说，龙行村的规划就是中心港产业园的规划，龙行村的政策措施也就是运河中心港产业园的政策措施。所以，我们从规划开始就要谋长远，通盘考虑。无论是工业、商业、贸易、物流，还是医院、学校、养老、休闲、旅游，必须要高起点，大手笔，切忌建了拆，拆了建，劳民伤财。再次，龙行村西面江北高铁站的建设还涉及许多道路建设，这些都必须在现在的龙行村规划中体现出来。所以，我们大家讨论的问题表面上是龙行村的问题，实际上是关于江北市副中心的问题，是运河中心港产业园的问题。请大家开诚布公，畅所欲言，然后由市委秘书处综合定稿。我的发言完了。"

吕裕民发言之后，参加会议的人员一个接一个发言。

刘金亭和朱茂林都很惊讶，一是没有想到两份材料都是出自赵筱蝶之手，二是吕裕民和常委们对这两份材料如此重视，三是四套班子成员都已准备好讨论材料。说心里话，西城区的四大办公室没人能拿出此等材料。赵筱蝶被撤职处分时，刘金亭和朱茂林都是副书记，区委书记是胡平华。因为《江北市改革开放的几点思考》一文，刘金亭对赵筱蝶有印象但没有见过她。前几天，市委组织部蔡少忠部长亲自打电话给他，说对赵筱蝶两年前的处分要实事求是，并建议他看看那篇文章。刘金亭没敢怠慢，迅速安排了组织部办理，撤销了对她的处分。刘金亭真的又找到那篇文章看了，看完后像是洗了一次凉水澡。最近，他又听到风声，说市里一些领导一夜间落马。

刘金亭用目光数了数参会人员，周而复、曹明义、鲍党恩都不在。刘金亭心想既然敢动关西鱼，势必考虑到了谷冥蛛，没有上面支持，他吕裕民不敢把网撒得这么大。刘金亭有点儿提心吊胆了。

轮到组织部部长蔡少忠发言了，蔡少忠正坐刘金亭对面。他咳嗽了两声，说：

"我完全赞同吕书记的意见。在这里，我想谈谈本人对两篇材料的感受。这两份材料是赵筱蝶在被撤职留党察看期间写的。一名研究生村官，一名省委组织部选调生，放弃大城市几十万年薪，立足龙行，思考龙行的未来，我蔡少忠从心里佩服。上次的《江北市改革开放的几点思考》一文，是我参加工作以来思想触动最大的文章。我们年年搞规划出政策下文件，基本上是换汤不换药。我在想，这样的文件政策有何意义？市委、市政府的公信力和执行力在哪里？看过赵筱蝶的文章，我认识到我们不仅要看到好的一面，更要有勇气看到不足、看到错误，要勇于否定。只有否定才能重新认识，只有否定才能从寻找新的办法，只有否定才能真正地回归到宗旨上来，只有否定才能真的建设和谐社会，才能把民生工作落到实处。感谢赵筱蝶同志的深谋远虑，为我们提供这样有分量的材料。在此我表态，在龙行村规划实施中如果需要我，我将不遗余力地支持。"

……

讨论发言持续了近三个小时，最后，张赣江对赵筱蝶说："筱蝶书记，请你说两句吧。"

赵筱蝶从记录中回过神来，说："感谢各位领导对龙行村的关心。"说着向参会人员深深地鞠了一躬。她接着说："我完全同意各位领导的意见。我只有一个要求请各位领导帮忙，规划实施时间是从二○○九年元月一日开始，请领导们务必在年底之前，审议并通过有关建设项目的具体方案，特别是医院、敬老院、幼儿园、学校，争取明年的今天在龙行村的土地上看到它们。谢谢大家。"

会议结束后，宣传部部长王一实说："筱蝶书记，你晚走一步。"

常委会议室里只剩下王一实和赵筱蝶，王一实对赵筱蝶说："筱蝶书记，我受吕书记委托，向你打听个事，耽误你几分钟时间。"赵筱蝶说："客气了王部长，有什么事你尽管说，知无不言。"王一实说："筱蝶书记，你是不是以'江北风向'的笔名投过稿啊？"

王一实这一问把赵筱蝶问愣了。

王一实见赵筱蝶的神情，心里有底儿了。他走到饮水机前为赵筱蝶倒了一杯水，说："筱蝶书记，说说看，怎么回事？"

赵筱蝶几个小时没喝水，接过水杯咕噜噜一口气喝干。她擦了擦嘴问："王部长，你从哪里得到的消息？"王一实说："吕书记和我猜的，如果'江北风向'这个人在江北市的话，十有八九就是你。"

赵筱蝶把自己撤职处分后在蝴蝶庵写文章的事告诉了王一实。王一实听后，满脸喜悦，迅速拿出手机拨通吕裕民的电话："吕书记，果然是赵筱蝶。""好，好，抓紧带过来。"

赵筱蝶很紧张，怯生生地问王一实："王部长，是不是我又捅什么娄子了，给领导添麻烦啦？"王一实连忙说："没有，没有，是好事，到吕书记办公室你就知道了。"

赵筱蝶跟在王一实身后来到吕裕民的办公室。刚进门，一位满头白发、风度儒雅的领导就从沙发上站起身向赵筱蝶迎上去，说："你是'江北风向'吧，我是江仲谋，看到你很高兴。"说着主动和赵筱蝶握手。赵筱蝶很紧张，不知道坐哪里为好。江仲谋说："裕民书记，江北出人才啊，不对，是江北出良臣啊。我原以为'江北风向'是个老学究，没想到是个风华正茂的女研究生村官。来，坐我身旁。我受领导指示，有任务交办。"

大家落座后，吕裕民对王一实说："一实部长，你把我这篇文稿拿去再看看，晚上我和交流一下。"王一实出门之后，吕裕民对江仲谋说："老领导，请指示吧，要不要我也回避一下？"江仲谋说："用不着，我所说的，你和赵筱蝶保密便是了。我相信你们俩。"

江仲谋说："我这次出来是受领导指示，访贤。赵筱蝶寄给我社的几篇文章刊发在我社内参上，得到领导一致好评。领导安排我要见两个人，'江北风向'是第二个。"说着从包里取出一沓钱递给赵筱蝶。他接着说："这是领导安排的慰问金，两万元整，你接着，在我小本子上签个字。"赵筱蝶犹豫，没有接钱。江仲谋说："这是对你思考国家大事写出有深度文章的奖励，你应该拿的，你就权当是稿费。你不拿，我没法交代。""你们能采用，我就万分高兴了，这钱就免了吧。"赵筱蝶说着看向吕裕民。吕裕民说："既然领导安排了，你就拿着呗。"

江仲谋说："找到你，有三件事要做。一是送慰问金。二是了解一下你的工作生活状况。如有困难，请地方政府全力解决。裕民书记在这里，生活上、工作上、安全上若有难处由裕民书记负责。裕民书记，你安排人把赵筱蝶的档案资料复印一份给我。"吕裕民当即安排蔡少忠部长去落实。江仲谋接着说："三是领导交给两个题目，让你思考，写出最基层、最有说服力的调查研究材料，供领导决策参考。"

　　江仲谋很谨慎地从包里拿出一张纸条递给赵筱蝶。赵筱蝶接过纸条，看到上面打印的两道题目，她皱起眉没有说话。江仲谋递给赵筱蝶一张名片，说道："有什么想法和观点，有哪些吃不准的理论，随时打电话给我，我们多交流交流。先放在心里，凭你扎实的理论基础加上所见所思，文章自然会丰满起来。不着急，慢慢来。"

　　后来，江仲谋又了解了赵筱蝶的家庭情况。

　　蔡少忠部长把赵筱蝶的档案送进来时，已到吃晚饭时间，吕裕民留赵筱蝶陪江仲谋吃饭。赵筱蝶说："江社长、吕书记，实在对不起，村里已遍知六点召开村支两委成员和全体党员会议，我骑自行车需四十分钟，时间不够。这样行不行，明天中午我请江社长，诚请吕书记和蔡部长作陪？江社长请你给个面子，你不一定和村官吃过饭哟。"

　　江仲谋笑了笑算是同意，并说："明天上午我就不打扰各位领导了，我自行到龙行村去看看。"

　　蔡少忠和赵筱蝶走后，江仲谋对吕裕民说："裕民书记，你可知道华自义主任是你江北人？"

　　吕裕民听江仲谋这一问灵机一动地说："华自义是江北人，我只是听说，没见过面。"

　　江仲谋说："华自义是我此次之行要找的第一个人。唉，可惜了这个人才，大桥断塌，列车栽入运河，他恰巧就在那辆列车上。华自义当年曾任运河大桥工程总指挥，后因对工程质量无数次提出意见被降职为技术员。没想到灾祸会降临到他头上。"

　　吕裕民很谨慎地问："有什么重要事吗？"

　　江仲谋说："华自义有两篇文章引起了领导关注。一篇关于腐败的，其中就涉及运河大桥工程质量问题，几十亿资金被侵占私吞。他早就预料不出十年大桥肯定会塌，并会带出惊天大案。另一篇是有关拉帮结派，鲸吞国家财物和矿产资源的文章。这篇文章是以'华龙小麦'的笔名写的，是一篇忧国忧民的文章啊！这个人要保护起来。如今，华自义下落不明，太多的人都在暗处活动。领导曾指示，一旦发现他要百分之百保证他安全，看来我是无法完成这项任务了。裕民书记啊，我在宣传部门时和华自义有多次交流，此人可谓信仰未变，初心无改，铁骨铮铮，是我党的忠诚战士，我无法企及啊！听说他的老母亲是位老红军，一九二七年入的党，一百多岁了。明天上午，我想去他家看看她老人家，你看行吗？"

吕裕民的大脑在飞速地旋转着，像是自言自语地说："前几天，我市最后一位老红军去世，叫龙世英，墓地就在江北烈士陵园里，难道是他母亲？"江仲谋很惊讶地说："是华自义母亲。来之前我看过华自义的档案，父亲叫华子明，母亲叫龙世英。大桥事故现场只找到华自义的行李包，没有发现华自义的尸体。华自义座位处的车窗玻璃被敲碎，全车乘客只他一人逃出车外，生死不明。你参加他母亲的追悼会了吗，有没有发现华自义？"江仲谋像是看到一丝希望。

华自义见江仲谋的心情很迫切，委婉地说："我在外地出差，没来得及赶回来。"

江仲谋说："要是你参加追悼会就好了。如果他活着肯定会回家为母亲送葬的，他二十几年没见到他母亲。你不知道领导对他的安全有多担心啊。我要去他家一趟，看能不能打听出点儿消息来。"

吕裕民心想，看样子江仲谋是真的担心华自义的安全。

吕裕民说："老领导，你别急。你看这样行不行？吃过晚饭后，我负责帮你打听，明天上午上班向你汇报情况。"

江仲谋说："裕民书记，这件事不能和任何人说，你千万掌握策略。"

"行，你就放心吧。"吕裕民明白万事难测，小心为上。他必须先征求华自义的意见。否则，后果不堪想象。

22. 心声

华自义和朱梅兰住在龙云寺最北面一排房子最东拐角处的一座小院里。小院东西北三面松柏参天，大门朝南，阳光充足。这是空了法师闭关前特意安排的，本来是藏经院，主房三大间，东西耳房各三间。小院离前面大殿有三百米，门前的青石路宽约两米，路两旁杂树丛生，蒺藜满布，显得阴森森的。平日里很少有人来这里，只是有时天黑后华自义和朱梅兰出来散散步。冬季，这里更加清净。

华自义和朱梅兰接二连三地用谎言圆了朱小义、华岚岫与他们俩的关系。朱小义留下那块意字玉佩和华岚岫回澳大利亚去了。朱梅兰放寒假，简单地添置些炊具桌凳和日用品，起火开灶，和华自义住在小院里。两个人都在写文章，华自义是政论，朱梅兰是文学，白天很少出门。

朱梅兰，只是外面人称呼而已，她的身份证上的姓名仍然是宋艺兰。平时在家，华自义还像二十六年前一样称呼她小兰。朱梅兰称呼华自义为小麦。

吃晚饭时，华自义对朱梅兰说："小兰，告诉你一个好消息，周而复被抓了，案子不久就会真相大白，朱平安冤情昭雪的日子不会太远。"朱梅兰很感动，她并没有正式和华自义说过自己和小义的两个心愿，一是为朱平安申冤，二是找到朱利国的妻子和三个孩子。朱利国和朱梅兰早有判断，朱平安的事一定是周而复指使别人干的。周而复得了个怪孙子的消息从医院传出，闹得满城风雨。朱利国和朱梅兰得知后，想真是冤有头债有主，现世现报。朱利国和朱梅兰确信祸根是周而复，是那块宅基地。现在，周而复被抓了，案情自然就会明明白白。

"老天睁眼了。"朱梅兰说着从柜子里拽出那个装着葫芦的袋子，从里面摸出华自义交给她的那块玉佩，又从抽屉里拿出一块玉佩一同交给华自义。她又说："小麦，你看看这两块玉佩。"

华自义见两块玉佩一模一样，只是上面刻的字不同，一个如字，一个意字。华自义很吃惊，问朱梅兰："这玉佩哪来的？"朱梅兰说："这是我爸朱利国在小义满月时送给小义的，小义一直戴在脖子上，这次临行前是我叫他留下的。我看到你戴的玉佩时就感到眼熟，只是我没问。"

朱利国临死前把自己的真实姓名、老婆孩子的姓名以及按玉佩上的字取名的事都告诉了朱梅兰，朱梅兰又告诉了华自义。这块如字玉佩该是唐意茹的，华自义心想韦师新与唐世军的女儿唐意茹肯定有关系，找到唐意茹应该不成问题，找到了唐意茹就能找到龚靖平。华自义没有把心里话告诉朱梅兰，只是说："小兰，你放心好了，我会找到唐世军的妻子和孩子的。"

华自义说这话时在猜测韦师新给自己这块玉佩的目的。他想到空了法师说的话，还想到唐诗茹。唐诗茹和唐意茹有关系吗？那块如字玉佩是不是唐诗茹戴的？

华自义看着两块玉越想越复杂，越想越觉得这块如字玉佩大有文章。

这时，吕裕民打来电话，说有要事见面说，现在就站在门外。华自义赶忙叫朱梅兰开门。吕裕民是骑自行车来的，把自行车停在小院里，和朱梅兰打个招呼就到华自义的书房去了。

吕裕民问华自义："华主任，你是不是以'华龙小麦'的化名给首长写过信？"华自义很惊愕："裕民，你怎么知道这事？"吕裕民说："暂且不谈这事，我先问你，江仲谋这个人你熟悉吗？"华自义问："哪个江仲谋？"吕裕民说："原来是宣传部门的副部长，后来调走的江仲谋。"华自义说："他啊，我熟悉，笔名铁鹰，外号满头白。三十岁开始白发，四十岁没有一根黑发。怎么，你和他也熟悉？"吕裕民问："你们俩关系怎样，值得充分信任吗？"华自义犹豫了一下，说："应该值得信任。"像是没有充分把握。

吕裕民说："江仲谋在找你，说是上面领导的安排。他对你的情况比较了解。他为你的安全十分担忧，还准备去看望你的老母亲，是我告诉他老人家已经去世了。他断定如果你活着一定会参加母亲的葬礼。但到目前，他还不确定你活着。你现在的情况能否让他知道？他在等我的消息。"

华自义叫吕裕民把见到江仲谋之后的所有事情详细地说了一遍。华自义还是无法判定事情的真伪，问："江仲谋和你具体讲过领导人是谁吗？"吕裕民想了想回答道："和我讲话的前前后后总共就提到四个人，其他的人他都没说。"华自义又问："你能确定江仲谋是一个人来江北的吗？"吕裕民说："这我确定，就他一个人。是我安排车子到车站接他的，他一个人背个包。"

　　华自义递了一支香烟给吕裕民，自己也吸上一支，若有所思地说："不见吧，怕失去一次绝好的机会。见吧，万一出现什么意外，我个人倒没有什么可畏惧的，只是怕把你也牵扯进来，给你带来诸多麻烦。"

　　吕裕民听后毫不犹豫地说："华主任，你放心，只要上对得起党和国家，下对得起黎民百姓，我没有什么可顾虑的。我坚信邪不压正。"华自义长叹一口气，说："裕民书记，这里面很复杂呀！"

　　吕裕民说："一叶知秋。江北市的乱象我深有体会。谷冥蛛主攻江北近十年，几乎要变了天。我在想是谁给他这么大的胆，又是谁为他扫除障碍，铺路搭桥？这是多么可怕啊！'苟利国家生死以，岂因祸福避趋之。'为人民服务，这是我的执政理念。我既然已对江北市的乱象开刀问斩，就没有考虑我自己。党和国家能以壮士断腕的决心去改革，难道我还能存有退却之心？有辱初心、有辱信念、有辱忠诚、有辱使命的行为，我吕裕民绝不苟同。"

　　华自义听完吕裕民的话深情地打量着他，目光里充满信任和希望，说："我们俩考虑考虑该如何与江仲谋见面，确保万无一失。"

　　第三支香烟抽完的时候，华自义喝了口水，说："明天上午，你这样和江仲谋说，就说打听到了我的表兄弟龙旭，龙旭在葬礼上看见过我。你安排龙旭和江仲谋见面了解点儿情况。届时我以龙旭的名字先去见他，他能理解我用假名的意图。你晚到一刻钟，我和你装作不认识，他肯定向你介绍我。如果他向你介绍我叫龙旭，并要求你尽全力保护我，这说明有一半可信。如果他直接向你介绍我叫华自义，说明他心里有鬼，然后你迅速离开，由我和江仲谋单独面谈。你安排韩子刚在门外守候。无论他怎么介绍，我都会在十分钟之内脱身，你半个小时之后再回来我已不在现场，这样便撇开我和你的关系。见面的地点最好在公安内部招待所，时间最好在下午一点钟左右，我提前到见面地点等他。"

　　吕裕民感觉华自义的安排很谨慎，问："时间定下午三点行不行？中午赵筱蝶请他吃饭，我已答应了，和纪光红、蔡少忠作陪。吃过饭让他休息一会儿，你看怎么样？"华自义想了想，说："行，两点半我去等他。"

　　吕裕民望着华自义问："如果他向我介绍你是龙旭，你们也谈了，只有一半可信，那一半怎么办？我们还要做长远打算。"

　　华自义也在考虑这个事情，见面是他们的第一步，下面要干什么难以预料。华

龙行运河湾

自义看到桌子上的材料突然间来了主意，对吕裕民说："这样，裕民书记，你今天夜里把我的这份材料给打印出来，只打三份，我和江仲谋见面后给他两份带走，我留一份。你那里切忌不能留有任何蛛丝马迹。我和江仲谋约好十五天之内等他消息，由他亲自打电话给你，你打电话给龙旭，龙旭再转告我。超过十五天我将离开江北。如果在十五天之内，你接到江仲谋亲自打来的电话，并按我刚才说的和你说了，就说明能完全信任。其他任何人打听有关我的事情，你就一口咬定说龙旭消失了，你不认识华自义。到时候我和你再商量下一步怎么办。"

华自义把文稿整理好放进档案袋里交给吕裕民，说："裕民书记，这材料涉及许多秘密，交给你最信任的人办理，千万不能泄露出去。我把它交给你了。"

吕裕民看了看手表说："争取十二点之前交给你，放心吧，华主任。"

天黑了，华自义和朱梅兰把吕裕民送到龙云寺大殿前。吕裕民骑上自行车，消失在夜色中。

吕裕民刚到办公室就接到赵筱蝶的电话："吕书记，向你报告两个好消息。一是刚接到孙董事长的电话，华龙纺织集团决定搬迁到龙行啦，总投资五十亿以上。二是建设幼儿园、小学、中学的可行性报告已经由省教委有关部门完成，孙董事长有意在学校建设上无偿投资，具体多少没说。另外，孙刚经理和孙董事长说了，他们准备投资建个敬老院，正和省民政厅及有关专家商讨具体方案，近期就可确定。"赵筱蝶在电话里很兴奋。

吕裕民说："祝贺你，筱蝶书记，你把这情况向刘金亭汇报一下。"说完，突然想到要是叫赵筱蝶打印华自义的材料岂不两全其美，又说："筱蝶书记，你打字的速度快吗？"赵筱蝶回答："一般般，每分钟七十个字。"吕裕民问："下面准备做什么？"赵筱蝶说："会议刚结束，有几个老党员思想上还有点儿想不通。我先去吃点儿饭，之后去做他们的工作。"吕裕民听到赵筱蝶还没有吃饭，还要去做老党员的思想工作，就没有忍心再叫赵筱蝶深更半夜骑车进城。

"吕书记，是不是有材料急需啊？你把材料拍照片发到我手机上，明天上午我把打印好的材料送过去，你看行吗？"赵筱蝶说。

吕裕民听到这话心里很感动，说："筱蝶书记啊，注意休息。材料的事你就不要放心上了。明天中午见。"

赵筱蝶挂了电话又给刘金亭书记拨过去。

江北市市委组织部长蔡少忠让人来取赵筱蝶的档案的事，很快传到刘金亭那里。中午参加市四套班子讨论会，常委们对赵筱蝶的赞誉让刘金亭心里有说不出的滋味。赵筱蝶毕竟是西城区的干部，这样的人才自己没有及时发现提拔就是失职。蔡部长把赵筱蝶的档案材料拿去意味着什么？江北国际大酒店之事，已是江北一道血淋淋的大口子，让太多的人夜不能寐。人事变动已是不可避免。在这关键点上，千万不能有半点儿粗心。

刘金亭想，《江北市报》上已连续刊发几篇特约评论员侍卫宣的文章，思想风向已定，舆论已成，整治已开始。这个看起来文质彬彬的吕裕民是个铁腕人物，不可小觑。政治权利，有政治地位才有权利；政治路线，跟对路、站对队才有政治。刘金亭从一个生产队队长混到九十万人口的区委书记，但他有自知之明，能掂量出自己到底有几斤几两。不赶上江北撤县建市，不在一个偶然的机会认识了谷冥蛛，说不定他现在还在村里顶多混成个村支部书记。

四套班子会议结束后，刘金亭对朱茂林说："茂林啊，看今天这场合，我们失职啊。"

朱茂林理解刘金亭的意思，说："刘书记，你也不要多想了，赵筱蝶不是和我们说了，她是准备层层上报的，没想到吕书记如此重视和迅速。至于两年前的事，吕书记应该清楚，不是你我能左右的，现在不是纠正了吗？"

刘金亭说："文章之事我们就不说了，但我们应该从卧龙山的事故中，从龙至礼追悼会上吕书记的讲话中，发现赵筱蝶的潜质。通过今天的两篇材料，我看到了赵筱蝶超凡的才华和巨大的能量，此人非池中之物。"朱茂林说："刘书记，此人可重用。"

刘金亭想了一下，说："这样吧，你通知尤长峰部长晚上八点和你一块到我办公室。"

刘金亭又突然问朱茂林："你说关西网被抓是不是与赵筱蝶有关？"

朱茂林说："关西网那个混账，整天吃喝嫖赌，不干一点儿正事。据我所知，他被抓与涉黑袭警有关，自找的。你没听说吗？江北国际大酒店之夜，有黑社会头子被抓。他撞枪口上了。"

刘金亭沉默了一会儿，对朱茂林说："你通知下胡子豪部长，晚上他也参加，有任务。"

龙行运河湾

尤长峰是西城区组织部部长，胡子豪是宣传部部长。

晚上，刘金亭办公室，朱茂林、尤长峰、胡子豪三人一致赞同刘金亭的提议，任命赵筱蝶为闸北镇党委副书记兼龙行村支部书记，由尤长峰提请明天上午常委会研究，后天公示。在公示的当天，《江北日报》刊登一篇有关赵筱蝶的文章，题目是"一名被处分的优秀共产党员的英雄事迹"，副标题是"记卧龙山人蛛大战中的赵筱蝶"。文章由胡子豪安排人完成。

这时，赵筱蝶的电话打了进来。赵筱蝶把刚才向吕裕民汇报的内容又向刘金亭汇报了一遍。刘金亭喜形于色，满脸笑容，对赵筱蝶说："筱蝶书记，你辛苦啦。感谢你为我区招来五十亿的大项目。按市委文件，招商引资二十个亿以上的项目，享受正处级待遇，到时候，我代表区委常委会全力推荐上报。还有百分之一的奖励呢！"

赵筱蝶说："谢谢你刘书记，我不要官也不要钱。我向你汇报的目的，一是让领导知道这件事，二是请你向吕书记汇报一下，规划设计方案尽早落实，确保明年元月一日开工建设。麻烦你了，刘书记。"

"好的。这是大事，我应该做的。"刘金亭说。

刘金亭挂了电话，把赵筱蝶说的情况说给其他三个人听。他们听说五十多亿的大项目要落户龙行村，都怀疑华龙集团又是个大骗子。他们这几年经历太多了，陪吃陪喝陪玩，最后对方一走了之。刘金亭说："你们过虑了，华龙集团孙总七十年代下放在龙行村，华龙集团起家于华龙组，孙华董事长是在龙行村入的党。现在，省政府要求华龙集团整体搬迁，机会赶上了，不会落空的。明天上午，茂林区长在常委会上通报一下这件事。我要亲自抓这个项目。"言语之间，刘金亭流露出对今晚四个人的决策感到既及时又得意。

赵筱蝶回到蝴蝶庵已是深夜十一点半。她发了个信息给吕裕民："吕书记，我已回蝴蝶庵，材料之事如需我做什么，请指示。"

吕裕民在华自义的住处，华自义把材料交给吕裕民后，两个人在喝茶聊天。华自义不止一次听母亲说过赵筱蝶。江仲谋找的第二个人就是赵筱蝶并且还交办了任务。江北市四套班子讨论的赵筱蝶关于龙行的规划及措施，他看过，不是一般水平。刚刚吕裕民又说她引进一个五十多亿的大项目。华自义对赵筱蝶的印象在一步步加深。

　　吕裕民把赵筱蝶的短信给华自义看了看，说："像赵筱蝶这样在最基层辛勤工作到这个时候的人不少啊，只是我们与这些人隔山隔水，没有机会发现他们。赵筱蝶是大学生村官中最典型的代表，无论是理论还是实践。"

　　"材料已整理好，你休息吧！"吕裕民回了八个字。

　　华自义问："赵筱蝶为什么住在蝴蝶庵？"

　　吕裕民笑了笑说："这事，我还真不清楚，就像你为什么执意要住在龙云寺。"

23. 粮食餐厅里的阴谋

　　赵筱蝶上任后第一次召开龙行村村支两委成员和全体党员会议是有充分准备的。按她的思路，发言先从龙、马、华、夏、赵、李、吴七大家族开始，然后是各小组党员和群众代表，最后是现有的村领导班子成员。有的内容要集体交流讨论，有的内容要一对一面对面征求意见，谈思路、谈想法。总体情况赵筱蝶感到很满意，为普通党员、为老百姓办事当然会得到大部分人支持。但是，蛰伏在一部分人心里的私利，和这种私利掩护下的小帮派、小集团势力无不在谈话交流中体现出来。说归说，做归做。较量总是在暗处。

　　亮家底，清产权，收项目，返租土地归村集体统一使用。这是赵筱蝶的第一步的工作思路。亮家底，就是各小组配合镇土管所重新丈量土地，每家每户以第一轮土地承包面积为准，剩余的所有土地全部归村里所有，归大家共同所有。清产权，主要是厘清房屋、宅基地、树木、土地四项产权属性范围。凡是属于违规建筑、违规栽植、违规使用的全部清除清退，归村里所有。收项目，就是凡在龙行村土地上承包集体土地、承包集体水面的，第一次承包结束后未经村支两委同意、未经小组群众代表同意以个人名义转包或续包的，一律按合同到期处理。凡是村里盖章的合同，经镇纪委审查有行贿受贿行为的，未履行合同内容的，违规违法的，全部属无效合同，该清的清，该退的退。龙行村的现有承包地有百分之七十在抛荒，两百块钱一亩都无人接手，村里以每亩四百元的价格返包。各组清理出来的土地以同样的价格转包给村里。这些收入归群众共同所有，一年一分配，包期三十年。这些举措完全有利于普通党员群众，当然会得到广泛支持。但赵筱蝶心里明白这无疑是断了少数人的财路，他们肯定会在暗处作梗。

　　在会上，赵筱蝶并没有亮出龙行村的十年规划，亮出的是镇纪委、财政所、农经站对龙行村的审计报告。这让一些村组干部很感到后怕，他们自然会联想到镇党委书记关西网被抓，前两任书记李为业和李继来还在坐牢。会场虽然鸦雀无声，但每个人的内心都不平静。没有问题的人在想着赵筱蝶怎么处理这件事，有问题的人在担心自己会落个怎样的下场，更有甚者是在动歪脑筋想让这项工作胎死腹中。

赵筱蝶在会上要求村组干部和党员在十天之内把侵占集体资金、侵占集体财物、违规建房屋、违规侵占土地等情况先自查形成书面材料交上来，然后逐步退还、拆除、清除。不该用的钱退了，不该做的事改了，一律既往不咎，否则，后果自负。赵筱蝶说："我想在此提醒各位，审计报告上的问题已经十分严重了，但我可以负责任地告诉大家，实际问题比审计出来的问题更严重。龙至礼老支书临死前给我一份详细清单，我看后触目惊心。我很希望大家能自查自纠，过去的事就让它过去，从现在起齐心合力把龙行村的工作搞好。近期的《江北日报》大家都看了，如果有人还看不清形势，抱着侥幸心理，那就大错特错了。"

令赵筱蝶没有想到的是，她的话音刚落，赵利冉就站了起来，说："筱蝶书记，我赵利冉不会写汇报材料，今天当着大家的面我表态，如果审查出我多占一分钱，多栽一棵树，多种一厘地，多贪群众一杯酒，多吃群众一块肉，立即开除我党籍，我就对着墙拐子撞死。"赵利冉的话虽是自证清白，但明显有怒气：是一种不满的情绪发泄。赵利冉的情况赵筱蝶了解，但没想到他能在这时候站出来说话，给会议带来一股满满的正能量。会场里爆发出了热烈的掌声。

更出乎赵筱蝶意料的是龙惠娟。赵利冉刚坐下龙惠娟就站了起来，说："筱蝶书记，我也用不着写。自从到龙行村工作，除了参加过八九次吃喝宴请之外，我龙惠娟没占村里一草一木、一分一厘。这八九次宴请我也记不清是公款还是私款。吃了喝了，我认账。"说完，她从包里拿出一沓钱甩了到会计华明善面前，说："华会计，我认五百块钱，宽超有余吧。你打张收条给我，从此以后，本人一身清。"会场里又爆发出热烈的掌声。

赵筱蝶看了看龙惠娟，说："龙主任，你的心情大家理解。钱的事情会后处理吧。"

在赵利冉和龙惠娟的带动下，参加会议的六十三人有四十多人做了表态发言，都表示没有任何侵占行为。赵筱蝶虽然感到很欣慰，但她知道发言的人越多，剩下的人的心里就越不安，很有可能激化矛盾。

赵筱蝶看了看时间，不再让大家继续发言了。接着她简要地向大家介绍龙行村的发展规划。赵尔照、李仕禄、华明善、龙是银、吴庆功都低着头、板着脸在玩手机，谁也没有说一句话，谁也不知道他们的心里在盘算着什么。

五组有三名党员是故意不参加会议的，耳不听眼不看心不烦。赵筱蝶决定上门拜访，听听他们心里话。

赵筱蝶从五组回到蝴蝶庵的时候是夜里十一点半，收到吕裕民的短信后，想喝杯水洗洗休息。当提起空空的暖水瓶的时候，她突然间想起清玉，想起清玉留给自己的那封信……

蝴蝶庵东北方向三四里地的国家粮库院内，有一家酒店叫粮食餐厅。国家粮库工程在紧锣密鼓的建设中，加之华龙俭的龙行天下粮油贸易集团在扩建，每天都有好几百人在施工现场，粮食餐厅的生意很是红火。餐厅的老板是个四十四五岁的中年妇女，个子有一米六五，微胖，皮肤白嫩，说起话来柔情似水。她姓夏，叫夏庆嫂，二组老党员夏冬秋的女儿，是龙惠娟的上一任村妇女主任。

龙行村第三任书记李为业执掌龙行时，总想占夏庆嫂的便宜，可她就是不从。有一次，夏庆嫂和李为业从镇里开会回来，李为业见天色已晚，又正好到了黑龙渊翻水站机房，他把夏庆嫂骗进机房想占有她。结果，李为业不仅没有得逞反而被夏庆嫂抓得面目全非，脸上血淋淋地留下几道指甲印。第二天，夏庆嫂就不干村妇女主任了。她和丈夫吴佳煜在江北城南开了家小吃部，几年下来有些积蓄。江北国家粮库门面房建成后，她买下两间上下层，开了这家餐厅。李为业因为贪污公款被判七年六个月，有人说是夏庆嫂捣的鬼，实际呢，八竿子打不着。

夏庆嫂是三只眼夏双明的小姑，二〇〇二年入的党。这次村里开会她没去，说是饭店忙没有时间。实际上是她已经对村里不再抱任何希望，她也不认识赵筱蝶。

夏庆嫂的丈夫三年前出车祸身亡，女儿马上大学毕业，是党员，正准备考大学生村官。夏庆嫂百般反对，说出村里一万个不好，可女儿像中魔一样非考不可，气得夏庆嫂把手机摔成八瓣。夏庆嫂的儿子今年上大二，她对儿子要求不高，就是毕业后回来管理酒店，娶妻生子。

夏庆嫂看起来有点儿轻浮，实际上一点儿也不轻浮更不色。有人说她大姑娘时就爱上华龙俭的父亲华成国，但那只是村里人说说而已。不过，华成国和儿子华龙俭经常带很多人到粮食餐厅吃饭喝酒这倒是不争的事实。

村里会议结束时已经快到十点，夏庆嫂接到赵尔照的电话，叫她在二楼最大的包间准备一桌酒菜。太晚了，夏庆嫂本不想接单，碍于乡里乡亲的面子，勉强安排厨师准备一桌。夏庆嫂不缺钱，开酒店是为自己找点儿事做。还有一个重要原因，她有心脏病，有两个女服务员陪吃陪住，有个照应她自己放心。

参加今夜粮食餐厅聚会的共十人，分别是村长赵尔照，村会计华明善，村副主任、计生专干李仕禄，华龙组组长龙是银，五组组长吴庆功，华龙组水面承包户夏双明、李小四，华龙组造船厂厂长董世道，沿河沙场场长吴良兴，五组黑龙渊承包户张黑龙。

三只眼夏双明四年级辍学回家，以逮鱼为生，后来因盗窃自行车被劳教过。劳教回来后因盗窃龙行电灌站八千瓦电动机拆铜芯卖被判刑五年。刑满释放后以贩鱼为生，从落雁湖收鲜鱼运到江北市的南菜市卖，每天能挣个二百左右，几年下来发了点儿小财。高速公路从龙行村西面经过，龙行村华龙组唯一一块在黄河西面的两百亩土地被征用取土，变成了两百亩高低不平的洼地。那是一块早被华龙人忘记的土地，只有龙是银龙五爷知道，高速公路给七百多万赔偿款后，那块地就该属于国家的了，可国家哪儿有闲心来过问这块在地图上连针尖儿大都没有的地方，何况那里杂树丛生，野草遍地，坑坑洼洼。龙是银以组里的名义出资整理成鱼塘，然后找到三只眼，以每年三万的承包费包给他。几年下来，三只眼发了，成为一个地地道道的有钱人。江北市的南菜市每天的出鱼量，他要占到三成以上。李小四是跟三只眼混的，人们称三只眼为大老板，称李小四为三老板，二老板是张黑龙。张黑龙不是因为承包了黑龙渊才叫张黑龙，而是因为他身上文了两条黑龙。张黑龙蹲过四次牢，每次服刑回来，他的声望就会提升很多，跟随他的队伍就会壮大一次。可以说从江北市的南菜市向南，提起黑龙哥，没有人不认识。黑龙渊本是三只眼的，因张黑龙为三只眼摆平很多烦心事，张黑龙又有众多兄弟要养活，三只眼就把黑龙渊送给了张黑龙。养鱼由三只眼安排人负责，卖鱼由三老板李小四负责，张黑龙交点儿承包费，拿利润。夏双明、张黑龙、李小四三人，不仅是龙行村大小二十口水面的当家人，也左右着南菜市场的水产品，势力很大。

吴良兴承包的是华龙码头向南沿运河西岸的河边地，一二三组沿河八个沙场都是他的。他把从长江运来的黄沙用砂泵转移上岸，堆积成山，然后再用车拖运出去卖给客户。行情好时一吨黄沙能挣二十元，行情不好时，每吨黄沙也能挣五块钱以上，日收入最高时达二十万，最低时也在三万以上。每年仅打点关系的费用就达两百多万，交给张黑龙的保护费是五十万，由张黑龙负责生意合同、同行竞争、催款

龙行运河湾

要账及其他不平之事。

夏双明、张黑龙、李小四、吴良兴，四个人是一头磕的拜把子兄弟，他们都叫龙是银为龙五爷。

至于董世道，他就是个租了华龙码头北面二十亩地在上面造船的小老板。他带领几个人每年生产七百吨位以上的钢板大驳船十条左右，每条船的纯利润在二十万左右，一年的纯利润在两百万上下。董世道很满足，没有大的野心。

董世道没结婚前是个诗人，蓬头垢面，不修边幅，结婚后为生活所迫学习电焊。他的鱼鳞焊技术堪称一绝，获得过江北市"能工巧匠"电焊组第一名。他喜欢写诗，但编辑部总是向他要钱才给发表。他不喜欢造船，可这却能给他带来大把大把的钞票。董世道的厂里生产出的船都有一个共同特点，就是每条船的船顶上面都有一面高约三米可升可降的铁旗杆，黄色的旗杆、红色的旗帜，格外显眼。这是董世道造船的标识。有许多买船的老板嫌铁旗过闸过桥时升降费事，建议董世道把它取消。董世道说："不行，船怎么可以没有旗帜呢？"

董世道把铁船下水当成一首首发表在清江运河里的诗。空载时，船浮在水上，他把船看成是一首抒情诗；重载时，浪打船舷，他把船看成是一首哲理诗。但这些都不是董世道想看到的，他期盼的是灾难来临时整个船沉没在水底，在波光粼粼的水面之上，还有一面旗帜在阳光下闪闪发亮，那才是一首能拨动人心弦的诗……

十个人先后落座，赵尔照冷着脸说："邓小平他老人家说过，不管白猫还是黑猫，抓到老鼠就是好猫。在座的各位十几年抓的'老鼠'都不少吧，该是能猫好猫。我本想再让你们抓几年，可无奈呀我有负众望，算是到头了，你们也就到此为止了。我没有心情多说，请五爷说吧。"

龙是银用阴森森的目光扫了一圈，说："尔照，你不要心灰意冷、垂头丧气，别人没打你，自己倒是先趴下了。事情还没到无法挽回的地步。你问问他们几个人，对待挡财路的人怎么办，逢山开路、遇水搭桥、清除障碍。不就是钱的事吗？挣钱干什么，就是要花的；花钱干什么，就是要挣更多的钱。他们几个人不只是能'猫'，而且也是'上过山''进过宫'的能'猫'。鼠有鼠洞，蛇有蛇道。如果这点儿事都摆不平，他们干脆走人，别在龙行混了。有钱什么事干不成？命都可以买到。只要开个价儿，那就不算个事。你们几个说说看，怎么办？"

张黑龙是个急性子莽汉，没等老大夏双明开口就抢先说："这有什么可商量的，挡我财路如伤我父母，谁挡我们财路，我们就叫谁消失。五十万现金，我来把坎给铲了。"

三只眼夏双明慢条斯理地说："对付一个女人不必见血要命，让她自己离开龙行就可以了。马户家在龙行可不是好惹的。黑龙，你记住我的话，要命不行，重伤不行，强奸不行，五百里之内的人干事不行，其余的由你决定。五十万，我出二十万，良兴出二十万，小四出五万，董世道出五万。五天之内，我不想在龙行见到赵筱蝶，龙行村仍旧是风平浪静。五爷，你看这样行不行？"

龙是银没有说话，他在看董世道。董世道左臂支在桌面上，手摁着脑门儿，微闭着眼，谁也不看，也不说话。

李小四说："董世道，又想你那屙诗了。你鞋都湿了，眼看水漫嘴了。说说看，有什么想法？"

董世道放下手睁开眼，说："不知道大家看《江北市报》没有，我感觉江北的风向在变，江北的世道在变。闸北镇党委书记关西网被抓、派出所所长张望法被抓。关西网的妹妹关西鱼是江北的名人，如今也不知下落。同时，据说市政法委书记周而复、市公安局局长兼副市长曹明义、法院院长鲍党恩三个厅级干部被异地看守，此举惊天动地。你们想想，此时，你们的保护伞还能为你们遮风挡雨吗？在这个时候，赵筱蝶能咸鱼翻身，起码上面有人，谁能告诉我赵筱蝶的背景有多深，为她撑腰的人是谁？请你们三思啊！"

赵尔照说："赵筱蝶是我表妹，她的情况我最清楚，没有背景，就是个大学生村官，省委组织部选调生，会写文章，农村工作狗屁不懂，没什么了不起。"

董世道说："省委组织部选调生，她是省里的人啊。会写文章，文章通天啊！"

龙是银听得不耐烦，气愤地说："小董，你是不是畏惧了？你要是畏惧的话，现在就滚尿。"

"五爷，你误解我了，我想听听二老板有什么妙招。"董世道赶忙解释说。

"我有什么妙招用着跟你说吗？你算老几？"张黑龙气得脸红脖子粗，"你给钱，我叫她滚蛋就是了，你问那么多有屙用。"

三只眼夏双明说："老二，不要内耗，说最简单的。"

张黑龙说："五百里之外来人，扒了她衣服，拍裸照，逼她走人。"

董世道听完站起身抱拳说："对不起了，五爷，我滚尿。"说着夹包想走。

龙行运河湾

张黑龙见董世道想走，气上心头，挥出一拳打在董世道的鼻梁上，董世道顿时鼻口流血。"要走可以，先把五万块钱放下。"张黑龙恶狠狠地说，"把今晚的酒菜钱也付了。"

董世道抓起餐巾纸把鼻子堵上，又擦了擦满脸鲜血，没有吱声又退回到座位上。他打开手包，取出支票和笔，开了一张五万元的银行支票。开支票时，趁大家没注意他用带血的小手指在支票的左下角轻轻地按了一下，不留意看，发现不出有轻微的血迹。

在吧台前，夏庆嫂见董老板鼻孔插着餐巾纸，脸上有血，便知道房间里发生了事情。她想上去看看，被董世道拦住了。董世道递两千块钱给夏庆嫂，夏庆嫂说："董老板，没有这么多。"董世道说："他们还没结束呢，你先收两千，等几天我来结账，多退少补。"

付过钱，董世道请夏庆嫂为他拍了几张照片。之后，董世道就开车去医院了。

剩余的九个人开始喝酒了，龙是银见董世道走了心里多少有些不快。张黑龙端起酒杯对龙是银说："五爷，你甭往心里去，读书人就是屁多。五天之内，赵筱蝶滚蛋了，龙行村的当家人还是赵主任时，他就后悔了。到那时，看我怎么再收拾他。来，五爷，我敬你老人家四杯，你随意，我干了。"说罢脸一仰，酒杯掀个底朝天。

24. 缪玲玲

第二天陪江仲谋吃过中饭之后，赵筱蝶随纪光红来到韩子刚办公室。

局长曹明义出事后，副局长张再进被纪委传唤配合调查多次，自己也交代了不少问题，正在被双规。市政法工作由纪光红总负责，韩子刚暂时代理公安局局长。纪委工作面广、量大，纪光红只过问些重大事情，政法上的具体工作特别是公安上的事情由韩子刚全权负责。

纪光红进韩子刚办公室的第一句话就问："子刚局长，都准备好了吗？"韩子刚回答："准备好了。两个女警刚刚谈过话，她们很乐意。"纪光红又问："车子呢？"韩子刚说："纪书记，你放心，准备好了。"

纪光红望着赵筱蝶说："筱蝶，我给你介绍一下，这位是市公安局代理局长兼副政委韩子刚。"赵筱蝶说："你好韩局长，我叫赵筱蝶。我们见过面，在蝴蝶庵蝴蝶湖。你叫我小赵或筱蝶都可以。"韩子刚和赵筱蝶握手之后，便拨打办公桌上座机，说："你们两个都准备好了吗？可以过来了。"对方回答："准备好了，两分钟之内向领导报到。"

大家落座后，纪光红对赵筱蝶说："筱蝶，刚才在饭桌上你也听到了，江首长再三强调要保证你的安全。从现在开始，你就不要再骑自行车了。韩局长给你配了辆车，安排一名司机，专门为你开车；一名秘书，帮助你打印整理文稿。两个人给你做个伴。今后，你的一切行动都必须让她们俩知道。你明白吗？"

赵筱蝶听后好像在云里雾里。配车、司机、秘书，这待遇来得突然，她说："纪书记、韩局长，太感谢你们了。我这……是不是违反了原则？"

纪光红见赵筱蝶有点儿发愣，拍了拍赵筱蝶的肩膀说："这不是违反原则，而是政治任务。你放心，这不是限制你人身自由，你该干吗干吗，只是要让她们俩跟着保护你就行了，别的事情你就不要问了。只有一个要求，你不能向任何人透露她们俩的身份。"

正说着，两位女警笔直地站在门外齐声说："报告。"韩子刚看了看她俩，说："请进。"两名女警进屋后腰杆挺直地坐在沙发上。

韩子刚递了一杯水给纪光红，问："纪书记，你看这两位行吗？"纪光红接过水杯，说："行，英姿飒爽，精气神十足。"韩子刚又递了杯水给赵筱蝶，对两名女警说："给你们介绍一下，这位是市纪委纪书记；这位是赵筱蝶，你俩的保护对象。"

接着韩子刚向纪光红和赵筱蝶介绍说："司机郑子涵。""到。"郑子涵迅速站起身立正回答。"秘书冯莉莉。""到。"冯莉莉也是立正回答。

韩子刚说："你们俩请坐。从现在开始，你们俩的编制在局里，工作岗位是在赵筱蝶身边，要不惜生命保护赵筱蝶的安全，要尽心尽责服务好赵筱蝶。具体事宜我都和你们说了，不再重复。从现在起，你们俩就穿便装了。"

听到穿便装，郑子涵和冯莉莉相视一笑，齐声回答："报告局长，我们准备好了，马上就换。"

韩子刚问："车子在哪里？"郑子涵回答："就在楼下。"韩子刚说："你们去换衣服吧，开始工作。"

郑子涵和冯莉莉齐声回答："是，执行命令。"说着两个人一前一后步伐整齐地走出办公室。

纪光红看着她俩的言行，面带微笑地说："子刚局长，行啊，不愧是武警老兵，有味儿。"

郑子涵和冯莉莉回来时，纪光红和赵筱蝶没认出来。郑子涵，身高一米六二，短发，耳朵上戴着闪闪发光的耳钉，大眼，高鼻梁，面带红晕。外罩绛紫色毛呢短风衣，内穿粉红色羊毛衫，紧身裤，低跟儿浅蓝色皮鞋。冯莉莉，身高一米五八，乌发齐耳，戴副金丝眼镜，脖子上围一方真丝巾，上穿大红色短皮夹克，内衬白色羊毛衫，毛呢短裙，紧身裤，脚穿半高跟长筒皮靴。面目清秀，精神焕发。

纪光红打量着她俩说："刚才的威严遮掩了你们的美丽，现在呢，你们美丽又不失威严。子刚局长，你们的警花不比明星模特差。你是不是该考虑给她们买漂亮的衣服啊？"

赵筱蝶接过话说："她俩的衣服我来买，不必再麻烦领导了。"

纪光红说："我和韩局长开玩笑的，她俩正愁柜子里的衣服没机会展示呢。"

韩子刚说："郑子涵、冯莉莉，你们俩记住了，不能接受赵筱蝶同志的任何礼物。"

郑子涵和冯莉莉回答道："是，坚决执行命令。"

韩子刚说："今天晚上，你们就住在蝴蝶庵，明天我安排人到那里安装安全设备。你们俩的住宿生活，有什么需求直接向我汇报。纪书记，请你指示。"

"我没有指示。你们俩送赵筱蝶回蝴蝶庵吧，先熟悉下环境。"纪光红说。

赵筱蝶刚谢过两位领导，手机响了，是西城区区委书记刘金亭的电话。赵筱蝶说："不好意思，两位领导，我接个电话。"纪光红说："你回去吧，筱蝶。"赵筱蝶说："纪书记、韩局长，那我回去了。再次谢谢领导关怀。"

郑子涵在前，冯莉莉在后。赵筱蝶边走边接电话："你好，刘书记，请指示。"

刘金亭从电话里听出赵筱蝶和纪光红在一块，没多说什么，就一句话："筱蝶书记，请你到我办公室来一趟。"赵筱蝶回答："好的，刘书记，我马上到。"

市公安局办公大楼下停着一辆崭新的普通桑塔纳轿车。它是由警车改漆成纯白色的，车牌照是WSQ168。郑子涵拉开驾驶座位后面的车门说："领导，请上车。这个位置是你专座。冯莉莉坐副驾驶位置。"赵筱蝶说："你们俩就喊我筱蝶姐，不许喊领导。行吗，两个妹妹？"两个人都很高兴地说，行。

轿车启动后，郑子涵问："筱蝶姐，去哪里？"

"西城区刘书记办公室。"赵筱蝶说。

车子虽然不是新买的，但赵筱蝶感觉很温馨舒适。从外面看刚漆过的车泊光锃亮如同新车一样。车内粉红色的垫套干净又漂亮，一看便是刚换的，上面还散发着淡淡的清香。

前往刘金亭办公室的路上，赵筱蝶想，刘书记找我肯定是关于华龙纺织集团搬迁到龙行村的事，决定趁机会将年后开工建设幼儿园和敬老院的事向他汇报。现在，赵筱蝶最担心的是，年底之前有关项目规划勘测设计不能落实，影响开工。

在刘金亭办公室里，区组织部长尤长峰向赵筱蝶宣布干部任命文件，任命赵筱蝶为闸北镇党委副书记兼龙行村支部书记。赵筱蝶感到很惊讶。

刘金亭见赵筱蝶没有什么高兴的表情，问道："筱蝶书记，提拔你做镇党委副书记没有意见吧？"赵筱蝶说："感谢两位领导信任，我服从组织安排。不过我有点儿个人想法想向领导汇报。"

刘金亭说："很好啊，说来听听。"

龙行运河湾

赵筱蝶说：“龙行村的工作刚刚开头，规划还没进入实施。我想请领导和镇里打个招呼，我就不参与镇里面的工作分工了，把全部的时间和精力都放在龙行村，这样行吗？”刘金亭满口答应：“行、行，由长峰部长交办。”

关于华龙纺织集团投资敬老院、医院和学校的事，刘金亭当即表态说：“这么大的项目，我要亲自负责。你有什么想法和建议，遇到什么困难，随时打电话给我，确保一路绿灯。”

刘金亭接着说：“筱蝶书记啊，这个项目若能成功，你可就是大功臣了，不仅仅是一年的两个亿税收，几千人的就业是不可估量的社会效益啊。到时候，按有关文件，我亲自去为你请功晋级。”

赵筱蝶说：“谢谢你了刘书记。华龙集团搬到龙行这是定下来了，他们已形成决议文件。”说着，把孙华发在她手机里的集团红头文件打开，给刘金亭看。刘金亭看了，满脸都是微笑。

赵筱蝶接着说：“从幼儿园到小学、初中、高中的学校建设可行性报告，是省教委牵头研究制定的，估计明天就能收到这个报告。明天下午，我复印一份给你，请你把把关。敬老院和医院在洽谈中，应该不成问题。但其中肯定有许许多多的问题需要领导出面，到时候烦请领导多费心。”

刘金亭说：“我和吕书记汇报了，吕书记有意到省城去一趟，拜访一下孙华和孙刚两位老总。请你和孙华董事长联系一下，什么时候有空，吕书记和你我三人一同去。”

“还有件事，筱蝶书记，你的工作千头万绪，是不是该有辆车啊？那样会更方便、更快捷。如果资金紧张，我来安排帮你解决。你有驾照吗？”刘金亭看着赵筱蝶很关切地说。

赵筱蝶笑了笑，说：“谢谢你刘书记。刚刚我在纪书记那里，她已经帮我解决了。车子就在政府大门外停车场上。”

刘金亭朝尤长峰看了看，说：“长峰部长，你看看，我们总比市里慢半拍。你和行政科长说一声，现在就送张机关通行证过来给筱蝶书记，今后进出大院方便。”

赵筱蝶真没想到刘金亭会这样细致入微，连一张通行证都考虑到了。是不是因为我说了车子停在大门外停车场，他认为我心里有情绪？赵筱蝶微笑了一下不再去想。

从刘金亭办公室出来，赵筱蝶越想就越觉得今天很有意思。中午饭之前，和江仲谋交流了许多针砭时弊的想法，为两篇文章理顺了思路找准了切入点，她心里有一种畅快淋漓的感觉。中午饭之后，随纪光红到韩子刚办公室，说说讲讲之间，车子有了，司机来了，秘书来了，前面是郑子涵后面是冯莉莉。现在呢，不仅明确自己为村支部书记，而且还提拔为镇党委副书记。想想这些，赵筱蝶没有丝毫喜悦之情，倒感到有种责任压在肩上。市委领导给一名村支部书记配司机配秘书，这让赵筱蝶觉得很内疚，总担心自己辜负了领导的厚望。从办公楼到车子之间有四百米距离，这四百米她走得很沉重，把到龙行村以来近五年发生的点点滴滴都融入自己的步履中。赵筱蝶背负着太多人的期望，龙世英、龙至礼、王诗秋、江仲谋、吕裕民、刘金亭、孙华、孙刚，还有自己。

赵筱蝶本来是计划最近要买车的，不是为了享受，方便快捷，而是为了纪念清玉，也就是王诗秋。

清玉留给赵筱蝶的信封里装有一张银行卡，卡里有许多钱，密码告诉了她，还有一封信。在信里，清玉把自己的经历都告诉了赵筱蝶。赵筱蝶含着热泪读完那封信，她能感受到王诗秋刚刚入党时那颗滚烫的心，理想信念、梦想激情就像初升的太阳从心底冉冉升起。可是，她刚进入社会便被带入歧途。一张张丑恶的嘴脸，让王诗秋在一次次痛苦的挣扎中陷入绝望。

清玉写道："我被践踏的是肉体，灵魂虽有光，但终究被掩埋在黑暗里。由此我想到更多像我一样的人，他们带着一腔热血走进社会，结果呢，不是理想信念被践踏，就是激情意志被磨灭。最后他们没有了灵魂。"

清玉有两个心愿要求赵筱蝶一定帮她实现。一是用卡里的钱买辆小车，她要永远陪伴赵筱蝶，和赵筱蝶一起一步步实现梦想。二是用卡里的钱建一所幼儿园，她会经常来看孩子们，来听孩子们念书唱歌……

赵筱蝶走到轿车前，打量了一下车牌照 WSQ168，眼睛一亮，WSQ 不正是王诗秋三个字的拼音首写吗？难道冥冥之中真有天意？

赵筱蝶上车后问郑子涵："子涵，车牌是你选的？"

郑子涵说："我随机摇的，第一个就跳出它，我觉得这牌照很吉利。WSQ是'无事情''我是钱'的拼音首写，无事情就是安全。168 是一路发。安全有钱一路发，这牌照多好。"

赵筱蝶说："是很好，我也喜欢。"

冯莉莉说："车牌就是车子的身份证，我们三人都认为它好，它就真的好。"

赵筱蝶想起清玉就想到蝴蝶湖西面那棵桃树下的那眼泉。清玉走后，赵筱蝶又去过那里几次，泉水清澈，泉声叮咚，多好的泉啊。

王诗秋也曾是一名正式共产党员啊，想到这，赵筱蝶问："你们俩入党了吗？"

郑子涵回答："冯莉莉是名正式党员。我不想入党。"

赵筱蝶问："为什么？"

郑子涵说："我没有什么大的理想。我打算锻炼两三年后辞职，去做保镖，挣好多好多钱。"

赵筱蝶问："挣那么多钱干什么用啊？"

郑子涵说："筱蝶姐，我情况特殊。爷爷奶奶只我父亲一个儿子，外公外婆只我母亲一个女儿，我的父母只我一个女儿，他们都叫我丫头片子。我父母都没有工作，父亲身体又不好，为了培养我上大学，家里把房子都卖了，现在租房住。我母亲本是种菜能手，可现在没有土地了，她只得谋个扫马路的差事，每月拿八百元钱补贴家用。六个老人的养老将来都压在我一个人肩上，我若不拼命赚钱拿什么赡养他们，连病都看不起的时候天就塌了。这就是命。所以，在大学里有两次入党的机会，我都放弃了。我若入了党，作为一名党员去为资本家做保镖太有损党的光辉形象。为了六个老人，我是有心向党，家境难当。"

郑子涵发自肺腑的话让赵筱蝶心里很难受。不入党是为了不辱党，值得尊敬。是啊，养老已经像一座山压在像郑子涵一样的无数年轻人身上，让他们抬不起头。

"子涵，不要气馁，有困难我帮你。国家对养老越来越重视，形势会好转的。"赵筱蝶安慰说。郑子涵说："算了，不谈这些伤心事。我现在还能拿三四千一个月，先苟且活着吧。"

冯莉莉问："筱蝶姐，蝴蝶庵在哪里啊？"

赵筱蝶说："马上就到，到了蝴蝶庵，我带你们去看蝴蝶泉。"

这时，龙惠娟打来电话，叫赵筱蝶抓紧到二组李继冬家，说李继冬被吊在小枣树上要出人命了。赵筱蝶问什么情况，龙惠娟说电话里说不清楚，到他家就知道了。赵筱蝶叫龙惠娟迅速报警。

李继冬是华龙组老党员，大搞农田水利建设期间，他带头成立由二十名青壮年组成的水利工程建设突击队，哪里有困难哪里就有突击队的身影。李继冬身先士卒，担子拣重的挑，独轮车拣重的推，曾三次累倒在施工现场。七一电灌站竣工那年，他光荣入党。在万人大会上，他胸戴大红花，曾喊出"我是党的人，党是我的家"的响亮口号，成为一时的名人。那年年底李继冬和夏怀华结了婚。一九七三年，落雁湖大堤决口，古黄河两岸洪水滔天，庄稼被淹，墙倒屋塌。为了救人，李继冬冲进被水淹的屋里，结果被掉落的檩条砸昏过去，右腿落下残疾。清江运河开通客运轮船时，李继冬腿残不能干重农活就被安排在华龙码头上卖船票，负责上下客和物流。李继冬和夏怀华有五个孩子，四个女孩一个男孩。夏怀华是个要强的女人，大集体时顶一个男劳力干活，年年获奖，不是标兵就是先进。她十年生了四个娃，从来没坐过月子，只休息几天就下湖干活了，照常收麦插秧。由于下水过早给身体埋下了病根，哮喘一年比一年严重。但为了李继冬家香火，她吃药打针终于给李继冬家生了个男的，起名叫李小虎。

分田到户之后，各家顾各家了。李继冬不能干重活，夏怀华常年有病，家里的日子很艰难。大女儿、二女儿长大后都嫁给了本村人，图个收种时节有人帮衬。

清江运河里停止客运那年，夏怀华死了，五十刚出头。两个女儿未嫁，一个儿子未娶，夏怀华死时眼睁得很大，死不瞑目。李继冬的四个女儿个个如花似玉，水灵又漂亮。因为夏怀华吃药打针太多，生出的李小虎有点儿少一窍，光长个子不长脑子，但从外表看仍是一表人才。

女儿都出嫁了，儿子也能出去打工了，李继冬才算松了半口气。只剩下给儿子娶妻生子了，但这件事还是够他犯愁的。

客运轮船停了，售票点的房子自然变成了废屋，李继冬把它买了下来。等董世道在码头附近造船的时候，李继冬把房子租给董世道做办公室，后来改成厨房餐厅，一年的租金两千元。李继冬很满足，他一点一点为儿子娶媳妇攒钱，小票子变成大票子，遇到困难了情愿借钱都舍不得拆开大票子用。

后来，在南方打工的儿子带回来一个在歌舞厅坐台的四川女孩。那女孩长得水灵，身段好，又白又俊，要个头有个头，要脸面有脸面，像个电影明星。那女孩叫缪玲玲，比李小虎大三岁。

缪玲玲跟李小虎回到龙行二组，不问家产，不问存款，不要嫁妆，不要彩礼，就和李小虎举行了结婚仪式。在婚礼上，有人问缪玲玲："你这么漂亮怎么能和李小虎结婚，你到底喜欢他什么？"缪玲玲说："就喜欢李小虎浑身上下都是傻劲，用不完也累不着。还喜欢李小虎没有心眼子听话，叫他向东不向西，叫他打狗不撵鸡。"

李继冬算是捡了个儿媳妇，心里高兴，把省吃俭用积攒的四万块钱全交给了儿媳妇。四个女儿也都出手大方，床上用品、生活用品、家用电器、婚房装饰、婚庆开销全包了，并且都上了大礼，每家五千块。

结婚后，李小虎在江北市龙都广场建设工地上班，缪玲玲在市里凤求凰 KTV 做领班。缪玲玲头胎生了个女孩，女孩刚满三个月，她又怀上了。

村计生专干李仕禄早就瞄准她了。

李仕禄带着缪玲玲和一群小妇女到镇里做妇检，在回家的路上，李仕禄忍不住捏了一把缪玲玲那又肥又翘的屁股。李仕禄对她说："缪玲玲，你回去后准备准备，等两天我带你到镇上做人流。千万不能生啊，现在罚款都是天文数字，倾家荡产都不够。"缪玲玲色眯眯地望着李仕禄，嘴唇还翘了一下，李仕禄顿时就骨肉酥麻。缪玲玲说："李主任，我肚子疼，想方便一下，你们先回家吧，我自己走回去。"李仕禄见离村子仅二里地，就对其他小妇女说："快到家了，你们先回吧，我等缪玲玲，防止她跑了。"

缪玲玲钻进河边的芦苇荡，李仕禄悄悄地跟了进去。李仕禄趴在离缪玲玲不远的地方偷看，看着看着，口水就流了下来。

缪玲玲还没有完全站起身的时候，就已被李仕禄抱在怀里，缪玲玲半推半就。李仕禄一只手抱着缪玲玲，另一只手脱掉自己的裤子，说："缪玲玲，我求求你，给我睡一次吧，你太美了。"缪玲玲推开李仕禄，说："我给你睡一次可以，但你得答应给我什么好处才行。"李仕禄连忙说："我答应你生下二胎后不罚款，还不行吗？"缪玲玲笑了笑。

李仕禄急忙踩倒一片芦苇，把自己的衣服铺在上面，顺势把缪玲玲摁在衣服上。他要上去时，缪玲玲却坐了起来，说："你们男的没有一个说话算数的，你必须写保证给我。"李仕禄说："我赤身裸体的，怎么写？"缪玲玲从地上的裤子里翻出一小截铅笔头，又从口袋里拽出一块卫生纸，递给李仕禄说："你写上缪玲玲生二胎，保证不罚款，李仕禄。"李仕禄立即就同意了。

25. 李继东

自打芦苇荡那次之后，李仕禄就不把村里别的女人放在眼里了。他着了魔似的迷上了缪玲玲。李小虎上的是白班，缪玲玲上的是夜班，这给李仕禄创造了不少的偷嘴机会。

有一次，正当李仕禄和缪玲玲疯狂通奸的时候被李继冬抓个正着。李继冬拿起钊钩打他，吓得李仕禄赤身裸体抱着衣服翻过院墙钻进芦苇地。缪玲玲光着身子披头散发地跪在地上向李继冬哭诉，说李仕禄想强奸她，这是第一次，但没有得逞。李继冬说，这事不怪你，起来吧，把衣服穿上。

李继冬蹲在草垛前点燃一锅旱烟，大口大口地吸起来，吸着吸着眼前就呈现出缪玲玲和李仕禄刚才乱搞的情景。李继冬突然意识到缪玲玲在说谎，但还是把这股恶气连同旱烟锅的老烟一起咽到肚里。

缪玲玲喜欢挑逗男人，老的少的来者不拒，挤眉弄眼、扭腰翘腚，很风骚。

缪玲玲好吃懒做，买方便面、买火腿、买香肠、买辣条，超市没有她不喜欢的，家里锅不动瓢不响，整天窝在屋里玩手机，伸手不拿四两，睡过吃、吃过玩、玩过睡，一点儿活不干。缪玲玲着迷穿衣打扮，柜子里的衣服堆得满满的，一天一换，一有时间就描眉画眼，擦粉抹油，摆弄那张脸。项链、耳坠、手镯、挎包一套一套的。手机经常换，大的小的，红的绿的，不知道她哪儿来这么多钱！缪玲玲管李小虎像地主对待短工一样。李小虎那愣种就是听缪玲玲的话，像只狗熊，叫干什么就干什么。

李小虎和缪玲玲把八亩承包地给荒了，不种不收，野草长有半人高。第三年，李继冬看不下去了，他请人翻耕，请人播种，请人除草，请人施肥。结果卖粮食钱不够本钱，李继冬一赌气，一亩一年一百元租给别人了。李继冬有个想法，就是把土地送给人种也不能让土地闲着。土地天生就是让人种庄稼的，不种庄稼的土地就失去了存在的价值，土地就会在夜深人静的时候哭泣。

气归气恨归恨，李继冬始终把诸多不满埋在心里。缪玲玲把二胎儿子生出来后，

龙行运河湾

李继冬见孙子活脱脱就是李小虎刚生出来的样子，心里的大石头才算落了地。老天有眼，总算没怀上野种，李继冬后继有人了，心里自然很高兴。可他高兴没几天又生气了。缪玲玲死活不给孩子喂奶，说是影响体形。既然是给你李继冬家接了香火，奶粉钱就得你李继冬出。李继冬既没有工资又没有积蓄，无奈只得求助四个出嫁的女儿，每月每人给一百元，加上自己房租钱、养老钱，每月给缪玲玲五百二十元。缪玲玲的奶水很多，天天涨得她难受，她情愿把奶水挤在地上也不给孩子吃。李继冬气得脸红脖子粗，拿她没办法。

孙子满月后，缪玲玲又到夜总会上班去了，丢下两个孩子在家。李继冬和李小虎忙得不知南北，有时整夜整夜睡不好觉。

缪玲玲在凤求凰KTV认识了建筑商夏永刚，两个人勾搭上了。

两人一叙，居然是同村同组人。夏永刚从包里拿出三千元钱给缪玲玲，说："从今晚起，你就是我的女人了。"缪玲玲含情脉脉地望着夏永刚，微笑地点了点头。"但是，我有个要求。"夏永刚说。缪玲玲问："什么要求？"夏永刚说："你既然是我的人了，就不能再有别的男人碰你身子了。"缪玲玲问："我丈夫李小虎呢？"夏永刚说："那个傻不拉叽的癞蛤蟆怎么能吃上你这块天鹅肉？他嘛，可以原谅你。我会尽量安排不让他和你有接触的机会。"缪玲玲说："你别说他傻，我喜欢他傻。他要是不傻，你能得到我吗？他傻是你的福分。"

缪玲玲到龙都广场项目部办公室做副主任，是李小虎推荐的。夏永刚略施小计，李小虎就心甘情愿地把老婆送给了夏永刚。

龙都广场是江北市最大的房地产开发项目，开发商叫郝建民，建筑商是江北市旺兴建筑集团。夏永刚是挂靠在旺兴集团的项目经理，他也是龙行村赵夏李组人。

夏永刚最早是闸北镇建筑站副站长，承包制风行时，带领几个人辞职出来单干。先是给老百姓盖房子，后来又搞土方工程，自己成立个小建筑公司。开始的时候，建筑主管部门对公司的资质、安全生产许可证及其他各类证书管理不严，后来越来越严，夏永刚撑不住了干脆撤掉公司，把自己的项目经理证挂在有实力的公司里。有一次，在江北快活林也就是原来的王玉文大酒店，夏永刚巧遇郝建民。当时，郝建民在包间里胡搞，突然心脏病发作，是夏永刚救了郝建民的命。从此，两个人便成为好兄弟。

郝建民有两个女儿，没有儿子。郝建民整天在盘算着能有个儿子继承亿万家产，很无奈老婆的子宫被切除了，无法再为他生个儿子。但是，郝建民没有放弃有个亲生儿子的念想，说如果有女的能给他生个儿子，一切开支算他郝建民的，另外给女的一百万，生下来一个月结账，儿子留下女的拿钱走人。如果生下来是女的，也给一百万，女人和孩子一块走。夏永刚为了这事没少给郝建民操心。可是，找了几个女人都生的是女孩。郝建民担心命中无子，整天为后继无人发愁。

龙都广场建设到中途时由于预售不好，资金链断了。夏永刚为了保证建设不停工，四处借高利贷，五分息。缪玲玲算了算，如果有一百万，每个月光利息钱就是五万，一年下来就六十万，足以发财。缪玲玲想到李仕禄，她知道李仕禄手里有村里计划生育罚款。

缪玲玲主动打电话给李仕禄，叫李仕禄进城开好房间等她。李仕禄真就去了。一夜翻云覆雨之后，李仕禄答应了缪玲玲借钱之事。隔两天后，李仕禄把东拼西凑的八十万交给了缪玲玲，缪玲玲给李仕禄打了借条，利息是一分八厘。

缪玲玲把八十万交给夏永刚，叫夏永刚打借条，写借款一百一十万，利息二分，借期一年，期满后总还款一百三十六万。夏永刚算了算答应了。

夏永刚对缪玲玲说："最近手头紧，我给你的钱就免了吧。"缪玲玲说："从现在起，钱也不要了，算我支持你渡过难关。发财了别忘记我。"缪玲玲说着从包里拿出一个报纸包递给夏永刚，说："这六万块钱是我私房钱，你拿去用，我不要利息。"

夏永刚被感动了，把缪玲玲抱在怀里啃了两口。

夏永刚把办公室门关上，说："你对我真好。"说着就把缪玲玲抱起来放到大办公桌上。缪玲玲推开夏永刚，从办公桌上跳下来瞅了一眼夏永刚，说："你急什么，大白天的？晚上。"说着把办公室门打开。

缪玲玲走出夏永刚办公室时迎面遇上郝建民。缪玲玲俊俏的脸蛋、迷人的身段和身上散发出来的奶香味，让郝建民精神一振。郝建民是来找夏永刚商量如何渡过当前难关的，进屋第一句话却问："刚才出去的那个女人是谁？"夏永刚说："是办公室新来的副主任，上班第一天，叫缪玲玲。"

郝建民是第一次到夏永刚办公室，夏永刚有点儿激动，又是倒茶又是递烟，客气得要命。郝建民落座后自言自语说："缪玲玲，女人不错，有眼缘也有味道。"

郝建民和夏永刚在办公室里咕哝了几个小时。临走时，郝建民对夏永刚说："永

龙行运河湾

刚弟啊，这一千万是我公司的全部家底，我把它交给你了，你一定要给我挺过去。"夏永刚说："我一定挺过去。谢谢郝总，谢谢郝总。"郝建民说："你我是好兄弟，感谢的话就不说了。你拿什么感谢我啊？"夏永刚听出了郝建民的话外音，灵机一动说："你放心郝总，我一定想方设法，让你心想事成。"

两个人同时哈哈大笑起来。

那天夜里，夏永刚问缪玲玲："宝贝，有单大生意你想做吗？十个月一百万，不出力不流汗不要本钱。"缪玲玲："只要不贩毒不要命不违法，这好事我肯定想做。快，说说看。"夏永刚望着缪玲玲的眼睛沉默了一会儿说："算了吧，我舍不得你离开我。可是……"夏永刚欲言又止。

在缪玲玲甜言蜜语的蛊惑下，夏永刚把郝建民看中缪玲玲想让她生儿子的事一一说了。一头是舍不得的女人，一头是发财的靠山，两头舍不得，夏永刚很纠结。

缪玲玲听了心花怒放，对夏永刚说："你想过吗？郝总看上了我，你却不让我去给他生儿子，会有什么结果？如果我去了给他生出个儿子来，又是什么结果？不就是十个月嘛，你就权当我病了，十个月后我还是你的。那时候，你可就是郝总的恩人，你都不知道钱是怎么流进你银行卡里的。再往远处想，三十年后，我儿子接手龙都集团，我就是龙都集团的皇太后。凭你和我的关系，那就发大了。"

夏永刚把缪玲玲抱住，小声问缪玲玲："你能保证生个男孩吗？"缪玲玲胸有成竹地说："我绝对保证给郝总生个带把的。"夏永刚说："我想要你了怎么办？"缪玲玲说："一个字，忍。否则，你就会朋友反目，财源断了，鸡飞蛋打一场空。"夏永刚听完不再言语。

缪玲玲说自己能为郝建民生出男孩是有底气的。老家有生男孩专用的中草药配方，缪玲玲曾给她的姐妹们用过，一用一个准。缪玲玲对夏永刚说："你告诉郝总就说我回老家了，七天后回来。"夏永刚问："为什么？郝总还以为我偷吃你呢。"缪玲玲说："你以为确保生个男孩是件容易的事吗？你得让我好好调整调整。这七天，你我就不要见面了，你二十四小时陪郝总，他还怎么怀疑你？"

夏永刚心想，这件事就算定下来了，郝建民知道后肯定是千恩万谢。等缪玲玲怀孕后，果真检查出是个男孩，那可真的就是财源滚滚了。缪玲玲也有自己的心思，七天时间足够她喝药调理自己，要确保郝建民的种子在自己的肚子里孕育个带把儿的。缪玲玲不仅要做好这一百万的生意，而且要做个大千倍万倍的买卖，她确信自己有这个造化。

缪玲玲在城里喝药调理身体的时候，李继冬病倒了。

邻居拨打了一二〇，李继冬被送到江北市人民医院时只剩下最后一口气，所幸被抢救过来了。李继冬的心脏手术得等李小虎和缪玲玲到场，可左等右等，就是不见他们俩的影子。李继冬的四个女儿在医院急得团团转，但谁也不敢做主。心脏搭桥费用不少，且性命攸关，李小虎和缪玲玲必须到现场。李小虎和缪玲玲开始还接电话，后来干脆关机了。没有办法，四个女儿只得各家拿出点儿钱，为父亲保守治疗，先保命要紧。

李继冬醒过来了，听说心脏搭桥得花近十万块钱，吓得满脸出汗。住院十几天，儿子和儿媳妇连个面都没照，李继冬气愤交加，流下两行伤心泪。

造船厂厂长董世道接到几笔大单需要扩建场地，必须拆掉李继冬的三间售票房。董世道到医院看望李继冬顺便说了这事。

董世道好坏算是个文化人，戴副眼镜，说话慢条斯理的。董世道自打到华龙码头租地办厂以来，对华龙组老少都是客客气气的，大家对董世道也都很尊重。董世道租李继冬的房子用，两个人打交道多一些，相互间知根知底。董世道到医院后先给李继冬一千元钱作为看望费，然后把拆迁的事和李继冬说了。李继冬正是用钱之时，满口答应了。董世道说："价钱由你说，参照蓝鸟啤酒厂的拆迁价格，多多少少不讲究。等你出院了，我请你去给我看场子，给你一千五一个月。"李继冬算了一下，说："董厂长，我那房子是六十六平方米，土地是一百二十平方米，连地加房你给六万块钱。有一天你在城里住够了，一百二十平方米的宅基地也够你盖处别墅的。砖瓦檩条我什么都不要了全归你。如果我要多了，出院后我给你看场子，从我工资里扣。你看怎么样？"董世道说："行，就照你说的办。我这里有份合同，我把钱写上，你看看，如果没有意见请你把字签了，钱马上就给你，明天就拆房子。"

李继冬看了合同，高兴地把名字签了，然后掏出一张银行卡递给董世道，说："跟任何人都不要提钱的事，你把钱打在这张卡里，卡放在你那里，等我出院了你再给我。这世道变了，我得为自己留点儿买棺材板的钱。"董世道安慰了几句就走了。

李继冬看着董世道走出病房，心里后悔自己价钱要高了。他买下房子时只花两千块钱，本想要六万然后让董世道还价减去万八千的，没想到董世道没还价。李继冬心里不是滋味，想出院后一定给他免费看半年场子。

龙行运河湾

李继冬既没开刀也没上支架，执意说自己的病好了，要求出院。

赵筱蝶第一次召开村支两委和党员群众代表会议李继冬参加了。普通党员中第一个发言的就是他，李继冬明确表态完全支持赵筱蝶的"亮家底，清产权，收项目，返租土地归村集体统一使用"的做法，当时就表示自家的八亩承包田随时可由村里使用。赵筱蝶听后心里很感激他带个好头。

村里会议结束之后，李仕禄吓得魂不附体。他借给缪玲玲的八十万块钱有五十万是村里计划生育罚款。他打电话给缪玲玲要她抓紧还钱，利息不要了，先把窟窿堵上，不然肯定是牢狱之灾。

龙都广场是三四十亿的大项目，几千万的资金放进去连个泡儿都不冒。夏永刚为了保工人工资和部分材料款不惜用五分高息，可谓是拼了性命赌一把。郝建民给一千万，夏永刚自筹三千万，四千万投下去也仅仅能坚持两个月。两个月之后怎么办？郝建民和夏永刚下一步全指望银行贷款和年底前的房屋预售了。一旦龙都广场出现停工上访，那可是关系社会安定的问题，坏影响一形成，龙都广场很有可能会出现滞销，甚至沦为死盘。

在这当口，李仕禄向缪玲玲要钱，缪玲玲却没有向夏永刚张口。她知道说了也白说，这时候的钱是要不回来的。缪玲玲只有想别的办法凑，能凑多少是多少，尽可能帮李仕禄迈过这道坎，她自然想到李继冬手里的拆迁款。

李继冬住院除去农村合作医疗保险报销后还花了五千八百多元，他把这钱还给四个女儿后，剩下的拆迁款谁也没给，就留在自己的银行卡上。四个女儿认为，钱被李小虎和缪玲玲分了。李小虎和缪玲玲多次向李继冬要钱，李继冬一口咬定没有钱。李小虎和缪玲玲认为，钱肯定被李继冬的四个女儿分了。缪玲玲又气又恨，巴不得李继冬死了才好。

缪玲玲决定为郝建民生儿子的准备工作一切就绪，不仅喝药调理好了身体，而且还到妇产医院检查了一遍，身体一切正常，并且最近几天就是她的排卵期。她和夏永刚商量好了，今天晚上有个饭局，郝建民也参加，吃过饭她就和郝总一起到别墅里住。夏永刚已经和李小虎说了，安排缪玲玲到云京学习企业管理，三个月回来后提拔为副经理。李小虎很高兴，逢人就说自己的老婆有本领回来后当副经理，自己马上就成保卫科科长了。

缪玲玲早晨起来，李仕禄的电话就打来了。李仕禄在电话里都要哭了，求缪玲玲抓紧还钱，哪怕先给三十万也行，他再找别人借钱。缪玲玲哪儿来的三十万，她心里火烧火燎的，恨得李继冬咬牙切齿的时候，正好看见李继冬一瘸一拐地走进屋里。缪玲玲瞅了一眼李继冬，张口骂道："老不死的，偏心眼，把钱都分给几个小女人了。死了以后拖给狗吃，没有人给你下葬。"

李继冬腿不好但耳朵好使，听到缪玲玲的话气得嘴唇发紫。他瞪着缪玲玲说："缪玲玲，你个不孝的东西，你骂谁？"

缪玲玲和李继冬在屋里吵得正热闹的时候，听到有开门声，她知道这是愣子李小虎下班了。缪玲玲不和李继冬吵了，她把乳罩拽下半截儿挂在肩膀上，再弄乱头发，坐在床边上大哭起来。李继冬被缪玲玲气得喘不过气来，一只手扶着门框一只手捂着胸口。

李小虎进屋见媳妇大哭，问缪玲玲是怎么回事。缪玲玲哭着指着李继冬说："你爸，你看我被他扯成这样……"话没说完又大哭起来。

李小虎听完抄起一根木棍就向李继冬砸去。缪玲玲一把抱住了李小虎，说："不能打，他有病，打出事来，你会坐牢。把他绑起来，叫他给钱了事，这事说出去丢人现眼。"

李小虎把李继冬绑在院里的小枣树上，听媳妇的话想家里事家里了，叫李继冬给五万块钱就算完事。没想到李小虎绑李继冬时被组里人发现了，一个传两个，两个传四个，不一会儿工夫院墙头上就趴满了人。缪玲玲见势不妙，便打扮打扮拖上行李箱走了，临走时，还吻了一下李小虎，说："老公，我走了，三个月后见。如果派出所来人找你，你就把你手机里照片给他们看。"

不知什么时候，缪玲玲把她半裸的样子拍在李小虎的手机里。

赵筱蝶赶到李继冬家时，派出所人还没到。

赵筱蝶见李继冬被绑在小枣树上急忙去给他松绑。"赵书记，我不会给组织丢脸的，相信我。"李继冬说完就昏了过去。赵筱蝶听了这句话心里酸溜溜的，差点儿流出泪来。派出所的车到了，赵筱蝶赶忙安排警车把李继冬送到镇医院。

"刚才是谁把李继冬绑在小枣树上的？"民警问。

"是我，我是他儿子，李小虎。"李小虎从人群中站出来说。

"你为什么要绑你父亲？"民警问。

"他是畜生，他占我女人便宜。"李小虎在众人面前没有一点儿羞耻地说。人群中有人窃窃私语，李继冬不是这种人，他绝对不会干这种事。

"你女人呢？她叫什么名字？"民警问。

"我女人哭着走了，她叫缪玲玲。"李小虎说，"你们不信，我有照片。"

这时，救护车到了，赵筱蝶叫民警把李小虎带派出所去，免得在众人面前口无遮拦。

赵筱蝶叫龙惠娟打电话到镇医院问问李继冬的情况。龙惠娟通完电话后对赵筱蝶说，没有大问题就是气的，吊点儿水吃点儿药过两天就好了。

龙惠娟轻轻地碰了一下赵筱蝶，说："我有事向你汇报。走，坐我车到村部里说。"

郑子涵朝赵筱蝶望了望，冯莉莉也迅速插到赵筱蝶和龙惠娟之间。她们俩虽然没说话，赵筱蝶心领神会。

赵筱蝶对龙惠娟说："龙主任，你先到村部等我，我和二组党小组长徐贵珍说件事，马上就到。"

26. 龙惠娟

在龙惠娟眼里，赵筱蝶只是个还没结婚的小妹妹。从社会经历和人生阅历而言，龙惠娟甚至觉得自己比赵筱蝶高一截儿。首先，赵筱蝶放弃几十万的年薪来龙行村做大学生村官，龙惠娟认为她很幼稚，整天是水一身泥一身，东一户西一户，烦心事一堆，伤心事一摞。与土地打交道和农民面对面，研究农村，这个研究生没什么价值，比自己初中毕业好不了哪里去。其次，赵筱蝶到龙行村后，鳘天骑山地自行车搞什么调查研究，不到一年时间全村各组的情况了如指掌，党员多少，先进群众是谁，贫困户五保户哪几家，空巢老人是谁，承包地多少，树木多少，鱼塘多少，等等，被她赵筱蝶搞得一清二楚。了解这些有什么用？你是副书记，一不能做主二不能当家三不能说话算数，白费力气瞎操心。再次，你赵筱蝶是村里干部，说你和镇里有点儿关系还差不多，和区里市里隔十万八千里，却偏偏整出个《江北市改革的几点思考》。虽然龙惠娟没有读过那篇文章，但知道那肯定是一篇说缺点提意见唱反调的文章。不然，何以得罪了上面，落个撤职的处分？所以，赵筱蝶做副书记也罢，被撤职处分也罢，龙惠娟根本就没把赵筱蝶放在眼里。

龙惠娟的父亲过七十大寿那天，全体家庭成员聚会，包括龙杰的三个亲家，龙杰借着酒劲儿对几个孩子说："江北的天气变化无常，下雨时你们知道打伞，太阳大时更需要一把伞啊。钱这东西，是天使更是魔鬼。你们千万记住，要低调，要收敛，要仁慈，要心存善念。我老了，身子骨不耐风不耐寒了，不再有能力为你们挡风遮雨了，你们该自己撑起一片天了。"这是龙惠娟有生以来第一次见父亲这样感慨，当时心里就生出许多想法来。

第二天中午饭时，龙杰递给龙惠娟一沓报纸说："惠娟，你看看这些报纸，然后再看看这篇文章。"说着又递给她一篇文章。龙惠娟一看是赵筱蝶的《江北市改革的几点思考》。"爸，你怎么有这篇材料？"龙惠娟问。龙杰说："这是当时老姑奶龙世英给我的，叫我到镇里找领导人给赵筱蝶说情免予撤职处分。我说了，可有谁能听我的。你把文章和报纸对比着看，凭我感觉侍卫宣很有可能就是赵筱蝶。龙行村又要出人才了。"

几天下来，龙惠娟对赵筱蝶开始刮目相看。

龙杰和佛结下了深厚的缘。一是因为他今天拥有几千万的家财应归功于龙云寺空了法师教他的医术，与佛有缘。二是他从两个儿子的遭遇上悟出了许许多多与佛相关的东西。

龙杰有两个儿子，取"杰"字的上"木"下"水"，大儿子叫龙木，二儿子叫龙水。龙杰的父亲龙至潜说，哪有龙离开水的。于是，龙杰就把大儿子的名字改成龙沐。

龙沐天生与车子有缘，与念书无缘。七八岁时就能骑自行车大杠在满村里转。初中毕业就执意不上学了，在家开拖拉机拉砖挣钱。龙杰家是龙行村第一个买四轮拖拉机的。二十世纪八十年代龙行砖瓦厂鼎盛时期，砖瓦行情好，运输自然就能挣到钱。龙沐开始驾驶拖拉机拉砖挣钱，那年才十五岁。龙杰现在之所以能拥有这么大的家业，真正的大功臣应该是龙沐。

龙沐虽然文化不高但智商高。砖瓦厂属集体时龙至礼管理很严，合格砖在数量上基本没有什么出入。龙沐磨破嘴皮喊龙至礼爷爷长、爷爷短，包下砖瓦厂的断砖和焦砖。龙沐以断砖和焦砖来充合格砖，有时把碎砖头卖给工地垫路，生意被他做得风生水起，渐渐就变成了砖瓦运输的联系人和小头目。后来，龙行砖瓦厂被南方人承包了，他更是如鱼得水。砖瓦厂里销售的砖瓦有一大半是他联系的业务。龙沐出手大方，讲义气重感情，说话做事直来直去，有实力。许多工地不仅请他运砖还请他运黄沙运石子，反正有什么运输生意第一个就想到龙沐。在运输黄沙和石子时，龙沐就逐渐了解到了这一块的门路，顺利地实现了从挣运输费到直接做买卖的跳跃。钱生钱，钱滚钱。龙行砖瓦厂停办时，他把全部精力都用在黄沙石子经营上，于是他的影响越来越大、生意越来越大，那时他已拥有自己的车队，前四后八的大卡十几辆。江北中心港码头投入使用后，龙沐凭借资源优势和市场优势，成立了建材贸易公司。

龙沐一直到二十九岁才结婚成家。龙沐身高一米八三，长相英俊，有气质又潇洒，家里条件好，自己又会赚大钱，浑身上下都是优点，像这样的男人哪个女孩不喜欢？和他相处的女孩都心甘情愿往他身上贴钱。直到自己的对象怀孕了，在龙至潜和龙杰的逼迫下龙沐才勉强结了婚。不幸的事在结婚当天发生了。

龙杰是闸北镇医院院长，是全镇十六个村医院的总当家。龙家长子大婚可真是热闹非凡。婚礼在医院生活区独家独院的单体别墅里举行。正在龙家人欢天喜地迎接宾朋的时候，停在坡上的一辆嫁妆车不明不白地动了两下就开始向后滑去，且越滑越快，直向龙沐冲来。龙沐在招呼兄弟朋友，哪儿注意到这事，等反应过来时已经来不及躲闪了，车子从他身上碾了过去，撞到一棵大树才停了下来。龙沐的左腿被碾粉碎，裤裆里的男根被碾成肉饼，当时就昏过去了。婚庆上出现这种事真是够让人伤心的。后来经多位名医治疗，粉碎性骨折的左腿算是保下来了，龙沐的男根还能正常使用，只是少了一个睾丸。

龙杰的二儿子龙水倒是从小就很听龙至潜和龙杰的话。家里的六本中医古籍，龙水高中毕业前就铭记于心。龙水上了三年医学专科，毕业后便在自己家的医院上班。龙水喜欢玩弹弓打鸟，八岁开始玩自制的弹弓，发射的是小石子，后来是从商店里买成品弹弓，发射的子弹是钢珠。

龙水的弹弓技术精湛，臂力超人，能击中高远的飞鸟。燕来雁往时节，被他看上眼的雁群肯定会有几只大雁栽下来，有时他还开着车追着打。栽在他手里的飞禽少说也有上万只。龙水最喜欢油炸雏鸟。刚出蛋壳的小鸟，从热油里一过，撒上炒盐和葱花，鲜香脆嫩，是不可多得的美味。

龙水不仅打鸟而且会用弹弓打鱼。春季，在水草中、在芦苇地、在蒲草旁、在浮萍里，那些大鱼便成了他的猎物。鸟和鱼打多了吃不完就腌制晾晒，龙杰家院子里的房檐下到处挂满了腌制的鸟和鱼。

龙水是二十五岁结婚的，和龙沐是同一年，龙沐是上半年，龙水是下半年。龙沐的婚礼在龙杰心里留下了阴影，也让他很丢面子。所以二儿子的婚礼没大操大办，只是至亲几桌人。没想到灾祸还是找上门来了。

龙杰家门前院墙外，有一棵楝枣树，高有三丈，枝繁叶茂，枝干雄健苍劲，据说有百年树龄。当时是楝枣成熟的季节，树叶由青变黄，楝枣由青变白。秋风吹过，黄叶落地，白枣发出响声。

不知在什么时候，楝枣树上有了个花冠鸟的鸟窝。龙水结婚那天，两只大鸟和窝里小鸟一齐叽叽喳喳乱叫，声音凄婉又悲凉。

龙水听得烦躁，越听越不顺耳，越看越不顺眼。他顺手从窗台上拿起一把旧剪刀，瞄准目标就扔了上去，他确信这一剪肯定会让它们安静。没有想到大鸟小鸟的叫声不仅没停反而更加凄凉，剪刀也不知落在何处。

　　龙水打鸟从没失手过，正当他仰着脸望着那鸟窝的时候，剪刀直竖着从天而降，两个剪刀尖不偏不倚正好扎进龙水的两只眼睛里，直挺挺的。刹那间，龙水满脸流血，双目失明。龙杰被吓得浑身打战。后来经抢救，龙水的命算是保住了，可他的一只眼瞎了，装个假眼球；一只眼看东西模模糊糊。

　　一年之内，两大灾祸都发生在结婚当天，一时间他们家成为闸北镇茶前饭后的话把儿。大家都说龙杰挣的是昧良心钱，发的是不义财，是老天在报应他。龙杰听后将信将疑。

　　龙惠娟的母亲信佛，按时到龙云寺烧香念佛做法事。空了法师本是龙杰学医时的老师，自然和龙杰的老婆很熟。龙杰的老婆把家里的事向空了法师哭诉，求空了法师给予指点。空了法师没有说话，写了一张字条交给她，叫她在当夜子时和龙杰一块打开看。

　　深夜子时，龙杰和老婆打开字条一看，上面工工整整地写着八个字："德不配财，必有灾殃。"

　　龙杰一夜没有合眼，想想自己一生特别是近三十年的所作所为，头上直冒冷汗。

　　龙杰四十岁之前是龙行村的赤脚医生，那时候村里的老老少少都对他很尊敬。他背着那个印着红十字的牛皮药箱，夏天光着脚板穿梭在田野里，冬天顶风冒雪走街串巷，送药打针为老百姓治病，心里没有任何私念像明镜一样。那时候，他整天就一个心思：为群众看病，为群众看好病，从来没想通过看病挣钱。几粒药片、半管药水、一瓶盐水、三服中药，让无数老百姓消除病痛。龙行的人都念着他的好，凡遇红白喜事，生孩子都请他坐上席喝酒。谁家杀猪宰羊了甚至都把他请去喝一顿，临走时还死活让他带点儿猪羊身上的精华。龙杰笑呵呵地过着充实的日子，心顺家就顺。两个儿子出生后，想要个女儿，果真就生了龙惠娟。仁德所致，天遂人愿。

　　后来，医院就被他承包了，再后来，他就买断闸北的镇村两级医院。

　　"德不配财，必有灾殃。"这八个字像八根针一样刺在龙杰的心口上，他寝食难安。龙杰想，四十岁之前清清白白，除了和父亲偷拿那六本中医书之外，既没有过邪念，也没干过一件坏事。后来二三十年，就钱迷心窍了，做了不少昧良心、损人利己的坏事。一是通过送礼，他以低廉的价格买下来镇、村医院，占了天大的便宜，少说也有五六百万。这是不义之财。二是排挤欺凌镇里的小药铺和私家医疗点，在全镇实行独家经营。这是缺德之事。三是夸大病人病情，不把病人看成人，而看成一棵摇钱树。这是贪得无厌啊！四是弄虚作假，小病大治，低进高出。

龙杰越想越觉得恐怖，害怕灾祸会降临到自己头上，更害怕灾祸会降临到龙惠娟头上。

龙惠娟自小就娇生惯养没受过一丁点儿委屈，爷爷奶奶视她为心肝宝贝，父母亲视她为掌上明珠。龙惠娟初中毕业后就不想上学了，爷爷有意培养她成为一名医生。她对看病一点儿兴趣都没有，古书里的繁体字一看就头晕脑涨。龙杰也不想让女儿待在医院里，很担心像两个哥哥那样，让她打工又丢龙家的面子。左也不是右也不是，只能先叫龙惠娟学驾照。

龙惠娟在驾校里认识了初中同学羊一智。羊一智是学医的专科生，本镇人，学校毕业后还没找到工作，趁机学个驾照。羊一智的父母虽都是农民，但父亲羊坤宇，有园林手艺，种粮赔钱的时候，自家的十几亩地都种上了苗木花卉。效益比种粮强几倍，后来又从别人家转包了十几亩地，家里的温室大棚四季常青，瓜果飘香。龙惠娟很喜欢这种环境。羊一智不多说话，忠厚老实，人长得很帅气，白净净的，戴副近视镜，个子有一米七三，不胖不瘦，看起来文质彬彬的，正是龙惠娟喜欢的类型。龙惠娟呢，一米六二，浓眉大眼，四方脸，五官端正，皮肤白里透红，性格大方开朗，说话做事麻利，浑身上下充满活力。两个人很有眼缘，性格又互补。龙惠娟的爷爷、奶奶、父亲、母亲很喜欢羊一智。一开始，羊坤宇夫妻俩不同意，认为高攀不起。

龙惠娟和羊一智处上对象后，闸北镇医院变了样，被龙惠娟摆弄得像花园一样。病房里也是隔几天就换花木，全是免费的。家里面更是花红树绿，到处都是花草树木，搞得爷爷奶奶喜欢得不得了。学完驾照，羊一智就到医院上班了。龙惠娟就在父亲办公室上班，主要就是打理医院的环境。整天和花草树木打交道，龙惠娟很高兴。

龙杰的大儿子龙沐腿不行，对医院不感兴趣，有自己的公司。二儿子龙水虽在医院，眼又不行。所以龙杰出门都把羊一智带在身边。羊一智虽然少说少讲，但是个有心人，跟着龙杰长了不少见识。

看到女儿一年年大了，龙杰夫妻俩心里打怵，总担心会有什么灾祸降临到她头上。母亲劝龙惠娟和自己一块到龙云寺烧香拜佛，静心修行。龙惠娟对母亲说："妈，我知道你担心什么。你女儿一无邪念，二没有坏心眼，三更没有做过一点儿缺德事，佛就在我心里，佛不保我还能保谁？你就准备嫁资吧，我也不多要，够我生活就行。"龙惠娟母亲只是笑笑没有吱声。

龙惠娟结婚那天顺风顺水的,龙杰夫妻俩的心总算放下了。后来,她又怀上双胞胎,两家人更是喜不自禁。龙惠娟生下一女一男后,龙杰和羊坤宇借满月之机大贺了一次。

关西网到闸北镇做党委书记,第一顿饭就是在龙杰家私人餐厅吃的。这时候,龙惠娟的两个孩子已会走路,既有保姆又有双方母亲照顾。龙惠娟在家里闷得慌想出来工作,但又不想在医院了,整天都是一家人在一块,没有任何新鲜感。酒桌上,关西网说:"你们家又不缺钱,工作只是为了不闲着。我看你到老家龙行村做妇女主任就不错,你想做事,就有事;你不想做事时,就没有事,既体体面面又自由自在。"龙惠娟听了感觉很新鲜,就答应了。

关西网听说龙杰信佛,劝道:"你信佛我不阻拦,但我建议最好还是入党。你想想,你买的是公家医院,你享受的是国家的改革开放政策,坐拥这么大的家产,你应该感谢共产党。你入了党,就是党的人,好多的问题就好解决了。"

龙杰想想也是,佛家讲究积德从善救苦救难,共产党遵循全心全意为人民服务,有相通之处。第二年,龙杰和龙惠娟就入了党。

龙杰入党前把医院的股份明确了,龙惠娟和羊一智占百分之二十,不含羊一智的工资。仅医院这一块,龙惠娟家的年收入就有七八十万。龙惠娟很有钱但在穿衣打扮上并不张扬,生活也简朴。龙惠娟的奥迪车是父母陪嫁的车。羊一智整天在医院,出去时和父亲在一块根本用不着车。她就开着图带两个孩子时方便。说实话,她拿的工资不够开车烧油,就是落个开心,无忧无虑。

龙惠娟到龙行村工作几年,处得最好的朋友就是夏庆嫂和徐贵珍。夏庆嫂是龙惠娟的上一任村妇女主任现在开酒店。徐贵珍原来是赵夏李组组长,因为和村长老婆打了一架辞职不干了。现在的赵夏李组组长是徐贵珍男人赵尔强,徐贵珍是党小组组长。龙惠娟从蹲组开始就一直在赵夏李组。

龙惠娟心里有数,如果按报纸上说的,赵筱蝶的文章说的,村里干部就没有一个是好东西,哪个人抖一抖都够判两年的。说归说做归做。龙惠娟担心赵筱蝶的工作开展不起来。她很想看看赵筱蝶能使出什么狠招。"亮家底,清产权,收项目,返租土地归村里统一经营",这肯定都是老百姓欢迎的事,但这势必会触及不少人的利益。龙至礼老支书都无能为力,只能睁一只眼闭一只眼,难道赵筱蝶有撒手锏?

虽然会前赵筱蝶和她单独交换过看法，她也很支持这项工作，但凭以往经验，龙惠娟认为这个会议开不到一半就会被搅局，没想到会议开得很成功。赵尔照在会上脸色青一阵白一阵，连屁都没敢放。龙是银斜躺在椅子上半睁半闭着眼，像老猫打盹，时而在手机上发发信息，一声不吭地听到最后。要是在以前这几个人早就七个狸猫八个眼地吵得炸开锅。是不是他们已感觉到危在旦夕？龙惠娟猜不透。

会议结束后，龙惠娟和赵尔强耳语几句就进城去了。赵尔强在现场通知了二组党员和群众代表第二天上午八点开会，赵尔照听了很阴险地奸笑了一下。

赵尔照虽是村长但他是二组党员，赵尔强明知他不会参加会议还是说得很响亮，那是故意说给赵尔照听的。赵尔强和赵尔照是堂兄弟。赵尔照干村长没从二组捞到任何好处，早就想把二组组长换成自己的心腹。可二组的党员群众不愿意。徐贵珍辞职后，大家一致选举徐贵珍的丈夫做组长。赵尔强更是看不起赵尔照的品行。两个人心里有隔阂。

徐贵珍辞职的主要原因是因为赵尔照的老婆。赵尔照的老婆姓吴，叫吴翠霞，龙行村五组人。吴翠霞仗着自己的丈夫是一村之长，说起话来牙能耕地，还好显摆，家里吃的穿的用的都比别人家高出一等，无论和谁说话都压人半头。这一点让徐贵珍很看不起。徐贵珍干组长时和妇女主任夏庆嫂很合得来，两人相处得如同姐妹。她们都是直性子，说话做事从不拖泥带水，雷厉风行，敢于碰硬。两个人还都有好酒量，一人一斤白酒是小意思，比男人还男人。龙行人称她俩为"哼哈二将"。夏庆嫂辞职后，有人传话给徐贵珍说，吴翠霞在外人面前说徐贵珍想做村妇女主任去巴结赵尔照，想和赵尔照来一腿。徐贵珍听后气得咬牙切齿，去找吴翠霞理论，结果吵了起来。吴翠霞心想徐贵珍不敢对自己怎么样，就恶语中伤徐贵珍。没想到徐贵珍把吴翠霞的嘴撕到耳朵根，打得她满地找牙。第二天，徐贵珍就不干组长了，回家专心搞十字绣。徐贵珍揍吴翠霞，这可给二组人出了口恶气，太多的人看吴翠霞不顺眼。徐贵珍虽然不干小组长了，但在群众中的威信更高了。赵尔照虽然是村长，但在二组远没有赵尔强夫妻俩得人心。赵尔强和徐贵珍是高中同学。改革开放初期，夫妻俩靠喂长毛兔成为赵夏李组第一个万元户，并带动了四五十户人家致富，成为闸北镇表彰的致富带头人。夫妻俩是同一年入的党。

平时村里有什么工作安排，只要龙惠娟到赵尔强家去一趟基本上就放心了。但这一次不同，有必要先开一次会议统一思想，不然会被赵尔照抓住把柄，吹胡子瞪眼。为了方便记忆，龙惠娟把赵筱蝶的说法改叫"三清一返租"，即清家底、清产权、清项目、返租土地，具体内容不变。

中午饭是在粮食大酒店吃的，龙惠娟添酒夏庆嫂添菜。夏庆嫂因查出心脏病，已不像过去猛喝白酒了。龙惠娟始终都是红酒。赵尔强是从不沾白酒的，中午也喝了几杯。一瓶白酒喝完，夏庆嫂把昨夜村里几个人和几个老板喝酒的事说了出来。龙惠娟当时就感到有蹊跷。

吃过饭已是下午三点，龙惠娟想打电话告诉赵筱蝶，昨夜董世道的事。这时，有人打电话给赵尔强说李继冬家出事了，龙惠娟一慌就把这事给忘了。在李继冬家看到赵筱蝶时，她又想起来了。

龙惠娟先到村里没等几分钟，赵筱蝶、郑子涵、冯莉莉三人就到了。

龙惠娟很神秘地把昨天夜里发生在粮食大酒店的事告诉了赵筱蝶，并把张黑龙和三只眼的案底也告诉了她，叫赵筱蝶千万当心，防着龙是银和赵尔照他们。赵筱蝶听后像是很在意又像是不太在意，对龙惠娟说："谢谢你，龙主任。陪我一块去看看李继冬，然后去拜访你父亲。你放心吧，龙行的工作风雨无阻，太阳照例从东方升起。天作孽犹可恕，自作孽不可活。"

27. 枪声之后犬狂吠

  吕裕民办公室里，刘金亭脸上没有一丝笑容，毕恭毕敬地坐在吕裕民对面的沙发上，心情很沉重。吕裕民在聚精会神看报纸。

  刘金亭是江北市四县八区的书记中第一个主动向吕裕民汇报思想的人。说得好听是汇报思想，实际是自我批评，主动检讨。刘金亭虽然是村支部书记出身，但对政治非常敏感。几十年的官场生涯，使他能够从领导人一个细微的言行中嗅出政治风向。吕裕民在西城区任区委书记时，刘金亭是副书记，前任书记随谷冥蛛到外省去了。据刘金亭得到的消息，这一任的市委书记不是吕裕民。出乎所有人预料，偏偏就是吕裕民成为一把手，且书记市长一肩挑。这让刘金亭有点儿措手不及。

  刘金亭和吕裕民搭过班子，深知吕裕民的执政理念，更了解吕裕民的行事作风和为人处世。刘金亭比吕裕民大几岁，但论忠诚、论水平、论能力、论自律、论坦荡、论血性都自愧弗如。吕裕民上任后，刘金亭曾几次打电话给吕裕民，说想当面汇报工作，吕裕民因工作太忙一直委婉向后推。这让刘金亭有很多想法。《江北日报》上连续刊发侍卫宣的多篇文章，刘金亭每篇必读，读后必想。

  盘根错节的人际关系，根深蒂固的利益集团，唯利是图的错误发展理念，江北的政治生态环境、社会治安环境、人文思想环境都不适合吕裕民刚上任就大刀阔斧。

  吕裕民在等待中寻找突破口，寻找快刀斩乱麻的着力点。公安和纪委同时出手，在江北市官场的上空放射出两枚刺眼的信号弹。这明确表明，在江北，无论权力多大，无论势力多强，无论关系多硬，谁再不收手，谁再不转向，谁再不改邪归正，谁再不和市委保持一致回归到正确的执政理念上，谁就会落得和那些人一样的下场。

  刘金亭感到庆幸的是，在赵筱蝶的问题上他是知错就改并且有所动作。赵筱蝶的提干公示和先进事迹已在《江北日报》上刊登了。巧合的是，同一天报纸的理论版全文刊发了赵筱蝶三年前的那篇文章《江北市改革的几点思考》。刘金亭看后突然想到先在报纸上表一下态，便召集笔杆子连夜赶写出一篇读后感。这篇读后感，就发表在今天的报纸上，占了半个版面。

刘金亭坐在沙发上，小心地等待着吕裕民给他说话的机会。

吕裕民放下报纸，递给刘金亭一支香烟，说："刘书记，你这篇文章写得好啊，有真感情、真思想、真觉悟，有机会我要在大会上向大家推荐一下，让其他的县区委书记认真学习学习。你几次打电话给我，我实在抽不开身，正好今晚有点儿时间，请你来坐坐。我们是老搭档了，有什么话你直说。"

刘金亭给吕裕民点着香烟，低沉地说："吕书记，我是来向你检讨的，检讨近年来工作上的失误、思想上的跑偏，还有我个人廉洁自律方面的不检点……"

吕裕民没有再让刘金亭说下去，说："刘书记，我知道你是从基层村支部书记干起来的，我对你的工作还是了解的。你的文章已经说明一切。至于你工作上的失误、思想上的跑偏、廉洁方面的不检点，那都是过去的事了。过去的事就让它过去，我们看重的是现在和将来。近三十年的改革开放，我们在经济方面取得了长足发展，人民整体生活水平提高了。但我们要看到短板，有的初心忘了，有的执政理念偏了，一些丑恶现象得势了。但我始终坚信党和政府终究是全心全意为人民服务的。西城区是市委市政府所在地，在市委市政府眼皮底下过日子，上面发号施令的嘴多，指指戳戳的手多，关系复杂，工作难做，我是深有体会的。我坚信只要牢牢地坚守党的宗旨，牢牢地把握为人民的执政理念，大是大非上立场坚定，态度明确，虽然会得罪一些人，只要上对得起党，下对得起民，中对得起自己的初心信念，我们就无愧于手中的权力。刚才，我一边读你的文章一边在想西城区的问题。你是区委书记，我是市委书记，我们有责任改变西城区的现状。你这篇文章写得好，不仅要表态更要亮剑，把西城区整治出新气象。"

刘金亭静静地听着思索着，完全理解吕裕民的意思。

刘金亭从口袋里慢慢地掏出一张汇款单，小心翼翼地递给吕裕民，说："吕书记，这是我平时没有严格要求自己收受的礼金，我把它全部交到纪委账户上了。钱交出后，我的心踏实了也轻松敞亮了。我决心从现在起重振精神、重树形象，紧密团结在市委周围，按市委部署把各项工作做好。"

吕裕民接过汇款单看了看，接着又把汇款单递给刘金亭，说："这个你收着。我和纪光红书记说一声，让她知道这钱是谁交的就行了。刚才吃晚饭时，我和她还在猜测是谁往纪委账上汇了这么多钱。刘书记，这件事你做得很正确，有远见。我相信西城区的工作一定会有新突破。放心大胆干，我支持你，市委市政府支持你。"

"谢谢你吕书记。关于华龙纺织集团投资龙行村的事我想向你汇报一下……"刘金亭的话刚说一半，吕裕民的手机响了，是韩子刚打来的。

"吕书记，赵筱蝶出事了，有人绑架她。"韩子刚说。

"什么时间？什么地点？什么情况？"吕裕民表情突变。

韩子刚回答："三十秒前，黄河南路转向蝴蝶庵的方向，犯罪嫌疑人是外地人，场面已被控制。我正赶往现场。"

"我马上到现场。"吕裕民挂了电话，神情有点儿紧张。

刘金亭从电话里听出大概情况。但他很疑惑，一个平常的治安刑事案件为什么要惊动韩子刚，且直接汇报给吕书记，吕书记还要亲自到现场？

吕裕民迅速拨通司机的电话叫他抓紧到办公楼下。刘金亭说："吕书记，我送你去吧，我自己开车来的。""行，快走，有事改天我们再聊。"吕裕民说完和刘金亭一起急急忙忙下楼。

深夜十一点半，赵筱蝶参加完三四两组党员和群众代表讨论会后回蝴蝶庵。车子在从古黄河东堤大道拐向蝴蝶庵时，郑子涵发现前面一百米处有辆破吉普车横在路上，她放慢了车速对冯莉莉说："莉莉，前面有情况，做好准备。"冯莉莉回答："是。"说着把赵筱蝶的包放在脚下。郑子涵又说："注意莉莉，后面还有辆车，他们正跟上来，看样子是一伙的。前堵后截，他们是有备而来。莉莉，前后两辆车，人肯定不少，家伙上膛了吗？"冯莉莉从后视镜里仔细地看了看，说："上膛了。看来今夜要玩真的了。"郑子涵对赵筱蝶说："筱蝶姐，我马上停车，我和莉莉下去。无论发生什么事，你坐在车里都不要动。"

赵筱蝶不知道要发生什么事，她有点儿紧张，点头答应了郑子涵。郑子涵说："我是子涵，我是子涵，有情况，前后两辆车把我们夹在中间。黄河南路转向蝴蝶庵二百米。注意听我呼叫，收到请回答。"不知从什么地方传出声音："收到，保持联系。"

郑子涵见前面一高一矮两个蒙面人手持橡胶棍，拿着麻袋和绳索迎面走过来，把车停下了。这时，后面的车也紧随其后停下来，从车上也下来一高一矮两个人，蒙面持棍。

郑子涵和冯莉莉同时下车，车子四门紧闭，赵筱蝶被锁在车里。

龙行运河湾

前后四个蒙面人全部都是黑羽绒服、黑裤子、黑头套，头套上有两个洞，露着眼睛。两个高个子在一米八以上，两个矮个子在一米六以下，四个人围了上来。

郑子涵问："你们想干什么？"

前面的高个子说："我们想干什么与你们俩没有关系。你把赵筱蝶交给我们，你们走人。否则，我们会把你们一起绑了，让兄弟们饱饱眼福，看看你们俩的裸体够不够味道。"说着把手里的麻袋和绳索举起来，在郑子涵面前晃了晃。

郑子涵厉声说："你们想绑架？"那高个子说："我们不仅要绑架，还要给赵筱蝶拍几张裸体照片。怎么样，想奉陪吗？"冯莉莉说："我就是赵筱蝶，想把我怎么样，来吧。"高个子奸笑说："你不是，我们早盯上你们了。赵筱蝶在车里，快把车门打开。不然，大爷要动手了。"接着他弹了个响指说："兄弟们，上，把她俩捆了，拿出车钥匙，把赵筱蝶绑走。"

郑子涵心想，看样子前面的这个高个子是头儿。就在高个子摇头晃脑地得意之时，郑子涵用尽浑身力气猛地飞起一脚，不偏不倚正踢在那个想对她动手的矮个子下巴上，就听"嘎巴"一声脆响，那个人打了几个趔趄跌坐在地上。

冯莉莉对付的是后面两个人。后面的高个子走到冯莉莉面前伸手想摸冯莉莉的胸，冯莉莉顺势抓住他的手臂猛地往后退了几步，紧接着就是迎面一拳。那高个子身高力大，挣脱手臂晃了两下站稳了，举起橡胶棍向冯莉莉砸来。矮个子也趁势而上。

冯莉莉躲过一棍，迅速从身上掏出枪向天空放了一枪。两个人一下子愣住了。

"都不要动，谁动我就打死谁。"冯莉莉把枪口对准他俩。这时，郑子涵趁前面高个子愣神的工夫也迅速从腰间拔出枪，黑洞洞的枪口正对他的脑门儿。

见双方打斗起来，前面车上又下来一个戴黑头套的人，手里握着棍向郑子涵冲来。突然听到冯莉莉的枪响，那人站住了，再看看高个子已在枪口下举起双手。

见此情景，那人拔腿就跑。"你站住，再跑我就开枪了。"郑子涵大声喝道。

那人没有停，眼看就要上车，郑子涵枪口一转，一扣扳机，"砰"的一声枪响，那人便倒在离车子一步远的地方。郑子涵用枪指着高个子说："快叫他们都过来，老老实实地蹲在地上，双手举过头顶。谁敢反抗，那个人就是下场。"

前面的高个子见自己的兄弟被枪打倒，吓得面无人色，赶忙召集其他人都过来蹲下。

四个人被铐在一起吓得瑟瑟发抖。高个子央求郑子涵："请你救救我那兄弟。"郑子涵说："你放心，那人只是腿伤。"

这时候，从黄河南路拐过来两辆车，郑子涵估计是刑警队来了。她对冯莉莉说："你去看看那人怎样，帮他止血。"

冯莉莉来到前面，见他腿上流血，顺手拽下那人的头罩准备给他包扎伤口。没想到是个女人，已被吓昏。

刑警队到现场后，郑子涵打开车门让赵筱蝶下车。赵筱蝶坐在车里，车外发生的事看得清清楚楚。她哪里经历过这种场面，吓得脸色苍白。赵筱蝶问："怎么回事？"郑子涵说："没有什么大事，交刑警队审去。"

不一会儿，韩子刚到了，吕裕民和刘金亭也到了。他们见赵筱蝶没有受到任何伤害才放心。韩子刚对刑警队副队长谭康健说："连夜审讯，明天早上我要知道详情。"谭康健一个立正动作回答道："坚决执行，保证完成任务。"

赵筱蝶见吕裕民、刘金亭、韩子刚都到了现场，感到很不好意思。"对不起，深更半夜打扰各位领导了。"赵筱蝶内疚地说。

吕裕民看了看郑子涵和冯莉莉说："你们两个，好样的。子刚局长，要给她俩记功。"

刑警队把人和车全部带走了，蝴蝶湖畔又恢复了她固有的宁静。那两声枪响似乎还在湖面上回荡，如夜幕下的水雾若有若无。

吕裕民说："子刚局长，尽早让我知道详情。刘书记，今夜发生的事不要向外透露半点儿风声，有什么事我直接向你交办，或韩子刚和你商量。"

"赵筱蝶，你们回蝴蝶庵吧，千万注意安全。刘书记你也回去吧，我坐韩子刚的车，还有事和他商量。"吕裕民说完一一握手道别，表情严肃，心事很重。

刘金亭是最后一个离开现场的，他明显感觉到有许多自己不知道的事情。这起案件发生在自己辖区内，却是市局出的警，韩子刚到场。吕书记的心事很重，并交代不能透露半点儿风声。赵筱蝶身旁的两个女的是谁？刘金亭带着许多疑问开车走了。

从蝴蝶庵到市区不过二十分钟车程，韩子刚紧绷的心弦放松了，说："吕书记，幸亏你早做安排，不然就要出大事了。"吕裕民说："抓紧审讯。如果涉及其他问题我要立即向上级领导汇报。如果是一场纯粹的刑事案件，移交给刘金亭。这事耽误不得。不过依我看那五个人不像是道行很深的高手，但愿与其他问题无关。"韩子刚说："你放心，吕书记，明天上午九点前给你答案。"

"好吧，那就辛苦你们了。"吕裕民下车前对韩子刚说，"如果涉及处级干部，先要绝对保密。""好的，我记住了。"韩子刚说完车子直向市公安局刑警队驶去。

赵筱蝶躺在床上回想刚才发生的险情，心里不由得掠过几分恐惧。她想不出自己做错了什么事，也想不出得罪了什么人。她在左思右想中迷迷糊糊地睡着了。她不知道龙行村五个小组的狗一整夜都没有停止狂吠，一次高过一次，直到大天四亮。

夜里两点左右，张黑龙、夏双明、李小四三人被抓走；凌晨四点，吴良兴、董世道被抓走；凌晨六点，村长赵尔照、会计华明善、副主任李仕禄、一组组长龙是银、五组组长吴庆功被抓走。赵尔照、华明善、李仕禄、龙是银四个人是在麻将桌上被一同抓走的，还缴获了近二十万的赌资。

龙行村炸开锅了，太阳还没出来，各种谣言就已迅速传遍全村。一组、四组、五组有人燃放起鞭炮。

赵筱蝶被提拔为闸北镇党委副书记兼龙行村支部书记的公示，以及赵筱蝶的事迹和文章在《江北日报》上刊登后，龙行村的党员群众都感到骄傲、感到自豪。今天《江北日报》又发表了刘金亭的文章，从区委书记的读后感到闸北镇党委书记被抓再到赵筱蝶被提拔任用，人们似乎有一种暖风吹拂小麦成熟的感觉。

在龙行村，昨天还有许许多多的人担心赵筱蝶的"三清一返租"工作能否顺利落实的时候，今夜却发生了这么大的事情。一连串的意想不到，让龙行群众一下子沸腾起来。赵筱蝶被闸北镇人刮目相看了，更被龙行村的党员群众刮目相看了。

龙惠娟早上起来看到徐贵珍六点半发的信息："昨晚十一点半，蝴蝶庵传来两声枪响，到今晨六点为止，赵尔照、华明善、李仕禄、龙是银、吴庆功、张黑龙、夏双明、李小四、吴良兴、董世道全部被抓，天助龙行。"

龙惠娟看完信息后一下子就想到那天会议之后粮食大酒店聚会的正是这十个人，又想到自己向赵筱蝶汇报后，赵筱蝶说的话："龙行的工作风雨无阻，太阳照例从东方升起。天作孽犹可恕，自作孽不可活。"龙惠娟心想，没想到赵筱蝶还是个狠角。

今天上午，集体研究一组和五组"三清一返租"工作的具体实施步骤，会议时间过了，还只有赵利冉和龙惠娟两人。赵筱蝶根本不知道夜里发生的事。龙惠娟虽然认为赵筱蝶在装糊涂，但还是把夜里那些人被抓的事说了。赵筱蝶很惊讶。赵利冉只是笑眯眯地坐着，一句话也不说。

龙惠娟说："筱蝶书记，这么大的村，就你我他三个人了，你看是不是该招兵买马了？"赵筱蝶说："招兵买马的事暂时不忙，你们俩可以先考虑考虑。今天的工作还要继续，你们俩继续到组里去，我去四组。"

龙惠娟说："筱蝶书记，我和你一块去四组。二组的群众基本上都同意了。有几户家主在外打工，我也联系过了，他们都很乐意，并且都在手机里发来短信表示同意。二组只剩下土地丈量的事了，这点儿小事交给赵尔强和徐贵珍保你放心。四组和五组相邻。四组人历来被五组人欺负，四组还涉及中心港用地，又掺杂着张黑龙的势力，情况复杂。我和你一块去相互有个帮衬。我负责打头阵你负责扫尾，硬的软的都来。四组工作通了，五组群众就会找上门来要求做。他们都知道我是运河中心港建材贸易公司老总龙沐的妹妹，他们不敢拿我怎么样。我唱黑脸你唱红脸准行。"

赵筱蝶问赵利冉："赵主任，我听说三组有不少群众对这件事有意见，你那边工作怎么样？"赵利冉说："我愁了一整夜，也思考了一夜。早知道有昨夜那事，我就伸长腿睡大觉了，瞎操心害我一夜没合眼。现在没有问题了，赵书记，你放心吧。"

赵筱蝶没听明白，朝龙惠娟望了望。龙惠娟说："筱蝶书记，赵利冉讲话就遮遮掩掩的。他的意思是昨天反对的人是背后有人出钱指使，指使的人在昨夜被铐走了，唱反调的人今天自然就装孬种认尿了。赵利冉在群众中威信很高，今天会更高。他能把昨夜的事说得让小鬼都害怕，把自己吹嘘成大神。"

走出会议室，两辆小车径直向运河中心港驶去。

28. 刘金亭　陈赛男

上午八点五十分，吕裕民安排纪委书记纪光红打电话给刘金亭，叫他在九点半之前到自己办公室。刘金亭接到纪光红的电话心里既担心又害怕，强装镇静地说："好的，纪书记，我九点一刻前到。"实际上纪光红就在吕裕民办公室。刘金亭到吕裕民办公室时，见吕裕民和纪光红都板着脸，心里更是发怵。

"你坐。"吕裕民不冷不热地指着对面沙发对刘金亭说。刘金亭小心翼翼地坐了下来。

吕裕民说："刘书记，昨晚发生在蝴蝶庵的案件已经审讯完毕，是一件纯粹的黑恶势力绑架案。黑恶势力团伙多达百余人，主要是西城区南菜市的，当地有的歌厅、舞厅、桑拿酒店还涉及卖淫嫖娼。更为严重的是这伙黑恶势力已疯狂到阻碍运河中心港产业园建设，阻碍龙行村规划方案的实施。从这个意义上说，它还是一场村级政治事件。这是你西城区管辖的事，我已安排韩子刚今天晚上把此案移交到西城区公安分局。今天把你叫来有两个目的，一是你要高度重视这个案件，把它作为西城区整治社会治安环境的突破口，牢牢抓在手里，由点及面，城乡联动，形成声势，打造发展经济的良好氛围。二是此股黑恶势力的保护伞直指你区副区长、公安分局局长端木方正。曹明义的案子也多次涉及他，有许多材料证明端木方正存在严重的违法违纪行为，经研究决定对端木方正采取措施。叫你来就是要求你积极配合市纪委把这项工作做到万无一失。怎么配合，由纪书记单独向你安排交办。我想提醒你的是，你要把这件事作为西城区整治政治环境的着力点，反腐倡廉，树新风扬正气。只要你公正无私，我和纪书记全力支持你。市委市政府在等你的好消息。你有什么想说的吗？"

刘金亭算是松了口气，连忙说："吕书记、纪书记，请领导放心，我坚决拥护市委市纪委的决定，坚决听从市委市纪委安排指挥，保证完成任务。"

吕裕民说："那就这样。刘书记，你跟纪书记到她办公室去，她有事情单独安排。"

吕裕民一夜没有合眼。他不知道江仲谋所说的赵筱蝶的文章的具体内容，也不知道江仲谋给赵筱蝶什么任务。从江仲谋的口气可以知道他在担心江北市的政治斗争，担心权利争夺而引发的诸多问题。吕裕民想，自己的政治前途是小事，党和国家的命运可是比天都大的事啊……

直到韩子刚打电话来，吕裕民悬着的心才算落地了。他交代完刘金亭之后感到很疲惫，想躺在沙发上休息一会儿。这时，他手机响了。

"裕民书记，我是江仲谋。"

"领导，我听出你声音了，请指示。"吕裕民一下子来了精神。

江仲谋说："请你让龙旭转告华自义，他的两份材料我已经交上去了，领导很重视，让他暂时不要回来。请你安排些人手交给龙旭，要他照顾好华自义。赵筱蝶的情况我也汇报了，领导很关心她，请你保护好他们的安全。别的我就不多说了，你回来给我个电话，我们在一块聊聊。"江仲谋挂了电话，吕裕民的睡意全消失了。

吕裕民叫来司机，要把这消息当面告诉华自义，然后在那里痛痛快快地睡上一觉。

吕裕民到龙云寺东北角小院时发现小院的门紧锁。吕裕民拨打华自义的手机，关机。吕裕民又打朱梅兰的电话，电话无人接听。吕裕民有点儿担心华自义会出什么事。

和江仲谋见面后十二天，华自义把事情往最坏方面考虑，决定转移到其他地方。朱梅兰建议搬到小鲁庄学校去，当夜就搬，明天有大雪。华自义同意了，说："就不要让吕裕民知道吧，年底啦，明天又有暴雪，市里工作千头万绪，免得给他带来麻烦。"

在夜里，朱梅兰租了辆车带点儿必要的东西就来到了小鲁庄。小鲁庄书记陈赛男听说朱梅兰回来了心里万分高兴。她害怕朱梅兰不回来代课了。寒假刚放已有一个代课老师辞职不干了准备到南方打工，如果朱梅兰再不回来，幼儿园和小学可能就得停课。陈赛男心里着急，正准备联系朱梅兰。这下好了，她回来了，陈赛男就放心了。

前段时间，朱梅兰的丈夫来学校里，陈赛男因为太忙没时间看看他，也没留他吃顿饭，作为朱梅兰的好姐妹，她心里很过意不去。这一次，陈赛男已经和朱梅兰

龙行运河湾

说好了，晚上在家里亲自下厨烧地锅鸡和地锅鱼锅贴招待她的丈夫，保证叫他吃得嫌肚子小。陈赛男还有个心思，听说她丈夫有可能在家一年，如果学校人手不够，就请他帮忙带段时间课。这样，小鲁庄的孩子就不会耽误课了。

二〇〇九年的第一场雪铺天盖地而来，荷花瓣一样的雪片飘飘落下，一团团一簇簇。不到一个小时，整个世界就变成白茫茫一片。

吕裕民坐在车里连续拨打电话，还是关机，无人接听。吕裕民在车里打了个盹，司机把车内暖气打开。整个卧龙山区都蒙上了白雪，唯独吕裕民的黑色轿车上没一点儿雪花，停在那里格外显眼。

"几点了？"吕裕民问司机。

司机回答："十二点一刻，吕书记。"

吕裕民说："回办公室。中午饭在机关食堂吃。下午一点半有防雪抗灾会议。"

车子发动，吕裕民的手机也响了。吕裕民一看是朱梅兰，松了口气，赶忙接通电话："你好，朱老师。请你叫华主任接个电话。"

吕裕民说："你到哪里去了，我的领导，外面下这么大的雪？告诉你江仲谋亲自给我回电话啦，具体情况下午五点见面详细向你汇报。""太好了，下午见面谈。"华自义很兴奋。

吕裕民刚挂电话，赵筱蝶的电话就打进来，说："你好吕书记，有件事向你汇报。"吕裕民说："请讲，筱蝶书记。"赵筱蝶说："我刚接过孙董事长电话，华龙纺织集团已正式接到省政府搬迁通知，过完春节就开始搬迁。我想问一下，我们的规划和政策什么时候能出来？二〇〇九年的时间已经开始倒计时了，我很着急。"

吕裕民说："文件出来了啊，你还没收到？"

赵筱蝶问："正式红头文件吗？"

吕裕民说："是的，是以市委、市政府名义转发的。我马上安排人送一份给你。"

赵筱蝶说："不用了，谢谢你吕书记。我到西城区委办去拿。"

吕裕民说："筱蝶书记，我想去拜访一下孙董事长，不知她是否有时间？"

赵筱蝶说："这样吧，吕书记，我问一下孙总，有时间，请她打电话给你。"

吕裕民说："行，就这样办。"

吕裕民和赵筱蝶通话后没有五分钟，孙华的电话就到了。吕裕民决定明天上午前往省城去拜访孙华、孙刚。吕裕民打电话给刘金亭，并叫他通知赵筱蝶明天早晨七点出发，可刘金亭关机。

　　刘金亭跟着纪光红正在去纪委的路上，心提到了喉咙眼。刘金亭担心这是吕裕民设的套，说不定一踏进纪委就有几个人围住自己，双手被戴上冰凉的手铐。直到纪光红倒了杯开水递给他，刘金亭才知道自己已经坐在纪光红的办公室里了。

　　纪光红先是对刘金亭主动上交赃款的事表扬了一番，继而详细地布置了下午四点如何顺利抓捕端木方正的每一个环节。端木方正是副区长，倒没有什么可顾忌的，关键他还是公安分局局长手里有枪，更为严重的是他是黑恶势力的保护伞。为以防万一，纪委不得不考虑到可能出现的每一个情况。最后，纪光红又以市委常委的身份和刘金亭谈了西城区的一些工作，要他以实际行动和市委市政府保持高度一致，不要让市委市政府失望。刘金亭听得出来，这是吕书记的要求通过纪委传达给自己的。刘金亭服气，因为他干书记这几年除了在招商引资发展经济上干了点儿事，其他的基本都是放任不管，失职失察的地方太多。由此，刘金亭才总是担心吕裕民会拿他开刀，杀一儆百，于是才一咬牙把赃款主动交上去赌一把。赌赢了悔过自新，赌不赢万一有那么一天，也好有个说辞。

　　现在看来，这一步走得十分正确，刘金亭为自己做出的这一举动感到窃喜。他决定从现在起像吕裕民那样，做一个对得起党、对得起民、问心无愧的官。他回到办公室，安排下午三点半召开四套班子成员会议，谁也不许迟到缺席，然后反锁上门关掉手机，独自坐在办公桌前。

　　刘金亭一支接着一支抽烟，满屋都是烟雾，如他的思绪。

　　中午，刘金亭推掉所有酒局回家吃饭。家里人都很诧异，他一年到头除了早点有时在家吃，中饭和晚饭从来没有在家吃过。父母高兴，妻子高兴，儿孙更高兴。

　　刘金亭吃过饭想休息半小时，家里电话响了。妻子拿起电话一听便把话筒递给了刘金亭，说："找你的。"

　　刘金亭一听是吕裕民书记，才想起手机关后忘记开了。"对不起，吕书记，上午事多忘记开机了，请指示。"

　　"华龙纺织集团已经接到省政府搬迁通知，春节过后就开始实施。你通知一下赵筱蝶，明天上午七点我们三人一块到省城去，先去拜访孙华、孙刚，然后我和你还要找找领导和有关部门，把医院和学校的事确定下来。你做点儿准备。"

　　"好的，吕书记，我马上就安排，还有别的指示吗？"刘金亭说。

龙行运河湾

"没有了。"吕裕民说。

刘金亭挂了电话，心想，下午将发生这么大的事，吕书记为什么没问一声准备得怎么样了？这让他感到吕裕民这个人真是有点儿深不可测。但他想到明天能和吕书记一起到省城办事，又感到很荣幸，也是一次难得的机会。

刘金亭转脸对妻子说："刚才是吕裕民书记的电话，该向人家问个好吧？"妻子朝他望了望说："我又不知道他是吕书记。你的领导哪天把电话打到家里来过？"刘金亭说："从现在起，无论是谁打来的电话，无论是谁接听，都要先向人家问声好。这要在家里形成规矩，要养成习惯，晚饭时向家里人严格要求一下。"

躺在床上的刘金亭只是闭闭目、养养神，根本睡不着。下午四点，在区常委会议室将是一个什么场面，在似睡非睡中他看见一副锃亮的手铐在眼前晃来晃去。

下午四点半，吕裕民接到纪光红的电话："吕书记，向你汇报，端木方正顺利拿下。""你们辛苦啦！"吕裕民放心了。

吕裕民拨通韩子刚的电话："子刚局长，你叫韩磊把车子开到我办公室楼下，我出去有点儿事。"韩子刚问："需要我和你一块去吗？"吕裕民说："你要和刘金亭见面，你就不去。端木方正已经被双规，你和刘金亭好好交流交流，不仅仅是这次绑架案，西城区公安分局的情况你比我清楚，选准人十分重要，你要谨慎。"

吕裕民从家里拿两瓶酒，递给韩磊两百元钱叫他买几个菜。车子向龙云寺驶去。

朱梅兰的手机来电话了，吕裕民一听是华自义的声音："裕民书记，我在三河市运河镇小鲁庄村，雪太大了，我没法赶过去。你在哪里？"吕裕民说："我马上到小院了。我准备好了酒和菜，今晚陪你畅快淋漓地喝几杯。你用不着回来，我到你那里去。"华自义问："你能找到小鲁庄吗？你那里几个人？"

吕裕民问韩磊能不能找到小鲁庄，韩磊说他姑父姑母就住小鲁庄能找到。

吕裕民说："能找到。我和韩磊两个人。"华自义说："就在小鲁庄小学。雪太大，路上注意安全。"

吕裕民对韩磊说："你就不要和姑父姑母打招呼了，我有事，吃过就回。"韩磊说："领导放心，我只开车负责你的安全，其他事，一概不闻不问。"

车子在雪路上行驶，发出嗤嗤的声音。吕裕民透过车窗看着外面白茫茫的雪景，心里感到很敞亮。清江运河、落雁湖、古黄河、沂河满怀碧波静静地躺在雪蒙蒙中，大片大片的雪花融化进清澈的水里，风过处，波浪起伏。卧龙山上，雪压松柏，更显松柏挺直；雪积桥亭，更显桥亭美丽。一望无际的田野之上，青绿色的庄稼，枯黄的树木芦苇荒草，都被覆盖在厚厚的积雪之下，大地闪烁着银光。自接到江仲谋的电话，吕裕民的心情一直不错，有一种温暖宽慰之感。

吕裕民和华自义畅谈了近两个小时，直到陈赛男第三次来催吃饭。

吕裕民觉得到陈赛男家吃饭有点儿不妥，华自义说："你放心，没有外人。运河镇的副乡长魏芳蹲点小鲁庄村，和陈赛男、朱梅兰是好姐妹，你我还有韩磊，就这六个人。我想好了，如果她们问我叫什么名字，小兰告诉她们了我叫华旭，当兵的，特种部队，探亲一年。问你，不说名字，称呼吕书记。她们一片诚心，专门烧了地锅鸡和地锅鱼锅贴，我和小兰不好拒绝。三河市不是要划归江北市管辖了嘛，你啊就算深入一下最基层。我已经和她们说过了，听说你是我的好朋友，她们很高兴。她们女人该说说该笑笑，我们俩喝酒，这氛围比你我对饮更好，说不定还有意外收获。"

朱梅兰把吕裕民带来的酒菜先递给陈赛男。魏芳识货，对陈赛男说："这酒要好几百块钱一瓶，你一定要把华旭喝好，直到他答应代课为止。"陈赛男说："华旭的朋友是什么来头，带几百块钱一瓶的好酒来这喝？"魏芳说："这就不清楚了。能喝起这酒的人肯定不一般，恐怕只有朱老师知道。"

朱梅兰进屋听到她们俩在嘀咕，问："你们在说我什么呢？"陈赛男说："我们在夸你男人呢，朋友来带这么好的高档酒。"三个女人边说边忙碌，盅碟碗筷一切准备就绪，只等三个男人入席。

陈赛男，四十七岁，身高一米六五，体重一百五十斤，是个五大三粗的女人。她嗓门高，声音洪亮，快言快语，做事麻利，是小鲁庄村支部书记。陈赛男的父亲叫陈夫余，常年在落雁湖和清江运河里逮鱼，人送外号陈老鱼。陈赛男的母亲身体本来就不好，生下陈赛男之后又在月子里下湖干活落下了病根，身体更是不听使唤。夫妻俩就陈赛男这一个女儿。为了帮父亲收种，照顾母亲，陈赛男高中毕业后就一直在家，后来和本村的高中同学鲁明伟结了婚，婚后生一对龙凤胎，女儿叫鲁薇薇，儿子叫鲁明明。鲁明伟在省城打工，两个孩子在省城里念大学，都是正取生，过年就毕业了。陈赛男性格耿直，为人和善，有力气，热心肠，处事公平。小鲁庄村四个组两百多户人家近一千口人，没有人能说出她一个不字。

魏芳和陈赛男是表姊妹，又是初中高中同学，两人相处甚好。魏芳高中毕业考

龙行运河湾

取中专师范，在三河市城里教书时加入民主党派。魏芳和闫素娥是姨姊妹。魏芳考取公务员在运河镇做妇联工作时，劝陈赛男入了党。陈赛男干过小组长，村副主任、副书记，干村支部书记已有十个年头。

陈赛男最大的爱好就是读"毛选"。陈赛男手里有一套珍藏版《毛泽东选集》五卷，她自己都记不清读过多少遍。陈赛男活了近五十年只崇拜两个人，一个是毛泽东，另一个就是她父亲陈夫余。父亲参加抗美援朝回来和母亲结婚，是因为给母亲增加营养补身子才整天捞鱼摸虾的。后来他买了条船，还三六九把母亲背到船上，让母亲看落雁湖、清江运河，看家院以外的天空，看山看水，看芦苇看水鸟，逗母亲开心。母亲经常对陈赛男说："闺女，我要是没遇上你爸，早就见阎王去了。"现在，母亲的身体比过去强多了，这都是父亲的功劳。在陈赛男心里，陈夫余是天底下最好的丈夫，也是最好的父亲。陈赛男做地锅鸡和地锅鱼锅贴的手艺就是父亲跟母亲学会后又教会她的。

陈赛男把地锅鸡端上桌后，解开围裙开始上桌喝酒。

酒桌上，华自义和吕裕民坐上席，朱梅兰紧邻华自义，韩磊紧邻吕裕民坐两边，魏芳和陈赛男坐主陪位置。外面大雪纷飞，屋里热气腾腾。六个人交杯换盏，开怀畅饮。喝着喝着，女人们就把话题岔开了。

陈赛男问朱梅兰："朱老师，我听说三河市要划归江北市管辖了，这是真的吗？"朱梅兰摇摇头说："我不知道。"陈赛男把目光转向吕裕民："吕书记，你听说了吗？"吕裕民说："我听说了，不知是真是假。你认为划过去好呢还是不划好？"陈赛男说："当然不划好了。江北市发展虽然快一点儿，但那都是城市上的表面光。那边对老百姓太狠，社会太乱，没有我们这边和谐。"吕裕民问："何以见得？"陈赛男说："官场太黑暗，老百姓没有讲理的地方，强买强卖，强拆强建，不顾老百姓死活。都什么年代了，还有这些，结果遭报应了吧。老天长眼啊。"

吕裕民听完向朱梅兰看了看没有吱声。华自义知道吕裕民的意思。华自义问："你们怎么知道这件事的？"陈赛男说："周而复的妻子闫素娥是魏芳的姨姐，她们两家经常走动，我们什么都清楚。"魏芳说："上个星期天我还在她家呢。说也奇怪，周而复父子被抓以后孩子的长相变过来了，变得非常可爱。闫素娥和儿媳妇吴亚君高兴得不得了，准备等孩子身上的胎记完全退了，到蝴蝶庵还愿，给观音菩萨像镀金身。"

陈赛男叹了口气说："这世道变了。以前虽然穷，那是有原因的，但充满希望，有精神有骨气有尊严。现在倒好，穷人越来越穷，越来越被人欺负；富人越来越富，越富越张牙舞爪……不说了，喝酒。来，吕书记，我单独敬你两杯。大雪天，你能光临寒舍，也算是缘分。"说完举杯一饮而尽。

陈赛男敬过吕裕民，开始敬华自义和朱梅兰，陈赛男说："宋老师，小鲁庄穷乡僻壤待遇又低，感谢你对我们村孩子的无私奉献，我敬你们夫妻俩。朱老师随意，华大哥，我和你干两杯。干了这两杯酒我有个事请你帮忙。"华自义说："陈书记，我和小兰应该敬你才是，感谢你对我老婆的照顾，也感谢你今晚的盛情。你把要我帮忙的事说出来听听，然后我们再畅快喝酒，你看怎么样？"陈赛男望望魏芳，说："华哥，你不是要在家一年嘛。我们村幼儿园和小学总共三个老师，有个老师辞职了准备到南方打工，我想请你帮忙代一段时间课，给我点儿找代课老师的时间，你看行吗？"华自义想了想，说："陈书记，你看这样行不行？如果没有特殊情况，部队不召我回去，我帮你代课；如果部队召我归队，我必须离开。作为军人我必须服从命令。你看行吗？"陈赛男听完很高兴地说："行，谢谢你，干。"说着端起酒杯一饮而尽。

魏芳从厨房里端来地锅鱼和地锅鱼锅贴的时候，陈赛男说："华哥，我没有多少钱给你，每个月一千三百元，权当是帮帮我。这点儿钱叫我怎么能留住老师？千把块钱是富人们一瓶酒钱、一两茶钱。难啊！"

吕裕民见陈赛男说话时眼泪丝丝的认为她喝多了，他碰了碰华自义。华自义又碰了碰朱梅兰，示意朱梅兰叫陈赛男少喝点儿。陈赛男看出来了，对吕裕民说："吕书记，你放心，我没喝高，只是想想这社会有太多的不公平，心里不免伤感。我是从小学开始就牢记听毛主席话跟共产党走的人，毛主席他老人家去了，可他发展壮大的党还在，他的思想还在。跟着党走应该没有错，可我走着走着觉得自己掉队了，有时觉得自己变成了毛泽东思想的叛徒。我是党员，灵魂、信念、初心时刻都在拷问我，可我无能为力。我很痛苦很想大哭一场。"

吕裕民和华自义听陈赛男这么一说沉默了，像是触及他俩的内心深处。

魏芳见酒桌上的气氛一下子冷了下来，和缓地说道："赛男书记，能不能不提伤感的事？马上就过年啦，又喜逢大雪，这是好兆头。你啊，给我们朗诵一遍毛主席的《沁园春·雪》，给大家助助酒兴，行不行？"朱梅兰说："我看行。大家掌声鼓励。"接着五个人一齐鼓掌。

陈赛男揉了揉眼睛，微笑地抖了抖精神，说："既然大家都有这个雅兴，我就为同志们背诵两首。《沁园春·雪》大家都熟悉，我就不凑热闹了。我背诵两首大家不熟悉的毛主席诗词，一首是《七绝·炮打司令部》，一首是《江山靠谁守·诉衷情》。"

陈赛男喝了口热水，站起身朗诵道："'人民胜利今何在？满路新贵满目衰！核弹高置昆仑巅，摧尽腐朽方释怀。'"

朗诵完第一首，陈赛男又喝了口热水，接着朗诵道："'当年忠贞为国酬，何曾怕断头。如今天下红遍，江山靠谁守？业未就，身躯倦，鬓已秋；你我之辈忍将夙愿，付之东流？'"

陈赛男朗诵完站在那里一动不动，眼泪扑簌簌掉下来，好像还沉浸在诗词的忧伤情感之中。

吕裕民带头鼓起掌来，说："我建议，大家共同敬陈赛男书记一杯酒。"

大家共同鼓掌举杯敬酒。陈赛男刚举起酒杯手机响了，她看了看，一手端着酒杯，一手按下免提键，说："快说，老娘在喝酒。"

是陈赛男丈夫鲁明伟打来的。"赛男，我告诉你一个好消息，我们集团决定搬到江北市龙行村啦。""妈，过完春节，爸爸就到江北市龙行村上班了，离你只有几十里地，你高兴不？"这是女儿鲁薇薇的声音。

陈赛男喝干了杯里酒，对着手机说："那好啊，高兴。你们什么时候回家过年？"鲁明伟说："二十九晚上到家。集团要搬迁，事情太多。"

"你们把家丢了，把老娘也给忘了。"说罢把手机挂了。

吕裕民听着他们对话，想到明天早晨出差去省城的事。

大家吃着陈赛男做的地锅鱼锅贴都赞不绝口。酒结束的时候，外面的雪比先前更大更急。

29. 云京激流涌动

来自北方的冷空气顺着河谷、山脉、田垄，跟飞翔的鸟儿一起向南袭来。从云京积水潭直到江北的落雁湖、卧龙山、蝴蝶庵和黑龙渊，清江运河沿线，寒潮奔袭，雪覆城乡。

积水潭曾是清江运河最北端的终点漕运码头，现如今虽然已经分不清前海、西海、后海的水色湖光、歌台酒榭，但繁华尤胜，风月更朗；虽然看不到泊船连天、商贾云集、盛况空前的漕运壮景，但是在现代文明的嘈杂声里，我们依稀可以听见属于清江运河奔腾的波涛声和负重的樯橹声。清江运河曾从这里经过，河流的千古脉动和呐喊像旗帜一样，飘扬在明媚的阳光中。

坐落在清江运河尽头的醉红尘，在风雪交加之夜摇摇欲坠。正当那些怀揣巨额财富的人奔跑在去醉红尘的路上的时候，风雪之中，醉红尘被公安部门取缔了。

在取缔醉红尘的行动中，抓获了清江运河大桥的建筑商孔方雄、中军工程建设集团副总经理兼项目经理。

几个月下来，大桥断塌的原因经专家鉴定，是工程质量问题，主要就是钢筋和混凝土的数量和质量没有达到设计要求。勘测设计方面不存在问题，问题就出在建设方和监理方。监理方提供的监理日志，监理方整改意见书，工程的每一个环节的验收报告，钢筋入场、混凝土入场产品质量合格证书及现场检测报告，等等，一切资料表明大桥主体工程内的钢筋混凝土与设计要求相距甚远，许许多多的工程监理方验收都没有合格。那么，为什么总体工程验收的报告上，各方主要负责人都签了字，一致认可工程合格？

华自义知道孔方雄的能量但职责担当和使命感时刻在警醒着他，这条贯穿南北的大动脉的重要作用，容不得他有半点儿马虎。当他发现问题严令禁止的时候，才知道自己虽然是工程师但人微言轻，没有人听他的。华自义不签字，丝毫不影响工程施工和假冒伪劣钢筋的正常使用，丝毫不影响偷工减料。被逼无奈，华自义只得

龙行运河湾

写信向上面反映，一封不行两封，两封不行三封。他满怀希望地等啊等，却等来自己的连续降职，由工程师降为副工程师再降为技术员。华自义依然写信向上面反映，并预测照此施工大桥通车不出十年必然会坍塌。信虽然引起了上层的重视，但那只是说说而已。直到大桥通车剪彩，都没有人对大桥的安全性做过量化分析。华自义无语了，在他眼里那座大桥就是一个恐怖狰狞的魔鬼躺在河上，随时都可能翻身，张开血淋淋的大嘴吞噬无数人的生命。

华自义没有想到自己赶上了魔鬼翻身的时候，更没有想到坐在他前后的除了空了法师，其余五个人都是来取他性命的魔鬼。

坐在华自义对面的那个老人正是有名的杀手储六九。储六九，七十二岁，一撮胡须，一根拐杖，面如冷月，满脸晦气。

韦师新是一只"老虎"，不是因为韦师新有通天本领而因为他的哥哥叫韦师潮，他是老虎的弟弟。韦氏家族权震云京，富可敌国。韦师新调进研究室这个清水衙门，主要目的是探测机密信息，掌握核心动态，维护韦家利益，巩固韦家地位。但是，从目前看，韦师新只有上位再上位才能达到这个目的，否则一事无成。要上位首先要铲除的第一块绊脚石就是华自义。

杀一个人对韦家来说就是一个眼神、一句话的事，但对华自义他们不敢轻易动手。一是因为华自义的那篇文章已经引起高层重视，在云京动手很容易让人联想到与那篇文章有关，是报复谋杀。二是华自义这个人忠诚刚正，有公无私，有血性有担当，清正廉洁，家里发生两起大案却能不受影响，在历史上可谓是忠臣，是清官。历史上捏造罪名残害忠良的逆臣奸官没有一个有好下场，他们心虚害怕。三是华自义的岳父许德山原来也是圈里人。关系错综复杂，万一事情败露，很可能两败俱伤。

韦师新终于等到了机会，华自义请假回家探望母亲，离开云京，事情就好办了。韦师新左右权衡，最终下定决心，除掉华自义。

"进入江天省境内，使华自义因心脏病猝死，由互不相识的三组人负责实施。一组人负责制造谋杀环境。一组人负责谋杀。另一组人负责查验谋杀效果，万一出现意外，采取补救措施，确保死得万无一失。"一场精心策划的谋杀被韦师新安排好了。华自义却蒙在鼓里。

参加这次谋杀活动的总共五个人，坐在华自义和空了法师背后的两个人是负责制造谋杀环境的。坐在华自义对面的储六九是杀手，坐在储六九和他的孙子背后的两个人是查验监督者。其中储六九背后的那个老头叫狄文清，韦师新把妻子唐意茹的玉佩挂到华自义脖子上的时候，狄文清站在十几米外的地方看得很清楚。有人交代他，人死之后取下玉佩带回来，说明事情妥了。

互不相识的五个人分别接到命令：列车越过江鲁交界的大桥后，五到十分钟之内动手。杀手储六九根本就没把这当回事，他对自己的手法百分之百信得过，就是玩玩而已。所以，孙子要和他一块去云州葬狗，他同意了。

人算不如天算。列车行驶在大桥上时大桥坍塌，华自义逃过一劫，五个杀手外加储六九的孙子被活活地闷死在车厢里。

大桥坍塌后，曾接替华自义任大桥工程总工程师的贺元程自杀了。一封忏悔遗书被秘密地递交到领导手里。一场天大的腐败案和工程质量造假案即将浮出水面。

在韦师新紧锣密鼓、想方设法掩盖大桥坍塌事故而进行另一场谋杀时，他们的几名主要成员在醉红尘被抓，关押在什么地方只有少数几个人知道，连他哥哥韦师潮都不知道。韦师新很害怕，不是害怕华自义没有死；因为杀手全死了，没有任何证据落在华自义手里；他害怕的是知道自己预谋杀害华自义的人还活着。活着，就是祸根。韦师新想，那个人不能活，那个人必须死。然而，魔高一尺道高一丈，螳螂捕蝉黄雀在后，事态逆转。

华自义预言大桥在通车十年内必然坍塌，一语成谶。六年，仅仅六年就坍塌了。联想到华自义被降为技术员时仍写信举报的赤诚忠心和不畏强权的敬业精神，他在政研室期间忧党忧国忧民而不顾及生命的泣血文字，以及清廉拒腐的定力，大家为身边有这样的人感到欣慰。

家贫念贤妻，国难思良臣。一定要找到华自义。

江仲谋圆满地完成寻找华自义和赵筱蝶的任务，并把华自义的文章交给领导。

江仲谋以前就在宣传部门工作，后被调离。现在他又回来了，江仲谋回到宣传部门的第一件事就是打电话给吕裕民。吕裕民深知这是一种信号，意义重大。

吕裕民站在窗前看着外面飘飘扬扬的雪花，突然想起唐朝岑参《白雪歌送武判官归京》里的诗句："纷纷暮雪下辕门，风掣红旗冻不翻。"

江天省城位于南方，飞雪虽然没有江北的猛烈，但也片片晶莹，时有时无的雪像跳动的音符把省城装点得一片雪白。

龙行运河湾

吕裕民和刘金亭没有和赵筱蝶她们当天一块赶回江北。吕裕民明天上午要向上级领导汇报建立公立医院和公立学校的事情，争取上级给予政策和资金扶持。吕裕民有信心，这场大雪之后医院和学校应该能顺利开工。

赵筱蝶迎着风雪连夜赶回江北。明天上午，西城区综合治理公捕大会在龙行村运河中心港内停车场举行，通知要求她务必参加。

30．抓捕

　　龙行村所有被抓的人只有董世道在第二天中午被放了出来。

　　龙行造船厂在赶造一批急活，几个工人昼夜加班。董世道的老婆是名幼儿园老师叫林哲，是董世道在诗会上认识的女人。董世道被抓走时厂里的带班班长打电话告诉了她，她当时就吓哭了。董世道除了造船就是写诗。她想象不到董世道能干出什么出格的事，难道是因为逢年过节送礼？林哲带着儿子一会儿就赶到了造船厂。她当时就打电话给自己的哥哥林越。林越是东城区公安局刑侦科副科长。林越告诉林哲只有等上班后了解了解情况再说。林哲没有把这事告诉董世道的两个哥哥。董世道的两个哥哥见董世道发了财早就眼红了，告诉他们只能是被他们看笑话。

　　林哲在提心吊胆中等林越的消息，直到中午饭时，林越打电话来说："林哲，没有打听到任何消息……"林越的话还没说完，林哲就听董世道喊道："老婆，诗人回来了，在这里。"董世道在老远的地方就向妻子林哲招手。

　　"哥，诗人，回来了。"林哲挂了手机就向董世道跑去。林哲抱着董世道说："吓死我了。你怎么跟那些人混在一起了？"董世道推开老婆说："四周都是眼珠子，大白天抱着我，也不害臊。"

　　林哲摸了摸董世道手腕上的紫红色手铐痕迹说："怎么样，受罪了吗？"

　　"儿子来了，不提这事。"说着董世道把袖口纽扣扣得严严实实。

　　"爸爸，你到哪里去了，害得我妈哭了半夜？"儿子董琳问。

　　"爸爸参加个午夜诗会。你妈担心我会跟诗跑了。"董世道说。

　　"爸爸吹牛，爸爸不会跑的。钱都在妈妈手里，诗又换不到火车票，更换不到飞机票，连块饼都换不到，你怎么跑？"董琳一本正经地说。

　　董世道抱起儿子说："还是儿子聪明。爸爸是诗人，又懂世道，哪里都不去，就在这里造船。你和你妈是我一生中发表的最有价值的诗，稿费能买到我一生造的所有的船。"这话像是说给林哲听的，林哲心里暖洋洋的。

龙行运河湾

董世道对林哲说："你带儿子回城里去吧，休息两小时，儿子四点不是有国学课吗？放心，诗人毕竟还是诗人。"

林哲带儿子离开造船厂后，董世道换上工作服提着焊枪钻进船舱里，钢板的交接处蹦出一连串火花，很像董世道脑海里的诗行。

董世道走出警局的时候就想好了，要和赵筱蝶这个人见个面谈谈对"收项目"的想法，能干就继续干下去，不能干就停止接单，在李继冬的宅子上盖个别墅，面朝运河，喂些鸡鸭鹅。

董世道的一条鱼鳞焊还没到头就被赵尔照的老婆吴翠霞拽了出来。董世道见四五个女人围着自己问夜里发生了什么事，心里有点儿发慌。警官交代过不要透露任何信息，董世道哪儿敢不听。面前的几个女人都是村组干部的老婆，就像母老虎一样逼着他。董世道说不知道，可把几个女人气坏了。吴翠霞把焊枪踢得滚多远，凶狠地说："董世道，好你个四只眼，没良心的东西。平日里，赵尔照和龙是银对你不薄，你们一起被抓的，你出来了，他们却还在里面，你肯定是个叛徒。哪件事不是你们商量好了的，你怎么不知道？你心里清楚得很，今天你说也得说，不说也得说，得给老娘一个交代。否则，我叫你造船厂停工。"

董世道没想到吴翠霞如此霸道，想想送礼给她家时她的那副嘴脸，觉得太可笑了。董世道眉头一皱计上心来，说："你们不了解情况，我不是和他们一块被抓走的。我在公安局上楼梯时跌倒了，滚了十几个台阶，当时就昏过去了。我躺在医院里直到今天中午才醒过来。警官叫我回来取土地租赁合同，我就回来了。我真不知道他们是怎么回事。我向你们保证明天下午我一定帮你们打听到消息，请你们相信我。"说完了又是作揖又是鞠躬。董世道心里清楚，明天上午的公捕大会开了，她们就什么都明白了。

几个女人走后，董世道拨通赵筱蝶的手机。知道赵筱蝶在省城后，他又捡起焊枪钻到船舱里。

第二天，天刚蒙蒙亮，中心港停车场就开始热闹起来。公安武警的车辆来来往往，警笛声接连不断。闸北镇政府工作人员早就到现场忙碌了，搭台的搭台，接电的接电，挂横幅的挂横幅，搬桌子的搬桌子，调音响的调音响。八点钟开始，就陆陆续续上人了，上百名公安战士和武警战士已端着枪笔直地站在会场四周。

"西城区社会治安综合治理及公捕大会"的条幅一挂上，消息就在龙行村传开了，是逮捕犯人的大会，是逮捕龙行村部分村组干部和龙行村黑恶势力的大会。龙行村的老百姓一下子来了兴趣。冰天雪地的，本来不打算参加会议的人也都拿着板凳随人流赶往现场。他们边走边议论，总免不了说到赵筱蝶。

赵筱蝶是深夜一点半在江北市区东面下高速的。下了高速后，她没有回蝴蝶庵，就在离南菜市很近的一家小宾馆住了下来。冯莉莉已经半个月没吃肉了，她最喜欢城里的杜家熏肉。杜家熏肉店每天早晨六点半开门八点半结束，顾客盈门，晚一点儿就买不到。郑子涵早就想吃一碗自己最爱的豆腐脑。蝴蝶庵里也需要置办些油米菜了。赵筱蝶决定在南菜市附近住下来，既可满足郑子涵和冯莉莉的口福，又能带些庵里需要的东西。快过年了，大雪覆野，道路又滑又硬，难得今天不下雪。天气预报说，后天开始又是一次连续好几天的降雪过程。

早上六点半，赵筱蝶轻手轻脚地走出房间直向杜家熏肉店走去，准备买了熏肉和豆腐脑回来再喊她俩，然后一起到南菜市买东西。她不知道郑子涵和冯莉莉就在自己后面跟着呢。

三个人吃过早点置办完货物是七点半，赵筱蝶说："你们发现没有？今天早晨南菜市的气氛和平常不一样，到处是彩旗，到处是打击肉霸、鱼霸、菜霸的标语口号，环境也比以往好多了。"郑子涵说："夏双明、张黑龙、李小四，三个人就是南菜市的鱼霸。他们被抓后这里不知有多少人拍手称快呢。整治环境首先就得整这些人员密集的场所，今天中心港的公捕大会，我敢肯定南菜市有人去看。"冯莉莉说："筱蝶姐，开会时我在车上睡半个小时，我实在太困，熏肉下肚了就更困了。"赵筱蝶说："你们俩都在车上休息，好好睡一觉。"

车子保持四五十码的速度慢慢向前行驶。突然，郑子涵说："筱蝶姐，你看，前面那辆车子有情况。"赵筱蝶和冯莉莉朝前面的车子看去。一辆白色轿车在结冰的路面上慢慢地滑到路边，车轮靠到路牙石上才停了下来。驾驶位置的车门被慢慢地推开后，从车上慢悠悠地倒下一个女人，上半截身子倒在路面上。腿还在车座位上，一只手有气无力地半举在空中，像是在求救。南来北往的车没有一辆停下，司机们只是看一眼便擦身而过。

"快，子涵，快停下。"赵筱蝶说。

赵筱蝶、郑子涵、冯莉莉同时下了车。赵筱蝶见那女人青唇紫脸，手还指着口袋。赵筱蝶迅速从那女人的口袋里掏出救心丸，给她服了下去，紧姿着就抱上车送往医院。冯莉莉开那女人的车，车上满是鸡鱼肉蛋蔬菜，估计那女人是开饭店的。

医生确定那女人没有生命危险后，赵筱蝶签了字交了五千元押金，留下冯莉莉照看着，和郑子涵赶往会议现场。

赵筱蝶赶到中心港时已快到九点，离会议开始只差几分钟。"请闸北镇党委副书记赵筱蝶同志抓紧到主席台就座，会议马上开始。"高音喇叭里连续说了两遍。郑子涵出示警官证，车子一直驶到主席台后面。

中心港停车场人山人海，到处是车，到处是招展的红旗，到处是公安武警战士，参加大会的人少说也有五千。大会由西城区政法委书记主持，区委副书记讲话，区公安分局代局长蔡绍强宣读逮捕令。

赵筱蝶坐在主席台上拿起桌上的材料翻了翻，不看材料便罢，看了简直是气得咬牙切齿，上次发生的绑架案原来是他们几个人策划实施的。赵尔照、华明善、李仕禄、龙是银、吴庆功，三名村干部两名小组长，夏双明、张黑龙、李小四、吴良兴，这些人赵筱蝶都认识，平时都客客气气的，无冤无仇的，居然动用外地黑恶势力干出这种严重违法的事情来。

知道事情原委，龙行村人震惊了愤怒了。马家几十口人恨不得把他们给揍扁了。马户家盛、马户家昌、马户家旺、马户家农、马户坚强纷纷挤到警车前想揍他们，被警察拦住了。马户家盛无法发泄，安排鞭炮商店把所有的鞭炮和烟花全部拖到会场四周燃放。

当蔡绍强宣布被逮捕人员时，整个会场鸦雀无声。第一个就是闸北镇原派出所所长张望法。他充当黑恶势力保护伞，贪赃枉法，人为制造冤假错案。接下来宣布被逮捕的二十五名犯罪嫌疑人中有九人是龙行村的。整个会场爆发出雷鸣般的掌声，紧接着会场四周的鞭炮声、烟花声震耳欲聋、响彻云霄。

赵筱蝶见朝夕相处的同志被铐上手铐塞进警车里，心里很难受。

令赵筱蝶更难受的是龙行村的领导班子就这样一下子处于半瘫痪状态，迅速组建村支两委班子是目前最重要的事。

大会结束后，龙行村的老百姓自发地放起烟花和鞭炮，从一组到五组，组组都有动静。

赵筱蝶和各级领导握手道别后，拨通龙惠娟的电话："龙主任，你在哪里？"龙惠娟说："你好，筱蝶书记，我在医院呢。"赵筱蝶急切地说："什么？你在医院？怎么啦？哪个医院？”

赵筱蝶很担心，如果龙惠娟再躺下了，村里的工作可就更难了。龙惠娟也听出了赵筱蝶的担心，说："我没有事，书记，我和徐贵珍来看望夏庆嫂。夏庆嫂早上买菜，心脏病突发，幸亏你救了她。医生说了再晚十分钟，她的小命可就完了。现在好了，能说话能走路了……"

没等龙惠娟说完，夏庆嫂就夺过龙惠娟的手机，说："赵书记……你是我的救命恩人。出院后我一定好好感谢你……还有那五千块钱……"夏庆嫂眼泪丝丝的，声音有些哽咽。赵筱蝶说："夏老板，你心脏不好要控制情绪，好好养病。你我有这个缘分，应该做的。有什么难处和龙惠娟说，我也会尽力帮忙的。""谢谢，赵书记。"夏庆嫂擦了擦眼泪说。

龙惠娟接过电话："书记，有事吗？请讲。"

"你和赵利冉来村部一下，我们仨研究下当前工作。夏老板那里让冯莉莉照看一下，有什么情况随时通话。"

龙惠娟说："冯莉莉把夏庆嫂的车开去酒店了，酒店中午有几桌酒席。夏庆嫂不用照顾了，你就放心吧，还有徐贵珍呢。我马上到村部。"

赵筱蝶听说过夏庆嫂这个人，只是没见过面，没想到早上救的是她。

赵筱蝶挂了电话，站在旁边的董世道才笑眯眯地说："你好，赵书记，我是董世道，造船厂的。我想占用你十分钟时间汇报点儿事，行吗？"

赵筱蝶看了看董世道。他站在不远处等了好大一会儿了。赵筱蝶两年没见董世道，董世道胖得让她没认出来。赵筱蝶听说是董世道，自然想起他在那群人谋划绑架时的表现，算是个知是非的人。

"请屋里坐下说，董老板。"赵筱蝶说。

董世道落座后开门见山地说："赵书记，你考虑过把造船厂收归村里后，还能造出船来吗？你知道成立一个造船厂有多么难啊？所需的资料、所需的技术人员不说，仅是办各种审批手续，办安全生产许可证、上岗证就得等上近两年。即使你办下来了，技术在我手里，销路在我手里，你收了，我走了，船怎么造，怎么销，怎么赚钱？"

赵筱蝶说："董老板，你误解收项目的内容了。我在会上说得很清楚，收项目是指凡在龙行村承包的土地和水面，第一轮承包结束后，未经集体和群众代表同意，以个人名义转包或续包的一律按合同到期论处；凡是村里盖章的合同经镇纪委审查有行贿受贿行为、未履行合同内容、违规违法的，都属于无效合同，全面责令清场。我们从来没说过收归村里啊。"

赵筱蝶明白这肯定是赵尔照、龙是银他们捣的鬼，故意激化矛盾挑起事端。

董世道说："赵书记，造船厂证照齐全，守法经营。合同上有组里群众、组长签字，有村里公章，合同条款没有一项没落实。你看我的造船厂还能继续干下去吗？"

赵筱蝶说："这样吧，董老板，你把合同、租金收据都交给龙惠娟主任，我们共同审核一下。如果没有问题，村里支持你搞并且帮助你做大做强。"

董世道听后放心了，起身准备回造船厂，迎面遇到龙惠娟和赵利冉进来。董世道和龙惠娟比较熟。

"诗人，冰天雪地的，你来村部干什么？什么时候拿两千块钱请我喝一顿啊？"龙惠娟含沙射影地说。董世道知道龙惠娟这是在揭他的短，肯定是夏庆嫂把那夜喝酒付两千块钱的事告诉了她。董世道感到有点儿囧，吞吞吐吐地说："别提两千元喝酒的事，我不仅被打得鼻青脸肿，而且还被逼开了五万元支票，幸亏我留一手，不然五万元就打水漂了。赵书记，我对不起你。我没敢报警，是因为我怕张黑龙那个畜生，他什么坏事都做得出来。"

龙惠娟说："诗人，你幸亏被打得鼻青脸肿，不然，今天的公捕大会肯定少不了你。真是这样，你老婆和儿子哭都哭不出好腔来。"

赵筱蝶说："龙主任，你不要再和董老板斗嘴了。你明天上午到董老板厂里看看他的合同是否有效，合同条款是否落实，他租的地是集体的还是私人的。然后我们共同研究一下。"

龙惠娟说："用不着明天去，我现在就告诉你。诗人的厂子一切手续合法，租一组集体地二十六点四亩，租个人地两亩三分，买断李继冬宅基地一百二十平方米。租金是每亩每年六百元，都交给龙是银了，村里没见一分钱。"

赵筱蝶问："合同上要求租金是交到哪里的？"龙惠娟说："合同上是交给组里，分给群众。至于龙是银分没分给群众没有人清楚。"

赵筱蝶问龙惠娟："就是说没有问题了。"龙惠娟说："是没有问题。"赵筱蝶说："董老板，你先继续干，等有时间我到你厂里去学习学习。"董世道很高兴地走了。

赵筱蝶把华龙纺织集团搬到龙行的事向龙惠娟和赵利冉说了一遍。赵筱蝶说："五十多亿的大项目在江北市都很少见,孙华董事长之所以选择龙行村,主要原因就是她曾下放在龙行,华龙集团是从龙行起家的,她对龙行有感情,对龙行人有感情,是来报恩的。有了这个项目,龙行人就不需要再到外地打工了,还能为区里为国家交近三个亿的税收。我们要倍加珍惜这个机会。这个项目是区委书记刘金亭亲自抓的,市委吕书记负责督办查办,我们必须做到万无一失。现在摆在我们面前的首要任务是组建村支两委班子。你们都知道村组干部五个被抓,这还没结束。村里的财务太乱,有好几百万交不出下家,弄不好他们几个人还要在经济上栽跟头。我和镇里领导说了,龙行村将配备一名主任、两名专职副书记、一名会计、一名辅助会计、五名村委会副主任,整个班子成员共十一人。村里的青年、妇联、民兵、计划生育、城建城管、统计等工作以及五个小组长全部由副书记、副主任兼任。每个小组选一名党小组长,党小组长协助组长搞好组里工作。之所以要安排这么多人,是春节后的工作量决定的。二〇〇九年是龙行村规划实施第一年,我们必须做出实绩、做出成效,让龙行老百姓看到希望。"

赵筱蝶接着说："我有个想法你们俩看行不行,连村长在内共三名副书记,你们两个顶上,还差一名,从好的小组长中选。村长在三个副书记中选举产生。两名会计和五名副主任,先由你们两人推荐,不分组别,推荐条件就三点,一是坚持党性原则,二是公而忘私为民办事,三是品行端正、廉洁自律。马上就过春节了,外出的党员群众代表及打工人员都回来了,我们要抓住这个机会,争取大年三十之前,十一名村支两委、五名党小组长全部到位。"

赵利冉说："我同意筱蝶书记的想法。我年龄大了,就不要任副书记了,把这个位置让给年轻人。"

龙惠娟说："没有意见。只是党小组长的待遇是不是像小组长一样有个说法?"

赵筱蝶说："班子里需要有年龄大一点儿的人。赵主任,你能沉住气,经验丰富,办法多,带一带年轻人。至于龙主任说的待遇问题,我想等人员定下来后集体研究决定。你们俩多动动脑筋,要考虑全面,千万不能漏掉可用之人。明天中午,你们俩把推荐名单和推荐理由交给我,我再深入了解一下。"

赵筱蝶说："这是第一件事,选定班子人员。第二件事是年前的扶贫救济。年

龙行运河湾

关之际，大雪封门，各组的特困户、五保户、困难户、军烈属、老弱病残户、危房户要迅速报上来。这件事龙主任你安排下去，二、三、四三个组有组长好办，一组和五组交给党小组长和党员来负责把这件事办好。村里账上没有一分钱，我们就是借钱也要确保六类户顺心欢心过年。我考虑了，能不能在选举大会上搞一次募捐活动？凡是在龙行村搞经营的大户、承包户、营业部、运输队，与龙行村有关联的厂矿企业及在外面兴业办厂搞经营的龙行村人；全村的党员、群众代表、普通老百姓都要参加，一分钱不嫌少，一百万不嫌多，随心随意，贵在奉献。这件事我们三人共同考虑，明天晚上碰头再定。

"第三件事是正月初六之前，各组的所有土地面积包括沟渠、路道、堤坡、水面，各户的承包面积，都要丈量出具体数字并做出图表。在新班子没产生之前，我们可安排二、三、四组先开始操作。一组和五组先做好准备工作。我们要争取正月十五前全面实现土地流转返包。

"另外，我们龙行村的十年发展规划已经以市委市政府的名义转发了，这是龙行村历史上最重大的事情。赵主任，请你把这份文件复印二十份，每组两份，小组长和党小组长各一份，带领党员群众先学习，让大家知道龙行村的方向在哪里，我们要干什么，将来怎么样。"

说说讲讲已是下午一点。

龙惠娟说："筱蝶书记，不，从现在开始改口叫赵书记。赵书记，中午我请你吃火锅，祝贺你升任闸北镇党委副书记。我把赵尔强叫上，就我们六个人，不喝酒。天太冷，烧两个火锅暖和暖和。"

赵利冉插话说："赵书记，你可不能拒绝啊，龙主任很少破费的。你答应了，我就能顺便开开荤、沾点儿喜庆。"

龙惠娟朝赵利冉白了个眼，说："今天中午我请，明天中午到你家吃鱼，你躲不掉的。赵书记，你不知道赵利冉老婆烧鱼堪称一绝，我保你吃过后夜里做梦都咂嘴。"

赵筱蝶想了想说："行。我建议把三、四组组长也叫上，八个人，怎样？"

"还是书记考虑周全，我明白。"龙惠娟很高兴。这是赵筱蝶到龙行村四年多以来龙惠娟第一次请客。

31. 落雁湖

专家们终究没能给卧龙山发生的事一个合理的科学的解释，但对蝴蝶湖西面出现的那眼泉给出了答案。那眼泉确实是龙眼泉的再生泉。卧龙山上左右两眼泉是一个地下水系，左面的那眼泉在"文革"中被炸毁后，右面的泉流量增加了一倍。现在，两眼泉全被炸了，地下岩层里的水顺着岩层缝隙向西南方向流，寻找新的出口。岩层里的水流到蝴蝶湖西岸时遇到岩层断裂带，水流便沿断裂带向上直冲。放置清玉尸体的地方恰是最松软的土层，岩层里的水便冲出来，形成一眼大泉。赵筱蝶无意说叫蝴蝶泉，觉得和蝴蝶庵、蝴蝶湖很相配。为与其他地方的蝴蝶泉区分开，最后定名为龙行蝴蝶泉，本地人简称蝴蝶泉。

天气预报说，从明天开始又将是连续几天的强降雪过程。今天是鼠年最后一个能看到太阳的日子。昏黄的太阳即将坠入古黄河西边的时候，赵筱蝶带郑子涵、冯莉莉去看蝴蝶泉。

积雪覆盖下的蝴蝶湖四周显得格外寂静，举目远眺，雪野连天，浩然一色。明净照人的雪光之中，一棵棵的树，琼枝玉叶、晶莹剔透。冷空气突然来袭，一夜间降十几度，蝴蝶湖水面已结冰积雪。湖边干枯的芦苇都戴着雪帽，在寒风中倒来倒去，发出吱吱的响声。芦苇丛中偶尔有几只水鸟轻抬长脚四处觅食。

蝴蝶湖西岸是灌木丛。蓬松的干枯枝蔓捧着厚厚的积雪如同一大片蘑菇，一朵一朵连成片。时而在蘑菇下面能看到黑洞洞的眼睛，冷风吹过洞口，发出的声音似古埙发出的，令人沉静、令人幽思。

郑子涵和冯莉莉在玩雪球打雪仗，嬉闹声惊动了蛰伏在草丛里的野兔。野兔嗖地从洞里蹿出，深一脚浅一脚在积雪上跑了百十米，警觉地坐在雪地上，嘴里冒着热气，两只耳朵直竖着向四周张望。

"你们别再闹了，蝴蝶泉到了。"赵筱蝶说。

三个人踩着积雪，小心翼翼地来到泉边。

龙行运河湾

"这么大的泉啊。我以为蝴蝶泉就像蝴蝶那样大小，没想到比矿泉水厂的泉还大。它有大理蝴蝶泉三个大。"郑子涵说。

蝴蝶泉冒出的水热气腾腾的，泉口四周的雪融化成雪檐，雪檐下挂着一串串冰凌，齐齐展展的，闪着亮光。泉水淙淙，所经之处冰消雪融。泉水流入蝴蝶湖，入口处有几百平方米的湖面清波粼粼，绿水微澜，明澈见底。

"太漂亮了。筱蝶姐，我能去灌点儿喝吗？"冯莉莉拿着水杯问。

"不行，泉口四周没上冻，不安全。"赵筱蝶说。

赵筱蝶见郑子涵沉默不语看着泉发呆，问："子涵，你有心事？"

郑子涵说："看到泉水，我就想起父亲。他就是在矿泉水厂里的泉口上方安装机器时从架子上跌落下来的，腰部严重受伤。结果厂里硬说我爸是违规操作，补发一个月工资就开除了我爸。我一想到这件事心里就很痛。我们去上面找领导，结果被押送回家。我们去告，法院判我们败诉。我从法院出来那天，真想抱炸药包把人民法院炸得粉碎，把那些贪赃枉法的法官炸得血肉横飞，方解心头之恨。"

郑子涵两次提到矿泉水，一下子提醒了赵筱蝶。是啊，这么大流量的泉水如果矿物质含量达标，办个矿泉水厂或纯净水厂多好，就是水质一般我们建个自来水厂也行。想到这，赵筱蝶心里一亮。她看看郑子涵，说："子涵，你别想太多，有些事情只是局部和个别现象。有时间你把你父亲的有关材料拿来我看看，我有几个同学是学法律的，看能不能帮上忙。"

赵筱蝶在回蝴蝶庵的路上，接到刘金亭的电话："筱蝶书记，你车子在蝴蝶庵，怎不见你人啊？"

"你好，刘书记，你们回来了。"赵筱蝶。

"我和吕书记就在蝴蝶庵。你们在哪？"刘金亭问。

"不超过两分钟到，请你和吕书记稍等。"赵筱蝶说完，催着郑子涵和冯莉莉加快脚步。

刘金亭陪着吕裕民走进省委大院，去向省委李书记汇报建设公立医院、公立学校的事。刘金亭是第一次到李书记办公室，他很紧张，紧张得有些慌乱。倒是吕裕民很淡定，言谈举止不失分寸。吕裕民恭敬地呈上汇报材料，又有条不紊地向李书记口头汇报一遍。李书记看着材料听完汇报，满口答应将和分管领导及有关部门研究一下，并安排吕裕民把汇报材料送一份给赵省长和分管文教卫的黄副省长，还亲自打电话给省教委薛主任和卫生厅魏厅长。

李书记说："裕民书记，江北的近期工作很有成效，你要再接再厉，省委省政府对你寄予厚望。这次华龙纺织集团搬迁到江北算是省委省政府对江北的一个大力扶持，今后还会有更多的项目、更多的人才、更多的资金向江北倾斜。提振江北、提速江北、提高江北，以江南带动江北，力求平衡发展，这是省委省政府的工作重点，已提上议事日程。你要抓住机会大刀阔斧地干。刘金亭书记，你要全力支持配合裕民书记的工作。"

刘金亭听到李书记点自己名，提要求，心里又激动又兴奋，连忙说："请首长放心，我刘金亭绝对支持吕书记工作，绝对服从吕书记指挥。"

李书记说："很好，如果江北四县八区一把手都是你这样的态度，江北的工作就好干了。裕民书记，明天下午是领导班子成员会议，你抓紧把材料送到赵省长、黄副省长那里，然后和薛主任、魏厅长好好谈谈。我尽量争取在明天的会议上研究。"

吕裕民和刘金亭从李书记办公室出来后，去向赵省长和黄副省长汇报了，又去向薛主任和魏厅长做了详细说明。一路汇报下来，吕裕民虽然感到口干舌燥，但心情舒畅、精神饱满。

三个人简单吃了中饭，便回江北了。车子刚上高速公路，吕裕民就睡着了。

刘金亭回想省城之行，深切感受到省委省政府对吕裕民的关心支持，对江北发展的关心支持。自从刘金亭向纪委账上汇过赃款之后，心里确实感到踏实轻松了。吕裕民和纪书记与他谈过话安排了工作，他就像换了人似的，精气神又回来了，这两天和吕裕民近距离接触更是受益匪浅。华龙纺织集团落户西城区，这是近十年来最大规模的投资项目，能震惊江北市，更能让四县八区的一把手眼红，他为自己感到庆幸。昨天晚上，刘金亭听说东城区的区委书记被双规，他没敢向吕裕民打听虚实，倒为自己捏了一把冷汗。看来，江北的一举一动都有省委给吕裕民撑腰壮胆，不然的话，仅凭吕裕民撑不起这片天。自己能当着省委书记的面向吕裕民书记作出绝对支持的表态，真是机会难得。

刘金亭想到了赵筱蝶，因为所有的这些机会都是赵筱蝶创造的。

想着想着刘金亭也睡着了，脸上还洋溢着喜悦的神情。

刘金亭醒的时候，吕裕民和司机在抽烟。刘金亭笑眯眯地说："吕书记，一上午你太辛苦了，晚上我请你吃饭，是我个人请客，不喝酒，把赵筱蝶三人叫上。我们到落雁湖一条僻静的船上吃鱼去。"

吕裕民没说话，又接上一支烟。吕裕民一般是不抽烟的，抽烟了就说明在思考着重大事情。吕书记在思考什么重大事情，是关于东城区区委书记的，是年前年后的重大人事调整，还是其他方面的大动作？刘金亭猜不透。

"刘书记，你对朱茂林区长感觉怎么样？"吕裕民问刘金亭。

这句话让刘金亭心里有底了，吕书记在思考人事调整。

刘金亭脑筋一转，问："吕书记，你指哪方面？"

吕裕民说："党性原则、工作能力、廉洁自律，全方面。"

刘金亭心想，看样子要提拔朱茂林做一把手，这是好事。

朱茂林是从团市委副书记到西城区委做副书记的，干了四年副书记、三年区长。西城区前任书记调走时，书记人选在刘金亭和朱茂林两个副书记之间二选一，结果刘金亭做了书记，朱茂林做区长。三年来，他们俩配合还算默契，也该提拔了。

刘金亭认真地说："吕书记，我简单向你汇报。朱茂林这个人确实是个好干部，党性原则强、理论水平高、工作能力强、自身素质硬，在我之上。"

吕裕民没有否定也没有肯定，对司机说："下高速，去蝴蝶庵。"

刘金亭很高兴，这表明吕裕民书记既答应了自己请客吃饭，又认同自己对朱茂林的评价。

六个人随意选了个水上餐厅，上船入座。吕裕民说："刘书记，今晚的菜交给赵筱蝶点吧，她想吃什么我们就吃什么，反正都是鱼。华龙集团到西城区，她是功臣，功臣说了算。"刘金亭说："服从领导安排。筱蝶书记，请你点菜吧。"赵筱蝶被领导的客气弄得很不好意思，望着吕裕民说："吕书记，我对点菜一窍不通，也从不讲究，真不知怎么点。"吕裕民说："是刘书记掏腰包，你拣贵的点就行，让他出点儿血。"

看样子吕裕民今晚心情不错，赵筱蝶笑了笑，刘金亭也笑了笑。赵筱蝶朝郑子涵看了看，说："子涵，你是湖边人，你去点。莉莉，你和子涵一块去。我有点儿事向领导汇报。"

郑子涵和冯莉莉出去后，赵筱蝶把利用蝴蝶泉水建矿泉水厂、纯净水厂、自来水厂的想法，向吕裕民和刘金亭作了汇报。吕裕民说："开发蝴蝶泉的事你和刘书记决定，只要泉水符合矿泉水、纯净水、自来水各项标准，我肯定大力支持。目前，我最担心华龙集团搬迁的事。孙总说了年后初八就来选址，十五左右就动工。半个月的时间，我们有太多的工作要做。"

赵筱蝶胸有成竹地说："吕书记，你放心，涉及龙行村的所有工作我已经准备就绪。我担心规划审批等方面的工作有可能会耽误时间。"

吕裕民说："这样好不好？刘书记，你和赵筱蝶负责务实方面的一切工作，务虚方面的事情交给我来负责。"

刘金亭说："就按领导的安排。我就是吃住在工地，瘦二十斤肉也要确保进度。吕书记，你就放心好了。"

刘金亭接着问吕裕民："吕书记，原来市委市政府关于招商引资的奖励提拔政策还继续执行，还是即将出台新的政策？"吕裕民看出了刘金亭的心思，他是准备为赵筱蝶争取奖励提拔。吕裕民说："总体应该没有大的出入，只是会在有关用人原则等方面依照组织原则、法律法规做一些必要调整。我已经安排秘书处、组织部、纪委、财政局四部门着手这方面工作，新的办法不久就会出台。"

这时，郑子涵和冯莉莉进来了。郑子涵说："刘书记，我和莉莉共点了八个菜，四个素菜，四个鱼。你可不能嫌多，即使贵了，领导也得认账。"刘金亭说："没问题，只要大家吃得高兴，吃得开心。不够的话，你可继续再点。"

吕裕民向刘金亭看了看，食指和中指夹在一起往嘴上比画一下。刘金亭心领神会，赶忙递过香烟点着火。看吕裕民心情愉快，刘金亭从心眼儿里高兴。

三个男人抽烟，空调屋里烟气太重，三个女人找个理由出去了。

外面起风了，满天乌云滚滚。

赵筱蝶三个人手扶船栏杆在欣赏落雁湖晚景。

落雁湖南岸上共有一百多家酒店，全部以鱼为主打菜，江北人称此地为渔村，是方圆百里有名的吃鱼胜地。古黄河、清江运河、落雁湖，两河一湖，三水相依。古黄河居南，清江运河居中，落雁湖居北。在清江运河和落雁湖之间的环湖大道两侧是连续十里的繁华地段，素有"江北小香港"之称。夜幕之下，雪景之中，河湖之间，亮如白昼的灯光，还有美妙的歌声，把这里衬托得宛如圣境。

赵筱蝶站在船尾，面向北方。她思念起儿子文博，有十来天没和儿子通话了，她拨通樊赛的手机。

"你这个疯女人，十几天干什么去了，连个电话都不来。儿子想你了。"被樊

龙行运河湾

赛劈头盖脸凶了一通。赵筱蝶听到儿子的声音："妈,我好想你……好担心你……"话没说完,文博就在电话里哭了起来。听了儿子的话,赵筱蝶的心里涌出一股酸楚,泪在眼圈打转。她强忍着心酸对文博说:"文博,你是妈妈的好儿子,是坚强的男子汉,怎么可以哭呢?听妈妈话,不哭。"文博真的不哭了,问:"妈,我什么时候能见到你啊?"赵筱蝶说:"儿子,你先告诉我最近调皮了吗?惹没惹奶奶和阿姨生气?"文博说:"我才没呢。我会背诵好多好多古诗,会讲好多好多故事。奶奶和阿姨可喜欢我啦。"赵筱蝶说:"好儿子,你把手机给你阿姨,我叫她带你来江北和妈妈一起过春节。"文博听了很高兴。

赵筱蝶诚心诚意地请樊赛把唐老师和文博带来江北过春节,结果又被樊赛怒斥一顿:"春运人流量那么大,车票二十天前都售完了。天寒地冻、冰天雪地,距离又那么远,你是不是晕头转向了?等春节后再说。"说完把电话挂了。

赵筱蝶站在船尾怅然若失。风夹着雪从湖面吹来,她感到有点儿冷。

"筱蝶姐,吃饭了。外面太冷了,快进屋。"是冯莉莉的声音。

赵筱蝶入座后,刘金亭见吕裕民心情不错,说:"吕书记,你看,是不是……"

吕裕民知道刘金亭想说什么,说:"华龙集团搬到龙行村,是刘书记的福分,更是赵筱蝶的福分,那就少喝点儿吧。你们三个女的喝红酒,随意喝。我们三个人喝一瓶白酒,可剩不可超。如果明天下午省委省政府对我们的公立医院和公立学校建设方案研究通过,我做东,仍然是我们六个人,我让大家喝得痛快。"

六个人边吃边喝,八个菜上齐了。郑子涵担心领导吃得不尽兴的时候菜又端上来了,且都是昂贵的鱼类。上到第十二个菜的时候,郑子涵坐不住了,起身开门出去。

郑子涵出门的时候,发现有四个男人站在窗外隔着珠帘向里面指指戳戳,嘴里还在嘟囔着什么。职业的敏感让郑子涵迅速做出反应。"你们是什么人,鬼鬼祟祟的?"郑子涵问。他们没有人说话,有两个人想向郑子涵靠近。郑子涵说:"站着别动,否则,我就不客气了。"

两个人站着没动,其中一个很体面的男人轻轻地说:"对不起,美女,我是刘金亭的儿子,我叫刘宏宇。他是我表弟,叫郝旺,他管我爸叫大舅。那两个人是郝总和夏总。我们正准备进去敬酒呢,麻烦你通报一下。"

郑子涵望了望刘宏宇,问:"菜是你们加的?"

刘宏宇说:"是的,实在对不起,没事先和你打个招呼。"

　　郑子涵说："我得先核实一下。你跟我进来，其余三个人站着不要动。"说着把门打开。

　　那个人进门对刘金亭说："爸，你也在这里。"

　　刘金亭看到刘宏宇很诧异地说："你小子不是到云京学习了嘛，什么时候回来的？"刘宏宇说："我刚回来，还没到家呢。"刘金亭给儿子介绍："这是你吕叔叔，还不快问好。"刘宏宇赶忙向吕裕民鞠个躬，说："吕叔叔好。"

　　郑子涵看见自称刘宏宇的人真是刘书记的儿子，对外面三个人说："对不起，误会了。"

　　原来，龙都广场开发商郝建民资金链断了后，四处托关系，找门路，想请市委领导出面协调银行贷款。夏永刚经过多层关系认识了刘金亭的外甥郝旺。郝旺虽然和郝建民没有任何联系，但毕竟都姓郝，也算是一家子。他通过郝旺认识了刘金亭的儿子刘宏宇。刘宏宇刚从云京回来，由夏永刚出面摆个场子为刘宏宇接风洗尘。巧了，吕裕民和刘金亭也在这条船上。这对郝建民来说可谓千载难逢。

　　"宏宇，敬你吕叔叔两杯酒。你吕叔随意，你小子干两杯。"刘金亭说，"吕书记，宏宇这孩子不懂事，有什么不到的地方请你原谅。"

　　"吕叔叔，我去拿酒杯，敬你老人家两杯。"说着刘宏宇出去了。

　　郑子涵进屋第一句话就说："刘书记，这些菜都是你家公子加的，我只点了八个。"刘金亭笑着说："没事，你请坐。这小子回来，我一点儿也不知道。"

　　刘宏宇一手拿着酒杯一手拿着和这房间里喝的同样的酒进来敬酒。敬过吕书记后又敬其他人，全部敬完后他很恭谦地对吕裕民说："吕叔叔，爸，我有两个朋友想过来敬二老酒，请二老给个面子。"

　　吕裕民见刘宏宇进来拿着同样的酒"银河百年陈酿"，就想到他们早有准备。吕裕民想知道他们是哪路神仙，到底想干什么，就说："叫他们进来吧。"

　　"感谢吕叔叔给面子，我去叫他们。"

　　刘金亭知道吕裕民会想什么，面有愠色地说："吕书记，这小子回来我一点儿也不知道。要知道他在这条船上，我们就到别的船上了。你不要给他好脸色。"

　　吕裕民说："没事，这说明我们有缘分。你儿子在哪个单位上班？"刘金亭回答："市人财保险公司，副经理。"

　　刘宏宇带着三个人走进屋来，说："吕叔叔，他是龙都广场开发商郝建民，郝总。"郝建民听刘宏宇介绍后赶忙向吕书记深深地鞠躬，说："你好，吕书记，我是郝建民，认识你很荣幸。"

刘宏宇接着又介绍了副经理缪玲玲、项目经理夏永刚。

吕裕民听到龙都广场郝建民，心里咯噔一下想起一件事，原来是这么回事。

吕裕民叫刘宏宇拿几把凳子来，让他们坐下。郝建民三人哪儿敢坐啊，都恭敬地站到领导人身旁敬酒。

吕裕民见三个人分别敬完酒，对郝建民说："郝总，请你坐下，叫他们也坐下，我有话说。"

刘金亭的脸耷拉着，担心刘宏宇给自己惹出什么不好的事情来，坐在那儿看着儿子一言不发。可刘宏宇忙着给吕裕民倒水递烟，根本就没看他。

赵筱蝶知道龙都广场，是临近江北城市中心位置的大型综合开发项目，和龙行村卧龙山南面的土地搭边。听说该项目投资近二十亿，开始时赵筱蝶怀疑他们在玩噱头，后来真的实施了。现在，一期工程已基本完工，二十幢四单元二十一层商住楼已进入扫尾阶段，看来还是有点儿实力的。

赵筱蝶听到缪玲玲的名字时，想起了李继冬被绑在小枣树上的事情来。李继冬的儿子李小虎跟派出所人说过他的女人叫缪玲玲。赵筱蝶在想这个缪玲玲是不是李继冬的儿媳妇缪玲玲？夏永刚这个名字也好像在哪儿听说过。

赵筱蝶猜测得没错，夏永刚是龙行二组人，缪玲玲也正是李继冬的儿媳妇。他们很少参与村里的事情，很少和村里干部打交道，他俩都不认识赵筱蝶。

吕裕民见三人坐下，笑眯眯地说："郝总，感谢你对江北发展的大力帮助。虽然我们是第一次见面，可你寄给我的'鸡毛信'，我可是认真地看了。"

听到这话，郝建民又赶忙站了起来，说："打扰吕书记了，我是被逼无路了，实在没有别的招儿了，只是想引起领导重视而已，实在对不起。"

吕裕民说："郝总，你请坐。市委市政府帮助你们是应该的，这么大的项目，哪儿能没有困难？我本打算明天上午到你办公室去，今晚见了就省得我再去了。你贷款的事定下来了。你在信里说农民工工资缺口八千万，我和工商行说了，用你的房子做抵押，尽可能多给你贷，确保一个亿，力争一点五个亿。在这里我只给你提一个要求，就是要百分之百确保工人工资，特别是农民工工资。春节马上就到，成千上万个家庭都指望你发钱过年呢。这一点你能保证吗？"

郝建民听了又赶忙站了起来，说："吕书记，谢谢你。我和你素不相识，你能帮我这么大的忙，你是我救命恩人啊！我保证所有工人的工资特别是农民工工资一分钱都不差。"

吕裕民说："郝总，你请坐，千万不要客气。你支持江北建设，市委市政府该感谢你才是。龙都广场位置好，前景广阔，困难是一时的，你要坚持住。明天中午，你直接去找工商行段行长，就说是我安排你去的。"

郝建民千恩万谢地带着夏永刚和缪玲玲出去了。

说说讲讲间，桌子上摆到第十八个菜。酒饭结束，刘金亭到吧台结账，账已经结了。吕裕民半开玩笑地说："刘书记，今晚的客应该不算是你请的吧。"刘金亭虽然听出这话有多层意思，但仍然很高兴，至少说明吕书记心情不错，儿子带人过来敬酒没给自己带来什么大的负面影响，赶忙说："吕书记，今晚不算数，我重请。"

吕裕民和刘金亭的车开出十几米，赵筱蝶、郑子涵、冯莉莉三人从车上下来又回到吃饭的船上。吕裕民叫司机把车停下等等，看她要干什么。过了好大一会儿，她们三个人嘻嘻哈哈地各自提着几个食品袋从船上下来。见吕裕民的车没走，她们有点儿慌神。

几个人的一举一动吕裕民看得很清楚。刘金亭说："吕书记，她们三人回去打包的。"吕裕民没有吭声，见她们关好后备箱，对司机说："去把郑子涵叫来。"

郑子涵手里还拿着一袋小餐巾就被吕裕民叫到车上。"小郑啊，你们拿这些餐巾又带了那么多剩菜准备送给谁的？"

郑子涵有点儿不好意思地说："这些餐巾，我们带回去用八四消毒洗净晒干后送给五保老人。有些五保老人的一条毛巾能使用十五六年，还舍不得扔掉，一般也都使用七八年。筱蝶姐说了凡是我们遇到的餐巾和家里更换的毛巾一律都带到蝴蝶庵消毒洗净晒干送给五保老人。那些菜有的只吃一半儿，有的连筷子都没动，丢了太可惜了，筱蝶姐叫我们都打包送给那些老人。老人们可喜欢啦，他们都舍不得吃，都省着吃。"

刘金亭问："你们经常这样吗？"

郑子涵说："我们和筱蝶姐在一块时，一直这样。我们车里专门准备了个食品箱子，凡是我们遇到的饭也罢，菜也罢，酒也罢，棉纱餐巾也罢，我们都带走。筱蝶姐屋里有个冰柜，那是专为五保老人准备的。"

龙行运河湾

郑子涵见吕裕民没有吱声，说："吕书记、刘书记，你们不会生我们气吧？"吕裕民听到郑子涵的话，心里有说不出的滋味，说："不仅不生你们的气，而且要感谢你们给我上了一课。你们的行为感动了我，也感动了孙华董事长。"郑子涵说："我们在省城打包的事，被你们发现了，没给你们丢脸吧？你们猜那些老人中午吃了我们带回来的菜怎么说，他们说没想到住在龙行村的教堂里还能品尝到省城里的菜，真是知足了，都是托筱蝶书记的福啊。"

听完郑子涵的话，吕裕民沉默了一会儿，说："小郑啊，你们两个人可要保护好赵筱蝶啊，雪又下大了，路上注意安全。"说完后，让郑子涵下了车。

刘金亭感到脸上火辣辣的，说："吕书记，养老这块工作我没有做好啊！"

吕裕民若有所思地说："不一定啊，有时上面制定政策了，下面不一定按政策执行啊。"

两辆车行至江北市区，吕裕民的车拐进城里，赵筱蝶沿西外环前往蝴蝶庵。

赵筱蝶闭目靠在后背上，似睡非睡，突然问郑子涵："子涵，你父母亲是什么文化？"郑子涵回答："两人都是高中生。筱蝶姐，你问这干吗？"

赵筱蝶说："你父亲在矿泉水厂工作过，对矿泉水生产肯定懂一些。我想利用蝴蝶泉办矿泉水厂、纯净水厂和自来水厂，想请你爸来做前期工作。你妈呢，她喜欢种菜，我有个同学在云京郊区搞无土栽培蔬菜，一年收入几百万，我想请你妈去那里学习无土栽培，一个月时间，回来后在蝴蝶泉附近搞无土栽培。你看怎么样？"

郑子涵说："行倒是行，我担心万一效果不好会让你失望。"

赵筱蝶说："照最坏打算，矿泉水厂搞不成，我们总该能搞成纯净水厂和自来水厂吧。千家万户要用水，机关企事业单位、医院学校要喝水，我们的水又用不着机打井，难道还不能赚钱？蔬菜这块也是，都是千家万户生活必需的，别人能挣钱，我们为什么不能？你母亲只管学技术种菜，销路的事我来考虑。他们俩就住在蝴蝶庵，不仅能省下房租而且还多些收入，你们又能天天见面，一举多得。先定每人一千二百元一个月，正常生产后再加，出差有补助，车费吃住报销。你问问他们，如果同意，春节后初九就来。"

郑子涵问："筱蝶姐，他们来干什么？"

赵筱蝶说："初十就去云京，你爸带着蝴蝶泉的水到云京矿泉水检测中心去作检测。泉水送到后，和你母亲一块到我同学那里学习无土栽培。你爸身体不好，有你妈在身边，你该放心。"

郑子涵说："筱蝶姐，我爸我妈听到这喜事，准是兴奋得很，肯定会同意的。"

赵筱蝶说："别忘记告诉你爸把有关的伤残材料带给我。"

32. 选举 募捐

　　公捕大会上一次抓了五个村组干部、四个黑恶势力成员之后，龙行村的工作像快刀切小葱一样干脆利落。二组、三组、四组的工作自不用说，"三清一返租"基本上只剩下丈量面积。一组和五组虽然没有小组长，但在各组党员和群众代表的带动下也已开始逐户落实。全村已清理非法占有水面五百三十亩，清查出私自占有集体土地建房和栽树的面积一百六十七亩，没收卧龙山北山南半面山地一百八十四亩，清理沙场十二个，收回土地三百一十五亩，清理蓝鸟啤酒厂、龙行天下粮食集团、运河中心港周边非法侵占土地九十七亩，进一步完善了造船厂、养猪场、养鸡场、粮食加工厂的承包租赁手续，取缔了地心管桩公司。

　　龙行村十年规划的主要内容在《江北日报》上刊登并附加评论，作为江北市农村发展的方向。缩小贫富差距，走共同富裕道路；走集约发展、规模发展之路，壮大集体经济提高集体收入，向贫困人口倾斜；确保十年实现免费养老、免费医疗、免费教育；继承传统美德，开创文明新风……龙行村在龙世英、龙至礼之后，第三次引起全市人的关注。

　　但是，却很少有人知道龙行村的现在是多么困难。

　　宋籍卿知道龙行村在为五保户、贫困户募捐过年这件事，是从退休老干部苏怀仁那里听说的。宋籍卿下放在龙行时，苏怀仁是闸北乡副乡长分管文教卫，和宋籍卿很熟，回城后两家还相互走动。现在，他俩都是八十多岁的老人了，还经常在一块逛公园打小牌。苏怀仁的儿子苏德山现在是闸北镇人大副主席，对龙行村的情况很了解。苏怀仁对宋籍卿说："老宋啊，龙行村在为五保老人募捐的事你知道吗？"

　　宋籍卿说："怎么啦？国家，省，市，区都有这块的专项资金，干吗需要募捐啊？"苏怀仁说："看来你对龙行村一点儿也不了解啊。近三千口人的大村，账上现在没有一分钱，几十户五保户、贫困户这个年怎么过啊？想当年我在闸北你在龙行村时，一穷二白的大环境下，龙世英和龙至礼能把龙行村摆弄成全县有名的富裕村，哪个时期都是典型。后来，龙世英和龙至礼创下的家业一夜间被不肖子孙给败光了。紧接着两任书记李为业和李继来侵吞集体财产锒铛入狱。现在倒好，镇里审计大几百万资金不知去向。镇里安排个大学生赵筱蝶做书记，村里的几个人怕贪污侵占的事败露，居然能联合黑恶势力绑架赵筱蝶，可幸的是他们都被抓了。我从报纸上了解了赵筱蝶的一些情况。但她就是一条龙又能怎样？要人没人要钱没钱。她是被逼无奈才募捐的啊，不然这年怎么过？"

宋籍卿听后便想起龙世英和龙至礼对他的好，想起龙行村的老百姓对他的好，说不定那些五保户和贫困户中就有当年称兄道弟叫姐喊妹的老相识。自己能有今天，离不开龙行人，离不开龙行那片土地。

龙行村遇到坎了，宋籍卿心里很难受。

宋籍卿打电话告诉儿子宋艺杰，说："艺杰啊，你一定要尽最大努力，像龙至礼当初帮助我们一样去帮助龙行村。我也去现场，我们一家五口都去，一个都不少。几十年没回龙行，我忘恩了，我愧疚啊！我对不起龙行人。"听到父亲颤抖的声音，宋艺杰心里都有点儿酸。时隔二十多年，他第一次想起龙行村还有华龙组，想起那天住上独家独院时的兴奋和感动。他和孙毅就是从那时候认识的一直处到现在。

春节就是团圆，过年就是全家人聚在一块共同躲避年兽，这是龙行村的风俗。"年"这个东西是头怪兽。它有长长的触角，身大口阔，尖牙利齿，通天鼻子蒜头眼，凶猛异常，浑身上下都是贪婪和杀气。据说，年兽最怕的就是红色，只要一见到红色就浑身发抖。龙行人认为年兽是黑龙渊里的黑龙变的，红色是黑龙和苍龙斗法时流下的鲜血，红色越多黑龙就认为自己流的血越多，心里就越恐惧。所以，过年时，无论在山南地北还是海角天涯，龙行人都要赶回家，贴上红对联，点上红蜡烛，挂上红灯笼，点燃红鞭炮。然后关上门，全家人围在一起守岁，避祸迎春。

大年三十早晨，天空中飘着些零星雪花，灰蒙蒙的云在凛冽的寒风吹动下从头顶上滚滚而过。鲜红的太阳被埋在云层里，庄稼人看着东方露白的天际能准确估摸出太阳的位置。风云之下，雾气之中，太阳仍旧冉冉升起，红彤彤，光芒四射。

龙行村村部西山墙广场，就是当年宋籍卿画巨幅毛主席头像的对面广场，聚集了全村的党员干部群众，回家过年的、在外创业的和打工的都来了。他们按组别坐成五个方阵，每方阵前面放置一个大红色募捐箱。龙惠娟请了帮喜庆班子，锣鼓喧天，唢呐齐鸣，震天动地。主席台两侧彩旗飘飘，靠牌相连。主席台上有一排铺着

龙行运河湾

大红布的坐席，坐席前有两个大红募捐箱。主席台背后悬挂一条横幅，红底黄字：龙行村村组干部选举暨关爱帮扶募捐大会。横幅下面悬挂一面党旗和一面国旗。这是龙行村历史上第一次真正意义的群众选举大会。会议由龙惠娟主持，镇党委副书记赵筱蝶、镇人大副主席苏德山、镇组织科科长严建军参加。

坐在赵夏李组人群中的夏永刚一眼认出，坐在主席台的赵筱蝶正是几天前和市委书记、区委书记在渔村吃饭的那个女人，另外两个女人也在，说他们四人在窗外鬼鬼祟祟的那个女人正和五保老人在说说笑笑呢。夏永刚问了赵尔强，才知道两个女人一个叫郑子涵、一个叫冯莉莉，是赵筱蝶的司机和秘书。赵筱蝶是个研究生，也是龙行二组人，不仅是龙行村书记而且还是镇里副书记。

夏永刚来参加会议的目的，就是想认识一下村里新选的领导人。他已听说龙行村招来一个总投资五十个亿以上的大项目，年后就动工，春节后将有幼儿园、小学、初中、高中建设，还有医院。这些可都不是小投资啊，夏永刚是搞建筑的，很想从中分得一杯羹。

那天晚上在渔村船上敬酒，见赵筱蝶坐在吕裕民身旁，夏永刚和郝建民没少猜测赵筱蝶和吕裕民的关系，只是在敬酒中知道她姓赵，官称赵书记，无法更深入了解。吕裕民帮郝建民从工商行贷款了一亿两千万，解决了资金的大难题。郝建民千方百计想以重金作为感谢，可吕裕民连郝建民的面都不见。郝建民只得带着遗憾回南方过春节去了，留下缪玲玲在别墅里，吃喝交给夏永刚负责。临走前，郝建民交代夏永刚，春节期间一旦有机会表示感谢，就是坐飞机也要赶过来。要知道如果没有那笔贷款，郝建民真就有可能被逼跳楼。贷款事情办成后，夏永刚曾多次联系郝旺，郝旺就是不接，明显已被列入黑名单。后来联系上刘宏宇，刘宏宇告诉夏永刚，因为那晚的事刘金亭把郝旺和刘宏宇狠狠地教训了一通，并下死命令，叫他们今后不要再和开发商、建筑商、企业家有任何托关系拜门子的事。郝建民和夏永刚听后心里拔凉拔凉的，本以为能靠上的关系一下子变成了泡影，今后再遇到难事怎么办？

夏永刚看见赵筱蝶和郑子涵、冯莉莉，心里的希望"噌"地一下又燃烧起来。他迅速钻进自己的车里，拨通郝建民的电话，把惊人的发现告诉郝建民。之后，他就开车走了。

夏永刚再回到会场时，苏德山副主席正在宣读选举结果。

龙行村村民委员会主任龙惠娟，一千八百九十七票。龙行村党支部副书记赵利冉、赵尔强，分别是一千八百五十九票、一千七百九十三票。龙行村村民委员会副主任五名分别是：夏庆嫂、徐贵珍、华龙俭、郭家余、张东胜。夏庆嫂兼任五组组长，徐贵珍兼任二组组长，华龙俭兼任一组组长，郭家余兼任三组组长，张东胜兼任四组组长。龙行村会计为龙克勤，辅助会计秦苗苗。五个党小组组长是一组华成国、二组李继冬、三组陆玉强、四组孙千又、五组吴长河。

赵筱蝶带领新班子十五名成员在党旗和国旗下宣誓了，会场一片寂静。

喇叭里传出十六个人的共同誓词："立党为公，执政为民；清正廉洁，公而忘私；依法治村，以德治村；弘扬传统美德，倡导现代文明；带头致富共富，缩小贫富差距；欢迎广大群众监督。宣誓人：赵筱蝶、龙惠娟、赵利冉、赵尔强、夏庆嫂、徐贵珍、华龙俭、郭家余、张东胜、龙克勤、秦苗苗、华成国、李继冬、陆玉强、孙千又、吴长河。"

会场上掌声雷动，鞭炮齐鸣。

募捐活动开始了，龙惠娟做了募捐动员后，几千双眼睛盯着主席台看是谁第一个上台捐款的时候，从一辆面包车里下来五个人，他们一同走向主席台。

苏德山一看是西城区政协原副主席宋籍卿一家，和赵筱蝶耳语两句就赶忙走下主席台去迎接。赵筱蝶紧随其后。

宋籍卿一家五口人站在主席台上。赵筱蝶说："老领导，您请坐。"宋籍卿说："谢谢赵筱蝶书记，我不坐。我能说两句吗？"赵筱蝶说："老领导，求之不得。"说着把话筒递给宋籍卿。

宋籍卿清了清嗓子，大声说："龙行的父老乡亲们，还认识我吗？我是宋籍卿啊，就是当年你们称呼的宋教授啊。"

凡是三十岁以上的龙行人没有不知道宋教授的，会场里立即响起一阵阵欢呼，接着爆发出热烈的鼓掌声。

宋籍卿说："谢谢大家了。我给大家介绍一下，这是我的老伴赵志霞、赵老师，这是我的儿子宋艺杰，这两个是我的大女儿宋艺梅、二女儿宋艺兰。我们一家五口重回龙行，一是来看看大家，快三十年了，我们很想念你们。二来我们全家都要捐款。我是从苏主席的老父亲那里知道这次活动的。近二三十年，龙行村发生了太多的事情，特别是最近一段时间。目前龙行村遇到坎了，我认为这只是个小坎，迈过这道坎，龙行村肯定会创造出像过去一样的辉煌。刚才我坐在车里亲眼看到了选举产生的新班子，亲耳听到了他们的庄严宣誓，我很感动也很激动。此时此刻，我想起了老红军战士龙姑、龙世英，想起一心为公、一心为民的烈士龙至礼，他们克服了难以想象的困难，奇迹般地创造了龙行精神、龙行速度、龙行形象和龙行村快速发展的盛况。我坚信在赵筱蝶的带领下，在新班子成员共同努力下，龙行村的十年规划一定能结出丰硕成果。我和老伴决定，从下个月开始每个月将从我和老伴的工资中捐出三千元，作为龙行村五保老人和贫困户的生活补贴。我宣布全家人捐款如下：宋籍卿两万元、赵志霞两万元、宋艺杰十万元、宋艺梅两万元、宋艺兰两万元，总计十八万元。我们全家永远想念龙行村人，永远不忘龙行村这个地方。谢谢父老乡亲，谢谢大家。"

宋籍卿说完带着全家人向在座的群众深深地鞠了一躬。会场里沸腾了，鼓掌声、欢呼声、呐喊声、赞叹声一浪高过一浪。赵筱蝶眼泪丝丝地接过十八万元支票，也向他们全家深深地鞠一躬。

会场气氛高涨之时，夏永刚拎着提包跑上主席台。

"龙行村的父老乡亲们，大家过年好，我是二组村民夏永刚。从我记事开始，今天是龙行村最公平最民主的一次盛会，新班子是众望所归。为表示我对新班子的拥护支持，为感谢龙行村人对我的帮助和支持，我捐款十万。同时，受龙都广场开发公司董事长郝建民委托，代他向大会捐款十万元。总计二十万元。"说完从提包里取出两捆人民币放到赵筱蝶面前。会场里又响起热烈的掌声。

赵筱蝶听到夏永刚和郝建民的名字，想起那天晚上在渔村船上吃饭的情景。她还想到了那个叫缪玲玲的副经理。龙行村和郝建民没有交往啊，怎么他也捐款十万……赵筱蝶隐隐约约感到这笔捐款有"内容"，但还是站起身微笑着和夏永刚握手致谢。

这时，一个小姑娘跑上主席台走到龙惠娟面前。"龙阿姨，我也要捐款。我能用一下话筒吗？"小女孩说。"嗯，好孩子，可以啊！"说罢龙惠娟把话筒递给她。

小女孩拿起话筒用稚嫩的声音说："爷爷奶奶、叔叔阿姨们，大家过年好。我叫夏明明，今年八岁了。我捐二百元钱，这是我攒下的压岁钱。过年了，我想让五保户的爷爷奶奶们能吃上两块羊肉。等我长大了，我要捐好多好多的钱。谢谢大家。"掌声响起，夏明明羞答答地跑下主席台。

宋籍卿、夏永刚、夏明明三个人上台捐款，完全出乎赵筱蝶和龙惠娟预料。大家情绪激昂，纷纷想上台捐款。龙惠娟向赵筱蝶耳语几句，赵筱蝶点点头。

龙惠娟拿起话筒说："请大家注意了，每个组前面都有捐款箱，为节约时间让大家早点回家过年，凡是一万块钱以下的捐款全部在各小组进行，一万元以上的捐款到主席台上。请各组组长、党小组长记好捐款人姓名和捐款数额。台上台下同时进行。"

话音刚落，龙杰就和两个儿子走到台上，龙惠娟也跟了上去。龙杰捐款十万、龙沐五万、龙水五万、龙惠娟五万，合计二十五万。

华成国带着儿子华龙俭、侄子华龙盛和华龙喆以及华家其他六名成员捐款。华成国十万、华龙俭十万、华龙盛两万、华龙喆一万，其他六人合计五万，总计二十八万。

马户家盛、马户家昌、马户家旺、马户家兴、马户家农每人六万，赵筱蝶两万，合计三十二万。

夏庆嫂捐款五万。

董世道捐款五万，赵尔强、徐贵珍每人捐款两万，赵利冉捐款一万……

下面五个小组里，捐款的人川流不息，有的千元，有的百元，有的十元、五元……

赵筱蝶和龙惠娟很激动，从这件事上两个人对龙行村未来的发展感到信心十足、力量倍增。

宋艺杰又从面包车上下来走上主席台，对赵筱蝶说："赵书记，孙华、孙刚、孙毅他们姐弟仨的捐款马上就到账，孙董事长叫我代她说两句。"

赵筱蝶问："他们是怎么知道的？"

宋艺杰说："是我告诉他们的。"

宋艺杰接过话筒说："父老乡亲们，告诉大家一个好消息。"

会场顿时安静下来。

宋艺杰说："台下该有不少人能记得省城下放户孙家吧，他们的捐款已经到账了。孙华董事长捐款五十万，孙刚总经理捐款五十万，孙毅捐款二十五万，合计捐款一百二十五万。孙华董事长发来短信，要我在此念给大家。"说完打开手机念道："'尊敬的龙行村父老乡亲们，值此新春佳节，我在省城给大家拜年了，祝你们阖家欢乐，新年新气象。春节过后，华龙集团就要搬到龙行了，我们又要和龙行人朝夕相处了。我们共同努力，我相信龙行村的十年规划一定能实现。我们孙家永远会记住龙行。华龙集团将永远和龙行在一起。'"

会场上又爆发出热烈的掌声和欢呼声。

募捐活动接近尾声的时候，龙古力和龙文革才匆匆赶到。龙古力捐款二十万，龙文革捐款二十万，龙开放捐款二十万，兄弟仨合计捐款六十万。

赵筱蝶看到龙古力、龙文革自然会想起龙三、龙开放。龙至礼这三个儿子，老大龙古力是一九五八年出生的，现在鲁东和云江两省经营大型农场，资产过亿。老二龙文革一九六六年出生，先是从政而后下海经商，现在是某集团副总，年薪百万。老三龙开放，也就是文博的父亲，六年前到美国，不知道现在在搞什么。自打龙至礼牺牲后，赵筱蝶和文博就没有再和他联系过。

赵筱蝶和他们兄弟俩握手道谢的时候，龙文革说："赵书记，我刚才和裕民书记联系了，他现在和省委领导在一起，交接三河市划属江北市管辖的事情。我要赶回省城，有个箱子他叫我放在你车上，请你转交给他。"赵筱蝶犹豫一下，说："我和吕书记联系一下可以吗？"龙文革说："可以啊。"

赵筱蝶拨打吕裕民的电话，电话无人接听。隔了几秒钟，吕裕民书记回条短信："放心，你把箱子收下。"

会议结束后，赵筱蝶召开新班子成员和党小组长第一次全体会议。

33. 龙开放

　　早就传说的江北市区划调整终于尘埃落定。云州市的三河市划归江北市管辖，原江北市的泗湖县和沂河县，撤县建市。原三河市市委书记王立公调任江北市市委常委、政法委书记，市长蒋复昌调任东城区区委书记。三河市市委书记由西城区原区长朱茂林担任，市长由原三河市市委副书记光扬担任。

　　会议刚结束，陈赛男就打电话给朱梅兰，说："朱老师，那天在我家吃饭的吕书记是江北市市委书记啊，你怎么不早和我说一声？"朱梅兰说："他是华旭的朋友，我哪儿知道她是什么市委书记？"陈赛男说："你把电话给你男人。"

　　朱梅兰把电话递给华自义，就听陈赛男说："老华啊，吕书记是市委书记，你怎么不早和我说一声？"华自义说："不说就对了，大家在一块喝酒吃菜多随和。不然的话，几个人都板着脸，场面就尴尬了。你说是吗？"陈赛男说："我在酒桌上说了不少不该说的话，还不知天高地厚地背诵了毛主席的两首诗词，肯定被吕书记取笑了。"华自义说："陈赛男书记，你的表现很好，吕裕民不仅没有取笑你而且还夸赞你呢，说你党性没变初心没改，是一名优秀的基层干部。你和魏芳副乡长说一声，不要把在你家吃饭的事情说出去，别人听了，怕有其他想法。"

　　陈赛男听说吕书记在背后表扬自己，心里美滋滋的。她挂了电话突然对朱梅兰的男人华旭琢磨起来。华旭十八岁当兵离开家，吕裕民书记是鲁东人，与小鲁庄隔河相望，两个人在二十岁之前不该有交集。吕书记从上面到江天省到江北市，华旭始终在部队，他们俩肯定是官场关系。是官场关系，吕书记带好酒来朱梅兰家，这说明华旭的官比吕书记的官还大。朱梅兰啊朱梅兰，家里有只老虎，居然藏在袖笼里，隐藏得够深的。唉！不对啊，华旭真有这么大的官，朱梅兰怎么可能还是一个代课老师，怎么还能蹲在这穷乡僻壤的小鲁庄，怎么可能连一处民房都买不起？陈赛男越想越乱，不能自圆其说。

　　华自义接过陈赛男的电话之后坐在办公桌前发呆，朱梅兰削了个苹果递给他。

华自义见朱梅兰站在身旁，说："小兰，等两天我还得回到龙云寺去住。空了法师闭关结束，我得离开江北。"朱梅兰说："你一个人去住不行，我得和你一块去，我不想离开你。你把苹果吃了我告诉你一个好消息。"

华自义吃了两口苹果，问朱梅兰："什么好消息，快告诉我。"朱梅兰高兴地说："小麦，我怀孕了。"华自义听说朱梅兰怀孕了高兴得神采飞扬说："真的？太好了。快让我摸摸。"华自义摸了摸朱梅兰的肚子满脸都是喜悦。

朱梅兰见华自义的表情突然间又凝重起来，就知道他在想什么，对他说："小麦，你别多想了，我只是让你乐乐。过完春节，我叫陈赛男和我一块去医院。你我马上就要抱孙子了，我果真把孩子生下来，外人笑掉门牙不算，你猜儿子和儿媳妇会怎么想。"

华自义没说话，把朱梅兰抱在怀里轻轻地吻着她。

儿子来电话啦，朱梅兰按下免提键。"爸爸、妈妈，鼠去牛来，紫气东升。祝爸爸妈妈，新年行好运，万事呈吉祥。"电话那头朱小义和华岚岫一起向华自义、朱梅兰拜年。

华自义和朱梅兰满脸都是幸福。华自义说："岚岫，别忘记和小义打个电话给外婆。""不会的，我们已经给她老人家拜过年了。她正和唐姐一块逛街呢。"华岚岫的声音里充满了快乐。

华自义把自己和许丽男之间的事都告诉了朱梅兰。朱梅兰相信，不然朱小义怎么可能和华岚岫结婚？华岚岫这孩子长相好、性格好、有才华，朱梅兰特别喜欢，配朱小义最合适不过了。天底下居然有这么巧的事，真是造化弄人。朱梅兰问华自义："小麦，你打算让他们俩在哪里结婚啊？眼看就要回国了，他们俩早在一块了，回国后总该有个窝吧。"华自义说："小兰，你多虑了。两个孩子都是公派留学生，国家对他们早有考虑。若是在云京，就在云京的房子里结婚，一百八十平方米的房子，还不够他俩用的？若分配在别的城市，看工作需要，两个孩子都是高工资，你还担心他们买不起房子？以我看他们俩到农村锻炼几年才好呢，既出过国留过洋又深知基层情况，说话做事更扎实。你啊就跟着我，有我住的就有你住的，你不嫌简陋就行。要是不想跟我的话，就到儿子家带孙子去。随便你，只要你乐意。"

朱梅兰看了看华自义，说："我想好了，从现在起我就和你在一块那里都不去。他们回国后如果能和我们在一个地方更好，如果不在一块，他们生孩子自己找保姆，反正我不离开你。"华自义说："如果我现在回云京，你和我一块去吗？你能舍得离开这学校？"朱梅兰说："去，我是你老婆，就得和你在一块。我不在乎这千把块钱一月，只要有你在身边，我就是吃糠咽菜都高兴。"听到这话时，华自义明显能看出朱梅兰心里那种带儿子孤守的酸楚，说："不提这事了。小兰，我回云京的时候，第一件事就是和你把结婚证领了。"

华自义说话的时候，看到了桌子上的龙行村十年规划和政策实施方案，话锋一转说："小兰，你上午见到赵筱蝶了吧？"朱梅兰说："见到了，她现在是闸北镇党委副书记兼龙行村支部书记。当时的场面很热烈，我没和她多说话。你想说什么？"华自义说："这个人，我得见一面，是个不可多得的人才。"朱梅兰说："你早说啊，早说了见面时我和她说呗，她大小也是我们的父母官。"华自义说："这件事需吕裕民安排比较好。"朱梅兰说："看样子我爸对赵筱蝶比较了解，他老是在我们姐弟仨面前表扬她，特别告诉艺杰不要整天钻在钱眼里，把人活得像纸一样单薄，既没有分量又没有境界。钱把人折磨得比乞丐还难。"

华自义和朱梅兰在议论赵筱蝶的时候，赵筱蝶安排完村组工作正在回蝴蝶庵的路上。赵筱蝶对郑子涵和冯莉莉说："这几天我都在龙行，你们该回去和家人团聚过年了。今天是大年三十，初四上午我去接你们，休息三天怎么样？"郑子涵说："筱蝶姐，你可不能断俺俩的财路啊。韩局说了，春节放假期间，我俩不仅要正常上班而且更要提高警惕，一天算三天工资。我俩正准备用这笔小财请你吃个大餐呢。七天时间，我们能多收入两千多块钱，够我母亲三个月工资，你叫我们休息那可不行。更何况这是韩局正式上任局长后给我俩的第一道命令，借十个胆给我俩也不敢违抗。这几天就跟你蹭饭，吃过饭后来蝴蝶庵休息，然后逛街看热闹。"

赵筱蝶没有顺着这话题说下去，突然问郑子涵："子涵，你爸你妈多大岁数了？"郑子涵说："我爸四十八，我妈四十六。"赵筱蝶："正是干事业的年龄。"郑子涵说："筱蝶姐，上午你开会的时候我和我爸我妈通过电话了。他们俩听说这事太高兴了。我爸说了，他去过龙眼泉亲口尝过那泉水，并且还建议和朋友搞个自来水厂，只是因为江北自来水厂被谷冥蛛的妹婿买断了，城区自来水业务被他垄断成独家经营，谁也不敢去和他竞争，这事就搁下了。我爸说了，如果蝴蝶泉真是龙眼泉的再生泉，办自来水厂是十拿九稳的事，建纯净水厂和矿泉水厂有百分之九十五以上的可能。我妈听说去云京学习无土栽培，你猜她怎么说？"赵筱蝶问：

龙行运河湾

"她怎么说？"郑子涵说："我妈说工资不要了，解决来去路费吃喝住就行，学到本事回来再谈工资。"

赵筱蝶说："既然你们不回去过年，那就和我一块去蝴蝶庵腾间房子出来，准备迎接他们二位，晚上到我家里一块过年。"冯莉莉说："筱蝶姐吃过饭我们一起去逛逛街呗。"赵筱蝶说："行，晚上陪你们俩逛街。"郑子涵说："筱蝶姐，晚上逛街，顺便把吕书记的箱子送给他呗。那肯定是过年的礼物，你不能年后送给人吧。"赵筱蝶想想也是，说："现在就送去，吃过饭太晚了。"郑子涵问："你能找到吕书记家吗？"赵筱蝶说："真不知道他住哪儿。但我有吕书记的母亲的电话。"说着便拨通吴老太太的电话，可是电话响了几遍都无人接听。

赵筱蝶说："等会儿再说吧，先回蝴蝶庵。"

蝴蝶庵始建于明朝末年，赵筱蝶的先人在蝴蝶庵出家时是十九岁，法号妙灵。那时蝴蝶庵仅有一处主殿——观音殿。妙灵法师行善一生广结善缘，庵堂香火旺盛，捐钱捐物的人也很多。在龙云寺的帮助下，庵堂每隔几年就扩建一次。妙灵六十九岁圆寂时，蝴蝶庵已经建成规模。前殿观音殿，中殿大彻堂，后殿藏经阁。东西各有侧房九间。东有客堂、千佛堂、大悲堂、华严堂、寮房、往生堂；西有斋堂、佛学堂、大寮、方丈室（法堂）、延寿堂。后来，蝴蝶庵毁于战火。光绪十五年，因龙云寺出家修行的女教徒甚多，龙云寺医僧怀善和尚带众僧尼四方化缘募资，重建蝴蝶庵。现在的蝴蝶庵就是那时留下的。"文革"期间，除了主殿里的观音神像没遭破坏，其他所有神像都被砸毁或抢劫一空，藏经阁里的经书也被焚毁过半，剩下的被保存在龙云寺里。

蝴蝶庵坐北朝南，黄墙碧瓦、古朴典雅、玲珑清秀。从南面土路上十四个台阶进蝴蝶庵南门后不远就到了观音殿。观音殿的门两侧有两棵古树，东面一棵是槐树，西面一棵是檽树，相传为妙灵法师亲手所种。两棵树虽在"文革"中被毁，但后来都又从根部发芽长成参天大树。一九九八年一场大冰雹把两棵树砸烂，槐树又重新发芽，檽树再没复生。说也奇怪，在赵筱蝶住进蝴蝶庵的第二年，檽树长出了一个嫩芽，现已长有小碗粗。观音殿和大彻堂之间原来有九棵桂花树，现存活一棵，根茎有一尺粗，树冠有五十平方米，干壮枝劲，四季青绿。每逢中秋，桂花怒放，香气扑鼻，令人神清气爽。大彻堂和藏经阁之间有一处三米见方的放生池，放生池底部有一条暗沟通后面的蝴蝶湖。原来的放生池里莲花飘香，鱼翔浅底，现在年久失修又无人清理，早已干涸，野草一片。

蝴蝶庵南门上的"蝴蝶庵"三个字是清光绪年间一名家所写，因纸张上的姓名被虫蛀残，具体是谁不详。有记载的是观音神像莲花座上的诗是刘墉亲笔所书，诗云："观音菩萨妙难酬，清净庄严累劫修。浩浩红尘安足下，弯弯秋月锁眉头。瓶中甘露广遍洒，手中杨柳不计秋。千处祈求千处应，苦海常作渡人舟。"

民国八年，地方名士为蝴蝶庵立碑。碑文《蝴蝶庵记》详细记载了蝴蝶庵的传说及建庵经过。方圆上百里的百姓都确信蝴蝶庵是菩萨显灵的圣地，善男信女到此烧香拜佛是常有的，只是没成气候。民国十三年，王玉文来到蝴蝶庵，在藏经阁成立江北第一个党组织。中华人民共和国成立后，蝴蝶庵的香客逐渐多了起来，香客多了就有了买卖，久而久之在蝴蝶庵前的土路两旁一度形成了小集市。每年的农历二月十九、六月十九、九月十九，是观世音菩萨的三大生日，出生的日子、证得果位的日子和出家的日子。方圆百里的百姓都到蝴蝶庵赶庙会，集市越来越聚人气。蝴蝶庵每旬四个集，一、四、七、九。逢集的日子蝴蝶庵很热闹，三教九流都有。二十世纪九十年代，镇政府把集市迁移到镇政府所在地，蝴蝶庵又回到原来的幽静里。

蝴蝶庵里的空房较多，只是年久失修，有些房间坍塌了。郑子涵在北院选了一间靠近藏经阁也靠近她和冯莉莉住的房间，开始清理打扫。

蝴蝶庵里平时用水是电机打上来的二三十米深的土井水。井靠蝴蝶湖，水质还算不错。郑子涵和冯莉莉来了以后，做饭烧汤用的都是纯净水，或到蝴蝶泉里灌水。现在，气温零下十四五度，室外的所有水都结了厚厚的冰，水井也被冻住了。没有水她们就干扫，灰尘把她们仨染得像泥人一样，只露出个鼻眼。三个人你看看我，我看看你，都不由得大笑起来。郑子涵说："筱蝶姐、莉莉，就凭你俩大年三十为我父母打扫房子，我也要好好地请你俩撮两顿大餐。"冯莉莉说："子涵，你好大的口气，我们都变成兵马俑了，才两顿，门儿都没有。你发一万块钱都请不到镇党委副书记给你扫地。最低五顿，我数着。"郑子涵做鬼脸说："你就饶了我这个贫下中农吧，三顿大餐，说话算数。"

赵筱蝶说："你俩就别再磨牙了。洗漱间已暖和了，抓紧冲洗一下，换衣服。热水器里的水不多了，匀开用。"郑子涵说："你们用，我到蝴蝶泉灌桶水来，我洗凉水浴，那才叫爽呢。"

龙行运河湾

这时，吕裕民发来短信，赵筱蝶赶忙看："筱蝶书记，上午龙文革放在你车上的箱子，实际是龙开放送给你的新春大礼。龙文革怕你不接才叫我先收下，目的是让你收下，请你不要有意见。龙文革说龙开放现在很后悔，可你没给他机会。龙开放早就回国了，在云江搞了个科研基地，很有成效。我们正准备把他作为人才引进到江北来。浪子回头金不换啊。你、文博、龙开放，三口之家和和美美多好。三河市这边事太忙，我就不多说了。除岁迎春，吐故纳新，祝牛年祺瑞。"赵筱蝶看后思绪万千，顺手回了短信："鼠岁雪寒千树冷，牛年开春万木荣。谢谢领导，新春吉祥。"

赵筱蝶现在回想，上午龙古力和龙文革搬箱子时的表情就觉得有点儿不对劲儿，像是在车子里要寻找什么人。他们早已知道自己和龙开放的事，儿子文博出生他们肯定也清楚。他们是想看看文博在没在车里。

龙至礼的三个儿子都继承了龙至礼的智慧，靠着聪明才智实干兴家。龙古力从二十岁就开始和土地粮食打交道，五年一个台阶地发展壮大，如今在鲁东、云江有两个大农场，承包土地近五千亩。龙文革二十二岁时独自闯荡南方，先是对官场感兴趣，二十六岁时娶江南某地一个村支部书记的女儿做老婆。老婆是独女，家里又有个工厂。龙文革从小组长干起十年之内升至副处，后来又下海经商。龙开放学的是生物工程，上大学的时候每年都是优秀学生会干部，学术成果也深得专家教授们认可，特别是在基因遗传领域先人一步，见解独到。龙开放和赵筱蝶谈恋爱时信誓旦旦要回江北创业，想像父亲一样做一个有贡献、受人尊敬的人。可几年研究生读完却变了，他一心想暴富，想过人上人的生活，铁了心要去美国像着魔一样。让龙开放没有想到的是，虽然他和赵筱蝶拿了结婚证，赵筱蝶有孕在身，但她仍然毅然决然回江北。从此，两个人心里都憋着一口气，互不联系。文博会说话的时候，龙开放通过樊赛背着赵筱蝶经常和儿子通话。龙至礼牺牲后，龙开放居然以科研为托词拒绝回国参加追悼会送父亲最后一程。这让赵筱蝶极为伤心。自那以后，樊赛把龙开放的电话拉入黑名单。

云京机场，是赵筱蝶最后挽留龙开放的地方，也是龙开放带走赵筱蝶的幻想的地方。快登机了，赵筱蝶说："龙三，你冷静思考十分钟，改革开放二十五年了，国家如此辉煌，有阴暗面是很正常的事。你为什么看不到还有许许多多忧国忧民、正直无私的党员干部，还有太多为国求强、为民求富的科学家企业家，还有太多为共同富裕呕心沥血奋战在第一线的真正精英？有阴暗面才更需要我们留下来。我们从一个村做起，三年不行，五年，五年不行，十年。外国再好，那是别人的国家。狗不嫌家穷，子不嫌母丑。是去，是留，由你。"

龙开放打量着赵筱蝶，眼泪在眼圈里打转，说："筱蝶，你知道我是多么爱你吗？"赵筱蝶点点头，没有说话。龙开放问："你知道我为什么执意要出国吗？"赵筱蝶摇摇头，没有说话。龙开放说："从大的方面说，我是寻找好的环境做一番事业；从小的方面说，就是想为你创造一个衣食无忧、有品位的幸福生活。我不想在这里毁掉激情、毁掉理想、毁掉青春，最后沦为一介平庸之辈。"赵筱蝶说："你拿什么确定你到了美国就能干一番事业？你拿什么确定衣食无忧、有品位的生活就是我所追求的幸福？家乡的老红军龙姑，你的老父亲，他们不幸福吗？"龙开放说："我父亲拼死劳累几十年，结果怎样？培养了几个贪污犯，培养了几个小资本家、几个小土豪，理想信念没了。筱蝶啊，放着眼前的光明大道你不走，非要向阴暗面上死磕硬撞，最后只能是头破血流、灰心丧气……和我一块登机吧，孩子在美国出生他就是美国国籍，是美国人，多好的机会啊……"

登机时间到了，赵筱蝶望了望龙开放，转身走了。她多么希望能听到身后传来龙开放的脚步声啊！龙开放僵硬地站在那里犹豫片刻之后，一咬牙，向检票口走去。

赵筱蝶是深爱龙开放的，可是，爱，无法挽回一个男人的野心……

赵筱蝶想到老支书龙至礼，龙至礼肯定知道有个孙子叫龙文博。龙古力是两个女儿，龙文革是一个女儿，文博是龙至礼唯一的孙子。龙至礼到死都没有见孙子一面，这让赵筱蝶很愧疚。

想到龙开放已回国今天也捐款二十万，又送来一只箱子，赵筱蝶有种说不出的感受。

三个人简单地冲洗一下，又做了些饭菜送到慧园法师屋里。她们刚坐下准备看看江北新闻，吕裕民的母亲吴老太太打来电话："筱蝶啊，你给我打电话了。我到菜市场买菜去了，回来后一直忙到现在，做了一桌子菜。刚刚裕民打来电话说他陪省委领导在三河市吃饭，到夜里十一点左右才回来呢。我这才看到有你的未接电话。有事吗？"赵筱蝶说："没有事，吴奶奶，过年了打个电话给你拜年。"

赵筱蝶听说吴老太太忙活一桌菜等儿子过年，儿子却无法回家陪她。赵筱蝶仿佛看到吴老太太孤零零地坐在家里那种冷清和无奈，自己的父母，四个儿子十几口

龙行运河湾

人围在身旁，团圆的年夜饭气氛多好。想到这，赵筱蝶说："吴奶奶，我去陪你过年，行吗？"吴老太太听说赵筱蝶要来陪她过年高兴得合不拢嘴："太好了，太好了。可是，你父母那里呢，是不是我太自私了？"赵筱蝶说："我天天能见到他们。家里十几口人陪他们呢，不缺我一个。明天我再陪他们吃饺子。"吴老太太说："那就抓紧来吧，子涵和莉莉回去了吗？"赵筱蝶说："都在我身边呢，她们不休息。"吴老太太说："那太好了，把她们都带过来。我这里有红酒，今晚我要陪你们仨好好喝两杯。"从电话里都能感受到老太太的喜悦。

34. 修行

　　吕裕民上任后第一个全市性大会是年后正月初九召开的，那是春节七天假期过后上班第二天。这次会议是江北市历史上规模最大的一次会议，是全市纪委工作会议、政法工作会议、市县（市区）镇村四级干部大会三个大会合并在一起召开的。主会场在江北市剧院，剧院能容纳九千人，各部门党政一把手参加。三市两县八区设分会场，由单位部门副书记带领看实况转播。江北市电视台、江北市广播电台现场直播。会议的开法也与以往不同，先是两天集中听取纪委书记纪光红、政法委书记王立公、常务副市长张赣江作的市纪委、市政法委和市政府的工作报告，听取刘金亭、韩子刚、朱茂林、蒋复昌、赵筱蝶、陈赛男等九个人的典型发言。然后，各级领导回原单位组织学习讨论五天，正月十六再集中开会，随机抽取有关单位汇报学习讨论情况，部分单位作表态发言。会议的主题是：找缺失，补短板，群策群力推动江北改革工作和谐发展。

　　纪光红和王立公的报告证实了吕裕民上任以来对贪官的惩治和许多不为人知的事。两个报告一个像闪电、一个像惊雷，震惊了所有参会人员，更震惊了所有看电视、听广播的人。短短几个月内，上面是市委常委、副市长、县区委书记，中间是副处级领导人、企业家、公司老总，最低是村民小组长，被抓被逮的人有三百九十六个；铲除红灯区、卖淫嫖娼窝点、黑恶势力，平反冤假错案。畏罪自杀的有，装疯卖傻的有，外逃藏匿的有，投案自首的更有……坐在会场里、坐在电视机前的官员，凡是屁股上不干净的听了报告之后都害怕得浑身发抖。

　　赵筱蝶是第一个作典型发言的。参加会议的人知道赵筱蝶的很多，但见过她的没有几个。赵筱蝶发言的题目是"抓党员干部的意识形态工作迫在眉睫"。赵筱蝶从思想、信念、修为三个方面发言。

　　赵筱说："有人不禁要问，蝴蝶庵是出家人修行的地方，赵筱蝶你作为闸北镇的党委副书记、龙行村的支部书记，为什么要住在蝴蝶庵？回答就两个字：思考。

龙行运河湾

蝴蝶庵从建庵时起门前就栽了两棵树，一棵槐树、一棵橞树，槐（怀）橞（德）是蝴蝶庵的灵魂。一九二四年，王玉文在蝴蝶庵藏经阁成立江北地区第一个党组织，江北革命的大幕是从蝴蝶庵拉开的，应该说今天在座的每位党员干部的思想之根都在蝴蝶庵。一九六三年，黄河发大水，当时的县委书记王龙恩在蝴蝶庵组建抗洪抢险指挥部，在蝴蝶庵他发出了人生的最后一道命令——保护人民群众生命财产是我们党员干部义不容辞的责任。在那次洪水中他献出了宝贵的生命，连只鞋都没留下，那一年他才五十二岁。一九六九年，老红军战士、龙行村支部书记龙世英在蝴蝶庵召开全村农业学大寨誓师大会，仅用两年时间就创造了龙行精神、龙行速度，成为全省的典型。一九九八年，龙行村的第三任村支部书记因贪污腐败在蝴蝶庵放生池里被抓。二〇〇五年，龙行村的第四任村支部书记因私吞扶贫资金在蝴蝶庵旁边的蝴蝶湖岸边被抓。二〇〇八年也就是去年，卧龙山上龙眼泉发生黑蜘蛛异象的当晚，烈士龙至礼在蝴蝶庵向我提出江北市改革十大疑问。为什么我们党的有些干部背离了党的宗旨？为什么有些人已经蜕变为欺压百姓、侵占群众利益、剥夺群众权利、维护黑恶势力的工具？为什么老祖宗留下的仁义礼智信都沦丧了？为什么不法势力能横行乡里……龙至礼这十问，让我振聋发聩。

"蝴蝶庵有太多的故事值得我们去思考去领悟。

"住在蝴蝶庵我时常在想，从一九二一年中国共产党创立到一九四九年中华人民共和国成立二十八年间，为什么那么多革命先驱为了党的事业含着笑献出自己宝贵的生命？为什么从一九四九年到一九七六年二十七年间，党员能从四百多万剧增到三千五百多万，平均每一个小时就有一百多个人加入共产党？在一穷二白的岁月里，何以能涌现出数以千计万计的以钱学森、邓稼先、袁隆平为代表的科学精英，以陈永贵、王进喜为代表的创业典范，以李湘、蔡正国、邱少云为代表的报国忠烈，以焦裕禄、谷文昌为代表的为民清官？是思想，是信念，是全心全意为人民服务的信念，是杀身成仁、舍生取义、公而忘私的精神。

"这次会议的主题是：找缺失，补短板，群策群力推动江北改革工作和谐发展。我认为镇村工作的缺失和短板，第一个就是理想信念。改革开放快三十年了，该是回头看路、静坐反思的时候了。我们的改革开放是共产党领导下的改革开放，是社会主义体制下的改革开放。如果脱离立党为公、执政为民的思想，如果偏离全心全意为人民服务的宗旨，改革开放就一定会走到邪路上去。邓小平同志早有断言，如果改革开放造成两极分化，如果改革开放造成官腐民怨，如果改革开放脱离社会主义公有制而走上资本主义道路，这样的改革开放就是失败的。

"闸北镇龙行村，一九八〇年没有实行分田到户的时候，龙行村的集体工业年产值是六百万，一九八一年年底集体企业实行承包，年收入承包费是三十七万。一九八五年龙至礼被排挤下台。到目前为止，二十三年间村组干部被逮捕七人，两任书记一任村长，村组干部四个。村里账上近千万资金下落不明，土地荒芜。这些病症的根源是思想上背叛了党的宗旨，放弃了政府的职能和责任，违背了入党时的初心和做人最起码的伦常道德。

"我到龙行村工作六个年头，有两年被撤职留党察看。在岗工作的四年间，有几件事让我刻骨铭心，终生难忘。二〇〇四年，台风袭击龙行，五组的三百亩温室大棚被毁，老百姓到保险公司要求赔偿，保险公司硬说台风风力不够拒绝赔钱。实际呢，保险的钱被截留。二〇〇五年，上级给龙行村两百万无息扶贫贷款，村里买了二十五只羊分给贫困户，一年后验收时硬说是买了两千五百只。羊呢？硬说是被贫困户吃了卖了。

"以上这些事的发生，仅仅是行为问题吗？不，不是，是思想、是信念。

"有人会问，赵筱蝶，抓思想信念这些意识形态的东西能抓出经济效益吗？我的回答是肯定的，能，绝对能。崇高的思想、坚定的信念，是人类心灵之上的太阳。东方红，太阳升；东方不红，太阳也照样在升，太阳在云层里升；太阳升在风雨之上，太阳在人民心里。她能给予人无穷的智慧、力量。有了智慧、力量，就能战胜一切艰难险阻，取得事业上的成功。古人都知道格物致知，诚意正心，修身齐家治国平天下。难道我们村组干部就不能？古人尚知伦常乖舛，立见消亡，德不配位必有灾殃。难道我们还继续视党纪国法、道德人伦而不顾，自取灭亡？封建社会的官吏尚且知道：'一丝一粒我之名节；一厘一毫，民之脂膏。宽一分，民受赐不止一分；取一文，我为人不值一文。'难道我们党员干部还不如他吗？心里装着红太阳，革命无往而不胜。改革更是一场革命。建党九十年的斗争史证明了这一点；建国六十年的发展史证明了这一点。一个风清气正的领导班子必将会开创出一个社会稳定、经济繁荣的大好局面。这里的'风'指的是党风、政风、世风、民风、学风、作风。这里的'气'指的是骨气、志气、节气、正气、民气、人气。这里的'繁荣'指的是实业振兴、商业规范的真繁荣，而不是灯红酒绿、歌舞升平的假繁荣。

龙行运河湾

"龙行村的村支两委成员是大年三十那天几千名群众和近百名党员现场选举产生的。我制定的选举条件就三点，一是具备立党为公、执政为民的思想；二是具备共同富裕、共同文明的信念；三是具备积德行善、清正廉洁的品质。群众的眼睛是雪亮的，谁好谁坏、谁轻谁重心里自有一面镜子和一杆秤。我带领大家在几千人大会上宣誓之后，会场报以雷鸣般的掌声，经久不衰，有的党员和群众激动得流出眼泪。我坚信有了这支队伍，龙行村的工作面貌必定会焕然一新，龙行村的十年规划一定能实现，确保实现从幼儿园到高中教育免费、大病小病医疗免费、七十岁以上老人养老免费……我们将用行动、业绩证明给大家看……"

赵筱蝶人在会场心却在龙行村。因为就在她发言的时候，孙华和孙刚正在龙行为华龙集团和敬老院选址。赵筱蝶读完发言稿，便和郑子涵、冯莉莉匆匆赶回去。

常言说：临江居滩，临河居湾。人们相信江滩和河湾都是聚宝之地，能主人财两旺。江南人更讲究风水。孙华一行六人把冰雪覆盖下的龙行村整个看了一遍之后，车子停在运河湾。

清江运河行至赵夏李组南首转头向东，流经四公里后又调头向南。运河湾上游西岸到黄河南路之间有一百五十户人家，占地三百来亩。运河湾下游南岸有七百多亩土地属赵夏李组所有。

赵筱蝶下车时见孙华蹲在雪地上用手扒开一小片雪。她走上前去问："孙阿姨，干什么呢？"孙华说："来，筱蝶，我想看看雪下面是什么庄稼，是小麦。"

一小片绿油油的麦苗呈现在孙华面前，在四周白雪的映衬下，麦苗显得格外碧绿。凛冽的寒风夹带着细细的雪粒吹过，小麦的叶片翻转着摇来摇去，映射着白晃晃的光，像是冻结的土地绽放的微笑。

"孙阿姨，我带你把龙行村的地块都看看，随便你选。"赵筱蝶说着把手套摘下来递给孙华，"你戴上孙阿姨，你的手会冻伤的。"孙华说："谢谢你，筱蝶。不用了，就选这里。你看怎么样？"说着用手从村庄到眼前田地比画了一圈。

赵筱蝶说："好啊。这块地共七百一十六亩，老百姓承包地四百〇一亩，其中种植小麦和油菜的一百九十二亩。组里人家一百四十六户，种植越冬蔬菜的不到一百亩，宅基地和土地加起来三百六十四亩。这块地总面积是一千〇八十亩左右。孙阿姨你准备用多少地？"

孙华说："我们计划一千亩左右，这块地正合适。村庄的位置可规划办公区、仓储区、物流区。这里可作为生产区和生活区。走,我们回到村部说。"

孙刚的车也到了,他主要是看看蝴蝶湖周边的地理位置。

"筱蝶书记,我想把敬老院就建在蝴蝶湖南面,你看符合规划吗?"孙刚下了车,一边搓着手一边说,"这鬼天气真够冷的。"赵筱蝶见孙刚穿的衣服太少,说:"孙经理,你上车吧,我们到村部说。"

赵筱蝶上车前又回到那小片麦苗前,用手扒起雪把小麦盖上。

会议室里,龙惠娟早已打开空调在等候他们。一行人刚落座,赵筱蝶就接到刘金亭的电话:"筱蝶书记,你在哪里?孙总他们呢?"赵筱蝶回答:"我们刚回到村部。"刘金亭说:"好的,我马上就到。"

孙华问赵筱蝶:"刘书记有什么事吗?"赵筱蝶说:"没有事,他主要是来陪陪你。"孙华说:"区委书记事情太多,没有这个必要。"赵筱蝶说:"你老人家这个项目是刘书记跟踪操办的,吕书记亲自督办查办,他肯定放心不下。吕书记说过,他负责规划审批,办理手续,刘书记负责具体落实,我负责按你的进度确保每个环节如期完成。谁若推迟一天就罚款一万,个人掏腰包。"孙华听后笑了笑。

孙刚说:"筱蝶书记,敬老院的事,我可没有时间掺和在里面,我只负责选址和投资,其他的事全权交给村里办。我有个小私心,龙至礼是我一生最敬仰、最看重的人,想把敬老院的名字叫龙至礼敬老院,让龙行人世世代代都记住他。我不适合和官场人说话,等会儿你和刘书记说。"

刘金亭进屋时,屋里人已从冻手冻脚中恢复过来。"两位老总,对不起啦,没能陪你们一起选地。都选定了吗?请两位老总说说要我们干什么?"刘金亭说话既恭敬又谦虚。

孙华说:"你请坐,刘书记。我们商定后决定选在运河湾,主要是要涉及二组的拆迁,这个工作量比较大。其次是土地平整,实现水通、电通、路通。烦请刘书记多给支持。省里催得紧,要求我们六个月内搬迁结束。我们要做到尽量压缩停产时间保证客户需求,又要确保建设、搬迁。我们在数着分钟过日子。"

刘金亭说:"请孙董事长放心,吕书记、我、赵筱蝶我们三个人表过态,绝对按你们的进度推进。"说着望了望孙刚,接着说:"孙刚经理的敬老院选址定下来吗?"孙刚说:"刘书记,敬老院的事我只负责给钱,其他的事都交给赵筱蝶书记。"赵筱蝶说:"刘书记,孙经理的敬老院选址和我们的规划吻合,选在蝴蝶湖南岸。

龙行运河湾

孙经理有个想法，他建议敬老院的名字就叫龙至礼敬老院。你看行不行？""行，很好。龙至礼过去是英雄，现在仍然是英雄，初心无改，值得纪念。"刘金亭想都没想爽快地答应了。

孙华问刘金亭："刘书记，关于土地的规划审批和有关土地的费用，你看怎样操作最快捷？"刘金亭说："土地规划审批的事，我保证市区两级一路绿灯。土地的费用及拆迁赔偿、青苗补偿问题，由你和赵筱蝶商定。"孙华看看赵筱蝶说："筱蝶，你说说看。"

赵筱蝶说："孙阿姨，土地的费用，我代表村支两委和二组群众向你表态，绝对让你满意高兴，具体方案由你先定。二组的拆迁事情我已有考虑，五天之内就能定下来。水通、电通、路通、土地平整，'三通一平'工作我是这样考虑的，我认为根据你们集团新厂区的规划布局图确定后再实施比较好，各区域土地标高是多少，总变压器、分电器在什么位置，用水管排列布局，道路方位，等等，这些具体要求出来后，我们尽可能做到一步到位。水的问题，我们正筹建蝴蝶泉自来水厂，建厂很快，主要是管道铺设和安装。请刘书记帮我们协调自来水方面的技术人才，供水不是难题。路的问题，二组拆迁后的渣土足够厂区内道路铺设，我们将按照规划布局图一次筑就路基，供后期铺设路面使用。电的问题，需要请刘书记出面协调供电部门，容量、装备、施工由电力部门全权操作。土地平整不费工夫。孙阿姨，你们的规划布局图什么时候能出来？"

孙华问随她一块来的姜经理，说："姜经理，规划布局图什么时候能出来？"姜经理说："最快也需二十天。"孙华说："给你十五天时间，加班加点必须完成。"姜经理答应后转脸对赵筱蝶说："赵书记，请你为我们提供一下地形图和具体的长宽数据。"赵筱蝶说："行，下午就交给你。"赵筱蝶说着从打印机里抽出一张白纸，用笔在纸上画出了一千〇八十亩土地的地形，然后交给龙惠娟，说："龙主任请你把它交给徐贵珍，按图上标记测量出具体数据，马上就办，下午交给我。"

龙惠娟刚走出门，赵筱蝶又把她喊回来，说："通知徐贵珍，下午召开二组党员、群众代表会议，赵尔强、你和我参加。"

35. 龙都广场购房

正月十六上午八点，江北市的四级干部大会继续在剧院召开，各单位和各县区的分会场也进行实况观看。大会由纪委书记纪光红主持，会议有四个议程：一是张赣江从面前的箱子里随意抽取四个单位作关于《纪委工作报告》《攻法工作报告》《政府工作报告》的学习讨论发言；二是张赣江再随意抽取四家单位作关于完成二〇〇九年各项工作的表态发言；三是张赣江就前面两个发言作总结讲话；四是吕裕民讲话。会期一天，上午三个议程，下午一个议程。

全体参会人员入座后的第一个愿望，就是大会秘书处发放吕裕民书记的下午讲话材料，可直到发言开始也没等到。这让大家都很失望。以往例次会议都是所有材料一同装进材料袋的，包括发言材料。可这次没有，材料袋里仅三个报告。

八个发言结束后，会议进入第三个议程。张赣江对大家说："同志们，我受吕裕民书记委托，在此就三个报告的讨论情况和二〇〇九年工作落实情况做个简要要求，不到的地方以吕裕民书记讲话为准。在讲话之前我先强调一下：由于时间关系刚才只有四家作讨论发言，四家作表态发言，会后处级单位和部门要把两份材料交到大会秘书处。从今天起，二〇〇九年的每次会议都将是围绕各家的材料看进度落实情况，直到二〇一〇年的四级干部大会。二〇〇九年的全年工作，就是落实你们的材料内容。"

大家对张赣江很熟悉，听他讲话也不是一次两次。他说受吕裕民书记委托，那是他在摆正自己位置。张赣江是谷冥蛛一手提拔起来的。谷冥蛛在江北期间，张赣江从沂河县的一个乡镇党委书记升到江北市副市长，可谓青云平步。上一任市委书记上任时，他升任江北市委常委、常务副市长，是江北市人民政府二号人物。此人身材高大魁梧，红脸，秃顶，戴一副眼镜，声音洪亮。江北人从没有见过他笑，人送外号铁首张。上一任书记、市长同时调进省里，大家估计他能被提拔为市长，他自己也这样认为。结果，市长由吕裕民兼任，他仍然是常务副市长。这至少说明一个问题，他不是省委视线内的市长人选，至少暂时不是。官运和命运是一样的，谁也无法预料幸运和厄运谁先到达。

下午会议开始时，会议工作人员才把吕裕民的讲话材料发到参会人员手里。整个会场满是唰唰唰翻材料的声音，很像秋风扫落叶。一双双眼睛在白纸黑字间寻找自己希望看到的东西。吕裕民书记讲话了，会场里寂静无声，寂静得能听见会场墙根处老鼠入洞的声音，寂静得能听见隔壁鸽子王的鸽子回笼归巢的振翅声，寂静得能听见会场里上万人的心跳声……

吕裕民脱稿而讲，睿智的目光随着讲话的节奏在会场里扫来扫去，像射线一样在透视每个参会人的心态。没有人去看材料，大家关注着吕裕民讲话时的表情，仔细地品味着他所强调的每一句话。

吕裕民讲话的语气很温和，态度很诚恳，完全是一副和你交心谈话的姿态。他始终是笑眯眯的，即使是讲到令人发指的违法违纪大案，讲到凶杀流血的场面，大家仍能从他的表情中看到希望。

望着吕裕民的表情联想到那些位高权重的人沦为阶下囚，许多人感到胆寒。是不是有一天他和你微笑的时候，一双冰冷的手铐已在背后向你靠近？

吕裕民的表情和坐在他身旁的张赣江的表情正好形成鲜明对比。

吕裕民充分肯定了江北在政治、经济、文化教育等方面的改革成就，同时用发生在江北的真实事例着重分析江北市在各方面的缺失和短板。他提出了净化官场风气，纯洁党员队伍；依法治市，执政为民；缩小贫富差距，增加群众福祉，为老百姓排忧解难；营造和谐的社会秩序，加快发展步伐；等观点。阐述了改革为什么人的问题，新形势下对党员干部有哪些新要求，传统道德何以得到弘扬，和谐的本质内容就是共同富裕共同文明，等。

吕裕民深知要想振兴江北首先要有一个稳定的环境，只有稳中求变，方可达到预期。稳定干部队伍，逐步把大家的思想引领到市委市政府的工作路数上来，才能形成合力弥补缺失、补齐短板。心慌意乱、诚惶诚恐、提心吊胆，干不成任何事情。

吕裕民和风细雨地说："关于转变思想、净化官场风气的问题，我想和大家多交流一些想法。不要认为一提到净化官场风气就想到反腐败，就想到抓人逮人。腐败现象的滋生有大环境和小环境的综合原因，谁都有犯错误的时候，我们要给犯错误的人一个改过自新的机会，不能一棍子打死。在此我强调，净化官场风气以教育转化改变思想为主，以惩治腐败分子为辅。以这次会议为分界线，在过去，工作上存在严重失误的，廉洁上存在严重问题的，个人品德存在重大缺失的，请你主动向纪委、组织部说清楚，该退的退，该清的清，该改的改。只要你态度诚恳，真心真意，改过自新，我们尽可能不去追究。这次会议之后，仍然顽固不化，贪污腐败，腐化堕落，懒政怠政，伸手捞钱，跑官要官，特别是那些和市委市政府离心离德，搞小团伙小集团，拉帮结派，严重破坏江北政治生态的，无论涉及谁，我们将依法依纪一查到底，严惩不贷。希望大家从工作大局和人生全局的角度做出正确选择。路，是自己走出来的。千万不能心存侥幸，把自己的前途和命运寄托在别人身上，党中央、省委、市委、县委才是你最坚强的靠山。"

吕裕民这段话是一颗定心丸⋯⋯

散会之后，赵筱蝶一分钟也没耽误，直奔郝建民办公室。

龙行村二组一百四十六户人家临时安置是赵筱蝶心里的头等大事。二组拆迁能否顺利推进，直接关系华龙集团建设的进度。安置事情解决不好，拆迁就无从谈起。吃过中饭，她已安排龙惠娟和夏庆嫂去和郝建民谈了。买房不是问题，关键是价格。在今天晚上之前，赵筱蝶要把心里的这件大事给解决掉。

在郝建民办公室里，郝建民和夏永刚听说龙惠娟和夏庆嫂来买房子感到很高兴。龙都广场的二期工程看样子郝建民是暂时不准备动工了，他们把全部工作都放在一期工程的扫尾上，指望能有一个好的销售行情。目前一期工程的部分工程，如门窗、电梯等急需一大笔钱。一亿两千万的每个月银行利息就近九十万，那是以每套房仅十万元的价格做抵押的贷款啊。正月二十五之前如果再不能开工，扫尾施工的工人就要留不住了。郝建民和夏永刚正犯愁时，龙惠娟和夏庆嫂来了。

郝建民和夏永刚没想到华龙集团这么快就选定二组，更不知道二组马上就拆迁。这消息一旦被郝建民知道，他就不会在房价上有太大的优惠，宜早不宜晚，赵筱蝶先安排龙惠娟和夏庆嫂以几名村干部买房为由头去了解一下行情。

赵筱蝶、郑子涵、冯莉莉三个人走进郝建民办公室，新年见面相互之间免不了客套和祝福。大家落座后，赵筱蝶说："郝总、夏总，我今天来主要是感谢你们俩，大年三十那天让你们破费了，无功不受禄啊！龙主任，你一定想办法把两位老总的钱退还给他们。两位老总的心情我们领了，可钱不能收。"

赵筱蝶一点儿没提起买房子的事，却说起了要退还两个人的捐款，这让郝建民和夏永刚感到很意外。郝建民说："赵书记，这可使不得。佛度有缘人。钱是我心中的佛，钱助有缘之人。我和龙行村有缘。龙都广场和龙行村地边搭地边，算起来该是邻居，落雁湖渔村我们又有幸同桌喝酒，龙都广场是夏永刚带人建起来的，夏永刚是你龙行人，有这三点我们该是有缘人。龙行村的情况我多少了解一点儿，谁没有困难的时候，困难时伸出援助之手相互帮一下就挺过去了。那点儿钱是小意思啦。捐出去的钱哪有退回来的道理，要是被龙行村人知道这事，对龙都广场的生意都有不好的影响。这事过去了，请赵书记就不要提了。"夏永刚接着说："赵书记，你千万不能这样。我是土生土长的龙行人，别人能捐款，我为什么不能？我在大会上说了话，赢得了父老乡亲的掌声和欢呼声。赵书记你把钱退给我，我在龙行老少爷们儿面前怎么做人？按辈分我该称呼你为小表姑，称呼夏主任为三姑。你们能在大会上宣誓铁了心发展龙行，我就不能为村里做点儿贡献？捐款的事翻篇了，那是去年的事，牛年不拉鼠年呱。如果有一天龙都广场遇到困难了，你们再帮下我们这不就结了。我们今天只谈买房卖房，新年大正月的，晚上我留你们五位女士吃鱼，祝我们大家牛年有余。"

龙惠娟和夏庆嫂也不知道赵筱蝶葫芦里卖的什么药。

赵筱蝶转脸问夏永刚："夏总，问你个建筑方面的事可以吗？"夏永刚赶忙说："赵书记，你客气了。有什么你直管问，凡是我知道的，毫不保留。"赵筱蝶问："建一幢四单元二十一层商品楼，从基础开始到竣工最快需要多长时间？"夏永刚回答："春节后动工，最快也需十一个月。"赵筱蝶问："按现在的建筑材料价格，框剪结构包工包料，付款及时，大约要多少钱一平方米？"夏永刚说："如果能基础付款，地面以上能一层一付款的话，每平方米一千二百元左右。"

郝建民朝夏永刚狠狠地看了一眼，夏永刚自知说得太实诚，说漏了嘴，就没再说什么。

赵筱蝶装作没看见，说："夏总，你是龙行人，是建筑方面的行家，龙行村今年是建筑年，将要开工几个亿的建筑项目，你可要多帮帮我们啊。"夏永刚连声答应。他心里有数，赵筱蝶说的几个亿一点儿没夸张。他早就想弄点儿工程干干，只是春节刚过还没从酒场中回过神来。

夏庆嫂似乎听出了赵筱蝶的用意，对夏永刚说："永刚啊，你可知道三十那天你和郝总捐款，群众在背后是怎么议论你们的吗？"夏永刚问："三姑，他们怎么说的？"夏庆嫂说："群众说，没有想到龙都广场的两位老总能对龙行村如此开恩。郝总大家虽然不认识，但群众对你感恩不尽。这件事让龙行村人对龙都广场有了很好的印象。群众说你夏永刚平时不声不响的，关键时候出乎人预料一鸣惊人。二组的几个党员还准备了解了解你介绍你入党呢。有时间我做东请两位和群众见见面，感受一下被老百姓尊重的感觉。困难时候见真情啊，龙行人不会忘记你们。"

赵筱蝶从包里拿出吕裕民的讲话材料递给郝建民，说："郝总。你看看吕书记在四级干部大会上表扬你了，并要求城建、城管、银行、税务等部门全力支持龙都广场这个项目。"郝建民接过材料看了看画线部分的文字，说："以往历届领导人都在会上说过，可就是不见行动。吕书记已经帮我们大忙了，看来这次是真的。"

这时，赵筱蝶问龙惠娟："龙主任，五套房子的事和郝总谈得怎么样了？"龙惠娟说："基本上有点儿谱，就等你定夺。"赵筱蝶问："多少钱一平方米？"龙惠娟说："五套全款，一千八百元一平方米。"

郝建民的手机响了，是缪玲玲打来的。郝建民向赵筱蝶示意一下："我接个电话。"赵筱蝶说："不客气，你接。"

郝建民接过电话，虽然想尽力掩饰内心的喜悦，但脸上还是洋溢着笑容。缪玲玲在电话里告诉郝建民，肚子里是个男孩，发育正常。夏永刚听出是缪玲玲的声音，看郝建民的表情，应该是如愿以偿。夏永刚心想，终于让郝总有后了，对郝总而言，这是无法用钱来衡量的。夏永刚的脸上也满是喜色。

赵筱蝶见两人心里有喜事，说："郝总，请你核算核算，能不能再少一点儿？你知道龙行村的家底，现金支付一分不少，我们是借钱买你的房子。"郝建民说："这样吧，赵书记，我们是第一次做生意，我再让二十块钱每平方米，这是最低价，你看行不行？"

赵筱蝶没有回答行还不行，问龙惠娟："龙主任，你谈的是几层？"龙惠娟说："是十五层。"郝建民说："是高层中最好的楼层。"赵筱蝶问郝建民："郝总，如果改成八到十二的最差楼层你能算我们多少钱？最好与最差之间该有两百元差价吧？"

这句话倒把郝建民给问住了。别人买房都拣最好的选，赵筱蝶却去选最差的。按惯例最好的楼层与最差的应该有一百五十元到二百元差价，赵筱蝶说得有道理。郝建民说："赵书记，如果你真留十层五套，一口价，一千六百五十元每平方米。"

赵筱蝶问:"十层八套全留,多少钱?"郝建民说:"只能再让十块钱每平方米。"赵筱蝶问:"十层、十一层、十二层,三层二十四套全买呢?你给个爽快价。"

郝建民有点儿不敢相信,一次购二十四套,这是龙都广场开业四年来最多的一单,超过目前总订购量,有了这笔钱最起码能解决三个月的银行利息。想到这,郝建民说:"赵书记大手笔,我也就不让你还价了,一千六。"

赵筱蝶说:"郝总,看样子,我买得越多,你就让利越大?"郝建民说:"赵书记,你是知道的,现在是龙都广场的销售低谷。按售房规律春节前后该是售房高峰期,可我们一套房没卖。我们需要钱,小钱又解决不了问题。在这困难时候,你能选择来龙都广场购房也算是对我们的支持帮助,我总不能对帮助我们的人苛刻吧。"赵筱蝶说:"郝总,你刚才也说了我们是邻居,夏总又是龙行人,还沾着亲。你和夏总对龙行有恩,我们买房当然是先想到你了。既然买得越多你就能越优惠,郝总你和夏总核算核算,如果把八到十二层,五层四十套房子都买下,你还能优惠吗?"郝建民望着赵筱蝶问:"真的假的?"赵筱蝶说:"郝总,谈生意岂能是戏言。做生意和做人一样言而有信。"郝建民说:"如果你一次留下五层,我给你一千五百九十元单价,这是刮到骨头的价格了,不能再少了。"

赵筱蝶问:"郝总,如果再多买还能再少吗?"

郝建民坐在办公桌前一时无语。从五套到八套到十六套到二十四套到四十套,还要再多,郝建民既感到不可信又感觉自己好像已被带进量大从优的套。赵筱蝶说:"郝总,你核算一下,民间借款按三分息算的,借一千万的话一个月的利息就是三十万,一年下来就是三百六十万啊。你和夏总考虑考虑,我如果现款购买你六十套、九十套、一百套,你说给我多少钱一平方米?到现在为止我没有还价吧,都是你说了算。你们俩合计合计。"

郝建民示意夏永刚到自己跟前,他拿起计算器,手指不停地在上面点点戳戳。夏永刚趴在办公桌上一边看计算器上的数字一边对郝建民耳语:"郝总,我借三千多万,五分高息,都是你的房子抵押的,半年光利息就是一千万啊,如果一年还不上本息,你我可就都栽了。你要抓住这机会啊。如果真能销出去一百套,我们先把高息钱还了,银行的钱我想办法周转。郝总,牛年开门大吉,人财两旺。"夏永刚说到人财两旺,郝建民一下子又想起缪玲玲肚子里的儿子来。

忙碌了一会儿,郝建民向夏永刚看了看,夏永刚点点头。郝建民对赵筱蝶她们三个人说："新春伊始，你们三位领导能来我这里谈这么大的生意，我很荣幸。我给你们亏本价，六十套，一千五百七十元，九十套，一千五百五，一百套，一千五百四。三位姑奶奶可不能再减了啊。"

赵筱蝶说："行啊，我们来这里总不能让郝总做亏本的买卖啊！我们不减，但我们可以加啊。夏总，东南角十二号楼总共有多少建筑面积？"夏永刚回答："具体数字我记不清，差几十平方米到两万平方米，不含车库、储藏间。"赵筱蝶说："郝总，我临时有个想法，十二号楼我们全要了。按图纸计算面积，商品房我给你一千四百五十元每平方米，车库、储藏间我给九百元一平方米。签好合同交一半钱过户，过户结束，余款一次性全部到位。你看行不行？"

郝建民简直不敢相信自己的耳朵，很惊诧地问赵筱蝶："赵书记，你买一幢楼，一百六十八户？"赵筱蝶说："是啊，一幢楼，一百六十八户。你不想卖吗？"夏永刚听后两眼直愣愣的，果真如此他的三千多万高息钱起码能还上两千五百万，那样他和郝建民悬着的心就踏实多了。

郝建民犹豫了一会儿，说："赵书记，你能不能再加一点儿？"

赵筱蝶说："郝总，你觉得我们有必要在几十万块钱上推三阻四吗？我就是加五十块钱一平方米，也不过是一百万的出入，三千多万元的生意如果在几十万上百万上斤斤计较，岂不伤感情？在你最困难的时候，我们全力帮助你一下都在里面啦。等一个月之后，你如果需要钱的话和我们说一声，我们绝对支持你。龙行村马上就开始建安置房了，很多的建设工程还希望和你合作呢。"

郝建民虽然有点儿勉强，但比起他在外面用高息而言那是太划算了，说不定这个头一开能给龙都广场的销售带来好运。他表面上看似很为难，心里却还是美滋滋的。郝建民说："行，就按赵书记说的办。但是，这个房价千万不能传出去。说好了赵书记，在困难的时候你一定帮我一把，到时候你可不能见死不救啊。"赵筱蝶说："郝总，你放心，我在龙行村不走，龙行村社区开工建设，我们天天能见面。背信弃义之事，我们班子成员谁都不会做。"

郝建民问："你们准备什么时候签合同？"

赵筱蝶说："合同的事你公司先起草，你们不是有法律顾问吗？龙主任，我们也得请个常年法律顾问。郝总把合同起草后交由双方法律顾问审定，随时可以签。郝总你是知道龙行村的情况的，村里的财务涉及过去许多问题，为了避免给你们龙都广场开发带来不必要的麻烦，我们村成立了'龙行村共富经济发展有限公司'，我是董事长，龙惠娟主任是法定代表人，两天之内证照公章就齐备了。我们公司和公司签订合同，这样能规避不少不必要的麻烦。"

龙惠娟说："郝总，有三件事还须麻烦你，一是四个单元的电梯你们才安装了两个单元，另外两个单元的电梯还得请你抓紧安装。二是所有进户门都还没有安。三是电的事情，我上下跑了一个单元，有些户室内电线还没穿好。这三件事你估计什么时候能扫尾结束？"

郝建民问夏永刚："夏经理，电梯什么时候能到家？十二号楼还有多少户电线没穿好？"夏永刚回答说："电梯已经发货了，我估计十天左右能装上。电线的事情好办，买些电线来现在就能安排人干活。进户门明天早晨不到下午准到，四个人安装五天就结束。总体说，十二号楼所有扫尾工作半个月应该能全面结束。"郝建民说："龙主任，你听到了吧？十五天时间，到时候完成不了唯夏经理是问。"

赵筱蝶问："排水排污没有问题吧？"夏永刚说："赵书记你放心，都做板整的。"

赵筱蝶说："那就好。龙都广场的用水定下来哪家自来水公司了吗？"夏永刚说："暂时还没定。"赵筱蝶说："郝总，自来水的事情就定下来用我们自来水厂的水吧，具体事情签合同时再谈。"郝建民说："那当然好，反正是谁用水谁出钱，用谁家都是用。"

夏庆嫂说："永刚啊，经村支两委研究决定，十二号楼的室内简装就交给你了，具体要求就是以简易为主，满足临时入住生活，要有室内门、坐便器，黑墙变白墙，水电满足需求。你可要把这件事做得敞亮，不然，你二组的乡亲入住后准会挑你七个狸猫八个眼。"赵筱蝶接过话说："具体方案你找你三姑夏主任和赵尔强还有徐贵珍共同商量。原则上每户控制在两千块钱之内，所需费用由村里支出，时间要求是签合同之日后一个月内完成。夏总，这应该没有什么难度吧？"龙惠娟说："夏总，这是你撑脸面的工程。你呢也别指望在这小活儿上挣钱，村里的建筑工程多的是，你把这事办好了得到党员群众的认可，我怕你工程干不过来。"

夏永刚连声答道："三位领导放心，包你们满意。"

赵筱蝶说："郝总，房子这件事就这样定下来了，请你抓紧起草合同，尽快提前十二号楼的扫尾工程。你还有什么补充的吗？说出来我们大家商量。"

郝建民说："行，就按赵书记说的办。第一次和赵书记做生意，我真的算是领教了。从五套房子开始买一直买到一百六十八套，不愧是研究生啊，你把我和夏永刚都研究透了，佩服，佩服。我只有一个要求，请你们务必答应。"

赵筱蝶问："什么要求？说出来听听。"

郝建民说："今天晚上，我一定要请你们五位吃鱼，吃九样鱼，预示着〇九年祥庆有余。你们千万不要拒绝。"

赵筱蝶看了看龙惠娟和夏庆嫂，见她们俩没有吱声，说："行，到你办公室了听你安排。郝总，我突然想起件事，最近我要去云京一趟，合同最好能在我走之前签订。签合同时我有个重大好消息要告诉你，价值一个亿。你考虑考虑能给我们'共富公司'多少？"郝建民想都没想就说："果真如此，我四你六，给你们六千万。"

大家在欢笑声中，驱车前往落雁湖渔村。

36. 思路

赵筱蝶上任闸北镇党委副书记、龙行村书记后，第一件事是成立龙行村共富经济发展有限公司。初步构想公司包含自来水厂、纯净水厂、矿泉水厂、纯手工扎染厂、龙行村群众安居房开发公司、安居房建筑公司、无土栽培蔬菜生产基地、猪牛羊和鸡鸭鹅养殖场、水产品养殖场、敬老院、幼儿园、物业管理公司、卧龙山公园、蝴蝶庵公园，以及今后成立的所有公司企业。"共富公司"是龙行村综合性实体企业，它是龙行村所有经济收入的总平台。目的是发展壮大村级集体收入，调节贫富差距，解决老百姓教育、医疗、养老等需求，力争五年之内实现三项免费。第二件事是成立党员干部教育培训中心和伦理道德讲堂。第三件事是各村民小组成立了以组长和党小组长为组长、副组长，以党员和群众代表为成员的民风民情协调整治领导小组；村里成立了以赵利冉为主任，以各组组长和党小组长为成员的社风社情指导委员会。经过冬季培训，村组两级工作已正常开展。致富家庭、五好农户、十星级党员、互助典型、共富带头人、善孝人家等十项活动评选内容已制定，确保二〇〇九年底开展评选活动。

十一名村支两委平均年龄四十二岁，五个党小组长平均年龄六十七岁。具体分工如下：赵筱蝶负责龙行村全面工作；龙惠娟分管村级经济、扶贫、财务工作；赵利冉分管党建、教育、计划生育、民兵、民风民情工作；赵尔强分管城建城管、拆迁、共富经济实体工作；夏庆嫂分管餐饮、宾馆服务业及五组全面工作；徐贵珍分管种植、养殖、加工及二组全面工作；华龙俭分管农工商贸易、助学助医及一组全面工作；郭家余分管村容村貌、环境卫生及三组全面工作；张东胜分管敬老助残、治安联防及四组全面工作；秦苗苗分管妇女、青年工作，协助龙克勤财务工作；龙克勤负责村里财务工作。五名党小组长协助组长做好组里全面工作，重点做好各组党员和群众代表的工作。

新班子上任后十几天的工作，主要是全面推进"三清一返租"和组织学习《龙行村十年发展规划》。目前，"三清"工作已经完成。所有土地面积已丈量结束，种植小麦和油菜等越冬农作物的承包田，自小麦、油菜收获后实现返租，现有的空闲承包田从下个月开始返租为村里集体使用。今天会议的主要议题是：讨论研究如何发展壮大共富经济公司，布置全年工作和当前工作。

大家围绕龙行村的区位优势、资源优势和即将来临的大建设优势各抒己见，谈了许多想法。赵尔强还宣读了赵尔光关于迅速筹建龙行村水泥预制品厂的建议。

赵筱蝶边听边记，还和大家讨论，脑子里跳出好多新想法。

会议结束前，赵筱蝶作总结讲话。赵筱蝶说："综合大家讨论内容，我就当前工作，二〇〇九年全年工作，共富经济公司的增长点，这三个方面谈谈个人看法。

"我们目前工作的重点集中在三个区域，即蝴蝶庵、运河湾和卧龙山。

"蝴蝶庵区域，首先是自来水厂、纯净水厂、矿泉水厂，以后简称'三水'建设。我们的泉水已经送到云京检测了，市检测中心也把水样取走了。检测结果两天内就能出来，如果泉水符合国家矿泉水标准，我们将先建自来水厂，再建纯净水厂，最后建矿泉水厂，把蝴蝶泉这篇文章做大做强。如果泉水达不到国家矿泉水质量标准，自来水厂我们是一定要建的。龙都广场十二号楼将是二组群众拆迁的临时过渡用房，吃水的事情首先要解决。华龙集团先期建设及今后的办公区、生产区、生活区用水要满足。所以自来水厂建设迫在眉睫，必须确保一个月内供水。具体工作分工如下：龙惠娟和夏庆嫂负责龙行村蝴蝶泉自来水有限公司的工商注册，龙惠娟和赵尔强负责采购自来水生产机械设备，夏庆嫂和华龙俭负责自来水厂厂房建设，龙惠娟、赵尔强、夏庆嫂、华龙俭分两个班组，负责北到十二号楼南到运河湾、中心港的自来水管道铺设安装。其次是蝴蝶湖四周的环境治理，必须在最近时间内四面清表，各类果木的树坑挖好，达到开春栽树的要求。这项工作和自来水管道铺装同时进行，争取今年的蝴蝶节期间蝴蝶湖四周花开满地、香飘四野。这项工作龙惠娟为总负责。这两项工作面广量大，时间紧任务重，必要的时候龙惠娟可调动所有人来满足工程需要，华龙俭可以抽调粮库工地上的工程机械夜间加班。总之，要确保不耽误十二号楼用水，不耽误华龙集团用水。三是家畜、家禽临时养殖场建设。二组饲养家畜家禽的户数不少，搬迁前他们不可能消化完，怎么办？全部转移到临时饲养场里。饲养场的选址、建设、牲畜家禽转移工作，徐贵珍和张东胜两人负责。养殖场的建设要作长远打算，要把它作为今后村里饲养基地来规划建设。四是蝴蝶庵的维修工作，蝴蝶湖四周的环境变了，蝴蝶庵也要变，主要是维修房顶，粉刷墙体，亮化环境。这项工作由赵尔强和郭家余负责。

"运河湾区域的主要工作，首先是做好群众搬迁的思想工作。要充分发挥党员群众代表的示范作用，把思想工作做深做透，不能做夹生饭。要把解决好群众的难事作为工作的重中之重，所有的难事解决了，事情就好办了。即使最后有一两户刺儿头，我们也不能硬来，一定要消除其思想疙瘩。这项工作由龙惠娟、赵尔强和徐贵珍负责。其次是拆迁补偿和土地补偿的事情，土地从现在开始返租计算，青苗补偿按江北市标准计算，房屋拆迁按江北市拆迁补偿标准执行，蔬菜大棚种植户、养殖大户的补偿按江北市有关标准执行，公平公正、公开透明。三是拆迁和"三通一平"工作。水通这项工作刚才已经布置了，其他工作还有一段时间，到时候我们再作具体布置。

"卧龙山区域的工作首先是龙都广场十二号楼通水和简装。通水工作已经安排，简装工作已经开始计划，具体由赵尔强、夏庆嫂、徐贵珍负责，由夏永刚操办，确保二组群众住得称心。其次是龙行村社区规划建设。我们计划在卧龙山南侧龙都广场东侧建五幢四单元二十一层安居楼。一组一幢，要不了五年，龙行村的五个组将全部搬到社区去。即将开工的两幢其中一幢是二组的，争取年底封顶。现在的十二号楼只是二组群众的临时住房。新楼建成后加上各家的精装修时间，两年时间内二组的群众就能住上自己的新房。目前勘测单位已确定只等规划审批，审批一下来，我们就开始建设。这项工作由龙惠娟和赵尔强负责，五名副主任参与。

"二〇〇九年是龙行村十年规划实施的第一年，开好局起好步至关重要。除了刚才的工作之外，还有如下几项工作。

"一是土地流转的目的是让土地创造出更大的经济效益，四千多亩土地中有近两千是流转承包地，每年的流转费就高达八十万。土地使用问题是摆在我们面前的重要问题，在没有投资项目入驻之前，是种粮油作物还是栽树或搞花木基地，是搞规模养殖还是搞蔬菜大棚，是自己上项目还是出租？我想请在座的每个人认真考虑，这件事必须在春播之前有个说法，耽误一季就是上百万啊。刚才，赵尔强读的赵尔光关于筹建龙行村水泥预制品的建议很好，既能解决五百亩土地闲置问题，又能为共富经济公司添项目、增收入。赵尔强书记你和赵尔光联系一下，会议之后我们和他见个面具体谈谈。

"二是无土蔬菜栽培基地。按我的预测龙行村的土地不会超过五年就要被征收殆尽。城市居民、厂矿企业、学校医院、机关单位的生活用菜是必需品。我们龙行村将有江北市第一家星级公立医院、公立小学初中高中，还有幼儿园、敬老院以及几千人的华龙集团，蔬菜的市场前景广阔。我已经安排人到云京学习技术，我们要建一个上档次、有技术含量的无土蔬菜栽培基地。这项工作暂时由龙惠娟负责，半年之内要有蔬菜产出。

"三是养殖业的发展，主要以猪牛羊家畜、鸡鸭鹅家禽和水产养殖三大类为主。要尽早拿出计划方案，物色专业技术人员。年底之前确保这一块的纯利润在二十万元以上。

"四是成立物业管理公司和安保公司。龙都广场的自来水供应基本上定下来用我们的，我们争取把物业管理和安保也给拿下来。华龙集团的物业和安保应该说也没有问题，今后的医院、学校及其他厂矿企业只要是在运河产业园之内的都有希望。关键的问题是我们的物业管理和安保的服务水平怎样。这项工作交由华龙俭设计考虑，现在就要选准物业和安保两方面的人参加有关专业知识的学习培训，然后成立公司，争取半年后具备运营条件。

"五是敬老院和幼儿园建设。敬老院的选址和名称已经定下来了，地点就在蝴蝶庵的偏西南方向，规划占地面积五十亩，名称是龙至礼敬老院。一期工程一百二十张床位，建筑、装饰、配置的所有费用，全部由华龙机械制造集团孙刚经理赞助。敬老院将于农历九月初九重阳节投入使用。我已经和市委区委汇报过，我们将逐年建设二期、三期、四期、五期，把龙至礼敬老院打造成全市最大的集养老、医疗、休闲、娱乐、旅游为一体的高标准公立敬老院，计划有八百张床位。本村七十岁以上老人实行免费养老，城里的和其他乡镇的实行收费服务。公立幼儿园、小学、初中、高中规划设计已确定，自龙都广场十二号楼依次向南。小学、初中、高中建设属区里市里工程。幼儿园是我们龙行村的，名字就叫龙行幼儿园，我们是按国家级示范幼儿园设计的，将招聘最优秀的幼儿老师，以最好的幼教、最美的环境和最齐全的教学装备，打造出全市范围内最出名的幼儿园。龙行幼儿园要确保九月一日开学前投入使用，实现龙行村第一批适龄幼儿免费入园。这两项工作由龙惠娟、赵尔强负责建设，由夏庆嫂负责后勤保障。

"六是筹建华龙纺织集团龙行扎染厂。我和孙华董事长商量了，我们挨着华龙

龙行运河湾

集团建一个纯手工扎染厂挂靠在集团之下，用我们的传统手艺做纯棉扎染产品。孙华董事长手里有一块三十八年前龙至礼老书记亲手扎染的头巾，是一件不可多得的现代流行产品。由此我拜访了徐贵珍的父母，两位老人很愿意把当初的扎染手艺献出来。我们还可安排人到云南大理、四川自贡学习他们的先进技术和工艺。我还听说赵利冉书记的女儿赵晓慈、女婿徐继明都是学纺织的，女婿还在一家私人纺织厂做主管。这些都是我们的资源和财富啊，真的认认真真做起来，我可以肯定基本上都是出口外贸生意，是挣大钱的买卖，千万不可小觑。这些工作由徐贵珍牵头，具体方案大家共同研究实施，争取二〇〇九年底能够生产出产品。

"七是筹建房地产开发公司和建筑工程公司。龙行村听起来是农村，但实际上已经不是了。幼儿园、小学、初中、高中四所学校建成后，龙行村就变成了城市的一个重要组成部分。高铁站的建立又把龙行村拉入城市商业圈。江北城区向南扩张，南面银河新城向北衔接市区，加上运河中心港的逐渐发展壮大，要不了五年龙行村的北面就会变为城市中心，蝴蝶庵到运河中心港之间的地带就会变为城市副中心和交通枢纽。公立学校、公立医院一正常运行，紧邻医院、靠近交通枢纽的学区房必然抢手。我们要抓住这个机会提前做好房地产开发工作，我们计划从幼儿园北侧到卧龙山全部开发为高层住宅区，其中五幢属于龙行人的安居房，其余的全部出售。我们今年建两幢，说不定明年建四幢。有开发公司就要有建筑公司，所以安居房建设时我们就要开始筹建属于龙行村的建筑公司。这项工作由龙惠娟、赵尔强和华龙俭负责实施，争取二〇〇九年年底工地上能挂出龙行房地产开发有限公司和龙行建筑工程有限公司的牌子。

"八是建筑建材市场。龙行村区域内有这么多的建筑项目，所需的建筑材料可谓海量。钢筋、水泥、石子、黄沙、水泥砌块、道路用材，排水排污管网等等，与其去买别人生产经营的，不如我们自己经营生产。刚才，赵尔光的建议正是基于目前市场需求的考虑。赵尔光的这个项目要扩大，建一个销售型的建材市场，筹建一个或几个生产型的建材厂。别人多挣我们少挣，别人现款我们垫资，别人非标我们国标，绝对能占领市场赢得客户。这项工作由龙惠娟、赵尔强和华龙俭三人负责。

"九是招商引资工作。运河中心港万吨码头，高铁站长途客运站，黄河南路扩建双向六车道，云梦高铁，两条高速公路跨越龙行村，都为我们提供了得天独厚的招商引资环境。无论是工业、商业、物流、贸易，还是种植、养殖、加工等等，只要合法合规，我们都要动用一切可动用的关系全力落实招商引资，特别是集团、上市公司。二〇〇九年年底，龙行村要实现招商引资的零突破。这项工作由我牵头，班子成员齐心合力，有信息的提供信息，有关系的提供关系。

"十是党员教育基地和道德讲堂建设。这件事请赵利冉书记负责，我建议课堂地点就选在蝴蝶庵藏经楼，和蝴蝶庵整修粉刷同步进行。一个月一堂党课，一年一次冬训；一个月一次道德教育，一年一次评比要正常开展。今年的七一建党节要确保能开始上课。

"十一是招聘人才和项目引进工程。龙行村现在最缺的就是专业人才和前景广阔的项目。

"以上工作哪项工作都可以做大做强，关键是人，是技术，项目也至关重要。如果龙行村有一个属于自己的上市公司，有一个属于自己的集团，日进十万百万，龙行村的一切工作就好做了。引进人才、引进项目这项工作我牵头，我已经向区政府、市政府书面报告了，确保今年引进和发现五个专业技术人才，上一个有巨大潜能的村属项目。希望大家多研究一下实现'十年规划'的政策措施。凡是顶尖的人才，我们不仅是高工资好环境，而且要送房子送车，还有重奖励。

"共富经济公司增长点。龙行村共富经济发展有限公司的奋斗标就是发展成龙行村共富经济集团。他是龙行村所有经济实体的总篮子，他的增长点基本上都在二〇〇九年要做的十一项工作中，就看我们做的效果怎么样。简单概括"共富经济"的增长点就是：人才加项目，二者缺一不可。有人才没项目，英雄无用武之地；有项目没人才，项目就会停滞不前，有的甚至会萎缩至死。市场是变化的，我们在实践中巩固和壮大增长点，在变化的市场中发现新的增长点，巩固提高，淘汰刷新。就是像卧龙山、蝴蝶泉等资源型的经济增长点，也会随着时代的变化有新的更高的要求，唯一不变的就是：人才加项目。所以，招聘人才引进项目是我们龙行村共富经济发展有限公司由始至终的指导思想。这方面内容，我在实施'十年规划'的政策措施中说得很详细，在此就不多讲了。"

会议刚结束，刘金亭安排的两名勘察自来水厂筹建和管网布置的人员已到蝴蝶庵，一个是江北市自来水厂原工程师邹启明，一个是技术员卢乾坤。赵尔光也到了。

赵筱蝶安排赵尔强和华龙俭陪邹启明、卢乾坤实地考察。自己和龙惠娟一起听赵尔光对水泥预制品投资、生产、销售及未来市场行情的看法。

龙行运河湾

赵尔光是老党员赵保洁的儿子，大学毕业后在江北市城建局下属一家制管厂做技术员，因为父亲被抓的事，被厂里无故开除，现在南方一家私营制管厂做车间主任。他在大学里学的专业是材料与能源。赵筱蝶到赵尔光家去过，认识他。

赵筱蝶听完赵尔光的讲述，有几点可以确定，建议材料是赵尔光自己写的；赵尔光对水泥预制品很懂行；他从小水泥砖、小路牙石、地面花砖开始分析，到轻质填充块、轻质填充墙体、各类管件、各类水利工程用材，最后到组装房屋的预制板材，说明他是勤于思考善于动脑的人。赵尔光当时就向赵筱蝶和龙惠娟保证，投入一百万从生产之日算起一年收回成本，村里可安排一名会计坐厂负责收支，他说话底气十足。赵筱蝶说："赵尔光，你看这样行不行，今天晚上我们集体研究一下，明天上午八点前给你回话？"赵尔光说："行。"

赵尔光走后，龙惠娟说："赵书记，郝总打电话来说，购房合同好了，你现在有时间去签吗？"赵筱蝶说："这件事宜早不宜迟，现在就去，顺便把物业、保安和自来水敲定，我们就放心了。你现在就打电话给他，马上到。"

赵筱蝶和龙惠娟在去郝建民的办公室的路上，接到市饮用水检测中心施主任的电话。施主任说："蝴蝶泉的水质检测报告出来了，无论是从感官性状和物理指标，还是从毒理学指标和细菌学指标，都完全符合国家饮用水指标，属天然矿泉水。"赵筱蝶听了很高兴，虽然是预料中的事，但毕竟又经过权威部门的认定。赵筱蝶对郑子涵说："先到市检测中心，拿质检报告去。"

龙惠娟把手机递给赵筱蝶，说："赵尔强的电话，你手机占线。你接一下，他有事问你。"赵筱蝶接过电话问："请讲，尔强书记。"赵尔强说："邹工问我们准备安装多少户的用量？"赵筱蝶说："请你问一下邹工，蝴蝶泉流量大约是多少？"一会儿，赵尔强说："二十四小时在三万方左右。"赵筱蝶说："主管道安四万户，向北分管安两万五，向南安一万五。"

龙惠娟问赵筱蝶，说："赵书记，你估计郝建民会把物业、保安和自来水三件事让我们做吗？"赵筱蝶说："郝建民是什么人？郝建民是商人。商人从里到外就认钱。到时候你就知道了，你看准时机配合我就是了。"

郝建民和夏永刚在办公室里等了有四十分钟不见赵筱蝶，心里有些不踏实。郝建民和夏永刚商量好了，这三千多万房款到账后首先把夏永刚借的高息钱还上两千八百万，留下几百万做一期工程扫尾用。万一资金周转有困难，可向赵筱蝶借点儿钱，凭赵筱蝶的素质，由她要顶多只是二分息。

从蝴蝶庵到郝建民办公室最多是十五分钟车程，现在已经快五十分钟了。郝建民看了看夏永刚，夏永刚掏出手机给夏庆嫂打电话。夏永刚说："三姑，到哪里了？"夏庆嫂说："我没去，有别的事。她们早出发了，早该到了。"

赵筱蝶在郝建民办公室楼下接到夏庆嫂的电话，朝龙惠娟笑了笑，说："两个人在楼上催我们呢。他们还以为我们到别处看房子呢，他们比你我着急。"

"对不起，郝总，我们又到区里办点儿事，耽误点儿时间来晚了。"赵筱蝶边说边从郝建民的办公桌上拿起计算器坐在茶几前。郝建民说："不客气赵书记，我和夏经理也刚从工地回来。"

赵筱蝶问："郝总，龙都广场总建筑面积是多少？"郝建民说："设计图纸一期工程四十万平方米，二期五十万平方米。"赵筱蝶说："二期工程我们姑且不谈，一期商品房现在对外售价是两千吧。"郝建民点点头。赵筱蝶接着说："郝总，如果我有办法让你的房子每平方米多卖一千元，你知道多收入多少钱吗？"赵筱蝶在计算器上点了点说："四个亿。"

郝建民说："账是这样算的，没错，可谁买啊？现在两千元一平方米都无人问津，怎么可能再加一千元呢？"

赵筱蝶说："郝总，我有办法，你就说说怎么回报我们集体吧？"

郝建民说："赵书记，我的姑奶奶、活菩萨，你果真能办到，开什么条件我都答应。我不是说了吗，超出部分给你六成？"

赵筱蝶说："郝总，这可是你亲口说的。我只提四条要求，都是你容易做到的。"郝建民说："只要我容易做到，别说四条，就是四百条我都答应。"赵筱蝶说："很简单，第一条是把龙都广场的用水交给我们蝴蝶泉自来水厂供应，这一条那天已经说过了。第二条是把龙都广场的物业交给我们龙行物业公司来管理。第三条龙都广场的保安门卫交给我们龙行保安公司。第四条每平方米超出两千元以上部分剔除税收，我们占百分之四十，超出三千元部分，我们占百分之五十。你答应这四条，我保你挣得钵满盆满。"

郝建民想都没想就满口答应了。赵筱蝶说："冯莉莉，请你把包递给我。"冯莉莉赶忙把包递给赵筱蝶。赵筱蝶从包里拿出两张合作意向协议递给郝建民，说："我只是大体起草了主要内容，你看看，如果没有问题，我们先签个意向协议，正规合同交由双方法律顾问具体办理，你看怎样？"

郝建民看了看意向协议，和赵筱蝶说得一字不差，说："行。"

赵筱蝶对龙惠娟说："龙主任，公司章带了吗？"龙惠娟说："都带了。"赵筱蝶说："郝总已经同意了，请你签协议，盖章。郝总，这可是我们公司成立以来第一次使用公章。"

夏永刚坐在那里听得目瞪口呆，看着郝建民在签字盖章，连声说："郝总，我们遇上仙女了，牛年牛市，我们发牛财啦！"

郝总边签意向协议边说："夏经理，把购房合同拿过来一块签了。赵书记，购房合同你还需要再看看吗？"赵筱蝶说："我们都看过了，不用，一块签。"

赵筱蝶见两份合同签订后对郝建民说："郝总，房款的事情，我看就不要等二十天了，五天之内先支付一半，房屋产权过户后，意向协议、正规合同签订五天内余款到位。这样你又能提前十几天拿到钱。"郝建民千恩万谢。

这时，郑子涵的父亲郑先旭从云京打来电话。赵筱蝶听后满脸喜悦，向郝建民要了办公室传真号码告诉了郑先旭。不一会儿工夫，国家矿泉水检测中心的检测报告就被传过来了。赵筱蝶对郝建民说："郝总，你没有选错吧，我们的蝴蝶泉水属于国家级优质天然矿泉水。资源就是财富啊！"

郝建民说："龙行发财了，龙都也沾光。赵书记，听说你明天去云京，今晚我和夏总给你饯行，行吗？"赵筱蝶说："晚上，村支两委要专题研究一件事。如果时间允许，我请你，请你和我们村支两委成员见见面吃顿饭，总不能老是吃你的。"

37. 村支两委

龙惠娟跟着赵筱蝶办了几件事后，从心里佩服得五体投地，深知自己和赵筱蝶的差距不是一点儿半点儿。赵筱蝶提名她做村里副书记时她感到意外，因为自从赵筱蝶到龙行村做副书记开始，龙惠娟就没把赵筱蝶放在眼里，特别是在赵筱蝶被撤职留党察看的两年间几乎就把赵筱蝶给忘了。即使那天龙惠娟去通知赵筱蝶到村里开会，仍是一副冷漠甚至是瞧不起的态度。短短几个月时间，赵筱蝶名声大振。龙惠娟总担心赵筱蝶会给自己小鞋穿，甚至做好了回家的打算。没有想到十天里，她从村妇女主任直接升任一村之长，这是她想都没想的事。捐款之后，龙杰对龙惠娟说："闺女，好好的，爸支持你。跟着筱蝶书记干，准没错。"群众的信任加上父亲的鼓励，龙惠娟感到很光荣。但是，她知道自己几斤几两，独当一面自己没有这种能力，敲敲边鼓干点儿实事倒还可以，总担心挑不起这副担子。十几天下来，她心里踏实点儿了。村里的工作早被赵筱蝶深思熟虑透了。一个"十年规划"一个"政策措施"，把什么都说全了，干嘛轮到自己去琢磨。再说做具体事吧，二〇〇九年的十一件事摆在那里，就一项一项具体落实呗。从带领新班子宣誓到决定办"三水"厂，在四级干部会上发言，和郝建民谈购房，定下龙都广场自来水、物业、保安，今晚研究赵尔光的建议，等等，无不体现出赵筱蝶坦荡无私，多智多谋，敢于决策，虑事周全。龙惠娟是从李为业做书记时开始来龙行村做妇女主任的，算起来已近十年。龙惠娟虽然不十分漂亮但很有韵味，因为她的家庭背景，龙行村的村干部没有一个敢吃她这块肉，要是换作别人早就被啃得刮碟刮碗了。在个人作风上，没有人对龙惠娟说三道四。龙惠娟历经三任书记，其中一任是村长当家。从李为业、李继来到赵尔照，一个比一个黑，一个比一个狠，一个比一个狂，都是吃肉不吐骨头、猫不吃狗不拉的东西，连五保户的钱都贪，死小孩的钱都占。老红军龙世英死了，老书记龙至礼牺牲了，龙行村在大好形势下仍然被几个小鬼搅得乌烟瘴气。没想到，在蝴蝶庵住了两年的赵筱蝶出山了，一出山便有两声枪响，龙行村的狗便狂吠了一夜。赵筱蝶的胸怀、思想、智谋、能力完全征服了龙惠娟。龙惠娟在心里发誓要在具体工作落实上亮几把刷子。

赵利冉是新班子中年龄最大的，今年五十八岁。赵利冉家里很穷，三十三岁还没找到老婆，后来只好娶了大地主夏富余的曾曾孙女夏庆祥。夏庆祥比赵利冉大三岁，左腿瘸得很厉害，走路时需靠一根棍撑着才能挪步。夏庆祥虽然残疾，可人长得水灵漂亮，又知书达理、温和善良。她是龙行村第一个踩缝纫机的人，针线活和十字绣做得精妙绝伦，被龙行村人称为第一巧手。有人问赵利冉你为什么娶个一条腿女人，赵利冉说："我就看中夏庆祥的一张俊脸、一台缝纫机、两只巧手。她不是一条腿女人，她那叫金鸡独立。"这笑话被人传了二三十年，直到孩子大了人们才不再揭他短。赵利冉结婚第二年，夏庆祥为他生了个三胞胎，两个儿子一个女儿。这在当时的计划生育环境下，简直就是在龙行村放了颗卫星，没有不羡慕的。夏庆祥靠一台缝纫机为千家万户做衣服供养这三个孩子读书，后来又做十字绣卖钱。秦苗苗的裁剪缝纫和十字绣手艺就是跟她学的。

赵利冉的两个儿子赵晓品和赵晓德都在云海收废旧品，小生意挣大钱，他们都在云海买了房。两个儿子生的都是龙凤胎，孩子都在云海念书，只有逢年过节才回家团圆。赵利冉的女儿叫赵晓慈，女婿叫徐继明，两人是大学同学，都是学纺织的。捐款会上，赵利冉的两个儿子每人捐款九千元。赵晓慈在家带孩子和照顾母亲，两个哥哥给四千块钱一月。徐继明是四川人，毕业后随赵晓慈来江北，在一家私营纺织厂做技术主管。

赵利冉入党完全是个巧合，是镇组织科长把赵利再误写成赵利冉，阴差阳错地让赵利冉举了拳头。补办材料时，组织上发现赵利冉人还不错，就干脆将错就错安排个村青年书记给他干，没想到这一干就是几十年。李为业、李继来、赵尔照、华明善、李仕禄都被关进"笼子"里了，他却整天把自己关在村里的农民书屋里看有关党建方面的文章。赵利冉入党二十八年了，从没参加一次什么教育培训。村支两委分工后，赵利冉负责党建、教育、计划生育、民风民情。计划生育和民风民情他不用学习顺手就来。党建教育可难住了他，没有别的办法，他只得自己先学。他白天在村部读，晚上在家里读。你别说读着读着，赵利冉真的被带进书里。五组吴四是个秃子，好吃懒做，是全村有名的不孝之子。吴四调侃赵利冉："赵利冉，你是个逢山得路遇水有桥的不倒翁，满头白发的青年书记终于熬成副书记了。"赵利冉瞪着眼对吴四说："你他妈狗眼瞎吗？什么不倒翁，我只是凭良心说话做事。算我有运气遇到明主了，市里区里镇里村里都换人了，难道我就不能换换位置？我不仅换了位置，还换了思想，换了个人。我是老党员、老村干了，抓民风民情。你小子对待父母给我好好孝敬点儿，倘若再干出给龙行人抹黑的事情来，我准叫你在群众面前丢人现眼，让你四秃子更秃。我现在真的是党的人了，你不服不行……"赵利冉做副书记以来，老百姓明显感到他说话做事硬多了。但赵利冉清楚，自己就是再学十年也赶不上赵筱蝶。

赵尔强比赵利冉小十二岁，但赵利冉得称呼赵尔强为叔，称呼徐贵珍为婶。徐贵珍干二组组长四年，赵尔强干了五年。这次换届，赵尔强任副书记，徐贵珍任副主任兼二组组长，完全是靠名声威信和工作能力。二组是龙行村最平稳的小组，除了年前李继冬被儿子李小虎绑在小枣树上这件事之外，八九年来一直风平浪静。全组一百四十六户人家，邻里之间相处和睦，互帮互助，没有信访，环境整洁。二组有十二名党员、十三名群众代表，组里的大事小事都是在赵尔强家的过道屋里由二十四名党员群众代表商量定。村长赵尔照是二组党员，但从来不参加二组会议。二组群众的收入主要靠在外打工，在家搞种植和养殖。全组有九家养鸡的，每家规模在三百只以上；有十一家养猪的，每家规模在八十头左右；有十七家搞温室大棚蔬菜的，有的三五亩有的六七亩；剩余的人家种承包地，算起来不赚钱，只图看到粮食心里踏实。

"文革"之前，二组叫赵夏李组，"文革"中赵夏李组改名为灯塔组，因为二组运河湾里有一座航运灯塔而得名。那时候，每天天黑之前就有个矮个子、驼背小老头将一闪一闪的航标灯吊到塔顶上，闪闪红灯提醒着来往船只：运河湾到了，该改变航向了。灯塔很高，方圆几十里地都能看到，看到灯人就有希望。后来驼背小老头从灯塔上掉下来摔死了，灯就没有了。再后来风吹日晒、雨淋雪压，灯塔腐烂倒塌，朽木烂板也被河水冲走了，灯塔组又改称赵夏李组，再后来就变成二组了。

赵尔强、徐贵珍夫妻俩不贪不占，诚心诚意为百姓办事，在党员群众中威望超过赵尔照百倍，公生明廉生威。二组的党员群众觉悟高，人心齐。相反，二组人没有不恨赵尔照的，连同赵尔照的老婆吴翠霞。赵尔照被抓了，二组人感到扬眉吐气。现在，赵尔强是副书记，徐贵珍是副主任兼组长，李继冬是党小组组长，三个人都是群众信得过的人，二组的工作更是一顺百顺。这次二组整体搬迁，徐贵珍和李继

龙行运河湾

冬早把工作做在前头了。徐贵珍心里有数，一百四十六户人家顶多有三户有可能会闹出点儿幺蛾子。她早和党员群众代表商量好了，对付那些人的办法一套一套地放在心里等着呢。龙是银那只老狐狸都被抓了，难道还怕三两个小鬼？

夏庆嫂娘家是二组人，原来的名字叫夏庆韶，报户口时派出所的人不会写韶字就写了个嫂字，于是就成了夏庆嫂。夏庆嫂和赵利冉的老婆夏庆祥是堂姊妹，都是大地主夏富余的后代。夏庆嫂的婆家是五组人，死了的丈夫叫吴佳煜。十年前，她就是村妇女主任，论工作能力和工作魄力在龙惠娟之上，但她对李为业、李继来、赵尔照之流深恶痛绝，对村干部毫无兴趣。吴佳煜出车祸身亡后，她把心思都集中在培养两个孩子和酒店经营上，起早贪黑，积劳成疾，落下了心脏病。公捕大会那天，要不赵筱蝶救了她，坟头上该长草了。

夏庆嫂高中毕业时是个有理想有抱负的人，家庭、土地、婚姻、生孩子把她的理想和抱负给磨成了琐碎的日常生活。两个孩子离手后，心里的理想和抱负又冒芽了，她做了村妇女主任，结果又遇上了龙行村那帮人，就彻底死心了。

夏庆嫂只听说过赵筱蝶，从没见过面。在医院里，她醒了之后发现身边有个女的在照顾自己，一打听才知道是赵筱蝶救了自己，并安排冯莉莉留在身边，还交了五千块钱做押金。这让夏庆嫂感动得流泪，在电话里都说不出一句完整的话。夏庆嫂和龙惠娟、徐贵珍三人是姐们儿，从龙惠娟和徐贵珍口中，夏庆嫂知道了许多关于赵筱蝶的事情。出院后，夏庆嫂提着礼品到蝴蝶庵拜访过赵筱蝶，两个人谈得很投机，但礼品赵筱蝶一点儿没留下，夏庆嫂心里总是觉得亏欠赵筱蝶。龙行村干部腐败塌方之际，赵筱蝶带着龙惠娟和徐贵珍到粮食酒店请夏庆嫂出山。夏庆嫂的心又活了。龙行村的群众对夏庆嫂十分了解，一身正气，快言快语，敢作敢为，有胆识有魄力。她在李为业脸上抓下的四道血淋淋的指甲印，让全村老百姓窃喜了好长时间，现在想起来还解恨。夏庆嫂当选了副主任，宣誓时是新成员中唯一哭出声的人。

下午六点，村部会议室，十一个人专题研究筹建龙行村水泥预制品厂的事情。龙惠娟先把蝴蝶泉的水是天然矿泉水的事向大家说了，大家自然喜得合不拢嘴，都认为是龙至礼送钱来了。自来水厂、纯净水厂、矿泉水厂已是十拿九稳的事。大家最后一致同意建设水泥预制品厂，赵尔光任厂长，赵尔强负责监督管理。

会议结束后，夏庆嫂执意要留村支两委人员吃饭，为赵筱蝶明天早晨去云京饯行。饯行是借口，夏庆嫂早就想请赵筱蝶吃顿饭，以报答救命之恩。赵筱蝶答应了，并对夏庆嫂说："你曾说过请郝总来坐坐，把郝建民和夏永刚一块叫过来吧。"夏庆嫂说："对，正好一块。赵书记，请你打电话。"

赵筱蝶打电话给郝建民时，郝建民在别墅里正和缪玲玲缠绵，恰好在兴头上，没有接电话，隔了几分钟他回了电话。

郝建民，今年五十八岁，大女儿研究生毕业已是外企高管，二女儿在读研明年毕业。岳父岳母就郝建民的老婆甘启珍一个女儿，随郝建民一家生活。甘启珍十几年前就知道郝建民求子心切，可是怀了几个仍是女孩，都做人流了，因为人流次数太多导致不能怀孕了。郝建民自己是弟兄仨，郝建民是老大。老二跟前有两个儿子，老三有一个儿子、一个女儿。老二找过郝建民几次，要把两个儿子送一个给郝建民。郝建民没有同意，担心亿万家财最后会落到别人手里。岳父岳母也曾劝郝建民夫妻抱养一个男孩，郝建民总说没有合适的，要考虑父母遗传基因、家庭背景和家族健康历史，还有德行。不知根知底的，万一报来个败家子、白眼狼，岂不是人财两空？郝建民说得合情合理，岳父岳母和妻子就没再催他。实际上，郝建民说这话是在打马虎眼，他心里明白，自己要亲生的，是地地道道的、正宗的郝家血脉。郝建民是靠岳父岳母发家的。岳父岳母对他像亲儿子一样好。妻子更是贤妻良母，百依百顺的好女人。两个女儿又漂亮又有才。郝建民绝对不想乱了家庭，只想有一个亲生儿子。二十多年来，他一刻也没有闲着，女人睡了不少，少说也有上百个，结果呢，大多数是怀不上，有的怀上了是女孩，有两个怀上是男孩一检查不是他的种……到江北市五年了，夏永刚前后给他找了六个女人，就一个女人怀上了，还是个女孩。就在郝建民心灰意冷自认为命中注定无子的时候，在夏永刚的办公室遇到了缪玲玲。缪玲玲的长相气质、身高体形正是郝建民所期待的。看到缪玲玲第一眼，郝建民就产生了强烈的欲望。夏永刚把缪玲玲送给了郝建民，郝建民如获至宝。

缪玲玲进入别墅的第一天夜里，就被郝建民别墅里的豪华装潢惊呆了，那简直就是神仙住的地方。郝建民也被缪玲玲惊呆了，缪玲玲浑身像玉一样白润，一下子就点燃了郝建民的激情。他俩折腾了半夜，郝建民一直睡到第二天下午一点。

那时候正是龙都广场资金链即将断裂的当口，郝建民整天犯愁。夏永刚用龙都广场的房子每套以十万元作抵押，五分高息，每天就五万多利息。这就像一只老虎张着血淋淋的大嘴在郝建民面前晃来晃去，时刻都有可能咬下郝建民的头。几代人的积蓄，全部家产都砸在龙都广场了，外面还背近一个亿的债。烦恼忧愁甚至绝望

龙行运河湾

如影随形，郝建民把唯一的希望寄托在通过领导人从银行贷款这条路上，可一点儿头绪还没有。在郝建民无法发泄空虚、苦闷、忧愁的时候，缪玲玲来了。

郝建民疯狂地发泄完，忘记了缪玲玲来别墅的真正目的。缪玲玲说："郝总，我是来给你生儿子的，你如果把我当成发泄工具，你不必找我，你可以去红灯区。你不想要儿子了？"缪玲玲的话提醒了郝建民。从缪玲玲说出这句话开始，郝建民才开始把缪玲玲当成一个有点儿灵魂的女人来看，下定决心要借缪玲玲生出一个儿子。儿子，是郝建民除去银行贷款之外的第二个希望。

郝建民真的不知道自己除了数钱，吃喝玩乐，还能干些什么。郝建民在提心吊胆中等来了银行贷款，熬过了年关。牛年刚开始，两件大喜事来临：缪玲玲给他怀了个儿子，赵筱蝶买了他一百六十八套整整一幢楼的房子。一个女人给他传宗接代，一个女人给了他渴望翻身的巨资。郝建民不由得感慨："女人，是天造地设的宝贝、尤物。"在赵筱蝶面前，郝建民却感到自己很猥琐。

郝建民签完合同迅速赶到别墅，他要亲手去摸摸儿子。

别墅里的温度始终在二十六度到二十八度之间。缪玲玲只披着一件粉红色真丝睡衣，朦朦胧胧的。

郝建民一只手放在缪玲玲的肚子上，又把耳朵紧紧地贴在肚皮上，他想感受一下儿子在里面的动静。缪玲玲说："刚有老鼠大，你听不出什么动静的，明显能看到小鸡鸡，你就放心吧。"郝建民说："唉，要是能早遇上你，去年给我生个属鼠的儿子就更好了。"缪玲玲说："属牛的不好吗？耕种收获，任劳任怨。"郝建民说："这你就不懂了，牛这动物天生就是被人使唤的命。你站到阳台上看看大街上的人，升官发财的人大多数都是鼠辈，剩余的大多还是老鼠家亲戚。"

郝建民把缪玲玲抱在怀里，说："宝贝，来，让我好好疼疼你，感谢你给我怀了儿子。我今天太兴奋了，儿子有了，一幢楼卖了，还将有两个亿的增收，这是我几年来最兴奋的时刻。"

郝建民回了赵筱蝶电话，赶忙起来洗澡穿衣服。

缪玲玲有气无力地说："非要去吃这顿饭不可吗？"

郝建民说："必须得去，赵筱蝶是唯一让我感到自卑和害怕的女人。"

38. 进京

清江运河在龙行村区域里共有三道湾，北面是卧龙山运河湾，中间是龙行运河湾，东面是闸北运河湾。从卧龙山运河湾到龙行运河湾三十多里，西面的山陵和平地属龙行村华龙组所有，除去十余里卧龙山区，剩余的是村里的零散地和华龙组群众承包田，华龙组人称它为北湖地。从龙行运河湾到闸北运河湾有九里地，岸南面有七八百亩土地属赵夏李组所有，也就是华龙集团看中的那块地。从闸北运河湾向南，岸西面是三组承包地。运河江北中心港万吨码头就建在闸北运河湾下游黑龙渊南侧。港口岸离黄河南路有二里。古黄河离黄河南路西一里的位置偏西北向东南方穿龙行村而过，四组、五组就坐落在港口西面、黄河南路东面。

龙行村的七一电灌站位于华龙组和赵夏李组之间的小龙沟北侧运河西岸，西城区西南片八个乡镇用水全指望它。"龙行罐区"四个字如龙搅水、如凤起舞，在老百姓心里，这四个字比龙王爷还灵。干旱时节，上百条龙吐水，保八个乡镇渠满沟平，水源充沛。从电灌站向北五里，就能看到蝴蝶庵。

蝴蝶庵所处位置是江北市区域内黄河沿线唯一一片高滩地。以前，黄河年年洪泛，东至黄河东堤，西至黄河滩，一眼望不到边全是汹涌浑浊的黄河水。高滩冲刷成平地，凹坑淤积成板沙。黄河故道流域全部是平坦的沙土地，唯独蝴蝶庵周围这块地没有受到洪水侵害。因此，老百姓编造出关于观音菩萨和龙王爷的许多神话故事。六七十年代治理淮河、黄河期间，江北县动用全县民工上至落雁湖下至里下河，开沟围堰扒河打堤，连续干了好几个冬天，才形成今天的黄河故道。

大约二〇〇四年，江北市委书记谷冥蛛以"改变黄河故道为黄河风光带"为名立项，从上面要来几个亿的资金。结果黄河两岸面貌依旧，只是城区内的黄河两岸砌了石坡，栽了些风景树。黄河上游无数家工厂的污水排入古黄河，加之城区内黄河两岸的居民排污和生活垃圾，致使古黄河变成了一条臭水沟。水面上满是白色泡沫、塑料垃圾，河里不生草，鹅鸭都不敢下水。四级干部大会上，吕裕民已经把

龙行运河湾

治理黄河故道列入二〇〇九年市政府十大民心工程。

蝴蝶庵到古黄河岸大约有八百米，从南到北灌木丛生，野草疯长。其间在西南方向上有一片近二十亩的乱岗地，那里是埋死人、埋死牲口、丢死小孩的地方。赵筱蝶家的祖坟就在乱岗地的东北角，从明朝末年到现在记不清是几世几代。赵筱蝶知道祖父祖母的坟、那头毛驴冢的位置。祖坟地里有几棵古松树，都在百年以上，干粗枝茂，四季常青。沿松树向正北到蝴蝶湖西岸中间位置，离湖岸四十米的地方就是刚出现的蝴蝶泉。

蝴蝶庵到黄河南路大约有一千米，其间是高低起伏的荒地，落差足有十米，杂树杂草、乱石遍地。蝴蝶庵北面八十米开外便是蝴蝶湖，蝴蝶湖北面是两三百亩不长庄稼的砂石地，也是属于华龙组的。那是卧龙山向南延伸的余脉，华龙人称作砂礓地。蝴蝶庵南面是一望无际的沙滩地，天干时节风吹沙扬，满天弥漫；天涝时节，沙随水流，板结如铁。赵夏李组的家禽家畜临时安置点就准备建在这里。

赵筱蝶去云京的第二天早上六点，冰雪覆盖下的蝴蝶庵被惊醒了。四台大型挖掘机和两台大型推土机在华龙俭的指挥下开进了白茫茫的砂礓地。蝴蝶泉自来水厂管道铺设工程及蝴蝶庵区域土地清表栽植果木工程，在百面彩旗飘扬下，在几万响的鞭炮声中正式拉开帷幕。轰鸣的机械在冰天雪地里滚滚向前，咔嚓咔嚓的破冰声清脆悦耳，深深浅浅的履带痕迹沿蝴蝶湖北岸向东西两头延伸。

自来水管道起自蝴蝶泉，沿蝴蝶湖北岸向东穿过黄河南路直抵大运河西岸，然后分别向南北两个方向延伸，南到港口，北到卧龙山，管道长二十公里。江北市自来水厂原工程师邹启明带卢乾坤等四名技术人员负责管道焊接、止水阀安装、检查口设置等工作。管道运输、铺设等工作由郭家余、张东胜负责，华龙俭负总责。蝴蝶庵区域清表栽植果木工程主要是沿湖四周距湖岸两百米范围内，在保持地形地貌不变的情况下，铲除所有杂树杂草，挖好一米见方的树窝，按区域规划栽植桃树、杏树、梨树、苹果树等。蝴蝶湖北面的砂礓地，树窝子要挖一米五见方，然后回填熟土栽植。整个工程的工期不允许超过二十天。与此同时，龙惠娟、赵尔强、夏庆嫂、徐贵珍四个人已到达龙都广场十二号楼，现场安排室内粉刷等事宜。之后，龙惠娟、夏庆嫂将和郝建民签订关于自来水供应、物业管理、超额销售分配等方面的合同。赵尔强和徐贵珍还有夏永刚，要到蝴蝶庵南面沙滩地上，设计筹建家禽家畜临时安置圈舍。赵利冉、龙克勤、秦苗苗三个人已到运河湾南岸统计各家小麦地、油菜地、蚕豆地等青苗面积。村支两委全员出动，在清江运河沿线和古黄河沿线开始落实十年规划头一年的各项工作。白茫茫的旷野之上，穿梭的机械和人流成为一道道亮丽的风景。

赵筱蝶此次去云京有好几件事要办。一是将江仲谋安排的两篇文章交给他，当面汇报具体内容；二是由江仲谋介绍和吕裕民引荐到云京师范大学和领导人见面，商谈有关在江北市筹建京都师大附中分校事宜；三是考察纯净水和矿泉水的生产设备；四是详细了解无土栽培蔬菜温室房的建设；五是请唐慕云校长出山，担任京都师大附中江北分校校长，并通过唐慕云返聘一批京都师大附中的退休老师，最后顺便看看儿子文博。

从江北到云京八百公里，十个小时车程，晃晃悠悠中赵筱蝶睡着了。赵筱蝶做了个梦，梦见了一望无际的蔚蓝的大海。在波涛汹涌的海面之上，一位身着古希腊袍服的女神从海里缓缓升起。她头戴光芒四射的冠冕，双手戴着镣铐，浑身捆满锁链，右手高举火炬，左手紧执文卷。当女神戴着镣铐的双脚脱离海水的那一刻，海面之上红日高照，群鸥云集，紧接着传来强烈的爆炸声。女神的脚镣手铐和身上的锁链一瞬间炸裂为碎片，那碎片堆积在女神脚下变成彩云，托浮着女神上升。女神美丽端庄，仪态万方，充满希望的眼神始终在注视着赵筱蝶。在海风和彩云的托浮下，在飞翔的群鸥簇拥下，女神飘啊飘啊，飘到一座岛屿上，变成一尊汉白玉雕塑。突然，女神的冠冕上出现一个黑色人影。那黑影声嘶力竭地咆哮一声，纵身一跳，像一只中弹的苍鹰栽落下来，重重地摔落在岛礁上。鲜红的热血在礁石上四处蔓延，像是有生命的物体在爬行。鲜血爬上女神的脚面，爬上冠冕，整个天空充满血腥味。冥冥之中，赵筱蝶听到有人在呼唤自己。她急忙跑到雕像下，看到了一张熟悉的脸庞，顿时惊恐得六神无主。

从女神头上跳下来的那个人不是别人，正是龙开放。

赵筱蝶不顾一切地把浑身是血的龙开放紧紧地抱在怀里，大声唤着龙开放的名字，眼泪像瓢泼的雨，淋湿了两个人的衣裳……

冯莉莉转过脸见赵筱蝶斜躺在靠背上，眼角处流出两行泪。冯莉莉推了推赵筱蝶说："筱蝶姐，吃个苹果吧！"说着把一个削好的苹果递给赵筱蝶。赵筱蝶迷迷糊糊地摆摆手。

迷迷糊糊之中，赵筱蝶又进入了刚才的梦境。"开放，你醒醒吧。开放，你醒醒。筱蝶带你回家！"赵筱蝶把龙开放那沉重的身躯背在自己瘦弱的背上，咬着牙站起身，摇摇晃晃地一步一步前行。走着走着，眼前的大海突然间变成渺无人烟的黄土地，狂风呼啸，飞沙走石。地面之上狂风堆积的沙浪一层赶着一层，一层高过一层。天昏地暗之中，赵筱蝶看见远处有一带连绵的山峰，山峰之上高高地矗立一座似曾相识的九层宝塔，宝塔之巅云蒸霞蔚、红光万丈。

赵筱蝶背着龙开放深一脚浅一脚地艰难走着，不停地呼唤："开放、开放，你千万不能睡着啊。你醒醒，你醒醒啊！筱蝶背你回家。老人家在天空看着你呢。"这时，赵筱蝶的耳朵里传来洪钟大吕般的声音："嘉山叠叠倚晴空，景色都归夕照中。塔影倒分深树绿，花枝低映碧流红。幽僧栖迹烟霞坞，野鸟飞归锦绣丛。"赵筱蝶揉了揉眼，想辨认一下自己的脚下是碧蓝的大海还是黄色的土地。她重复念了一遍刚才的诗，想知道声音从何处传来，何以能震撼自己的灵魂？赵筱蝶感到龙开放的身体越来越重，已经压得自己喘不过气来。她感到自己在往下沉，不知是沉在海水里还是沉在黄土里。

赵筱蝶迎着风沙站在那里，擦了擦汗水深深地吸了口气，望着宝塔上血红的云霞感到浑身又充满了力量。这时，宝塔在一声响雷中晃动了两下，眨眼间变成了女神雕像。风雨交加中，天空像是被撕开一道口子，妖魔鬼怪蜂拥而出，狰狞的面目令人窒息。赵筱蝶感到头晕眼花的时候，一道闪电从天边而来，像龙。一瞬间，女神雕像又变成九层宝塔，所有的妖魔鬼怪都化成了黑烟，全部被吸入宝塔下的河里。宝塔和雕塑相互切换，速度越来越快，最后变成了一股拔地而起的龙卷风，消失在天地之间。

赵筱蝶感到龙开放有细微的呼吸、轻微的心跳。"开放，你醒了。开放，你醒了。你睁开眼看看我……"没等赵筱蝶说完，龙开放活过来了，两只手臂变成了雄壮有力的翅膀，两条腿像龙爪一样死死地抱着赵筱蝶。龙开放没有说话，血红的双眼深情地望着赵筱蝶，吻了赵筱蝶一下，然后抱着她振翅而飞。龙开放的翅膀燃烧着熊熊火焰，像两面旗帜在风中猎猎作响……

龙开放的翅膀烧尽的时候，他们两个人一起从空中坠落。"筱蝶，我爱你，永远爱你。请你原谅我，我……"龙开放闭上了眼睛，转眼间消失得无影无踪。

赵筱蝶坠落在蝴蝶泉里，喷涌的泉水涤荡着她，她从昏迷中醒来。赵筱蝶仰望苍穹，仍旧在呼唤着龙开放的名字……

郑子涵迅速把车停下，小声对冯莉莉说："莉莉，筱蝶姐病了。"冯莉莉想拉开车门到后面去。郑子涵摁住冯莉莉的手，说："你傻啊，外面零下十八度，寒风像狼嚎一样，车内外温度相差四十度。两个车门一开，筱蝶姐的病可就雪上加霜了。"冯莉莉明白了，她放平靠背，从车里爬到赵筱蝶的座位上。

"子涵，筱蝶姐在发烧。"冯莉莉说。"推醒她，吃两片退烧药，多喝点儿白开水。"郑子涵说着便从包里取出药片递给冯莉莉。

被冯莉莉推了几下后，赵筱蝶睁开湿漉漉的眼睛，问："到哪里了？什么时间？车子怎么停了？"郑子涵说："筱蝶姐，你生病了，在发烧。"冯莉莉把药片和白开水递过去说："筱蝶姐，先吃两片药，多喝点儿水。"

赵筱蝶这时才感觉到自己浑身乏力，像一块海绵。她吃了药又喝了点儿水，看了看手表说："没有事，我只是做了个噩梦。我们抓紧赶路，五点之前必须到。"赵筱蝶擦了擦车窗上的水珠向外面望去，到处都覆盖着厚雪，看不出到了什么地方。郑子涵说："筱蝶姐，我们已经过了冀北，进入云台地界，离目的地还有不到两百公里。"赵筱蝶说："速度不慢，来得及，注意安全。"郑子涵说："筱蝶姐，你注意了没有，我们车换上警车牌照了，一路畅通？你看这六车道高速，哪儿有车啊，不快都不行。"

车子在高速上顶着北风和零星的雪花匀速向前，赵筱蝶的心里还余存着噩梦的恐惧。冯莉莉见赵筱蝶的精神好了些，说："筱蝶姐，能否让我们分享一下你的梦，给我们讲讲你和龙开放大哥的故事？"赵筱蝶看了看冯莉莉说："你怎么知道龙开放的？"冯莉莉说："你在梦里喊好了几次龙开放的名字。"赵筱蝶问："你们还听到了什么？"郑子涵说："我还听懂两句诗，'景色都归夕照中，野鸟飞入锦绣丛'。"冯莉莉说："龙开放，这个名有意思。"

赵筱蝶微微地笑了笑说："你俩的想象力够丰富的啊，你们想哪去了？子涵，放点儿音乐呗。""好嘞，你听。"郑子涵按下播放键，车子里回荡起贝多芬的《命运交响曲》。这是郑子涵百听不厌的乐曲，也是赵筱蝶最喜爱的。赵筱蝶说："这乐曲也是西方国家的，不是很震撼人吗？还有英国大提琴家杰奎琳的《殇》，听了我就想落泪。"

郑子涵听赵筱蝶说到《殇》，接着就轻轻地念道："我站在世界的东方，遥望这一片红色的花海。蓝色的海风静静地呼啸而过，在我耳边正低吟浅唱。树荫下星

龙行运河湾

光点点，映在胸间，化为今生的遗憾。你的声音像落叶一样寂寞，贝壳里传来海的哭泣。是谁守望着谁？失去这么多，才明白，原来一直未曾拥有。任落叶随风飘散，溢出这一片心海。梦如雪莲，独自在悬崖之上，什么时候我不再为灵魂悲哀？"

赵筱蝶听完很惊异，说："子涵，你行啊。"郑子涵做了个鬼脸，说："我改的词。我要在《殇》的环境中改变《命运》。"想到赵筱蝶对父母的关心照顾；想到父亲的工伤官司已有眉目，马上要重新开庭；想到赵筱蝶打扫房间时那副灰头灰脸的面容，郑子涵接着说："筱蝶姐，你就是我的转运女神。"

赵筱蝶说："子涵，不要多想了，我们都在改变命运的征途上。现在来云京更是如此，我们在努力改变龙行村的命运。"

郑子涵说："筱蝶姐，你再喝点儿水，躺下休息一会儿。快到了我喊你。"

赵筱蝶说："我现在感到轻松多了。"赵筱蝶没有给她们讲自己和龙开放的故事，听着高亢、激昂、催人奋进的乐曲，她想起了龙开放送给自己的那只箱子。

那是一只很沉重的箱子，直到两天前，赵筱蝶才打开它。

箱子里装着四层东西，最上层是龙开放为赵筱蝶买的三套汉服和三套旗袍，衣服上放着龙开放手写的一封足有一万字的长信。第二层是为儿子文博买的一列电动小火车。第三层是五十万美元。第四层是用油皮纸包裹的一块断尖的生铁犁铧。

看到汉服和旗袍，赵筱蝶自然想起她和龙开放一起的通州之行。或许都是生长在清江运河畔的缘故，他们俩对大运河都独有情结。大学毕业那年暑假，他们俩结伴而行考察了积水潭原大运河流域和通州运河沿线。他们俩从积水潭出发到中南海到崇文门到朝阳区杨闸到通州张家湾码头。

明清时期，通州遍地都是皇家园林、衙署、仓储、会馆、桥闸等。通州因为张家湾码头，成为很繁忙的交通枢纽。来自全国各地的粮食特别是江南的粮食云集于此，涌入皇城。皇帝、大臣由张家湾登船南巡，招摇过市也罢，微服私访也罢，察民情、体恤百姓也罢，惩治污吏也罢，每一出戏都演得足腔足味。各国贡使、各地封疆大吏由张家湾登岸，带着稀世珍宝、绫罗绸缎，赴京朝拜。十年寒窗磨一剑，今朝出鞘试锋芒的学子也从张家湾码头上岸进京赶考。达官贵人、巨富豪绅、小商小贩、文人雅士、风流才子演绎出比大运河风光还要美丽，比张家湾码头还要繁荣的文化长卷。可是，歌舞升平的盛况在枪炮声中烟消云散了。清咸丰十年八月，英法联军侵占天津后，首先攻占了张家湾，咸丰如丧家之犬，趁夜逃往承德……

从春秋末期吴国为北伐齐国争霸中原开凿邗沟开始，战国时开凿大沟和鸿沟；隋代开凿永济渠、通济渠、江南河；元代开凿通惠河、北运河、鲁运河；明清时开凿通济新河、中河、月河；中华人民共和国成立后，把大运河与长江、大海连接为一体。纵观大运河的演变，它是贯穿南北交通、繁荣沿线经济，沉淀了深厚的历史人文资源，营造出华夏文明的宝贵财富……联想到家乡，想起家乡关于大运河的传说以及自己成长的经历，赵筱蝶和龙开放像是在大运河里沐浴一样开心欢畅，通州给他们俩留下太多的美好回忆。

就在赵筱蝶和龙开放游玩通州返回前的那天晚上，龙开放带赵筱蝶去逛了逛通州运河文化广场。在商场里，龙开放发现了一套质地、颜色、款式最适合赵筱蝶穿的汉服，龙开放眼睛一亮。大学时，赵筱蝶最喜欢的服装就汉服和旗袍。大学毕业典礼上，赵筱蝶穿着从别人那里借来的汉服轻歌曼舞，成为千万学子中的亮点。当时，龙开放就发誓，就算不吃不喝也要为赵筱蝶买一套高档汉服。

龙开放用目光扫了一下价格，摸了摸口袋里的钱，一咬牙决定给赵筱蝶一个意外的惊喜。赵筱蝶听见龙开放叫她试穿汉服，高兴得像燕子一样，蹦蹦跳跳地飞进试衣间。赵筱蝶穿着汉服，踏着想象中的汉府音乐的节拍，迈着轻盈的步伐走出试衣间。龙开放一看惊呆了，汉服简直就是按照赵筱蝶的气质量身打造的，平淡自然、含蓄委婉、典雅清新的美感把赵筱蝶的柔静安逸、娴雅脱俗的品行凸显得淋漓尽致，流畅舒美的线条把赵筱蝶衬托得美如公主。商场里的人都围拢过来，赞许的目光落在赵筱蝶身上。赵筱蝶也感觉自己和汉服融为一体了，那种幸福感是从来没有过的。

赵筱蝶兴高采烈地提着汉服和龙开放一起走向收银台。付款的时候，龙开放傻眼了，两万六千元的价格他看成了两千六百元，可他身上只有三千元。龙开放窘迫地站在那里，愣了，半天才回过神来说："对不起，筱蝶，我少看了一个零。"赵筱蝶看着龙开放的表情，心里虽有点儿失落，但还是镇静地对龙开放说："开放，没关系，今天不买了，等过段时间再说。"

龙开放挽着赵筱蝶走出购物中心的时候，额头上布满密密麻麻的汗珠，他感到自己真的不配挽着赵筱蝶的胳膊。那一刻，他的心比刀绞还难受。他无法原谅自己的贫穷。他的尊严被砍出一道血淋淋的口子，精气神都在流失。龙开放暗自发誓将不惜一切代价去积累财富。

赵筱蝶没把这件事放在心上，可在龙开放心里却留下了终生难忘的痛。"作为

龙行运河湾

一个男人，不能为心爱的女人买一件喜欢的汉服，那种感觉不次于胯下之辱。当时我真想钻到地缝里，可没有地缝。衣服都买不起，谈何保护女人，谈何给女人幸福？我爱你筱蝶！在物欲吃人的社会里我没有钱，别人会看不起你。我不允许别人看不起你，我不比别人差！"这是龙开放在信里的话，赵筱蝶读着心里感到暖暖的，想流泪。

赵筱蝶小心地打开棕黄色油皮纸，发现断尖的犁铧上贴着两竖行正楷小毛笔字："孙儿文博，这是你祖父留下的龙氏家族的唯一念想。希望你永远不要忘记家乡的土地。敲响犁铧，你听到的是土地的呼唤，清脆悦耳。爷爷龙至礼。"看到这两行字，赵筱蝶哭了。她哭老支书对土地的一往情深，哭自己没能让文博叫一声爷爷，哭先辈对土地后继有人播种的期待和希望。

龙至礼的爷爷，也就是龙姑、龙世英的父亲是二十世纪二十年代土匪来村里抢劫时中了霰弹伤亡的，那一年龙至礼的父亲龙世雄才六岁。临死前，他把龙世雄叫到眼前，指着犁铧断断续续地说："世雄，一定要保护好犁铧啊，没有它就无法耕地播种，它是我们龙家祖传的命根子。"一九三九年初春，龙世雄被国民党军队抓走时，龙至礼刚好也六岁。龙至礼抱着父亲的双腿又喊又闹，母亲哭得像泪人。龙世雄对龙至礼说："孩子，你要像保护你母亲一样，保护好犁铧。等我回来，父亲教你使牛耕地种庄稼……"龙世雄话没说完就被架走了，消失在飞扬的尘土中。

龙至礼十二岁学会使牛耕田耙地。紫红色的枣木扶手被龙至礼手心里的汗水浸透，磨得油光锃亮。犁铧和犁镜被翻动的土地打磨得雪白雪白的，犁铧尖似刀口一样锋利。

龙至礼最后一次耕地是一九八三年秋天。当时，龙行村的土地承包政策还没有落实，村里的土地基本上全部是机耕机刨机耙，只是一些拐角田块、斜尖地，隔沟隔水的不值得用机械，偶尔用牛。

北湖地西南角靠近砖瓦厂附近有块一亩多斜地，四面是沟，拖拉机无法进去。龙至礼套上牛，肩挂长鞭，哼着小曲儿下地了，要太阳下山之前把那块地耕完。还有最后两犁地的时候，龙至礼听到"当啷"一声脆响，犁铧被钉在地里，两头牛的尾巴翘得直挺挺的，使尽浑身力气也拉不动。龙至礼扒开土一看，犁铧死死地抵在石棺上，犁铧尖都被撞断了。龙至礼有一种不祥的预感。

第二年，村里分田到户时，龙至礼把那副断尖的犁铧扛回了家。龙行小学里的那根被当作钟的铁管锈蚀得满身窟窿，发出的声音低沉沙哑。龙至礼把那面犁镜送给学校当钟用。犁镜发出的声音清脆，能传出二里地远。后来龙行小学散了，犁镜不知下落。龙至礼准备自杀前，把犁铧寄给了龙古力，叫他找机会传给文博。

赵筱蝶读完龙开放的长信，心里很不平静。她独自一人站在蝴蝶湖边，望着灰蒙蒙月光下雾蒙蒙的雪地，任由凛冽的寒风吹乱自己的长发。

龙开放已经回国了。正是在龙至礼追悼会期间，在美国，他发现了一系列令人触目惊心的真相。龙开放痛苦了几天几夜，毅然回国。他直接飞往龙古力的云江农场，重新成立了粮油果菜安全转基因科研机构⋯⋯

赵筱蝶回到宿舍，不由自主地掏出手机把龙开放从黑名单中退了出来。她想打个电话给龙开放，但犹豫了一会儿，没打。

"到云京后，叫文博打吧。"赵筱蝶想。

39. 夜战

朱茂林上任三河市市委书记的第一项工作，就是安排市四套班子成员开展"百村调研活动"，为全市的三级干部大会作准备。三河市共五〇六个行政村（含城区居委会），人大、政协领导负责城区内的居委会，市委、市政府领导负责各乡镇村级组织，平均每人二十个村，调研时间为二十天。杜绝开座谈会，杜绝和乡镇领导打招呼，杜绝安排指定路线，一律亲自进村入户和老百姓面对面，听听群众的真实呼声。朱茂林调研的第一个村就是运河镇小鲁庄村，第一个调研对象就是幼儿园和小学。他是骑自行车进村的，村里没有人认识他，几位老师更不知道他是谁。校长和朱梅兰对他说了许多心里话。陈赛男从镇里开会回来在村口遇见了朱茂林。陈赛男向朱茂林推心置腹地说了自己的想法，朱茂林都一一地记在笔记本上。

三河市"三干"会上出台了十项惠及基层的好消息，其中两项是二〇〇九年将有一批优秀的民办教师和合同代课老师转正，对优秀的村支部书记不仅要提高工资待遇而且要提高政治待遇。按条件，小鲁庄小学里朱梅兰和王艳芳两个代课老师都符合要求，这让陈赛男打心眼里高兴。王艳芳本打算年后随丈夫出去打工的，可她舍不得孩子，思来想去最后还是决定不走了。巧了，她赶上机会了。朱梅兰更不用说了，她教的语文在三河市都是前几名，获奖无数。她还发表了不少关于语文教育方面的论文，又是江北市作家协会副秘书长，条件比王艳芳更具优势。陈赛男不仅不再为孩子犯愁了，而且自己的工资也涨近一千块钱，镇组织科最近还要对她进行考察。双喜临门之时，她想到了年前和吕裕民在家吃饭时说的牢骚话，不由得露出很得意的笑容。

正月十六学校开学之后，华自义独自到龙云寺去了，准备对周边的五个地级市的农村搞一次调研。他想以真实的调研资料为依据，分析农业农村农民存在的问题，了解农村领导干部的执政理念以及不同的执政理念带来的不同效果。一个国家终究不是仅仅靠财富和人口来支撑，社会的发展终究要回归到科学和谐的发展道路上去。

中国特色社会主义道路有许多的"特色内容"值得去探索和践行。走出一条路并不难，难的是带头人的导向作用，怎么走，走向哪里，走成什么样子。

华自义列好提纲，准备明天早晨就出发，要在春播之前完成调研。届时，龙云寺的空了法师也该出关了，他还有许多事要向空了法师说。

星期五下午，朱梅兰带来几个菜回到龙云寺，想为自己即将转正庆祝一下。几天前，弟弟宋艺杰送来两瓶好酒，她想叫华自义陪自己喝两盅。

华自义听说朱梅兰将要转正，他第一个就考虑是不是吕裕民安排朱茂林特意照顾的。华自义拨通吕裕民的电话叫他晚上到龙云寺吃饭。

喝酒期间，华自义说："裕民书记，我听小兰说她马上就可以转为正式老师啦。你跟我说实话，是不是你安排朱茂林书记有意照顾的，如果是这样你可就大错特错了，坚决不行。小兰的将来我自有打算，我的工资全给她，我养得起她。"

朱梅兰望着华自义说："我的小麦同志，你真的过虑了。这是三河市的工作，我亲眼看过三河市教委文件，岂能是照顾我一个人？按条件我们小学的王艳芳也够，全市应该有好几百人呢。吕书记你说是不是？"

吕裕民递给华自义一支香烟，点着，说："华主任，这是茂林书记通过四套班子成员百村调研活动之后，领导班子集体研究制定的十项基层实事之一。你忘了在陈赛男家吃饭的情景？陈赛男说得对啊，授课老师辛辛苦苦工作了一个月，仅仅拿千把块钱工资，是某些领导干部的一条烟钱，苦一年也不够明星大款坐一趟飞机。论素质论贡献他们比不上谁？你说我们能对得起他们吗？想想这些我自己心里都泛酸水！茂林书记和我说了，对于教师队伍，他们将提拔一批优秀的，充实一批师范毕业生，刷掉一批不合格的，争取五年内把所有合格的代课老师转正。还有优秀村支部书记，他们今年不仅要提高村支部书记的工资待遇，对那些特别优秀的，还要让他们进入事业编制，继续干书记工作。你说说这是单独照顾嫂子吗？你要说和那次在陈赛男家吃饭有关系，我承认。"

华自义把即将出去调研的事告诉了吕裕民。吕裕民深深地吸了两口烟，像是有心事。华自义问："有什么难事吗？说来听听。"吕裕民说："没什么，我只是担心你一个人出去安全无法保障啊，万一有什么不测，我无法向上面交代。"华自义向吕裕民使了个眼色，吕裕民知道在朱梅兰面前说漏了嘴。华自义告诉过吕裕民，朱梅兰不知道华自义在哪里工作，具体干什么。吕裕民连忙端起酒杯说："来，嫂子，我单独敬你一杯。这杯酒有三喜，你和华哥三十年重逢是第一喜；马上转正是第二喜；儿子小义和女儿小岫订婚是第三喜。"说罢把酒喝干了。

吃过饭是九点钟，吕裕民陪华自义沿河西岸向南散步。吕裕民说："华主任，你看这样行不行，我安排韩磊陪你一块儿出去？韩磊警校毕业，党员，业务能力强，忠厚老实，和韩子刚一样是个很讲原则的人。带上他既能解决你的吃饭住宿等问题，又能保护好你的安全，我比较放心。"吕裕民问："他能吃这个苦吗？"

吕裕民正想说什么手机响了，是韩子刚的电话。"吕书记，你在哪里？"韩子刚问。吕裕民说："有事吗？"韩子刚说："我有重要事情需当面向你汇报。"吕裕民说："我在卧龙山东侧的河堤上，你过来吧，正好我有事要和你说。"

吕裕民挂了电话，接着说："韩磊警校毕业十多年了，是从基层派出所所长干起来的，有两次机会被提拔为刑警支队副支队长，都被韩子刚给摁下来了。小孩上一年级，老婆是教师，平时的时间和精力基本都用在工作上，他吃苦受累应该没问题。等会儿韩子刚来了再问问情况。"

华自义没有说什么，望着河里南来北往的船只，想到桥坍塌的事，心想该是到处理追究的时候了。他对吕裕民说："裕民书记，大会马上就要召开了，关于'三农'问题、教育、养老、就业、经济、惩腐倡廉等等都是常规工作，我建议你在此之前召开一次会议，共同研究一下市县镇村的社会主要矛盾，分析不和谐现象的深层次原因，提出以民福、民利引领改革方向，以缩小贫富差距实现共同富裕的成效作为判定改革开放成功与否的依据，以及回归初心，牢记使命、强化党的建设和干部队伍建设的议案。我也在思考这方面的问题，调研过程中会不断丰富充实。到时候，我们可以再交流一次。"

说说讲讲间，吕裕民和华自义走到龙都广场东面。

一向沉寂黑暗的龙都广场这时一片繁忙。东南角十二号楼上下二十一层灯火通明，从十二号楼向东到运河堤，沿运河堤向南再向西到蝴蝶庵，沿线之上一眼望去灯光闪闪，人影穿梭。轰鸣的机械声音划破静谧的夜空，显得格外雄浑有力。他们好像能感受到脚下的土地有些许颤动。特别是远处蝴蝶庵那里，好像有几十台机械在施工，机械臂摆动，灯光交织，人来人往，热火朝天。

华自义看了看表说："十点半了，天寒地冻的，他们在干什么呢？"吕裕民说："走，我们看看去。"这时，韩子刚的车来了，就停在他们身后。

吕裕民见韩子刚下了车急急忙忙地向他们走来，问："事情重要吗？"韩子刚说："非常重要。"韩子刚说着向华自义看了看。吕裕民知道韩子刚有顾虑，说："但说无妨。"

韩子刚虽然和华自义见过几次面，但不知道华自义姓什么叫什么，是干什么工作的。既然吕书记信任，他就没有必要担心。韩子刚说："吕书记，我刚刚接到云北省一个战友的电话，云明市有一批黑恶势力即将潜入江北，极有可能威胁到你的生命安全。"吕裕民和华自义听后同时一惊。

吕裕民没有吱声，华自义问韩子刚："你战友是干什么工作的？"韩子刚回答："是云北省云明市公安局副局长。"华自义问："何以证明将威胁到吕裕民的生命安全？"韩子刚说："他们持有一张吕书记的照片，我和战友核对过了。"华自义接着说："这是我和吕裕民预料之中的事。你知道他们是怎么来的吗？是开车？是坐车？人有多少？"韩子刚说："这些情况还要进一步核实。"

吕裕民掏出香烟一人一根点上火，他们边走边说。

吕裕民自言自语说："从抓捕周而复、曹明义、鲍党恩那天开始，我就知道早晚会有这一天，靴子终于落地了。鬼火见不得太阳。这说明一些人已经察觉到危险了，要搞阴谋了，但阴谋总是不会轻易得手的。子刚局长，不要过分担心，注意点儿就是了。你放心，阴谋诡计、黑恶势力阻止不了江北市改革发展的步伐。有件事想和你商量一下，我想安排韩磊陪这位华主任去农村调研一段时间。韩磊能吃这个苦吗？"韩子刚说："韩磊吃苦耐劳没有问题，只是……"吕裕民问："只是什么？"韩子刚说："我本打算安排他和另外三个人二十四小时轮流保护你。"吕裕民说："他比我更重要。你通知他做好准备，明天上午就到我办公室报到。"韩子刚说："听从领导安排。"

华自义对吕裕民说："裕民书记，你可不要大意啊。这件事你迅速向李明光书记汇报，要让他知道，为事件的后期处理做好准备。"接着华自义对韩子刚说："子刚局长，裕民书记的安全保卫工作就交给你了，要迅速在交通要道、治安卡口、车站、宾馆酒店布控，严检严查所有外籍入境江北的人员车辆。裕民书记的办公地点、住宿吃饭地点、活动路线、会议场所等所涉及的一切地方都要做好明暗两方面保卫工作，明处松，暗处紧，明处弱，暗处强，包括吕裕民的老母亲，和云京的老婆孩子，要拿出一个周密的行动计划。参与保卫的人员要确保百分之百忠诚可靠，只要保卫人员不出问题，这个阴谋就不会得逞。请多向你战友打听有关这方面的信息。这件事知道的范围越小越好，具体方案只控制在你和吕裕民之间。裕民书记，如果需要我的话，随时和韩磊联系或我们见面。"

三个人向十二号楼走去，这时迎面过来两个人，都戴着头灯。吕裕民走上前去问："深更半夜的，你们在干什么呢？"一个人回答说："铺设自来水管道。"吕裕民问："大楼里在干什么？""在简装修，二组拆迁群众急需房子。"

从河堤到十二号楼有八九百米，田埂沟渠都覆盖上一层厚厚的雪，深一脚浅一脚不好走。韩子刚说："两位领导，我们就不要往前走了，我开车带你们到蝴蝶庵转转，看样子那里更热闹。"

三个人到蝴蝶庵时已是夜里十一点多钟。夜幕下的蝴蝶庵四周灯火辉煌，机器穿梭，令人眼花缭乱，轰鸣声震耳欲聋，上百面彩旗在寒风中飘扬，车灯一照放射着红黄蓝绿的光芒，头戴探照灯的人在奔波忙碌着。

蝴蝶湖四周足有十五台大型挖掘机和推土机在作业，几十辆翻斗车、四不像车你来我往争先恐后。清表的清表、挖树坑的挖树坑、运土的运土、开沟的开沟、运管子的运管子、装水管的装水管、回填的回填。蝴蝶湖东南西三面，一排排一米见方的树坑横竖成行，整整齐齐，像棋子一样。蝴蝶湖北岸一米五见方的大树坑一个紧连着一个，挖上来的砂礓全部被运到南面的废水塘里。从蝴蝶泉到河边到十二号楼，十五公里沿线少说也有六十人，他们都戴着探照灯，明亮的光柱在旷野里扫来扫去，隐隐约约能看见肩扛水管或弯腰施工的身影。黑夜之下寒风之中，轰鸣的机器、繁忙的人流、交织的灯光、飘扬的彩旗绘出一幅夜战的壮景，谁看了都会被震撼。

吕裕民很感动也很激动，拿出手机想拨通宣传部长王一实的电话，手机还没打通就被韩子刚摁下了。韩子刚说："从现在起，你不能轻易暴露自己的位置，有什么事我来联系。"吕裕民犹豫了一下，说："你直接打电话给电视台台长薛源，叫他迅速安排人到蝴蝶庵。"说这话时，夏庆嫂走到他们面前。

夏庆嫂见几个人都是领导人的模样，很礼貌地说："各位领导，都这个时候了怎么来蝴蝶庵？"韩子刚说："路过此处，下来看看。"

吕裕民问："你叫什么名字，村干部吗？深更半夜的，有必要这样抢工期吗？"

夏庆嫂说："我叫夏庆嫂，龙行村副主任。筱蝶书记说了，后天开始有一次强降温过程，并且有大暴雨。我们要在降温之前挖好树坑，以便坑里的板土冻后再化开。如果不能赶在暴雨来临之前把自来水管道铺好回填，我们的管道沟就白挖了，这一耽误就是十天半个月。赵夏李组急等拆迁，时间不等人啊。"

吕裕民问："夜里加班，费用要加不少吧？"

夏庆嫂说："工地上干活的，都是自愿参加的党员、群众代表和部分群众，他们都是义务劳动，不要钱。机械费嘛和白天一样。"

吕裕民问："你们要干通宵吗？"

夏庆嫂说："干通宵，我们是轮流作业。上半夜从晚上七点到夜里两点，由我和郭家余、张东胜、徐贵珍四人负责。我和徐贵珍副主任负责蝴蝶庵区域清表和树坑，郭家余、张东胜负责管道铺设和回填。凌晨两点到早上七点由龙惠娟主任和龙克勤、秦苗苗负责。自愿参加劳动的八十人，他们也分为两组，主要负责树坑测量、运输管道、指挥车辆、看管材料、提供材料、餐饮服务等辅助性工作。赵筱蝶有命令，三十天内自来水厂要确保供水，十二号楼必须具备入住条件，确保按华龙集团的要求推进，只许提前不许落后。蝴蝶庵的清表和树坑再有四十八小时可望完成。暴雨之前，自来水管道主体工程基本结束，只是管道接口、检查井不一定能完成。各位领导，看看现在的蝴蝶庵四周，环境不一样了吧。等到四五月份，鲜花盛开，蝴蝶满天飞，那时的环境就更美了！"

吕裕民和韩子刚来过蝴蝶庵，他们见过这里荒草杂树、坟冢、秃地、砂礓滩的样子。现在不同了，清表之后，湖面格外开阔，庵房格外庄严。吕裕民听说党员群众自愿参加义务劳动，心里涌出一股暖流。多好的基层党员群众啊！吕裕民想到支部书记赵筱蝶，问："赵筱蝶书记回来了吗？"夏庆嫂说："按原计划是今天回来的，听说病了，现在情况不清楚。"吕裕民听说赵筱蝶病了心里有些担心，他知道赵筱蝶是个严格执行计划的人，既然没有按原计划回来，那就说明肯定遇到了特殊情况。吕裕民问："赵筱蝶病了，严重吗？"夏庆嫂说："我只是听说罢了，具体病情不太清楚。"韩子刚听后也很担心，保护赵筱蝶这是吕书记和纪光红书记交给自己的任务，自己怎么不知道生病这件事？韩子刚当即拨通郑子涵的电话："子涵，你在哪里？赵筱蝶书记的病情怎样，怎么没向我汇报？"郑子涵回答："报告局长，我们在回家的路上，离三河市还有一百公里。赵书记现在低烧，她说是小事，没让我向领导汇报。估计凌晨两点到龙行。报告完毕。"

韩子刚把赵筱蝶的情况向吕裕民汇报了，这时候电视台的人来了。下车的人一

龙行运河湾

看吕书记在现场，急忙扛起摄像机投入工作。吕裕民示意他们停一下，说："深更半夜把你们叫来，让你们受苦了。说实话我被眼前的场面感动了。天寒地冻的深夜，龙行村的党员干部群众义务参加劳动，这十分罕见。从蝴蝶庵到龙都广场几十里沿线场面热烈，气氛感人。请你们来的目的是让你们通过现场采访挖掘一下龙行村党员干部群众的思想和心态，这是落实市四级干部大会精神的实干事例，是具体行为。大家都在说抢时间、抓速度、快发展，没有行动那都是空谈，空谈解决不了任何问题。请你们关注龙行村，记录下龙行村的奋斗历程，总结出龙行人的精神风貌和真抓实干的工作作风。回去后向薛源汇报一下，就说是我建议的，从明晚开始电视台每晚的头条新闻播放生产第一线涌现的先进人物和热烈奋战的场面，领导人的讲话、视察、调研，能采用播报的尽量播报，播报时间向后安排。"

吕裕民说完，那个扛着摄像机的年轻人声音响亮地说："报告吕书记，我是电视台综合部主任潘登，您的指示我都记下了，回去后我向台长汇报，坚决落实到位。"

夏庆嫂听了潘登的话，才知道站在自己面前的人是市委书记吕裕民。

夏庆嫂的手机响了，是徐贵珍打来的。徐贵珍说："庆嫂，你快到北岸来，这边有情况。"

夏庆嫂对吕裕民说："吕书记，湖北岸有情况，我得过去看看，就不陪你们几位领导了。"

"你去吧，我们也回去了。电视台的两位，你们辛苦了。"吕裕民说完和华自义、韩子刚上车走了。

蝴蝶湖北岸开挖管沟的挖掘机挖到一座古墓，古墓里有成千上万条红斑蛇盘在闪闪发光的金银财宝上冬眠。挖上来的那铲土里有金锭、银锭，还有古钱，一些盆盆罐罐，一条条弯曲的红斑蛇在车灯的照射下显得格外瘆人。挖掘机司机蹲在远处抽烟，脸色苍白。

夏庆嫂看后不由得打了个寒战，不知道怎么办。夏庆嫂第一时间就想到赵筱蝶，想到赵筱蝶的祖先在蝴蝶湖得到财宝建蝴蝶庵的传说。

40. 赵保洁　赵尔光

群众代表义务劳动小组是赵保洁的儿子赵尔光发动成立的。赵保洁是龙行村最有名望的老党员，是红军龙世英和烈士龙至礼亲手培养起来的村干部。村组集体分田到户的时候，他病了，住进医院好长时间才治愈。出院后见龙至礼被一小撮心怀鬼胎的坏人排挤下台，他一气之下辞掉村副主任的职务。赵保洁有两个孩子，大女儿叫赵尔茗，小儿子叫赵尔光。

龙行村第三任书记李为业把控龙行的第四年，村组干部和群众中的"小能人"们，随时随地挖空心思捞钱。村里的财产被祸害光了，开始动集体二地的歪脑筋；土地卖了租了，又开始在公粮和计划生育上想坏点子。李为业是个吃喝嫖赌贪五毒俱全之人，可有的领导就像喝了迷魂汤一样信任他，让他在龙行村书记的位置上干了好些年，把龙行村的财产败光不算，还侵占了老百姓几百万的血汗钱。老天终于开眼了，李为业被抓走了，因贪污侵占罪判了刑。

李为业被抓走时，赵尔照就认为龙行村的书记十拿九稳是他的了，没想到村计生专干李继来走马上任。龙行村人都明白李继来的书记是怎么来的。

李继来共有七个女儿，全部都嫁在本村，姻亲家族庞大。李继来的四女儿叫李盼男，长得既漂亮又水灵，特别是那张脸，人见人爱。

那时候各乡镇的重点工作就是招商引资，招商的重点工作就是招待。李盼男能喝酒、能唱歌、能跳舞，得到了领导赏识。

李盼男出入闸北镇党政大院比进出自己家的厨房还方便。只要一见她出入大院，办公大楼上各办公室就会有人拉开窗户看她，浮想联翩。

李盼男真的给父亲李继来带来了鸿运，李继来从计生专干跳过副主任、副书记，直接被任命为龙行村支部书记。

赵尔照因为李继来做了书记，鼻子气歪了，眼也气斜了。医院检查说是得了面瘫，实际是气的。等赵尔照花了几个月时间把鼻子和眼睛矫正了的时候，李继来已

龙行运河湾

经坐稳了村支部书记。他既是区里党代表又是区人大代表，一年时间就风生水起，名噪一时。

蓝鸟啤酒厂、运河中心港万吨码头和高速公路在龙行村征地，可谓是李继来发财的天赐良机，加上计划生育罚款和省市区对下面的扶贫贷款，李继来把村支部变成了发家致富的聚宝盆。

李继来没有儿子，七个女婿和姻亲的家族势力成为他欺凌乡里的靠山。老百姓战战兢兢地生活在他的淫威之下，敢怒而不敢言。李继来做书记，赵尔照做村长，两个人臭味相投、沆瀣一气，两个鼻子比狗鼻子还灵光，能准确嗅到哪块有钱味，于是扑上扑下地狂吠，露出一副穷凶极恶的丑恶嘴脸。

赵保洁曾当面骂他们两人是叛徒、内奸、土匪。叛徒，是指他们背叛党的宗旨、党的原则，背叛入党誓词。内奸，指的是他们身为党员干部却破坏党群关系、政群关系、干群关系。土匪，指的是他们采取暴力强拆强建。

李继来被骂得青筋直跳，指着赵保洁恶狠狠地说："你个老东西，都什么年代了，你跟不上形势了。赵保洁，你不要保什么节操了。你等着，我能整死你，让你死都死不出个好来。"

赵保洁抑郁而终，死时还不到六十岁。从此龙行村人再也没有找他们事的，怕他们报复只能写匿名信。

父亲含冤而死，自己又被工厂开除了，赵尔光真的产生过买炸药包炸死他们的想法。母亲抱住赵尔光哭诉说："尔光啊，你想过没有，即使你把他们炸了，又能怎样？你爸能活过来吗？你是家里的顶梁柱啊，你死了，这个家就完了。民不和官斗，斗了就倾家荡产，就家破人亡。为了老婆孩子，为了这个家你就忍着吧。好好培养我那孙子，将来做大官，我和你爸在阎王那边就知足了。你死了，这个家散了，就断子绝孙了，逢年过节连给我和你爸烧纸送钱的人都没有，你不是叫你爸你妈到阴间还受气吗？好儿子听妈话。你在，家就在，我和你爸的指望就在。"

听了母亲的话，赵尔光在床上躺了七天七夜。没想到母亲喝药水自尽了，临死前对赵尔光说："尔光，你一定要活着，活着才有希望。"

赵尔光带着满眼泪水和满腔愤怒、满心仇恨到南方打工去了。

春节回家，赵尔光知道了关于龙行村、关于赵筱蝶的许多事，读了《江北市报》上有关赵筱蝶的事迹和赵筱蝶写的文章，赵尔光压抑在内心的愤怒和激情一同爆发出来。

　　大年三十那天的选举和捐款会议赵尔光也去了，真实地感受到赵筱蝶在龙行村群众心目中的威望。当赵尔光看见赵筱蝶带领新班子成员宣誓的时候，想想父亲和母亲的冤屈他失声痛哭。赵尔光虽然只捐了两千块钱，但在心里发誓一定要在龙行干一番事业。

　　大年初一下午，赵筱蝶走访老党员，第一个就是到赵尔光家。龙行村成立的以党员、群众代表为成员的村支两委工作监督小组，提出的口号是："向赵保洁同志学习，做群众信得过的监督员。"赵尔光也被聘为监督小组成员。赵尔光和老婆沈逸秋很激动。赵尔光认认真真地看了龙行村的十年规划及措施政策，刚走出大学校门时的那种冲动和激情重新被点燃，脑子里翻腾着自己酝酿已久的计划。

　　筹建水泥预制品厂是赵尔光在大学里就想干的事，只是各方面的条件还没有成熟，加上江北的大环境、龙行村的小环境和父母双亡的变故，赵尔光把这件事几乎都忘掉了。龙行村的领导班子换了，贪官污吏和黑恶势力都被抓了，"三清一返租"已落实，现在开始实施十年规划，龙行村将迎来大建设时期。他感觉到江北市的各种环境也在发生变化。他想办厂可自己没有钱，抱着试试看的心理写了份建议交给赵尔强。没想到早上递去，下午就和赵筱蝶书记、龙惠娟主任见面，第二天早上就接到通知决定筹建，并且自己被任命为厂长。村领导班子雷厉风行的办事风格和对自己的信任，给了他坚定的信心。

　　赵尔光在南方打工就是给人家负责管道工程。赵筱蝶进京前打了个电话给他，请他帮忙铺设自来水管道，他二话没说就答应了。在工地上，他看到人手不够，便自发地召集本村同学朋友成立了一支三十七人组成的义务劳动小组。他们没有什么目的，就是奔着新领导班子的思想境界、奋斗精神去的。

　　党员义务劳动小组的牵头人表面上是李继冬和吴长河，实际的牵头人是赵筱蝶的父亲马户天迟。马户天迟、李继冬、赵保洁三个人是村里敢和李为业、李垄来、赵尔照对着干的老党员，三个人相处甚好。赵保洁死了以后，马户天迟和李继冬伤心了好长一段时间。赵筱蝶被撤职留党察看那段时间，马户天迟怕影响女儿，就没有和村里那帮人死磕硬碰。

　　党员们谁也没想到就仅仅两声枪响、一夜狗叫，龙行村的天就变了。五组组长吴庆功被抓，五组所有商店里的鞭炮被抢空了，白天响声不断，夜里烟花漫天。党

龙行运河湾

小组长吴长河递给马户天迟一封信说："天迟老弟,这是五组该'三清'的具体事项,请你递给筱蝶书记。我代表十四名党员和七名群众代表完全赞同支持村里的安排,有什么困难我们党员先上。"

夏庆嫂兼任五组组长后在党员和群众代表的支持下工作开展很顺利,特别是在对待吴庆功和张黑龙的遗留问题上可谓是斩钉截铁、泾渭分明。夏庆嫂是五组吴姓家族的媳妇,她第一斧头就砍吴姓家族的"三清"上,清理组里财务,拆除违章建筑,没收侵占的土地,补交承包费用,拿回非法占有的财物,整治鱼塘承包。吴长河带领的一帮人挨家挨户做工作,对那些整天跟在吴庆功屁股后面混吃混喝、搜刮民财、专占小便宜的人动真碰硬,雷厉风行,没有丝毫手软。

龙行村的那帮人,没有人再敢和村里唱反调。五组的工作有吴长河他们二十几个人合力相助,夏庆嫂少操不少心。

赵尔光的义务劳动队五组有九个人参加。这件事提醒了吴长河,他去找马户天迟,建议由马户天迟牵头成立党员义务劳动小组。党员虽然年龄都偏大不能干重体力活,但看看场子,量量数据,搬运材料,搞搞伙食茶水还是可以的。吴长河想,这样做能为今后党员义务参与打扫卫生、修剪绿化、看管车辆、联防群防、协调邻里先作准备。马户天迟碍于赵筱蝶是镇党委副书记、龙行村书记不便牵头,便推荐了李继冬。

李继冬比吴长河小几岁,虽然有点儿瘸但脑子好使。上次被儿子李小虎绑在小枣树上之后,李继冬在闸北镇医院里躺了三天,没有一个亲人到场,倒是赵筱蝶代表村支两委去看他了,并把医疗费全免了。李继冬把什么都看透了,不再去指望任何人,还是觉得指望村党组织牢靠。李继冬把锅碗瓢勺提到造船厂为董世道看场子,帮厂里烧烧开水、打扫卫生,自己烧饭自己吃,不想烧就随工人一块吃。说也奇怪,被医生下了死刑判决的李继冬居然活得精神饱满。董世道给李继冬盖了两间房子做传达室。华龙组和赵夏李组的老党员经常在传达室里聚会,谈村里工作,聊百姓家长里短。马户天迟和李继冬就一条小龙沟相隔,李小四的父亲李渔夫的船晚上就停在小龙沟里,马户天迟上了小船竹竿一撑就过河了。马户天迟叫来吴长河、华成国、陆玉强、孙千又一商量,成立党员义务劳动小组这事就成了。全村党员六十八名,无病无灾、腿脚灵活、能蹦能蹦的三十人都参加了,并当晚投入工作。

赵筱蝶听说施工现场有两支义务劳动小组参加劳动心里很高兴。赵尔光的小组大都是年轻人，她没有什么担忧的。她担心的是党员组，冰天雪地的，万一滑倒，摔个跟头，那可就麻烦了。所以赵筱蝶提醒龙惠娟、夏庆嫂她们一定要时刻注意施工安全。

此次云京之行，赵筱蝶原计划是做五件事，结果完成了七件。另外两件事，一是儿子文博和龙开放通了电话。在信里，龙开放很诚恳地向赵筱蝶对自己当初去美国这件事做了深刻反思，赵筱蝶原谅了龙开放。龙开放和赵筱蝶在电话里开始相互关心对方的工作生活。文博出生后，一家三口第一次在电话里团聚。第二件事，受龙开放的信的启发，赵筱蝶决定写一篇《侵略在生活中上演，中国虽安，忘战则亡》的文章，从战略高度分析西方敌对势力对中国实行隐蔽战争、和平演变的危机。赵筱蝶把自己的想法向江仲谋汇报了，江仲谋很诧异，这正是他想要做的文章。

江仲谋对赵筱蝶说："筱蝶啊，你的担忧是有道理的啊！在这方面我已经收集了不少资料，我把它送给你，希望你把这篇文章做好。有什么地方吃不准的，可随时和我联系，我如果不接电话，你发短信告诉我，我会和你联系。有件事和你商量一下，把你的笔名'江北风向'改动一下，你看行吗？"赵筱蝶毫不犹豫地说："行，改成什么由领导定夺，我没有意见。"江仲谋说："取中间两个字，叫北风，你看如何？"赵筱蝶听后脱口而出："北风，这两个字，妙，面广量大，寓意深刻。"

其实，赵筱蝶此次云京之行还有一个藏在心里的最大的收获，就是她明显感觉到云京的风向已经开始转变，走在路上她能够闻到泥土的芳香，能够看到老百姓期盼的目光。不是过路的风，而是坚实的脚步声。

郑子涵不仅见到了身体健康、精神焕发的父母亲，还和冯莉莉游览了些名胜古迹。郑子涵说："几天云京之行，有一种给漂荡的灵魂买房安家的感觉。"这诗的语言很打动赵筱蝶。

返程途中，赵筱蝶在构思文章的时候被电话铃声惊醒。赵筱蝶看了看时间，是凌晨一点，这时候来电肯定有重要事情，担心工地上发生安全事故，她赶忙接通电话。在电话里，赵筱蝶听夏庆嫂说，蝴蝶庵工地上挖到古墓有许多金银财宝还有数不清的冬眠的红斑蛇，她那悬着的心才放下。赵筱蝶迅速安排夏庆嫂报警，保护好现场，不能让任何人抢占财物，当心被蛇咬着。

昏昏欲睡的冯莉莉听说蝴蝶庵挖到古墓，陡然间睡意全无，她说："筱蝶姐，这下子龙行村发了。老天送钱来了。"郑子涵瞅了一眼冯莉莉，说："亏你还是学公安的出身，地下的财宝属国家所有，难道你不知道？你喝点儿水准备换我开车，再有一个多小时我们就到家了。"冯莉莉说："龙行村这个大集体不是属于国家的吗？"赵筱蝶说："子涵，我换你开一会儿吧？"郑子涵说："不行，你心里事太多，让莉莉开。前面十公里到服务区，我们吃碗面条再走，我有点儿饿了。"

赵筱蝶感到浑身无力且有点儿心慌意乱。她斜躺着，想到满地金银财宝和无数条冬眠的红斑蛇，不知道是蛇贪恋财宝还是财宝勾引蛇，这两样东西怎么混在一块？是不是几百年前她的祖先得到财宝的地方？

车过两山口马上就到三河市城区，赵筱蝶的手机又响了，是龙惠娟打来的。赵筱蝶问："派出所的人到了吗？"龙惠娟说："到了，他们在联系博物馆。"赵筱蝶感到自己体力不支想挂断电话，这时龙惠娟说："赵书记，有件事请你指点。市电视台的人要现场采访我，我没经历过，不知怎么说好，请你给点儿路子。"赵筱蝶问："电视台的人怎么在蝴蝶庵现场？"龙惠娟说："刚才，市委吕书记在这儿，是他叫电视台来的。要不，叫电视台的人等你回来，你和他们说？"赵筱蝶有气无力地说："没有必要，你完全可以代表村支两委接受采访。你注意几点就行，第一，千万不要因村里前几任班子成员的个人问题，而否定龙行村改革开放以来老百姓生活水平大幅度提高的成绩；第二，施工抢时间、争速度的情况是我们落实市委四级干部大会精神的具体措施，我们在用行动打造龙行精神，开创龙行速度；第三，突出我们村支两委全体成员团结奋斗共同创建共富经济平台；第四，突出党员群众两个义务劳动小组……"

赵筱蝶说着说着手机便从手里掉到车上。"子涵……我……"话没说完赵筱蝶就瘫倒在后座上，手机里龙惠娟的声音还很清晰。

郑子涵听赵筱蝶喊她，转脸一看，见赵筱蝶脸色苍白，头歪在车门和靠背的拐角处，不省人事，被吓出一身冷汗，大声喊："莉莉，去三河市人民医院，快开。筱蝶姐病了，很严重。"郑子涵立即爬到后座上把赵筱蝶抱在怀里。没有片刻耽误，郑子涵拨通韩子刚的电话。

警灯急闪，警笛刺耳。冯莉莉全神贯注地看着前方，车子疯了般向三河市人民医院疾驰而去。

郑子涵的眼泪唰唰地流下来，不断地呼喊着："筱蝶姐，你醒醒！筱蝶姐，你醒醒啊！"

41. 昏迷不醒

　　龙开放赶到三河市人民医院的时候，赵筱蝶已经在重症监护室里昏迷四十多个小时。三河市医院的几位专家会诊后一致认为，有可能是因为劳累过度引起人体有关大系统，如神经系统、消化系统、心血管系统、免疫系统等功能紊乱而出现的病理状态，严重的直接危及生命，短时间内还无法具体判定赵筱蝶的病情。

　　吕裕民是天亮以后才得知赵筱蝶已住进三河市医院重症监护室的，本以为她昏迷几个小时就应该能醒过来，没想到四十多个小时了仍然没有一点儿要醒过来的迹象。吕裕民的内心有一种难以言表的酸楚，觉得自己对这样的人才只顾工作了而在生活上身体上关心太少。一个为村民忍辱负重、忘我拼搏的女研究生村官，万一有什么不测，如何向龙行村的三千名群众交代？如何向寄予厚望的江仲谋交代啊？

　　深夜十一点，在朱茂林办公室，当着纪光红、韩子刚和朱茂林的面，吕裕民按下免提键拨通江仲谋的电话。吕裕民凝重地说："你好领导，我向你检讨，没有完成好你布置的任务。"江仲谋听吕裕民的声音不对，赶忙问："裕民书记，你怎么啦，发生了什么事？快告诉我。"吕裕民满脸忧虑地说："赵筱蝶同志病了，躺在重症监护室里已经昏迷四十多个小时了。"江仲谋听后很惊讶，停了几秒钟后说："查出病因了吗？呼吸正常吗？"吕裕民回答："专家说有可能是疲劳过度引起大系统功能病变。现在还有呼吸。"江仲谋说："裕民书记啊，像赵筱蝶这样放弃优越的工作环境、生活环境，排除诸多困难奋战在一线的大学生村官有很多很多，但能具备赵筱蝶的思想深度、理论深度和拼命精神的很少很少啊！我们正打算把赵筱蝶的文章印成册子供大家阅读参考，她这次回去还有一个十分重要的任务啊！你该早告诉我。裕民书记，你尽全力抢救，我马上安排国内一流专家去为她诊治。她在哪个医院？"吕裕民说："在三河市人民医院。"江仲谋说："我知道了。你也要注意身体。"

　　吕裕民挂了电话，自言自语道："是我错了，我以为是小昏迷很快就能醒过来的，不承想……"

听了吕裕民刚才的电话，看看吕裕民的表情，纪光红、韩子刚、朱茂林三个人都感到很难受。特别是韩子刚，保护赵筱蝶是吕裕民和纪光红安排给他的任务，出现这种情况他感到自己有重大责任。韩子刚说："吕书记，是我工作失误了，只考虑安全了，而忽略了生活和休息。我现在就安排人到省城去接专家来。"吕裕民看了看三个人，说："刚才大家都听到了吧，赵筱蝶的重要性我就不说了。现在不是我们自责的时候，在专家没到达之前，要想尽一切办法抢救，所有责任我一个人承担，现在就分头行动。"

吕裕民下楼的时候，拨通了龙文革的电话。

龙开放知道赵筱蝶的情况后，当即乘坐云江到江北的最早夜航飞机，心急如焚赶往三河市医院。昏迷不醒的赵筱蝶，脸上没有一点儿血色，瘦成皮包骨头。他看着赵筱蝶禁不住双目流泪。"筱蝶，筱蝶，你醒醒，我是龙三。筱蝶，筱蝶，你醒醒啊，我是龙三……"任凭龙开放怎样呼唤，赵筱蝶仍没有任何反应。

江仲谋请来的两位专家到了。他们认真仔细地观察了处于重度昏迷中的赵筱蝶，分析所有的影像和数据，比较了五十多个小时以来的血压、体温、心率以及其他方面生命体征数值的变化，最后确诊为过度疲劳和营养不良引起心血管系统和消化系统自我功能保护性质的休眠。治疗方案是以药物激活和以蛋白质氨基酸提供能量，恢复心血管系统和消化系统功能。当前的关键问题是唤醒赵筱蝶，否则，很有可能引起两大系统病变和生理机能衰竭。两位专家建议病患者母亲和孩子抓紧过来。

"是啊，母子连心啊！我怎么把这事忘了？"纪光红迅速把郑子涵叫到门外交代几句，郑子涵快速地跑下楼去。

回到屋里，纪光红问龙开放："文博什么时候能到？"龙开放回答："最快，下午四点半。"

强冷空气随号叫的西北风如期而至，一夜之间气温陡然下降十几度，江北在寒流中冻得瑟瑟发抖，风雨交加，雨雪交加。楼群、农庄、道路、树木都笼罩在灰蒙蒙的寒气之中。街道空荡荡的、旷野空荡荡的，狂风在肆虐、雨雪在肆虐。或许这股寒流知道，这个春季是它们最后一次侵蚀江北，所以显得异常凶猛，像死亡之前的最后一次挣扎。

还有几天就惊蛰了。吕裕民站在办公室窗前望着窗外湿淋淋的昏暗的天空，心里生出许多感慨。这时，他听见了一声震天动地的响雷从头顶上滚滚而过，是那种撕破天空、划破大地的巨响，令人心惊胆战。

吕裕民把云明市黑恶势力准备进入江北，可能威胁自己生命安全的信息向省委李书记作了汇报。李书记听了既震惊又愤怒："简直是无法无天，一定要严防严控严厉打击，挖出幕后黑手。无论涉及谁，都将受到法律严惩。如果江北的警力不足，省委提供帮助。裕民书记，放心大胆干，省委支持你。"吕裕民有了底气。

"端正发展理念，调整改革思路，理顺组织队伍，建立和谐社会。把立党为公执政为民贯穿在具体工作中。"这一工作思路实施几个月来，已经开始显现成效。可是，几十年的盘根错节的关系岂是一年两年能理顺的？风平浪静之下暗流汹涌，戾气张狂。权和钱已经被锻造成一把锋锐的尖刀，成为一种武器。斗争随时随地都在进行，不是鱼死就是网破，没有别的选择。吕裕民担心的不是自己，而是整个江北。

风雨拍打着办公室的玻璃窗，吕裕民不由得想起落雁湖畔成千上万条摇晃的渔船。禁捕期间渔民和水上警察发生严重冲突，他刚从现场回来。他想起古黄河落雁湖段清淤工程仍在继续，想起蝴蝶庵到龙都广场沿线通宵夜战，想起华自义还在风雪中走村串户调研，想起那些雪雨严寒之中仍奋战在一线的可歌可泣的无数人，当然会想到躺在重症监护室里的赵筱蝶。吕裕民浑身充满了力量。

下午五点多钟，吕裕民接到纪光红的电话得知赵筱蝶醒了，他当即拨通江仲谋的电话。江仲谋说："醒了，我就放心了。国之栋梁啊！裕民书记，你也要当心身体啊。不仅要有健康的思想还要有健康的身体，本钱都没有了怎么可能去执行党的正确路线，实现正确的执政理念，怎么去作斗争，怎么能把握正确方向，以一把手的影响力推动一个地方健康发展、和谐发展？你代我告诉赵筱蝶，思想重要，文章重要，工作重要，身体健康也重要。"

江仲谋简短的言语中有几个闪亮的词汇让吕裕民耳目一新，"党的正确路线""正确方向""作斗争""一把手的影响力"。吕裕民理解了这些话深层次的含义，冷峻的脸上露出一丝微笑。

吕裕民翻开记事本看了看，拨通刘金亭的电话："刘书记，你不是计划今晚向我和纪光红书记汇报工作吗？纪光红现在三河市，你和我一块到三河市吧。"刘金亭说："我和纪委书记沈悦一块去，什么时间走？"吕裕民说："现在，我在办公室里等你们。"

三河市人民医院和三河市党政机关大院仅一条街相隔，吕裕民的车子在医院里停了下来。刘金亭和沈悦望了望医院的大楼疑惑不解。吕裕民说："陪我去看个病人，昏迷两天多了，刚醒，你们认识的。"刘金亭他们跟着吕裕民走进医院主体楼……

赵筱蝶是在母亲和儿子的呼唤声中醒过来的。

郑子涵到赵筱蝶家时，赵筱蝶的母亲在用鲜荠菜煮鸡蛋。两天前，老人家就把鲜荠菜鲜肉馅的饺子包好了等女儿回来，女儿没回来她就把饺子放在院子里的雪地上冻着。老人家坐在炭炉旁小心翼翼地用勺子把煮熟的鸡蛋壳敲破，然后在荠菜汤里放些盐。赵筱蝶从小到大最喜欢吃荠菜肉馅饺子和荠菜煮鸡蛋。特别是三年高中期间，每逢回家的时候母亲就会让她饱饱地吃上两顿饺子，然后再带上有淡淡盐味的荠菜煮鸡蛋。青绿色的鸡蛋散发着沁人心脾的清香。

郑子涵虽然说得很委婉，但老人家总觉得心里空落落的，不踏实。她叫郑子涵吃个鸡蛋再走，郑子涵推脱了。老人家装了两袋饺子，把热荠菜汤和鸡蛋装进保温盒里就随郑子涵上了车。车窗的玻璃上结了一层薄薄的白霜，看不清车外任何东西。看到郑子涵忧心忡忡的表情，老人家有一种不祥的预感。

进重症监护室前，虽然纪光红书记说了许多安慰话，好让老人家有思想准备。但郑子涵和冯莉莉扶着她走到赵筱蝶面前，看到女儿浑身上下插满管子不省人事时，老人家身子一软，放声哭出来。龙开放喊了几声妈，她都没有听见。

老母亲把赵筱蝶的头抱在怀里，把赵筱蝶的手紧紧地攥在自己手心里，哽咽地呼唤着："红蝴蝶，红蝴蝶，你醒醒，妈来看你了，妈给你带来你最喜欢吃的荠菜饺子和荠菜煮鸡蛋。红蝴蝶，闺女。闺女，红蝴蝶。你醒醒，你醒醒啊……"母亲的千呼万唤仍然没有唤醒赵筱蝶。

红蝴蝶是赵筱蝶的乳名。母亲生她前做了个梦，梦见满天飞舞着红蝴蝶，加上马户家祖先与蝴蝶有缘，就把红蝴蝶作为她的乳名。上高中前，母亲一直叫她红蝴蝶，后来改叫小蝶。算起来红蝴蝶这名字已有十几年没人叫了。

下午四点多钟，龙开放见母亲嗓子都哭哑了，安慰说："妈，你休息一会儿。医生说了，筱蝶会醒的。你保重身体。"龙开放为老人家冲了杯热牛奶端给她。老人家接过牛奶朝龙开放看了看，正想问什么。这时，扑鼻的奶香一下子提醒了老人家。赵筱蝶小时候睡懒觉叫不醒的时候，只要母亲把青绿色的荠菜煮鸡蛋往筱蝶鼻子边一放，闻到荠菜的清香她准一骨碌就爬起来。

老人家打开保温饭盒，热气腾腾，满屋子都是荠菜的清香。她一边用汤勺舀了点儿荠菜汤沥在赵筱蝶的嘴唇上，一边不停地呼喊："红蝴蝶，醒醒，醒醒，红蝴蝶。"果然见效，一勺一勺的荠菜汤居然没有一点儿流在嘴唇外面，很显然赵筱蝶咽进了肚里。大家感到有点儿希望的时候，赵筱蝶的嘴唇微微地翕动了几下。

樊赛带着文博进来了，文博看见赵筱蝶的样子"哇"的一声哭了。他哭喊着妈妈，用小手搂着母亲的脖子，另一只手用力地摇晃着母亲。"妈妈，你醒醒。妈妈你醒醒。文博从来不睡懒觉，妈妈你睡懒觉。快醒醒，妈妈。"是樊赛告诉文博的，说妈妈在睡懒觉，叫文博喊醒妈妈。文博满脸是泪，稚嫩的呼喊声让在场的每个人都揪心流泪。

在母亲呼唤女儿、儿子呼唤母亲的声音里，在清新淡雅的荠菜香中，赵筱蝶的手抽动了两下。

"好，有知觉了。"两个专家异口同声说道。

见赵筱蝶把一小勺荠菜水咽了下去，专家高兴地说："能下咽了，马上就该醒过来了。"

过了十几分钟，赵筱蝶微微地睁开双眼，慢悠悠地转了一下头。她似乎什么都没看见，又闭上了眼睛。

"神经和消化两大系统的功能正在高速恢复中，她马上就会恢复辨识能力。危险期过去了。"专家看着闪动的各种数据很兴奋地对大家说。听到这句话，郑子涵再也抑制不住内心的情感，趴在赵筱蝶的床边放声大哭。

赵筱蝶的母亲见漂亮的小男孩叫自己的女儿妈妈，以为是领导为了叫醒女儿故意安排的。她没多想两只眼睛始终盯着女儿的脸。

大约过了半个小时，赵筱蝶再睁开眼时，已经能辨认出在场的每个人。

文博见妈妈醒了，不哭了。文博朝赵筱蝶做了鬼脸说："妈妈睡懒觉，喊了这么长时间才醒。"赵筱蝶微微地笑了笑。

赵筱蝶努力地抬起手臂摇了摇，算是和大家打个招呼，接着又闭上了眼睛……两位专家说："安全了，大家都放心吧。"

赵筱蝶再次醒来已经能说话了。她对母亲说："妈，这是我儿子文博。"赵筱

龙行运河湾

蝶攥着文博的手，说："儿子，这位是妈妈的妈妈，你应该叫外婆。"文博站直了说："外婆好。""好，好，外孙子更好。"赵筱蝶的母亲见文博长得特别招人喜爱，心里说不出多高兴呢！"闺女，孩子都这么大了，为啥不和妈说一声，也让妈早几年高兴高兴，瞎为你操心多少年……"没等老人家说完，龙开放插话说："妈，这都怪我，不怨筱蝶。"赵筱蝶看了看龙开放，对文博说："文博，叫爸爸了吗？"文博犹豫了一下，仔细地打量着龙开放。"文博，你不是早就要见爸爸嘛，他就是给你买小火车的爸爸。"文博听妈妈说后羞羞答答地说了声："爸爸好。"龙开放抱起儿子在嫩嘟嘟的小脸上亲了两口。这是文博出生以来第一次见到爸爸。

龙开放冲了一杯蛋白粉小心翼翼地喂着赵筱蝶。文博把小脸贴在赵筱蝶脸上和赵筱蝶说悄悄话。老人家见女儿一家三口这样亲热心里暖乎乎的。

赵筱蝶推了推郑子涵，郑子涵擦了擦眼泪抬起头。赵筱蝶见屋里人都眼泪丝丝的，心里很难受，说："让你们担心受累了。"这时候，母亲用勺子从保温饭盒里捞出几个热乎乎的鸡蛋，说："大家一人吃一个，鲜荠菜煮的，可香啦，放了点儿盐有味。筱蝶，你也吃一个。"赵筱蝶说："子涵，你先吃，尝尝我妈的手艺。樊赛、莉莉，我陪你们一块儿吃。你们肯定没吃过这种荠菜盐水煮的蛋。文博，递一个给爸爸。"文博拿了个鸡蛋送给龙开放。赵筱蝶对儿子说："文博，你也吃个呗。"文博趴在赵筱蝶的耳边说："我不吃，省给妈妈你吃。"赵筱蝶听了很感动，对文博说："外婆家有好多好多呢。"老母亲把剥好的鸡蛋递给文博，文博说："谢谢外婆。"

赵筱蝶有点儿精气神了，屋子里的气氛开始变得轻松起来。老母亲拿起饺子对赵筱蝶说："闺女，荠菜鲜肉馅的，想吃吗？妈给你煮去。"赵筱蝶摇了摇头。

赵筱蝶知道自己已经昏迷六十多个小时的时候，突然想起什么，忙叫郑子涵把手机拿给她。

赵筱蝶拨通龙惠娟的电话："龙主任，和龙都广场的合同签订了吗？"龙惠娟说："签订了，也经司法公证了。"赵筱蝶说："请你今天把房款转给郝建民。龙行的雨大吗？情况怎么样？"龙惠娟说："好的，钱今天就转。雨很大。蝴蝶庵清表基本结束，管道铺设只剩下接口，回填土今天能扫尾。你什么时候回来？"赵筱蝶说："我这边有点儿事，明天回去吧。"

吕裕民、纪光红、刘金亭、朱茂林他们走进重症监护室，见赵筱蝶在打电话心里都踏实了。赵筱蝶见来了这么多领导感到很不好意思，想坐起来被纪光红按住了。吕裕民打开手机放在赵筱蝶耳边，等江仲谋的录音播放完，他问赵筱蝶："你听出是谁的声音吗？"赵筱蝶说："我听出来了。他老人家也知道了。"吕裕民说："是他特意请来两位专家给你诊治的。筱蝶书记，你一定要保护好身体啊。你现在的首要任务就是休息，这是命令，也是工作。龙开放，这项任务就交给你负责。"

纪光红对赵筱蝶母亲说："老人家，筱蝶书记吃饭的事情就麻烦您了。在病房里再养护几天，筱蝶想吃什么你尽管到食堂里叫厨师给做。"赵筱蝶的母亲不知道眼前的女干部是谁，说："这大医院住上一天就是上万块钱。筱蝶能吃饭了，我们就回家去。"

以前，赵筱蝶向刘金亭当面汇报过，龙行村正在进行的一系列工作。六天过去了赵筱蝶没有回音，江北电视台新闻头条报道蝴蝶庵、龙都广场夜战，是龙惠娟接受的采访。刘金亭正纳闷，不承想赵筱蝶躺进重症监护室里六十多个小时，要不是吕裕民书记带他来，他仍然不知道详情。这次听说上面的领导亲自请来专家为赵筱蝶诊治，吕裕民、纪光红、朱茂林、韩子刚从她住院开始就一直在为抢救她而忙碌，刘金亭总感觉赵筱蝶身上有自己不知道的秘密。不来不知道，赵筱蝶原来还是龙至礼的儿媳妇，丈夫龙开放还是个海归，儿子都六七岁了，长得像小明星招人喜爱。

刘金亭望着面黄肌瘦的赵筱蝶，想到她平日里那股热情、那股干劲，心里顿生几分关爱。刘金亭说："筱蝶书记，工作上的事情暂且放一放，你啊，安心养病。"赵筱蝶说："我身体不争气，让各位领导为我担心、为我受累了。我现在感觉好多了，你们有太多的事要做，不要再为我浪费时间和精力了。这里有我母亲有龙开放还有樊赛、子涵、莉莉、文博，你们只管放心。"

纪光红说："筱蝶书记，领导的话你也听到了，吕书记刚才也说了，我希望你要把自己的健康作为一项工作任务拿出具体落实措施。譬如，睡眠要确保多长时间？体重最低要保持在什么范围？每天的饮食达到什么标准？晚上我和吕书记陪两位专家吃饭，请专家给你开个方子，你要严格执行。不然的话，你就是对工作不负责任。筱蝶，我这不是侵犯你的隐私吧？"大家见纪光红讲话很严肃，吕裕民书记的脸也板着，都没有再说什么。赵筱蝶能感觉到纪光红说话的分量，她说："感谢领导关心，我一定遵照领导指示，完成交办任务。"

吕裕民一行人还没走出门的时候，赵筱蝶悄悄地叫郑子涵请刘金亭回来一下。

龙行运河湾

赵筱蝶对刘金亭说："刘书记，麻烦你催一下四所学校、敬老院的规划设计。这次寒流过后，天气逐日变暖，就等着破土动工。有可能我明天下午就去找你，把这次的情况向你汇报。"

刘金亭说："好的，我知道了，你先休息，静心养病。"

刘金亭没想到，第二天下午赵筱蝶真的到了他办公室。

42．神罐和老参

冷空气滚滚而来，暖气流节节南退。这次倒春寒是江北六十多年以来，来势最凶猛、来时最晚、持续时间最长的一次寒流。寒风寒雪寒雨，咆哮肆虐，一夜之间气温下降十二度，最低温度降至零下十八度，是自一九七六年以来最让人感到惧怕的寒冷。

一九七六年夏天，清江运河干涸见底，仅仅剩下中间宽三四米的浅水沟，鱼虾鳖蟹干死无数，能够顺水势游到中间浅水沟的，也都是张合着嘴拥挤在浑浊的水面上苟延残喘。成千上万只河蚌向着有水的方向爬过去，在河床黑黝黝的淤泥上，留下一道道黑色的凹痕。断流断航的清江运河瘦得像大地脸上一条弯弯曲曲的皱纹，在炙热如火的阳光下奄奄一息。冬季，连续二十天大雪，平地之上足足有一米厚积雪。清江运河封冻了，河面结冰有五寸多厚，清江运河再次断流断航，河面上的积雪和地面的积雪连成白茫茫一片和天空混为一体。唯有从河两岸露在雪面上干枯晃动的半截芦苇，还能影影绰绰分辨出清江运河的大致轮廓。那年江北的最低气温是零下十六度，那是日积月累的寒冷，是人们逐渐适应的寒冷。这一次却不同，是温度上升中的突然回袭，冷得出乎意料。

卧龙山上，寒风更为凛冽，风雪雨肆虐而过，悲鸣不已，万木寒噤。龙开放穿着一件黄大衣，直挺挺地跪在龙至礼墓碑前号啕大哭，他的心比墓碑还凉……

赵筱蝶是第二天上午出院的，樊赛见赵筱蝶恢复得很好，就留下文博在父母身边自己回去了。赵筱蝶的母亲为了照顾女儿和外孙子，随赵筱蝶、龙开放一块住在蝴蝶庵里。赵筱蝶的父亲马户天迟整天和党员义务小组的人在一块忙得不亦乐乎。他白天到蝴蝶庵吃饭，晚上住在赵夏李组的老房子里。

"老宅子住不了几天了。明末开始几世几代下来，宅子越垫越高，房子越建越宽敞，直至现在的楼房，但我从没离开过。老宅子是有灵性的，我要在夜深人静的时候和老宅子说说话、交交心。"马户天迟对赵筱蝶说这话时满心伤感。赵筱蝶理解父亲，理解一个土生土长的农民失去祖宅失去土地的感受。难割难舍的留恋、离宗背祖的失落、抛弃根基的痛苦，是赵夏李组上年纪人的共同心态。

自古以来，农民的最大愿望就是置办土地、扩建家宅、添丁加口和出人头地。可现在不同了，在年轻一代农民的心里，前三样东西恰恰是落后的表现。大家都想挤进城市里去出人头地，他们从不考虑城市乐意接收吗？城市有能力接收吗？住在了城里真的就能变成城市里的人了？整天在梦里沾沾自喜，一个把现实生活过得皱皱巴巴的人的梦想无异于水中捞月，镜中看花。乞丐和捡垃圾的人没有梦想吗？为什么梦想了一辈子最终还一无所获？一个背叛土地的人很有可能会被城市抛弃在污水沟里。梦想是日积月累的现实的反射，是结痂的伤口上绽放的美丽图案，是忧伤的眼泪和痛苦的汗水孕育而成的花朵。龙行社区虽然建在城市里，但它不一定是城市的一部分。这是赵筱蝶在制定龙行村十年规划时就已经考虑到的，身在城市里而心在城市外的人不计其数啊。

龙行村的未来是从共富经济发展有限公司成立开始的，龙行社区的未来是从赵夏李组拆迁之时开始的。公司在于财富，社区在于人心。马户天迟曾经对赵筱蝶说过："孩子，安家容易，安心难啊。城乡收入有差距，福利待遇不平衡，文化素质、文明程度有距离，还有待人接物的习惯、伦理道德观念等等，想让老百姓融入城市不是一朝一夕的事。权益和待遇是关键的坎。这个坎不消除，你就是说得天花乱坠、地涌金莲也没有用，那是在赶鸭子上架，是忽悠老百姓，是骗人的鬼话。"马户天迟讲了一个故事给赵筱蝶听。城市公园里有四个六十五岁左右的老人在打小牌。一开始谁也不了解谁，随便找对门，大家玩得很开心。后来熟悉了，相互知道了底细。四个人中一个是国企高管退休，一个是机关干部退休，一个是普通工人退休，一个是农民。国企高管月退休金一万八，还有奖金，医疗费全能报销。机关干部月退休金九千，有补助，看病基本不花钱。普通工人退休金每月两千六，医疗费报销百分之八十五。农民每月只有六十元养老金，医疗费报销百分之五十。底细知道了，打牌就不一样了。国企高管总是要和机关干部对门，剩下的工人和农民对门。农民打牌再也没有原来的精气神了，老是输，老是在别人的哈哈大笑中郁闷地离场。后来四人的牌局散了。再后来，那个农民得脑出血死了。马户天迟问了赵筱蝶两个问题："那个人为什么会得脑出血死亡？那个人如果不进城会这么早就死吗？"赵筱蝶没有回答父亲的提问，她不知道该如何回答。马户天迟自言自语地说："人比人气死人啊。老年人是脑出血，放在年轻人身上那就是怨气，就是怒气，就是戾气，郁积久了就会产生报复社会的情绪。愤怒之下，命都不要了，还能想到沄律吗？"

父亲的话虽然带有些情绪，有点儿夸大其词，但赵筱蝶明白那是父亲在提醒自己如何破解这个难题。人和人不平等，分配不均，人心势必不安。这次回来，赵筱蝶更加坚定了自己的选择，缩小贫富差距，走共同富裕的道路。

坐在写字台前，赵筱蝶把《侵略在生活中上演，现在虽安，忘战则亡》这篇文章的整体布局、章节构思、段落提纲等整理好准备开始动笔。赵筱蝶已经决定把这篇文章完成之后，不再写大的政论性文章，要把全部时间和精力投入到十年规划的实施上。

母亲来到屋里坐在床上对赵筱蝶说："筱蝶，妈和你商量件事。"赵筱蝶望着母亲说："妈，你说，什么事？"母亲说："我想趁这几天冷，不能出去干什么，把你和龙三的婚事给办了。你四个哥哥都很赞成我的想法，你爸也很乐意，就看你的了。妈就你一个女儿，早就想看看你穿上婚纱的样子。""这个主意好，筱蝶姐，我和莉莉给你做伴娘。"不知什么时候，郑子涵和冯莉莉也到了屋里，郑子涵高兴地说。赵筱蝶笑着对母亲说："妈，你想过没有，儿子都上幼儿园大班了还去举行结婚仪式，非叫人家笑掉门牙不可。女儿满足妈的心愿，等我身体恢复正常后，子涵和莉莉陪我们一家三口去拍婚纱照。"母亲说："那我和你爸给你准备的嫁妆钱呢？"赵筱蝶说："妈，嫁妆钱就不要了，留给你和老爸养老用。你和爸培养了我近三十年，从幼儿到研究生，那就是你们给我的一辈子都偿还不起的嫁资。你和老爸还有四个哥哥说说，结婚仪式这件事就免了，天气暖和后，带大家进城看我拍婚纱照去。"

这时，文博跑进屋来问赵筱蝶："妈妈，爸爸去哪儿了，刚才还在蝴蝶湖岸边呢？"赵筱蝶说："他是不是到西面去看蝴蝶泉了？"文博说："没有，我看过了，西面没有人。"

郑子涵说："他开车出去了，说马上回来。"赵筱蝶听说龙开放开车出去，就估计他上卧龙山了。

离开十多年，龙开放再回到龙行村时，切实感到自己已成为一个无家可归的人。老家因蓝鸟啤酒厂建设早已拆迁，父母离世，龙古力定居鲁东，龙文革定居江南。自己一家三口，儿子在云京；妻子在蝴蝶庵；自己在云江，居无定所，一事无成。

龙行运河湾

离开龙行时的满腔热血，去美国时的雄心壮志，此时，就像蝴蝶湖的水面在严寒中凝结成坚硬的冰，唯有蝴蝶泉的泉眼处尚存一方能够倒映日月的水面，彰显着蝴蝶泉的温度和灵性。龙开放不由自主地想起父亲龙至礼，在他幼时的心里父亲是最值得他骄傲和自豪的偶像。

龙开放驱车来到卧龙山跪在父亲的墓碑前，内疚和悲痛像风和雨连续敲打他那冷得打战的躯体，悔恨和创伤像两颗子弹洞穿他的胸口。龙开放的哭声和山顶上凄厉的西北风搅和在一起，坚硬的土地和落叶让他的内心更加忧郁。他在哭父亲，也在哭自己；他在哭生命，也在哭命运。看到家乡的卧龙山，看到家乡的清江运河，看到家乡的蝴蝶庵，看着父亲孤独冰冷的墓碑，他那曾经自豪的往事犹如无数根针刺进他疲惫的心里，剧烈的疼痛逼着他退缩到麻木的边缘……最后，龙开放仰天长叫："老爸，作为一名共产党员，我没有给你丢脸。但你能告诉我吗，为什么我的心里满是雾霾和眼泪？"

赵筱蝶把手机递给文博说："儿子，打个电话给你爸，你告诉他山上太冷，抓紧回来。"文博问："妈妈，你怎么知道爸爸上山了？他为什么不带我去？"赵筱蝶正想回答，龙惠娟、夏庆嫂、徐贵珍三个人推门进来。

龙惠娟是从郝建民那里知道赵筱蝶的病情的。因为龙都广场十二号楼顶层漏水，龙惠娟去找郝建民。郝建民听说，赵筱蝶醒来的第一件事就是安排龙惠娟支付房款，这让他十分感动。郝建民天天盼望赵筱蝶回来，见超过计划三四天了，他有点儿忐忑不安甚至有点儿心慌。郝建民打电话问郑子涵才知道发生了这么大的事。现在房款到位了，郝建民的心总算踏实了。

郝建民见到龙惠娟第一句话就问，赵书记好了没有，问得龙惠娟满头雾水。郝建民说："龙主任，赵书记命悬一线，这么大的事你真不知道？"龙惠娟说："我真不知道，说来听听。"郝建民把赵筱蝶的事前前后后说了一遍，龙惠娟听完一刻也没耽误当即联系夏庆嫂和徐贵珍。

赵筱蝶见三个人都绷着脸，说："怎么啦，遇到难事了，是不是二组拆迁的事？"龙惠娟见赵筱蝶若无其事的神情，面带愠色地说："赵书记，我的三娘，你身体出现这么大的事为什么要瞒着我们？"夏庆嫂和徐贵珍听见龙惠娟叫赵筱蝶三娘感到很困惑，她俩不知道赵筱蝶和龙开放结婚生子这件事。

赵筱蝶明白了她们的心思，笑眯眯地说："你们看，我不是好好的吗？偶尔的小毛病，不要放在心上。坐下吧，六七天没见你们了，很想念的，你们辛苦了。"

夏庆嫂见赵筱蝶面黄肌瘦，心里感到很难受。她是个急性子，说："赵书记，你就别再瞒我们了，昏迷了三天三夜能是小毛病？当初你救了俺的命，你命悬一线的时候，俺却蒙在鼓里。你可知道我们得知消息时是什么样的心情吗？我们恨你。"说着说着眼泪就下来了。

龙惠娟看着写字台上的提纲，说："赵书记，你白天忙里忙外搞得晕头转向，夜里再点灯熬油写这些文章材料，你的身体是吃不消的。龙行村的党员干部群众的心才刚刚有点儿聚拢，十年规划才刚刚破一点儿头，万一你倒下了，这个班子就没有了主心骨，十年规划就有可能成为龙行一梦。我还指望跟着你干上三十年呢，你怎么能这样不珍惜自己身体呢？"

徐贵珍坐在那里没有说话，就是静静地望着赵筱蝶，晶莹的泪珠顺着脸颊滚到嘴角。看着赵筱蝶，她想到自己高中毕业时的理想，想到回村里后喂长毛兔的经历，想到入党时的誓言、做小组长时的雄心壮志，想到和赵尔照老婆吴翠霞打架的情景，想到龙世英、龙至礼、李为业、李继来、赵尔照，想到龙行村的兴衰沉浮、人心聚散。龙世英成了雕塑，龙至礼成了纪念碑，李为业、李继来、赵尔照成了阶下囚。是赵筱蝶点燃她沉睡已久的激情，点燃了龙行村党员群众的希望……如果赵筱蝶没有醒过来，龙行村将会怎样？

这时候，文博小心翼翼地捧着一碗汤走了进来。"妈妈，外婆叫你把这碗老母鸡汤喝下去。外婆说了，喝了这碗鸡汤妈妈就能胖起来。外婆说了，现在就趁热喝。"

小文博的两只眼睛始终盯在碗里晃动的鸡汤上，神情专注地保持着碗的平衡，没有发现屋里还有其他人。他把碗放在桌子上，对赵筱蝶说："外婆叫我看着你把它喝下去。喝吧，妈妈。"

"谢谢你，儿子，给阿姨们问个好。"赵筱蝶说。文博发现屋里有几个人，小脸一红，双手垂在两侧对她们呈立正姿势，说："阿姨们好。"龙惠娟赶忙说："我可担当不起，你是我的小帅哥啊！"几个人见文博说话做事有板有眼，不由得都笑了起来。

"儿子，告诉妈妈，哪来的老母鸡汤？"赵筱蝶问文博。文博回答："是五保奶奶和五保爷爷送来的，他们在外婆屋里说话呢。"

屋子里正说着话，赵筱蝶的母亲、郑子涵和冯莉莉扶着几位五保老人走进来了。

龙行运河湾

赵筱蝶见蹒跚而行的老人赶忙迎了上去。"你们怎么来了，外面这么冷，走路又不方便？"赵筱蝶说这话时朝母亲望了望。"闺女，你可不要抱怨妈，妈不知情。他们把鸡汤炖好后用煨罐端来的，煨罐外面裹了一层又一层，他们……"没等赵筱蝶的母亲把话说完，孙老太太抢过话头说："筱蝶啊，是你错怪你妈了。我们本打算昨天中午来看看你的，后来觉得把鸡炖好了端过来更好。你吴大爷有花轿车，挡风避雨的，你不用担心。"说着把怀里抱着的黑罐小心地放在桌子上。孙老太太又对赵筱蝶说："刚端下柴火，炖了个对时，趁热喝两碗，保你浑身出汗四肢来力。"

赵筱蝶在满屋人的劝说下喝了一碗，孙老太太又给她盛了一碗。

住在五组教堂里的几位五保老人见赵筱蝶四五天没来看望他们了，大家都估计肯定是出了什么大事。自赵筱蝶上任以来，不管有多忙，无论是刮风还是下雨，她总是隔天就来一次，带点儿吃的穿的用的，买些药品，从没间断。昨天早晨才得知赵筱蝶得了场大病刚回蝴蝶庵，几位老人很担心。周老太太说："老吴，你去把那只产蛋的鸡抓来，给筱蝶送去补补身子，顺便去看看她。"老吴知道那只老母鸡跟周老太太两年多了，正产着蛋，攒几天就够炒顿鸡蛋吃，几个人对老母鸡很有感情。老吴说："我上集买一只吧，留着它下蛋。"周老太太说："正因为它产蛋才有营养。我们自己喂的鸡无病无灾的，知根知底，放心。"

老吴抓鸡的时候，孙老太太突然想起什么，她走到床边打开那只看不到原色的老木箱子，拿出一个陶罐和一个老木盒子。那个陶罐大家都认识，是龙行村有名的神罐。中华人民共和国成立前，龙行村人治病都是煎中药喝，这个陶罐是孙老太太家祖传的煎药罐子，据说有几百年历史，比蝴蝶庵的年龄还大。孙老太太是中药世家，到她父亲已经是第十三代。孙老太太叫孙桂荣，父亲把她许配给中药铺的伙计吴祥生。吴祥生是龙行村五组人，做了三年伙计，学了许多中药知识。吴祥生和孙桂荣结婚后在龙行村开了个中药铺子。孙桂荣是闸北镇闸南村人，父亲就她一个女儿，她下面有两个弟弟叫孙桂富和孙桂华。出嫁时父亲没少给她陪嫁，一个铸铁的药碾子，一只纯紫铜捣药臼，一个祖传煎药罐，还有五块洋钱。那支百年老参是母亲偷偷塞在箱子里的没让两个弟弟知道。孙桂荣和吴祥生一九四五年冬天结婚成家，那一年孙桂荣才十六岁。孙桂荣怎么也没想到结婚后不到三个月，丈夫吴祥生就被抓壮丁了。被逼无奈，孙桂荣自己把中药铺子撑起来，边学边干，靠着铺子养活着吴祥生的父母。到二十世纪七十年代，龙惠娟的祖父龙至潜开始行医，孙桂荣的生意大不如从前。龙惠娟的父亲龙杰买断闸北镇医院后，找到孙桂荣死缠硬磨，愣是将她的中药铺子给买断了，没几年就并到闸北镇医院了。孙桂荣的两个弟弟也都被龙杰逼得离开闸北镇到外地做中药生意了。吴祥生的父母去世后，孙桂荣独自生活，成了五保户。那个陶罐是孙桂荣留下的中医世家的唯一念想，那个红木盒子里装的就是母亲送给她的百年老参。

陶罐很精美，罐腹如球，罐口如碟，绳纹交织，散发着青幽幽的亮光。为了使用方便，孙桂荣的父亲给它配了个紫檀木盖，盖中间镶嵌一个银质小提环。罐内有一把紫檀木勺子，也是父亲配的。盖子和勺子散发着沁人心脾的檀香。自从中药铺子转给龙杰后，孙桂荣宁可亲自为病人煎药也从不把陶罐借出去。

孙桂荣打开红木盒子，取出那支百年老参，说："龙行村只有三个人有资格享用这宝物，一个是龙姑，一个是龙至礼，再一个就是赵筱蝶。老吴，你把鸡杀了，我给筱蝶煨一罐药食同补的鸡汤。"

孙桂荣用三块青砖做支架，将麦秸揉得软绵绵的做燃料，文火慢慢地加温煎熬。几个五保老人轮换续火整整煎了二十四个小时。火刚熄，他们就用小棉袄把陶罐裹得严严实实，然后套上塑料袋再用棉被包起来。老吴用花轿车把几个老人送到蝴蝶庵时，陶罐里的鸡汤还是滚烫滚烫的。

赵筱蝶在几位老人的劝说下把第二碗也喝下去了，额头上汗津津的。赵筱蝶看着他们说："不仅仅是鸡汤吧！"他们都笑了笑没有说话。

老吴把杀鸡炖老参汤熬了个对时的事讲给赵筱蝶听，赵筱蝶听后感动得要流泪。她握着周老太太和孙老太太的手说："我何德何能，让你们如此待我，这让我一辈子都感到亏欠你们。"孙桂荣说："闺女，你可不能这样说。你是龙行村的福星，是我们五保老人的福星，在我们心里你比亲生女儿还亲。女儿病了，老母鸡算什么，老参算什么。只要你健康，我们干什么都愿意。前几天，他们几个人还劝我说，等你回来要我认你做干女儿，我说我哪儿有那福分啊？五保户、困难户够给你添累了。这不，你累倒了吧。"孙桂荣边说边从怀里掏出那个老木盒子，对赵筱蝶的母亲说："你收下，留给筱蝶补身子。天暖和了我们会经常来看她。这个陶罐也留在这里，它有灵性。"

赵筱蝶推来推去，无论如何不肯收下。孙桂荣急了，说："我是个埋土半截的人了，留着它有什么用？筱蝶，你要是把我看作干娘，你就给我收下，天底下哪儿有女儿拒绝娘的好意的。"

赵筱蝶说："老人家，我很乐意做你的干女儿，但这东西千万不能收。只有女儿孝敬娘的，怎么可以要娘的东西？"孙桂荣说："大家都听到了吧，筱蝶承认是我干女儿了，我把这两样东西放在女儿家总算可以吧！老吴，开车，我们回教堂去，不打扰他们了。"

孙桂荣临走前又和赵筱蝶母亲说了一会儿悄悄话。或许只有龙惠娟能猜出孙桂荣说了些什么。龙惠娟从小就听祖父龙至潜讲过，龙行村有四件宝贝。第一件是陶罐，这东西年岁最长。第二件是那支百年老参和装老参的红檀木盒子。孙桂荣一个人就拥有两件。第三件是赵筱蝶的祖母夏荷花陪嫁的那头毛驴和毛驴脖子上挂的青铜响铃。第四件才能数到龙惠娟家的那六本中医古籍。那支老参是孙桂荣的祖父年轻时到东北采购药材用十块大洋买的，是支稀世老参。装老参的盒子不是红木而是红檀木做的，是沉檀。这种木头质地紧密坚硬，色彩绚丽多变，香气芬芳永恒，不仅百毒不侵而且能避邪治病。龙惠娟今天近距离看见两件宝物，不对，应该是三件宝物，真算是开了眼界。龙惠娟知道祖父和父亲与孙桂荣和她两个弟弟之间因为中药铺子的事有很多积怨，孙桂荣讲话时她没有吭声，免得被她絮叨。

赵筱蝶看到陶罐想到施工现场挖出的那座古墓，问龙惠娟："龙主任，古墓的事处理了吗？"龙惠娟说："博物馆来了几个人，也没说出东三西四，把墓里的金银财宝拾掇拾掇就拿走了，临走时撂下一句话，没有考古价值。我说没有考古价值，金银财宝也该有村里一份吧。一个秃顶老头说金银财宝是属于国家的。我真想不通，博物馆五六个人能代表国家，我们有三千名群众的龙行村就不能代表国家吗？我看那几个人贼眉鼠眼的不像是好人。早知道这样，我们自己收起来算了，村里也能有一笔大收入。赵书记你没在现场，金银财宝装了一蛇皮袋，少说也能值一千多万，让人眼馋。"赵筱蝶问："所有物件都登记了吗？那么多的蛇呢？"龙惠娟说："蛇又被埋在土里了，清单有一份在朱志刚副所长手里。"

赵筱蝶叫龙惠娟把郑子涵喊到屋里来，说："子涵，你打个电话给朱志刚，叫他把古墓财物清单复印一份送来。"郑子涵爽快地答应了。

龙惠娟见赵筱蝶气色好多了，说："赵书记，我有一个消息想告诉你，请你判断一下是好是坏。"赵筱蝶问："什么消息，说来听听。"龙惠娟说："据说谷冥蛛要带一批人来江北参观学习，你认为是好事还是坏事？"

赵筱蝶沉思片刻，冷冷地笑了笑，说："脸面上是好事，心里头是坏事。他是在长臂干预和破坏江北的政治生态。"

龙惠娟见自己的消息给赵筱蝶增加了思想负担，赶忙改口说："我只是听说，不一定是真的，你就别多想了。三娘，我怎么没有看见三爷，他人呢？二十年没见了，他不一定还能认识我。"

正说着，龙开放推门来到屋里。

赵筱蝶想都不敢想，就在谷冥蛛带人来江北参观学习期间，一桩惊天大案在江北市发生了。

43. 谷冥蛛

　　地级市江北第二任市委书记谷冥蛛，曾用名谷龙生、谷人和、谷敏珠，他调到云北省做省委副书记兼云明市市委书记的时候正式改名为谷明珠。此时，他把老母亲临死之前的嘱咐给忘了。

　　谷冥蛛是江北市泗湖县仁贵乡人，仁贵乡因传说唐初名将薛仁贵东征时驻军该地而得名。仁贵乡有个村庄叫拴马庄，拴马庄内有一棵古槐，古槐要五人合抱，高有六丈，冠大根深，方圆几十里都能看到。传说那棵古槐就是当年薛仁贵的拴马桩。薛仁贵的那匹马是李世民赐的御马，那拴马桩本就是一个干枯的槐树桩，不承想薛仁贵离开驻地第二年它发芽吐绿，后来渐渐长成树。因为这件事，人们就把这个村庄改名为拴马庄。

　　宋朝末年，泗湖县洪水泛滥，谷冥蛛的祖先从湖里搬迁到拴马庄大槐树下。谷冥蛛的祖先本是泗湖一带有名的乡绅，过着那种近似于官而异于官，近似于民而高于民的生活。到谷冥蛛的祖父一辈，他们已经成为地方上很有名气的土豪乡望，家有良田上千亩，大车几十辆，骡马牛大牲口近百头，房屋一百一十间。谷冥蛛的父亲是兄弟俩，老大叫谷怀吏，老二叫谷怀文。谷冥蛛的父亲是老二谷怀文。谷怀吏在国民政府里任职，出卖过几十名共产党干部，后来又投靠了日本人，杀人放火抢劫盗墓什么坏事都干，最终被人枪杀在土井里，留下的两个儿子也不知下落。

　　打土豪斗地主分田地的时候，谷怀文正在国外喝洋墨水。家里的田地房屋大牲口被分得一干二净，谷冥蛛的祖父抑郁成疾，卧床几年，于一九五五年自尽。谷怀文回国为父亲治丧，之后便和邓蕴瑕结了婚。邓蕴瑕是个上过女子学校的知书达理的女子，她和谷怀文是双方父母从小定下的娃娃亲。

　　谷怀文自小喜欢诗文，没做过什么坏事，又留过洋，地方政府便安排他在仁贵中学教书。谷冥蛛是一九五七年农历二月初二在那棵大槐树下出生的。二月初二是龙抬头的日子。谷冥蛛的出生可谓占尽天时、地利，谷怀文就给他起了个乳名叫人和，学名谷龙生。

谷冥蛛这个名字是一个游僧为他起的。

凭谷怀文的家庭背景，政府安排他做中学教师应该是很宽大照顾的了，可谷怀文表面上对党和政府千恩万谢，心里头却满是仇恨和不满，散布了许多不当言论。对照中央关于右派分子的六条标准，谷怀文符合四条，被划为彻头彻尾的右派分子。谷怀文被抓走的那天上午，人和刚学会喊第一声爸爸。

天空飘落小雪的那天，有一个游僧到谷家门上化缘。邓蕴瑕见和尚穿得单薄，冻得牙打战，心生怜悯，把锅里刚煮好的粥饭盛了一钵盂给和尚，并请和尚到屋里烤火取暖。和尚仔细看了看邓蕴瑕，说："女施主慈眉善目，有菩萨心肠，可印堂无光，家里定有灾祸，不妨说出来，贫僧愿为女施主点拨一二。"邓蕴瑕就把谷怀文被抓走不知道关在什么地方的事向和尚说了一遍。那和尚端坐如磐，双目微闭，口中念念有词。这时候，躺在屋里床上的谷龙生大哭大叫起来惊动了和尚，和尚睁开双眼手捻佛珠，说："请施主把孩子抱出来让我看看。"

邓蕴瑕抱出大喊大叫的谷龙生。说也奇怪，谷龙生见到和尚，头向旁边一扭不哭了。和尚了解些情况之后对邓蕴瑕说："女施主，你儿子的两个名字都得改，只有改了名字，你丈夫谷怀文才能于明年秋天白露时节回家。施主与佛有缘，我就送他两个名字吧。"和尚微闭双目手捻佛珠嘴里咕哝了一会儿，从破僧袍里摸出一支秃头毛笔，将笔头放在嘴里用唾沫湿了湿，然后拽过谷龙生的小手，在一个手心写上蜘蛛两个字，在另一个手心里写上谷冥蛛三个字。

邓蕴瑕是个识文断字之人，见和尚为儿子取小名为蜘蛛，大名为谷冥蛛，心里好生疑惑。"蜘蛛"和"冥"字都不是吉祥的字，用在名字里很少见。

和尚见邓蕴瑕满脸不解，说："女施主的心事贫僧一清二楚。此子为地煞星转世，克父克母克妻克子，只有用这两个名字才能化相克为相生，主家人富贵，主家事平安。人都是自私的，人与人之间永远也和不了，面和心不和。龙是修炼而成的，生不出来。人和与龙生都是空幻的东西，全不如幽暗的山谷里夜幕下的蜘蛛，织网而捕，衣食无忧，逍遥自在，优哉游哉。此子天生刚烈专横，只有用这个名字才能镇住他心里的邪气和戾气。否则，轻则有牢狱之灾，重则有生命之虞，更不要说他父亲明年白露时节能回家了。"

邓蕴瑕听了和尚的话心里发怵，等她回过神来时，和尚已经出门消失在飞飞扬扬的小雪中。邓蕴瑕联想到那天上午儿子刚吧唧嘴叫谷怀文一声爸，下午谷怀文就被抓走了。她坚信和尚的话把儿子的名字改了，小名叫蜘蛛，大名叫谷冥蛛。邓蕴瑕朝儿子喊蜘蛛时，儿子向她翻了个白眼，坐在板凳上睡着了。

一九五八年，仁贵乡试点成立人民公社之后，果真是白露那天谷怀文回到拴马庄。谷怀文主动找到大队书记，请求在那棵大槐树下召开群众大会，自己要做深刻检查。谷怀文写了两块牌子挂在身上，前胸是"洗心革面"，后背是"重新做人"。

谷怀文花费了两天两夜写的检讨书，不仅让参加会议的群众看得泪流满面，而且还惊动了公社领导人。后来检讨书被全文刊登在《泗湖日报》上，谷怀文被树为右派分子改邪归正的典型。谷怀文既会说又会写，三六九被请出去为那些顽固的右派分子做报告，经常能带一些毛巾、肥皂、茶缸等物品回家。一时间，谷怀文又成了名人，不仅保住了教师这个铁饭碗，还被提拔为仁贵中学副校长。邓蕴瑕暗自庆幸遇到那个游僧，把家里的变化都归功在改过名字的谷冥蛛身上。

"三年困难时期"之后，泗湖县开展社会主义教育运动，在全县范围内清政治、清经济、清组织、清思想。谷怀文先把仁贵中学搞成"四清运动"的典型，后来又把仁贵乡树为江天省的典型。靠一张嘴、一支笔，谷怀文成为仁贵乡响叮当的红人。"文化大革命"运动开始没有几个月，谷怀文就被提拔为仁贵乡革命委员会副主任，是"红派"的一号头目。一九六七年腊月，在和"白派"争夺泗湖县人民委员会权力的争斗中身负重伤，成为夺取政权的一等功臣。一九六九年被评为江天省活学活用毛泽东思想先进典型；一九七一年被评为"一打三反"运动的积极分子。一九七三年泗湖县撤销县革委会核心小组时，谷怀文因被人举报铺张浪费，被安排回仁贵乡做副乡长。这期间，邓蕴瑕又为谷冥蛛生了两个妹妹，大妹谷雨，二妹谷田。

顺风顺水的家境让邓蕴瑕很满足，最让邓蕴瑕骄傲的是谷冥蛛的学习成绩。谷冥蛛念书，记性好过目不忘，心眼灵，点到就会。谷冥蛛八岁上学，连续跳级，十四岁考取泗湖县重点高中。高中毕业因家庭成分没有被推荐上大学。一九七七年恢复高考，谷冥蛛没费力气就考取了江天省农学院，毕业后留校任教。一九八四年，谷冥蛛被提拔为江天省学院农业技术处副处长时，嫌名字中"冥"字和"蛛"不吉祥，改名为谷敏珠。改名后两天，谷怀文被划为"三种人"，一切职务一抹干净。

谷怀文郁闷成疾，不久就死了。办完丧事，邓蕴瑕把谷冥蛛叫到面前，把当初和尚说的话一五一十地告诉了他。谷冥蛛听了之后当时就吓了一跳，回到江天省农学院就把名字又改了回来。邓蕴瑕要是知道谷冥蛛改了名，准把谷怀文的倒霉事和死怪罪在谷冥蛛身上。

谷冥蛛读完父亲的信双眼流泪，仇恨和愤怒像两柄剑插在胸口。他独自爬上楼顶，望着家乡的方向，想到谷家辉煌的家世，想到祖父自尽的悲哀，想到父亲临死前的苍凉和无奈，他在寻找自己将要走的路。谷冥蛛为了实现自己的梦想做了十年准备。

一九九五年，江北市撤销县级市建立地级市时，谷冥蛛成为江北市筹建工作领导小组成员。江北市成立后，任江北市副市长。在筹建领导小组和八大办公室搬入市委新大楼的庆祝舞会上，谷冥蛛认识了关西鱼。关西鱼那年二十一岁，是江北市王玉文大酒店的大堂经理。

酒店经理对关西鱼说："关西鱼，你陪谷市长跳一曲，谷市长是学院派领导，舞姿优美，你一定要陪领导玩得尽兴！"关西鱼听说是市长，便向谷冥蛛跑了过去。关西鱼没想到这一跑便是杏花桃花满树，把自己跑得前途似锦。

谷冥蛛先后担任过江北市副市长兼沭河县县委书记，江北市委常委、副市长，江北市市长，二〇〇二年夏天升任江北市市委书记。也就是这一年秋天，吕裕民调任江北市委常委、副市长。

当时，江北市是全省经济发展最落后、人均收入最少的市，省委领导问谷冥蛛需要提供什么帮助。谷冥蛛做了两年江北市长，一千二百亿的债务逼着他早就思考这个问题了。他带着祈求的目光对领导说："我不要钱，不要物，我想向省委要一个快速发展的政策。"说罢双手恭敬地递给领导人一张字条。没过多久，省委省政府联合下文，文件明确规定：允许和扶持江北市采取更灵活的政策和做法，探索加快发展的新路子。这段话被做成无数的大广告牌，矗立在进入江北的所有主干道的路口和城市里最显眼的地方。有了这个文件，谷冥蛛如获至宝。江北市的改革开放大幕从此拉开。

在万人大会上，谷冥蛛说："江北市近六百万人口所居住的九千平方公里的土地上，所有机关单位的各级领导干部以及国家工作人员，都要从思想上行动上融入市场经济，用真金白银来体现领导才干。"会后不久，江北市就出台了"全民招商全民创收""城市建设乡村建设""机关分流""以招商引资实绩提拔任免干部""餐饮服务业发展纲要""上访信访管理条例"等十大政策措施。

江北进入了所谓的"黄金时代",纵然有人把谷冥蛛的标语贴到市委、市政府大门上,也没有阻止谷冥蛛的步伐,反而增强了他整治不听话干部的狠心和决心。江北市推行"领导干部三分之一离岗招商,三分之一轮岗创业,三分之一留岗办公"的制度由此出台,凡是对谷冥蛛的决策有意见、提建议的领导干部都被以分流的名义一一加以调离。吕裕民就是在这种背景下被安排到西城区做区委书记的。

吕裕民有自己的想法,首先,他认为省委、省政府给的政策不妥。共产党是执政党,制定方针政策应该以全心全意为人民服务为首要前提。其次,一切发展措施必须符合政府的职能以及国家的法律法规。第三,我们要从党性原则、思想动机上综合考察一个干部,要给人改过自新的机会。第四,城市扩张和居民拆迁要有法可依,按法办事,对待上访人员要着重为他们解决问题,千万不能暴力解决。第五,提拔干部与发展经济的能力挂钩没有错,但把招商引资的金额作为硬性指标而忽略党性原则和政治素质,提拔的干部就会有问题。第六,经济繁荣社会进步贵在实业,不能本末倒置。

吕裕民诚心诚意地向谷冥蛛汇报了自己的想法,谷冥蛛听后说:"裕民书记,我何尝不知道这些?马上就是年关了,这是当前关乎机关能否正常运转、社会是否安定的头等大事。没有钱怎么办?我一百六十斤都是黄金又能怎样?"吕裕民听罢没再说什么,怀着满腔困惑到西城区上任去了。

……

吕裕民在西城区区委书记的位置上仍旧没有达到谷冥蛛的目的,他又被调回市里分管教科文卫。谷冥蛛是前任书记栽培的,吕裕民无法和谷冥蛛抗衡,只得任由谷冥蛛把自己排挤在圈子之外。

谷冥蛛执掌江北的第四年,赵筱蝶的一篇《江北市改革开放的思考》的文章被送到江北市九大常委的信箱里。赵筱蝶以一名普通党员的身份恳请江北市核心领导审视江北市经济社会的现状。

赵筱蝶在文章最后写道:"如果违背共产党的纲领性原则,违背共产党的信念和初心,违背国家和人民的利益与意志去发展,我们就是历史的罪人……"

赵筱蝶被处分了恐怕都不知道,她所说的蜘蛛型干部正戳在谷冥蛛的痛点上。蜘蛛是谷冥蛛的乳名,蜘蛛型干部虽形象但犯了大忌。

吕裕民看过文章由衷佩服赵筱蝶的胆量见识。直到卧龙山龙眼泉发生了黑蜘蛛异象，吕裕民才认识赵筱蝶。

谷冥蛛被调到云北省，从一九九五年到二〇〇六年，他执政十一年江北构筑的官场像一道铜墙铁壁横亘在吕裕民面前。江北市上上下下都有谷冥蛛的人，江北市有一点儿风吹草动，就会有人在第一时间汇报到谷冥蛛那里。卧龙山出现黑蜘蛛异象，吕裕民上任江北市委书记兼市长，报纸上连续发表侍卫宣的特邀评论员文章，《江北市改革开放的思考》公开露面，夜袭江北国际大酒店，东城区区委书记和西城区副区长兼公安局局长被抓，最近的纪委工作会议、政法工作会议、四级干部大会合并召开……哪一件事都让谷冥蛛感到心惊胆战。汇北是他从政的起点，更是他飞黄腾达的福地，搞不好自己的大好前途就有可能毁在江北，毁在吕裕民手里。谷冥蛛开始动手了，这次江北之行的参观学习就是他要出的狠招的一个重要组成部分。

谷冥蛛亲自打电话给吕裕民，说要带领云明市的党政要员来江北，吕裕民十分高兴欢迎他来江北指导工作。谷冥蛛在电话里对吕裕民说："裕民书记啊，这次去江北不仅是学习你们的经验、你们的做法，更重要的是支持我，为我在这边开展工作擂鼓助威。请你多费点儿心思，那就拜托了！江北见。"

吕裕民挂了电话，脑子里回响着谷冥蛛说的一字一句，弦外之音不言而喻。吕裕民当即和华自义通了电话。之后，吕裕民迅速叫来韩子刚局长，两个人连夜赶往两百里之外华自义的住处……

谷冥蛛在江北市的整个活动由市委常委、副市长张赣江全权负责，王立公、王一实协助，韩子刚负责安全保卫。江北市四套班子全体成员到市区边界去迎接，参观学习单位的场景氛围、途经路线、会场安排、舆论宣传、住宿招待等方方面面，给足了谷冥蛛面子，没有想到在最后的记者招待会上出了大事情。

两地记者招待会是在江北市电视台一楼会议室举行的，谷冥蛛、张赣江、王立公、王一实四人没有参加。会议由纪委书记纪光红主持，云明市市长和吕裕民两个人回答记者提问。会议开始二十分钟的时候，吕裕民喝了半杯白开水后感到肚子异常难受，内急难忍。电视台一楼会议室内没有卫生间，穿过会场北侧小花园大约三十米的地方有一处厕所。厕所很别致，外观古朴典雅，和小花园融为一体。就在吕裕民离厕所还有一两米的地方，突然背后传来三声沉闷的枪响。后背连中三弹，吕裕民

龙行运河湾

没来得及回头看一看，就摇摇晃晃地瘫倒在地上。

沉闷的枪声在小花园上空回荡，像幽灵让人毛骨悚然。

44. 驴四

吕裕民中枪的这天是农历二月初二，是龙抬头的日子，也是谷冥蛛的生日。或许谷冥蛛早已忘记自己来到这个世界上的日子，还沉浸在三声沉闷的枪声中。但是，龙行人过二月二春龙节的习俗自古没变。过了春龙节这个年才算完整结束。

赵夏李组马上就要搬迁了，这是他们在老宅子上过的最后一个春龙节，所以尤为重视。天刚蒙蒙亮，各家各户就接二连三地放起鞭炮，这叫醒龙鞭；接着他们用铁锹从锅灶里铲出草木灰在家前屋后画出一个又一个圆圈，这叫圈龙粮；用竹竿使劲地敲打屋梁，这叫敲龙头；有的还用麦糠、稻糠在田野的沟渠路道旁画圈画线然后一直画到自家的水缸边，这叫引龙回家。

从中午开始妇女们就忙活了，二月二以吃面食为主，吃的花样越多就越有希望得到龙的恩惠。吃面条叫吃龙须，吃烙饼叫吃龙鳞，吃饺子叫吃龙牙，吃馄饨叫吃龙耳，吃汤圆叫吃龙眼……总之，所有吃的东西都能和龙挂上钩，含义就是给龙糊鳞披甲，使其耳聪目明，抖擞精神降福于民。

在这一天，婆娘是不能做针线活的，否则就会封闭龙的耳朵，刺伤龙的眼睛。耳聋眼瞎的龙听不到老百姓的哭声，看不见老百姓的贫穷，就会把老百姓抛到九霄云外了。

二月二这天，孩子们剃头是必做的事。传说，在龙抬头的日子剃头不仅能不生虱子不生虮不害疮，还能避害去灾，鸿运当头，有望成龙。在过去，孩子们最喜欢过二月二，比过年热闹。过年时躲避年兽不许外出，过春龙节大人们鼓励孩子出去纵情玩火把，欢迎祥龙送福。孩子们剃过头、吃过面，听老人们讲伏羲、黄帝，还有唐尧、虞舜、夏禹那些古代帝王如何重视农桑，以及"皇娘送饭御驾亲耕"的故事，听得孩子们眼泪丝丝的，把土地当成命根子。等到月亮升起来的时候，他们就欢声笑语，高举火把冲向田野，夜幕下的空旷大地上到处都是火龙。

"春龙春龙抬抬头，家家户户有黄牛；春龙春龙摆摆尾，家家户户得风水；春龙春龙动动身，家家户户生黄金。"赵筱蝶在回蝴蝶庵的路上看见田野里有零星的火龙才想起今天是二月二春龙节，她随口唱出儿时的歌谣，遥远的记忆像初春的小草在心田里泛绿。冯莉莉问："筱蝶姐，春龙是谁？"赵筱蝶说："春龙，是春天里的龙，不是人。你们没玩过火龙吗？"冯莉莉说："没玩过，火龙是什么？"赵筱蝶说："传说在今天沉睡的龙就会抬头醒了，种地的人祈求龙降福瑞，就把火耍成龙的形状，所以叫火龙。"郑子涵接过话说："筱蝶姐，你还相信有龙吗？依我说啊，就是有龙它们也不会来农村了。"赵筱蝶问："为什么？"郑子涵说："这还用问吗？他们都飞到城市里去了，有的还飞到国外，没飞走的即使抬了头也是一副张牙舞爪的吃人嘴脸。龙是没有几条了，毒蛇倒是遍地都是。"郑子涵说完自己都感到好笑。

蝴蝶庵里除了慧园法师的屋里有一点点光亮，其余一片漆黑。赵筱蝶想肯定都回老宅子了。这时，龙开放打来电话："筱蝶，你回来了吗？直接到老家吧。老爸老妈说了，今年是在老房子里过最后一个春龙节，全家大聚会，家盛哥、家昌哥、家旺哥他们全家都在，就等你呢。吃过饭我们带文博放烟花、玩火龙去。"赵筱蝶听说四个哥哥有三个在，问："四哥家呢？"龙开放说："四哥的病很严重，不能过来。我们大家刚去看过他，文博也去看四舅了。"赵筱蝶说："你们先吃吧，我们刚吃过没有多会儿。"

车子调头向赵夏李组开去，郑子涵说："筱蝶姐，刚才讲到龙蛇，我一下子想到古墓里那些躺在金银财宝上冬眠的蛇。你刚才和朱志刚是不是谈财宝的事？"赵筱蝶说："我只是了解些情况。"

实际上，赵筱蝶真的就是因为古墓的事找朱志刚的，晚饭也是在派出所食堂吃的荠菜肉馅饺子。

赵筱蝶拿到清单后，发现上面改动的地方太多，心里产生许多疑问。她断定这份清单有问题，找朱志刚就是问个明白。

在朱志刚的办公室里，赵筱蝶拿出那份清单递给朱志刚，说："朱所长，我今天来的目的就是想请你确认一下，你给我的清单是不是原始清单的复印件？在你没回答我之前，我请你慎重考虑，我是为你好才来和你单独谈谈的。财宝不在你手里，你没有必要去改动它，你肯定有说不出的苦衷。但是你知道这件事的严重后果吗？你可不能因为这点儿小事而自毁前程。你我都年轻，光明磊落做人，铁面无私做事，才能最好地保护自己。这件事只有我一个人知道，你把实情告诉我，关键的时候，我能为你证清白。现在江北的形势你该清楚明白，到时候别人把你卖了，你还笑眯眯地帮人数钱，数过钱后再被人推进火坑里。请你从关西网和张望法两人身上吸取经验教训。"

朱志刚听完赵筱蝶的话没有吱声，他走到书架前拿出一本书，从书里抽出一张纸递给赵筱蝶，说："对不起，赵书记，既然你来了把话说到这份上，我也就不瞒你了。"

赵筱蝶接过清单对照一看，果然没出自己所料，被改掉的部分超过三分之二。

赵筱蝶望了望朱志刚。朱志刚说："在你们村挖到古墓的第二天下午四点左右，市博物馆馆长蒋小海打电话给我，请我去一趟他办公室重新核对一下财宝清单，我就去了。到了博物馆，我发现张赣江市长也坐在蒋小海的办公室里，财宝就放在蒋小海办公室的里屋里。张市长跟我说了以后，我才知道蒋小海是张赣江的姐夫。那天到龙行现场的败顶老头就是蒋小海。蒋小海说他的清单封在档案室里，负责档案的人请假了，就把我的清单要了去。我和张市长在外屋喝茶聊天。张市长关切地问了我许多工作上生活上的事情，并把手机号码给了我，叫我有什么困难可直接打电话找他，他会帮助我。那天我能接触到这么大的官，还对我很关心，当时心里很激动。蒋小海从里屋出来，说核查清楚了没错，就把清单还给了我。因为我心情激动看都没看就随手装进口袋里。临走时，张市长还拍了拍我肩膀，叫我好好干，他心里有数，我就高高兴兴回来了。回到所里我打开清单一看傻眼了，改动太大。幸亏我去之前复印了一份，我一对比心里发毛，想到蒋小海，想到他和张市长的关系，我没敢打电话问蒋小海。我只要一打电话就暴露出我手里有原复印件，那样的话事情就糟了。请你原谅，赵书记，我没把原复印件给你，也请你理解我。现在我把它交给你，烦请你慎重考虑。"

赵筱蝶问："朱所长，你有没有接受蒋小海给你的任何东西包括钱？"朱志刚说："赵书记，你放心，这一点我拿党性、人格担保，除了喝他两杯茶水，我绝对没有接受他任何钱物。请你相信我。"

赵筱蝶想了想，说："朱所长，你把原复印件复印一份给我，这一份还由你保存着，千万不能透露半点出去。时机不成熟，你我都会遇到麻烦。"

朱志刚把事情经过说了心里很踏实，执意要留赵筱蝶吃饭，赵筱蝶说："朱所长，你留我不妥，很容易让人认为是公款吃喝。我请你吃饺子吧，听说对面的饺子店口碑不错。所里还有几个人？"朱志刚回答："还有个管户籍的女警。"赵筱蝶说："行，就请你陪我们四个女的吃饺子，借你家的厨房用一下，占你点儿油盐酱醋的便宜。"赵筱蝶说完把郑子涵喊进来，叫她到对面饺子店买四斤饺子。郑子涵接过赵筱蝶的钱，说："好嘞，四斤荠菜肉馅饺子。"

五个人吃得很高兴，满屋都飘着荠菜肉香味，谁也没想起来那天是二月二春龙节，他们吃的是龙牙。

回来的路上赵筱蝶就在想，蒋小海篡改清单的事张赣江一定知道，他们为什么要改清单，难道他们俩想私吞？赵筱蝶又想起了那些被埋在地下的蛇。蛇是小龙，那么多的蛇一下子抬头醒了，爬到蝴蝶湖里真够令人害怕的。

车过黄河南路的时候，能依稀看见清江运河西堤上有忽明忽暗的火龙在游动。村庄的上空时不时地闪出五颜六色的烟花，给冷冷清清的黑夜增添了些光明和温暖。

进入赵夏李组，赵筱蝶听见有两条狗在长嗥，既悲戚又哀伤，活像是哭丧的声音。冯莉莉问："筱蝶姐，这是什么声音？听得我汗毛直竖，浑身起鸡皮疙瘩。"赵筱蝶说："是狗叫。子涵，前面有条水泥路，向左拐，我先到四哥家看看。"赵筱蝶判断那声音是大白和大黑在嗥叫。

驴四的家在徐贵珍家西面，隔三户人家。自从卧龙山出现黑蜘蛛那天晚上起，驴四就基本上都在床上躺着，昏昏沉沉的，老是在说梦话，满脑子都是黑蜘蛛，他被吓傻了。他心疼那只即将产仔的"黑牡丹"，疯狂地跑到龙是银家累虚脱了，多少家医院都看了，有的说是羊角风，有的说脑皮层病变，有的说血液里有狂犬病毒。钱花了不少就是不见一点效果。驴四的五百只羊全卖了，两条狗失去了工作。驴四病倒了，大白和大黑就无法像过去那样在大运河堤上、卧龙山山坡上撒欢了，原本每天有鱼有肉的三顿饭也变得清汤寡水了。偶尔马户坚强带它们出去，但它们再也找不到过去那种感觉，像丢了魂一样。两条狗被关在狗棚里，最近半个月开始嗥叫，如哭如诉。赵夏李组的老人听到驴四的狗叫就知道驴四没有几天活头了。

赵筱蝶下车的时候两条狗不叫了，月亮下它们俩扑上扑下、摇头摆尾，把拴它们的铁链挣得哗哗直响。

没有狗叫的夜多么宁静啊，好像能听见月光泼洒在地面上的声音。

赵筱蝶走到屋里看见躺在床上的四哥，心紧缩了一下，眼泪流了出来。她坐在床沿上，把四哥的手紧紧攥在自己的手心里。四哥的手没有一点儿血色，冰凉冰凉的，像寒流中干枯的树枝。

"家兴，他小姑来看你啦。你不是早就想见五妹的吗？你醒醒。"赵筱蝶的四嫂说着轻轻地推了推驴四。

驴四的眼皮动了两下，醒了。他艰难地睁大眼睛，看见赵筱蝶在掉眼泪，有气无力地说："五妹，不要哭。四哥活到这岁数算是有福分了，刚得病时医生说我活不过三十岁，今年四十七了，多活了六千多天。我虽然没活够，但我知足了。能看到你现在的样子，工作、家庭、孩子都顺心顺意的，四哥从心里高兴。"

赵筱蝶的四嫂叫驴四慢说话、少说话。驴四知道这是妻子为他好，用手指了指桌子上的温水瓶。见驴四想喝水，妻子赶忙朝屋外喊："坚强，快进来，用电锅给你爸热两袋牛奶。"

驴四的老婆是驴四二十四岁那年在卧龙山东坡运河边上捡回来的。当时，她才十九岁，大约是江北县撤县建市前两年。

驴四赶着羊群回家的时候，发现芦苇丛中躺着个女人，烫着卷发，穿着喇叭裤，满脸是血，身上还背个帆布包。驴四用手试了试鼻子，有点儿游丝样的呼吸，就把她背回了家。后来就和驴四结了婚，第二年冬天就生了个大胖小子，取名叫马户坚强。

驴四老婆很少说话，也很少出家门。龙行村没有人知道驴四老婆的身世，大家只知道她写一手好字，就连她的名字都是结婚时临时起的，叫赵红艳。驴四疼老婆不让她冒一点儿风雨，只管待在家里。赵红艳把楼上楼下、屋里屋外料理得干干净净、整整齐齐。因为她触过电，所以家里电器她从不沾手，烧水、做饭、炒菜全用地锅或者煤炭炉子……

赵红艳接过温热的牛奶，用汤勺一勺一勺喂驴四。没想到驴四今晚喝了两袋牛奶，喝得满头都是汗珠。

驴四歇了一会儿，对赵筱蝶说："五妹，看样子我是看不到今年夏天了，有几件事只有交给你我才能放心走啊！"

赵筱蝶用餐巾纸给驴四沾了沾额头上的汗珠，说："四哥，天气一天比一天暖和，几十年都过来了，你一定会好的。"赵红艳说："他小姑啊，家兴早就想叫你过来一趟，听说你太忙了都累出病了，他才没好意思再给你添麻烦。"赵红艳又转过脸对驴四说："家兴，难得五妹今晚有时间，有什么事你就说吧，慢慢说。"

驴四缓了缓气说："红艳，你把坚强叫进来。"

赵红艳把马户坚强带进屋里来。驴四对马户坚强说："坚强啊，你爸快不行了。临走前，爸想问你，我死了以后你能做到听你小姑话吗？"马户坚强含着眼泪说："爸，你放心，我一定照你说的做听小姑话。"驴四说："儿子，有你这态度，我就放心了。你小姑喝的墨水比你喝的可乐都多，你小姑写的字比你吃的米粒还多，听你小姑话不会有错。"驴四把目光转向赵筱蝶，说："五妹，坚强是我们马家，不对，是马户家的独苗啊，你可一定要把他当成你儿子一样，可不能有半点儿见外啊。"赵筱蝶朝四哥点点头。

驴四歇了歇接着说："再一个就是你四嫂。我和红艳结婚二十四年，没红过脸，没骂过她一句没打过她一下。我走了家里大事小事你四嫂担着重啊，你可要多多帮帮她。我这一生做的唯一一件错事，就是结婚时没把病情告诉你四嫂，她才四十三岁，我就把她丢下了，我对不起红艳。五妹，你当家有合适的帮她再找个好人，只要她乐意，我在阴间也为她高兴。"赵红艳插话说："家兴，你瞎说什么呢，儿子都能结婚了，我哪儿都不去，就盼你病好，安安稳稳过日子。"驴四朝妻子微微地笑了笑，说："红艳，我说的是真心话，我不想让你下半辈子孤孤单单的。"赵红艳听了心里酸溜溜的。

驴四说："五妹，大白和大黑两条狗跟我十几年了，无数次救过我的命。它们俩有灵性，对主人忠诚，尽心尽责，看家护院防贼防盗比人强，我想把它俩交给你，你看行吗？"赵筱蝶说："行。"

驴四叫马户坚强把两条狗牵进屋里。大白和大黑见到驴四，爪子乱挠、鼻子乱嗅，嘴里哼哼唧唧的，像是要说话一样。驴四做了个手势，两条狗就趴在地上仰望着驴四，狗眼里水汪汪的。驴四摸了摸狗头，把狗链子交到赵筱蝶手里，对狗说："大白、大黑，你俩听着，从现在起她就是你们的主人，你俩要听她的话，忠心为她办事，不许有半点儿偷懒耍滑。"

驴四把赵筱蝶的手放在狗头上，叫赵筱蝶摸摸狗头。赵筱蝶轻轻地摸了摸两个狗头。两条狗像是听懂了驴四的话，尾巴摇摇摆摆，同时用鼻子嗅着赵筱蝶的脚。赵筱蝶用手指梳理几下大白、大黑那早已不滑顺的毛发，说："大白、大黑，在家待两天，我接你们到蝴蝶泉去。"两条狗望着赵筱蝶哼了几声。

驴四颤颤悠悠地从口袋里掏出一个存折递给赵筱蝶，说："五妹，这是我一生的积蓄，也就两百三十万。我和红艳商量过，把这钱交到你手里，一来由你给坚强找个事情干干，大小得做点儿事，不能一辈子都在外打工吧。二来留给坚强娶媳妇用。大哥、二哥、三哥和我，四房头就这一个男孩，一定要让他干正事走正道，一定要让他给我生孙子，一个两个越多越好。不然，马户家就断了香火了。坚强这孩子什么都好，就是文化低，你要多指点他。坚强，你听到了吗？"

马户坚强抽泣着说："爸，你放心，什么事我都听小姑和小姑爷的。"在龙行村，马户坚强从记事开始，龙开放和小姑就是他心里崇拜的偶像。

赵筱蝶见四哥讲话很吃力，劝他休息一会儿。

驴四休息了会儿，望着赵红艳说："我最后一个心愿就是想知道红艳那个帆布包里装的是什么。我想知道老婆的身世，想知道岳父岳母是谁，到那边，我得给两位老人家一个交代。"

赵红艳听驴四这么说赶忙跑过去，从一只老式木箱里拿出那个帆布包，又从包里取出一个褪了色的红色布包。赵红艳也不知道里面装的是什么，她小心翼翼地一层层打开，最后出现一叠发黄的文件材料。

赵红艳手捧红布包里的材料递到驴四面前。驴四用尽浑身力气欠了一下身子看了一眼，头一歪，死了。

赵筱蝶的目光集中在最上面一页纸上，那是一张一九二四年中共江天省委任王玉文为江北县县委书记的红头文件。赵筱蝶想象不出四嫂和王玉文有怎样的关系。

赵红艳"哇"的一声哭了，把赵筱蝶从沉思中惊醒过来。赵筱蝶见四哥没有了呼吸，趴在四哥身上痛哭起来……

驴四的一生忠厚老实、干干净净，年纪轻轻地就这么走了。他肯定会去阎王殿讨个说法。

大白和大黑跑到院子里，向月朗星稀的夜空发出两声催人泪下的悲嗥，像是为马户家兴前往阎王殿的灵魂壮行。但愿阎王没有错，是那些徇私枉法的小鬼收取了该死人的财物，酒足饭饱后故意抓错了人……

45. 换血

龙行人的日子是太阳在两条河流之上升升落落。早晨，太阳从清江运河东面升起；晚上，太阳在古黄河西面落下，这就是龙行的一天。

太阳离龙行村的土地很远时，龙行村的天就短，气候就很寒冷；太阳离龙行村的土地很近时，天就长，气候就很温暖。

寒雪、寒霜、寒风、冻雨，阻止不住太阳回归的步履。

春布德泽、万物生辉的时令已款款而至。小麦在田野里拔节的声响，油菜花在暖风中绽放，若有若无的柳绿里有清脆悦耳的鸟鸣，鹅鸭戏水，紫燕穿雨……

春到龙行，卧龙山浓妆艳抹，蝴蝶湖畔满是含苞待放的花朵，河边红莲绿尖的芦芽上沾满晶莹的露珠。高耸的塔吊，隆隆的机械声，赵夏李组搬迁的人流，一片生机勃勃。

晚饭之后，蝴蝶庵藏经楼灯火通明。龙行村第一堂党员教育培训课在王玉文纪念大厅隆重开课。党员干部、群众代表、普通老百姓加起来有上百人。

赵筱蝶住进蝴蝶庵那天起，就有心思要把藏经楼作为党员干部教育基地。关于蝴蝶庵，关于这幢楼，关于王玉文有太多沉重的故事。

在蝴蝶庵整修的同时，教育基地在副书记赵利冉一手操办下顺利完工。二楼吊个顶，木质地面油漆一遍，一楼做了乳白色防滑水磨地坪，墙体粉刷两遍，室内外再简简单单地装潢一下，就算成了。一楼是课堂兼做共富经济发展有限公司会议室，二楼是王玉文及龙世英、龙至礼的先进事迹展厅。二楼里的有关王玉文的资料都是赵筱蝶的四嫂赵红艳提供的，就是帆布包里的材料。赵筱蝶怎么也没想到四嫂赵红艳是王玉文的外孙女。

一九二八年冬天，组织农民协会暴动时，王玉文身负重伤，江北的党组织也遭到重创。一九三〇年，王玉文带领十几名党员躲藏到落雁湖中间的小岛上继续发展组织进行各种斗争。一九四六年，在解放江北的战役中王玉文被夏庆军枪杀，壮烈牺牲。王玉文的妻子唐维新于一九四六年冬天生下女儿王解放，王解放是王玉文的遗腹子。唐维新是江北城区人，是和龙世英一起入党的老党员。一九四七年为支援前线战役，唐维新把王解放和一个帆布包托付给乡邻就奔赴战场了，后来在淮海战役中牺牲。这个乡邻姓梁，叫梁建国。梁建国有个比王解放大四岁的儿子叫梁忠言。一九六七年，在梁建国撮合下梁忠言和王解放结了婚。

梁忠言和王解放喜房里的墙壁上贴满了大红标语、大红标题、大红口号，满墙红字、满屋喜气。结婚第三天，梁建国把那个帆布包交给王解放说："这是你妈留下的。现在时局很乱，千万要藏好，不然会引火烧身。"

梁建国是江北国营纸箱厂正式职工，一九七六年工伤身亡，梁忠言顶了父亲的职，成为纸箱厂正式工人。一九七九年，梁建国的老婆从国营毛巾厂病退，王解放顶职上班。王解放上班时女儿梁红十岁，上小学三年级。一九八五年企业改制，梁忠言和王解放失业下岗，夫妻俩靠摆地摊维持生计。他们到南方进服装然后在江北摆夜摊，生活过得皱巴巴的。梁红初中毕业后就没再上学，在江北城钟山路上开了家服装店。一九八六年秋天，梁忠言和王解放进货回江北途中，遭遇东西两个方向相向而行的火车相撞事故，两个人活活被撞死了。梁红的奶奶悲伤过度，没过一个月也咽气了。好好的一个家庭转眼间就只剩下梁红一个人，她感到天昏地暗。在街邻的帮助下，梁红办完丧事继续开服装店。她似乎只有整天听着满大街的流行音乐，看着满大街的男人的长头发和女人的喇叭裤才能减轻心里失去亲人的痛苦。可是，灾祸再次降临。钟山路上几个地痞流氓的头子同时看中了梁红，为了争夺梁红几伙人持刀持棍在服装店门前血拼……

梁红醒过来时，她已经趴在驴四的脊背上，身上还背着那个帆布包。惊魂的血拼场面和不知被谁用棍打的重创使她头脑一片空白，什么也想不起来了，耳朵里满是轰鸣的声音，眼前全是血光。她觉得自己浑身像是一坨没筋骨的肉，任由驴四背到任何地方。

后来，梁红还真的就看上了驴四。驴四不仅一表人才，更重要的是心地善良、人品好。等到梁红恢复了许多记忆的时候，儿子马户坚强都六岁了。她没有把自己恢复记忆的事告诉驴四，连自己的名字都不想再改回去，赵红艳就赵红艳吧，反正就是个符号而已……直到驴四死后她才知道自己是王玉文的后代，是王玉文在这世上唯一的血脉。可是，梁红不知道王玉文是谁，是干什么的。

龙行运河湾

红布包里关于王玉文的资料、照片，还有王玉文的工作日记，一下子使藏经楼厚重了许多。从照片上看，梁红的相貌长得很像王玉文，马户坚强又大多遗传了母亲的基因，形象气质酷似王玉文年轻的时候，特别是前额和眼睛。

龙行村党员干部群众第一次在藏经楼集会，共有五个议题：一是赵利冉为大家上党课；二是听取和讨论赵尔强、华龙俭提议共富经济发展有限公司成立几个分公司的建议；三是研究龙行村两幢安居房以及四所学校、医院、敬老院马上开工建设的准备工作；四是赵夏李组搬迁的扫尾工作及华龙集团厂区"三通一平"工作；五是自来水厂、纯净水厂、矿泉水厂及无土栽培蔬菜基地建设中亟待解决的几个问题。

"报告赵书记，华龙喆前来报到。"会议刚开始就见一个年轻人笔直地站在门外，气喘吁吁的，手里拿着西城区组织部的介绍信。赵筱蝶一看是华龙喆，就是那个主动要求和龙至礼进山的大学生，是龙世英的曾孙。

赵筱蝶说："欢迎你华龙喆同志。我早听说你考取了大学生村官，没有想到你来了龙行。怎么，这么晚了还来报到？"华龙喆说："我是奔你来的。介绍信是下午开的，我现在来不算迟到吧？听说今晚是龙行村第一堂党课，我不想错过这个机会……"

赵筱蝶接过介绍信，示意华龙喆找个地方坐下。华龙喆看见华龙俭就挤坐在华龙俭身边。赵筱蝶介绍说："大家都认识吧，他是华成义的儿子华龙喆，西川农业大学毕业，来我村担任村支部副书记。"听了赵筱蝶介绍后，华龙喆站了起来，向大家鞠了一躬，说："请各位父老乡亲多多关照，我会尽百分之百的力量和同志们一道把龙行村工作干好。"

华龙喆毕竟才二十一岁，清澈的目光和稚嫩的脸庞让参会人员觉得他还只是个孩子。他是党员吗？他做副书记能干些什么？吃学校饭长大的孩子懂农村吗？是不是来镀金的？华龙喆从在座的人的目光中看到了他们的猜疑。华龙喆微笑着说："请大家相信我，我是一名正式党员。我会用党的原则条例来严格要求自己，我也会尽自己所能打好龙行村共富经济这场战役。说了不算干了算，请大家看我行动。"赵筱蝶看到华龙喆表态心里很高兴，说："华龙喆，你坐下吧，会后我们再研究一下你的分工。现在进行第一个议题。"

赵利冉讲了有十分钟，赵筱蝶的手机响了，是市委办主任孙克让的电话。

赵筱蝶示意赵利冉停一下，说："刚才我接到市委办公室电话，市四套班子今晚研究幼儿园、小学、初中、高中、医院、敬老院的建筑方案，叫我参加。下面的几个议题由龙主任主持，我开完会，马上回来。"说罢就匆匆忙忙地走了。

赵筱蝶想不通这次市四套班子会议为什么要在三河市公安局会议室召开。从蝴蝶庵到三河市有五十多公里，而四套班子成员大都居住在市区，难道会议有什么特别之处？

赵筱蝶除了对三河市医院有深厚感情外其他的一无所知。赵筱蝶是和龙开放一块前往三河市的，今晚的四套班子会议同时要研究讨论在江北市成立现代化种植养殖基地的事情。吕裕民收到龙开放的建议正是召开记者招待会的那天上午。

赵筱蝶和龙开放没收到有关吕裕民在电视台小花园被枪击的任何消息，在他们俩眼里政通人和的江北的春天已经来临，一切向好。赵筱蝶更没有想到龙行村古墓里的金银财宝有一大部分已经成为买吕裕民生命的钱。亡命之徒固然可恨可憎，真正最应该憎恶的是幕后之人。如果没有华自义，如果没有纪光红、王立公、韩子刚，吕裕民真的就命丧黄泉，冤死于歹徒之手，成为江北历史上继王玉文之后第二个惨死于刽子手的在职书记。

吕裕民没有死，那个被枪击的人也没有死，一切都在掌控之中。被枪击的吕裕民被送到三河市人民医院，只有几个人知道。十几天下来，没有吕裕民的任何消息，市委的工作安排都是纪光红和王立公对外传达的，吕裕民已死亡的假象被做得天衣无缝。阴谋者在窃喜中等待江北政局的翻转，等待着实现升官的梦想。

坐镇三河市公安局指挥的吕裕民再一次领悟到"改革进入深水区"的水是多么深啊！为什么要以"壮士断腕的精神去改革"？改革就是一场革命，就是一场斗争。是革命就要有流血牺牲，是斗争就要付出惨痛的代价，是战斗就避免不了枪林弹雨、冲锋陷阵。为了党为了国家为了信仰，纵有千难万险甚至是抛头颅洒热血，真正的民族精英都会义无反顾，勇往直前。几个月前蝴蝶庵的枪声和十几天前电视台小花园的枪声，演绎着江北官场你死我活的较量。

今晚的四套班子成员会议是吕裕民酝酿已久的，三天前已经通知下去任何人不许请假迟到。有人认为是省委来人了，江北的班子要大调整；有人认为吕裕民又要有新动作；大多数人都认为是为全国两会作准备。那些听说吕裕民已死的人正想通过这次会议来决定自己该怎样站队。

三河市公安局会议室在公安局大楼三楼，整个公安局大院停满了轿车。院内院

龙行运河湾

外、楼上楼下公安武警全副武装严阵以待。所有参会人员必须经过安检门方可进入。这架势让江北市的头头脑脑心里有些发毛，看这阵势，吕裕民被枪击的小道消息并非空穴来风啊！

参加会议的人全都到齐了，唯独不见吕裕民。离通知开会的时间差五分钟的时候，就听会议室外的楼道里传来咚咚的脚步声，紧接着有十五六个公安武警快速冲入会议室，威严地站在参会人员身后的窗户和门的旁边。参会人员你望望我，我望望你，都被这场面弄蒙了。就在这时，吕裕民站到大门处，面向外，像是在等人。

大家都提心吊胆地看着吕裕民。吕裕民的脸色像他穿的中山装一样板正，看不出丝毫喜怒哀乐，就直挺挺地站着。

仅仅十几秒钟，会议室走进两个人，一个是省纪委书记于立国，一个是副省长兼省公安厅厅长姜山。所有参会人员都不约而同地站了起来，欢迎两位领导。

于立国的脸色如冷月一般，示意大家坐下，很严肃地说："请大家坐在自己的位子上，不要动。我点到名的人，跟工作人员走一趟，有事情需要调查落实。"说罢他向姜山看了看，姜山点点头。

于立国问："常务副市长张赣江在吗？"张赣江缓慢地站了起来，有气无力地说："到了。"这时姜山命令道："带走。"话音刚落，两名公安武警闪电般将张赣江的双手铐在一起，带了出去。接着被铐走的是江北市市委常委、组织部部长蔡少忠，江北市市委常委、市委秘书长李海超，江北市政协副主席、市工商联合会主席黄世辉。四个人被铐走的时候，会议室内空气都凝固了，让每一个参会人员呼吸困难。

会议室内公安武警都撤走了，剩下的人算是才松了一口气。可吕裕民仍旧板着脸站在门外。省委副书记兼省委组织部部长严仕超走进屋里时，吕裕民陪着严书记一同走到主席台坐下。

吕裕民用冷峻的目光扫视了一下剩下的人，说："请严书记指示，大家欢迎。"回过神来的参会人员像躲过一场灾难，拼命地鼓起掌来，是欢迎领导，更是庆幸自己。

严仕超没有套话直接就说："受省委委派，我今天来参加江北市的领导成员会议，一是宣读省委文件，二是和大家交流点儿想法。现在我宣读省委文件。"

严仕超宣读的是江北市领导干部调整任命文件：纪光红任江北市市委常委、市委副书记代市长，王一实任江北市市委常委、市委副书记，王立公任江北市市委常委、常务副市长，钱志银任江北市市委常委、纪委书记，范子墨任江北市市委常委、组织部部长，杜学理任江北市市委常委、宣传部部长，韩子刚任江北市市委常委、政法委书记兼公安局局长，孙克让任江北市市委常委、市委秘书长，刘金亭任江北市副市长，朱茂林任江北市副市长兼三河市市委书记，蒋复昌任江北市副市长兼东城区区委书记，吴啸天任江北市人民法院代院长。

严仕超宣读完省委文件后说："这次大换血式的人事调整是省委提振江北提速江北的重要举措。一个地方的发展状况取决于这个地方的政治生态。我从事组织工作几十年，我认为做一名称职的领导干部并不难，做到三点就行。这三点就是：对得起党，对得起老百姓，依法依纪办事。你能诚心诚意做好这三点，就可以说是一名合格的干部。同时，我也认为做好这三点是一件很不容易的事，这种不容易也有三个方面。一是把握不住政治方向，忘了初心，丢了根本，背离了宗旨。党培养你几十年，你却把党给忘了，不知党是谁了。二是把握不住党群干群关系。做了领导干部从心眼里还想和农民打成一片的有几个人？从心眼里还想和工人打成一片的还有几个人？真正静下心来想着农民和工人的苦并尽心尽力去为他们解决困难的还有多少人？党群干群关系是鱼水关系是船水关系，这是历史的经验教训。可现在呢？大家务必要认识到，一旦脱农民和工人，把自己置于高人一等的位置，我们就会成为一条离开水的鱼，不是被太阳晒死，就是葬身猫腹。会前，裕民弓书记给我本《目前社会现状之思考》，我读了很感动也很震撼，这是当前形势下不可多得的好书啊。我建议大家认真地读一读，肯定会有收益。三是控制不住私欲。人总是会变的，变好变坏，全在于心。心是什么？是思想，是信仰，是品质，是意志，是道德。物欲横流之下，有的领导栽在三关上，权力关、金钱关、美女关。这方面我不想细说，在座的各位可以多想想身边被铐走的人，就能清醒地认识到。"

严仕超接着又简单地提出几点要求。

从四人被铐走，宣读省委任命文件到严仕超简短的讲话，参会人员分明闻到一股浓烈的火药味。虽然无人提及吕裕民被枪击的事，但会议内容坐实了这件事，被铐走的四个人肯定与这件事有关。

吕裕民送走严仕超回到座位上，孙克让抱来一摞书放在吕裕民面前。吕裕民说："同志们，今天会议就两个议题，一是传达省委文件执行省委指示；二是讨论通过学校、医院、敬老院的建设，以及成立江北市现代化农业科研基地事宜。在进行第

龙行运河湾

二个议题之前，我说三件小事。一是严书记刚才说的《目前社会现状之思考》这本书，我请大家阅读就是想让各位认清形势，统一思想。二是江北市新的常委班子成立了，这是省委的重托和厚望啊！我们的责任比以往任何时候都大，担子比以往任何时候都重，请同志们务必做好思想准备工作。明天上午的市委扩大会，省委书记、省长都来参加，我们九位常委要在大会上隆重宣誓，请大家以一种饱满的精神风貌给全市的领导干部带个好头。三是请在座的其他各位领导多给我们新一届常委提建议，多监督我们。同时，我也希望新常委主动和其他领导多交心，多向他们学习。"

吕裕民说完转脸问孙克让："龙开放和赵筱蝶到了吗？"孙克让说："到了，他们就在隔壁等着呢。"

吕裕民说："现在进行第二个议题。"

46. 藏经楼

赵筱蝶回到蝴蝶庵的时候已是夜里十点半。她本可以提前半个多小时赶到藏经楼，省委副书记严仕超执意要见北风一面，赵筱蝶只得跟着吕裕民书记去一趟。严仕超见到赵筱蝶时眼睛一亮心里一惊。亮的是北风是个女的，正巧是在卧龙山上带他们去找吕裕民的赵筱蝶；惊的是她是省委组织部选调的大学生村官，是党政领导干部后备人选重点培养对象。严仕超开玩笑地说："北风同志，按组织隶属关系来讲，我可是你娘家人哟！"赵筱蝶听严仕超这样一说紧张的心情放松了一些。"光红，你看看北风，很有点儿你的精气神啊！"严仕超朝纪光红微笑着说。纪光红谦虚地说："严书记，你高抬我了，我哪里有赵筱蝶的才华啊？"纪光红的话又把赵筱蝶的脸说红了。"纪书记，你真的高抬我了。没有领导关心支持，我就是一张白纸。文章之事只是因祸得福碰巧了而已。各位领导有什么事交办赵筱蝶做的，请讲。"

王一实拿了个凳子递给赵筱蝶，叫她坐下慢慢向严仕超汇报工作生活情况。赵筱蝶此时哪儿有这种闲心，村里几十号人还在那里等着她呢。"报告娘家人、首长，报告三位领导，村支两委和群众代表还在蝴蝶庵等着我，今晚是龙行村第一堂党课，能否换个时间我再向首长具体汇报？"严仕超看得出来赵筱蝶是犹豫了之后才不好意思地开了口，他对赵筱蝶说："行。我主要是见你一面，想认识一下。原来是我们在卧龙山上遇到的北风。赵筱蝶同志，你先回去吧，汇报工作暂时就免了。"严仕超的话让在座的人都感到很轻松。"谢谢首长理解。"赵筱蝶说罢就急急忙忙地走了。

严仕超问吕裕民说："蝴蝶庵，我好像听说过，很耳熟，在什么地方？"

吕裕民说："蝴蝶庵在龙行村。蝴蝶庵里有座藏经楼，是中华人民共和国成立前江北第一个党组织的诞生地，第一任书记是王玉文。"听吕裕民一说，严仕超突然想起什么，站起身说："你们都回去休息吧，我和司机到蝴蝶庵看看。"

吕裕民向王一实望了望，说："给子刚书记打个电话。"王一实领会了吕裕民的意思立即出去了。

在三河市城区内，吕裕民的车是紧随着赵筱蝶的车的。一出城区，赵筱蝶的车就飞驰起来，不一会儿就消失在后面车的视野里。严仕超说："裕民书记，你看到了吧，赵筱蝶真的很着急，她恨不得一下子飞到蝴蝶庵。"

吕裕民说："时间对赵筱蝶来说，比生命还重要。她在停职留党察看的两年时间内都没有清闲过一天，那本书基本上都是在那段时间完成的。"严仕超很惊讶："她被停职留党察看过，为什么？"吕裕民说："就是因为书里的第一篇文章《江北改革开放的思考》。"严仕超听后没有说话。纪光红说："处分决定撤销后，她现在是龙行村支部书记兼闸北镇党委副书记，自上任以来夜以继日地工作，前段时间累倒了，躺在三河市医院重症监护室里近七十个小时才醒过来。"

严仕超掏出香烟盒，看了看纪光红又把香烟盒装了回去。纪光红说："严书记，你们可以抽烟，我习惯了。"严仕超说："那可不行，我们坚持一会儿，马上就到蝴蝶庵了。"

没有人再说话，车子里很静，静得能听到车外风刮后视镜的呼呼声。不知什么时候天空飘起了小雨，密密麻麻的雨落在了车的前窗玻璃上。小雨越下越大，左右摆动的雨刮器越来越快。车灯照射下，道路两旁的绿柳在蒙蒙细雨中显得生机盎然。春雨润如酥，贵如油啊！

严仕超望着车外扑面而来的绿柳，突然问吕裕民："裕民书记，明早的市委扩大会议扩大到什么范围？"吕裕民回答："扩大到四县八区四套班子成员、市级部委办局一把手。"严仕超说："你们考虑一下，能否让赵筱蝶作为特邀嘉宾也去参加会议？李书记和赵省长的讲话肯定有新鲜内容，赵筱蝶听后会有更深刻的领悟。"

吕裕民、纪光红、王一实三人都很赞同严仕超的想法。说话间，车子已到蝴蝶庵，韩子刚也到了。

藏经楼一楼会议室里，参加会议的一小部分群众已经回家休息了，会议的几项议程都已完成，只有共富公司成立分公司的事情等赵筱蝶来拍板。赵筱蝶把市里通过学校、医院、敬老院建设的决定告诉了大家。村支两委和群众代表很高兴，认为龙行村的大建设时代算是正式拉开帷幕了。

龙惠娟把分公司的情况详细地向赵筱蝶汇报了一遍。龙行村共富经济发展有限公司下设八个分公司，分别是工业公司、农业公司、建筑业公司、商贸流通公司、房地产公司、餐饮服务公司、园林绿化分公司、旅游观光分公司。工业分公司下设自来水厂、纯净水厂、矿泉水厂、水泥预制品厂、龙行饲料厂、扎染纺织品厂、龙行造船厂、金刚石磨轮制造厂。农业分公司下设粮油作物种植基地、温室大棚基地、无土栽培基地、猪牛羊家畜养殖基地、鸡鸭鹅家禽养殖基地、八塘水面水产品养殖基地。建筑业公司下设建筑建材市场、建筑工程施工单位、市政工程施工单位、道路管网施工单位。商贸流通分公司主要是围绕高铁站、长途汽车站、运河中心港万吨码头区位优势，筹建商业圈，组建物流园。房地产分公司重点是龙行村社区建设及小产权房开发。从卧龙山南麓到现在的龙都广场十二号楼的位置，甚至可以到幼儿园规划的北侧都可以列入房地产开发范围，能转变成大产权房开发的，我们尽可能转，不能转的，以农民集中区的名义搞开发。这里有四所公立学校、有医院、有敬老院，不愁房子没人买。餐饮服务分公司重点是筹建学校、医院、敬老院的餐饮服务供应链，我们要以"品种多，质量好，价格便宜，方便快捷，优质服务"的经营理念，把上万人的吃饭问题解决了。保安公司和物业公司属餐饮服务公司管辖。园林绿化分公司下设花木种植基地、园林绿化工程施工单位。旅游观光分公司下设卧龙山风景区、蝴蝶庵风景区。

赵筱蝶问："龙行饲料厂和金刚石磨轮制造厂是谁提出来的？"龙惠娟说："龙行饲料厂是华龙喆提出的，金刚石磨轮制造厂是吴晓亮提出的。吴晓亮就从事金属粉末和磨轮制造工作，他认为江北的玻璃加工业急需有一个金刚石磨轮制造厂。"

赵筱蝶说："龙行村共富经济发展有限公司是一个长远规划，需要逐步完善，它和龙行村的十年规划是同步进行的。我完全同意大家讨论的意见，但每一个项目的上马都要有人去落实，可行性报告是首要工作，切忌盲目。首先要明确分公司的负责人，我的建议如下请大家讨论。工业由赵尔强负责；农业由华龙喆负责；建筑业由赵利冉负责，夏永刚和赵尔光协助；贸易流通由华龙俭负责；房地产由龙惠娟负责，赵利冉和夏永刚协助；餐饮服务由夏庆嫂负责，龙克勤和秦苎苗协助；园林绿化由郭家余负责；旅游观光由张东胜负责。其次，对要上马的项目考察论证，形成可行性报告。生产也罢经营也罢服务也罢，关键是投入与产出，是利润和收益，只有挣到钱才能去谈发展。各分公司的负责人要迅速物色各项目的责任人，把具有可行性的工作落到实处，以便集体讨论。大家对以上的人员分工有没有意见？"参会人员齐声说没有意见。

龙行运河湾

赵筱蝶说："分公司的工作丝毫不影响目前重点工作的推进，目前的重点工作我排了一下，第一重点工作是赵夏李组搬迁和华龙集团场地的'三通一平'。我刚才在回来的路上接到孙总电话，厂区规划图已经寄出估计明天就能收到，从今天开始我们务必在二十天之内，全面完成这项工作。"赵筱蝶问龙惠娟："龙主任，自来水厂什么时候能供水？"龙惠娟说："确保三天之内对十二号楼供水。"赵筱蝶接着说："第二项重点工作是幼儿园和敬老院建设，这两项工作时间紧任务重。幼儿园要确保九月一日开学，首次实现龙行村的适龄幼儿免费入园。敬老院要确保九月九重阳节正常使用，实现龙行村五保老人和八十岁以上的老人免费入院。"赵筱蝶转脸问夏永刚："夏经理，你能保证在这个时间点上完成任务吗？"夏永刚说："请赵书记放心，我们就是两班倒三班倒也要确保完成。"赵筱蝶说："第三项重点工作就是两幢四单元二十一层安居房建设，这项工程必须二〇一〇年春节前主体工程封顶。"

赵筱蝶问徐贵珍："赵夏李组还有多少户没搬迁，估计有几家不愿搬迁的？"徐贵珍说："现在只剩下八九家养猪大户了。受严重的口蹄疫疫情影响，卖了贴钱，继续喂吧更要贴钱，他们左右为难。"赵筱蝶问："其他人家呢？"徐贵珍："已经开始搬迁了，只是十二号楼暂时没有水，他们还都在老宅子里居住。"赵筱蝶问："有什么问题吗？"徐贵珍说："群众家里乱七八糟的东西太多，留着没地方放丢了又可惜，就是这有点儿纠结。"这时，华龙喆插话说："赵书记，生猪这件事就交给我吧，蝴蝶湖南面的生猪喂养临时点不是没建好嘛，我明天上午陪徐主任去处理这事，我保证让你满意。"华龙喆胸有成竹的神情让赵筱蝶感到他值得信任。"行，有什么想法，遇到什么困难我们共同商量。"赵筱蝶满口答应。

赵筱蝶说："关于华龙喆副书记的分工，他是学农的我建议就分管农业。龙行村的大农业基本上不存在了，土地资源大都被划入红线。华龙喆的工作重点就是大棚种植、无土栽培、家禽家畜养殖、水产养殖和饲料厂建设。这些都是见效快的项目，争取二〇〇九年底有收获见效益。大家有意见吗？"

大家没意见。赵筱蝶问华龙喆："龙喆书记，你有意见吗？"华龙喆说："服从安排。我保证在二〇一〇年春节之前，为共富经济公司实现纯利润二十万。这是我第一次参加村支两委会议的第一次承诺，请各位多给我支持。"

听了华龙喆的承诺，参加会议的人没有一个不惊讶的。赵筱蝶看了看华龙喆说：

"龙喆书记，有承诺是好事，关键要有具体措施啊。"华龙喆说："相信我，赵书记，我马上向你汇报可行性方案。"

散会后，华龙喆单独对赵筱蝶说："赵书记，有两件事请你帮忙。"赵筱蝶说："什么事？只要我能办到。"华龙喆说："一是请你帮我劝劝侬侄子坚强，叫他和我一块干。"赵筱蝶问："干什么？"华龙喆说："目前是养猪，今后是养鸡养鱼，建饲料厂。"赵筱蝶笑了笑说："行。第二件事呢？"华龙喆说："我要买猪。从现在开始到明年春节还有不到三百天时间，生猪行情必然会出现大逆转。我承诺的纯利润二十万就指望发生猪财。"接着华龙喆把生猪市场行情分析给赵筱蝶，口蹄疫疫情马上结束，端午节就能见利，中秋节可望大利，春节是暴利。赵筱蝶听得心服口服。华龙喆说："父亲给我十五万块钱买车，我决定买猪了，我自己还净了五万，我投资二十万，你叫坚强投资十万，算和我一样的股份。三十万块钱最多能买一百五十头猪，第一批我想把临时猪圈装满，你能否想办法借点儿钱给我，利息按一分算？如果不行，我再自己想办法。我一定要实现三个节点出栏一千五百头到两千头生猪的计划。请赵书记为我的市场分析和预测保密，这是千载难逢的机会。"

赵筱蝶听后没有直接答应，说："龙喆书记，明天早晨你去赵夏李组之前我给你回答行吗？""行。"华龙喆说着就急急忙忙地走了。

华龙喆走出门时正和吕裕民迎个对面。"吕书记，你怎么在这里？"华龙喆小脸通红地说。

赵筱蝶听到华龙喆叫吕书记，赶忙抬起头。看到严仕超、吕裕民、纪光红、王一实、韩子刚，她一下子不知说什么好，愣了一会儿才说："各位领导，这么晚了，你们怎么在这里？"

赵筱蝶的话刚说完，就见大白狗疯了似的从外面冲进来，跑到自己面前咬着自己的裤脚，嗷嗷叫。赵筱蝶见大白鼻子上全是汗，又不见大黑，心想，蝴蝶泉那边肯定发生了什么事情。赵筱蝶很着急地说："各位领导，请坐。对不起，我有急事安排一下，很快就回来。"赵筱蝶快速跑到郑子涵和冯莉莉的宿舍。"子涵、莉莉，快起来，蝴蝶泉那边出事了，你们俩开车跟大白过去，有什么情况随时和我通话。"

赵筱蝶回到屋里时，严仕超看了看手表，十八秒。他望着气喘吁吁鬓角上挂着汗珠的赵筱蝶，关切地问："发生了什么事？"赵筱蝶说："现在还不清楚。"

"各位领导，深夜到访，有何指示？"赵筱蝶边说边为大家倒白开水。

龙行运河湾

吕裕民说："严书记是追着你车子过来的，已经到了近两个小时，看你在开会就没打扰。我们在楼上仔细地看了，又和你四嫂了解些情况。严书记都没想到藏经楼里居然有这么多珍贵的党史资料。"严仕超说："王玉文是我省早期党组织主要领导人之一，省委组织部到处挖掘有关王玉文的资料，不承想今夜在这里我亲眼看到了。"严仕超环视了一下一楼会议室的布置接着说："目前，村级党组织能搞到这种程度在全省应该没有第二家。"赵筱蝶说："我任村支部书记才七八个月，抓基层党组织建设没有经验，请领导们多提意见。对了，赵红艳和你们说起她是王玉文的孙女了吗？"严仕超很意外："她是王玉文的孙女？"

这时，赵筱蝶的手机响了，是郑子涵的电话。赵筱蝶说："各位领导，容我接个电话。"严仕超说："你抓紧接，听听发生了什么事？"

郑子涵在电话里说："筱蝶姐，蝴蝶泉被坏蛋用渣土堵上了，足有四大卡车的砖头瓦砾。我们正跟着大白往落雁湖方向追，估计大黑在跟踪渣土车。有什么情况随时向你汇报。"赵筱蝶说："千万注意安全。"

吕裕民问："发生了什么事？"赵筱蝶说："蝴蝶泉被人用渣土堵上了，子涵、莉莉正追着呢。不是什么大事，他们堵不住泉水，领导不必担心。"

严仕超说："村里工作千头万绪，苦点儿累点儿有寄托，就怕遇到这样既烦心又堵心的事。你们不是要搞水厂吗，还能有谁会干出这种坏事？同行是冤家。子刚啊，你是新上任的政法委书记，我认为整治经济环境为江北发展创造良好氛围应该作为第一抓手，今夜的事说不定就是突破口，是严厉打击恶性竞争、违法竞争的有力案例。难道你们不知道江北的饮用水控制在谁手里，谁能有这么大的狗胆？"

韩子刚听完严仕超的话，心里一亮，没有动作就没有震慑。他正思考上任后的第一斧头砍向哪里。"严书记，我一定办好。"韩子刚说罢就出去了。

严仕超坐在那里随手翻开赵筱蝶的工作日志，从口袋里掏出老花眼镜。

屋子里很静，静得能清楚听见韩子刚在院子里讲话的声音："绍强局长，你迅速联系上郑子涵，立马派警力支援……你亲自过问……一定要挖出幕后主使……"

韩子刚说的绍强局长就是西城区公安分局局长蔡绍强，夜袭江北国际大酒店的时候是副局长，是他亲自带队圆满完成任务。这次在破获谋杀吕裕民的大案中又是他穿上防弹服冒着生命危险去做吕裕民的替身，抓获了犯罪分子并参与省公安的审讯。一个小时之前，他已经知道区委书记刘金亭升任副市长，部队老首长、公安老领导韩子刚升任市委常委、政法委书记仍兼市公安局局长。这或许是韩子刚上任后的第一道命令。从电话里，蔡绍强没有听清楚发生了什么事，但从韩子刚的口气可以判断此事非同寻常。他当即命令下去，并亲自开车前往。

严仕超从后往前翻着赵筱蝶的工作日志，一直翻到第一页看到第一行：二〇〇九年元月一日。严仕超合上记事本，自言自语说道："裕民弓记啊，今夜蝴蝶庵之行我收获很多啊。藏经楼，果真有真经。"四个人都能看得出严仕超的心情不错，但琢磨不透严仕超话里的意思。

吕裕民说："请领导多来指导工作。"严仕超说："这是肯定的，不仅我要来，还要有许多人要来，不是指导工作，而是来学习经验……"

见严仕超、吕裕民有想走的心思，王一实说："筱蝶书记，经领导研究，特邀你参加明晨八点市委扩大会议，地点是市人民大会堂。"赵筱蝶看了看几位领导，犹豫了一下说："服从领导安排。但是，趁领导都在，我有件事想请示，不知妥否？"吕裕民说："讲来听听。"赵筱蝶说："我想在清明节期间把王玉文的雕像请到我们蝴蝶庵来，可以吗？"

吕裕民没有丝毫犹豫，对王一实说："行，很好。一实书记，这件事你负责和西城区协调，要办得有点儿动静。"

领导们离开蝴蝶庵的时候，正是郑子涵、冯莉莉跟着大白追到五十里开外落雁湖南侧一个砂石厂大门的时候。大黑伸着长舌头蹲在门外喘着粗气。大黑见大白带着人来了，高兴地围着车子转了两圈。郑子涵看见院子里停放了五辆大卡车判定填埋蝴蝶泉的人就在院内某个房间里。她向冯莉莉使了个眼色，两个人静悄悄地摸了进去。

院里停着一辆豪华宝马轿车，车子旁边的一间屋里亮着灯，有说话的声音传出："兄弟们，每人三千，一共一万五。另外，这两千是给你们今夜喝酒玩女人的钱。我大哥说了，下次有这种好事还找你们。你们如果在生意上有什么困难和我说一声，在江北没有我大哥摆不平的事……"

郑子涵和冯莉莉破门而入。

"不许动，都把钱放在桌上。"郑子涵厉声喝道。同时，冯莉莉已从腰上掏出锃亮的手铐。

出乎郑子涵、冯莉莉预料，屋里的几个人不仅没有丝毫畏惧，反而对视一下，哈哈大笑起来。

郑子涵和冯莉莉都是便装。他们六个男人根本就没把两个女人放在眼里。

"怎么,还有来这里抢食吃的?""你们知道我们六个人是干什么吃的吗?""上过几次山,进过几次'宫',老虎、宫女,什么没见过。"其中一个人把两千块钱甩到郑子涵面前说:"这两千块钱是我们兄弟今夜喝酒玩女人的钱,你们拿着,把衣服脱了,让大爷看看长得怎么样……"五个人你一言我一语说了许多狠话和脏话。那个给钱的光头坐在那里没有吭声,摆摆手示意五个人停下,轻蔑地望着郑子涵和冯莉莉,指着墙上的四个大字说:"你俩认识这四个字吗?我来告诉你,是'狱人无限',知道什么叫'狱人无限'?这世道讨口饭吃都不容易,识相的赶紧滚人,不然的话,他们会把你们俩长了二十多年的身子给废了,能让你们赤裸裸地在桌子上丢人现眼……"

郑子涵气得咬牙切齿,嘴唇打战。冯莉莉说:"我们是公安局的,你们堵了蝴蝶泉必须和我们走一趟。"

光头冷笑说:"你是公安局的?我他妈还是公安厅的呢!你就是他妈市委书记吕裕民又能怎样,还不是照样吃了枪子见了阎王。堵蝴蝶泉怎么啦,谁叫他龙行村想从我大哥嘴里夺食。堵上是警告,再建自来水厂我能把蝴蝶泉给炸了。我还要杀人呢!"

看着这群凶狠的人,郑子涵用脚踢了一下冯莉莉,小声说道:"枪。引到院子里。"说罢两个人麻利地掏出手枪,黑洞洞的枪口在他们六个人面前晃来晃去。

枪也没有震慑住他们。光头站起身对郑子涵说:"拿枪吓唬我啊,来,朝这儿打。"光头用手指着自己的脑门,边说边靠近郑子涵的枪口。

当光头的脑门抵到郑子涵枪口的一瞬间,他猛地往下一蹲,紧接着来个就地十八滚。

光头滚到屋外的宝马车旁迅速打开车门拿出一把短枪。郑子涵追到光头面前时,光头的枪口也已经对准了郑子涵。

郑子涵从没有遇到过这种凶狠的歹徒,她尽力克制自己情绪在想办法如何对付。这时,她看见光头的背后有两个黑影像离弦之箭向他扑去,而光头却毫无察觉。

大黑狗一个急转弯纵身而起,撞向光头持枪的双手。大白狗跳起来对准光头的后颈就是一口……

就在光头滚出门的时候，屋子里的灯一下子熄灭了。几把椅子同时向冯莉莉猛砸过来。灯是冯莉莉关的，在熄灯的瞬间她已经闪出门外。屋子里一阵猛烈地打砸之后，五个人都拼命夺门而逃。一拥而出的五个人，冯莉莉只铐住两个，其余三人撒腿向大门跑去。增援的警察到了，三个人被死死地按在地上。随后，蔡绍强局长也到了。

"今夜遇到硬茬儿了，是个大家伙。他们居然有枪，还是最先过的装备。要不是有大白和大黑，后果真不敢想象。"郑子涵说着把录音器交给蔡绍强，把两条狗抱进车后备箱。

赵筱蝶接完郑子涵的电话已送领导人到蝴蝶庵大门口。淅淅沥沥的春雨丝线般洒落而下，雾蒙蒙的夜色里满是万物吐绿的清香。

上车的时候，吕裕民突然问赵筱蝶："刚才最后一个走出会议室的那个年轻人是谁？我很眼熟突然间想不起名字。"赵筱蝶回答："他叫华龙喆，大学生村官，村副书记。"吕裕民想起来了，对赵筱蝶说："筱蝶书记，好好带带他。这小子有朝气有活力，既有党性更有血性，是棵好苗子。"

47. 华龙喆

华自义在江天、河安等四省的农村调研结束了，收获比预期更好。

华自义要赶在空了法师出关之前把文章完成，心无旁骛地和空了法师畅谈一番。

华自义虽然不信佛，但他很认同这种闭关修行的实修方法。道教修行在于使人类与自然和谐相处；佛教修行在于祛除杀盗淫妄酒，贪嗔痴慢疑；儒教修行在于达成仁义礼智信、温良恭俭让，源于对生命意义的渴望，通过修正自己的方式，达到自己所追求的精神境界。每个党员按党的宗旨要求不断地锤炼思想、注意言行、提升品德，才能成为一名纯粹的共产党员。

从龙行到部队到工地到政研室，华自义从没停止过提升自己。党的宗旨和母亲的那双眼睛始终在心里闪亮着，如他小时候运河湾里的灯塔。多年经历让华自义有一种为了自己的信仰而不惧风雨努力前行的力量。

从南向北行驶，车过龙行村时华自义自然想到赵筱蝶。龙行村的位置是清江运河上唯一一处和古黄河平行同向流淌，且相隔距最近的地方。两条河发大水时的最近的地方仅一条路之隔。这条路便是古黄河东堤大道，现在的江北地图上标志为黄河南路。

古黄河东堤高出两边平地有六丈之余，像一条龙脉横穿龙行村南北。如今古黄河和清江运河都已流归正途，隐身在绿荫之中，平静而又安详。没有洪水的年月久了，龙行村人早已忘却黄河东堤防洪抗灾的初始功能，仅仅把它看成一条路踩在脚下碾在车辙辘下。在华自义心里，洪汛狂澜之下，黄河惊涛拍岸、运河巨浪滔天时，黄河大堤忍着剧痛巍然屹立的形象像生了根一样永恒地耸立着，比他出生地的那棵柳树的形象要高大伟岸。车到龙行村，华自义心里有太多的记忆和感慨。

从龙行村七一电灌站向南到运河中心港码头，一千多亩土地之上，车流如织，机械轰鸣。赵夏李组搬迁结束了，一幢幢空房在挖掘机的机械臂的升降之间坍塌成一片废墟。废墟之上有不少上年纪的人在捡废钢筋和整砖整瓦，废钢筋、废铁能卖七毛钱一斤。整砖整瓦，华龙喆那里收购两毛钱一块。十几台挖掘机自南向北像春蚕食桑叶一样一铲一铲向前推进。破碎的砖头瓦砾连同渣土一起被几十台大自卸王转运到运河湾南湖地。被推土机整平的南湖地面上南北两条主干道，东西三条副干道，在挖掘机、铲车、压路机的轰鸣声中沿着白石灰线逐步向前推进……

华自义知道这是华龙纺织集团整体搬到龙行村的大工程破土动工了。紧张有序、热火朝天的施工现场既令人感动又令人振奋。

韩磊开的车子就停在运河湾老灯塔的位置。华自义看到眼前忙碌的场景和即将消失的赵夏李组，仿佛看到了一个崭新的华龙集团在龙行大地上崛起。他深情地打量着北来东去的清江运河，想起那座给少年的他带来无限幻想的灯塔，还有那位点灯的老人。

太阳西坠古黄河的时候，华自义来到蝴蝶湖南侧的养猪场。原来搭建的临时养猪场已经被华龙喆带人整理得有模有样，完全看不出临时的样子。东西走向，四排一百多米长的猪舍白墙红瓦焕然一新。近三百亩的沙地上也是机械轰鸣，猪场内，砌墙的、挖沟的、粉刷的、安自来水的、铺水泥地坪的、给猪舍盖保温层的、在猪舍里安装音响的，有上百名群众在紧张施工。从赵夏李组那边运过来的旧砖瓦，整整齐齐地码放在古黄河东岸，一眼望去遍地砖瓦，看样子还要建许多房子。

华龙喆上任龙行村副书记决定干的两件事震惊全村，一是养猪，二是造地。养猪本来很正常，但在目前是非同寻常，全国性的甚至是全世界性的生猪口蹄疫大流行，生猪市场价格跌至每担七百元人民币。华龙喆逆势而上以每担高出市场五十元的价格大量收购，龙行村的猪几乎全部被他买了，甚至周边的养猪大户都来请他买猪，有的要暂时赊给他。猪舍里已经有近九百头猪了，他还在买。龙行人很震惊，平均每头猪一千五百元，一千头猪要一百五十万啊，太胆大包天了。蝴蝶庵南面的板沙地几百年来没生长过任何庄稼，任你播种什么一场大雨之后，种子就会被闷死在土里，龙行人都叫它死地。华龙喆却看上了它，建议赵筱蝶取华龙集团厂区的熟土置换这里的沙土，使它变成良田。华龙喆以每亩六百元的价格承包三十年，龙行人对此震惊得不敢相信。

猪舍分母猪区、种猪区、幼崽区、成猪区和出栏区。每间猪舍里都装有一个话匣子、一个喷淋水龙头、一把高压水枪和保温降温设置。种猪场附近建了一条两百米长的铁栅栏循环跑道，那是为公猪跑步锻炼身体以便提供良种而特制的，兼做生

龙行运河湾

猪出栏装车时的上车通道。养猪场的九个员工都是龙行村的养猪能手，他们喂了一辈子猪也没听说过猪听音乐、恒温猪舍、公猪跑步等新鲜事。

华自义闲步走到第一排猪舍的西面尽头，这时刚好从猪舍里跳出两个身穿蓝布工作服，手提药箱的年轻人——华龙喆和马户坚强。华自义走上前去从口袋里掏出香烟递了两支过去，两个年轻人同时摆摆手。华自义说："你们是给猪防疫的吧？"华龙喆说："正是。第二批防疫刚刚结束，累得我们俩腰酸腿疼，两眼发黑。"华自义看了看华龙喆问："你叫什么名字？"没等华龙喆说话，马户坚强抢先回答道："他叫华龙喆，我们村的副书记，大学生村官。他是标准的红四代，他的太祖母是老红军，一九二七年入党的老革命。"华自义听完马户坚强的介绍后，知道了面前的年轻人是大哥华自共的孙子。他听说过，但没见过面，互相不认识。华自义问华龙喆："你什么时候入党的？"华龙喆答道："大三时入的，我现在是一名正式党员。"华自义笑了笑说："这猪场是你搞的？"华龙喆擦了擦满脸汗水，说："怎么，你看不起我？我可是学农的，养猪这玩意儿我一手熟。"马户坚强插话说："华书记和村里立了军令状，头一年保证纯利润二十万。我们俩制定的奋斗目标是养猪、养鸡、养鱼三项合计五十万。"

华自义看着两个信心十足的年轻人心里很高兴，问马户坚强："你叫什么名字，也是大学生村官吗？"马户坚强不好意思回答。华龙喆说："他叫马户坚强，我的好朋友。他虽然不是大学生村官，但脑子好使，学什么会什么。要不了多长时间，他准能成为养殖高手。你可别小瞧他，他是我们江北地区第一个党组织王玉文书记的第四代传人，我的太祖母就是王玉文书记介绍入党参加革命的，他又是我们村红色干部赵筱蝶书记的亲侄子，骨头里满是红色基因。"

华自义问华龙喆说："你是龙行村人，是你主动要来自己村的吧？"华龙喆说："不瞒你说，我是奔着赵筱蝶书记来的。她党性原则强，理论水平高，公而忘私，值得跟从。我如果到别的村，遇到一个没有党性、没有人性、没有德行的村支部书记，就像种子遇到板结的土地，即使我是一粒金种子也会被他们活活闷死。我的一腔热血就会冷下去，那我可就惨了。我调查过，有些大学生村官刚上任时都信心满满，干着干着就灰心丧气了，最后把自己丢了，变成了市侩。我来龙行就不同了，上有开明的书记赵筱蝶带着，下有父老乡亲帮着，我心正，不怕做不成大事。"

华龙喆指着眼前三百亩板沙地对华自义说："今天你看到的是一片荒地，明年你若再来就会看到标准化的养殖场、饲料加工厂和绿油油的庄稼。十年后，你就能看见一个大型饲料生产集团和现代化养殖基地。我们先从猪饲料、鸡饲料、鱼饲料小型加工生产做起，稳抓稳打，奋斗五年，积累经验，积累财富，然后做大做强，力争十年使龙行村成为国内知名的猪鱼鸡三大饲料生产基地和养殖基地，成为龙行村共富经济的财富标杆。这块地我承包三十年，再有十年我三十一岁，正是而立之青春……"

华龙喆说到这里转过话头问华自义："先生，你贵姓？"华自义笑了笑说："我也姓华。"华龙喆问："这么巧啊，你是本地人吗？"华自义说："是啊，我是本地人。龙喆啊，你又是包地又是养殖还要建饲料厂，创业初期钱从哪里来啊？"华龙喆说："我们有大学生创业扶持贷款，不过我没有用。我自己凑了二十万，马户坚强拿出二十万，剩下的都是从赵书记手里借的。我认为资金问题只是头一年的事情，养殖业周期短，想一年见利就一年见利，想两年见利就两年见利。农村到处都是钱，缺少的只是发现钱的眼睛和弯腰拾钱的手。只要头一年取得效益，取得信誉，第二年就会有人主动送钱给我们，我们是按银行三倍的存款利率付息的。信誉是最好的银行。龙行村家里有三万五万的农户不下百分之八十，拥有的资金最少也要在两千万以上，这么多的钱存在银行里，真有点儿可惜了。我要为老百姓打造一个属于自己的资金平台，让他们既有工作又有利益分成，到那时资金的问题就不是问题了。今年是第一年，我们必须赢，而且要大赢。"华自义问："赵筱蝶书记哪儿来的钱？"华龙喆说："赵书记的钱从哪里来的，我还真不知底，听说华龙纺织集团孙华董事长和华龙机械制造集团孙刚董事长是她的资金靠山，但赵书记借给我们的钱不收利息，年底前还本。我们计划今年底纯利润二十万，明年实现一百万，第五年实现两千万，第十年实现年纯利润一个亿。"华自义问："把握有多大？"华龙喆说："我和马户坚强有八成把握，还有两成要靠运气。"

华自义问："赵筱蝶书记在哪里？"华龙喆说："早上六点她在无土栽培蔬菜基地，两万个塑料托盘第一次上架。上午七点是敬老院和幼儿园开工奠基仪式。八点是江北市人民医院桩基工程奠基，市委书记、市长都参加了。十点她带领吕书记和纪市长到运河湾看华龙纺织集团'三通一平'的情况，后来到卧龙山南侧汇报龙行社区规划建设情况。在龙都广场十二号楼她就走了，说是去接待京师大附中唐校长。她现在在什么地方不清楚。不过，晚上八点我们在藏经楼有碰头会，各条线上汇报当天工作进展情况，她会准时参加会议的。你要想见她，这个点儿最有把握……"

这时，黄河堤上有个戴安全帽的人站在砖堆上向这边高喊："华书记，请你过来一下。"华龙喆望了望那个人，举手示意了一下，然后对华自义说："对不起，我没有时间陪你闲聊了，饲料厂明天开工建设，上千头猪在等着要吃的，我得尽早实现饲料自足，争取在下一个养猪周期高峰来临之际生产出自己的饲料。"

华自义向黄河边看了看，说："你去吧，我只是闲转转。争取五年后再来看你们俩，你们可不要食言哟。""君子一言驷马难追。"华龙喆说完，把手机递给马户坚强："坚强，为我们俩拍张照片留个纪念，做个见证，就以猪舍为背景。"

华自义看着两个人飞跑而去的身影，心里有一种说不出的喜悦。他穿过猪舍走过蝴蝶庵，站上蝴蝶湖东岸。他看到了晚霞映照下熠熠发光的玻璃温室大棚，看到洁白清亮的自来水厂，看到敬老院和幼儿园施工现场五六台挖掘机的长臂在空中挥动舞，看到医院工地上大型打桩机的气锤在龙门间反复地夯击桩体，感到大地在雄浑的力量下的颤抖。

蝴蝶湖四周各类果木含苞待放，蜂飞蝶舞，湖面碧波荡漾，清风徐来。华自义静静地站在那里仿佛听到了花开的声音，看到了花蕊之中孕育果实的萌动。他还想到了赵筱蝶的龙行村十年规划。

华自义从身上掏出一支香烟，找了个地方坐下来。华自义刚吸了一口香烟，吕裕民的电话就来了："华主任，你在哪里？"华自义说："我在龙行。我刚从运河湾过来，现在蝴蝶湖东岸，家乡的变化大啊！这里给了我几十天来从没有过的激情，希望和梦想像鲜花一样扑面而来，为我的调研画上一个完美的句号。"

吕裕民感觉到华自义的喜悦心情，说："你辛苦了。今天晚上请你吃饭，也算是给你洗尘，是赵筱蝶做东请京师大附中原副校长的，朱老师也参加，我已经安排人去接她了。没有几个人，家宴性质的，在市政府机关食堂。吃过饭，我有个天大的消息要告诉你。"

华自义在京师大附中蹲点调研过，学校的领导他都认识，问吕裕民："京师大附中原副校长，是谁？"吕裕民说："唐慕云校长。"华自义说："唐慕云校长我认识啊，她怎么到江北来了？"吕裕民说："是赵筱蝶请她来指导中学建设的，赵筱蝶想聘请她做校长。既然你们认识，你还能帮帮赵筱蝶劝劝她。"华自义说："话我可以说，可是见面吃饭我怕……"没等华自义把话说完，吕裕民就说："华主任，我知道你是怎么想的，放心吧，乌云散去，阳光明媚，尘埃落定了。不然，我也不会请你参加且带上夫人。吃过饭我详细向你汇报。"

华自义感觉到吕裕民这次参加全国两会肯定得到了一些自己不知道的信息。华自义在调研期间没少和江仲谋联系，国内经济社会的动态华自义了解得一清二楚。有些事情虽然江仲谋不说，但华自义也能从公开的讲话中分析出深层次的动向。文化改革，塑造的是精神和灵魂。经济改革，创造的是物质财富。一个人、一个家庭、一个国家、一个政党，不能仅仅依靠物质财富而生存，文化才是屹立不倒的基石。一个血管里流着肮脏的血液、头脑里装着丑恶灵魂的大胖子，说他是个健全人的人，说这种话的人就是个疯子。国家的生命力并非由人口的众寡、财富的多少来决定，而在于国人对崇高理想的追求，在于使命感召下迸发的坚韧不拔、舍生取义的力量，在于富有魅力的文化。

谷冥蛛在记者招待会上侃侃而谈之后被纪委带走。这一爆炸式新闻给当时的大会增添了一道耀眼的光芒。谷冥蛛起步于江北，成名于江北，江北到底怎么样只有江北人自己清楚。难道吕裕民是要告诉这个消息？华自义想，不会。这个消息与我没有多少关联。难道高层有其他重大动作……

华自义坐在蝴蝶湖边手指间的香烟早已燃尽。这时，一只蝴蝶轻轻地落在他的手上仅停歇了一下就扇了几下翅膀飞走了。华自义微笑地看着蝴蝶飞进花丛中。在蝴蝶飘落的花丛下面，华自义看见一个碗口粗的黑洞，黑洞里像是有什么东西在蠕动，说："韩磊，你过来，看看那地方什么情况？"。

韩磊小跑过去，在离洞口四五米的地方停了下来，惊恐地叫道："华主任，快离开这里。这里有太多的蛇，它们正互相缠绕着从洞里往外爬。我还看见大蛇吃小蛇，大蛇目光凶残令人毛骨悚然。"

韩磊说罢调头就往回跑，跑到华自义面前想拉起华自义，说："太多了，都是红斑蛇，都在往外涌。"

华自义缓慢地站起来，见韩磊脸色苍白气喘吁吁，安慰说："不要慌，拨打110，报警。"

华自义和韩磊不知道那里原来有一处古墓，金银财宝被取走了，蛇被埋在墓穴里。春暖花开，惊雷过后，冬眠的蛇醒了。

48. 唐诗茹

蔡绍强没有片刻耽误，连夜审讯，拖渣土堵蝴蝶泉的五个人同时交代是光头安排的。光头名叫谢浪，是个因打架斗殴四次进监狱服刑十七年的刑满释放人员。谢浪是落雁湖乡人，在天河自来水公司做保安队长兼洪长宇的私人保镖，人称狼哥或光头。洪长宇是谁？洪长宇是谷冥蛛的大妹婿、谷雨的丈夫，是天河自来水公司法人代表。江北市火葬场、江北市敬老院、江北市第三人民医院，他都控股。江北市最大的房地产开发项目万户侯皇家园林也是他牵头开发的。

谷冥蛛初到江北时，洪长宇就隐身在江北的官场、商场，靠穿针引线谋取巨额财富。谷冥蛛执掌江北时，洪长宇的一帮人已经是要风得风要雨得雨，成为江北市无事不能的通天人物。靠着关系他纠集一批又一批不法之徒，在江北兴风作浪。房地产兴起之初，他们已经抢占了江北的中心位置、黄金地带，坐拥半个江北市的财产，江北人送洪长宇外号洪半城。

谷冥蛛调任云明时，一大批亲朋好友跟随谷冥蛛到云明淘金去了。洪长宇没有去云明是因为在江北的官场他早已游刃有余，胜过江北市组织部长。钱对他来说早就像清江运河里的水一样，取之不尽用之不竭。妻子谷雨为他生了个女孩取名洪姊红。那时候计划生育忒紧他又很穷就没有再生。后来洪长宇逐步发了，谷雨却得了子宫癌，子宫被切除后专心吃斋念佛，占地十亩的豪宅硬是让她变成了佛堂。洪姊红考取江北中学那年洪长宇已经拥有亿万财产。有一次，他在自己的火葬场参加一个铁哥们儿的祖父的遗体告别仪式，发现铁哥们儿家人丁兴旺，子子孙孙足有一百多人。他想自己只有一个女儿，死了的时候都孤零零的。当时，他就发誓一定要生很多很多孩子。不就是钱吗？老子有的就是钱。

回到办公室，洪长宇给自己制定目标：洪长宇三个字总共是十九笔画，最少也得生十九个儿子，女儿不限，生多少是多少，一直生下去，多多益善，生到不能生为止。制定这个计划的时候，洪长宇四十岁，不惑之年。那时候，谷冥蛛还在江北市呼风唤雨。

十几年下来了，洪长宇在全国四十个繁华城市安了家，四十个女人为他生下五十二个孩子，十八个儿子、三十四个女儿。他对女人已经感到腻歪了，决定再生最后一个儿子完成计划就不生了。

靠谷冥蛛的关系，洪长宇在江北像太上皇一样被捧着被宠着，他说的话没有人敢不听，他安排的事没有人敢不做。否则，轻则丢官破财，重则残废丧命。谢浪靠女人才上了洪长宇这条船。谢浪凭着长相凶狠又有点儿功夫得到洪长宇的赏识，在落雁湖是出了名的光头狼。

有大哥洪长宇撑腰，光头认为在江北没有人能拿他怎么样。他听说市委书记吕裕民已经中弹身亡了，在江北谁还有胆量去挖谷冥蛛的根基。谷冥蛛的根基在，洪长宇的势力就在。谢浪在蔡绍强面前不仅没有任何畏惧，反而拿谷冥蛛、洪长宇来吓唬蔡绍强，直接就说堵龙眼泉是洪长宇亲自安排交办的。蹲在看守所里的谢浪哪里知道就在当天夜里洪长宇就被逮捕了，谁也不知道关押在哪里。

吕裕民隐身一段时间之后，第一次闪亮登场就拿下三名常委、一名政协副主席，第二次闪亮登场就是带领新一届九名常委在市委扩大会议上宣誓，当天夜里谷冥蛛的妹婿洪长宇就被逮捕。一连串的事情发生之后，官场上还有很多人仍旧把希望寄托在谷冥蛛身上。他们盼啊等啊，却等来了电视台播报的谷冥蛛被纪委带走的消息。那些满脑私欲、满身污垢、满手罪恶的心存侥幸者陡然之间就寝食难安、魂不守舍了。洪长宇和谢浪直接就瘫倒在地上。完了，一切都完了。

谷冥蛛被抓的消息正式公布当晚，江北城里响起雷鸣般的鞭炮声，无数烟花直冲霄汉划破黑暗的夜空，呈现出五颜六色的光芒。

唐鉴是江北城里第一个燃放鞭炮和烟花的老人。他是名退休教师，一九六二年大学中文系毕业。看完"新闻联播"后，他当即跑到楼下小商店并打电话给那些在上访中认识的蒙冤受屈的难兄难弟说："老天开眼了，江北的天空算是真的放晴了，该有点儿响动和光亮吧！"一传十，十传百，百传万，江北城沉浸在节日的喜庆中。听满城的爆竹声看漫天烟花，唐鉴想起冤死在老宅子里的老伴陈静瑜，屈死的儿子唐毓，致残的儿媳妇宋雪，自己因上访被停发几年工资，孙女、孙子被迫失学的那段苦难岁月，坐在社区的小广场上老泪直流，痛哭了整整一夜。第二天早上，孙女唐音茹、孙子唐加宋找到唐鉴时，他双眼红肿、声音沙哑。

龙行运河湾

唐加宋对唐鉴说："爷，你叫我打听空了法师什么时候出关的事，我给打听到了。"唐鉴听到孙子的话来了精神，从地上爬起来，问："什么时候？"唐加宋说："你要保重身体，我们的大恩还没报呢。"唐加宋竖起一个手指告诉唐鉴："还有一天，后天上午法师就出关了。你可一定要打听到那个叫华龙小麦的恩人。"唐加宋和唐音茹把唐鉴扶到楼梯口，高高兴兴上学去了。

听说江北市的一把手换人了，唐鉴便带领宋雪、唐音茹、唐加宋回到了江北。唐鉴抱着试试看的心理给吕裕民写了封长信，没想到第三天由公安、城建、城管、教育四部门组成的联合调查小组就找到了他。没出一个月，老房子的补偿款和新安排的安居房就落实了，老伴陈静瑜、儿子唐毓的死和儿媳妇宋雪的伤也都给了说法和赔偿，自己的工资补齐了并正常发放，唐音茹和唐加宋都恢复了学籍。唐鉴把这个消息告诉了唐诗茹的时候，唐诗茹虽喜出望外但也很担心。上一任李书记刚上台时说了许多让老百姓高兴的话，做了许多让老百姓欢心的事，可结果不到半年就变调了，就开始忽悠了。稍微有头脑的人都知道只要谷冥蛛不倒，江北就永远不会真正地改头换面。官大一级压死人。谷冥蛛走了，他的根系都在，官威仍在，思想作风还在。一个贪婪成性、掠夺成性、欺压成性、贪色成性的人，怎么可能轻而易举地就改邪归正呢？

时局的变化超出想象，却也在群众的盼望之中、预料之中。

谷冥蛛被"双规"了，他那双血淋淋的铁手不会再伸出牢笼张牙舞爪，长臂干预了，依附在这棵大树上的猢狲不会再在枝杈间上蹿下跳、龇牙咧嘴了，目光贪婪、嘴角沾血的走狗就再也没有狗胆仗势欺人。

唐诗茹把谷冥蛛被抓的消息告诉母亲。母亲激动得泪流满面，对唐诗茹说："诗茹啊，这下子就好了。你不要再担心家里负担了，你啊要去考研，要入党，将来能做个为老百姓说话做事的人，妈吃点儿苦受点儿累值啊。妈现在能赚钱了，加上你爹工资，这个家撑得起。"

唐诗茹的母亲康复后在江北南菜市摆地摊，凌晨四点到菜市口买下赶早集的老百姓自产的瓜果蔬菜、鸡鸭鱼鹅等农副产品，然后摆地摊卖到下午五六点钟，一天也能挣个六七十元。起早贪黑吃点儿辛苦没什么，宋雪就怕被市场里人欺负。唐诗茹的母亲才四十五岁，虽然腿有点儿残，走起路来一瘸一拐的，但天生皮肤白嫩、脸蛋俊俏，很招人喜爱，刚开始两个月，没少被市场里的恶霸欺负。去年底，南菜市大整顿，管理文明了。宋雪租下一块水泥板台面才算有个属于自己的固定位置。宋雪面善和气又厚道，主动卖东西给她的菜农很多。她的生意做得比以前好多了，一天能挣一百多元了。春节前，唐诗茹回家一趟，是安葬奶奶和父亲的。很不巧，她到家第二天就接到医院电话说端木老师病了，没来得及和母亲多说就匆匆赶回去了。她不敢有半点儿闪失，否则无法向华自义交代。

唐诗茹在和母亲的通话中得知空了法师马上出关，心里有说不出的高兴。既然空了法师和华自义在火车上曾坐在一块，空了法师肯定知道华自义的一些情况。空了法师还活着，华自义就有可能活着，说不定还知道华自义的下落。想到这，唐诗茹对母亲说："妈，我已决定回江北了。学习不一定非在学校不可，入党的事以后再说吧。我是学农的，大不了去做一个有模有样的农民，不信干不出名堂来。昨天，我带端木老师去监狱看望了她的老伴了，老伯再有几天就能回家了。两位老人能相互照应了我就回去。"

听女儿的话，宋雪突然想起件事，对唐诗茹说："诗茹，昨天中午有三个大学生来菜市场推销无土栽培蔬菜，其中有个叫冯莉莉的说是你同学还认识我，另外一个女的叫郑子涵，男的叫华龙喆。我和他们很谈得来，他们选我的摊位作为第一批无土栽培蔬菜试卖点，还决定将来为他们销售家禽家畜。下午，我到他们的基地去看了，很有规模也很气派，依我看他们准能成功。冯莉莉走时给了我手机号码，有时间你和她联系一下。"

唐诗茹和冯莉莉是高中同学，郑子涵和华龙喆两个人唐诗茹不认识，但听到华龙喆的名字，她一下子就想到华龙小麦。

"行，妈，我晚上就和莉莉联系，你把号码给我。"唐诗茹说。

唐诗茹决定回江北，虽然是为自己找工作做准备，但主要目的是打听华自义的下落。唐诗茹真心真意地爱上了华自义。

在醉红尘里初识华自义时，唐诗茹无法预测自己的命运，是被逼无奈才冒险赌上一把的。一万块钱对唐诗茹来说，不仅能救母亲一条性命也能救全家人的性命。唐诗茹有过最坏的打算，万一真的被奸污了，就把一万块钱寄给母亲后留下血书撞死，为了死去的奶奶和父亲，为了能活下去的爷爷母亲还有妹妹弟弟，只要能申冤昭雪就值。

踏入醉红尘的那一刻，她抛弃了身体以外的一切东西，理想、信仰、道德、学习、工作事业，只剩下一具肉体。胆怯地坐在华自义身旁，看着那些打情骂俏、尽显风骚的女人，唐诗茹悲凉得像寒风雪雨中的一片落叶在瑟瑟发抖。在醉红尘没有男人和女人，只有雄性和雌性。

看着表情严肃、正襟危坐的华自义，唐诗茹的心里透出一丝微弱的光。她不由自主地靠近了他，似乎只有这样才有点儿安全感。那时候，唐诗茹突然间鄙视起自己，后悔带着侥幸心理进入这地狱般的醉红尘。唐诗茹没想到自己的命这么好，真的遇上一个正人君子。更巧合的是妹妹唐音茹、弟弟唐加宋又在列车上遇见他。华自义对她和她家的大恩让唐诗茹感激不已。

华自义的书房里有一百多篇调研底稿。华自义的文章把唐诗茹带进了一个令人心潮澎湃的世界，让她看到一个忧国忧民的灵魂，感受到一股奋发向上的力量，看到一种高尚的理想信念迸发的光芒。读着读着，唐诗茹的心里便装满了华自义这个男人，她热血沸腾。

关于华自义的婚姻家庭，唐诗茹只是从端木老师的口中了解了一点儿，老婆许丽男三年前已亡故，女儿华岚岫在澳大利亚读书，华自义至今仍是单身。端木老师曾对唐诗茹说："华自义是我一生中遇见过的最优秀的男人，我女儿根本配不上他。华自义这一生受委屈了，我感到很内疚。"唐诗茹听了十分惊讶，更加坚定了自己想做华自义的女人的想法。

唐诗茹把华自义的照片放在写字台上，没完没了地打量他，越打量越喜欢，越喜欢越打量，他的额头、他的眼睛、他的鼻子、他的嘴角、他的耳朵、他的喉结。从此，唐诗茹的心就再也没有平静过。她从来没有以为华自义死了，认为他一定还活着，急切盼望再次见到华自义。

唐诗茹坐在床沿上，轻轻地打开那面用自己的鲜血印有一朵梅花的手巾，双颊发红，心脏怦怦直跳。唐诗茹想如果早像这样了解华自义，那天夜里说不定会心甘情愿、敞敞亮亮地把自己给他。我敞敞亮亮地给了他，他能给我吗？他给我了，能继续要我吗？如果他给了我，如果我怀孕了，即使因为我配不上他，他把我给甩了，我也愿意……

唐诗茹浮想联翩的时候手机响了，是冯莉莉回的电话。冯莉莉说："请问哪位？""不要请问了，我是唐诗茹，你的老同学，听不出我声音了？"唐诗茹说。"好几年没见面了，谁想到是你？昨天在菜市场见到宋阿姨，是她把我的手机号给你的吧。刚才手机丢车子上了没接你电话，你还在云京吗？"冯莉莉说。"马上就毕业了，正准备回江北找工作。你不是上公安大学嘛，怎么推销起农副产品啦？""我工作单位在江北市公安局，现在因特殊任务在龙行村。你是学什么专业的？""我是学农林经济管理和食品质量与安全的，又自学了设施农业科学与工程。""与大棚蔬菜无土栽培有联系吗？""有啊，凡是涉及种植养殖的设施建设，譬如养牛、养羊、养猪、养鸡，果木瓜菜的温室棚、光伏棚，现代农业生态园，智能温室，日光温室以及食品质量安全和现代化管理都有联系。""那太好了，我们的赵筱蝶书记正招贤纳士呢，你抓紧过来应聘，现在正是机会。"

冯莉莉谈了许多关于工作、关于龙行村、关于赵筱蝶的事。唐诗茹听了很激动，问："莉莉，华龙喆是龙行村人吗？"冯莉莉说："是啊，是龙行村华龙组人，新来的大学生村官，做村里副书记，分管农业种植。"唐诗茹说："麻烦你莉莉，请你向华龙喆打听一下，问他认不认识有个名叫华自义的人。"冯莉莉说："他马上就来藏经楼开会，等会儿我问问他。"

冯莉莉看见华龙喆正走来，对唐诗茹说："华龙喆过来了，手机别挂，我问他，你听着。"唐诗茹说："好的。你就说替别人打听的，不要提我的名字。"唐诗茹把手机紧紧地捂在耳朵上。"华书记，向你打听个人可以吗？""可以啊，你说。""你认识有个叫华自义的人吗？""我知道这个人，但不认识。""这话怎么理解？""这话很好理解，他老人家是我四爹，但在我出生前就当兵去了，听说现在在云京工作，可我从来没见过面，所以不认识。你怎么打听起他老人家来了？""我有个朋友帮她父亲打听的。""我后来听说太祖母去世的时候他回过家，可惜我当时不知道，没能见面认识。"

看见华龙喆进屋了，冯莉莉对唐诗茹说："你都听到了吧，不用我重复吧？"

唐诗茹沉浸在内心的喜悦中，连声说："听到了，听到了，谢谢你，谢谢你。"冯莉莉说："唐诗茹，你这么兴奋干什么，老同学不必客气。不过，我得向你解释一下，华龙喆说的四爹，是他四祖父。龙行这地方很怪，口语里把祖父辈的称呼爹，把父亲兄弟辈的称呼爷，一代变二代，二代变一代。有时又把爹称作爷爷，想听懂得看场合，很好笑吧。你什么时候回来和我说一声，我请你吃无土栽培的蔬菜。别忘了首选来龙行村工作，我向你保证这里绝对有你用武之地。"

唐诗茹说："五天之内，我一定到龙行找你。我有个建议请你转告华龙喆书记，

龙行运河湾

你们的蔬菜最好不要采取摊点分散销售的模式，要建一个专属龙行的特色商场来经营。这样对统一价格、树立品牌有好处，而且容易形成规模，营造氛围，扩大宣传，为今后龙行村的其他农副产品市场扩张打下基础，以便取得更好的社会效益和经济效益。"冯莉莉说："诗茹，你说的这些我听不懂也记不住，你把刚才说的话写成文字发给我。"唐诗茹说："好吧！龙行见。"

唐诗茹发完短信想到华自义还活着，心里说不出有多兴奋。她走到镜子前，打量了一下镜子里的自己，然后把华自义的照片放在自己的肩膀旁。她看了看镜子里和华自义照片的合影，很害羞地笑了笑，继而又摇摇头。

她对着镜子里的华自义说："你这个好男人，我现在还不配做你妻子，我会努力的，一定会像你一样特别优秀，只要你愿意我就嫁给你。"

49. 老尼姑闫二丫

　　闫素娥到蝴蝶庵观音像前还愿的日子是农历三月初十，龙行村第一届蝴蝶节对外开放的第二天。周而复、周本其父子被抓后，闫素娥和吴亚君带着周本妍和周小明过着平静的生活。虽然时不时地被外面人的指指戳戳，有时甚至是白眼唾弃，但她们娘儿俩心里敞亮。女儿周本妍马上就高考了，成绩在快班里数一数二，闫素娥很知足。

　　因为周小明的奇形怪貌，闫素娥曾到蝴蝶庵祈求过观音菩萨保佑并许过愿。如今周小明变成了正常孩子，闫素娥要去还愿了，才把自己求观音许愿信佛的事告诉吴亚君。吴亚君很感动很想和婆婆一起去信佛。闫素娥不许，说："亚君啊，你是党员干部，还年轻，要有进步的念想。既然入了党，就不能再有其他的佛啊神啊的信仰。我年龄大了，不求官不求财不求进步，只求两个孩子平安。我向观音菩萨许过愿，小明好了我为观音像镀金身，退休后在家专心吃斋念佛。你就不要参与了。"吴亚君说："妈，小明是我生的儿子，他神奇般地好了，做妈的，别说是去信佛，就是要我命都愿意。"闫素娥费尽口舌才劝住吴亚君，自己前往蝴蝶庵。

　　修葺后的蝴蝶庵古朴端庄亮丽，在鲜花的簇拥中、在蝴蝶的围绕下显得深沉厚重，像一本线装古籍放在蝴蝶湖旁边，只有打开它的人才能领悟到一字一句的分量。大门东侧槐树枝繁叶茂，檞树在槐树的树荫里挺直着枝干向着阳光。闫素娥进庵门时仔细地打量了两棵树一会儿。

　　龙行村蝴蝶节初步定为每年清明节开始的一周时间，考虑到蝴蝶湖畔的果木都是今年冬季刚栽的，各种果木的花不是最旺盛，加之蝴蝶湖四周的建设工程存在安全隐患，还有许多事情没有充分准备好，赵筱蝶决定今年的蝴蝶节为试办，只是在小范围做了点儿宣传，没有任何仪式。

　　往年的这个时节总会有许多人带着孩子来蝴蝶湖畔放风筝。湖南面的板沙地平坦辽阔，地高风和，是放风筝的好去处。他们在蝴蝶湖放的大都是蝴蝶风筝。湖面

龙行运河湾

之上彩蝶飞舞，沙地上空纸蝶飘扬，远望去就是蝴蝶的海洋。现在不同了，蝴蝶湖四周的杂树荒草全部变成花木，板沙地变成了猪场和良田，湖西岸又出现一眼蝴蝶泉，建了工厂。环境变了蝴蝶数量剧增，放风筝的人少了，来赏景的人却异常多。

春光明媚，春风和煦，湖水清澈，泉水淙淙，蓝天白云。环湖几百亩果木鲜花怒放，蜂飞蝶舞，鸟语花香。成千上万只蝴蝶时而轻点泉水，时而掠过清波，时而穿越花丛，时而嬉戏在人群中。大蝶如雀小蝶如蜂，结队成行时，像五彩斑斓的风；簇拥成片时，像变幻莫测的云，七彩焕然，奇丽壮观。

赵筱蝶带着唐慕云、孙华、朱梅兰老师沿着蝴蝶湖边的一条鹅卵石小路，欣赏着鲜花、蝴蝶，往蝴蝶泉而去。久居大城市的樊赛和龙华像是进入仙境一样喜不胜收，她俩早被蝴蝶和蜜蜂带进花丛深处，又是拍照又是载歌载舞，随风飘起的长裙卷起阵阵花瓣。

孙华接到赵筱蝶的电话时，不敢相信图纸发过去仅十天，厂区内的"三通一平"工作就完成了。赵筱蝶请孙华带人过来验收还有另外的想法，她想借蝴蝶节之机让孙华、唐慕云、朱梅兰三个人相互认识。唐慕云桃李满天下，有太多的人才资源。孙华是红色企业家，见多识广人脉广，拥有投资开发项目的资本。朱梅兰是江北市作家协会秘书长，又是华自义青梅竹马的妻子，能集文人雅士、官场贤达。龙行村现在最缺的就是这三样：人才、项目、产品知名度。这三个人恰好有能力给予帮助。

孙华下放到龙行村华龙组做棉坊负责人时，朱梅兰在龙行小学上三年级。同是天涯沦落人，孙宋两家下放户虽然来自不同的城市，在华龙组却结下了深厚的友谊。孙华和宋梅兰、朱梅兰姐妹俩在那时就相处甚好。两家下放户做梦都没想到，原本他们深恶痛绝的下放政策，他们看不起的落后农村，恰恰成为两家人绚烂人生的起点。对于爱情，孙华和朱梅兰经历了同样的煎熬。在忠贞不渝的苦恋岁月里，是龙行的一草一木、一山一水、一人一事支撑着她俩在艰难的等待中奋力前行。相隔三十多年再见，孙华和朱梅兰相拥而泣。

唐慕云和华自义、赵筱蝶早就认识，又和朱梅兰、吕裕民在一起吃过饭，彼此很熟悉。赵筱蝶不止一次在唐慕云面前讲起孙华对龙行村的帮助。孙华、朱梅兰、赵筱蝶三个人算起来又是亲戚。几个人有说有笑，缓步而行。

从卧龙山到蝴蝶庵到运河湾到黑龙渊，仅仅一个冬天过后就整个儿变了模样。看着蝴蝶湖畔的景色、忙碌建设的敬老院和幼儿园花丛中活泼美丽的女儿，孙华不由得想到龙至礼，要是他还活着该有多高兴啊。明天，华龙纺织集团筹建领导小组就入驻龙行村啦，要不了多长时间，一座座现代化的标准厂房、现代化办公楼就会在运河湾拔地而起。孙华的眼前呈现出四十年前那个只有几间茅草屋的扎染作坊，那张虽然脱漆但被龙至礼洗刷得干干净净的小办公桌，那把椅子，那个竹壳保温瓶，那个白底红字的瓷茶缸，那方他亲手扎染的头巾……

这时，龙华跑了过来，说："唐阿姨、朱阿姨、妈、筱蝶姐，我们大家共同合个影呗。"赵筱蝶说："好啊。孙阿姨、唐阿姨、朱阿姨三个长辈站前面，我们三人站后面。"

赵筱蝶准备请别人帮忙拍照的时候，就见郑子涵从老远处跑过来。她右手高举一份材料，边跑边喊："筱蝶姐，你看，判决书寄来了。"几个人看着郑子涵高兴得疯疯癫癫的样子都不禁笑出声来。

赵筱蝶望着头发凌乱、满脸汗珠的郑子涵，笑着问："什么事把你高兴成这个样子？"郑子涵把法院的判决书递给赵筱蝶，理了理额头上汗湿的头发，上气不接下气地说："老爸的裁定下来了，十三万六千七百元。筱蝶姐，我要郑重地谢谢你。"说着在赵筱蝶的脸颊上深深地吻了一下。赵筱蝶说："看你嘚瑟的，十三万就把你美成这样！"郑子涵说："这是我二十几年见过的最多的钱，我要给爸妈在龙都广场买套房子，我和郝总说好了，首付十万就交房给我，其余的按揭。"赵筱蝶说："你啊，多想想理财，为自己准备点儿嫁资吧。你爸妈住的问题我给解决了。不过，买房子也不失为一种理财。好了，不说这些了，快给我们合个影。"

孙华看见郑子涵为十三万块钱高兴的样子心里生出很多感慨。

郑子涵望了望天空，发现有一大群蝴蝶像云彩一样正向这边飘来。郑子涵安排她们站好，左面是蝴蝶泉和盛开的桃花，右面是蝴蝶湖，只等天空那群蝴蝶。

"注意了，大家笑一笑。三二一。"郑子涵瞅准机会边说边摁下快门。龙华跑过来拿过手机一看喜得合不拢嘴："哇，太美了，子涵，你真行。"

大家在欣赏照片的时候，赵筱蝶从泉水声中隐隐约约听到有婴儿的啼哭声。她向四周瞧了瞧，发现那棵桃树下放着一个红色的包裹，就赶忙跑过去。

"大家快来看，这里有个婴儿。"赵筱蝶招呼大家过去。

看见蝴蝶泉的那棵桃树，龙华便想起王诗秋，想起第二次到蝴蝶庵那晚发生的事。龙华推了推母亲小声地说："妈，你还记得王诗秋踏波而去的那天晚上慧园法师说的话吗？"

孙华问赵筱蝶："筱蝶，今天是农历几月初几？"赵筱蝶想了想说："农历三月初十。"孙华说："农历三月初十，正是慧园法师那天晚上说的日子。筱蝶，赶快抱起那孩子。"

赵筱蝶也想起了慧园法师的话，抱起那孩子仔细一看，心里不由得一惊，活脱脱和王诗秋一样。

抱在赵筱蝶怀里的婴儿不哭了，微微睁开小眼看了看赵筱蝶，嘴角动了动，露出一丝浅浅的笑意。龙华站在赵筱蝶背后轻轻地说："筱蝶姐，你看看她左耳朵后面有没有一颗红痣？"赵筱蝶说："我双手抱着她呢，你自己看看。"龙华向赵筱蝶摇摇头说："我不敢。"

唐慕云不知道这里面有什么蹊跷，见捡了个可爱的孩子心里很高兴，说："来，让奶奶抱抱。哪对狠心的父母，怎么舍得丢下自己的亲骨肉？不知道是男孩还是女孩？"说着从赵筱蝶怀里接过婴儿。赵筱蝶说："唐阿姨，她肯定是个女孩，现在计划生育卡得很严，丢弃的大多都是女孩。"边说边轻轻地拨开婴儿的左耳根。龙华伸过头来两眼直愣愣地盯着，果真有一颗红痣。

孙华用手摸了摸婴儿的小脸蛋，婴儿闭着眼笑了，脸蛋上露出一对小酒窝，和王诗秋的酒窝一模一样。孙华说："看来，慧园法师说得一点儿没错啊！筱蝶，你家和蝴蝶庵有渊源，又和这孩子有缘分，留下做女儿吧。这孩子将来一定有出息。走，抱去给慧园法师看看。"

在前往蝴蝶庵的路上，孙华突然说："大家快看那是什么？"几个人顺着孙华手指的方向，看到蝴蝶庵上空有一缕彩蝶般的烟云飘飘荡荡向远方而去。她们不知道，此时，慧园法师圆寂了。

慧园法师圆寂时，闫素娥就在她身边。

闫素娥寻找了几十年的母亲，结果就是蝴蝶庵里的慧园法师。没想到母女俩说着话，慧园法师眼一闭就走了。闫素娥趴在母亲怀里哭得死去活来。

慧园法师俗名闫二丫，"文革"时因儿媳妇于慧敏犯下大错被逼无奈将守寡几十年的身子主动送给了恶棍关家亮，发现自己怀孕后离家出走。六个月后在一座破庙里生下闫素娥，虽然是孽种但那也是闫二丫身上掉下来的肉。闫二丫知道自己不干净了，有辱周家祖宗，就没有再回去，投靠在一个驶船的闫家做奶妈，抚养闫素娥。闫素娥五岁那年发大水，泗水河、古黄河、沂河、清江运河四条河流域全变成了洪泛区。搬家过黄河大桥时，闫二丫为了保护闫家二女儿不慎被仓皇逃命的人流挤进滔滔的河水里被巨浪卷走了，三天三夜后漂到卧龙山西麓被空了法师所救。闫二丫再回老家，二儿子周昌明仍下落不明；于慧敏已投河自尽，死不见尸活不见人；小孙子周而全已变为痴呆之人被一个姓朱的老人收养。闫二丫想投靠大儿子周昌光帮忙带孙子，周昌光死活不收留还恶狠狠羞辱。走投无路时，闫二丫想过死，但念及这世上还有一个女儿、一个孙子，只得又回到龙云寺，后来想通了便到蝴蝶庵削发为尼吃斋念佛。

那个驶船的小夫妻俩都姓闫，男的叫闫培璐，女的叫闫荷花。闫荷花是闫培璐在落雁湖南面运河边的荷花地里捞到的。闫培璐原来的老婆就叫闫荷花，一年前过船闸时掉河里被冲走了。闫培璐寻找了五天五夜，结果在杂草里发现了尸体，都起鼓了。闫培璐买了口棺材趁夜里把她偷偷地埋葬在河堤上。一年后的一天，闫培璐的船靠在落雁湖的南岸上岸采购生活用品时，在运河边的荷花地里发现一个女人。闫培璐见有呼吸便救她上船。没过十天，那女人就健康如常人，和三个女儿也相处甚好，只是没说过一句话。女人很勤快，洗衣做饭，缝缝补补，干起活来麻麻利利。船上的活也学得很快，撑篙掌舵、系缆张帆看别人做一遍就会。闫培璐问她叫什么名字，是哪里人，家里还有什么人，她只是笑笑摇摇头。让闫培璐惊奇的是她能照着书本教三个女儿写字。闫培璐把妻子的新衣服拿给她穿，她穿了显得既年轻又漂亮。闫培璐的母亲对闫培璐说："儿啊，你拖着三个女儿，再想找个女人不容易，就留着做媳妇吧。她虽然不说话，但相貌好又识字又会干活，配你完全够。不知道她叫什么名字，就让她叫闫荷花吧，省得没有身份证。"闫培璐说："妈，她比我小十几岁呢，她能同意吗？"闫培璐的母亲说："这事我来张罗。"

闫培璐和闫荷花睡一张床的第二年，闫荷花为闫家生了个小子，全家高兴极了。美中不足的是闫荷花没有奶水，经人介绍找到了闫二丫做奶妈。那时候，闫素娥才六个月大，闫二丫的奶水充足。

闫二丫初见闫荷花时一眼就认出闫荷花是自己的儿媳妇于慧敏。但是，见她已有四个孩子，且从来不说一句话只是傻笑，闫二丫就没往深处想，以为只是长相差不多罢了。闫荷花见到闫二丫时，心里也一动，可是仍旧什么都记不起来。她朝闫二丫笑了笑，便和丈夫一起陪公公下河驶船去了。后来，闫二丫向闫培璐的母亲打

龙行运河湾

听过闫荷花。闫培璐的母亲一口咬定闫荷花和儿子已经结婚十几年，说闫荷花看着年轻，实际已经三十大几岁了。从此，闫二丫就不再想这件事了。

闫二丫是为保护二孙女才失足掉进黄河里的，这一点让闫培璐的母亲很感动。后来，闫家在临沂南落了户，闫培璐和闫荷花听母亲劝就认闫素娥为四女儿。

闫二丫被河水冲走后，闫培璐的母亲从闫素娥背的包袱里发现一副银镯子，银镯子很特别，弯弯曲曲的。闫素娥和周而复结婚时，闫培璐的母亲把那副镯子戴在闫素娥手上，对她说："素娥，还记得母亲的长相吧？"闫素娥点点头。闫培璐的母亲说："记住就好，哪一天找到了母亲一定要把她带回来。这副镯子是信物，她如果不认识你，总该认识这副镯子。"

从结婚那天起，那副镯子就一直戴在闫素娥的手上，她始终相信母亲还活着。

慧园法师正是看到闫素娥手上的镯子才确信闫素娥就是自己的亲生女儿。

闫素娥抱着母亲的尸体痛哭的时候，手机响了，是父亲闫培璐打来的。闫素娥擦了擦眼泪说："爸。"没容闫素娥说话，就听闫培璐说："素娥，爸告诉你天大的喜事。你妈开窍了，什么都记起来了，什么都能说出来了。我把手机给她，你和她说说话。"闫素娥在电话里喊了一声妈，对方答应得干脆又响亮。闫素娥说："妈，你知道我是谁吗？"对方说："你是妈的四丫头，叫闫素娥。"闫素娥说："妈，我是你亲生的吗？"对方说："你虽然不是我亲生的，但妈待你从没有二心。"闫素娥说："妈，你知道我亲娘叫什么名字吗？"对方说："我想起来了，你亲娘叫闫二丫。"闫素娥说："妈，你知道你原来叫什么名字吗？你知道你和闫二丫是什么关系吗？"对方说："我知道啊，我叫于慧敏，是闫二丫的儿媳妇，管闫二丫叫婆婆。"闫素娥说："妈，你知道周而全和周而复是谁吗？你知道他俩是什么关系吗？"对方说："我知道啊，周而全是我儿子，周而复是你丈夫。他们俩是叔兄弟。"闫素娥没有再问下去，说："妈，我找到我亲娘啦。"于慧敏说："素娥，找到了亲娘好啊，快带回来给妈看看。"闫素娥说："我亲娘和我说了会儿话就走了。"说着在电话里哭起来了。

"闺女，别太伤心了。告诉爸你在哪里，我叫你弟开车带我们全家现在就赶过去看你。"闫培璐从妻子手里接过手机说。

闫素娥断断续续地说："我在江北城南十五公里左右的蝴蝶庵里。"闫培璐说："蝴蝶庵我知道，船靠龙行码头时，我到庵里拜过观音菩萨。"

　　赵筱蝶一行人进了庵门过了观音殿，就听见有女人的哭声。赵筱蝶说："请你们几位先到我屋里坐一会儿，我去看看。"说着把婴儿交给樊赛，独自向慧园法师的住处走去。

　　赵筱蝶进屋一看是闫素娥在哭，感到很奇怪。赵筱蝶和闫素娥两人相互认识。闫素娥见赵筱蝶进来就不再痛哭了，告诉赵筱蝶，慧园法师就是自己寻找几十年的母亲，要不是今天来还愿说不定永远都不知道她在这里，没想到说会儿话她就走了。赵筱蝶问法师留下什么话没有。闫素娥说母亲临走前说了句"该来的来了，该走的就得走"，说完头一低就没有了。赵筱蝶听了，心想慧园法师肯定知道婴儿的事，于是指着屋里的两口缸说："看样子法师早已预料今天要走，她老人家昨天叫我一定要把两口缸买来。我买来了，她看了很满意。"说着不由得流下眼泪。

　　闫素娥把母亲的经历都和赵筱蝶说了，并说养父母和姐姐弟弟马上就来看亲生母亲。闫素娥说："母亲是出家之人，母亲的后事不知怎么办为好。"赵筱蝶说："法师自己已经安排好了，是坐缸。我对这也不懂。明天上午空了法师出关，我去请他料理后事。"

　　赵筱蝶看着慧园法师坐化后的安详神态，安慰闫素娥说："老人家能修炼到安详坐逝，可谓圆满诸德、寂灭诸恶，你也就不要太悲伤了，节哀顺变。我建议这件事就不要告诉周昌光、周而复、周本奇他们了，老人家静修一生，没有必要。"闫素娥点头表示同意。

　　赵筱蝶走出屋子越想越乱，怎么也没想到平日里吃斋念佛、默默无闻的慧园法师竟有如此曲折的经历。她的经历让赵筱蝶深感荒唐和愤怒。

　　赵筱蝶回到自己房间时，她们几个人正在给婴儿喂流食，逗她玩儿呢。见赵筱蝶满脸疑云，大家便静了下来。孙华问："慧园法师怎么样？"赵筱蝶说："慧园法师坐化了，坐化前说了句'该来的来了，该走的就得走'。听这话她已知道这婴儿已到蝴蝶泉。"唐慕云说："能修炼到坐化，算是功德圆满了。"朱梅兰问："是谁在哭？"赵筱蝶说："是慧园法师的亲生女儿闫素娥。"郑子涵两眼睁得很大地说："什么？闫素娥是慧园法师的女儿？怎么回事？"

　　赵筱蝶把有关慧园法师的事讲了一遍，大家听得目瞪口呆。朱梅兰说："周而全就是朱平安，是我朝夕相处二十年的弟弟，比我亲弟还亲。我要见见他的奶奶闫二丫和他的母亲于慧敏。"

龙行运河湾

　　听完了朱梅兰的话，屋子里的人就更加迷惑了。谁也不知道朱梅兰正是周而全冤案的亲身经历者。

50. 李小虎丧命

　　吕裕民回来的第一个大动作,是召开中共江北市第四届委员会第三次全体会议。会议通过的决议在《江北市报》头版头条全文刊发,全面肃清谷冥蛛流毒,高举旗帜,立党为公,执政为民,全面建设和谐江北。如果说,吕裕民上任之初以侍卫宣的名义在《江北市报》上发表系列文章,那是在敲山震虎,夜袭江北后宫,整治江北政法队伍,市委常委大换血,领导班子重组,等一系列动作是吕裕民亮剑猎虎,那么这次会议便是市委领导核心治市思想、治市策略的全面贯彻实施,是对那些贪官污吏的鸣枪示警,其震慑力远远超过谷冥蛛被抓。

　　这次会议是在大巴车上召开的,是流动的现场会,起点是蝴蝶庵藏经楼二楼,终点是龙行村共富经济会议室。大巴车从王玉文纪念馆到龙世英所在的烈士陵园、卧龙山上的龙至礼纪念碑,龙行社区施工现场到四所学校的施工现场,华龙纺织集团施工现场,养猪场、无土蔬菜栽培基地、自来水厂、医院和敬老院的施工现场,最后到共富经济会议室。

　　赵筱蝶是市委委员以外唯一一位被特邀参加会议的人,能把市委工作会议下沉到一个村里去召开,或许只有吕裕民能想得出做得到。吕裕民曾说过:"江北市一千六百个村级组织(含城市里居委会),村富即是市富。市县区乡镇的方向和做法正确,才能保证村里工作不会走到邪路上去。全市有二十万名党员,每个村级组织平均有一百多人,难道一百多名党员治理不好一个村,共富不了一个村?龙行村现有的党员干部仅七八十名,结果怎样?"吕裕民要让大家通过现场参观来思考这个问题,回答这个问题。

　　一天的现场会议,吕裕民一言没发。上任以来的生死经历磨炼出他沉着淡定、举重若轻、应付裕如的静气。人一静,便云淡风轻、气度自来。所有的现场活动都由纪光红召集,讲解员讲解。在会议结束前,吕裕民做了不到一个小时的讲话。

　　吕裕民亮出的第一个观点是:对一个地方而言,最大的灾害不是风灾、水灾、虫灾、地震等自然灾害，而是干部腐败堕落、社会风气败坏。吕裕民亮出的第二个观点：要建设和谐社会首先要建设一支上下和谐的领导班子，也就是说首先要官场和谐。官场不和谐说去建设和谐社会，那是自欺欺人，是空话假话。官场和谐的关键是班长、一把手，一把手的影响力取决于一把手的执政理念、理想信仰，取决于能否知实情、出实招、说实话、办实事。江北的一切不和谐归根到底是政治不和谐。吕裕民亮出的第三个观点是：执行力。从江北市委市政府大楼到市里最远的村组距离不过一百公里，为什么市委市政府的政策措施拖得年对年、月对月落实不到位？有的落实了却变了质变了味？市委市政府的政策，群众早已从电视报纸上了解了，却像一阵风从耳边刮过、从眼前吹过，不仅没有留下痕迹而且还尘土飞扬。问题的症结在哪里？有的人能列出十种百种病因，我说就是一种病 ——"心梗"……

赵筱蝶静静地听着记着，眼前呈现出《目前社会现状之思考》中构想的一幅幅美丽的画卷。散会了，她都不知道自己是怎么走出会议室的。

"你好，赵书记。我是市统战部副部长兼对台办主任刘义国，有封台湾同胞寻亲的信，我把它交给你，请你落实一下。"一个戴眼镜的中年人对赵筱蝶说。"好的，刘部长，我会落实的，两天内向你汇报。谢谢。"赵筱蝶说着接过信就匆匆走了。

赵筱蝶追上西城区区委书记曾宇杰，说："曾书记，我有事情向你汇报，耽误你几分钟时间，可以吗？"曾宇杰说："北风书记，不用客气。我正准备打电话找你，到村部会议室说吧。刘金亭副市长带领有关部门同志在那里等你和我呢。"

曾宇杰原是省农工部干部，在国外留学六年，算是货真价实的海归农业科学家。谷冥蛛任江北市委书记时，江天省委省政府为支持江北发展，从省有关部门抽调一批技术骨干挂职江北，曾宇杰挂职西城区副区长分管科教文卫。朱茂林调任三河市市委书记时，刘金亭极力推荐曾宇杰为区长，结果市委组织部公示时，他为西城区区委、常务副区长。这次，刘金亭升任江北市副市长，曾宇杰被任命为西城区区委书记。和曾宇杰一同挂职江北的六个人都被任命为党政部门负责人。在任命大会上，吕裕民说："有人认为科学家、技术专家不适应做部门一把手，说他们不适应官场。我认为这是片面的，既误解了技术人才又误解了真正的官场。那是某些当官的把简单到只有'为人民服务'五个字的官场搞复杂化了，科学家、技术专家不适应的是官场的那些团团伙伙、拉帮结派的错综复杂的关系和圆滑周旋、推诿扯皮、徇私枉法、腐败堕落的行为。一个风清气正的官场必将会让科学家、技术专家的巨大潜能得到发挥。领导就是服务，你没有本领拿什么去服务。"吕裕民这段话在江北科技界产生强烈反响。

赵筱蝶认识曾宇杰但交集不多。曾宇杰三年前知道赵筱蝶，真正了解赵筱蝶是他上任后两次暗访龙行村和阅读赵筱蝶写的《目前社会现状之思考》。曾宇杰是学者，论官职和年龄比赵筱蝶大。若论思想深度、理论水平和敬业实干精神，曾宇杰自愧弗如。他能叫赵筱蝶一声北风书记，就能看出赵筱蝶和那本书在曾宇杰心里的分量。

赵筱蝶的车紧随曾宇杰的车到达村部。

刘金亭分管全市招商引资、开发区、产业园和城市建设。赵筱蝶事先不知道他在村部开会，也不知道会议内容，她和刘金亭以及其他人打个招呼便落座了。刘金亭说："筱蝶书记，龙行村大变样了，刚才我带领大家整体看了一遍，很受鼓舞。我知道你在参加市委工作会议就没事先通知你，叫宇杰书记会后通知你一块来。这次会议的主要议题是宣布市委市政府的决定，研究制定有关政策和开工项目质量安全保障措施。"说着递给曾宇杰一份文件。

江北市运河中心港产业园筹建领导小组正式成立了。产业园区北起卧龙山，南至银河酒业集团，东到清江运河，西至古黄河，规划面积六十平方公里。本着港口、物流、产业、城建四位一体联动发展的理念，打造江北临港产业基地和仓储物流中心。赵筱蝶听了眉头紧皱没有丝毫高兴，她深知每一个开发区、产业园的建立就意味着成千上万亩的土地失去原本的生命。一平方公里就是一千五百亩土地，六十平方公里就是九万亩，剔除沟渠道路水面，良田面积也要在八万亩，每亩年收益六百元，耽误一年就是四千八百万元。

刘金亭看出了赵筱蝶有心事，说："筱蝶书记，有什么想法不妨说出来听听。"赵筱蝶看了看刘金亭又看了看曾宇杰，说："我对市里的决策没有意见，只是在实施方法步骤上有点儿想法。开发区也罢产业园也罢，它不是一纸文件就能圈出来的。谷冥蛛做书记时我做过调查，全市因工业园区、开发区、产业园区造成土地抛荒闲置的高达一百四十万亩，每年土地收入就减少八九个亿。我们当吸取教训，切不可穿新鞋走老路，盲目圈地只能导致土地资源的巨大浪费。我建议把工作重点放在寻找既具有经济效益又具有社会效益的项目上，成功一个项目开发一片土地，以点带面循序渐进，像华龙纺织集团一样。对那些高耗能、高污染的项目，纵然能为政绩涂脂抹粉也不引进，关键是看综合效益。我个人很不赞成筑巢引凤的做法，那是自欺欺人。这世上没有凤只有鸟，鸟有千种万种，鸟也分益鸟害鸟，我们筑的巢不一定是鸟所需要的……"

赵筱蝶说着说着突然停了下来，担心言多有失。

刘金亭笑了笑说："还是吕书记识人啊！筱蝶书记，中心港产业园的建设规划、实施方案、扶持政策以及产业园机构设置全由你牵头制定。在座的每位同志随时为你提供服务，临时办公室就设在这里。你看行吗？"

赵筱蝶勉为其难地说："感谢刘市长信任。市区两级八大办公室笔杆子如云，加之两级规划局、经贸委、招商局、水务局、港务局人才济济，他们都是行家里手，怎么能轮到我担当此重任？更何况龙行村现在遍地开花正是缺人之际，我是分身无术啊！"

刘金亭说："市委市政府考虑到你缺人手，所以安排我给你送人才来了。我带来的八个人都是你需要的。"

赵筱蝶听刘金亭说给自己送人才，高兴地说："刘市长，这是真的？"刘金亭说："当然是真的，我给你介绍一下。马广毓，市政研室理论科科长；黄小菊，市政法委秘书；张明，市规划局规划科副科长；陆玉洁，市港务局业务科副科长；田田，市水务局综合科副科长；钱复春，市计经委审批办副主任；蒋辉西，城区城建委综合科科长；窦勇，西城区招商局办公室主任。这八个人，五个是大学生，三个是军干出身，年龄都没有超过四十岁，全是少壮派党员干部。从这次会议开始，他们就调到运河中心港产业园了。"

刘金亭又说："曾宇杰书记暂时兼任党工委书记，赵筱蝶免去闸北镇党委副书记职务，任运河中心港产业园党工委副书记。八个人的职务等产业园筹备结束正式挂牌时一同任命。龙行村从今天开始归运河中心港产业园管辖，龙行村的工作就是产业园的工作。我是分管这块的，凡涉及运河中心港产业园的各类问题，属于区里的由曾宇杰全权负责，属于市里的由我处理。吕书记对这件事高度重视，在四套班子会议上特别强调要把它作为江北市新的政治环境下农业转型、工业突破、城市扩张、物贸流通的亮点工程来抓。希望八位同志在曾宇杰和赵筱蝶的带领下不负领导重托，交一份满意答卷。"

刘金亭有事先离开了会场，曾宇杰说："各位，运河中心港产业园筹建工作领导小组从现在起就算开始办公了。我来之前吕书记单独对我说，通过组织考察认为你们几个人在党性原则、理论水平、思想认知、专业能力等方面都是出类拔萃的，这一点很和赵筱蝶同志接近，缺少的只是一线的实践经验。运河中心港产业园是集城市、农村、农业、工业、商贸流通、教育医疗、养老等诸多方面为一体的综合性产业园。你们将是被委以重任的后备干部调到这里来的，希望你们抓住这次机会全方位地锻炼自己、磨炼自己、充实自己，多向赵筱蝶同志学习。目前，摆在我们面前的有三大任务，一是机构组建、规划政策和发展措施，二是现有开工项目的科学管理和质量安全保障，三是有效实施招商引资……"

曾宇杰在讲话的时候，赵筱蝶的手机震动不停，是夏永刚打来的电话，赵筱蝶没有接。一遍二遍三遍，赵筱蝶还是没接。隔了一会儿，郝建民发来短信："赵书记，龙都广场出事了，李继冬的儿子李小虎被砸死了，麻烦你来一趟。"赵筱蝶看罢信息赶忙走到曾宇杰面前，把信息给他看了看，又耳语几句。曾宇杰点点头。

赵筱蝶看了看手表说："对不起各位，我有急事得先离开，请哪位把曾书记的讲话内容记下来。晚上八点在蝴蝶庵藏经楼，召开龙行村支两委例会，我请你们参加。晚饭到粮库里中粮酒店就餐。曾书记，我走了。"曾宇杰说："你抓紧去吧。"

赵筱蝶走出会议室急忙拨通董世道的电话："董厂长，你回来了吗？"董世道说："我刚到江北车站，还没下车呢。"赵筱蝶说："你下车后在车站东门等我，我马上到。"接着又给她的父亲和五组党小组长吴长河打电话，叫他们俩赶紧到龙都广场。

董世道上了车，还没坐稳就举着图纸对赵筱蝶说："赵书记，我像贼一样终于把图绘出来了，包括颜色，确保没有一丝一毫的差异，你就等着瞧好吧！"

赵筱蝶望着高高兴兴的董世道，说："董厂长，暂时不谈这个。李继冬的儿子李小虎在龙都广场被砸死了，你和李继冬相处甚好，我请你到现场帮助处理此事。人死不能复生，该怎么处理我会一碗水端平的，但千万不能闹出什么其他事来。我已经请我父亲和吴长河到现场了，你们几人做李继冬和他家人的工作，我和郝建民商量如何处理。"

董世道听后脸色陡然凝固了，说："李小虎不是刚被提拔为保卫科长吗？他手下有八九个人，怎么就被他遇上了呢？这个少头少脑的傻货，不知又犯上什么邪了。"赵筱蝶说："郝建民能让一个少头少脑的傻货做保卫科长，你不觉得有蹊跷吗？到现场，什么都清楚了。"

龙行运河湾

李小虎被提拔为龙都广场保卫科长是一个月之前的事。缪玲玲出国学习有七八个月了，仅是隔个十天半个月才和李小虎通次电话。李小虎早就想缪玲玲了，到办公室纠缠郝建民，说："郝大经理，我求你叫俺女人回来吧，俺不求她升官不求她发财。八九个月没见她了，俺都要想死了。"郝建民听李小虎这么说，感到有点儿恶心，但还是装出一副平静的样子安慰说："八九个月都坚持过来了，两个月就不能坚持了吗？明天我提拔你做保卫科长行了吧？做了保卫科长要管八九个人，你就是个官了，女人多的是。"说这话时，郝建民自然会想到藏在自己别墅里的缪玲玲，再过一个月她就生了，就有儿子了。

李小虎说："郝大经理，我女人回来后，你能放我十天假吗？"郝建民说："行，我放你十五天，工资照给，怎么样？"

李小虎听说自己明天就是科长了，还有十五天假，照发工资，高兴地走了。

李小虎在回传达室的路上遇见一个捡废钢筋的女人，说："你是怎么进来的，快出去。"那女人朝李小虎笑了笑说："俺是从东面墙上爬过来的。"李小虎说："把钢筋放下，赶紧出去。"那女人笑着，一只手抱着废钢筋另一只手伸进胸口扣痒痒。李小虎顺着那只扣痒痒的手看见女人煞白的奶子，顿时血脉偾张。

李小虎把女人带到旁边的一层楼里，从身上掏出刚才在郝建民办公室茶几上偷拿的几块糖递给她。那女人很高兴地撕开糖纸把糖塞进嘴里。李小虎把嘴凑到女人的耳边说："甜吗？"女人说："甜，好甜好甜。"李小虎说："你和我好吗？"女人说："好干什么？"李小虎边说边动手动脚。女人后退了两步，说："不行，我奶奶说了，我不能让别人碰。"李小虎说："我不是别人，我给你糖吃，就是你的好朋友。你奶奶是骗你的，你要是和我好了，从今往后，这院子里的钢筋随便你捡。"

女人听说了，高兴得合不拢嘴，说："你说话算数？"李小虎说："明天我就是保卫科长了，说话算数。"

从那以后，女人便天天到龙都广场捡废钢筋，李小虎隔三岔五地和女人混在一起。保卫科的几个人都知道那女人是缺心眼，大家都当作笑话说说而已，任由他们俩瞎折腾。

龙都广场八号楼停工前装料平台的升降机坏了，平台悬在空中降不下来。为了安全起见，夏永刚安排人用油丝绳把平台固定在空中，离地一米高的地方是油丝绳的接头处，用根一米多长二十二号螺纹钢紧紧地扣住上下两头。

今天中午，那女人又来捡钢筋，发现了那根做插销用的二十二号螺纹钢，少说也能卖十块钱。那女人去找李小虎要他把那截钢筋砸下来。李小虎二话没说拿把大锤就去了，三下五除二就把钢筋砸了下来。李小虎把钢筋递给女人的时候，高悬在空中的装料平台猛地砸下来，把站在下面的李小虎砸成一堆肉泥。幸亏女人站的地方在平台之外，不然也会被砸成肉泥。女人被吓得发出一声尖叫就瘫在地上了。尖叫声惊动了传达室里的保安……

赵筱蝶和董世道赶到现场时，八号楼已经围满了人。赵夏李组的群众都住在十二号楼里，十二号楼和八号楼之间仅隔十号楼，他们听说李小虎被砸死了都下楼看个究竟。李小虎的几个姐姐和李小虎的姑舅亲戚都哭得像泪人一样。

赵筱蝶来到装料架下，平台已经被保安抬了起来固定在一米高的位置。赵筱蝶看见了李小虎的尸体，简直惨不忍睹，血肉模糊，就剩下一摊肉泥，分不清哪是头哪是身子哪是腿。那件黄大衣被血浸透了，能从领口处看见几缕头发。

赵筱蝶看见架子旁还躺着个女的，问："这个女人怎么回事？"一名保安对赵筱蝶耳语了几句，赵筱蝶赶忙蹲下身抱起那女的，说："快，叫救护车。"话刚说完，女人醒了。赵筱蝶看看她觉得很面熟，但一时想不起在哪里见过。

赵筱蝶见现场既没有郝建民也没有夏永刚，便急忙拨通电话："郝总，你在哪里？"郝建民说："你好，赵书记，我在医院里。"赵筱蝶说："你在医院干吗？夏永刚呢？"郝建民说："情况很特殊。夏永刚带公安马上就到。"

听到警笛的声音，那女人突然惊醒坐了起来。她仔细地打量了一会儿赵筱蝶，说："你是赵筱蝶吧，我是梁慕贞啊。"说完就坐在地上痛哭起来。

梁慕贞是赵筱蝶在江北中学时的同学。梁慕贞的父亲曾是沂河县城里一个居委会的书记。高二那年，梁慕贞的父亲因实名举报谷冥蛛卖官贪污，被公安局抓走后不明不白地消失了。高三那年，她的母亲为父亲申冤不得而自焚。那一年，梁慕贞失了魂，精神错乱，高考前辍学回家。梁慕贞的奶奶的娘家是江北县城里的，沂河县城待不下去了，只得和老伴带着孙女回到江北县城。

赵筱蝶想不到在这里能遇到梁慕贞，更想不到的是，装料平台砸扁李小虎的惊恐一幕和刚才的警笛声，把梁慕贞的魂给吓回来了，梁慕贞变成了正常人。

赵筱蝶见夏永刚带着公安干警来了，仍不见郝建民，很生气地可夏永刚："夏经理，郝建民为什么不露面？"夏永刚支支吾吾半天也没说出个道道，最后来一句："他得了重病。"

其实呢，缪玲玲临产，马上就要为郝建民生儿子了，郝建民陪她在医院里待产。

51. 回归

　　清江运河上的那座大桥是南北交通三条大动脉之一，承载着不可替代的运输重任。它的断塌震惊了全国，面对这场灾难大家勠力同心、和衷共济，所有的善后事宜已结束，事故的原因已经查明。经过半年多的抢修加固，这条关系国计民生的大动脉又临时恢复畅通了。北上南下的车昼夜不停地从大桥上疾驰而过，像饿狼捕食更像猛虎下山。

　　坐在北上的列车上，再次途经此桥，华自义的内心深处涌起阵阵酸痛。据吕裕民说，蔡家国就是在这座桥下自杀的，此桥离他工作的地方数百公里，他何以开车到这里自杀？他何以跪在地上？

　　华自义想到那位留着山羊胡子的瘦老头，还有那个挥金如土，抱着狗的骨灰盒玩游戏的胖小子，想起韦师新、韦师潮。

　　据说，韦师潮吊死在自己的办公室里。什么样的一种力量能逼迫他悬挂起自尽的绳索？一个位高权重的人何以就迎来了走投无路的一天？贺元程是位科学家，一个倍受华自义尊敬的科学家，为什么没有完成自己视为生命的工程就半途而废？孔方雄被抓，韦师新自首……那个卖葫芦的男孩唐加宋……那些人和事像龙行村的蝴蝶泉水一样涌现在华自义脑海里……

　　华自义是接到江仲谋的电话才回来的。凭借多年的经验，华自义认为领导干部近期要有一次大的调整。想到这，华自义不由又想起江北市，想起吕裕民。

　　列车以每小时三百三十公里的速度飞越清江运河。窗外是一望无际的金黄色麦穗，夏日的热风从麦田上滚滚而过翻起层层麦浪。华自义闻到了浓浓的麦香。

　　麦香，是成熟的小麦放飞在五月的梦想，也是小麦的灵魂。闻着麦香，华自义迷迷糊糊地睡着了……

　　就在华自义坐的列车北上越过大桥的同一时间，唐诗茹坐的南下列车也正经过大桥，两车反向而行。唐诗茹本打算提前十几天到龙行村的，想不到华自义的岳父

龙行运河湾

出狱后双目短暂失明，她只好在医院照顾一段时间。唐诗茹怀着满满的希望恨不得立刻飞到龙行。她发誓，一定要找到华自义。

龙行，是起点，也是终点；是出发，也是归宿。

五月端阳下的龙行，不只是绿秀江天万木荣的景致，更是一种人心向上、斗志昂扬的精神风貌，是一个大开发、大建设、大生产的热烈场面。占尽天时地利人和的龙行，处处生机勃勃、处处热火朝天。

今天，是台湾荣生大药房创始人吴祥生回龙行探亲的日子。

吴祥生随国民党部队撤退到台湾，转业后干起中医药老本行。几十年日积月累，现在的荣生大药房是台湾地区家喻户晓的集中医中药为一体的知名品牌。同时，吴祥生对西医也有所研究，拿到高级执业证书，现在是台湾中医药协会名誉会长。荣生大药房的荣，是孙桂荣的荣；生，是吴祥生的生。吴祥生虽在台湾娶妻生子，可从来没有忘记龙行的结发妻子孙桂荣，时刻思念着龙行的父亲母亲。在台湾，吴祥生有两个女儿。她俩都继承了父亲的衣钵，现在都儿孙满堂生活幸福。吴祥生的老伴于去年冬天去世。思来想去吴祥生打算叶落归根回龙行。

收到江北市对台办的回信，吴祥生知道了孙桂荣替自己尽孝，为他守寡，现在变成五保老人，孤孤单单地活着，哭得老泪长流，寝食难安。吴祥生想起了龙世雄。

龙世雄在台湾终身未娶。退役后，他承包了一座酷似卧龙山的荒山独自生活，后来买断了荒山五十年的使用权。栽树养树卖树是他一生的工作。四年前，龙世雄卖完最后一批林木带着一个精致的木盒子找到吴祥生，说："祥生弟啊，看我的身体状况，我是不能活着回龙行了，你肯定能活着回去。老哥拜托你带两个盒子交给我儿子龙至礼。这个盒子里是我一生的积蓄，另一个盒子是我死后的骨灰盒，我要入龙家祖陵。我被抓那年至礼才六岁，他们娘儿俩的哭声几十年来一直在我耳边回响。我没有尽到丈夫和父亲的责任啊，你一定要帮我带回去，我要赎罪。"

龙世雄的话，吴祥生记忆犹新，同是龙行人，同是被抓壮丁，同是孤岛上背井离乡人。龙世雄因为从事过谍报工作想回而不能回。吴祥生却因为老婆卧床不起而无法离开。这让吴祥生感到更对不起孙桂荣。自己有妻有女有家有业，而孙桂荣年轻守寡一个人支撑门面，孝敬父母，养老送终，一生艰难，晚年无依无靠，吴祥生的心像被蛇咬一样难受。吴祥生的两个女儿知道后，很理解父亲，更敬仰孙桂荣，执意要陪父亲一起回龙行。

当赵筱蝶把吴祥生还活着马上就要回龙行的消息告诉孙桂荣的时候，一向开朗的孙桂荣突然间老泪涟涟，泣不成声。六十五年了，孙桂荣终于等到了这一天。六十五年盼望期待，六十五年煎熬苦等，只有经历过的人才知道是多么艰辛！

孙桂荣执意要认赵筱蝶做干女儿，赵筱蝶为了让孙桂荣开心便答应了。龙开放把迎接祖父骨灰盒的事和大哥龙古力、二哥龙文革都说了，他们俩业务忙让龙开放和赵筱蝶全权办理。吴祥生回龙行要做的两件大事都和赵筱蝶有关。她是产业园副书记，吴祥生在台湾中医药界很有影响，说不定能带动产业园对台招商引资工作。赵筱蝶自然是忙得脚手不失闲。

下午三点左右，吴祥生带着两个女儿在市对台办人员陪同下来到蝴蝶庵。龙行村人听说，孙桂荣的老伴吴祥生回来了，有上百口人到蝴蝶庵看热闹。恰好此时唐诗茹也到了，她很好奇这热烈的场面，便悄悄地挤进人群。

吴祥生下了车一眼就认出孙桂荣，孙桂荣也一眼就认出吴祥生，两位白发苍苍的老人执手相视无语，四行热泪滚滚而下。突然，吴祥生在孙桂荣面前跪下了，颤颤悠悠地对孙桂荣说："桂荣，我对不起你，让你受委屈了，吴祥生求你原谅。"说着跪在地上痛哭起来。吴祥生的两个女儿见孙桂荣穿着简朴、慈眉善目，想到她对爷爷奶奶的好和对父亲的忠贞，不由得随父亲一起跪在地上。吴祥生的两个女儿也都五十多岁的人了，姐妹俩齐声说："妈，女儿给你磕头了。老爸从来没忘记你啊！"

孙桂荣被眼前的场面弄得不知所措，当着这么多人的面，父女三人向自己下跪，还有什么不能释怀的呢？孙桂荣弯腰搀扶吴祥生，说："快起来，男人膝下有黄金，岂能低头跪妇人。能在死之前见到你，总算没白等，我知足了。"孙桂荣对两个女儿说："闺女，都起来吧。这不是你们父亲的错，妈看到你们姐妹俩高兴啊！"说着也抽噎起来。

吴祥生听孙桂荣这么说又感动又激动，站起来把孙桂荣紧紧地抱在怀里，像一对新婚恋人。孙桂荣羞答答地推开吴祥生说："当着这么多人的面，也不害臊！"孙桂荣还没说完围观的群众就热烈鼓起掌来。吴祥生的两个女儿站起来在孙桂荣的左右脸颊上深深地亲了一下，亲得孙桂荣两颊红晕。

二女儿吴庆荣碰了碰吴祥生说："爸，礼物。"吴祥生只顾高兴了，竟把见面礼忘记了。吴祥生掏出一个盒子，从里面取出一枚钻戒小心翼翼地戴在孙桂荣的手上。

龙行运河湾

两个女儿也为孙桂荣准备了金项链和金手镯。围观的群众又响起一片掌声。

孙桂荣把赵筱蝶拉到身边对吴祥生说："忘记给你介绍了，她是我干女儿，叫赵筱蝶，龙至礼书记的三儿媳妇，俺村的书记。"接着，孙桂荣向吴祥生一一介绍说："他是龙至礼的三儿子，龙开放；他是龙至礼的孙子，龙文博。"

孙桂荣说到龙至礼，吴祥生才想起来还有大事没办。吴祥生说："世雄老哥托我带的两个盒子带回来了，就在后面车上。龙至礼呢？"

孙桂荣说："至礼书记去年秋天走了，他走得很有动静，咱龙行没有人能忘记他。你把骨灰盒就交给龙开放吧，龙世雄在天有灵，入了祖陵，就心安了。"

吴祥生和两个女儿在来之前不知道孙桂荣认了个干女儿都没有准备礼物。吴祥生的大女儿吴庆桂对赵筱蝶说："对不起妹妹，我和庆荣这次来没给你带什么礼品，告诉姐喜欢什么？"吴庆荣说："妹妹的气质不适合金银，回台湾后我给你选些珍珠玉石类的饰品寄过来。"赵筱蝶说："两位姐姐客气了，心意我领了，什么我都不需要。你们的根在龙行，能经常回龙行看看我就非常知足了。"

吴祥生见在场的父老乡亲除了几位老人还有点儿印象其余的大都不认识。他从包里取出两大包糖果一一分给大家，然后跟着赵筱蝶到藏经楼一楼会议室。

对台办的人员走了，围观的群众也散了，只剩下唐诗茹一人。唐诗茹拨通冯莉莉的电话："莉莉，你在哪里？"冯莉莉说："我在蝴蝶庵，你到哪里了？"唐诗茹说："我在蝴蝶庵门外，请你出来一下。"

唐诗茹站在庵门外想起两位白发老人拥抱在一起的情景，心里生出许多感慨。华自义的形象又在她眼前晃来晃去。

"诗茹，我在这里。"冯莉莉见唐诗茹在走神猛的一声大喊道。唐诗茹回过神来见冯莉莉精神焕发、活力四射，说："什么好环境把你养得这么美？"冯莉莉说："你也不是很靓吗？刚才在想什么呢，有心上人了？"唐诗茹说："我在想你五年后是什么样子，没想到你在庵里修炼成仙女了。华龙喆在吗？"冯莉莉说："走，到我屋里坐会儿，我打电话给华书记。"

冯莉莉一边走一边拨通华龙喆的电话："华书记，你在哪里？"华龙喆说："我在云海，有事吗？"冯莉莉说："你就炫吧，昨晚你不是在藏经楼开会的吗，怎么到云海了？"华龙喆说："我坐夜班车来的，考察肉类和蔬菜行情，晚上九点坐车返回。告诉你一个好消息，云海的猪肉涨到十六块钱一斤。我在等农贸市场负责人，有事快说。"冯莉莉说："等你回来再说吧,明天早上见。"

冯莉莉挂了电话看见华龙俭走过来。华龙俭问冯莉莉："赵书记在吗?"冯莉莉说："一家三口刚刚出去安葬龙世雄的骨灰,马上回来。"

冯莉莉想到华龙俭和华龙喆是兄弟,也应该知道华自义这个人,问："华主任,你认识有个叫华自义的人吗?"华龙俭说："认识啊,他是我四爹。你问他干什么?"冯莉莉说："我同学的父亲和他是同学,叫我打听一下他在干什么。"华龙俭说："我四爹这个人神龙见首不见尾,我只在太祖母的葬礼上见过他,后来就再也没见过。他具体干什么,家里没人知道,包括我四奶。"冯莉莉说："华主任,你没说实话,你四奶不知道你四爹干什么,这也太夸张了吧。"华龙俭说："我说的是实话。小义爷从澳大利亚回来是我陪四奶去接的,一路上我都在套四奶的话想打听四爹干什么,四奶说不清,看样子她是真不知道。"冯莉莉问:"你小义爷又是谁?"华龙俭说："小义爷,叫朱小义,随我四奶姓,是四爹和四奶的儿子。"冯莉莉说："你四奶叫什么名字干什么你该知道吧?"华龙俭说:"我当然知道,四奶叫朱梅兰,在一所小学教书。"

唐诗茹静静地听着。端木老师说的与华龙俭说的相距甚远,她无法理清华自义、朱梅兰、许丽男、华岚岫、朱小义之间的关系。心情失落的唐诗茹在想,或许是华龙俭搞错了,或许华龙喆知道我想知道的情况。

见赵筱蝶从庵门外进来,冯莉莉向赵筱蝶介绍了唐诗茹。赵筱蝶看了看唐诗茹说:"名字美,人更美。唐诗茹,感谢你发来的短信。我们正在规划建设自己的市场,创自己的品牌。我真诚地希望你能加入我们的建设团队。'茹'的字义就是忍受辛苦,它既是中药茹草更是蔬菜,你又是学农业的,可见你唐诗茹与农业有缘啊。龙行村是你发挥才智的最佳舞台。莉莉,你带唐诗茹到蔬菜大棚、猪场、鱼塘看看,回来后和我们一块吃饭。"

华龙俭知道会议室里有客人,就在门外向赵筱蝶请假。华龙俭和吴晓丽的婚事,赵筱蝶一清二楚,但从没在华龙俭面前提起过,只是背后给吴晓丽支招儿,想尽办法压一压华龙俭少年得志、财大气粗的狂劲。赵筱蝶问:"请几天假啊?"华龙俭说:"晓丽说了四天足够。"赵筱蝶问:"准备到哪里去?"华龙俭说:"晓丽说了只去韶山。"赵筱蝶问:"云京、云海不去,名山名水不去,为什么只去韶山?"华龙俭说:"晓丽说了结婚旅行图的是喜庆,红色喜庆,我们就来个红色之旅。四天全在韶山，重点是参观毛泽东纪念园，瞻仰毛泽东故居。"赵筱蝶说："好吧，准你四天假。手里的工作安排周到，特别是质量安全。你要保持二十四小时电话畅通。祝贺你，新婚旅行愉快。"说完，赵筱蝶又补充一句："晓丽是我小表妹，你可不能耍大男子主义欺负她。"华龙俭笑了笑说："我哪儿敢啊，我都听她的，你能不知道？"

赵筱蝶望着远去的华龙俭，想起了和吴晓丽谈恋爱以来华龙俭的变化，满脸洋溢着喜悦。

赵筱蝶进屋后，吴祥生和两个女儿执意要到孙桂荣的住处看看，赵筱蝶说："干娘现在和其他几位五保老人暂住在五组的教堂里，居住的条件肯定没有你们想象的好，就不要去了吧。下次来我带你们看新家。"吴祥生还是想亲眼看看。孙桂荣说："老吴啊，我住的地方你就不要看了。我建议你带着两个女儿去看看你父母住的地方。两位老人家临死前最放心不下的是你啊！你该到坟头看看他们，烧把纸钱磕几个头念叨念叨，也算是让两位老人家瞧瞧，让他们放心。"

孙桂荣的话一下子戳到吴祥生的痛处。老母疾病缠身，那是生吴祥生时落下的。父亲得过痨病无法干重活。吴祥生是采药时被抓走的，家里三口人哭得天昏地暗，两位老人天天盼儿子回来，盼到死也没见到吴祥生。想到这，吴祥生感到很难受："我真该死，怎把这事忘了？桂荣，我听你的。庆桂、庆荣，你们俩和我一块去看看爷爷奶奶。"说着老泪就流了下来。

临走时，吴祥生又转过脸对赵筱蝶说："筱蝶闺女，那个盒子你可要保管好，里面装的是世雄哥一辈子的心血啊！"赵筱蝶点点头。

近几天来，赵筱蝶最大的心事就是无土栽培蔬菜马上就相继出棚了，大小托盘两万多个，要在有效期内卖完可不是一件易事。零卖，肯定不能解决问题；批发，靠的是客户和客户群；团购，靠的是人脉和关系。开头难开头难啊！虽然已经做了大量工作，赵筱蝶心里还是没有底。

赵筱蝶和郑子涵在去往蔬菜大棚的路上想起了华龙喆，她打电话给华龙喆，华龙喆关机。郑子涵问："筱蝶姐，今天晚上留不留吴老板他们吃饭啊？"赵筱蝶说："你要是不提，我倒把这事给忘了。"说着拨通夏庆嫂的电话叫她晚上安排一桌菜。夏庆嫂问："吃什么主食？"赵筱蝶说："吃干娘包的酸菜馅饺子。"

赵筱蝶和郑子涵离蔬菜大棚还有一百米的时候，大白和大黑就迎了过来。郑子涵从身上掏出两根火腿肠，一条狗一根。两条狗撒欢为她俩带路。赵筱蝶朝郑子涵看看，郑子涵说："筱蝶姐，它俩救过我的命，我得知恩图报啊。我和夏主任已达成协议，从明天开始，大白和大黑就天天有鱼有肉了，由酒店服务员收集剩肉送过来。"赵筱蝶说："你啊，鬼精灵。多想想怎么销售大棚里的蔬菜。"

吃晚饭时，吴祥生咬了第一口饺子就哽咽了，想起了新婚第二天孙桂荣给自己包的酸菜馅饺子。那时候，孙桂荣对他说："祥生啊，你知道我为什么包酸菜饺子给你吃吗？酸菜酸菜，算财算财，勤俭节约、精打细算才能生财。酸菜酸菜，散财散财，只有散财才能聚财。财不仅仅是财，它是品行是德行，是心境也是寿命。"想到这，吴祥生的心情比酸菜还酸。这世上只有孙桂荣才能腌制出这种味道纯正的酸菜，只有孙桂荣能包出这种味道鲜美的饺子。两顿饺子一头一尾相隔六十五年。

饭桌上，赵筱蝶问唐诗茹："感觉怎么样？"唐诗茹连忙说："好吃，好吃，太好吃了。"冯莉莉两眼直愣愣地盯着唐诗茹说："还有呢？"唐诗茹望着冯莉莉问："还有什么？"她想了想说："哦，我明白了，行，今天就算正式报到。"冯莉莉问："说话算数吗？"唐诗茹说："算数。"冯莉莉说："算数的话，参加晚上的八点例会。"唐诗茹做了个鬼脸说："这么快就进入角色啊！"

这时，赵筱蝶的手机收到了短信，是华龙喆发来的："报赵书记特大喜讯，这里猪肉行情渐涨，每千克三十二元，晚高峰时为每千克三十六元，日见其涨。第一桶金已向龙行招手微笑。蔬菜供应链已接通，初为意向。今晚八点例会请假，明晨六点猪场见。"

接着华龙喆发来一张在高铁站吃方便面的滑稽嘴脸，下面配一行小字："猪的身价涨了，我喂得起吃不起啊！"

赵筱蝶看后高兴之余心里酸溜溜的，迅速回了八个字短信："龙行有雨，虎走生风。"

52. 摆平

唐慕云再次来龙行是在两个月之后。她住的地方连续十几天雾霾，整日不见阳光，天空灰蒙蒙的，能见度不足五十米，经常可以看到撞死在高楼大厦上的飞鸟，大家盼望清新的空气和明媚的阳光。唐慕云想到龙行的卧龙山风景区，想到天蓝日丽、湖清花艳的蝴蝶湖畔，想到阳光下明亮的楼群和碧绿的田野。她还想到江天省对当地幼儿园、小学、中学的全力扶持和帮助，想到吕裕民、孙华、孙刚、赵筱蝶……还有那个小精灵文博。唐慕云决定用剩下的有限生命打造出一所现代化中学，开创一种远程教学资源共享的新型教学模式。

自龙都广场十二号楼东南两百米向南，幼儿园、小学、初中、高中依次排列，构成江北市最大的公立教学区。幼儿园是按国家级示范标准建设的，是龙行村自筹资金创办。小学、中学是按省级示范标准建设的，隶属运河中心港产业园管辖，由省市赞助，西城区、中心港产业园区和华龙纺织集团三家投资兴建。目前，幼儿园的一期主体工程已近完工，中小学的教学楼和办公楼已经建至三层。

唐慕云看着拔地而起的楼群感到很震撼，对赵筱蝶说："筱蝶啊，工程进度如此之快，千万要确保质量啊。学校是人群密集的地方，质量关乎成千上万人的生命，关乎成千上万个家庭，可不能有半点儿疏忽大意。"赵筱蝶说："放心吧唐阿姨。我们实行三层保障，市区两级监管，监理单位监控，党员群众代表监督。"唐慕云指着自己的脑袋说："关键是这里。有的国家级重点工程，工程资料上什么都不缺，结果怎么样？思想坏了，总有偷工减料糊弄过关的想法。"赵筱蝶说："所有材料都是我们产业园自行采购的，是经过专家检测的。所有施工程序和施工环节都是按图纸严格把控的。"唐慕云说："这样我就踏实了。现在的主要工作是采购教学设备，特别是通信视频联网设备和招募优秀教师。装备的事情我已经和市区领导说了。要想办成一流学校，必须具备一流的教学设备、一流的管理体制、一流的师资队伍，三者缺一不可。教学设备，领导在操心；管理体制，可参考京师大附中的经验；现在就剩下如何招聘优秀的教师了。现在是市场经济，没有强有力的优惠政策不行啊，我们要在这方面动脑筋。"

唐慕云和赵筱蝶到幼儿园工地的时候，夏永刚戴着安全帽跑了过来。现在的夏永刚是幼儿园、敬老院、龙行社区三个工程的项目经理。所有建筑材料由共富经济建筑建材公司统一供应，夏永刚只是包工，图的是付款及时，有薄利。

没等夏永刚跑到跟前，赵筱蝶就绷着脸问："夏经理，郝建民的手机怎么一直无法接通，怎么回事？"夏永刚擦了把满脸汗水说："对不起赵书记，我就是为这事找你的。"夏永刚说着递给赵筱蝶一封信，小声说："没想到，真被我咒到了，郝总得了癌症。这是郝总写给你的信，信封上有他的新手机号码。这号码只有你和我知道，请你千万不要告诉别人。你和他通话时不要提他得病的事，他不知道我知道他得病。"

夏永刚还没走，赵尔光骑着摩托车就到了。接着，马户坚强开车带着郑子涵也来了，龙惠娟主任的车也正向这边驶来。唐慕云见这么多人找赵筱蝶，说："筱蝶，我到区教委去，晚上联系。"赵筱蝶安排郑子涵开车把唐慕云送走了。

"龙主任，我们都到村部再说吧。"赵筱蝶说罢上了龙惠娟的车。在车上，赵筱蝶打开郝建民写给她的信。

看完信，赵筱蝶吃惊得发愣。

> 对不起赵书记，我有苦衷。别人看我是富翁，我看自己是畜生。三十年来，我只做三件事：拼命挣钱，拼命吃喝赌，拼命睡女人。我想通了，世上的钱永远挣不够，世上的女人永远睡不完，吃喝赌是个无底洞。从现在起，我想做一个有信仰、有尊严、有寄托的人，想像你一样。

这是郝建民写给赵筱蝶的信里开头的话。接着他毫无保留地把自己和缪玲玲之间的事全告诉了赵筱蝶。

缪玲玲果真为郝建民生了个儿子，满月后，郝建民抱走了儿子也支付给缪玲玲一百万代孕报酬。缪玲玲打扮成真的从国外学习回来，得知李小虎被砸死了已经交由公安处理时，虽然哭得像个泪人，心里却生出个念想：要和郝建民成为一对真正的夫妻。

龙行运河湾

李小虎的尸体被冷冻在火葬场冰柜里，只等缪玲玲回国做善后处理。缪玲玲回来后号哭了几天也就安稳了。她白天披麻戴孝和公安民警讨价还价，夜里和郝建民通电话执意要嫁给郝建民，逼着郝建民和老婆甘启珍离婚，把儿子抱回来。缪玲玲吓唬郝建民，不然的话她就从龙都广场二十一层楼上跳下去，就去郝建民办公室里上吊，就去跳清江运河，就去法院告他强奸，告他设计谋害自己的丈夫李小虎……郝建民被逼得精神都要崩溃了，只得都把事情交给夏永刚处理，自己换掉手机号跑回了老家。

郝建民在信里没有提到自己得癌症的事，但郝建民说，看情况龙都广场是不能继续搞下去了。郝建民提出个方案，把龙都广场里所有建好的房子全部转让给龙行共富经济发展有限公司，门面房三千五百元一平方米，商品房两千五百元一平方米。房款三年内付清。龙都广场二期工程暂停，等以后再说。

赵筱蝶看完信，想了一想。她认为郝建民拜托的两件事，一是让缪玲玲死了嫁给郝建民的心，二是收购龙都广场一期工程，都不是什么难事。

龙惠娟见赵筱蝶看完信面带喜色，问："赵书记，遇到什么喜事，可以说说吗？"赵筱蝶说："应该是喜事，准备收购龙都广场，这可是一笔大买卖啊！等会儿把他们几个人的事情处理完了我再和你细说。"

村部会议室里，赵尔光急得满头是汗。龙行水泥预制品厂又增加一条生产线后，和江北新能源发电有限公司签订了粉煤灰供销合同，执行仅一个月发电厂就变卦了，停止了对预制品厂的粉煤灰供应。预制品厂目前的订单足够生产四个月，每天二十四小时生产，没有粉煤灰就直接停产了。赵筱蝶问什么原因，赵尔光说，电厂一把手换了，停止供应要求涨价，我去找他说理，他们连大门都不让进。

赵筱蝶知道华龙纺织集团的厂房和办公楼以及幼儿园、敬老院明天就要开始砌块填充墙体，紧接着是中小学校。产品供不应求之际，发电厂怎么能做出这等损事？赵筱蝶朝赵尔光望了望。赵尔光知道赵筱蝶不相信，说："赵书记，我说的是实情，没有半点儿水分。发电厂属中心港产业园管辖，请你出面协调一下，几十口工人都急得要命。"

赵筱蝶要打电话给马广毓的时候被龙惠娟拦住了。龙惠娟说："你不要出面，对付这些电霸我有的是办法。电厂二期工程不是正在施工吗？我保证两个小时之内问题解决，我要叫那愣头青的小子满脸煤灰地打电话给你。都什么时候了，还敢这样无法无天，明显是谷冥蛛的流毒在作怪。不给他点儿厉害尝尝，他还会像猴子一样在龙行村的土地上乱窜乱跳。"

龙惠娟在赵尔光的耳边嘀咕几句，赵尔光朝龙惠娟竖起大拇指后高兴地走了。赵筱蝶嘱咐说："要把握住度，拿捏准火候。"

"坚强，你找我有什么事？快说。"赵筱蝶问马户坚强。马户坚强虽然长得人高马大，可一见到赵筱蝶就发怵，满脸通红，断断续续地说："最近一段时间忙完了，猪添齐了……鸡舍也盖起来了，小鸡也上架了……开始正常喂养了……没什么大事……我想参加市里农业技术培训，三个月时间……"正说着，郑子涵回来了，马户坚强看了看郑子涵说："还是请郑子涵替我说吧，我说不好。"郑子涵说："赵书记，他就是想请假去参加市里农业技术培训，请你批准。"赵筱蝶第一次听郑子涵喊自己赵书记有点儿不习惯。

赵筱蝶说："能主动要求去参加农业技术培训是好事啊，我和龙主任批准了。把养殖场里的事安排妥当，离家近，两头兼顾，两头都做好。"郑子涵说："有华龙喆和唐诗茹在，你就放心吧。马户强除了上课学习，其他时间就回养殖场里。"

马户坚强和郑子涵走后，赵筱蝶问龙惠娟："什么时候郑子涵关心起马户坚强了，平日里都喊我筱蝶姐，今天第一次叫我赵书记，还把马户坚强叫成马户强？"龙惠娟说："这，你没看出来吧，他们俩在恋爱。坚强叫你姑，她能叫你筱蝶姐？大家嫌马户坚强这个名字有点儿拗口，平时都叫他马户强。"赵筱蝶说："他们在恋爱，能成吗？"龙惠娟说："怎么不能成？论长相和家庭条件，坚强配她绰绰有余，就是知识差了点儿。所以啊，郑子涵送他去学习，再想办法帮他弥补。我们在缩小贫富差距，他们俩在缩小文化差距。"

龙惠娟把几件要在晚上例会研究的事情向赵筱蝶做了汇报。一是建立纯净水厂和矿泉水厂的销售网；二是幼儿园、敬老院的装潢；三是水泥预制品厂再增加水泥砖生产线和排水排污管道生产线；四是龙行社区十六台电梯和敬老院四台电梯的采购；五是华龙纺织集团的招工。每件事两个人商量出了大体方案待晚上例会大家再共同商量。

之后，赵筱蝶把准备收购龙都广场的想法和龙惠娟讲了。龙惠娟说："我们先前和龙都广场签的所有合同不就都作废了，我们承担的风险是不是太大了？近十个亿的资金从哪里来？"赵筱蝶说："这些问题我考虑了，如果敬老院、医院、中小学、

龙行运河湾

幼儿园渐次投入使用，加之我估计房产行情抬头，我们就是担些风险也值得。至于资金的事情，关键是看房子值不值这么多钱。房子值多少钱取决于市场行情和区位。就医疗、养老、学校而言，江北房地产没有比龙都广场和我们龙行社区最具优势的了。龙行社区是小产权房，龙都广场是大产权房，在销售方面大产权房比小产权房更具优势。医院、敬老院、中小学、幼儿园全面使用之时，就是我们的房产大卖之时。我觉得我们的增值空间将会超出想象，可以一试。"

这时候，赵筱蝶的电话响了。龙惠娟说："是不是愣头青电厂打来的？"赵筱蝶说："不是，是刘市长电话。"龙惠娟说："肯定是电厂的事，你就说不了解情况，二十分钟后再向他汇报。"

刘金亭在电话里说："筱蝶书记，电厂二期工程施工大门被龙行人堵上了，混凝土罐车被堵几十分钟了，混凝土一旦凝固在罐子里可就出大问题了。你知道这件事吗？"赵筱蝶说："对不起刘市长，我不了解情况，二十分钟内向你汇报。"

龙惠娟看了看手表，说："还有不到一个小时处理时间，电厂的人比你我都急。等十五分钟你给刘市长打电话，你就说安排我处理这事，具体情况由我向刘市长汇报。"

龙行村五组南侧有一条六米宽的水泥路，是龙行村铺的，是进出电厂二期工程的唯一通道。电厂二期工程施工以来重载车辆来往频繁，路面被碾得凹凸起伏。电厂的原厂长和龙行村关系很好，答应工程结束后重新铺一层柏油路面，龙行村就没再追究此事。没想到新调来的厂长是个早产的愣头青，没和龙行村打招呼不说，还居然单方终止合同要求涨价，真是狗眼看人低。龙惠娟很生气，叫赵尔光用几辆大三轮车把路给堵上了。满的罐车进不去，空的罐车出不来。夏日如火，罐子里的混凝土可不等人。

十五分钟之后，赵筱蝶打电话给刘金亭说："你好刘市长，你的指示我安排龙惠娟处理了，情况很复杂，我说不清楚，由龙惠娟向你汇报具体情况。"说着把手机交给龙惠娟。

龙惠娟说："报告刘市长，我是龙惠娟，真实情况和处理结果汇报如下。一、不是堵电厂二期工程施工大门，是拦路。路是龙行村铺的，被他们碾坏了，高洼不平像坷垃地。二、他们拦路的原因不是因为路轧压坏了要求赔偿，而是因为新来的厂长没经过厂里班子研究，个人终止向龙行水泥预制品厂供应粉煤灰的合同，要求涨价。水泥预制品厂工人急得像猴一样，厂长赵尔光去找电厂协商，电厂连门都不让进。三、电厂终止合同的目的不是为了涨价而是要转包给一个小妇女的丈夫。据说新来的厂长是个吃拿卡要的主，上任六天酒醉九次。他在宾馆里和一个小妇女开房下流时，被小妇女的丈夫抓个正着。新厂长被逼无奈终止了我们的合同，准备包给小妇女的丈夫，要我们再从小妇女的丈夫手里买。建议处理意见是：一是依法办事。按合同法发电厂必须履行向龙行水泥预制品厂继续供应粉煤灰。先供应保生产，有什么变化双方可坐下来商量解决。二是和谐相处。我们龙行村将主动去和发电厂沟通感情，化解矛盾，和谐相处。希望新厂长改掉恶习，维护党员干部形象，维护国企形象。三是道路问题，按原来约定二期工程结束后电厂无条件在原路的基础上铺一层柏油路面。以上汇报如有不妥，请领导指示。"说完了龙惠娟又故意补充一句："因为睡个小妇女就闹出这等惊动领导的乱子，真是不值得。"

刘金亭怎么也没想到这件事居然和那档子事挂上钩，很气愤地说了声："你们等着。"便挂了电话。

龙惠娟见赵筱蝶脸色不对，说："你放心，赵书记，我说得一点儿不为过。我有个亲戚是电力部门的，那个厂长就是这样的人。我认为这个新厂长绝对不是只好鸟，一说一个准。不信，你看结果。"

龙惠娟从包里拿出笔和纸，请赵筱蝶把刚才说的三条写成文字材料。赵筱蝶去繁从简写了三点，刚落笔，刘金亭的电话就来了。"筱蝶书记，就按刚才龙惠娟主任的处理意见。你以产业园副书记的身份叫电厂立即执行，确保电厂二期工程施工，确保龙行水泥预制品厂正常生产。他不听你的，给我就地停职，后果我承担。"龙惠娟听后哈哈大笑起来。

龙惠娟看了看表，说："从赵尔光离开到现在，一小时零三十九分钟。你以运河中心港产业园副书记的身份打电话给电厂，现在就命令他给我们供粉煤灰。"赵筱蝶笑了笑拨通发电厂的电话。

二十天后，那位新厂长被纪委带走了，提前退休的前任厂长又回来了。

龙惠娟走后，赵筱蝶给孙刚打了个电话，汇报了敬老院的进展情况和即将要进行的装潢装备配置要求。孙刚对工程进度十分满意，装潢装备由赵筱蝶决定。孙刚最后来了一句，敬老院和幼儿园都建起来了，要是龙至礼书记还活着该多好啊！

孙刚在电话里提到幼儿园，赵筱蝶不由得想起王诗秋，想到在蝴蝶泉边捡到的

龙行运河湾

女儿小青玉。小青玉是龙华起的名字，很合赵筱蝶的心意。

赵筱蝶独自开车前往唐慕云的住处，一路上都在考虑唐慕云怎么吃、怎么住、怎么出行等生活问题。她想起了龙都广场里的单体别墅，自言自语道，现在拿下龙都广场正是最好时机。

赵筱蝶从后视镜里发现马户坚强的车闪着远灯从后面追了上来，意识到有事就把车停在路边。距离五六十米，马户坚强的车刚停稳郑子涵就下了车，拿着手机对赵筱蝶说："赵书记，你的手机，吕书记电话。"

赵筱蝶急忙给吕裕民回过去："很抱歉吕书记，刚才手机忘带了，请指示。"吕裕民说："客气了筱蝶书记，告诉你一个好消息，龙姑的四儿子华自义要来江天省工作啦！这是龙行的骄傲也是江北的骄傲。晚上七点，《新闻联播》有报道，你看看新闻。"赵筱蝶说："谢谢你吕书记，我知道了。"

赵筱蝶挂了电话，叫郑子涵回去通知晚上例会时间提前到七点。

53. 宋籍卿的墓碑

　　时隔三百天，华自义再次回到工作的地方，有一种站在龙行运河湾看到的河清风正的感觉。

　　走出高铁站，华自义给江仲谋打了个电话，相约积水潭医院旁边的古运河酒馆。华自义第一次来这里时就是在古运河酒馆吃的饭。在华自义的生命里，清澈的古运河、血染的湘江、金黄色的麦田，是他挥之不去的思念。特别是运河湾里那座灯塔，已经成为他刻骨铭心的记忆。灯塔，给了他一个想象的远方，远方给了他一个美丽的梦想，梦想给了他一个奋斗的方向，方向给了他追求和信仰。

　　晚上十点，华自义点了四个小菜、几瓶啤酒，和江仲谋边喝边谈。他们俩想到哪儿谈到哪儿，最后谈到龙行的北风——赵筱蝶……一直谈到深夜一点才各自回家。

　　华自义的钥匙没有打开家门，看了看门牌号再试还是打不开，他只得拨通家里电话。"妈，我是自义，我回来了。"华自义对端木正扬说。

　　"德山，自义回来了，你快起来。"

　　华自义问候了端木正扬，见许德山从卧室出来，说："爸，我对不起你，遇到点儿特殊情况没能亲自接你回家。身体还好吧？"许德山说："身体好得很，三高全没有了，体重也降下来了，浑身轻松。刚才和小岫通了电话，她很快就回国了。半夜了，洗洗休息吧！"华自义问端木正扬："唐诗茹在家吗？"端木正扬说："走了，昨天走的。"华自义问："小岫什么时候回国？"许德山说："两个月左右，她告诉我们处了个对象，两个人一块儿回来。"端木正扬戴上老花镜打开手机递给华自义，说："你看看，他就是小岫对象，叫朱小义，一米八的个子，一表人才，活像你年轻时候的样子。"华自义接过手机看了看，正是自己的亲生儿子。

　　走进卧室，华自义才想起来向朱梅兰报平安，她一定等得很着急。华自义拨了朱梅兰的电话，只响一声就接通了。"对不起小兰，我把打电话的事忘了。"华自义深感内疚地说。朱梅兰沉默了片刻，说："平安地到了就好，我就放心了。刚

龙行运河湾

才小义打电话来问起你，我说你去云京了。他叫我告诉你，再有不到两个月时间他俩就回国了。有件事叫我问问你，是小岫告诉小义的。最近，小岫收到一封信，信里装有房产证和银行卡。房子在悉尼市繁华地带，是一处装潢好了的独栋别墅，有四五百平方米。卡里存有三百万澳元。小义叫我问问你，你知不知道这件事，是不是你不想让他们俩回国了？"

华自义很惊讶，对朱梅兰说："小兰，相信我，这件事我毫不知情。你想想看，这么大的房子、这么多的钱我能不和你商量？一来我没有这么多钱。我所有的积蓄都在你手里的卡上。二来我就是有这么多钱也不会单独给小岫啊。这段时间除了调研都和你在一块儿，我哪儿有那心思买房装潢啊。三来他俩是公费留学，国家发了那么多钱培养他们，我怎么可以不让他们回国呢？我不仅要他们回国而且想叫他们到最基层去体验生活，磨炼意志。"朱梅兰说："一开始听到这事，我第一个想到的是小岫的亲生父亲，但我没有告诉小义。"华自义突然想到那位跪地举枪自杀的人，说："是啊，应该是小岫的亲生父亲所为。小兰，这件事交给我处理，小岫再问你什么就推给我，千万不能让小岫知道自己的身世。"朱梅兰说："我知道了。天快亮了，抓紧休息一会儿吧。别忘了每天晚上给我来电话，接不到你电话我睡不着。"

第二天早上，华自义上班的第一件事就是向领导汇报了十个月以来的个人情况，特别是重新组建家庭，包括朱梅兰的社会关系。同时，他也把小岫的情况和儿子小义的情况都详细地汇报了。在党组织面前，在领导人心里，华自义从来就是一个坦坦荡荡、明明白白的人。

华自义所在单位的领导基本上都换了，有的升迁，有的平调，有的在接受组织调查。华自义从不打听有关人事的事情。脱岗这么长时间，他很愧疚，把全部时间精力都投入到了工作中。

华自义回来后做的唯一一件私事是去韦师新家归还那块玉佩。吉祥如意四块玉聚齐了，也就了却了朱梅兰、朱小义、朱利国的心愿。

那天是星期六，天空下着小雨，华自义骑着自行车费了半天工夫才找到韦师新家。韦师新的老婆正是朱利国的小女儿唐意茹，那块玉佩唐意茹自小就戴着。唐意茹的母亲龚靖平随女儿一块生活，近八十岁了，身体很健康。

华自义把唐世军安排大儿子唐书吉投奔李培田，二儿子唐书祥投奔魏永福，自己落户落雁湖改名朱利国收义子朱平安、义女朱梅兰，还有外孙朱小义的经过讲给她们听。龚靖平和唐意茹听后热泪盈眶，总算找到下落了，总算找到两个儿子的线索了。在韦氏家族倒霉的时候，华自义送来了玉佩，送来了有关唐世军和两个儿子的信息，让龚靖平、唐意茹娘儿俩感激无语。

龚靖平把那份收藏二十多年的平反文件拿给华自义看，华自义一眼就看到了唐世军的名字下面画着横线。龚靖平问华自义，唐世军埋在什么地方？华自义说："他的坟在落雁湖和清江运河之间的大堤上，和义子朱平安的坟相邻。"龚靖平对唐意茹说："意茹啊，抓紧想办法找到两个哥哥，妈想他们多少年啦。江北是唐家的根，你爸能埋在江北也算是叶落归根了。找到你两个哥哥，我们一起去江北。"

从韦师新家出来时雨停了，天黑了，满城大雾不好分辨方向。华自义骑了好长时间自行车感到有些累了，下车找了个地方歇歇。

晚上九点多，朱梅兰打电话给华自义："小麦，你在哪里呢？"华自义说："小麦，能在哪里啊，不是在田野里，就是在千家万户的锅碗瓢勺里。"朱梅兰说："你别诗情画意了，和你说件事。我爸看样子……"

朱梅兰没有把"看样子不行了"说完，改口说成看样子病得很重。华自义没有觉察出朱梅兰的犹豫和改口，说："小兰，你多照顾些，他老人家是文化人心宽意广，肯定能迈过这道坎。告诉你一个好消息，唐意茹和龚靖平都找到了，她们正想办法寻找唐书吉和唐书祥，她们准备去江北看你。等忙完这阵子，我去接你和两位老人家来这里玩。"朱梅兰听说找到了龚靖平和唐意茹，心里很高兴，不由自主地看了看病榻上只有最后一口气的父亲宋籍卿。

宋籍卿慢慢地睁开眼，断断续续地说："小兰，你去找赵筱蝶……请她给我……一小块地方。我想葬在……龙行运河湾。"说完又昏迷了。

很快，领导就找华自义谈话了，决定调他到江天省工作。

赵筱蝶听说华自义将回江天省工作，首先就把消息告诉了朱梅兰。朱梅兰把父亲的后背垫高，轻轻地告诉父亲："爸，华自义要来江天省工作啦，你看看新闻。"宋籍卿虽有点儿迷糊，但明显能看出来他有了点儿精神。

华自义将回江天省工作的新闻播放时，蝴蝶庵藏经楼的会议室里鸦雀无声。播报完，屋子里立即响起热烈的掌声。华龙喆高兴地打开手机找到他和华自义的那张合影，大声说："大家来看，这是我和四爹在我们猪场里的合影。当时我不知道他就是我四爹，我还和他鬼吹鬼炫呢。"听华龙喆这么说，大家都一齐围拢到华龙喆

龙行运河湾

身边。

唐诗茹坐在那儿却一动没动，回忆的潮水在她脑海里翻腾。她从赵筱蝶那里知道了华自义有老婆和儿子，知道了华自义和朱梅兰坚贞不渝的爱情。看到这则新闻，唐诗茹心乱如麻。

赵筱蝶关掉电视对大家说："我们为龙行出了个大领导感到骄傲和自豪，但是，我们切不可有靠关系、走捷径的念想。我们要靠真抓实干把龙行村打造为全省一流的村，第一个实现免费医疗、免费教育、免费养老，实现物质文明和精神文明双丰收。我们要让他为自己是龙行人而自豪。下面开始汇报各条线上的工作……"

华自义将回江天省工作的新闻播出后，反应最强烈的没有超过陈赛男的了。在她家吃过饭的两个男人，先是出来个吕裕民，市委书记；现在又出来个华自义，省里领导。华自义的老婆现在还在小鲁庄教书，原来还是个代课教师。缺教师时，华自义还答应过帮小鲁庄小学代一段时间课。这让陈赛男想起来直流眼泪，像这样的大干部太难得了。陈赛男擦了擦眼泪，拨打朱梅兰的电话，可朱梅兰的电话始终在占线。陈赛男不知道朱梅兰的父亲看过新闻就去世了。

龙行村的例会快要结束的时候，赵筱蝶接到朱梅兰的电话。朱梅兰悲痛地说："筱蝶书记，我父亲走了。临走前他有个遗愿，想安葬在龙行运河湾，明天上午我们去选块地方，你看行吗？"赵筱蝶听后很悲伤，说："朱老师，我马上到你家。"说罢和龙惠娟就赶忙上了车。

赵筱蝶第一次认识宋籍卿是在春节那天的募捐大会上。宋籍卿下放到龙行华龙组时的所作所为赢得了龙行人的尊敬。宋教授三个字体现了龙行人对文化人的尊敬。在募捐大会上，宋教授的讲话让赵筱蝶看到了一名老干部的高尚灵魂。全家捐款十八万，且从那时起每个月都从工资中拿出三千元为龙行村的五保老人改善生活。想到这些，赵筱蝶为没能在老人家活着的时候去看望他而感到愧疚。

宋籍卿是江北市文化界名人，曾任西城区政协副主席，享受正处级待遇。他去世的消息肯定得先报告区里。曾宇杰头天晚上知道华自义回省里工作，第二天早上就得知华自义的岳父去世，打电话给吕裕民说，自己没经历过这种事不知道怎么办为好。吕裕民回答他五个字，越简单越好。这是华自义对吕裕民说的，也是华自义通过电话和宋籍卿的家人共同商定的。具体地说，就是花圈越少越好，参加葬礼的人员越少越好，祭奠时间越短越好，吊唁活动越简单越好，严禁任何单位和个人上礼金，严禁大操大办。

安葬宋籍卿的骨灰的那天，龙行村所有群众都参加了。群众的哭声让华自义感受到岳父在龙行百姓心中沉甸甸的分量。华自义和朱梅兰双膝跪地每次磕头都泪珠落地。龙行人也都跪在地上为宋籍卿送行。

华自义和朱梅兰来到赵筱蝶面前，华自义说："谢谢你筱蝶同志。"赵筱蝶说："您客气了，这里是他老人家做出了巨大奉献的地方，是龙行人应该做的。我们感到很光荣。"

唐诗茹站在送葬的人群里，看着华自义和朱梅兰的一举一动，眼泪扑簌簌直掉。华龙喆从口袋掏出一小袋面巾纸，轻轻地抽了两张递给她。

斯人已去，入土为安。龙行运河湾里有了第一块墓碑，在古灯塔西南三百米。碑文是宋籍卿生前自己写的："龙行，是我实现梦想的地方，我深情地眷恋着这片土地。"

54. 省城之行

没到一个月，吴祥生就带着三大集装箱物料回来了。箱子里全是中草药、西药、医疗仪器设备。

吴祥生离开龙行时对赵筱蝶说过，他要在敬老院内开办医疗点，专门为敬老院的老人看病抓药。赵筱蝶在敬老院的主楼西侧建了一处四百平方米的通体耳房，然后按吴祥生的要求将其间隔为药房、输液室、煎药房、诊疗室、仓库，中药柜和西药架都是定制的。赵筱蝶把那个陶罐和百年老参交到了吴祥生手里，又安排梁慕贞给吴祥生做助手。梁慕贞到敬老院一方面为将来入院的老人服务，最主要的是向吴祥生学医。吴祥生很满意，对赵筱蝶说："筱蝶书记，我已经请市对台办的人为我采购了，我个人出资为敬老院里添置一辆中巴车，是专门为敬老院的老人旅游观光做准备的，车子马上就到家了，请你安排名司机可以吗？"赵筱蝶说："可以啊。梁慕贞，找司机的任务交给你，你不仅要找到司机，而且你必须在三个月内拿到驾照。"梁慕贞听后高兴地说："是，赵书记，保证完成任务。"

敬老院的一期工程仅有一百二十张床位，距离赵筱蝶构想的五百张床位，集养老、医疗、休闲、旅游为一体的综合性敬老院还有很长一段路要走。赵筱蝶坚信自己有能力开辟一条公益与商业相结合，农村养老和城市养老相结合的路子。赵筱蝶心想该是为敬老院和幼儿园大力宣传的时候了。

离九月一日开学还有一个月，幼儿园的装潢工作马上就结束。从硬件方面来说，园舍建设、环境创建、现代化教育设施，在江北市是一流的。科学发现室、标本陈列室、音体活动室、小剧场、玩沙场、玩水池可谓应有尽有，图书存量已达四千册。现在的主要任务就是招聘幼儿教师。

赵筱蝶把幼儿园里的每一个场所都认认真真地看了一遍，然后走出大门站在远处观看。看着看着，她便想起王诗秋。王诗秋也曾是一名优秀的大学生啊，一名党员。她的希望、她的梦想、她对美好生活的憧憬却被一个道貌岸然的人给毁灭了，连同她那年轻美丽的生命。何其悲凉！何其哀伤！想到这，坐在树荫下的赵筱蝶眼泪丝丝的。迷迷糊糊的视线里，她看见WSQ168正向这边驶来。

郑子涵见赵筱蝶满眼泪花，问："赵书记，你怎么啦？"赵筱蝶说："没什么。子涵，过来陪我坐一会儿。"郑子涵紧靠着赵筱蝶坐了下来。

赵筱蝶说："子涵，还记得我给你说过的王诗秋的事吗？"郑子涵说："记得啊。"赵筱蝶说："实话告诉你，这所幼儿园就是她投资建造的。三诗秋临走前，把所有的钱都交给了我，要我做两件事。一件事是用她的钱买辆车，她要天天伴随我一块儿实现龙行村的十年规划。车子我没买，因为我发现你的车牌WSQ正是王诗秋三个字的拼音首写，她天天都在我面前。第二件事是叫我用她的钱建一所幼儿园。她经常来这里看孩子们的笑脸，听孩子们读书唱歌。如今幼儿园建好了，九月一日之后，她就能来这里听孩子们唱歌了。我想起王诗秋，又想起了老支书龙至礼，又想起了龙世英。这所幼儿园寄托着三代人的希望啊，可他们都没能活着亲眼见到。多么漂亮的幼儿园啊！睹物思人，我很伤心，有一种在聆听大提琴曲《殇》的感觉。"

郑子涵说："都是谷冥蛛作的恶，他一个人变质堕落，有多少人多少家庭陷入悲痛之中，其中也有你。还记得《殇》的词吗？'过去，你的声音像落叶一样寂寞；现在，贝壳里传来海的声音。'不提过去那些伤心事了，明天我们还要去省城呢！"

"是啊！既然我们还活着，就要活得有灵魂有信仰，就要活得有模有样。走，到华龙纺织集团去，看看我们的扎染厂。"赵筱蝶还没说完，郑子涵就已经把她的山地车塞进后备箱里。

郑子涵明白或许明天她和冯莉莉将是最后一次陪赵筱蝶出差。赵筱蝶已经和韩子刚汇报过，现在不再需要保护了，占用一辆车子、两名警察，赵筱蝶很过意不去。郑子涵一边开车一边怯生生地说："赵书记，提两个建议行吗？"赵筱蝶说："行啊，说来听听。"郑子涵说："第一个建议请你和韩局长说说，把我留在龙行。"赵筱蝶问："为什么？"郑子涵说："想继续和你在一块儿呗。"赵筱蝶问："你想干什么？想脱离公安系统吗？"郑子涵说："我随便，干什么都行。我报考警校的目的是想学点儿硬本领为了好挣大钱，没什么高尚理想。我之所以尽职工作，是因为我要对得起政府发给我的每月几千块钱的工资。只要把我留在你身边，叫我干什么我都乐意。"赵筱蝶问："你不想挣大钱了？"郑子涵说："我挣大钱的目的是考虑六个老人养老，现在爸妈有工作了，住的地方也解决了，裁决的赔偿款也下来了，挣大钱的欲望淡了。我本来就厌恶唯利是图的商人，哪有和你在一块儿称心如意。"赵筱蝶说："这件事需请示韩书记后才能定夺，我不能做主。第二个建议呢？"郑子涵说："我建议明天去省城把朱梅兰老师带上，明天是星期六，正好后天再把她带回来，给他们来个周末相会的惊喜。"赵筱蝶问："朱老师会去吗？"郑子涵说："朱老师肯定想去。你想想啊，华自义和朱老师苦恋二十六年，这才相聚多长时间，双方正热恋着呢。更何况朱老师是文人，文人重感情伤别离啊！不信，你试试。"赵筱蝶说："好吧，我晚上和朱老师联系，听她怎么说。郑子涵，我没想到你还有拍马屁这一手。"郑子涵说："这不叫拍马屁，叫为领导着想，是加深你和朱梅兰的感情。不让华自义知道是我们带去的，这怎么算是拍马屁呢？"赵筱蝶想想也是。

赵筱蝶之所以约郝建民在省城见面谈龙都广场的事，是因为有事情要到省城向孙华和孙刚汇报。

郝建民和缪玲玲的事毕竟不是光明正大的事。虽然李小虎的死亡他自己负全责，但郝建民和夏永刚还是满足了李继冬和缪玲玲的要求，赔偿三十万，善后事宜都已处理完。赵筱蝶找过两次缪玲玲，说了许多安慰的话，让她安心抚养两个孩子。从缪玲玲的态度看，她是不准备再留在龙行村了。三十万赔偿金，她只拿了五万，剩余的都交给了李继冬。她说要回四川老家和父母生活一段时间。赵筱蝶说："回老家静养一段时间也好，调整调整心态。如果再想回江北发展，需要我帮忙的尽管说，我不会推辞，毕竟你曾是我们龙行的媳妇。"

丈夫死了，郝建民走了，缪玲玲又回到夏永刚怀里。夏永刚很喜欢缪玲玲，缪玲玲也很喜欢夏永刚能满足自己。夏永刚劝缪玲玲留在龙行带两个孩子，永远过这样的生活。缪玲玲没有答应，她知道夏永刚不会和老婆离婚，最后还是回四川了。

郝建民把儿子抱回家说是一个大学教授和学生的私生子，岳父岳母和妻子听了都信以为真。郝建民没有把自己得了前列腺癌已经是晚期的事情告诉家人，他告诉妻子从现在开始不再出去奔波劳碌了，专心在家培养儿子。家里人很高兴，能团团圆圆过日子比什么都好。赵筱蝶打电话告诉郝建民，缪玲玲已经回四川了。郝建民一下子放松了，剩下的就是希望把龙都广场卖掉，自己的病能出现奇迹，儿子能平安健康长大。儿子是郝建民的根，是郝建民在世上延续的种子，是无价的香火。

郝建民提前一天来到省城准备好宾馆房间等待赵筱蝶一行。郝建民有个最好的朋友在江天省城最大的港口搞物流和贸易，听说郝建民来了包了一切费用陪吃陪住陪玩。他姓余，叫余前亮，也是温州人，同郝建民是老乡。

赵筱蝶的车刚进宾馆大门，郝建民和余前亮就站在大厅前恭迎了。郝建民见到赵筱蝶一行三人很是热情，为余前亮一一介绍。郝建民往车里看了看，说："那一位？"赵筱蝶说："她来省城有事，不下车，马上就走。"郑子涵对冯莉莉说："莉莉请你把朱老师送去，路上注意安全，快去快回。"

在宾馆会客厅落座后，余前亮听说她们都来自江北，随口说道："新来的领导华自义就是你们江北人，江北出大官啊！"郑子涵接过话头说："他不仅是江北人，更是我们龙行人。刚才车里坐的那位就是他的夫人。"

余前亮一听心里猛地一惊，到处托关系找门子想和华自义联系上，没想到在这遇上了。

"子涵，你能不能少说两句？我们谈正事。"赵筱蝶对郑子涵说话很严肃。

余前亮站起来说："你们先谈，我有点儿事出去一下，马上回来。"

余前亮走出会客厅接连打了几个电话，把之前所有准备联系华自义的请托门路全给关上了。他要好好地利用眼前的机会，没有比这更直接的关系了。余前亮带着满脸微笑走进宾馆超市。再回到会客厅时，他双手提着满满两大袋水果、饮料、茶食，都是高档精品货。

郝建民把龙都广场的债权债务大体厘清之后和赵筱蝶的争执焦点就在单价上。郝建民坚持商铺每平方米三千五百元，商品房每平方米两千五百元。赵筱蝶只给三千和两千。赵筱蝶从郝建民的神态能感觉到郝建民真的重病在身，他此次前来有必须卖掉的想法，自己给的价格足以让郝建民有钱挣。商人在利益上是没有满足的，他们在追求最大利益。郝建民转让龙都广场的借口是缪玲玲这层关系，实则是他的身体出了问题，是出于对生命的担忧。钱对他来说远没有健康和生命重要，远没有培养儿子重要。

双方僵持很长一段时间，赵筱蝶说："看样子，郝总是诚心不想卖了，我们也不勉强。我们还是按原来的协议合作吧，你仍然是我们龙行的恩人，我们仍然会合作愉快。"说着就合起笔记本有要走的意思。余前亮见状，说："建民兄、赵书记，你们看这样行不行，上退半步，下进半步怎样？"赵筱蝶理解，那是三千二百五和二千二百五，赵筱蝶说："在江北在龙行，二百五是半吊子，是二红砖，是没烧熟的意思，很让人忌讳。郝总，你要是真的想卖，我加一百元每平方米，即三千一百元和二千一百元。你看行不行？"郝建民有气无力地说："赵书记，还是再加点儿吧，你总不能叫我在江北几年白忙还贴钱吧。"双方最终在余前亮的极力劝说下以三千二百元和二千二百元成交。付款方式确定为前三年每年一个亿，第一年负责偿还银行贷款；第二个三年，每年偿还一亿五千万，还清为止；具体建筑面积和已销售情况由夏永刚负责清算。

会谈快结束时，郑子涵说："郝总，你原来答应按十二号楼价格卖套房子给我还算数吗？"郝建民说："算数。"郑子涵说："我就要二十四号楼二层最西面八号房，面积是一百二十八平方米。"说着，从包里拿出十万元人民币递给郝建民，又说："郝总答应过我首付十万，剩余的钱我两年内还清。"郝建民朝赵筱蝶望了望。赵筱蝶说："郝总，你承诺的事情你决定，不过，下不为例，这是你有权销售龙都广场的最后一套房子，你没有意见吧？"郑子涵说："赵书记认可了，请你把钱收下，签购房合同。"

郝建民从包里拿出两份合同签上字、盖上章递给郑子涵，说："我眼镜丢在房间里了，你自己填，填好给我一份就行了。"

这时候，冯莉莉回来了，赵筱蝶问："安顿好了吗？"冯莉莉说："安顿好了，朱老师和华自义也联系了，华自义很惊喜。我和朱老师约好了，明天中午去接她。"

赵筱蝶看了看时间，说："郝总，还有件事不知你有没有兴趣？"郝建民说："请讲，赵书记。"赵筱蝶说："龙都广场的二期土地不知道郝总有没有转让的想法。按现在的江北房情，二期开发最少也得在七八年之后，甚至更长。那时候，郝总都近七十岁的人了，儿子也该上二三年级了，你还有精力去费心劳神吗？不如现在出手算了，如果价格合适，我们现金支付，你看怎么样？"

郝建民想想七八年以后的自己，心里有些发毛，即使自己的病出现奇迹，那时候也是力不从心啊。想到这，郝建民问："赵书记，你能给多少钱一亩？"赵筱蝶说："你拿地的时候是十三万一亩，我想给十三万，你能同意吗？我不能让你白投资吧！"郝建民说："赵书记，我知道你的为人品行，我不加水分，翻一倍，你看行吗？"赵筱蝶说："郝总，翻一倍太多了，我不少给你，加五万元给你十八万一亩，你考虑考虑。"

余前亮问郝建民："建民兄，你是不是真想出让？"郝建民说："价格合适，当然可以考虑。"又问赵筱蝶："赵书记，你是不是真想买？"赵筱蝶说："价格合适，当然想买了。"余前亮问郝建民："建民兄，总共有多少亩土地？"郝建民说："接近一百亩。"余前亮说："这就好办了，总共也就是几百万的小事情。建民兄、赵书记，皇帝都有改口谕改圣旨的时候，你们俩都让让。"

郝建民是个直爽人，说："赵书记，你是我郝建民十分敬佩的人，又帮了我许多忙，生意成不成，我都认你为是最值得交往的朋友。这样吧，你加八万，二十一万一亩，我把整个开发公司都过户给你。"

赵筱蝶说："郝总，感情归感情，生意归生意。龙行在最困难的时候你出手相助，在十二号楼、自来水、物业等方面都给予龙行帮助支持，龙行村的村支两委和群众谁都不会忘记你的好。在我心里你永远是我赵筱蝶的老大哥。但是，龙行村现在还穷啊，这你是知道的。几百万块钱在你们开发商眼里是个小钱，可对我来说，就是幼儿园里上百名孩子近十年的生活费，也是敬老院里上百名老人十几年的养老钱，说不定能挽救几十个老人的生命。还有那些贫困户、特困户，有时候一百块钱都是他们的命根子。所以啊，我赵筱蝶每用一块钱，都觉得有群众的一双眼睛在盯着我！等龙行村十年规划实施了，那时候你到龙行我补你这三百万，你看行不行？"

余前亮和郝建民两个人被赵筱蝶的话感动了。

赵筱蝶看了看时间，说："郝总，今天谈得很成功，回去后就交接一期的事情。对不起二位，我与华龙纺织集团和华龙机械制造集团的两个老总有约。欢迎二位到龙行做客。"说罢，就要和两人握手道别。

余前亮见赵筱蝶真的要走，先是碰了碰郝建民，然后站起身说："赵书记说的是不是孙华董事长和孙刚总经理？"赵筱蝶说："是啊，他们姐弟俩是我们龙行的大恩人……"没等赵筱蝶说完，郝建民就振作起精神，说："赵书记，你这位朋友我交定了，按你说的，成交。"

赵筱蝶的手和郝建民的手紧紧地握在一起，赵筱蝶说："我代表龙行村支两委和三千名老百姓感谢你。"郑子涵见状说："此处该有掌声。"余前亮、郑子涵、冯莉莉三个人一齐鼓起掌来。

余前亮说："赵书记，孙华董事长讲了你许多感人的事迹，我原打算下次和孙董事长一块儿到龙行。现在我改主意了，明天就和你一块儿去。留个联系号码可以吗？"

龙行运河湾

余前亮在储存赵筱蝶手机号码的时候，龙华进来了，先喊了声筱蝶姐，然后和各位打招呼。她看见余前亮的时候说："余总，你怎么在这里？"余前亮指着郝建民说："郝总是我的好朋友，我陪他来谈点儿事。"龙华问："谈得怎么样？"余前亮说："谈得很愉快，定下来了，郝总把龙都广场全部转让给赵书记啦，只剩下具体交接。"龙华说："你们两个大男人没欺负我筱蝶姐吧？"赵筱蝶说："没有，没有。我们正感谢郝总对龙行共富经济公司的支持呢！"龙华望着郝建民说："郝总，参加我们的宴会吧，我真诚地邀请你。"郝建民朝余前亮看看，余前亮向郝建民介绍："建民兄，这位美丽的才女，是华龙集团总经理，是孙董事长的千金大小姐。"郝建民赶紧起身。赵筱蝶说："你们不知道吧，龙华经理是我们龙行人。"

龙华说："筱蝶姐，今晚宴会既是为你们三个人举行的欢迎会，也是华龙纺织集团离开省城的饯行会，更是为龙行村，不对，是为运河中心港江北产业园召开的一次招商引资会。老娘差我来告诉你，请你做好思想准备，宴会上你是主讲，向大家介绍产业园的情况和招商引资政策。届时，余总有一个表态发言。参加宴会的人很多，母亲的朋友除了在国外的全部到齐了，很有纪念意义。"龙华剥了块巧克力扔进嘴里，接着说："是余总买的吧，有品位。大家吃啊喝啊，为郝总和筱蝶姐合作成功先庆贺一下。"说着打开饮料，一人一瓶。

车子穿过繁华拥挤的省城闹市区驶上运河大堤。晚霞如火，晚风如歌，晚景如诗如画。赵筱蝶打开车窗打量着眼前平静舒缓的清江运河，以及河两岸秀丽的水乡和水乡背后高耸入云的楼群。清江运河流经至此，已经没有丝毫狂放的激情，静静地沉淀为包容，孕育坚守，内敛之中蕴含着雄浑的伟力。

二十年前，华龙纺织集团从龙行迁到省城，二十年后，即将从省城回到龙行。二十年前，龙行支持孙华发展；二十年后，孙华要支持龙行发展。汹涌入城的人流、裂变式的城市扩张，为龙行创造了一次回归发展的契机。

在宴会上，赵筱蝶说，一位全国著名的画家在自己的墓碑上写道："龙行，是我实现梦想的地方，我深情地眷恋着这片土地。"接着她把龙行的历史、龙行的现状以及运河中心港产业园的招商引资政策一一向大家做了介绍。从古黄河到清江运河，从卧龙山到蝴蝶庵，从黑龙渊到蝴蝶泉；从王玉文到龙世英、龙至礼、孙华、孙刚、孙毅，到现在的班子成员。讲到自来水厂、纯净水厂、矿泉水厂、养猪场、养鸡场、养鱼场、饲料厂、扎染厂、水泥预制品厂、金刚石磨轮制造厂以及敬老院、医院、幼儿园、中小学、龙都广场、龙行社区、运河中心港……

赵筱蝶用鲜活的人物和蓬勃的事业把在座的省城大佬带进了蒸蒸日上的龙行。最后，赵筱蝶说："生命的质量，在于我为人人；财富的分量，在于创造出社会效益；事业的能量，在于推动一个时代的转型。在座的各位都是改革开放的弄潮人，都是改革开放的带头人，是时代的浪潮为你们创造了脱颖而出的机会，成就了一番伟业。然而，城市和农村的差距，富裕与贫穷的差距正在加大，这不是我们改革开放的目的，改革开放的目的是共同富裕。时代造就英雄，英雄推动时代。改革开放造就了在座的各位英雄，我真诚地希望各位英雄联合起来共同推进共同富裕时代的到来。龙行需要你们，还有更多的贫困地方和贫困人群需要你们。龙行欢迎你们，你们所投资的任何一片热土都欢迎你们。你们将成为成千上万人心目中备受尊重、备受敬仰的人。"

宴会厅里响起雷鸣般的掌声。

余前亮发言了，说："各位同仁，我是个感情用事的党员，听孙华董事长讲赵筱蝶书记的事迹，我被感动四次，促使我下决心到龙行去看看。赵筱蝶是研究生毕业，她放弃出国、放弃大城市几十万的年薪回到龙行做村官。因给当时的领导人提意见而被撤职留党察看，在被处分期间深入基层调查研究写出一篇篇忧国忧民的文章。知道这些，我被感动了。听到赵书记被撤销处分，任龙行村支部书记，因积劳成疾在重症监护室里躺了三天三夜，醒来后第一句话是给客户付钱，我感动得流泪。听到为了华龙集团按时搬迁，她仅仅用了不到二十天就完成了一百三十户拆迁和厂区的'三通一平'工作，我感动了。赵筱蝶成立的龙行村共富经济发展有限公司，是为龙行村三千名群众搭建的共富平台。想一想，我也是名共产党员……"

在余前亮发言的时候，赵筱蝶仔细地打量着参加宴会的每位客人。突然，她发现了华自义和朱梅兰就坐在最后一排的长凳上。赵筱蝶迅速告诉了身旁的孙华。

孙华立刻示意余前亮停一下，她站起身，对大家说："朋友们，告诉大家一个好消息，新上任的华自义同志和他的夫人来参加我们的宴会了。我建议大家起立恭请领导和朱老师到前排就座。"她刚说完，参加宴会的客人就"唰"地一下站了起来。孙华、孙刚、赵筱蝶赶忙向后排走。

余前亮一看万分惊喜，所有企业家脸上都洋溢着喜悦。

宴会场面出乎所有人预料，孙华脸上倍感有光。

55. 龙行运河湾

赵筱蝶从省城回到龙行之后，连续十天在《江北市报》上整版推出公立幼儿园、公立小学、公立中学、公立敬老院、公立医院，以及十几家集体企业产品的大幅广告宣传，市电视台在黄金时段滚动播报广告内容。五个"公立"和十几个集体企业搅动了整个江北，立刻成为几百万群众议论的焦点。

幼儿园和中小学的老师招聘工作，在公立老师待遇、免费住房、优惠购房、免费交通等政策激励下，报名人员与日俱增。附近的配套设施带动了龙都广场的房屋销售，售楼部开业头一天就有几百号人前来咨询看房。

走出唐慕云的房间，赵筱蝶看了看时间。离八点钟产业园挂牌仪式还有四十分钟，她跑到楼下骑上自己的山地车急忙向龙行村村部赶去。

运河中心港江北产业园管委会临时办公地点设在龙行村村部。揭牌仪式由副市长刘金亭主持，市委常委、组织部长范子墨宣读任命文件，市委书记吕裕民揭牌讲话。管委会下设七个主管部门、三个社区。七个主管部门为党政办公室、组织人事局、港务局、招商局、规划局、建设局、公安分局；三个社区是龙行社区、古黄河社区、龙都广场社区。赵筱蝶任产业园管委会党工委书记兼龙行村支部书记，马广毓任党工委副书记、管委会主任，田田任管委会副主任兼党政办主任，张明任管委会副主任兼规划局局长，陆玉洁任管委会副主任兼港务局局长，钱复春任管委会副主任兼招商局局长，黄小菊任管委会副主任兼公安分局局长，郑子涵任公安分局治安科科长兼龙行社区副主任，蒋辉任组织人事局局长，窦勇任建设局局长。

揭牌仪式之后，蒋辉宣布龙惠娟、赵尔强、夏庆嫂三个人为聘用制干部，工资福利参照事业单位标准，由龙行村共富经济发展有限公司（以下简称共富公司）支付，龙惠娟任共富公司法人，华龙喆任共富公司总经理兼龙翔饲料公司法人，赵尔强任共富公司副总兼龙都广场开发公司经理，赵尔光任共富公司副总兼龙行水泥预制品厂厂长，夏庆嫂任共富公司副总兼龙行餐饮服务公司经理，华龙俭任共富公司副总兼龙行农副产品贸易公司经理,唐诗茹任共富公司副总兼龙行养殖业公司经理,徐贵珍任共富公司副总兼龙行扎染厂厂长,郑先旭任共富公司副总兼龙行自来水厂、龙行纯净水厂、龙行矿泉水厂合并成的龙行超能饮用水公司经理,赵利冉任龙行尊老爱幼基金会会长,郭家余任龙行物业公司经理,张东胜任建筑建材公司经理,马户坚强任龙行养猪厂厂长,秦苗苗、徐继明任扎染厂副厂长,李满船任水产养殖厂厂长,范彩霞任无土栽培蔬菜厂厂长。

同时,蒋辉宣布聘请孙华为运河产业园管委会总顾问兼产业园工商联合会会长,孙刚、余前亮任副会长;聘请唐慕云为京师大附中龙行分校校长,樊赛为副校长;孟建坤任龙行小学校长;朱敏任龙行幼儿园园长;陈长恭任江北龙行医院院长;吴祥生任龙至礼敬老院院长兼龙行中西医诊所所长。

在会议室里,赵筱蝶说:"吕书记,有件事情我不知怎么办,要请你拿个主意。"吕裕民说:"说说看。"赵筱蝶说:"刚才孙华董事长打电话给我,说她有意让龙华在村里磨练两年,不是挂职是全身心在村里工作。我真不知道给她安排个什么位置才好,想听听你的意见。"吕裕民想了想说:"筱蝶书记,你要理解孙华董事长的用心啊。龙华从小就生活在城市,衣食无忧,既不知百姓之苦又不知创业艰难,对土地、对农民、对贫穷没有一点儿认识。董事长想给她补上这一课啊。还有,从孙华董事长的行为来看,董事长还要教她学会感恩和回报。他们家最不缺的就是钱。"

接着吕裕民问赵筱蝶:"她是哪个学校毕业的,是党员吗?"赵筱蝶说:"江天财经学院,重点大学,和王诗秋一块入的党。"吕裕民问:"龙行村总共有多少户人家?"赵筱蝶回答:"五百九十六户。我知道该怎么做了,做副书记,调查研究龙行村各户全面情况,每一百户写一篇调查报告。"吕裕民说:"六篇调研,就得一年多时间,到那时,她就比现在充实和沉稳了,世界观、人生观、价值观就会有质的变化。"

赵筱蝶看了看时间,对大家说:"请各位领导到水厂吧。"

今天也是龙行超能饮用水公司第一桶纯净水和第一瓶矿泉水下线的日子。

高大、宽敞、明亮的罐装车间,几乎听不到机械和流水的声音。密密麻麻地装满矿泉水的瓶子整整齐齐地排列在输送带上缓缓地向包装点移动。工人穿着封闭式的卫生食品工作服全神贯注地忙碌着。赵筱蝶和市里的领导从消毒室出来穿上工作

龙行运河湾

服顺着流水线边走边看。

赵筱蝶顺手从传输带上取下三瓶矿泉水递给吕裕民、刘金亭和范子墨。吕裕民拧开盖子喝了一口，仔细地品了品，说："清澈透明，味甘沁人，凉爽可口，我感觉比我办公室里的纯净水好喝多了。这是我们江北自己产的水啊！"大家一听吕裕民这么说都咕噜噜喝了一气。

吕裕民问自来水、纯净水和矿泉水三种水的区别，纯净水和矿泉水的生产能力以及销售情况，赵筱蝶都一一做了回答。吕裕民说："一个班能生产三万瓶矿泉水、三千桶纯净水。如果三班满负荷生产就是九万瓶、九千桶。一瓶水挣五分钱，一桶水挣五毛钱，一年的纯利润少说也能实现三百万啊！关键是销路。"

他们一行人走出车间的时候，吕裕民对刘金亭说："刘市长，我有事马上和子墨部长先走，你留下来就运河中心港产业园内的产品销售和他们共同研究一下，拿出个具体实施方案。比如纯净水，我办公室第一个带头用，市级机关带头用，从现在起在江北的大小会议上，我不愿看到其他饮用水。当然了，筱蝶书记你一定要给我保证水质最好、价格最便宜、服务最好。有这三个保证，刘市长就能保证你的产品先占领江北市场。蝴蝶泉是大自然赐给我们的财富，我们要尽最大可能发挥它的作用。还有其他的产品，要统一筹划。"

出了水厂，吕裕民问赵筱蝶："筱蝶书记，听说你把龙都广场整个买断了是真的吗？"赵筱蝶说："是的，一期工程中没销售的房产共三十三万八千平方米，二期没开发的土地九十四亩，现在全部属于龙行共富公司所有。"吕裕民问："经过司法公证了吗？"赵筱蝶说："公证了。龙都广场的开发公司已经平移到我们共富公司名下，法人已经改为村副书记赵尔强。"

吕裕民对刘金亭说："刘市长，就凭这一招，你看到赵筱蝶的战略眼光了吧。大思想就有大手笔，大手笔才能获取大财富啊！"

赵筱蝶朝刘金亭看了看，说："刘市长，我听不懂吕书记的话，是我做错了？"刘金亭说："筱蝶书记，你就不要在我们面前装萌了。你能没发现最近看房子的人多了？新一轮江北农村改造，省委省政府已经列入议事日程，江北城的又一轮棚户区改造马上就进入实施阶段，沉寂三年的房地产热潮正扑面而来。涨一千元一平方米，就是三个多亿，龙行的共富公司可要暴富了。"

赵筱蝶说："哪儿考虑这么远啊，我只是从养老、医疗、学区房的角度，咬着牙把它转过来的，直到现在我还心有余悸。如果真的发了，那也是瞎猫碰上死耗子。要是能赚五百块钱一平方米我就满足了。幼儿园和敬老院的报名情况远远超出我们预计，建二期工程势在必行。还要建龙行村农副产品交易市场、扩建水泥预制品厂、养猪场、养鸡场……我在愁钱啊！"

这时，迎面开过来几辆长挂车，前车停了下来，司机跳下车问赵筱蝶："请问龙行养猪场在哪里？"赵筱蝶指着东南方向，说："后退一百米，左拐二百米便是。你们是干什么的？"司机说："我们是拉猪的。"

刘金亭说："再有几天就中秋节了，猪肉价格有望突破二十元一斤。现在正是猪肉上涨期怎么把猪卖了？"赵筱蝶说："华龙喆有他的计划，这批猪都是口蹄疫期间保存下来的，早过了出栏期，生长率都降到最低了。端午节，猪肉行情没有大的抬头，都赶到现在了。最近他们又购买了七百头猪苗为春节做准备。为了和云海一家肉食品公司建立永久关系，又防止行情有太大变化，华龙喆决定先出栏八百头保本保利再说。一千六百八十元一担，八百头猪四百多万啊！昨天下午，他们公司的钱都到账了。华龙喆刚到龙行报到时夸下海口，年底前为村里创收纯利润二十万，大家没有一个敢相信。仅仅六七个月，就让人眼红了，他是七百五十元一担收的，算算能挣多少钱吧？华龙喆和我估算过，春节前养猪场的纯利润突破三百万是满把满攥的事。如果日产五百吨的饲料厂投产了，年利税可望突破五千万。华龙喆现在可谓是一炮走红，成为龙行村的共富标杆。他现在正拿方案准备让全村人入股，筹集设备钱和流动资金。"

吕裕民说："大学生村官就是与众不同啊！我想起了四十年前孙天工和宋籍卿两家下放到龙行。那个时代，龙行村孕育了宋籍卿、孙华、孙刚、孙毅等一代精英。现在，大学生入村的时代来了，只要我们时刻关注他们、帮助他们，真心实意地培养他们、引导他们，龙行必将会孕育出新的一代精英。他们是农村的希望，更是国家的希望。刘市长，如果龙行缺钱的话，你负责到银行帮他们协调贷款。龙行共富公司有龙都广场十几亿的固定资产，还有什么后怕的？龙行村的十年规划关键是前三年，从目前情况看，今年算是开门红，要确保明年有增量。市委市政府要全力支持。"

吕裕民走后，刘金亭在藏经楼会议室与产业园的相关领导、龙行各企业负责人共同讨论了三个小时，制定了一系列产品销售措施和资金筹集渠道。刘金亭毕竟是从生产队长摔打出来的副市长，是历经各种矛盾和困难磨练出来的副市长，他提出来的方法措施，不仅让年轻人的眼前一亮，而且点燃了年轻人的创业激情。

一名副市长能和村里的年轻人在一块畅所欲言、各抒己见，本身就是巨大的激励。看着充满兴奋、激情、活力、张扬、智慧的青春场面，刘金亭像是回到二三十岁时的时光。

满屋年轻人激情澎湃之时，华龙喆问赵筱蝶："赵书记，你能猜到我现在最想干什么吗？"赵筱蝶说："唱歌，跳舞，对吧？"华龙喆说："不愧是赵书记啊！我估计你也是这么想的。所以你该为我们大家的文化生活考虑考虑做点儿什么。我建议，我们该有属于自己的歌舞厅。"

正说着话，赵筱蝶看见会议室外有个熟悉的身影，她迅速走出会议室。

"莉莉，十几天没见，我真的好想你。"赵筱蝶见冯莉莉穿着自己送的那身旗袍，美丽得像T台上的名模，满脸高兴地说，"美女妹妹，快到屋里坐。"

冯莉莉见屋里有人，说："筱蝶姐，我不进去了。我找你是有件事请你帮忙，行吗？"赵筱蝶说："你跟我客气干嘛，说出来，只要我能做的绝不推脱。"冯莉莉朝赵筱蝶笑了笑说："我想回到你身边工作，可以吗？"

赵筱蝶说："你要是能回来我当然高兴啦，可这事我做不了主。"冯莉莉摇着赵筱蝶的胳膊说："筱蝶姐，你帮我想想办法嘛！"赵筱蝶眼睛一转，说："你等一下。"说着就到屋里请出刘金亭。

刘金亭见冯莉莉一身旗袍装扮差点儿没认出来。听明白她俩的意思，刘金亭说："这事我只能和韩书记商量，没有百分百把握，要想十拿九稳，你们俩去找纪光红市长，准行。吕书记刚才还在这里，你要是早几个小时来就好了。"

赵筱蝶问冯莉莉："你想留在公安系统，还是想跳出啊？"冯莉莉说："随便，领导安排。"赵筱蝶说："刘市长，请你先和吕书记说说，就说冯莉莉来找我，我很乐意留冯莉莉，只是不好意思向他汇报。你听听吕书记口气，只要吕书记不拒绝，事情就好办了。莉莉，你先到子涵那里玩玩，我马上过去。"

刘金亭说："行。我得走了，有个协调会还在等着我。筱蝶书记你安排田田主任把讨论的内容整理成文件，在十月一日之前，纯净水和矿泉水的销售争取有新突破。"

散会之后，赵筱蝶正想到郑子涵屋里的时候听见母亲在叫自己。她向自己住的地方看了看，见母亲招手就赶忙走了过去。

"妈，有事吗？"赵筱蝶问。母亲摆了摆手又指了指屋里，轻声说："不要出声，你跟我来。"

赵筱蝶轻手轻脚地跟着母亲往小青玉睡觉的屋里走去。刚到床边，就听见熟睡中的小青玉躺在那儿说梦话，声音清清亮亮的："我要重新读书，我要重新考大学，我要重新来龙行实现我的梦想。"小青玉说完一遍又重复一遍。

赵筱蝶听见五个月大的孩子在说梦话被吓了一跳。母亲在后面推了推她，意思再靠近些。有母亲在身边，赵筱蝶心里踏实多了，她弯下腰用手推了推小青玉说："小青玉、小青玉，睁开眼看看妈，妈想你了。"小青玉闭着眼睛在笑，露出两个深深的酒窝，那酒窝和王诗秋笑时的酒窝一模一样，嫩嘟嘟的小嘴吧唧了两下。赵筱蝶看了心里酸溜溜的。

赵筱蝶母亲走上前来，轻轻地拍着小青玉的脸蛋说："小青玉，醒醒吧。奶奶抱。"小青玉还是眯着眼。

赵筱蝶母亲抱起小青玉搂在怀里，用手捂了一会儿小青玉的天灵盖，然后拍了拍后背。小青玉把脸趴到奶奶肩膀上时，醒了。醒了的小青玉直向赵筱蝶笑，水灵灵的眼睛像春风吹过的蝴蝶湖的水面，清澈无比。小青玉举起两只小手伸向赵筱蝶，小脚乱蹬，身子在赵筱蝶母亲怀里乱动。赵筱蝶母亲说："她想要你抱抱了。"

赵筱蝶从母亲怀里接过小青玉，小青玉笑得很清脆，像条小鲤鱼一样在怀里乱动。

赵筱蝶问母亲："妈，有这么小的孩子说话的吗？"母亲说："听老年人说过，但我没见过。"赵筱蝶说："你听到她说梦话有多长时间了？"母亲说："大约十天前。开始时说话很含糊，后来越来越清晰。"

赵筱蝶对母亲说："妈，等小青玉下次说梦话的时候你叫我，我来和她说说话。"赵筱蝶转脸要走的时候，小青玉居然从床上翻了下来，小手扶着床沿走了几步。"妈，我想跟你去。"这是小青玉稚嫩的声音。

赵筱蝶听得真切赶忙转过脸来，把小青玉紧紧地搂在怀里亲了两口。这是小青玉醒着的时候第一次说话，第一次叫妈。第一次说话，就能说出一个完整的句子，赵筱蝶高兴，赵筱蝶母亲也高兴。

"小青玉，听妈话，和奶奶在一起。妈妈有好多好多的事情要做，等妈妈事情做完了再来陪小青玉玩，好吗？"小青玉深情地望着赵筱蝶点了点头，小手伸向赵

龙行运河湾

筱蝶母亲。

赵筱蝶向小青玉摆摆手走出门，边走边打电话给龙华……

金秋十月，国庆佳节，月圆人聚……

在龙行运河湾，赵筱蝶正翘首以待孙华和余前亮一行人。

这一次，孙华和龙华来龙行就不再回省城了，她们已经处理完华龙纺织集团搬迁的一切善后事宜。余前亮已经是第三次来龙行了，他的确相中了运河中心港产业园这块风水宝地。他协助孙华召集了省城各行各业的大咖，准备和赵筱蝶一起把产业园打造成为集物流仓储、绿色建材、临港工业、汽车配件、纺织服装等为一体的现代化通海港区。这一次来，就是有意向投资的八大企业家最后的参观考察。

龙行运河湾高悬两条横幅：一幅写着"热烈欢迎省城巨商来龙行兴业办厂"，另一幅写着"你们是改革开放的践行者更是共同富裕的带头人"。红底黄字在中秋的阳光照耀下闪闪发光，背景是北上东下的清江运河。横幅前摆放一张长条桌，桌上放满龙行蝴蝶泉的矿泉水。

两辆轿车和一辆中巴车缓缓拐进来，车辆还没停稳，四周就放起鞭炮和烟花。

赵筱蝶、马广毓一一和客商握手。赵筱蝶和龙华握手的时候说道："龙华妹妹，从现在开始你就是龙行居委会党支部副书记啦，欢迎你加入龙行的共富经济建设群。"

赵筱蝶的手机响了，是吕裕民打来的。

吕裕民问："筱蝶书记，你在哪里？"赵筱蝶说："你好吕书记，我在龙行运河湾。"吕裕民说："你在那里不要走，迅速把村里的大学生村官召集到你那里，省里领导来看你们啦，十五分钟左右就到。"赵筱蝶说："好的，吕书记，我立刻落实，我们在龙行运河湾等你们。"

赵筱蝶迅速安排龙惠娟通知华龙喆、唐诗茹、赵尔光、郑子涵、冯莉莉，叫他们立即赶过来，然后和客商说明了情况。大家很高兴，很想见见这个大场面。

赵筱蝶望了望龙华，说："龙华书记，你进入角色吧，请你和我们一起迎接领导。"龙华回答："是。"

不一会儿工夫，华龙喆穿着龙行猪场的工作服来了，唐诗茹穿着龙行蔬菜的工作服来了，赵尔光戴着龙行水泥预制品厂的安全帽来了，郑子涵是便装，冯莉莉是警服，还有现场的赵筱蝶和龙华，龙行村的七名大学生村官悉数到齐。

两辆中巴车慢悠悠拐上河堤的时候，看不出与青年农民有什么区别的大学生村官在赵筱蝶的带领下，排着整齐的队列迈着整齐的步伐，向中巴车迎了上去。

中巴车停了下来，几名大学生村官笔直地站在车门前，脸上洋溢着自信的光芒。

客商们的目光都聚集到中巴车车门处。第一个下车的正是华自义，然后是吕裕民、曾宇杰……

看到眼前的场景，客商们兴奋不已。余前亮深有感触地说："龙行运河湾，名副其实，可谓福地。"

2020 年 5 月 1 日，稿毕
2020 年 10 月 1 日，初改
2021 年 10 月 1 日，定稿

纯属虚构，切勿对号入座。